山东作家作品年选

（2013）

山东省作家协会　编

·综合卷·

作家出版社

《山东作家作品年选（2013）》
编 辑 委 员 会

汇山东作家精品　创齐鲁文学辉煌

——《山东作家作品年选》序

王红勇

一个地方有一个地方的文化，一个时代有一个时代的文学。山东大地钟灵毓秀，齐鲁文化源远流长，这片文化沃土上孕育的一代代文学名家及他们的作品构成了齐鲁文学的壮丽画卷，为中华文化的繁荣发展提供了丰厚的滋养。新时期以来，山东省委、省政府对文学事业高度重视，坚持把繁荣文学创作作为加快经济文化强省建设的重要组成部分，采取一系列政策措施加以推进。山东文学创作呈现出持续繁荣的良好局面，涌现出一大批优秀作家，创作出一大批思想性、艺术性、可读性俱佳的优秀作品，多次获得五个一工程奖、茅盾文学奖、鲁迅文学奖、全国优秀儿童文学奖、全国少数民族文学创作“骏马奖”等国家级重要奖项，为满足人民群众精神文化需求、加快推动经济文化强省建设做出了积极贡献，“文学鲁军”已成为享誉全国文坛的具有重要影响的文学品牌。

近年来，山东省作家协会深入学习贯彻党的十八大、十八届三中全会和省第十次党代会精神，认真贯彻落实中央和省委、省政府决策部署，紧紧围绕建设文化强省的总体目标和“多出精品、多出人才”的中心任务，扎实工作、开拓创新，团结带领广大作家和文学工作者，坚持以人民为中心的创作导向，完善签约作家制度，加强重点作品扶持，引导作家深入生活，加大青年作家培养力度，开创了全省文学事业和作协工作新局面。尤其是在2013年8月举办的第二十届北京国际图书博览会“中国作家馆”山东主宾省活动中，集中展示了齐鲁文学和山东作家形象，壮大了“文学鲁军”的声威。

为进一步汇聚山东文学创作成果，展示山东作家整体实力，山东省作家协会确定建立《山东作家作品年选》编辑出版制度，集中展示山东作家每年度创作的具有广泛影响力和较高艺术品质的优秀作品，这对于进一步促进齐鲁文学繁荣发展，提升“文学鲁军”品牌具有重要意义。

《年选》具有全面的展示作用。作为全省文学创作的年度精选，《年选》涵盖小说、诗歌、散文、报告文学、儿童文学、文学评论等各种文学体裁，所选作品均为各体裁的代表作品，多数发表于全国重要文学期刊，有的获得全国重要文学奖项，集山东文学年度创作最新成果之大成，是全面展示全省文学创作实绩的重要平台，具有“文学年鉴”的意义，必将逐步建立起当代山东文学的宏大体系，成为“文学鲁军”创作实绩的一座座里程碑。

《年选》具有重要的引领作用。为保证《年选》的整体质量和水平，省作协成立了编辑委员会，并组织专家委员会在年度创作成果中认真审读评选，本着优中选优的原则，确定入选作品，确保入选作品具有较高的思想性和文学性，能够经得起时间的检验。这些作品集中体现了全省年度文学创作的最高成就，既有宝刀不老的老作家的重磅新作，也有风头正劲的中青年作家的实力作品，还有80后、90后这些初试锋芒的文学新人的青春文本，基本上反映了山东作家的兴旺景象和巨大潜力，充分彰显了“文学鲁军”的雄厚创作实力和艺术水准，为全省广大作家和文学爱好者树立了创作的旗帜和标杆，对于引领全省文学创作，形成齐鲁文学独特的风格，带动山东文学向更高的境界迈进具有重要的意义。

《年选》具有很高的研究价值。作为全省文学创作成就的年度汇编，必将成为重要的文学资料，为文学评论界研究、评价山东文学提供比较生动、直观、完备的研究文本。《年选》是在面向全省文学界广泛征集作品的基础上选出的优秀作品，比较全面地反映我省文学创作的整体风貌，对于文学评论界研究山东作家作品、关注齐鲁文学现象、总结文学规律具有重要的学术研究价值。研究者既可从这些作品中宏观把握山东文学的发展脉络和趋势，探讨齐鲁文学的内在特色和艺术规律，又可以从微观上研究每一位作家作品的艺术特点和创作风格，从而为促进全省文学创作繁荣和“文学鲁军”的持续发展提供理论依据和文学指导。

《年选》具有深远的传承意义。作为一项持续性的文学工程，经过一年年的持续累积，就会逐步形成一部活着的文学史。通过这套丛书，传承齐鲁文学独特的艺术传统，兼容并蓄，薪火相传，山东文学将生生不息，插上强壮的翅膀，飞向更广阔的世界。

人民需要优秀的作家，时代呼唤伟大的作品。文学事业是社会主义文化建设的重要组成部分，是各种文化艺术创造和发展的基础，在实现中华民族伟大复兴中国梦、建设社会主义文化强国和经济文化强省的伟大实践中肩负着重要而神圣的使命。优秀的文学作品，承载着人们的生活、情感和梦想，标识着一个民族的思想深度、文化厚度和精神高度。相信省作家协会能够以“汇山东作家精品，创齐鲁文学辉煌”为指导思想，把握好正确导向，不断建立健全《年选》编辑出版制度，把《年选》编选工作制度化、规范化，作为展示山东文学创作实绩、打造“文学鲁军”品牌的系统工程，让齐鲁风格、山东气派得以充分弘扬和展现，努力推进山东文学再创新的辉煌。

文学中国梦，齐鲁情未了。繁荣文学事业是实现中华民族伟大复兴中国梦的重要板块，文学点亮中国梦，文学助力中国梦。齐鲁大地文脉昌盛，人才辈出，齐鲁文学就像杜甫《望岳》诗中描绘的那样，繁盛葱郁，生生不息，充满活力，以其鲜明的文学精神、深厚的文化内涵和独特的艺术追求，构筑起中国文学史上一道亮丽的风景。文学中国梦的实现，需要齐鲁文学的参与和付出，山东作家应以奋发向上的激情和务实创新的精神，承载历史的辉煌，用丰富多彩的创作去诠释时代要义和民族精神，放飞神圣光荣的文学梦想。让我们牢记自己的使命和职责，把握时代赋予我们的机遇，把实现中华民族伟大复兴的中国梦作为文学创作的动力与源泉，努力呈现当下色彩斑斓的时代生活，反映波澜壮阔的社会进步图景，讲述发展变化的中国故事，发出富于影响力和感染力的中国声音，创作出反映当代、传诸后世的精品力作，为加快建设经济文化强省、创造山东人民美好新生活做出新的更大贡献！

目 录

诗 歌

散　文

报告文学

长篇报告文学选目

儿童文学

长篇儿童文学选目

诗　歌

有月亮的夜晚（外一首）

王 琪

我从未说起那个夜晚
列车在月亮地里行走，缓慢进入胶东腹地
在靠近黎明的地方　车载电视终于睡去
我裹紧衣服　秋虫纷纷止住悲声

沿途的村落也在沉睡　群山拱卫着它们
一波一波庄稼成熟的气息　安抚了疲惫的旅人
他们被神灵看护而神情平静
没人知道真正的寒冷来自哪里

那个夜晚　我举头望月
月亮地里的村庄　村庄擎起的几盏路灯
作为大地上的事物我们相互打量
又从这打量里看到了各自的局促和偶然

风吹浮世

临水的地方　我看见悠闲之人
对着大海交出心底的死灰

风从北方来　一吹一徘徊
她与秋天为邻　以水为镜
眼睛里有薄凉　心底里有慈悲

她不说北方的倦鸟和庄稼
也不说南方的山林和湖泊

浮世半张纸　晦涩难写
人生一支烟　越抽越短

承受了由表及里的碎
她受制于此　也偏安于此

原载《星星》2013年第1期

行走于中国乡村的土地

迟　云

沉重的镰刀

八十三岁的妈妈老年痴呆
惯性思维停留在穷日子的年代
唠唠叨叨总担心吃不上饭
拾拾掇掇常忧虑穿不暖衣

有一天早晨妈妈难得地欣慰
说梦见山坡的谷子如满地的黄金
割了一夜的谷穗堆成山峦
瞧瞧，胳膊都累得抬不动了

从此妈妈就半身不遂了
低垂的右臂仿佛永远提着沉重的镰刀

对　话

镰刀闪过
麦秸匍匐倒下的悲壮
如麦芒一样刺向诗人的神经

遍地草味的清香
弥漫了思想的空间
心随麦浪涌动
催生出一腔感慨之情

诅咒着日头的恶毒
父亲把焦急写在脸上
收割的动作机械呆板
汗水没有淌出丁点美感
父亲的眼里没有诗歌
父亲的季节只有丰歉

哪一片云彩不下雨
谁家的田地不打粮
诗人说劳动之美在于体验
父亲说麦子要掉头颗粒要归仓
这时节诗歌就是土坷垃

季节，乍暖还寒

浓雾，带着一股憋闷的气息
笼罩在城市的大街小巷
莫名的愁绪镶嵌在行人的眉宇
初春的季节有一种蜗行的感觉

天气已经干旱了一个季节
金融危机又让人们的心里结霜
乍暖还寒的风化不开灰色的情绪
马路行走在焦虑里

农民工的市场人头攒动
伸长的脖子扛着希望
一声吆喝紧跟着一阵无奈
日子在压抑中渴望某种冲动

天空有三五滴雨水落下
戏弄着城里人的头发
农民的神情开始明朗
脸上仿佛长出花生和地瓜

围　城

充盈的硫化气味刺激着嗅觉神经
一排又一排的汽车在喘息着蜗行
阴霾的天空气压很低
大脑仿佛行走在拥挤的云块里

崎岖的山道上依然有兄弟姐妹们在行进
城市化的太阳诱惑着他们如飞蛾扑火
而城里人的躯干已是行尸走肉
他们的灵魂早已在长满庄稼的乡间游走

围城越围越大
冲进来杀出去战场异常残酷
屠戮的理由仿佛都很充分
多数人都没有计算成本得失

突然怀念起陶潜的品性
渴望找回在欲望里走失的本真
又记起松下问童子的诗行

却不知道师傅的草药能否救世救心

逆城市化的梦想

偶尔听到一曲圆润悠扬的木管吹响
仿佛在咏叹秋季田野的阳光
收获的花生静静地晾晒在裸露的田地
红透的高粱修长地站在远处的山岗
蛰伏的地瓜在感叹着霜降的折磨
枝头的苹果山楂正期待着采摘
山风刮得自由自在
时间过得不紧不慢
乡村呈现出悠然的自然状态
真实得到处可以触摸

偶尔看到一幅栅栏圈围的牧场图
红色的板房活动的羊群写意生活
我忆起妹妹的红围巾裹着顽皮
弟弟的柳条哨吹着淘气
母亲灶间的柴火始终温情不灭
父亲的锄头和镰刀好像未曾寂寞
炊烟升腾的丝缕分明
耕牛行走的踏实自信
乡村沉淀尘世的浮躁喧哗
气闲神定犹如一部简明的哲学

可能是农民意识的隐约残留
梦想乡村是一种情绪的自动
反时代的东西常常涌上心头
分辨不出它从属于感性还是理性

蛇皮袋子

因为自己的肤色和形状
蛇皮袋子有了一个冰凉丑陋的名字

踩着弯弯曲曲的乡间小路
妹夫是扛着蛇皮袋子出门的
蛇皮袋子里装着四季的铺盖和衣服
也装着乡村化肥的气味和苞谷的清香
妹妹把眼泪和担心也悄悄地藏在里面
却让粗心的妹夫在路途挤来挤去
蛇皮袋子到达了繁华城市的郊区
落脚在一排低矮潮湿的工棚里
从此袋子开始装下钢筋扭曲的声音
开始装下挖掘机打夯机疲劳的喘息
蛇皮袋子也记下了粗饭淡汤的无奈
记下了黄段子和劣质纸烟的自慰
蛇皮袋子把对工头的愤怒藏在最底层
生怕它逃出袋口惹是生非
袋子春节前被黑黑瘦瘦的妹夫拎回家
里面有了馊味的衣被浸满碱花

妹妹抱着肮脏的蛇皮袋子
大颗心痛的泪滴滚落下来

七月的工地

七月的树啊
为什么你蓬勃的叶子没有一片摇动

起重机在上上下下地忙碌
打夯机在咚咚响着撞击
砖块钢筋撕咬着啮合
汗水浑浊蚯蚓一样地淌过
铿锵着膨胀的城市啊
楼房与拔节的玉米高粱一起成长
农民工为啥总像瓜蔓匍匐于田垄

一顶安全帽笼罩一个头颅
一块白毛巾擦拭一片思想
想到病榻上老爹的医药费
期望天空能飘过一朵清凉的云
想到孩子对大学校园的憧憬
期望脚手架能长出树叶来遮阴
七月流火
我感叹生长的季节同样生长无奈
青筋暴凸
我叩问不同的身份注定要绑架命运

七月的树啊
为什么你纷繁的叶子没有一片摇动

蝼蚁人生

抑或前生站错了队
总有与生俱来的白眼　嘲讽　汗水
　血迹　罚款　疾病包围
妻子的牢骚母亲的病体
孩子的学费父亲的叹息

负面的信息阴郁地堆积在工棚里
我们弯腰劳作
压抑　成匍匐状态

农民工在城市化的嘈杂中建筑
垒起的城墙却把自己挡在了城外
在梦中我和我的群体转世为
　卑微的蝼蛄蚂蚁和蚯蚓

曾梦想过自己转世为白白胖胖的蚕
有足够的桑叶喂养有干净的空间生长
变蚕为茧
变茧为蛾
把生命的链条运行为白领轮回的流程
然而尘世的锅碗瓢盆
却总是还原蝼蚁们生存的沉重

谁说蝼蚁的生命不期待涅槃
谁说疲劳的社会不渴望喘息
真希望天空闪电过后下场透雨
雨水能够洗濯飘浮的腐浊
真希望雨后的阳光明亮充足
我们都能放松一下紧张的筋骨

人生麦茬地

成片的麦秆匍匐倒地
成麻包的麦粒地头矗立
收割机经过一番轰鸣忙碌
高高低低的麦茬一片苍白

屠戮后的田野草腥四溢

如果每一棵麦子都有灵魂
麦茬地里的野鬼必定徘徊拥挤
如果每一棵麦子都是一具尸体
麦茬地里倒下的都是断腿将士

也曾在燕子的呢喃中返青
也曾拔节于诗意的蛙鸣
季节风吹得万头攒动
太阳光晒得黄金遍地
然而麦子的宿命就是悲剧
悲剧的意义是为了生命的延续

午后的麦茬地依然强光耀眼
升腾的热气如舞台的帷幕
死亡的麦茬将在风雨中腐烂
麦茬地将生长出玉米的新绿

麦茬如人生
跳动惆怅无奈的音符
人生麦茬地
流淌决绝担当的旋律
麦茬地数不清的垄行抒写沧桑
恰似中年人额上数不清的纹路

原载《时代文学》2012 年第 11 期
被《诗选刊》2013 年第 1 期转载

韩宗宝的诗

韩宗宝

猜火车

还有多少火车可以猜
还有多少青春可以破坏
好的这次我们不猜拳了
我们到祖国的火车站去猜火车

猜猜火车从哪里来　要到哪里去
经历过了多少无所事事的人
我们要像一个人一样　猜火车
像猜火车一样猜火车

猜火车经过了多少片树林
多少片荒地　多少个村庄　多少座桥梁
多少人的欢乐　多少人的伤心
经过了多少婚礼　多少葬礼

在火车站　坐在最后一个空座位上
猜一个女人的心事
如果还孤独就　请对面的一个女人猜谜

你自己也可以成为一个谜语

猜着猜着你就笑了
我看到有两列滚烫的火车
从你的眼眶里慢慢开出
把你冰凉的腮和空虚　碾得粉碎

原载《扬子江》2013 年第 1 期
被《2013 中国诗歌年选》转载

石　头

这是一块异样的石头
一块具体的我无法忘怀的石头
一块有些丑陋的少有人注意的石头
它身上没有光泽
虽然昔日汹涌的河水狠狠冲刷过它
时光在它身上　留下了某些痕迹
它只是一块石头罢了
它无法把它看到的说出
如果一直待在河滩上
这块石头根本不可能飞起来
除非我弯下腰把它捡起来
然后把它从手中迅速地扔出
像扔一只烫手的山芋

原载《延河》2013 年第 2 期
被 2013 年《诗刊》年度诗选专号转载

一群乌鸦从天空飞过

一群乌鸦从天空飞过
我仿佛看到一条黑暗的河流
时光的羽毛构成大面积的乌云
我站在河底　像一个孩子
一动不动地仰望着它
这条黑暗的河流
它自然　从容　热烈
但最终从我头顶的天空慢慢消失
它带走了我石头般坚硬的心
让我无用的肉身
获得了暂时的柔软

原载《诗潮》2013 年第 7 期
被《2013 年中国新诗排行榜》
《2013 中国最佳诗歌》转载

两只相爱的土豆

它们在黑暗的土里相爱
它们不让人看到它们
不让人找到它们

那天我和父亲
意外地挖出它们时
我有些惊讶

它们竟然长在一起了

那么紧　就像从来没有分开过

就像生来就是一个人

原载《青岛文学》2013 年第 10 期

被《2013 年中国诗歌排行榜》转载

来小兮诗三首

来小兮

河　流

河水意味着
离开。生长时间的一瞬
人群的背后，是另一种形式的流动

草木更深了——
不真实的水面，倒置我树木般的脸

而你的枝头茫然
当炊烟说：不。当落日，俯向记忆的唇

我们从影子中醒来

柳树，白杨，与草

先是柳树
其次是白杨
喊不出名字的，三叶，四叶——
统称为草

无法确定的是迎春花
一群黄色的灌木，倒伏。又随着我
疑云丛生
那棵合欢树是我拒绝的
路旁一排排站立的梧桐，是我拒绝的
听说它们来自法国
身上挂着高高的种子，或果实

让我深信的
只有柳树，白杨，与草
初识草木。母亲就告诉我：那是柳树
那是白杨，那时刻包围你的
一定是草。

窗口有风

有呼啸。
窗口显示一所内心的庙宇
低头锻打的声响，有鸟鸣。

自手臂的枯枝上，有风。
喉咙里传出闪电，聚集的雨水
万千摇曳中
有不可预见的未来之尘土
掷向你我，我们的孩子

有歌声翻飞。
一路展开身体的经卷
十万支箭弩，飞奔而来

哦。请抱紧手上凋谢的城池
抱紧今日的石块。

原载《诗选刊》2013 年第 2 期

尘世帖

阿 华

我，就是我自己的千山万水

那年春天，我迷恋草木和江水
喜欢坐在慈圣寺的石阶上
听智灯和尚讲故事

“因果不曾亏欠我们什么
所以，千万不要抱怨”
他说他从经书里索取暖意
觉得对人恭敬，就是在庄严自己

“恶口永远不要出自我们的口中
不管他有多坏，有多恶
你骂他，你的心就被污染了
你要想，他就是你的善知识”

举戒尺正德行，听软语暖人心
当智灯的声音，谜一样打开
我明白——

在迟钝的浮生之外
我，就是我自己的千山万水

尘 世 帖

我从不歌唱流水和落花
也不歌唱沉船，鱼骨与明月
人间的生死，我也只涉及其中的一小部分

闪烁在远处的星光，耗费了我太多的青春
与精力，如今，我只迷恋植物
应时节而开，随时节而落，简单到
不带任何的痴念和妄想

当然，有时候我也迷恋《薄伽梵歌》
与《奥义书》，如果还能借用一下宗教的隐喻
我想知道，有谁才能真正地靠近天堂和上帝

“人无善意，必然堕落”，书上是在说
人间的事。广阔的天地间，每一个人都有
自己渺小盲目的人生命运，不必去嘲笑别人

也不必将他们扔过来的瓦块和石头
再扔回去了

我在等一个善良的邮差

我在等一个善良的邮差
我要问一问他，在黑夜到来之前
我会遇到谁，雨后的早晨

芙蓉们择枝而生，一朵是不是
做了另一朵的姐妹

我在等一个善良的邮差
我要问一问他，隔着几个省的想念
是谁给的，青砖地上的月光
是向谁借的，睡眠是不是
能安慰一个人的偏头疼

我在等一个善良的邮差
他知道我温和，冷静，百忍成金
他知道我有云朵一样的柔软
悄悄潜伏于内心

敏感的人相互寻找
孤单的人相互安慰
昨夜，香槟的灵魂在瓶子里歌唱
我在灯光下，等那个善良的邮差

我只想问问他
风吹草海，云过天空
一朵鲁国的莲花
从哪里，才能找到它的源头

在某处，不适之地

一个人看月亮，总是越看越孤独
在黎明县，我有过相似的心境

江河改道，大山挪移

我还从落叶的身上，看到季节的影子

“天地大德，请给万物生长的机会”
热爱生活的人，都有一颗向善的心

而我白发暗生，一事无成
把每一次归乡，当成是一次心碎的回归

《夜宴图》里夜宴，《运粮图》里运粮
像枯草之根，只能在水穷处
默默潜伏

多少年了，这里一直都是寂静的核心
而我始终没有学会布施，远离烦恼
自己做自己人生的衣钵

我承认，我是一个布满风尘的人
没有柔情蜜语，但也不具备铁石心肠
唯一爱着的花楸树，身体里还有一座悬空寺

原载《飞天》2013 年第 2 期
被《诗选刊》2013 年第 5 期转载

李庄的诗

李 庄

铁 丝

是什么样的力量在拧
两根铁丝像交尾的蛇

或许，它捆绑过什么东西
而今完成了使命被钢钳夹断

遗下这固执的一段
纠缠在寂静的时光里

谁又将它分开：螺旋着的形态
正空虚着那曾拥有过的躯体

又像战栗着上升、上升着的
小提琴哭泣的声音

那曾经的力量亲近而遥远
那捆绑的东西伤害又依赖

将它立在书桌上
这样的艺术有些怪异

把它分赠给爱过的人
只会使心弦再次痉挛

还是拧成一行平淡的诗吧
铁丝便不会锈蚀

数数心跳

两个心脏
在一个身体里跳动
一个心脏在一个身体里跳动
2012 年 5 月 7 日深夜
我数着自己的心跳
1、2、3、4、5、6、7……

我的心脏离开母亲的心脏
已 48 年 11 个月 15 天
母亲的心脏停止跳动
已 31 年零 1 个月 27 天

有母亲的人呵
明天早晨你要抱住你的母亲
世上的母亲
今晚你要抱住你的儿女
数数两个身体里两个心脏的跳动
数数两个心脏在一个身体里的跳动
数数　心跳

蛇或回忆

细雨，音乐，或某种气味
唤醒你——缓缓逼近或一道闪电
扑来。吐着亲爱的蛇芯

一生的落叶刹那青翠
滴下的露珠有时清凉有时温润
珍贵而后悔

你舞动谁的腰肢
曼妙，危险，甜蜜
我长满老年斑的手无力再挽

曲折如你的躯体——蛇呵
我已不再抱怨我的命运
缠住我吧，请勒紧

将你的毒牙刺入我的心
让我迷醉，让那个痛饮的少年
在噩梦里再恶狠狠地爱这个世界一次

原载《扬子江诗刊》2013 年第 2 期

2004：想起午夜的收音机（外一章）

何敬君

那夜何夜？

风在窗外与我耳语，月亮在别处照耀另外的人们

一些人照常睡了，一些人依然地醒着

我在半梦半醒里踽踽独行，再一次回到过去

一些渐行渐淡的声音，一些正在绝望地睡去的声音，如风，如月色，如纷纷落英，又一次击中了我

突如其来的冰雹击碎了秋风中摇曳的芭蕉的叶子

那些声音：柔曼的，铿锵的，滑腻的，洪亮的……稍近即远如闪电影子的，萦绕回荡似幽谷清风的……

那些流自午夜的声音优裕了许许多多的白天，每一天都被滋养得明媚绚丽，南风和畅或大雨滂沱……

白天因此更像白天。我们在其中四处奔走

被回想浸泡的那个夜晚，我对周遭的一切无以名状

溪水、河水、江水，或是瀑布，或是天降之水，跌跌宕宕，汤汤漾漾

在醒来的声波上，我似乎漂流成了无桅无桨的小舟

……午夜的收音机穿透了情感，而穿不透午夜

午夜是无边的罩子，是不能回音的壁垒

午夜掩没着我的追忆，无论哪一年的哪一月的哪一夜

2003：前所未有的春天里

紫陌红尘如期而来，却没有拂上几张熟悉或陌生的脸庞

与往年相似的梨花、桃花、杏花……依旧妩媚，却寂寥着，终究凋落了一地的落寞与惆怅

近处的水光失语，远处的山色喑哑，任云雨风月无主地流逝，孤独无边地蔓延着……

一个幽灵，一个看不见的妖魔，张牙舞爪着四处游荡……扼住了满园春光春色，扼住了满天灿烂明媚

季节寒冷，道路冷漠

我一阵又一阵地战栗着

—— 一个前所未有的春天哦

我以歌唱排解忧虑，以舞蹈抵抗恐惧

早晨出门，想象自己踩在琴弦之上，一个微小而强劲的音符，向着东方，向着太阳的方向滑行

一片杂花，几棵小树，以成长的欲望弹拨天空，如松鼠跳跃于草坪，如玉人轻舒纤指

有一种感觉，从过去的生活里引申出来，向远处飘漫而去，让我忘却夜里的惊悸和下一小时的烦忧

——那是前所未有的春天哦

一个幽灵四处游荡，舔噬人们心里的阳光

我们更加贪婪生命，贪婪每一个明媚的早晨，贪婪每一缕清新的空气

我们以早晨的阳光扑扫夜间的黑云，为了友情更加珍贵，为了爱情更加美好

—— 一个前所未有的春天哦

我们的身体没有远行，我们的思想一次又一次地出发

也许那些等待着我们的山水是寂寞的，而我们自己并不寂寞，所有的心灵绽放为天地间最美最美的花朵

（永别了！SARS……）

原载《诗刊》2013 年第 2 期

贫困之书

陈 亮

贫 困

贫困像一条狗，恶狠狠地咬住人腿，接着是
撕心裂肺的惨叫，然后用些细土
随便止住血，就撕下影子瘸拐着跑掉
——疼痛，仿佛是别人的
——在无限的阳光或者月光下
我看见那么多被狗咬伤了的人
他们胆小、羞愧，甚至不敢出现在街上
只能钻偏僻的胡同和小路
他们大多是些外乡人，来此找活路
被欺骗、侮辱，低三下四
怀揣着捡来的破碎的灯盏
他们在窝棚里藏着，更像传说中的贼
他们夜里梦见了遥远的家
却让冷汗酸臭纠结了愁发，引来更多强悍的狗叫
贫困更像无穷油亮的虱子，针脚样密
钻心地痒着一群人，他们借着手电
——噼啪掐咬，血溅鬼脸
或彼此恶狠狠地相互抓挠着

皮肤红紫，像被开水秃噜了一遍
到了清晨，照例不会洗脸或吃饭
就着了火一样滚了出去
他们要抢在清洁车之前，把垃圾箱再翻一遍
里面有不少侥幸或渴望——“前天，
李旺财捡到了一块翡翠，却被人抢走了
还搭上一条腿。要命哪！骨头茬子
都刺出来了，简直比疯狗还凶——”
有火苗隐约闪了一下，又迅速淹灭了

在乡间的小路上

已经是深秋，我和现代农庄梦想者冠华
走在村后那条被机器压翻的小路上
太阳刚刚出生，碎草上的霜轻易化了
似乎刚刚在梦里压抑着哭过了一场
拾荒的老人，脊骨似乎已经让悲伤压得严重
貌似和谁有仇，咳嗽声暴戾。此时
北平原有些虚弱，我们语速激烈的交谈
惊起了一大片觅食或麻醉的麻雀
——昨夜的酒精在继续发力
太阳穴的痛疼，让稀疏高大的杨树
和它们不断锯短的影子摔下铁锈
脚的轻，似乎在天上或虚无里
有谁在使劲地拔着拔着我们
——太阳继续热烈，虫子恢复疯狂
眯着眼，我们看到一小朵金黄的野花
正把它疲惫的头枕在了锃亮铁轨上
美美地睡着了，北平原也在睡着，睡着——
沉溺在生育的沧桑，呈现出原始的静

只让所有的光，全部都集中在
铁轨上，那一朵，熟睡的黄花
却让我们感到一阵阵来自莫名的危险
从而最终交出荒凉和战栗的泪水
我们相信，背后的脚印很快消失，多年后
在这条路上，不会有人还记得我们

急剧挥发成粉尘

淹　没

暮色里，一个人走向田野，这是个看坡人
他摇摇晃晃地扛着锃亮的铁锨
头顶紊乱纠结的蚊虫，步履显得老迈滞重
秋，已经深了——庄稼绿得发黑
淹过猫狗的破烂沟渠里盛开白花
小路依旧被野草和庄稼挤得忍气吞声
隐身的虫子，依旧在叫魂
孤苦的坟头开始慢腾腾吐出了蓝霭
他发现一只麻雀，在眼前晃了一下
扔下一个灰灰的眼神，扑哧就飞远了
却很快就被发黑的绿吸纳干净
几只黄鼠狼，竖耳咳嗽着咳嗽着
朝他神秘地摆手，旋即，也被吸纳于无迹
统统没有遗下任何的波澜
田野像个无底洞——想到这里，
他感到了莫名的口渴和心慌
因为四下里，现在是不见一个活物了
他鸡仔样地哆嗦起来，似乎自己
也会很快被吸纳干净，不会留下一点骨头

他就咣当扔下铁锨，跌撞着跑了起来
扔下了他多年看坡的营生
这么多年了，他是第一次被吓破了胆
而那些黑绿却更加安静，悄悄吐出
草灰的月亮，不担心有谁会逃出它的黑掌

原载《诗歌月刊》2014 年第 2 期

无畏的人可以泪流满面

格　式

一只狗

冬天到了。路上到处都是落叶
那就让喜欢它的人收拾好了。此刻
我收拾的是一只狗。我反复擦洗它的皮肤
以便更好地保护我的双腿。我见过它
它十六岁的样子，肚皮开了口
拖着几根肠子。有时引来一群苍蝇
有时引来一群狗的追逐，再有时
就是它突然死了。我们一家人
都没准备好，邻居说把它埋了吧
怪招人疼的。我抹了一把眼泪
顺便偷看了一下父亲。他不吱声
母亲夺过了他的旱烟袋，一股呛人的气味
久久在堂屋里不忍散去。我说
这只狗跟我一般大，就让我处理吧
其时是未成年人，现在才觉得其时是未成年人
我把狗埋在堂屋后的芦苇荡里，风一吹
房前房后，树上树下，都是呜呜的声音

无畏的人可以泪流满面

劈柴将锅底烧红，积雪仍在
扩大着它的体积。劈柴的人
在院子里继续劈柴。远山，以及
远山上的树木，因为恐高
而倒吸了一口冷气……

空　白

有五年的光阴，他身边的女人
骤然走光。当相依为命的对面、对方
和对手，变得形同虚设
他便把自己当成了对岸。通过漫游
每天，他与自己对话
实在不行，他就亲自下床
炒几个菜，会见一下自己
握紧自己的手，菜刀回到了菜里
不一会儿，他如期漫游到
没有你、我、他的地方

终南山

那里住着很多石头、树木和溪水
以及冒充它们的人。树木站在石头上
也试图站在溪水里；溪水穿过茂密的树木
也穿过茂密的石头。一只鸟从树上跳下来
那么轻，不会对溪水构成威胁。石头缝里
钻出钻进的孩子和松鼠，相互模仿，眼珠子

鼓溜溜的亮。我以为它们看上了我，其实是
看上了树木背后的阳光。白花花的，有奶牛的气味
阳光在树叶里，有时就是一片树叶。树叶与树叶之间
阳光在说话。风儿路过，想干歪曲的勾当
树木们集体起立表示反对。石头背面的积雪
积极响应，不惜以消融的方式，以溪水和天空的方式

原载《诗刊》2013 年第 2 期

我听到时光的呼吸（外二首）

崔慧君

黄叶在秋风中委婉起伏
天空抬头　向上挺了挺腰身
安详的秋天一步步走来　波澜不惊

有人搬运玉米的金黄
有人采摘云朵的洁白
鸟鸣满坡　花开芬芳
我听到了时光轻盈的呼吸

守着静美的秋天
守着一大堆好时光　心含喜悦
阳光明媚秋风缱绻
我步履轻快　和田野比肩
目光里更多了几分宽厚和明澈

把中年打磨成一尊青花

历经风雨　洞察世事
远离轻狂和浮躁
中年　把自己焙成一尊青花

圆润平和　转动莹莹的时光

有一些愿望如天边的地平线
也许终生遥不可及
不抱怨，不诉苦，挑拣出枯萎的枝叶
对生活还是热爱有加

南来的风　北往的雨
色彩斑斓的阳光
终于学会不动声色，心领神会
在庸常和琐碎里握住坚强
见缝插针　栽花种绿
捕捉日子深处的明亮和香气

守住内心的柔软
扶着阳光　并让阳光照见的
是中年
——青花釉质的光泽

山　竹

轻轻捏开　雪白的果肉团坐
如莲花般坐禅
这种异域的水果远道而来
在我家的果盘不动声色
奇妙的香气和形状让我惊讶

紫色的外衣，雪白的清香
赋予我多重的想象和思绪
十年结一果

这挂在高高枝上的灯笼

然而重要的
是我和爱人各自品尝一个之后
其余的　全留给了孩子
共同的爱　让我的家
像一瓣瓣团坐一起的山竹
春华秋实，布满阳光的色泽

原载《诗选刊》2013 年第 2 期

每一朵槐花都有自己的胎记

韩簌簌

槐花：仗剑的女侠

在孤岛，你会看到槐花
你看，迎春花哀怨地举着变绿了的手臂
昨日黄花不再，好节气兀自悬空
夭桃　可以借绿罗裙的掩护，膨起鼓胀的小身子
杏子们更知道，出墙与不出墙
珠胎暗结，早已是不争的事实
唯有槐花，拥拥挤挤地
摇着五月的风铃，环佩叮当

在孤岛，你定会认识槐花
在被绿色挤占的领地上　开疆拓土
以纤细的触须小心探访来路不明的风
你终于知道，这世间　依然有一群纯白的女子
用以柔克刚的方式，来收复失地

轻些呀　轻些
请勿惊动了一园子的花事
这中世纪的女侠，这佩剑的鲍西亚

她只是深藏不露，有世人难得一见的春光

槐花，鼓着浑圆的小嘴

槐花，清灵灵地站在高坡上
鼓着浑圆的小嘴
和早起的蝉自创的小曲一唱一和　并偷窥
柳树修剪整齐的眉　对着小桥下流水的镜子
这波澜不惊的美

这婉约的女子，有轻纱玉质的嫁衣
从小家碧玉出落成大家闺秀，似乎是一夜之间的事
妹妹，陪嫁的马车已备好
你只要等，迎亲的鼓号隆隆响起

到那时，槐花　会用柳条的鞭子驱赶水流
辗转腾挪而下
或安营扎寨，或择日启程

槐花，以茶的名义

是额露轻绽的那一朵吗
是步态轻摇的那一朵吗
一定，是偷偷藏入衣褶的那一朵
是轻卧在帽檐的那一朵
是悄悄飞进书页里的　那一朵
这些，依然不够

因为她们知道
再耀眼的容颜，迟早也会风干成历史

于是索性以决绝的姿态
携清风明月，连同新雨露和旧光阴
提前走进　线装书里

每一朵槐花都有自己的胎记

如果你相信机缘
我是说，来自南方　和北方的两只鸟
会　相遇于同一个岛屿之上的
同一片森林里的同一根树枝上

如果你相信恒久
一地落花会给你一个信得过的诠释
风干后的旧事物，往往是凝聚的精华
你看　槐花抵死也要把香气留驻
只等一杯水的到来
再还原　最本真的自己

因为啊
每一朵槐花　都揣着自己的胎记
在有限的时空里
逐一将自己认领　并适时地
再　交　出　自　己

原载《诗选刊》2013 年第 2 期“中国女诗人专号”

习经笔记

王长征

斧的运用

坎坎伐檀兮，寘之河之干兮。

——《魏风·伐檀》

坎坎伐檀　林木间的农人在劳动的连绵和间断里
飞出了节奏的光辉——斧的运用
不是诗句间的句读　但是回环　但是复沓
像它的一韵押过一韵
像光辉已经层层叠叠照亮了古老河岸的场景
古老　那完全就是想象的托词
我的葵花　我的雏菊　我的桑蚕　我的九月　我的牛

怎能让星云般奇异的传说所蒙蔽
怎能让陨石般顽固的历史所压制

我就是在河流旁目送那些树木随波而去
而我拖着树枝的牛　像船只
承载着它之上——回旋着光辉的鞭梢

诗经　我早已遗失在古代的魂灵
教我本来或者现在就成为有文化的劳动者

子曰里的月亮

教诲尔子，式榖似之。
——《小雅·小宛》

您说　子曰
我脑海里升起月亮的鸟巢
您说　诗云
我心田里流浪着白云之马

先生　您坐得端正就是经卷的格律

经卷　印度
家奴离去的田地里　空荡荡
留下一群孩子般赤裸的脚印子

呵　先生　您知道吗
青春是一尾春风里的狐狸

它一路风行地奔跑
带着斗转星移带着岁月的迁徙
吹起绿叶丛丛燃起红叶簇簇落下黄叶纷纷

先生　已经到了饭时
您和我的肚子里　现在
拱动着一群猪　咕噜咕噜
你讲经的手势有点乱套

你的手影里飞出凌空的小鸟一只

它飞越了你吟诵的又一个动荡而辽阔的词——
飞越了“万——水——千——山”

先生　我面对着您
我背后的门一点点敞开了
光亮弥漫了我家的讲经堂
这光亮也会随着那只鸟儿飞越辽阔而动荡的词语

呵　先生　我从您的脸上看见厨子已经进门
看到他堆在脸上肥胖的笑吟吟

在无所谓中飞翔

明星有烂。将翱将翔

——《郑风·女曰鸡鸣》

鹤
可以把她看作是我的人民
他们需要有高贵和翱翔的姿势
她飘逸　奔放　有明亮的羽翼

漂流的云朵
回旋着鹤的传说

我
应该是她那一双细长的脚
一双而不是一只
一双是完全不同的两只

不是兄弟姊妹不是夫妻

在她飞离地面之前
我曾努力地奔跑
从而推动了历史的进步

那两只完全不同的鹤脚
却让大地上的事物聆听和仰望

现在我的历史更像漂流的云朵
我的人民之鹤在安静中向前

我就是那双细长的脚
懈怠　飘　在无所谓中飞翔

不能被风潦倒

陟彼高冈，我马玄黄。

——《周南·卷耳》

陟彼高冈　我马玄黄
我在鲁北平原遥望他在高冈之上
像观察移动的星辰

大月亮　金黄　透亮
从我这里看去人和马走在了月亮里

不是因为经典
而像随手披上了中国的衣衫

如果有可能我还这样去爱你

但我现在忙碌在书店里　对于《诗经》
我只是在经营它　偶尔也吟咏它
有人也来购买　没有太多的利润

我听着拉书的三轮车因为松懈而发出放肆的歌声
骑着它的主人却落寞无声

像《诗经》高冈上的骑者　像我

像我　我才在墙上徒劳地变换着自己的手影
尽管主人像拇指　马儿像兔子
却不能被风潦倒

原载《花城》2013 年第 3 期
被《中国新文学大系·诗歌卷（2013）》选载

敬畏

东涯

虔诚

我喜欢：天上月亮。秋夜虫
鸣。山涧溪流。
稚子的眼睛。善举。
弱者所体现出来的勇气。仁慈。
……它们纯净
圣洁如入殓师的表情。

哦，我喜欢入殓师的
表情，俗世中最后的慰藉。
多么温暖——
我喜欢所有温暖的事物：
牛车上的阳光。母亲
在村头的凝望。亲人的拥抱。
爱情里小小的阴谋。
垂暮时光。
临终的眼……就像我

喜欢孤独。

喜欢透进牢狱的一缕微光。
喜欢突然滚落的泪水——快乐
或痛苦的馈赠——
无须任何理由。

艺术品

海洋，灵魂的沙盘，无法收藏的遗憾
它暗藏的灰烬
和光影，难以复制

但有幻象剥落。当你突然
从一个人身上
看到另一个人的影子
如海市蜃楼。时空和视障的迷雾散开
历史的残片
在这个人身上还原

当你用海水把落寞和凄凉
烧成青花瓷，明月夜
它的光芒，让河汉也屏住了呼吸

一个人，只身住在海边老宅
并不孤独
这里有祖辈们的生活气息
——他们死去多年了
午夜，你推开房门
发现他们就在这里看书
喝茶，低语，从时空里转身
仿佛杜尚的

日用品，放在意想不到的地方
每一个，都是孤品

悲　伤

他在黑暗中哭泣。这个顽固的
男人，曾说自己不会哭泣
即使遭遇车祸，医生用粗长的弯针
穿过他头上的创口
即使在治丧中——身陷体制的
折磨，以及父母去世——
他也始终沉默
暗藏风暴的海洋也为之心慌
偶尔，他会对着墙上的照片发一会儿呆
也会抱着我不说话
我想这个顽固派
大概这辈子都不会哭了
现在是夜酣之时，我突然听见他
在睡梦中哭泣——
短促、沉抑的一声，蕴含了所有

敬　畏

成方的石头堆在石材厂，等待被切割
打磨成人们需要的样子
无法避免破碎的命运，就像爆炸现场的
残肢剩体——
谁来倾听这底层的呼号与呻吟？

我们都是石头喂养的，耶稣一样的石头

心中应该有敬畏，才能看到满目疮痍
才能听见一个声音，才能
在万事万物各自有命中找到共同的命运。

原载《诗刊》2013 年第 3 期
被《诗选刊》2013 年第 7 期选载
《中国诗歌精选》选载

寒烟诗三首

寒 烟

四月：根的醒悟

四月，发情的大地汹涌着
与每一粒种子结合的原始欲望
我听见万物贪婪地生长
繁花缤纷的喧嚣，即将湮没——
一座新坟在麦地里凄然隆起的荒寂

和着泪雨，把你送入
悲痛掘开的深土
让你那扎向来世的根
扎向生生不息的源头
从此，在四季起伏和五谷摇曳的深处
收获你悲喜交集的重生

四月的麦田躺着，哭泣着
松弛，柔软……
而我生命的田畴，已被死亡的犁
深耕：一垄垄闭合的犁沟里
埋着我那永远哭喊不出来的疼

那永在沉痛中沉降的——

断层的刻度

原载《诗潮》2013 年第 3 期

被《2013 中国诗歌排行榜》选载

松赞林寺[①]上空的鸟

聚敛夕阳的金顶凝目众生，宽大的
绛紫色的僧袍又裹着多少“空”

多少血肉，喂给饕餮的信仰
陡峭石级通向我不能抵达的玄秘

带着从静穆中剥离的心跳
带着我的饥渴我的罪，我离开

留下你们，这异教的乌云
在松赞林寺的每个黄昏

为骇人的千古空茫
呼喊

原载《诗潮》2013 年第 3 期

被《2013 年中国诗歌精选》选载

① 松赞林寺：佛教寺院，位于云南省中甸县。

隧道之黑

向隧道之黑奔去——
犹如飞蛾扑火！
穿过隧道供养的窒息
我将与我心中的海峡相会

所有的尊贵只为你一个人移民
——大漳深谙芦苇
孤独者从胸中掏出
最后的镭

只有一个归宿
像野兽回到甜蜜的洞穴
回到暴雨的晚餐
荒蛮啊，我的本原……
信仰它的人多么吃力，一身自晒的盐
只能是光的结晶

谁不愿意成为爱人瞳中的琥珀——
那筋脉的家乡，风暴的安宁
给我一个突围的黑洞
让我在你漩涡的中心永不醒来

原载《太湖》2013 年第 2 期
被《中国好文学：2013 最佳诗歌》选载

致远逝的青春

孙方杰

1

月光如此迷蒙，梦就有些桃花带雨
梦里的爱情就有些杨柳堆红
千种韵致，列队而来
在草薰风暖的九月
我们一起看醉了西湖上的烟波

我知道，关山梦长，天涯情深
笙歌散尽了虚无。我挽着你
看月上枝头，怡然笑语
更觉妙处难言。是啊
驱一叶小舟在湖上共渡
误入的那片荷花丛，是否还记得
我们的惊恐？时光让你年轻
而让我徒自老去。今夜，我梦里的西湖
让你占尽芳菲。今夜，白娘子来过
许仙来过，我们是他们的今世
命中注定，桥要断，油纸伞要丢
水要漫过金山

2

这许多的岁月，恰贴着一个青春
贴着一个青春相爱，确有些奢华
我毫不隐瞒，告诉了你我青春的遗址
你说，一定抽时间过去看看
在一个物欲横流的雨夜
你走进了我的二十世纪八十年代
那一夜，你把葡萄视作了珍珠
把从我青春的遗址上取回的瓦砾，碎片
当作了银饰，叮叮当当
挂满了你的长亭碉楼，粉泪红胸
那只金质的蝴蝶，使你顿生了几分
娇羞与妖柔。那时候，我青春的废墟
就是你的国家，就是你眼眸里的星空
以及星空下的荧荧红烛，绵绵纯情

我提一把锡壶，里面盛着我身体里
多出的一根骨头，年复一年
望断春愁，漫过金山的水又漫过我青春的河堤
往事骤响涛声，是啊
往事骤响涛声！我向你诉说的我少年时的故事
以及我年轻时的那些爱情
似乎还在桃树下，快弄琴弦
在梨树下，慢催丝簧
石榴花暖蕊争发，而我逝去的青春
已芳尘远去，寄烟波疾驰
而对酒当歌，似乎这恍若隔世的白日梦中
是专为我增添的韶光

我知道，爱情是一座监狱，我是那个
永远也走不出去的囚徒

3

你是一个命中有火的人，我名字里的木头
正好给你添薪。是把我烧尽
还是留一片绿荫？我牵着你的手
想再走一走我们在长安的那些岁月
我们修栈道，筑城池
养一对鸳鸯放在护城河里，你说
我们两个人的古代，是两朵明媚的蝴蝶兰
别看很小的两朵
只要我们深锁春光，肆意开放
芳香也会铺遍天涯

你知道吗，很多年以前
你是那个在河边浣纱的少女
我是那个涉河进京赶考的书生
你的挽留，使我错过了考期
安一生清贫，与你在河边结草为庐
再很多年前，你是那个纺线织布的主妇
我是那个扶犁耕田的劳者
或许你还是七仙女，我是董永
你是崔莺莺，我是张生……而今世
我们这对蝴蝶兰，开得更艳了
终于续上了长安城里我出征未还的那段情缘
然而，我早生的华发
是否可以潜回到青丝
是否可以把你送给我的春天

用来缝补我渐渐残破的中年

是啊，岁月催人老
情深恨自知。那些没有人说出的梦境
天天贴着我的心脏，独语成吟
你命中的大火，已经把我烧成了一块铁
在你的炉子里，我已忘记华发行暮
和世上的功名。今夜，我重回梦中
爱情和往事早已被你烧得彤红
今夜，我看见另一个我从肉体里走出
锡壶里浸着一根写满你名字的骨头

4

今昔何昔，云淡星疏
我刚去整理了一遍六朝的旧事回来
你就在秉一枝雏菊等我
十里烟堤，千里浩波
在我们的庐外，始终簇拥着绝世爱情的一声长鸣
现在，我进得门来，轻掩柴扉
灯火越来越暗
你抱着我，害怕我再次离开
害怕那些六朝的烂事再度让我心烦
你说，不愿意听我唉声叹气
不愿意看我一天到晚愁眉苦脸的样子

现在，让我们借着微弱的星光
互相找出心脏纤细的血管中
最微小的那根，我们用亲昵给它疏通
用敦促锻炼它的活力，这样

无论是我爱你，还是你爱我，才能铿锵有力

我们轻薄千金，或者西池对饮
或者搬一把藤椅到月光里
倾听群山说出的秘密
这里，我不说话
你也知道，我的情思又回到了
六朝烟雨的梦里

5

我打马从长安归来，在汴京
换乘火车，到北平，我又换上空中客机
为的是能尽早和你一起
在金陵城外小汤山的露天温泉里
安下我们相亲相爱的身子
我说，因为爱你，而被你爱
你说，贴着青春相爱，年龄不是距离

春草年年绿，翠染二月初
九月碧野尽，枝头更妖娆
而爱情的胭脂靓装，已经让我们山河重生
时间的真相里藏满我们的爱抚和温情
你纤纤的手上仿佛有着太多的春风
爱着，爱着，就把我的忧伤爱没了
爱着，爱着，就把我的万千闲愁逼进了云深处

这一世转换一世的爱情啊
我总能在茫茫的人海里找到你。现在
我只愿来世，我们能够降生在同一个村里

一定要指腹为婚

一定要青梅竹马，不离不弃……

原载《诗刊》2013年第4期

水挤在深夜的水管里等待（外一首）

刘棉朵

水走了很远的路才来到这里
怕冷一样
它们挤在深夜的水管里
谦恭地等待天亮时有个早起的人
会拧开水龙头

它们像一群鸽子一样在等着
有人能打开笼子的门
它们憋着嗓子里的声音
不出声，在水管里暗自地歌唱

它们歌唱它们是带着鸟粪、树叶
泥沙和泡沫的水
曾经住在一座水库里，一起穿过一座水厂、水泵
和长长的旅途
现在已经可以喷出

它们从黑暗的地方来到明亮的前夕
一滴好奇的水已经打算跑到镜子上去
它要看看自己的颜色和面容

也要有一种镜子里的生活

它们挤在深夜的水管里唱着歌并等待
等着我明天一早拧开生活的水管

我听见那些伟大的名字在用汉语进行歌唱

我听见一匹马在我身后歌德、歌德地跑
我听见一只老鼠在图书馆的一角卡夫卡、卡夫卡地吃书
我看见门前的海水在说兰波、兰波
墙壁上的一个小洞在小声地说孔子、孔子
今天早上
路过我身边的一个小女孩扎着马尾辫在唱着马拉美、马拉美

黑夜在说着黑格尔、黑格尔
树叶子在说叶芝、叶芝
云彩在空中也在说着尼采、尼采
一只下了蛋的母鸡骄傲地叫着克莱格旦、克莱格旦

雨滴在窗外说着帕斯滴答、帕斯滴答
帕斯滴答也是一个伟大的名字

一只啄木鸟在它的树上笃笃、笃笃
笃笃也是一个伟大的名字

我听见蜜蜂在花丛里哼着翁托贝翁、翁托贝翁
琴键在钢琴上唱着索尔仁尼琴、索尔仁尼琴

那些生来孤独的人为孤独的人世
留下了他们伟大的名字

它们不停地在用汉语进行歌唱

深夜了，一阵风经过了一片遥远的棉田
那棉田也在孤独地叫刘棉朵、刘棉朵……

原载《诗潮》2013 第 8 期

后一首被《2013 年中国诗歌精选》选载

话本人生

张佑峰

话本人生

金风渐冷，玉露生凉
像话本小说
开篇我写下表述时光的语句
然后把一个懵懂无知的少年
安放在尘世

给他一对慈眉善目的爹娘
让他无忧无虑地长成
给他一个青梅竹马的阿娇
让他成年后一遍遍相思
给他一根够长的马杆
让他套住最烈的骏马
给他一副热心肠
让他从容经过这简单的一世

不给他贫穷，失望，仇恨，欺辱
不给他歧途，疾病，离散，孤独
不给他煎熬，思念，夜半的星宇

不给他个虚名儿
尝尽世间的悲苦

不写引文，序，跋，不让别人写一知半解的眉批
不隐讳，不夸张，不借喻……
梨板一敲
我写小桥流水，写少年眼中含着的热泪
写他梦里的翅膀，心中的感激、不便言说的儿女心事

御风百合

我认识这些覆盆子，一年蓬，紫荆
我认识这些高大的林木，苦楝子树，开花的合欢
在三年之前的蒙山，
我还认识过一个叫御风百合的女子：
“田琳，……” QQ 头像晃动着
“漯河的水一直漫上了河堤”

如今我学会了游泳
爬山时不再赖在山腰不动
去年秋天的时候
我还去了我们说过的毛主席故居

你的 QQ 头像，却再没亮起

人间四月天

我笑着指给你看这些红蓼、水姜，
告诉你些幼时趣事
日暮里

你却爱上了镜头里的夕阳，
药田里随风翻起的白色波浪

“我负责挣钱养家，你负责貌美如花”
回程路上，说起生活里的痛和苦楚
你孩子样的笑
瞬间点亮了四面来风

而我中毒已久矣
短暂的笑，如夜幕上的星，海上的帆，
一树一树的花开，爱，暖
巨大的幕后和洋底
有着你不知道的荒，寒

原载《诗刊》2013 年第 4 期

菌 子（外一首）

张 斌

长在石头上的思绪
被夜打湿了
撑一把小伞
以独特的姿势
站着

蒙山漂流

被一股力量推着
在山间的水流中前行
水花溅起
激发心绪
怕影子也被冲走
手紧紧抓住橡皮艇

原载《诗刊》2013 年第 4 期

从容的冷意

戴小栋

水乡里也有恬静的耕读生活

成为鱼后只需要静静地划水
一对鸳鸯首尾相衔地游了许久仍无倦意
一只河豚吃力地驮着满腹的民脂民膏
在陆地时的威风已荡然无存
美人鱼出现在岸上，波心开始荡漾
干扰了正常行进——花瓶掉下来
碎了一地。一个转身过后
中产阶级的癖好在水中清晰地显影

时间的消逝像刀片在空气中一闪
历史正在安静地着色

马滑霜浓，不如休去

喜乐结束了。仍有大把的时光真是难堪
做完功课的夜鸟一句话也不愿多说
咔嗒一声打开手提电脑
重新回到她的韩剧中。那个多余的人

躺也不是坐也不是穿上衣服正想离开
雪花已在一场突如其来的冷雨后登场
此刻，窗外的世界完全被这些精灵们主宰
她们呼号着实施横向或逆向的大幅度纵深移动
全然不顾深陷红尘的肉体
正从深渊中抬起饥饿的头颅
提前到来的寒冬。感受到了风的怨气
但我们手里仍攥着大把的时光

乱绪如麻

马齿徒增。中年以后的许多日子都有了来头
时间仓库，尘封的门。“虚无主义就站在门口”①
只是睡眠之门的外面还有一层厚厚的门帘
凌晨 4 时，找不到返回的缝隙
定力与欲念在收官前的晕眩中对峙
眼睛相互躲避躯体彼此逃离
孤寂铺天盖地。给座钟上弦的声音
一下又一下，在午夜时分肥瘦相间
神秘的暗示。临门而卧的狗蜷伏着
失忆：一屋子昏黄的精致漫了过来

晨　起

苹果美人优雅地醒来
小乖正在做夸张的欠伸
持续叩击，咯吱作响。禅意十足的清晨
生命是安逸的，关上窗帘假象愈发真实

① 引自尼采笔记。

长久地倚靠床头或安坐在思想的椅子上
从鱼缸中晃动的水草我看到了旧日子恍惚的碎片
许多人一生走不出家的窠臼
有的人永远生活在别处

正午之殇

二十年了，刺耳的铁轮声一直在响
草绿色的油漆和姜黄色玻璃腻子的浓郁气息
经年不散。安谧的中午
盛满血液和羊水的红塑料桶
医生对着阳光下的婴儿举起了
明晃晃的针头。东紫是幸运的
被梦魇纠缠的只是她故事里的人物
可小栋的余生已永无安宁：那个中午
意外骨折的奶奶无助地端坐在医院草绿色的椅子上
等待她最信任的亲人用无知、犹疑和怯懦
犯下一生最致命的失误

漫长的正午。被锋利的小说撕开
血肉模糊，骑跨在梦的高墙上
里外一片漆黑，难以搅动
间或听到了故人蓬乱的笑声

在记忆的深井里
不能触碰的伤口最深最痛

在爱的荫蔽里

夜深了，我们一前一后驶过燕子山进入盘山路

一只黄鼬从容地从眼前经过
在车灯侵略性的照射下它定睛看了我们一眼
只一眼便带着它的孤独落荒而窜
前方的路还有很长但一切在上天的眷顾里
不再踽踽流浪。花雕和火炉已经摆好
让我们坐下来一起取暖
一起安放漂泊已久的灵魂

万古一瞬中

大雪过后完全松弛了下来
踏雪的狗记不清自己的过往
兴奋得不能自持。从容的冷意
立于浩渺的天地间彼此不再存一点戒备
铲雪的声音仿佛来自天外
内心的力量开始慢慢生长

这个冬天，雪反复落下
一次次覆盖，清零。万物无声
在探寻风物与心境微妙关联
的瞬间，忽然涌上了难以抑制的和解冲动

原载《中国作家》2013 年第 4 期

春天里的冷

朵拉图

我在春天
而我的爱人
已经去了秋天
我始终跟不上他的步伐

春天是真实的
花朵小草用它们的生命证实
觅食的鸟儿用它们的快乐证实

月亮是真实的
井是真实的
可井里面的月亮不真实

我疑惑我是不是真的在春天
春天的事物都不在我身上
模糊的视线里坠入恍惚的梦

我在春天的气息里
醒来时竟辨不清季节

唯有彻骨的冷

证明我的心在冬天

原载《诗刊》2013 年第 5 期

电脑和麻雀（外一首）

高建刚

麻雀们在窗外不锈钢储藏筐里
唧唧喳喳叫个不停
使我听见整个下午
我的鼠标和键盘
唧唧喳喳响个不停

隔着窗帘和玻璃
我不知这鸟叫般的打字声
对它们说了什么
也不知它们在窗外说些什么
但我感到很亲近

我让键盘和鼠标继续响着
生怕它们停下来
隔着窗帘和玻璃我们各说各的
已分不清谁说得更快更起劲
也分不清谁说给谁听

我知道，只要一掀窗帘
它们就会飞去

忍住探望的心不动
我想让它们信任这个世界
我想让它们在这里筑巢

此时，一辆卡车发动，巨大的轰鸣
然后，便是死一般的静

车上的蚁穴

停了一夜的丁香树中的汽车
挡风玻璃上布满蚂蚁
引擎一响，它们就奔跑起来

汽车也奔跑起来
我想让狂风吹掉它们
风却要吹掉我的帽子、头发和衣衫
它们小小的身体
如此有力地抓住汽车

在清洗车间，高压水枪
彻底把它们消灭干净

回家路上，我听着乡村音乐
发现蓝天深处，有只很小的黑鸟
那是蚂蚁，爬上挡风玻璃

之后，总有蚂蚁
座位上　玻璃上　吹风口　音箱孔……
甚至在我的身体里

成千上万个零件
引擎都要被拆开了
也没找到蚁穴在哪里

我感到一种危险
车的方向和快慢
由蚂蚁控制着

原载《星星》2013年第5期

十日谈

董玮

第一日：一场大雨洗劫了村庄
村外的洼地里，肮脏的水泛起泡沫的欢乐

第二日：异性的蛙鸣诱惑了月亮
她彻夜不归。她在黎明之际羞得无地自容

第三日：沉静。温和的水面上
下垂的枝条勾住一枚熟透的夕阳

第四日：蜻蜓点水，燕子衔泥
过路的小兽亦驻足梳洗

第五日：一潭死水
以一团泥巴入侵的方式，怀念浪花

第六日：水面缩小了，笨鸭子的脚趾
多像一茎沤烂的腐草

第七日；小蝌蚪找妈妈
从南游到北，折回；从东游到西，再折回……

第八日：一只鸟，在水边遗落了一根羽毛
——这是来自异域的旗帜！

第九日：酷暑难当。树上的细枝，纹丝不动
浓密叶子间，则注满了声嘶力竭的蝉鸣

第十日：水干了。那些提前上岸的蝌蚪
竟没有一声叹息

原载《诗歌月刊》2013年第5期
被《2013年中国诗歌精选》选载

与水仙花对语

木　鱼

与水仙花对语

——致某人

隔着空气。
我听到你喊——
不要焦急。不耐烦。暴躁和泄气。

隔着花开。
你望着我——
朴素。淡雅。安静。如一把刀。割开

我交出肋骨给你
布满血丝的眼睛，潮湿的心和喉咙里的风暴
统统给你——

只求你给我一朵花
不苛求能轮回转世温习初见
你会嘲笑。用轻蔑的神光将我杀死

可是。水仙，我还是交出了

生的权利和爱的勇气。以及最后的
一点点尊严

湖　边

冰封的湖面
镜子照着天空的脸。
我的眼睛
凝结在这里
像一滴黑色的泪。

飞鸟倦怠于飞翔
像内心的种子，被冻结
——萌生的梦想。

我清楚地嗅到坚壳下涌动的欲望
一次次试图冲击我的心一样，拍击着坚冰。

它们要进入我的身体
将我洗清。让我能流出清澈的泪
洗洁每条被污染的街道。
不至于再次迷路。

蝉　鸣

蝉被镶嵌上枝梢
叶子的荣耀在闪光
挤进天空的声响
让闷热的正午变得狭隘

一枚枚黑色钻石　不用碰撞
发出金属质的声音
穿透我恍惚的心

二十岁的爱情
被一场迅猛的暴雨洗劫
那些蝉鸣就要飞走
就要牵走我颤抖的心跳

我的踟蹰
无期的道别一样绵延
二十岁的爱情，手心里的一滴汗水
被风干。

蝉鸣不再
二十岁的紧张被黑夜覆盖
那群起闪亮的星辰，永远不会
拥有蝉鸣的光芒

原载《诗潮》2013 年第 6 期
被《诗选刊》2013 年第 8 期转载

五月的风信子

江红霞

寻找丢失的日子

从槐树林钻出来，头顶蝉声
太阳把耳朵灼伤
分辨不出城市和乡村的距离
质疑的蝉声被切割得整齐划一

夏日的手用红绸制作石榴花
撒满山坡，又用三长两短的蝉声
烘干生活的水分
大地上撒满时代的肉串

地下室层叠着过去的真假
和摇摆的方向。远处的蝉声
在风干的体内回响
有人摇晃着站起来，手捂胸口

雷雨和火焰正在远处对峙
一些汉字在书桌上分娩
它们的母亲——那些丢失的日子

试图冲出迷雾，告别阵痛

五月的风信子

我从集市上将几株风信子带回家
很快，她们由青涩的少女
变成从油画里走出的热情女郎

清晨，她们一边拉扯着阳光
一边用齐整亮丽的脸
对准我和我的老友蝴蝶兰与杜鹃花

春光一如既往地网住窗内外
流动的恣意和慵懒
熟悉的鸟鸣和人的呜咽
浮如飘絮地经过野草般的从前

阳光里，风信子女人般喋喋不休——
大火，埋在那些习以为常的事物下面
在一片海水和另一片海水之间
去寻找，也许你并不知要找什么
沿着旧船体的缆绳向下
你会摸到深水的镜子……

五块钱一株的风信子在教训我
我摇摇头，笑了
于是把自己分成两个

一个在阳台微笑，装模作样地听
一个倚在床上，拿本书拨弄旧时光

奇怪，无论怎么努力
我的书上总有一面镜子
里面挣扎着我和我的身体

夜，睁开眼睛

有声世界缩进另一扇窗口
知了的聒噪声
被巨大的黑暗抽干

纸上的字在狭小的房间
疾飞
敲击沉默的隐痛部分

一场风暴正无声地
穿透我的身体

人生截面上的蚂蚁扛着米粒
像扛起沉重的灵魂

原载《诗刊》2013 年第 6 期

低语，让神听见

陈　原

悬崖是道路走向地狱的拐弯处

我是一个绝望的传达者
一个苍老丑陋的信使
掌握着最古老的巫术
跛足行走于洪荒的宇宙；
我是一个悬崖的提醒者
并因此在巉岩峭壁筑穴
与苍鹰秃鹫为伍
在悬崖居住　用篝火照亮悬崖的深度和陡度
像时间里的化石　静听时间的迅猛
或者像刻进石头里的筋　或者骨节
没有语言的世界　我的眼睛更加明亮
藏下浩宇的深邃
我的茅屋是宇宙的棚宇
拥有太阳的辉煌金顶
那垂挂的阳光的巨瀑
穿透渺远　到达渺远
而在到达渺远的中途　证明阳光的过程
我在此处守望着人类

守望着在灾难里奔跑
却全然不知的人类
守望着破栏而出的人类
这是世界上最凶猛的洪水猛兽
我看到了他们向悬崖逼近　逼近
依然是人类狂欢的姿势　一切不知
悬崖　悬崖　悬崖啊
道路向下拐弯　拐进地狱
人类的奔跑依然迅猛　依然继续　并訇然跌落
山风依旧　大地上突然没有了人类
一片叶子砸响荒原的巨大沉静
无边的静和空　无边
我不逃离　但我站立的意义被否定
绝望比悬崖还深
我不是幸运者，不是
没有幸存者　我也不是
我依靠灾难而活　在灾难的具象里固守意义
人类消失　灾难也消失
我不能站在这里证明灾难
我注定是最后的坠崖者
以证明我人类的身份和宿命
而我在坠崖的飞翔里写下最后的诗歌
刻满所有的崖壁，那无数的棱角的笔画
作为文字消亡的最后证明
万能的意志啊　请留下我巫者一样的羊群和牧草
从此世界被羊们说出并提起。
羊是大地的智者　它们来自悬崖边
知道悬崖的坐标
能够躲避所有的悬崖
它们能在牧草里嗅出悬崖的味道

嗅出自己身上的灾难和不祥
它们开始新的法则　并开始新的时间
人类是羊们永远寻找的记忆
是它们无法更改的史前
是它们躲避的耻辱的符号
它们必将获得无限的牧草
那是它们唯一的幸运

永恒　将一切载远

静静的下午
世界的模样不知疲倦地重复
除了人类的踪迹
一切静止　山脉恒卧
河流厮守河床
天空在上
大地仰躺
风和季节的轨迹亦永不改道
远和近默守古老规则中的恒定
世界的声音从远古重复到现在
日轮滚动
我与世界一起静止
灵魂回到肉体
并以肉体的姿势端坐
只有地球的公转与自转
以及运动的时间
将静止否定并载远。

世界：有，或者没有。

我一直觉得

我们眼前的世界是一个动感的雕塑
我们没有真正的历史和经历
没有古老的背景
没有世界之前的世界
甚至没有自己到来之前的世界
那所有的一切都是这个世界的感觉和幻象
这个世界就是这个世界本身
一切在这个世界里开始
一切在这个世界里结束
这个世界只有一个选择：
有，或者没有。
这个世界只有一个判断：
有，或者没有

黄昏　神降临的时间

是神刚刚走过
留下痕
被我扑捉

渐渐暗淡的水纹
轻轻响亮
然后在一种秘密里守恒

神的背影
构筑着黑夜
照耀另一个世界

光的明灭里
一扇门开启

在对称的世界里我们只看到一端

当我们处于此端
便否定着另一端
就像在对神的肯定与否定里
循环往复

黄昏
是诸神的时间
世界在垂直里近
或者遥远……

大地　像一扇门被推倒

大地之门
你的语言多么辽远
呼唤的殷切变成沉定
从容地等待
多少轻叩柴扉的身影
在原野也在天涯
踉跄的脚步
驻足，或漫响大地
没有关闭
没有敞开
甚至没有分割
柴门的意义只是呈现一个大地的器官
世界没有内外
没有这边和那边
没有此处与彼处
只有驻足者的叹息和沉思

门下藏着的路
指引着世界
和你我

在自己的心里建一座庙吧

即便不相信神灵的存在
即便不再建构自己信仰的锯齿环佩
当一切都被拒绝
和拒绝了一切
也该在自己的心里建一座庙
一座很小的心龛
把自己安放在里面
敬着　供奉着自己那面神像
用自己对自己的信任
和一种自我的道义供奉着自己
用自己面对自己的力量和虔诚
用自我的规范和约束
用自己对自己的自私和认同
用身体里那些不规则的想象和欲壑
支撑起一个庄严的
端正的自己
供奉自己
需要一颗更加诚实和敬畏的心灵。
当每个人都这样供奉着自己
我坚信，神灵既出。

原载《十月》2013 年第 6 期

风 信 子

窦风晓

风 信 子

很久没有谈谈它了：
红的，黄的，白的和绿的以及
已被认识的所有颜色。
“有不好的颜色吗？”
作为自然的孩子，你要相信
所谓“不好”，只是好的一个侧面
要懂得它并且练习它、
扩张它、弥补它、爱它。
风信子做到了，可好日子太短，
新年一过就将花球
搬进蜗牛壳，再也找不到。
开始，我难免
心怀凄恻，逢人便问，
希图在片言只语中重逢，一种
爱的空虚——
后来，慢慢地我不问
也不找了，因为
我决定跟它对调位置，

让它来找我——遵循万物奉行的
不可能定律

植物游戏

马尾草，苦艾，山栗子，枣树
吃晚饭时，有人少数了一棵，可能是
冬天，叶子掉光了的缘故
于是一桌子的人提早下课走了

要是我来数，一定会更少
很久以来我都在
练习减法，以便在适当的时候
让马尾草飞起来，变成一株马尾铁

这是迟早的事，但
你知道，滞重是我们的邻居
要保持良好的友邦关系，以便在春天的花坛里
重新栽种上我们所关心的

能一下说出那种我们种植了许久的花么
那个时候，大家在房前一起玩
跳房子游戏，先跳的人
总是赢，虽然他（她）不一定是最黑的那个

现在，我们正离开这面铺张的桌子
去参加另一波人的聚会。那里的树木
正在发芽，很容易弄出声响
你不要一起走吗

在别人的房子里我们相遇

方形的烟囱袅袅上升
铁锅端着架子
梨花开了半树，另一半是石榴花
一窝恋巢的鸽子，一丛紫石竹浓雾般的阴影

就在开始追究是谁让烟升起来时
我们忽略了自己，以为可以用别的称呼
凝固身份的飘忽不定。时间纷纷
凉如积雪

因无人而安静的房子，因为植入过多的安静
而显得拥挤的家庭。镜框里，似曾相识的照片
暴露出有限的几个好日子
更多的日子埋在被单下，堆叠出
人的形状、猫的形状

原载《诗刊》2013年第7期下半月

圆明园（外二首）

许烟华

我寻找　但我失望
就像几年前在南京大屠杀纪念馆
我找不到一双
愤怒的眼睛

“1—2—3—茄子！”
我的同胞
在那些断壁残垣面前
露出了战胜者一样
得意的笑容

火山口旁的一块石头

我曾经参与过你的暴动
曾经在尖利的惊叫中炙热过　飞翔过
曾经在飞翔和坠落的过程中　燃烧过

曾经像一把呼啸的弯刀
把风的心脏　刺痛过

如今　我坚硬　结实　冰冷
低得无处再低

远远地俯身于
那个抛弃我的人

只露出一只
泥土没有盖住的眼睛

陪父亲逛街

母亲走后
我会尽量多挤出些时间
去填满他的时间
我会尽量精简自己的生活
以便　经常干扰他的生活

就像现在　我陪着他
穿过水果摊鱼市菜市花鸟市牲口市
穿过牲口市花鸟市菜市鱼市水果摊
不管他愿不愿意
我都在他耳边　大声地
把那些他曾经教给我的事物
名称　味道　颜色　品种　叫声
重新介绍给他

就这样吧　这样多好
多有意义　多让我心绪安宁
能够守着父亲

阻拦着时间

搬空他的一切

原载《诗刊》2013 年第 8 期下半月

时间，无处不在

散 皮

时间，一望无际

你不可能，梦到我
你的梦境中我置身于一片桃林
我品味你的感觉
现身在一望无际的时间

夸父，你的身形足以
塞满我的梦境，宽大到一望无际
云块一样匆忙的脚步跨过
人头一样起伏绵延的山峦
你追逐的是否是你想要的？

追日是不可信的
世界岂会在永昼的奔跑中？
从你躯干析出的咸
像一望无际的时间，让黄河
几度干涸
你追逐的是否是我梦到的？

从你的梦境走来
仿佛你走出我的梦境，我与你
靠近，两个相邻的梦
在你化身高山、桃林之后，月光
一望无际，时间
一望无际
你追逐的是否是我看见的？

你不可能，梦到我
现身在一望无际的时间

时间，或者存在

相对于踏歌的岸边树
枝丫的影子显现了河的流走
水在
相对于你，我在

你说
我没有青春，没有未来
你在
我说，你没有开始，没有结束

像时间依赖太阳和月亮
我依赖死亡后的现在
风，从不需要方向
感觉在

时间是暗物质
站在你的意念

以外，静止

时间，无处不在

大地一片死寂
荒凉的喧嚣已成为常态
当常态变为死寂
死亡的物种已变得久远
雪，下在无人看见的地方

活着的，活着的
以喧嚣的荒凉为终点
死寂，照亮大地
让空间塞满时间
时间，走在无人走过的地方

你的人生斟满了酒
忽然，拿起了别人的酒杯

时间，并没有两样

我看见，所有的灯瞬间泯灭
夜晚的群鸦密密匝匝，鸟鸣杂乱
看见，所有挣扎的眼睛掠过河面
无边的疲惫的水泥路窒息呼吸

我听见，流水逆袭的山川慢慢低矮
色彩，温度，形态，凝固的头发
一些倔强的地下风
涌出来，附着于形

我回来，你不在家
却说，我，回家了
爱情于紫蔷薇，只是
回到她开放的时节

关于时间，拥挤着万千个词语
它们，一一掠过残山剩水
对我对你，河边的石头
并没有两样

原载《山东文学》2013 年第 8 期

我来到世间的时候（外一首）

微 紫

我来到世间的时候，春天已经存在
玫瑰已经来临。悲哀也已无数次
在这大地上划过伤痕

许多燕子已经坠落，许多还在纷纷飞着
许多小燕子刚刚出生。当它们摆脱掉
地上的阴影，它们就成为天使

我来到世间的时候，世界已准备好完美的刹那
一粒种子的一生：雨水，发芽，绽放，霉斑
一场饱满的激情：欢筵，哭泣，交媾，死亡

我来到世间的时候，光明已经存在
许多事物还不曾被命名，我只是
黑暗投射出的一条鸣响的弧线

因为你爱，我要求

萤火虫需要提灯，走在夜的皮肤上
风也在呼喊，承受快意的神经

爱，不要用盲眼抚摸我
你要让我披上花色，内心承露
因为你爱，所以我这样要求

你的价值在于
你是雨水，让我活着
活着，像泉一样，像树一样
对太阳和温度有知觉
我是湿润的，我活着
我是贝壳，是软体
醉倒在沙漠来临之前

遇见爱和遇见世界的意义是相同的
否则，我来此何求
如果一棵树不再发芽
是该叫树，还是叫木头

如果没有太阳，星星，月亮
我就是一具躯体
可现在，我是钻石，是水晶
是欲念的力量之火
我像井喷一样喷出不绝的力量
我像五月的石榴酒杯一样倾倒着不尽的激情和火焰

原载《中国诗歌》2013 年第 8 期
被《诗选刊》2013 年 11—12 合刊选载
《2013 中国最佳诗歌》选载

我喜欢逗留一段时间

任怀强

比如二十八日　沉浸在茶汤中
说说朋友日渐艰难
仿佛一直没有顺过
不停地消耗资金
唯一支配的时间被游戏和孤独瓜分
我一直想怎样面对生活
而脑袋始终各有位置
从散碎到凝聚
怀念阳光　并怀念过去
仿佛昼夜间时空颠倒
一个在二十八日不知如何生活的人
却要在二十九日写下
虚伪的文字和不相干的话语
二十八日被撕碎
为了做一件事或正在做一件事
只是不想让人注意
虚伪悄悄翘起的尾巴

原载《诗刊》2013 年第 12 期下半月

老 城 赋

路 也

1

云憨憨的，在半空背诵小谣曲
一滴雨作了逗点
风在裸奔，从东南而来，往西北而去
翻过了仅存的一小截城垛
城门不复在，只留空地名
古卷虚掩的地名，能从孔夫子血脉中
查找出花样年华的地名
这个国度盛产城门，专为攻陷或阻碍交通
专为宵禁之前让书生和小姐私奔
荷花端坐湖面，山影倒悬水中
柳枝以拂动替代一步三回头
一个又一个泉眼尚未完全瞑目
大地的凹形器皿
属阴性，形状温润
捧着玉液，跟天空干杯
碰出隔世的回音
若全部一饮而尽，就等于将一座城喝空了
若是空的杯，就只剩信仰在喷

这里的地层很有耐心
泉水以象声词和叠音词，以名词动用
讲着这北方城正在失传的方言
汩汩而出，如泣如诉，汇聚成溪，穿街过户
抚慰破败之地——
高都司巷、西更道街、将军庙街、鞭指巷、贡院墙根街、水胡同
县西巷、启明街、榜棚街、花墙子街、轱辘把子街、汇泉寺街
曲水亭街、王府池子街、芙蓉街、金菊巷、凤翔巷、平泉胡同

2

封建的马头墙、女儿墙、花格窗和青石板
半封建的灰砖缝中的苔藓、瓦楞上的草
方圆三公里
与世道结下梁子
统统害怕革命的荷尔蒙
钢筋穿老城区血肉而过
车轮碾过土木骨骼
电钻将几个朝代的神经末梢一起刺痛
一大片老城将心扯烂撕碎
看不完近在咫尺的狂醉
沃尔玛、大润发、恒隆广场、贵和酒店、新世纪影城
真理在握，发表演说
发誓要把家门口变成纽约
水泥和混凝土把廉价而刚硬的青春
献给了一个时代
幢幢商厦都是高富帅
胸怀巨大的自动取款机
日夜提取一个民族的勃勃野心
清泉是老城的图腾，是新街市的幻象

注册同一个用户名，使用不同的登录密码
泉水的琵琶演奏不出重金属乐
流啊流，流得哽咽，流得哀伤

3

府学文庙、城隍庙、观音寺、关帝庙、道观、天主堂、基督教堂
砸毁又修，夹板绷带石膏支撑起扭捏的庄严
寄给阿弥陀佛的邮件，收到无量天尊的回信
国语的忠孝仁爱，学会了说阿门
似乎全都实现了友情链接
谁岂敢说："时代啊，你欠了我的！"
内心恍惚，无语问天
与苍穹构成一个寂寥
哦，不可知也许是唯一的知情者
生的意义正在屏蔽死的哲学
仅活在梦中是不够的，需活在梦中的梦中
而近旁的官府雕梁画栋，千年更换几茬，轩昂依旧
泉群汹涌，像八百里加急文书一样环环紧扣
一条泉河由高墙大院滔滔流出，蜿蜒于民间
风吹着落花漂浮水上，写着千年的汉字
姿势、呼吸和思绪都是东方的
六书造字依的是情感的逻辑
把人生搞得像一场微醺
这城的地下不得不忍受着自己妊娠般的丰饶
遍布又凉又甜的脉管
泉水流啊流，流得那么哀伤

4

青石楼和民宅墙根都浸在泉溪中

你家濯缨泉，我家小芙蓉泉，他家腾蛟泉，那家刘氏泉
枕泉而居，弯腰汲水，浣衣、淘米、洗菜
芝麻门当户对地爱上了绿豆
茶摊儿因地制宜，泡出清冽，泡出云自无心水自闲
冰糖葫芦斜插在麦秸捆上，把巷口遥望
春风吹过烧饼铺小掌柜的头顶时
拐了一个弯儿
挑豆腐担子的小贩挑着自己的命运
他的豆腐里有空山新雨的味道
至于泉池中的泳者，仿佛施洗约翰来到约旦河
体内必有另一泉池在奔涌
滚铁环的孩子把铁环一直滚过童年界限之外
门前绣鞋底的老妪将目光投到今生之前和来世之后
日脚并不强盛，却是稳健的
在屋瓦上移动了上千年
这闲暇与温柔，在注定了的命中
先是赶上穿制服的新时代
接着又来到尘埃和狼烟的现在
终于四面楚歌
地球已容不下几条旧街巷了
泉水流啊流，这清凉之花，幽闭之花，围困和突破之花
这洁白、黝黑、微蓝、碧透之花
这拙重、飞扬、圆通、清远之花
这充溢、肥硕、懵懂、对称之花
这既理性又不羁的天才之花
这来自地下岩层的浪漫主义，流得哀伤又哀伤

5

状元府、饭庄、钱庄、装裱店、客栈

经 N 次社会财富重组再分配，已姓氏混乱，归于百姓
院落随深深草木一起老去
如意纹雕刻把祝福的心思放在暗处
门前石狮仍呆在自己的义务里，梦境却延伸至动物园
读破万卷书的文人行万里路去赶考
中途停驻，在曲水流觞的 Party 上即席所赋之诗
被刻在了居委会的后墙上
燕子李三飞身跳出的窗口
已成风和月的废墟
刺客大半个世纪以来一直在逃离京城的途中
通缉令至今留在互联网上
一座戏台回荡或铿锵或婉转的腔调
台上却是空的，戏词零乱，部分散佚
那檐廊栏杆上的牡丹，在几百年风雨里没能凋落
盛开成了隐喻或象征
一直开到了隔壁中学女生的裙裾上
千年钟楼只剩下青砖基座，铜钟早已搬迁进武侠传奇
砖缝里新近萌长出一棵榆树
今夕何年，它作为密码联接起了古今
时间是谁的长工，在虚无和阴影上劳动
让一个民族的心底生出寂寂苔藓
不远处，白妞黑妞曾经说书的那整整一片大湖
浩浩汤汤
容不下我的惆怅
泉水流啊流，流得哀伤

6

杜甫设在湖心岛的酒宴已冷
两行辽阔诗句占据着细窄的亭柱

游客很想靠手机短信和微博返回伟大的唐朝
曾巩手植海棠的后裔
有铁栅围绕，刚漆上了一层崭新世界观
年年开出八大家散文那样的花朵
少女易安依然坐在宋朝的门槛上吟哦
聚乙烯塑料袋在溪亭日暮里翻飞
而过了长江，就到中年！
乾隆和郭沫若，都是为了刻石碑而写诗的
二人相遇，寒暄、致意、留 QQ 号
那些石头患上了题词强迫症，并传染给其他石头
辛弃疾家铺大理石，王士祯园子拆了，老舍门庭已改
蒲留仙知己的旧屋荒着，适宜遇上狐仙
遥望志摩遇难处，飞机与山尖的擦痕依稀可辨
附近的星巴克，从内心深处飘香
窗前坐着穿对襟盘扣立领服装的男人
一边喝咖啡一边敲电脑，分明是写游记的老残先生
一部隐形的文学史摊开在大街小巷
以作者所属星座来划分章节
采用宿命论来力透纸背
王维来过，李白来过，东坡来过，苏辙来过，张养浩来过
现在我来了，光阴接近曲终和离别
为了活命，把自己伪装成一座核电站
我是前世的谁，谁是来生的我
站在雄壮的十字路口
车海沉浮，命悬一线，唯红绿灯主宰世道公正
繁茂的春天填补不了生活的空洞
泉水还在流，流得那么哀伤

7

老城的命，是为了革的，为了断的，为了殒灭和湮没的

是为了给未来和前进让路的
是为了让我们拜访旧日时找不到故里
找不到堂前的燕子
找不到溪边静静开放着的那株蜀葵
是为了让时代的账号里
一口吞下一整本最新版的《资本论》
推土机在逼进，靠着变速器、制动器和离合器的意志
这巨大的偏执狂，一点一点
逼进到了生和死的分界线上
它说不定有三叉戟和六个翅膀，会四面转动
说不定头上有犄角，身后有尾巴
还暴露着发黑的青筋
当它的铁爪触碰到地下水的毛细血管、静脉和动脉
藏匿在岩石晶体里的柔软之泉
禁不住发出疼痛的尖叫
推土机感觉自己如超人，感到自己有种
苦大仇深，既先锋又后现代
高高骑在了上帝的脖颈上
推土机只相信进化论，需要以铲除古旧之物
作为自己的给养
推土机只为自己活
推土机的青春万岁
推土机知道钢铁是怎样炼成的
推土机的履带碾过月光，碾过钟声和情怀
顺便在泥泞上签名，表示责任全负
大地上有多少这样的推土机
铲削着我们的内心
开动推土机的，是一台更庞大的机器，冷静而抽象
而泉水还在流啊流，旷百世而一遇的笑容
变成了哀伤

8

这个春天，我忙里偷闲，躲进一本《历城县志》
从繁体汉字里打捞千年前的乌托邦：
从自家门前，乘船依水路而下
涉泉溪，进洲，入湖，归并河中
水面最懂得白云的心思
石桥爱上了自己臂弯里的布衣女子
稻畦、莲塘、芦荡、水村、渔舍一一闪现之后
到达郊外一座青灰色小山前
《左传》中花骨朵形状的小山
有孤零零的古拙，有一个春秋古战场的过往
彼时一条大河尚未改道入海经过这里
白杨摇曳在高爽的城南，烟雨弥漫低洼的城北
是的，我想永远藏身于这本谦谦君子口气的县志
不辜负里面的大好河山
还想把户籍迁到这本县志里去
做一位坊间的女乐师
将我的抑郁症谱成一曲《桃叶歌》
忽然，一阵急烈的电锯声把我惊醒
切割铝合金也凌迟神经
我一下子从古旧的书脊上跌落
合上县志，感到更加孤单
泉水还在流
轮廓似表盘，隐含永不停歇的指针
泉水还在流
流线型的韵律和速度表示：心脏在跳动，时间在流逝
泉水还在流
那保卫着的，也用来葬送

9

高都司巷、西更道街、将军庙街、鞭指巷、贡院墙根街、水胡同
县西巷、启明街、榜棚街、花墙子街、轱辘把子街、汇泉寺街
曲水亭街、王府池子街、芙蓉街、金菊巷、凤翔巷、平泉胡同
默念这些名字，从一条又一条老街上走过
像走过一部青灯下的线装书
字迹在毛边纸上飘摇
正在模糊、黯淡、洇漫、消亡
极个别有幸嵌入诗中的，方可不朽
它们在诗中焚香，为诗外的那一个自己祈祷
而那些还没有来得及被写进诗里的
做着邂逅李白的白日梦
想通过一首流芳千古的大作来规避无常
城在失忆，城在变空
头脑的空，胸襟的空，心的空，灵魂的空
无处安放的空，深不见底的空，瞳仁失丧的空
五经扫地的空，风雅颂俱焚的空，没有耶稣的耶路撒冷的空
五千年的空，地大天大的空空如也
仿佛人类未曾来过地球那样的空，创世纪以前的空
本原的空，无为的空，预定的空，形而上的空，二律背反的空
不久以后，谁还会涌起
从一截古道残壁来感知祖国的奢望
谁能逆着时光行走，回到叫作故园的地方
老街老巷无法被翻译成外语，获得移民或流亡的好命
只能不出五服地入土为安
嘘唏是温吞的，缄默打着寒噤
泉水在流，空空地流，空空空空地流
泉像是一个又一个空洞

10

躲在城中角落写诗的人
无法摆脱写诗的命
偶起念头，关紧门窗，只读英文
把自家当成英格兰或美利坚
可惜总是拗不过空蒙的水墨的基因
身体里那个用明月和青铜筑起来的图书馆
孔孟老庄从未下架
写诗的人相当于城墙根儿下的一只蟋蟀
词汇模仿泉的奔吐和喷涌，韵律模拟水的跌宕和流淌
在一片草叶上值勤
在一块砖瓦缝里充当荷马
眼底铺着旷野，心中怀着帝王，头上顶着冠冕
言辞中闪烁着黄金
可是，谁会在意一只蟋蟀
拿出整个体腔来鼓噪和弹奏出的
这老式的伤悲呢
谁会在意一只蟋蟀
触角和肢节对塌方险情的预知和敏感
对芭蕉雨、桂花、天井、织机和思君断肠的留恋呢
泉水在流，流到了城外
流到了诗词和地图之外
泉水在流，良人何时来到可安歇的水边
泉水在流，从腹中流出活水的江河来
泉水在流，谁能赐给喝了永远不渴的水，直涌到永生
泉水还在流，那旷世的哀伤
尚未杀青

原载《诗刊》2013年第10期上半月

留在世间的是他们看不到的诗篇

王夫刚

祭父稿

父亲去世三年之后，我迈入中年门槛。
四十不惑，曾经多么遥远的目标
就这样悄无声息地
来到眼前：我的儿子顺利升入小学四年级
诗歌的春天，依旧蒙着一层薄霜。

父亲去世三年之后，每年的三月
我不必再专程返回山脚下的村庄为他烧纸
燃放鞭炮。除了春节和中秋节
这些惯性节日，我的怀念
允许越过形式主义在他的坟前小坐一会儿。

父亲去世三年之后，我为之后悔的事情
似乎比以往多了起来——
为什么没有帮助他为早逝的父母
立一块给生者阅读的墓碑？天堂也有电信局
为什么不提醒他带走生前用过的电话？

父亲去世三年之后，我学会了抽烟
为了与他保持某种爱好上的联系。
父亲去世三年之后，我成为了真正的父亲
（一个与传统有关的说法）
在他坟前焚烧诗集不是为了让他阅读。

父亲去世三年之后，山河依旧。
卡扎菲领取了比萨达姆还要羞辱的结局。
我还生活在城市一角，我的土地
还由别人耕种：替父亲活着
活下去，我的梦还由父亲那里出发抵达光阴。

父子恩仇录

双重痛苦比一件痛苦容易
忍受得住：你可愿意试它一试？
——尼采

父亲，一个不成功的过来人：他种地
不甘于种地；做生意，在哪里跌倒
从哪里爬起来，从哪里爬起来又在哪里跌倒——
屡战屡败和屡败屡战其实属于
文人的游戏。娶了一个不喜欢的女人
仿佛用来吵架，但生下两个
儿子，顽劣不堪的老大
和聪慧不已的老二——上小学时就被老师视为
读书即将改变命运的活教材。
老二的每一次考试，都让父亲觉得
自己又向好日子靠近了一步
虽然乡镇的初中和县城的高中

正在逐渐拉大父子间的
距离——事实上，危险早已萌芽只是父亲有所不知
老二仍在读书兴趣却已转移到了
尼采身上。对于一个乡村少年来说
哲学犹似洪水还没有学会疏浚
老二梦见尼采，遇见尼采，渴望像尼采一样
生病，漫游，做年轻的教授
写不朽的文字，把县城的马路当成
都灵大街，抱住熄火的拖拉机
泪如雨下——父亲去接老二回家的时候
医生已经开出了诊断书
读书果然改变命运，而且是一家人的
命运，只不过这次搞错了方向
老二疯打癫骂。母亲以泪洗面。父亲借酒浇愁。
已经另立门庭的老大不让孩子接近叔叔。
不久，父亲在院子里大兴土木
砌一道莫名其妙的石墙并且拒绝
邻居们前来帮工，至于老二
哦，没有人注意那个精力充沛的傻小子去了哪里
消失是一件多么稀松平常的事。
石墙砌成后，父亲仿佛一下子进入了
晚年，像一个哑巴望着远山
久久沉默。多年以后，父亲的残生
迎来弥留之际，他对老大说
拆了它，把你弟弟放出来吧
我要和他在一起，我还有很多话要跟他说。
它是什么？一堵多余的墙
莫名其妙地立在院子里——
父亲的秘密，从一开始就被识破只是不肯有人
戳穿。尼采说，孩子不弄坏什么，日子就过不下去

村里人认为，父母也有这个权利。

墓边，落日如盘

落日如盘。一个青年人向我走来，从墓地的方向。
他剪掉了盘在脑后的辫子，但长着一张
和我一样的面孔。我在墓边喊他
今天不是清明，不是冬至，不是鞭炮炸响的除夕之夜
我不打算邀他回家。落日如盘。
一个青年人向我走来，从墓地的方向
他英年早逝，从来没有见过自己的长孙
仅有的胃始终空着，短暂的春天
总是阴雨连绵，抱恨也没有写到族谱和村志上
写上去又有什么用？族谱早已不知所终
而村志至今仍属于计划中的行为
鼓励未来。大地上生长着很多凸起的事物
但只有坟墓愿意替失败的人生
承担有形的怀念。落日如盘。
一个青年人向我走来，从墓地的方向
他生于战乱，死于饥饿，疾患
连走路和喘息都是吃不饱的样子未老先衰。
在被称为旧社会的时代，他理所当然地
留不下一帧照片，或者画像
供粗心的晚辈指认。我们在墓边相遇
中间隔着我的父亲。我们在墓边
抽烟。交谈。落日如盘。生者爱恨交加。
死者从善如流。墓地犹似城镇
越发拥挤不堪——见缝插针的人甚至让庄稼长满了
坟头——这是一个塞翁失马的细节
夏季多雨，绿色透出咄咄逼人的

气息，使游荡在人间之外的魂魄不再孤寂。
惧死的心尚未寻找到生命的要义
缺少墓志铭的坟堆验证了我父亲的
生前忧虑：的确，如果他们拥有门牌号码一样的
墓碑，即使天黑下来，即使没有月光
我也不用担心与亲人走失
或者擦肩而过：父亲没有实现的心愿
何时成了需要完成的任务在我身上
照单全收？落日如盘。一个青年人离我而去
走向墓地深处——哦，他那么年轻，居然被我喊做爷爷。

原载《星星》2013 年第 11 期

获 2013 南京柔刚诗歌奖

危险的姿势

朱建信

华北大平原上的碉堡

发现华北大平原多了一些安全感
我可以放心地乘车路过
是近年来的事情。后推三十多年
我多次在铁路线上历险
葵花、玉米、高粱，再高的北方农作物
也掩不住那些蹲伏着的碉堡
它们一次次向我瞄准——
坐在南下或北上的列车上
每隔一两分钟就从田野里冒出一个
四周布满射击孔，扑面而来时
一个枪眼儿瞄准我，被车速闪过
我又进入它背面的有效射程
日本籍菌种长出的坚硬庞大的毒蘑菇
暗藏重机枪，一朵挨着一朵
压在大平原的胸口上，使整个华北
喘气不均匀。哼着京东大鼓或者平剧
编织青纱帐的人们，在我的想象中
低头劳作，猛一抬头

迎面撞上一只枪眼，鼓点卡在喉咙里
上不去下不来。现在，那些碉堡
是否被时间焚成骨灰变成了庄稼的肥料？
卸掉危险的大平原一身轻松愈加广袤
我坐列车上可以放心地使用眼睛
青纱帐如同展开的大海，一波接一波的绿浪
涌向地平线。燕子把葵花里的金子
小麦里的银子，一翅膀一翅膀地运上天空
视野因为它们的消失变得安全辽阔
我的心里却像堆满钢筋混凝土
从军人的角度着眼，我知道
那些懂军事的坚硬肿瘤并未消失
它们已经秘密转移进我的身体
无法切除。我必须背着它们
我必须替华北大平原背着它们
替我的国家背着它们

一瞬间停止衰老

一个人决意要放弃自己
是件多么容易的事
阳光，花朵，季节和亲人
什么力量也拦不住他

青春多么有力，对世界的控制
像露珠咬紧大山的肩膀
流水咬紧河床
因为单纯而分外强悍

当一个孩子就要被飞旋的车轮带走

他用放弃自己和这个世界的方式
让一座飞速奔跑的城市
骤然减速，停了下来

一条马路的拥塞，惊叫和泪水
一个孩子充满感恩的漫长一生
一个怀揣爱情的少女，她的誓言
以及远方两位老人的绝望
都没能阻止他的双手突然摊开

他突然撒手，对自己和这个世界
更像一个预谋：换一个角度
从大地背面，更有力地抓紧了
他放弃的事物，一瞬间停止衰老

疆　土

我说不清楚什么是疆土，
如同一只鸟说不清楚什么是天空，
什么是飞翔；
如同一棵树说不清楚什么是风水，
什么是生长；
如同一条河说不清楚什么是岸，
什么是流动。

疆土，有时大而抽象：
仿佛一个闪光的巨大概念，
穷尽我的想象也找不到边界。
有时小而具体：
千里沃野的三穗谷，

蛮荒之地的两粒沙，
或者，我眼里的一滴泪。

原载《时代文学》2013 年第 11 期
获《时代文学》2013 年度诗歌奖

见　证

李林芳

悬崖之于流水

在这世上，我日渐委顿，一脉
流水，被束之高阁的发丝
缓缓地，一点点抽走我的筋骨

跌下的瞬间
我看见涟漪捧出悬崖
悄然而至的危难，我披散开
三千丈魔发，解开
温柔的盔甲，解开缘愁
抽出身体里的刀锋
纷披的激烈酝酿着风暴
吐出暗含的火焰，闪电，星光
像一枚纤巧的钗钏，灵魂腾起云烟
丢弃了降落伞
一千只伸展的手
拈花，十万滴水珠亮出锋刃

涟漪捧着悬崖

从潭水里神秘现身，这么多年
它在一潭静水里修身，它的凛然之气
它的天空和云朵，它时光里清晰的倒影啊
我多么爱，多么想
和它浑然一体

倾　听

在艾涧，我保持倾听的姿势
端坐，站立，抑或贴近小草纤细的根茎
倾听万物的絮语
隔着一小节风声，喇叭花攀上篱笆
传达上苍的旨意
风过艾涧，雨打窗纸
露水在梦境里出神，神灵
穿上了巡视的鞋子。山药，茗荷，马铃薯
在夜晚的厚被子里分娩
头顶的星辰，渐渐庞大的家族
都拢在母亲怀里

……我这个愚钝的人，不再恍惚
嚣声临近失聪的右耳
越来越浓烈
越来越平和、清澈，像被封存在艾涧
发酵的米酒，住在体内的神
打开了秘道，闭关静修的高人
已达澄明之境
世间安顿下来，而女巫居身的坛子
我还未来得及启封

见　证

山峦，坡地，丘陵依次打开
我的南山日渐成为一道屏风
一个推胶皮车的老人
他被岁月锈住的面孔，鬓角被磨损的痕迹
日渐隆重，他的青筋，骨节
固执地抓住木把手

他向我微微一笑，七十多年的时光都被牵动
我见证了他慢慢老去，劳作，承受
像水土流失，身躯日渐佝偻
一个共同的姓氏，他比爷爷
还要高出一辈，我喊他“老爷爷”
在一个叫李家山庄的村落
他微微一笑，眯缝起眼睛
见证我出生，长大，成为他老去的依据

我喊一声“老爷爷”，他微微一笑，擦肩而过
群山见证他的胶皮车日渐缓慢
当有一天，街道上
不见了这个推胶皮车的老人，和他的木把手
像一截老楸树，沉进一块向阳的坡地
他眯缝着眼睛，和群山一起见证
我慢慢变老
我被岁月锈住的面孔，鬓角被磨损的痕迹
像水土流失，身躯日渐佝偻

亲密无间

艾涧的院墙是矮的
山路纤细，接通我身体里若隐若现的脉管
阡陌窄小，散落在岩壁陡立的峰际
蓑衣盖住一小块田，斗笠压住了一小块田
歇晌的时候，我就坐住了一小块田地上
提起水罐，又多出一小块
我就是那个传说中的农妇
照料着谷子、大豆、秫秫和红薯
像碎布片拼成的百衲衣，我的田地
被南山清瘦的骨架撑起

尘间的烟火上升，我在碎石矮墙里
晾晒旧棉絮和厚毯子
柴门上三个茄子一把韭菜
邻人不知何时随手放上的，更多的
长在园子里，一些刚结了小纽
一些还是烂漫的花朵，还有一些
正在灌浆，等待阳光拿捏出它的身样

现在，我只需要编织一个小小的蒲团
跪拜这些亲密无间的事物
一缕山顶上吹过来的风，一声虫鸣
都是我的福音

原载《诗刊》2013年第11期上半月

窗含西岭

谢明洲

窗含西岭

窗含西岭的一片园子开满了花。
紫的，红的，黄的，还有白的。
哪一朵，哪一种颜色，暗藏了四季暗藏了阴谋抑或爱情。

曾几何时。
诗章被颂辞们身不由己地托举到高处。
然后又身不由己地摔了下来。

疼啊。
那些字，那些词，那些情。

还犹豫彷徨什么。
就做窗含西岭的园子里的一丛草吧。

光荣与暗伤

就不要去说那淼淼的秋水了。
它不比蒲公英小伞更懂得季节的暗伤。

从容，沉静或无休止的波涌澎湃。
无尽头的万物交错轮回。

我们每天都要学会一些东西。
比如微笑着告别利禄功名。

就不要去说那渺渺的旧事了。
它不比低垂下头颅的谷物们更懂得季节的艰辛与光荣。

回眸一望

隔窗远眺。
在邈遥的忘川之岸，那些不计前仇的桃花们已开始酝酿着添置新衣了。
是啊。
新的春天又将有多少淋漓的丽媚能够被诗者握取？

不堪回首。
曾经有多少熠闪光芒的诗句在慵懒中随水而逝。
何止是冰意漫漫。

战栗与愧疚之后，一颗心渐渐移近激情。
即刻起，
再不做那个闲适与坐读憧憬的人了。

几行苍凉的诗句

今年的暮秋有格外浓重的霜。
菊也没有心思东张西望，就开得极其的艳。

更远处是一池败落的残荷。更更远处
有失群之雁的孤叫坠落。

旷野裸露出浩荡悠远。
鼠辈们开始大胆地探头探脑。

之后。下雪了。
寒意接踵而至。

我摸了一下自己的口袋。
哦，几行苍凉的诗句还在

浅漾的冷雾

还须考证和拒绝些什么。
比如赴汤蹈火。
比如对一束罂粟花的仰慕。

在风中折断了翅羽。
幻想渐渐老去。

谁曾经临水而望且歌。
谁还将临危而思且惧。

转过身去。
你是要握住那一泓浅漾的冷雾吗。

抑或只是雪

阳光下默默消融的雪：

些许粼粼烁闪的诗句欲歌不止。

能唤醒些什么。
这个冬天毕竟太漫长且有冷冽的寒风。

茫茫无际。
一片裸露至尽的洁白和宁静。

要有足够的耐心。
要幻想更要等待。

“抑或只是雪。
只是雪而已，而不是其他。”

原载《散文诗》2013 年第 11 期
入选 2013 年度中国散文诗排行榜

梦想剧场

田 暖

鱼不能飞起来却爱上了天空

给灰尘一个去处，给鞋子一个家……
这是我每天都在重复的事情

我的梦多年前就被一个孩子盗走
现实的栅栏引领着，这个生活的仆人

上天赐赠的盐巴，一部分撒在了锅里
一部分存在眼窝，涌向泪腺的海

你看我不停地向滚滚汤水添着佐料：
辣子，酸奶，甜菜，酒精，净水……

却止不住对扑面袭人的花粉过敏，感冒
这是一百平方之外，遍地攀开惑媚的蔷薇毒

——这安娜搭乘的精神号逃亡飞车
扑簌簌落着花粉，正把我运向更久远的秘境？

而栅栏之内，一些影子叠加的小人儿让你越来越重
直到你完全丧失了自己，鱼不能飞起来却爱上了天空

战　栗

此刻我战栗是因为爱情
两只刺猬已将尖利刺入彼此的身体
而不是蝴蝶动用饱含罂粟花蜜的尾部

此刻我战栗是因为生活的榻上
狡兔三窟。被温柔之乡养育过的神经
一觉醒来，就不停地喊饿、喊渴

此刻我战栗是因为至今仍买不到一所房子
收容这颗战栗的心，它和你共振
画梦，品茶，对饮，安放倦怠和自由

此刻我战栗是因为我穷尽焰火仍然没有说清
这战栗的活着——词不尽意
给活着：太多留白、太多烧不尽的余灰

此刻我战栗并不是因为刺猬、狡兔
这些略带异类的暗喻，它们多么无辜
这的确是因为我僵持在波浪形的巅峰混乱里

每活一天，都忍不住战栗
忍不住疼痛、痴傻，忍不住要赴汤蹈火
像专为你备好的那么迷人的呼吸，或雾霾

当蜘蛛离开了网

它并不从容，在我舀米的瞬间
这只突然惊现的蜘蛛，那么迅速
从掩身的米堆拔脚，转身
我看到它在装米的塑料袋壁上一再摔倒、滑脱
那么倔强，不甘

它看上去像离开了土地的弟弟
也仿佛是在嘴唇上讨生的异乡人
咀嚼着粮食的碎片，抽着一根丝
焦灼、匆促，使着浑身解数
不停地调整着姿势，和内心的微光

我无助地审视着它，直到它也回了我
一个英雄气短的眼神，真的
和一只闯入电灯上的飞蛾无异
一颗扑火的心，在光滑而凉性的冷光边缘
找不到登陆的海岸

当蜘蛛离开了那张惯性生活的网
现在，生存让它获得了鲜活却迷茫的另一张大网
悬在天空之下，苍海之上

原载《诗刊》2013 年第 12 期上半月

恍若隔世

夏海涛

风中芦苇

临水而居
我　只是一棵长得很高的草
一年一度的期待
一生一世的轮回
我　在等待秋天
那一阵又一阵　摇曳的秋风

我草本的生命
注定了芦苇一生的短暂
所以我放空自己的内心
用无心面对这个嘈杂的世界
空空的杆　薄薄的情
让我学会生存
曾经出现在别人的谚语之中
曾经在野火下毁灭又重生
我好像一朵飘动的云

是秋天改变了我
是你成熟以至凄凉的偶遇　改变了我

你拂过我　摇动着
我生命中美丽的芦花开始飞扬
摇曳的　我一生全部的沉默
在这一瞬间　炸开

短暂的一生就要过去
也许我们再也不能相见
可是会有更多的草和你相遇
她们有着和我共同的名字
芦苇　芦苇
你前世的爱人

恍然隔世

那么深的水也没有隔开
沙漠与绿洲　你只是回眸一瞥
鸟儿们仿佛听到了指令
汇聚在七夕桥头
打破了一个世纪的沉默

偶然的交汇　偶然的
离去
没有谁惦念着　流星的轨迹
海面上　升起了一轮年轻的太阳
月亮上　长满了小母亲温情的目光
仿佛一切没有发生
仿佛　从来就是这样安详

鸟儿开始顺着季节
提前迁徙
从遥远的北方　奔赴遥远的

南方
顺着阳光的道路
挥动有力的翅膀

这样的一切如此自然
仿佛千万年来　只为了等待
你的回眸
南方投来的那束阳光

十 二 月

冬天在你身外　在温暖之外
你用润玉之手　拂过十二月
染满了醇香的日日夜夜
开放在绚丽的怀里

似乎已经很久很久
那些飞起又落下的花喜鹊
守在高高的枝梢
如果寒风高过了自己的声音
他们宁肯站立枝头　也不再发出一声
纵横的树条纠结起来　家在他们身边
变得质感和乡韵　让来来往往的游子
一再忍不住潸然　回首

而此刻
我只能站在北方的最高处
面向南方　听着风声
想象你捧起围巾　系住
暖暖的往事

原载《中国作家》2013 年第 12 期

散　文

孤独的布谷鸟

苇青青

这是一座四百年的村庄。村庄有一座三百年的老屋。这座老屋的久远让满院蒿草摇曳着荒芜与神秘。我是这座老屋的继承人，又是不被乡里认可的正宗传承人。按村俗，我是不应见到家堂的外人，称异姓人。虽然我实实在在流淌着老屋先辈的血脉。

我是他们的亲骨肉，但我的确不是被族人认可的那种继承人。可先辈不知为何，就那么一念之间，将老屋传给了我。

当我独自拥有一座三百年老屋的深夜，拥有一座寂静得连虫鸣都是从幽远的祖先深处传来的院子时，我真正走进了老屋——此时，从少年门槛迈出，至满载沧桑归来，已是几十年的光阴。

打开院门，一院荒草。挤挤的，满满的，密不透风，高过头顶。这是一个傍晚时分，草的颜色已黑黢黢的了。我就打算在这荒凉中住下来。这时，从院落一角传来“布——谷、布——谷”的叫声。那叫声短而哑。我想了想，秋天该不是布谷鸟活跃的季节，打哪儿飞来这样一只喑哑的布谷？我没有细想下去，只是目光掠过满院荒凉。

住下来的第一夜，我安睡了一夜。第二天早上，那只布谷鸟又在院子里叫起来，声音仍是短而哑，哑得心里发紧。这声音送到耳鼓，明明是在求救哀鸣一般，让人觉得真是一只病了的或失落家园已久的鸟。细想一下，三十年前儿时的院子里没有这种鸟，屋后的树棵子里也没有这种鸟，以至于我到了某个城市一座动物园第一次听到这种鸟鸣，兴奋地拦住同行的旅人，问那是什么鸟在叫。后来想想，这小庄人家的孩子，真是见识短浅，从人家大城市人眼光中和牙缝里挤出的“布谷鸟还不知道吗?”我已感到了自己的羞愧。我从此记住了布谷鸟的叫声，并且与这种鸟产生了特殊的感情。每到一处林子，若听到这种鸟鸣，我会追到树下或追赶鸟的飞翔，尽管布谷鸟常常留给我一条尾巴，但我还是见到了它的身影，听到了它别致的叫声。我总是欣喜地蹦出一段路。又总是遗憾着我的老家为何没有这样一种鸟。

我家院子的这只布谷鸟，它的叫声低低的，哑哑的，不像是从西墙下那棵上百年树龄而今正枯着的梧桐树上传出。倒像是从草丛深处，或从老墙一角，幽幽地发出，凄凄凉凉，不忍听和想象。布谷鸟就这样低低地叫了一阵子，沉寂了。等到第三天早上推开木窗，那只布谷鸟又叫开了，“布——谷、布——谷”一声声低哑，徐缓，叫几声，又沉寂了。傍晚擦黑时分，没有掌灯，当一天的沉思让我顿然想起用手摸向一只茶杯时，那只沉寂了一天的布谷又掀动起我的思绪。“布——谷”“布——谷”“布——谷”，声音如旧，只是，这声音越来越拨动人的恻隐之弦。只要屏息侧耳听上几声，断然听懂这叫声不是布谷欢快的鸣唱。可是，它为何一直沉寂？带着这个疑问，我与夜空下一院荒草和空寂一同睡去。

第四天早上，刚刚醒来，推开木格窗，几乎与窗子打开的同时，我又听到了布谷的叫声，声音仍旧如前，低婉凄凉，细数，整整叫了七声。这七声间隔长而缓，占用的时间超过了正常七声的时长，如果耐下心来听完，会觉得陪它走过很长一段路。这段路，总是拉向我长长的沉思。就在这样每天的同一时段里，叫声重复着。当过了三天之后，我明白了这只鸟的心思。我已确信，这只鸟是为我而鸣——是早晨迎接我，或是夜晚伴我入眠，抑或有难言的苦衷向我倾诉。我说不准。但我确信，它一定与我有关。我确信这是一只灵鸟，就住在这座院子里。而且，它有什么话想向我说。

不知是我分担了这只布谷鸟的孤独，还是我的孤独里增添了同伴的一两声低语，在这无边无际的孤独长夜中，我们达成了默契。我知道，这座古老的院落，有一只布谷与我相伴，它就在树上或草里，或墙落。它到底生存在哪个更具体的位置，我已不急于知道。但我知道在我身旁，有一只布谷的存在，这足够让我安慰。假如每天的早晨和夜晚，那只布谷是从很远的远方传来，为我而鸣，不管它身在何方，身处哪里，难道不是我的幸事吗？这样想着，就打消了想在某一天拨开茂密的蒿草去寻找那只布谷的想法了。

我与布谷，一直保持着至今未能见面的声音传递。尽管这声音只有我能听懂它钻心的凄凉。时间一久，在早晨醒来或晚上入眠之时，最盼望的事，自然是想听到几声布谷的叫声，尽管那是朝向我的凄凄低语。再后来，我已更加确信，这只布谷鸟清晨叫七声，晚上叫三声。那三声之后，再侧耳，它已沉默，不会有多一声的发音。在一段时间，我曾扶窗久未挪动，我多么希望它的语言能多一些，再添一句，哪怕一字。可是，布谷鸟的语言十分吝啬。终于有一天，在我居住的第七个傍晚关窗欲寝之时，那只布谷鸟在低低地用同一音色“布——谷”“布——谷”“布——谷”三声之后，我竟忍不住和着布谷同样的分贝，朝窗外“布——谷谷”“布——谷谷”“布——谷谷”连叫了三声。三声之后，我听到了一片刹那间的空寂，几乎在空寂之后，又从老墙深处传来了“布——谷谷”“布——谷谷”“布——谷谷”三声鸣叫，那声音几乎是我的复制，仿佛是我重播了一遍。显然，这三声已不再喑哑，完全摹仿了我的声音。我全身颤抖，热泪盈眶，几乎想从木格窗跳出去，奔向草丛，奔向那只灵性的布谷鸟。可是，我止住了鲁莽的举动，我的两手紧紧地攥住了窗棂。我生怕惊吓了这只孤独的生灵。

往后的日子里，那只布谷鸟依然是在早上推开窗子之时，还是往常的七声鸣叫，声音喑哑，低低的，幽幽的。到了关窗之时，仍是三声“布——谷”“布——谷”“布——谷”，它依然保持着自己惯常的一切。只是在这关窗的三声之后，我对着荒草的东南方向，和着它的叫声，再发出“布——谷谷”“布——谷谷”“布——谷谷”这样的三声，那只布谷鸟一定会很乖地发出同样的声音“布——谷谷”“布——谷谷”“布——谷谷”。它如我一样，那“布”与“谷”之间间隔长，“谷”与“谷”之间间隔短。它开始了与我的对话。从上次开始有了第一次对话，我就在心里给它起名“大神鸟”。它不是一只普通意义上的布谷鸟，就如同人类中的智多星、天才、高人一样奇异。

当我决定离开这座老屋，返回远在小城的家，这个念头是在薄暮时分起意的。可就在傍晚关窗之时，却意外地没有听到布谷的叫声。我对着窗外发出“布——谷谷”三声，布谷鸟一声未回。我又发出三声，依然是一片空寂。夜里，我望着黑漆漆的院子，心中涌起无限悲伤。是“大神鸟”知道了我的心思？知道了我将要离开这座小院？也许它真的知道了。因为我夜里爬起，对着窗外，无论怎样叫它，一直没有听到它的回音。空荡荡的夜里，只留下我的“布——谷谷”“布——谷谷”“布——谷谷”在草丛间荡着……

原载《山东文学》2013年第1期

河流：闪光的预言

周蓬桦

1. 开始

春天，我在森林里小住，夜晚听得见树叶在风中婆娑作响，花朵在河岸上大面积次第开放，浓郁的香气自对岸传来，穿透阁楼的木板，以猫的形状和速度爬进窗棂。接着，各种鸟鸣流水一样灌入耳中，它们掺和了月光的忧愁和丁香的苦涩。而透过沉沉帷幕，我看见一粒正在眨眼的绿色星了，它微弱的光芒，缓缓游移的步履，照耀着巍峨浮动的长白山脉，这时候季节是四月，山顶上的积雪还没有融化干净，白天里视野可见的轮廓被遮掩，整座山峰变成一个完全黑暗的国度，这让我一次次地沉入不可遏制的构想。突然，一个闪光的念头跃入脑际：像一粒埋葬地下的种子在瞬间爆裂，一个荣光而秘密的行动已经开始。

我在孤寂的房间里来回踱步，口中喃喃自语。窗帘拂动，初春的风是多么柔和啊，窗台上有一支冉冉上升的印度香——那是去年八月，西藏的一位禅宗大师送给我的礼物。他抚摸着我的头颅，用低沉的声音说："孩子，你的前生，原本是佛门弟子。"这句话让我吃惊，刹那间眼前乱云飞渡，浮想联翩，前生的片断竟然奇迹般一幕幕呈现。那时候我剃度为僧，面对墙壁，苦心修行，在经声佛号中度过干净的一生。

我知道，人人都想了解自己前世的出身，以及亲人、爱情、命运，遭遇、幸福与苦痛，但当我试图求解时，大师却拱手告辞，留给我一盒印度香和一串开了光的菩提佛珠，也留下了一个事关生死轮回的迷局。

自那以后，告别城市的想法折磨着我——在时代轰轰烈烈的乡村开发和蚕食运动中，我和伙伴们身居钢筋水泥混合的建筑樊笼，困兽般身不由己，无力自拔或无可奈何。我们的心从来都不属于这里，这里的名利圈、各种酒局、话语场、势利眼、虚伪的颂辞、等级森严的人肉丛林和物质欲。

日日夜夜，我听见伟大的河流在召唤，在春天，它以一滴水的融化方式信步走来。

2. 观察

我承认，有些感觉被我牢牢抓住：人性的迷幻结构，森林的气息，人参的精灵住所，土豆的生长过程，以及长白山中的奇妙历险——在四月的最后一天，从长春去长白山的路上，我和同行的伙伴迷了路，一头钻进了漫无际涯的林区，一只硕大的白鹳稳稳地停靠在车顶上。夜已至深，我们停下车，与它相处了十几分钟，周围是呼啸的山岭，高大的树木，飘忽的光影……一丝恐惧在瞬间攫住我们的神经。

但最终，我们凭借经验和判断走出了丛林，抵达二道白河镇，然后顺利进山。接连几天，我在山中游历，背着旅行包，带着数码相机和望远镜。原始的火山口，迷雾萦绕的天池，温泉的水，白桦的姿影；品尝新鲜的蕨菜、野猪、鳜鱼和鹿肉，我以此种方式，完成着对长白山一带自然与生态的解读。

也就是说，世界上有一些事物，是可以凭借经验、知识来做出判断的，无论如何，它们还没有跑出人类智慧和品味的篮子。

但当我一觉醒来，伸了个懒腰，看到融化的雪水自山川泻流而下，汇入河流，浩荡奔流，顿时有一种无奈的茫然涌上心头，我觉得对河流的感觉是抓不住的——是的，抓不住！好容易打捞上一根水草，却变成游鱼从手中溜走。我在想：既然它有一个开始，那么它的源头在哪里呢？它溶入水中，可水又代表着什么。在它奔跑时，我试图追随而去，但我发觉自己根本没有能力撵上它，哪怕扯住它的一袂衣角。

像一个孤苦无助的孩子，我沿着野草生长的河岸漫步，观察它的流向，企图从中找到它的本质，但整整一天过去了，我一无所获。

3. 印象

记忆中最温暖的河流，自然是在童年时代，它在我的故乡沙河镇，如果有名字，定然是叫沙河。印象最深的是夏天，与伙伴们在河边割草累了，到河里游泳，渴了喝河里的水，有一股浓重的土腥儿，但喝到肚子里会泛起一丝甘甜，滋润舌尖与喉咙。河岸上有生长着的庄稼和灌木，还记得与伙伴们一道，网浅水里的小鱼，拔松土里生长的甜草根。

因为喝了河里的生水，自然也有浪漫的后续章节——这也是一条让我的童年长过蛔虫的河流，不由得频频向其膜拜致敬。

如今，由于众所周知的原因，故乡的河流已经不复存在，只剩下一片卵石，卵石堆中，有残破的贝壳，生锈的钓钩，糟烂的船木。若干年后，或许会有考古学家来到这里，考察一条河流的遗址。

最美的一条河，要属西藏林芝的尼洋河，这是我去年八月在西藏游历的一个亮点。这条河的颜色像一块蓝色的绸子，干净得让人屏住呼吸，说不出合适的语言表达。从始至终，它静静地流淌，伴随我们从林芝到拉萨，一路闪亮。

"一条比雪还干净的河流。"

尼洋河之上，是瓦蓝的天空，雪白的云朵。偶尔，河岸上出现放牧的藏民，身穿布裙的妇女，脸蛋红红的孩子。木头的围栏，苔藓的绿野，石堆上的经幡，在河水的映照下生动耀眼，披一身圣洁的灵光。

而眼下，长白山脚下的这条河流，汹涌开阔，紧挨着陡峭的山峰，积雪在山顶碎裂之后，发出巨大的声响，轰隆隆，轰隆隆，河流在遭遇冰块的撞击后迅速瓦解，顺势而下。

与别处的河流不同的是，我看到水中滚动着一些巨大的漂木。

4. 河岸

白天，我听到清晰的喊号声，声音悠长而嘹亮，像从山顶飘下一支歌谣。世世代代，那些山上的伐木工，用辛苦的劳作换取活命的口粮，像一只蜘蛛，他们从高高的悬崖锯下成年的树木，然后借助水的能量，把木头运到山下。山下，是一片锯木场，电锯在嘶鸣中工作，木头像西瓜一样被切开，带有松油脂味道的香气四散。木屋，帐篷，一列废弃的蒸汽机火车，讲述着一个远逝的年代。

养蜂人沿河而居，在河岸上升起炊烟，从河中汲水，洗涤衣物、布置蜂箱。而周围的村庄，居住着淳朴的渔民，他们凭借一条河的哺育，出生、成长，直至死亡。我经过晒鱼场，问一位正在阳光下收拾渔网的渔民："老乡，你的家就在这森林边上吗？"他说："从我爷爷的爷爷……那一辈，我们家就在这里打鱼，到我这一辈，已经第十代了。"我惊讶于他精确的身份记忆，久久地望着他伸向空中的两个巴掌。

沿河而行，水声泼哧，白气蒸腾，身上和脸上的感觉都湿润而清爽。我看到工人撑着木筏，把一根根圆木打捞上岸，装载木头的卡车列队而行，卡车的影子消失于森林绿色的通道。铁皮房，弥漫油漆的气味，野花遍地，草莓已经落果。

——这就是我日思夜想的东北大地！

遥想当年，祖父带着年幼的父亲在长春谋生，尝遍人间悲酸与苦难。半个世纪过去，当每年春节家人团聚，父亲总是重复讲述久远的过往：扯着祖父的衣角，推一辆货郎车在寒冷的北风中叫卖烤薯、甘蔗和散装的香烟。

长春，一座在风雪中瑟索的旧城。

那天黄昏，当我入住长白山宾馆，从第十九层的窗口眺望朦胧的街头，我的眼前奇异地出现了幻觉：我看到两个步履蹒跚的背影肩背口袋，走向熙熙攘攘的人流，而那个瘦弱黝黑的少年，不经意间的回首一瞥，在我的心海激起怎样的波澜？这是血脉的维系，命运的丝线可以追溯到久远的开端。

在那一刻，我的心是忧伤的，也是疼痛的。因为，在父亲饥饿的身影背后，那些在大街上洋洋得意的人，是从伪满洲国皇宫里走出来的日本政客，手持长枪的宪兵老总和叼着大烟袋的妓院老鸨，他们红光满面，胡髭醒目，金牙闪亮。

一切都过去了，历史如粪土般一文不值，即便从中开出新生的花朵，又能奈何时光的分毫？而父亲，那个给予我生命的人，他的行程已经结束，并且频繁出入我的梦境。

此刻，我活在公元 2013 年春天，脚踩一地从河流上空洒下的鸟鸣，我在黄昏的河岸上自由徜徉，夕阳下的河流平静如镜，葛藤的枝蔓垂落在水中，一艘桦皮船从对岸的水汽中朝我驶来。

5. 梦境

有许多次，我做了一个内容相似的怪梦，与河流有关。

在梦里，闪亮的河流从天而降，它翻滚的浪花淹没了我，我感觉到身体像一枚树叶被席卷而去，顺水漂流，在整个过程中，我真切地感受到被水包裹的凉意，内心充满了快乐的刺激；我看到眼前美丽的游鱼和五彩缤纷的藻类，有太阳的光芒照射到水的底部，我看到水中舞蹈的浮萍和大树的根须——那些根须红光闪烁，制造着奇幻景象。有一次，我与一条热带鱼一样婀娜的水蛇相遇，它吐着舌芯向我游来，在交会的瞬间，它毫不客气地在我的肩头咬了一口，鲜血如注，我感到了火辣辣的疼痛，然后我醒来，抚摸肩膀，疼痛的余波还在持续。我呆呆地坐在床头，直到天色发白放亮，时令入冬，窗户上绣满了水汽制造的图案。

在梦里，水并不具备屏障作用，我惊讶地从中穿行而过，而且可以保持呼吸的正常畅通，我拥有鱼类的灵敏，长着鳍的武器，对付敌人的锋利的刺矛，足以承受外力重磅打击的坚硬的骨头；我甚至感觉自己长出了翅膀，随时可以跃出水面飞翔。但不知怎的，却从未做过一次飞翔的尝试。有许多次，我在水深处泅游，两臂作桨向前轻盈划行，却听到头顶砰砰作响——砰砰砰，砰砰砰，我意识到是天空下雨了，奇怪的是雨并没有落到水里，而是落到了屋舍的顶棚上。

我的眼前呈现一个扑朔迷离的画面：乡村的天井，狭窄而诡异，老式的房子里，摆放着一架弹花机，一位年迈的老妇人，在油灯下颤巍巍地织布………凄苦的冷雨夹杂着冰雹从天而降，砖瓦上布满浓重的湿气和水雾——飘忽的喊叫，啼哭的婴儿，被烟熏黑的泥灶，田野里游荡着残存的绿色火焰。

春天！那一望无际的黄昏的河岸！四周是金黄的油菜花和在风中起伏的稻田。我看见有人手持雨伞，迎迓着蒙蒙细雨的沐浴，在第一声冰凌爆裂的声音里开始孤独的远游。

6. 长笛手

春天的河流拥有许多秘密，比如它与音乐的默契与融合关系。当音乐响起，整个森林都在颤抖，树叶是情人的嘴唇，终于开口说出一句话。而在这一刻，河流像一个上帝精心发布的预言，预卜大地即将诞生的事物：草木、花朵、马车和土豆。

最初的音乐洗礼，是约翰·施特劳斯，那个来自音乐故乡的奥地利人。我看过他的一帧画像：目光炯炯有神，留一绺短而粗硬的胡须，这样的男人让女人看了会忍不住动心。据说他身材高大威武，像位骑士。是的，与贝多芬、巴赫或者肖邦不同，施特劳斯的作品不够阴晦，他的生命里充满了雄性和阳光，以及一往无前的激情与冲动，在他的音乐中，会听出“生活是美好的，自然是美好的，一切苦难都是可以战胜的”，所以，有悲观主义倾向的人纷纷远离了他。基于这一点，使他的音乐在表现忧伤困苦的一面显得少多了，就有了眼下众多的发烧友们说他“浅显”，说他没有很好地揭示人类感情的深层、隐秘或者人性。或许吧，我想。人终归是要成长成熟，一个时期有一个时期的需求，包括对音乐的需求，这很正常。然而，我之所以忘不掉施特劳斯的原因却不是因为他那首最著名的《蓝色多瑙河》，而是他的另一首作品《春之声》。那时候我正在一所县城读中学，是学校宣传队里一名蹩脚的长笛手，每天都要早早地起床，与那一管凉凉的金属接上一吻。

记得，是一个月光晃眼春寒犹袭的晚上，我与一位拉长号的同学在学校阔大的操场上闲逛，每人手里夹一根劣质香烟——我们已经开始偷偷地学习抽烟，而且远处也有明明灭灭的微火，大约是有人在焚烧冬天的干麦草。时值早春，空中始终弥漫着一股好闻的气味。有远远的说笑声，似乎还夹杂着一种鸟叫声。在这样一种氛围下，施特劳斯的《春之声》奇异地响起了，先是溪水一样哗哗地流过来，然后是鸟儿一阵唧唧啾啾的啾啁：啊，春天来了，春天来了……我们一脸惊愕的样子，竟寻找半天而不知音乐的出处。直到今天仍不知道，事情从始至终都是朦朦胧胧，恍兮惚兮，十二分的美妙。当时，我的同学咕哝了一句“是施特劳斯”，就不再说话了。我也不再说话，静静地谛听着这似乎来自上苍的语言，一下子置身于一个万木复苏的节日里：大地上的积雪在消融，树林披了淡淡的绿衣，一群天真活泼的儿童像开放的花朵，鲜嫩的笑声洒满春野，解冻的河流在林间开始流淌，那嘎嘎作响的声音，是冰排在河道里汹涌奔突、呐喊、撞击……那一刻，十四岁的我竟突然有了一种早恋的欲望，脑海里出现了许多奇奇怪怪的画面，印象最深的是森林里有一幢木头房子，房子外面是一个少女和一群雪白的鸽子。是的，一切都是那么干净和神圣，甚至柔软和缠绵。有人说，音乐和绘画还有文学，都不需要什么教育，直接感受作品就行。而在那一夜，像施特劳斯预示春天与河流一样，我的生命很自觉地接受了最早的震撼与觉醒，启发了内心最敏感的部分，使你自此和周围的自然、乃至大地上的一切，都发生了不可思议的联系。

7. 灯盏

灯盏是从河岸上升起来的，穿越山顶，被风吹向夜空，飘飘摇摇，变成群星中的一颗；灯盏是有欲望的，它的欲望如岸上的熊熊篝火，映亮整个山川下的河流、水纹和浪花。

中午，表姐从长春赶来，提着一兜子水果来看望我，说房间里太冷了，就到院子里的花楸树下取了几块木柴，点燃了壁炉，房间里顿时被温暖布满。壁炉原本在春天来临之后就熄灭了，遇到雨天，凉意便从地板的缝隙里冒出来，让我每天入睡前都将身体蜷缩在被子里，咳嗽，叹息，然后逼迫自己进入梦乡。

整整一个下午，我和表姐围坐在壁炉前，回忆往事，叙述家常，那些久远的经历像一桶葡萄美酒被窖藏，一经开启就散发浓郁的醇香。我们从祖辈谈起，谈山东与东北地域的渊源，谈几十年前表姨带着年幼的她去山东的一路见闻。当时她只有八岁，与表姨乘坐了五天五夜的慢火车，途经十几个城市，才到达我的故乡沙河镇。那是我童年时代一桩难忘的幸福事件：家里来“切”了，是那种父辈们常念叨但却从来不见人影的亲人。多年过去，表姐仍然记得在沙河镇上吃过的美食“呱嗒”，如今，它成了江北水城聊城的名吃之一，名扬四海，食客满天。表姐还记得镇上有一座宋代古塔，我们曾在铁塔下交换过各自的玩具——子弹壳和羊拐。遗憾的是，作为千年文化的见证，古塔已经不复存在，它同样毁于那场史无前例的浩劫中。不久前，从故乡传来一个消息，古塔将复制重建，但我听后摇了摇了头，没有激发什么兴趣。

就这样，整整一个下午，我们在回忆的隧道中穿行，里面翻卷着永远消失的画面。记得，普鲁斯特曾经说过：“人是活在记忆中的”——通过回忆，我和表姐仿佛又重活了一次，那些生动的旧日子，那些贫穷中的甜蜜温馨，都像乡村阳光下的池塘，躲在篱笆和灌木的阴影里，那里埋藏着童年的全部秘密。

后来，我们终于谈到灯盏，我告诉表姐，我是一个灯盏收藏者，在我的书房里，有马灯、罩子灯、煤油灯和各种陈年灯具，我近乎迷恋地收藏旧物，每天看着它们读书、写作和胡思乱想，感觉内心踏实，似乎时光之鸟没有远走高飞。我对表姐说，我收藏了许多灯盏，但有一种灯具却无法收藏，那就是在故乡人们用纸糊的一种灯，可以借助煤油燃烧的能量升上夜空，多年之后，我才知道它叫“孔明灯”。我无法向人表述它带给我多少甜蜜的回忆，在贫穷荒凉的年代，它是孩子们欢乐和遐想的起搏器。当我说完，令我意想不到的事情发生了，表姐说河岸上就有专门放“孔明灯”的，我们去放吧。面对这突如其来的天意安排，我愣怔半天，她的话让我有些不敢相信。

黄昏，我们来到河岸，在哗哗奔流的水声里，果然看到河岸上有一对中年男女在销售孔明灯，只不过这种作坊制作出来的孔明灯已经大为改观，属于环保型的灯具，不必担心它升上夜空后会有什么后果，因为固体的燃料会在空中消耗干净。而在童年放飞的那一种灯，孩子们是要狂追而去，直至看到它从天空落下。不管怎样，我们许了愿，放飞了两盏孔明灯。望着冉冉升起的光束，我的头一阵晕眩，零星的雨滴飘落下来，砸到河里；而大红的灯盏，掠过树梢和山脉，扶摇上升……

原载《山花》2013 年第 1 期

窗　外

张克奇

每次伏案久了，都会习惯性地抬起头向外看一看。窗外的风景其实很单调，楼与楼之间的空间太小，又被几个大大小小的简易棚占据了，目之所及，除了浅蓝色的棚顶和浅黄色的墙皮，再就是灰蒙蒙的天空了。前几年的时候，对面的楼墙上长着爬山虎，每年的春夏秋三个季节，偌大的墙壁就全被爬山虎占据。从初春的绿中带一点红，到夏天的葱绿，再到秋天的墨绿，让我们这些整天窝在方框格子里的人受用多多。可是在后来的那个春天，我们望眼欲穿了好几个月都没有盼到爬山虎再次绿起来。那面墙壁上，自此只剩了爬山虎的一些干枯的枝叶，后来连枯叶也没了，只有那些灰褐色的枝蔓像纵横交错的网络一样贴在那里。偶然的一次，听人说这爬山虎是被人给尿死的。原来那座楼的一楼开了一家网吧，网速很快，生意很好，就是厕所在二楼不太方便。到了晚上，那些网虫们有了内急，就急匆匆爬到那个唯一的窗台上小便，一泡泡地全都尿在了爬山虎的根部，日复一日就把爬山虎给碱死了。据说这棵爬山虎已经在那里生长了二十多年，根部的茎足有一个水杯粗。死亡的原因和方式有很多种，但是被尿尿死，实在是有些离奇。它的死该怨谁呢？那些往它身上撒尿的无疑是罪魁祸首，可是网吧老板是不是也难逃其责？设计建设这楼房的是不是也负有一定责任？当初栽植它的人也是有责任的吧？可再转念一想，无论是撒尿者还是网吧老板，对它都是没有故意谋害之心的。至于楼房的设计建设者，也是不能责怪，因为盖楼在先爬山虎生长在后。至于当初栽植它的人，更是不能责怪，因为当时是给它选了一块好地的，要不它怎能长得那么粗壮、茂盛？我越想越远，也越想越困顿，最后只能归结为一点：命当如此。

爬山虎一死，窗外就没了可看的风景。有时实在困乏极了，就仰头看天。想起在乡下时，天空是不单调的，因为有鸟儿不时地飞过。即使长时间没有鸟也没关系，单是那样的湛蓝就足可以让人的心浮游其间。可是在城里，哪里还能见得到鸟儿们的影子？哪里还有一片天空是湛蓝的呢？于是就希望天上能有云，淡的、浓的，大片的、小块的都行，只要有就好。根据云的形状，想到鸡狗驴牛、人鱼鸟兽，心里就有了一些滋润。目光跟随云彩走啊走，送走一片，又迎来一片，眼神就生动起来，盼望着能有雨点落下来。雨点来了，敲在棚顶上，就像奏起了一段乐章，要是雨大的话，还能欣赏到雨点在棚顶上优美的舞姿，寂寥的生活就多了一丝情趣。到了冬天，那些云有时会变成雪落下来。一片片雪花，轻轻盈盈地、飘飘悠悠地，那么袅娜，那么曼妙，天使一般。这样的日子，即使寒冷，我也会拉开窗子，把目光投放到苍穹迎接它们。沸沸扬扬的雪花啊，如过江之鲫，又如千军万马，把天地之间填充得满满当当。有时候，我的目光会情不自禁地追随它们下降，直至看到它们落在棚顶上。如此往来反复，既获得了说不出的愉悦，还让多年的颈椎病得到了缓解。不长时间，顶棚上就全白了，把那些讨厌的浅蓝色以及附着其上的肮脏的灰尘全都掩藏了起来，世界一下子变得洁净了，一种直达内心的洁净。天晴以后，阳光照耀其上，再反射回来，有些刺眼。但有时那光并不仅仅是白色的，而是带了五颜六色。如果能选准一个恰好的角度看过去，会看到雪层之上生发出一道道小小的彩虹，心里的惊叹简直就要破喉而出。接下来的日子里，就会看到棚沿上悬挂起了一串串冰凌，一开始是短短的、细细的，刚刚冒出的竹笋倒立一般，第二天再看时，就变得又粗又长了。如果雪足够大的话，那些冰凌能“长”到一米多长，只是颜色不如记忆里的清澈，因为那里面夹杂了太多的杂尘。如果雪大天气又足够寒冷的话，这些卫士般排列着的冰凌能持续一个多月的时间，代替已经死去的爬山虎，成为窗外最美最持久的风景。而这些东西，要是在以前，是根本引不起我的特别注意的。罗丹说得真好啊：世界不是缺少美，而是缺少发现美的眼睛。越是活得单调寂寥的人，越容易发现美，享受美，满足于美。

也许是我们几个命里该有眼福。今年春天，对面的那家影楼在正冲我们办公室的那面墙上掏了一扇大窗子，室外用钢筋三脚架什么的焊接、搭建了一个半圆形空中“舞台”，做拍摄外景之用。天气晴好的日子，每天都有俊男靓女在那里拍照，一身的青春气息和满心的幸福，就连冬日的寒冷都无法阻挡。这样的情景，深深地感染着我们，惹得我们常常回想起自己曾经的青春年少，生发许多感慨。青年们的美姿靓影固然赏心悦目，但是我印象最深的却是那对来拍照的老人。从两位老人雪白的头发和有些佝偻的身体判断，他们的年龄最少也该七十岁了吧。虽然年纪已大，他们却是在拍婚纱照！而且，他们的样子，比年轻的恋人们还要认真，还要浓情。隐隐约约还能听到男老人在劝说女老人不要紧张、不要害羞什么的。女老人一会儿穿上雪白的婚纱，一会儿又换上了大红色的，头上的插花也换了好几次。就这样拍啊拍，居然拍了大半上午。我们就猜测，他们是黄昏恋吗？抑或是在弥补年轻时的遗憾？可是不管是哪一种，都用不着这么张扬吧。这么一想，心里便对他们有了些微词。晚上打开电视，调换频道时，突然发现县电视台正在播放上午拍婚纱照的两位老人的故事，看完不禁潸然泪下，同时对老人有了深深的愧疚。原来这两位老人的恋情竟是一段跨越了整整五十二年的初恋。男老人叫徐嘉良，女老人叫徐国珍，俩人都是徐家村的，年轻时就相爱了。可是老天并不成人之美，就在他们准备举办婚礼时，徐嘉良突遭横祸致残，一下子瘫痪在床。为了不连累徐国珍，徐嘉良强行退了婚，并跟随父母去了外地谋生，后来在黑龙江大兴安岭定居下来。再后来，在当地一位老中医的精心治疗下，徐嘉良竟然奇迹般地重新站立了起来，并在一个林场找了份工作。病好之后，徐嘉良一刻不停地想要回到徐国珍身边，却又怕时隔十多年昔日的恋人早已结婚生子，便把刻骨的思念深深地埋在了心底，彻底断了跟家乡亲人的联系，并且一直拒绝开始新的恋情，始终过着单身生活。五十多年过去了，早已白发苍苍的徐嘉良越老思乡之情越重，决定叶落归根回到家乡。可让他万万没想到的是，徐国珍居然也还活着，更让他想不到的是，徐国珍竟然一直未嫁。就这样，一段尘封了五十多年的恋情，又重新复活，最终在大家的齐心帮助下，有了一个圆满的结果。这是怎样的不可思议，怎样的使人感动落泪啊。记得主持人最后一句话是哽咽着说出的，她说：有多少的爱情败给了时间，又有多少的爱情在日渐深刻的皱纹里倔强地生长着。从这以后，每次看到那些拍婚纱照的年轻恋人们，我都会想起那对白发苍苍的老人，并且不再像以前那样用“执子之手、与子偕老”之类的句子祝福他们，而是简简单单地在心里跟他们说一声：但愿你们能像徐嘉良和徐国珍老人那样地相爱。

窗外那个硕大的龙骨结构简易棚，其实是县新华书店。书店原先是在楼里的，书店的领导脑瓜精明，充分利用两座楼之间的空当，建起了这么个棚房，把书店搬了进来，将楼房租了出去。此处位居县城中心地带，据说租金比卖书的收益要好得多。作为一个喜欢读书码字的人，书店曾是我经常去的地方。那时候，尽管工作单位和住的地方都距书店较远，但是我每周至少要去一次。尤其是在寒暑假里，去的次数就更多了。有时陪老婆孩子逛街，走着走着就拐进了书店，次数多了就气得老婆不再勉强，任由我去。如今书店虽然搬进了棚房，但面积还是挺大的，看书、找书也比原来楼上楼下的方便，书也好像比以前丰富了不少。书店的南墙距离我们的窗子不过两米许的距离，绕道走进书店，也不过四五分钟的时间，可是悲哀的是，尽管近在咫尺，我去书店的次数却越来越少了，有时甚至半年都去不了一次。写不完的材料，忙不完的事务，人就像被蒙了眼睛拉磨的驴子一样，日复一日地几无止休。这样的状况让我既无奈、又纠结，有时看着书店的顶棚，就想到了里面那一排排整齐的书籍，想起以前去书店的快意，心里就轻轻地叹息一声。任何的喜欢都是需要条件的。条件可以创造，但是很多的时候，只能妥协，尽管心痛。于是就想，也许等再调动一个单位就清闲了吧，等退了休就更有时间了吧。可是，将来的事情，谁又能说得清楚呢？想想这人生和世界，真像极了一个一个的小格子，每个人是一个小格子，每个空间是一个小格子，每一段时间也是一个小格子。每个小格子都是相对封闭的，但都有一个门，时刻准备着与其他格子发生联系。有些门，是可以打通的，有些门，打开了又总有关闭的时候，也有一些门，你一生都无法走进去。依然记得离开原来的单位时，我清理完办公室走出来，就在关门声响起的时候，心里突然产生了一种难以说清的惆怅：这扇曾无数次被自己打开的门，自己持续待了这么多年的这个空间，也许从这一刻起就永远地向我关闭了。

写到这里，再抬头看窗外，死去的爬山虎的枯枝仍然固执地扒在墙壁上，书店棚房的屋顶还在发着幽幽的浅蓝色的光，影楼的窗外又换了一对新人在拍照，灰蒙蒙的天空没有一丝云彩。现在，我跟这些熟悉的事物天天相见，可是这一切，也一定会在将来的某一天消失的吧。或者是它们离开我，或者是我离开它们。不论是自愿，还是被迫。

原载《散文》2013 年第 2 期

被《小品文选刊》2013 年第 5 期转载

鹅殇

杨文学

每每敲响小院的木门，最先应声的不是母亲而是那只白鹅。在它尖利的叫声中，耳朵有点儿背的母亲才扯着嗓子喊：谁啊？是我啊，娘，老二。母亲这时就会喊：三，别叫了，是老二。白鹅的尖叫就会戛然而止。透过柴门的缝隙，我看见白鹅依旧伸着长长的脖子，歪着头，睁着一对小眼睛，一副警觉的样子，俨然是这个家的主人。

白鹅是什么时候来到母亲身边的，我有些记不清楚了。

只记得那是一个春天，母亲买了几只小鸡和两只小鹅。刚到我们家的时候，小鹅如黄色的绒球在房子里来回地滚动着，煞是好看。母亲就下地去剜一种叫苦苦菜的野菜来，用剪子铰成丝，拌上泡透的小米喂鹅。这是鹅最爱吃的东西，小家伙往往吃得嗉子如同两只袋子。两只小鹅在她的精心喂养下，身上的黄色也渐渐地褪去了，慢慢地就成了浅白色，最后变成雪白色。在这种变化中，小鹅渐渐地长大了，可惜的是一只黄鼠狼的光顾，让一只鹅血染白羽，母亲一言没发，把那只鹅深深地埋在院子的梨树下。活下来的这只白鹅就成了母亲的伴儿。母亲喊它三。大半年后当我再次回家看母亲时，三已经是一只漂亮的大白鹅了。这是一只雌性的鹅，母亲说明年它就下蛋了，清明节你们就能吃上新鲜的鹅蛋了。说这话时母亲一脸笑容。

我只是搞不明白，母亲为什么给白鹅起了一个名字：三。这个三什么意思，母亲没有解释，我也不便猜测，若是按我们兄妹排号，这个家伙排行老九，应该叫九儿，因为母亲生了我们兄妹八人。这三叫得实在是没有道理。

不论白鹅怎么闹怎么叫，母亲只要一喊：三！这只白鹅立刻就安静下来，似乎它也认准了自己就叫三了，是我们家的一个成员了，而且地位特高。

白鹅长大了，小草鸡们也长大了。这时节，黄鼠狼来过一次，当它费尽心机扒开鸡窝时，它的后背上就重重地挨了一口，机灵的黄鼠狼一下子就跳开了，但是背上还是被扭掉了一撮毛。受到攻击的黄鼠狼开始反击了，白鹅毫无畏惧跟它打成一片。白鹅的叫声引来手电的光芒，白鹅有了母亲的帮助，攻击力大增，它展开大翅膀，伸长脖子，张着大嘴，满院子追赶着黄鼠狼，最后黄鼠狼无奈地跳墙而去。从此，黄鼠狼再也没有光顾母亲的小院子。几只母鸡有了安全的环境，它们与白鹅在院子里的大梨树下安然相处，偶尔的打闹也是在白鹅的让步中结束，小院子充满了生机。不知道母亲用什么法子训练了这只白鹅，在母鸡吃食的时候它总是静静地站在梨树下，歪着头观看。有时母鸡要进屋子，白鹅就会伸长脖子扭它们的尾巴，这时让步的就会是母鸡。梨树下，这幅景观成了我难忘的记忆。我问过母亲是怎样训练这只白鹅的，她总是说：鹅通人性呢。

院子里，白鹅和几只鸡们终日绕着母亲转，它们是母亲生活中的影子，尤其是那只鹅，除了母亲下地为它找野菜的时间，其他的工夫它总是绕在母亲的脚前脚后，白天它是母亲的影子，晚上它是母亲的守护者。它在母亲给它做的柳条筐子里窝着，一有风吹草动它就把窝起来的脖子一下子展开，长长的脖子支起那个红红的额头，睁开两只小小的眼睛静观四周的动静，一旦有人或动物靠近母亲的小院子，它就会长声尖叫。耳背的母亲总是在尖叫声中对着院外喊一声：谁呀？

白鹅成了母亲的耳朵。

母亲对这只白鹅总是呵护有加。到了冬天，母亲就会在柳条筐里填一些柔软的山草，然后再将柳条筐放在一个避雨遮风的小棚子下面。冬天没有野菜，母亲就在做饭的时候，总是千方百计地多做一些，母亲叫它剩饭。有一回我回家，住下来陪母亲。在做晚饭时，母亲说多下半勺子米吧。我说，够了。母亲说，还有三呢。这哪里是什么剩饭啊，白鹅完全是她的一个孩子了。吃完饭，母亲就把一些菜叶子切成丝，拌进饭里。我不解，母亲说，鹅跟人一样，不能离开蔬菜的，这样利于它消化。

在我的印象里，白鹅最兴奋的时候是母亲的生日。上了年纪的母亲对两个日子记得最明白，一个是父亲的祭日，一个是她的生日。生日这天，母亲总是带着白鹅早早地站在胡同的深处，母亲在引颈张望，白鹅也在引颈张望。我们姊妹八人加上各自的孩子，就是一个庞大的群体，这样一个群体来自四面八方，大家总是有先有后。只要胡同里出现人影，母亲就会一脸笑容，白鹅就会嘎嘎地叫着。最先来的一般是我们一家，由于我们家买车早，于是就有远路赶早集的意思。一次我和妻子大包小包地走进胡同时，最先发现我的不是老眼昏花的母亲而是白鹅，它尖叫着，用嘴撕咬着母亲的衣襟。母亲这才看见了我，她向我走来时，白鹅依旧跑在她的前面，如一个调皮儿童。当它跑到我身边的时候，翅膀一下子就抖起来，努力伸长嘴巴向我靠近。母亲说：三！它立刻就安静下来。

白鹅迈着方步，走在前面，我和母亲在它的后面走进小巷。

那个冬天母亲病了，住进大哥当院长的医院，白鹅自己守在家里。病床上的母亲总是对前来看望的四妹说：你喂鹅了吗？四妹笑笑说：不就是一只鹅吗，你都病成这个样子了，还有心思管它？母亲说：它也是一条命呢。你们这些不知道报恩的孩子，它下的蛋你们哪一个没有吃过？四妹就认真了：喂了。母亲不依不饶：喂的什么？四妹告诉她：熟玉米面子拌的菜叶子。母亲依旧追问：什么菜？四妹：白菜叶子。母亲不说话了。她知道四妹没有说谎，这个时候的农村只有白菜叶子。

整整一个月，母亲才出院回家了，人还没有回到家，白鹅就叫起来。母亲说：我一听叫声就知道鹅儿瘦了。果然，鹅身上的羽毛都失去了光泽。母亲就把脸拉下来说：四，这就是你喂的？四妹一脸冤屈地说：有什么办法，你不在家，它就不吃食。

四妹没有说谎。白鹅见到母亲，一下子就扑了过来。

大病初愈的母亲，进门的第一件事情就是给白鹅做饭。羸弱的母亲在玉米面里掺上豆奶粉，那是大姐给她买的豆奶粉啊。煮熟后又撒上一些萝卜丝儿。白鹅敞开嗉子一个劲地吃，直到脖子粗出两倍才停下来。四妹说：娘就是偏心眼，我伺候她一个多月，还不如一只鹅。母亲抹一把脸上的汗水，看着它笑着说：三，去自己的窝里吧。白鹅顿了一下，歪着头用它的小眼睛看了母亲一眼，真的走了，它安静地趴在母亲给它搭建的草窝里。

进入高龄的母亲身体开始走下坡路了。那个冬天她不小心烫了脚，不能走路了，我回家看她。母亲坐在院子里。白鹅趴在她的脚下一起在晒太阳。母亲说：老二啊，我怎么感到今年不如上一年了呢。我说没有事的，你不是要看孙媳妇吗，小林（我的儿子）大学还没有毕业呢，你的见面钱可不能不发啊。娘就笑。可是我怎么也没有想到，母亲一下子就倒下去了，这次她再也站不起来了，吃喝拉尿就在床上了。这是爱干净的母亲无法忍受的。我们兄妹就轮流值班护理，将病榻收拾得干干净净的，争取让母亲少受点罪。

在医院里，母亲醒来的第一句话就是：鹅，你们给我喂了没有？四妹就说：早喂了。母亲就合上眼睛。四妹悄声地对我说：咱娘一天问了十八遍，二哥，把鹅抱进医院吧。我想了想说，你下周回家就抱来吧。可是还没有等四妹付诸行动，母亲就陷入昏迷状态。我们全都紧张起来，白鹅的事就显得不重要了。

办完母亲丧事，一周就过去了，我突然想起白鹅来，急急地来到母亲的小院。敲门，没有白鹅那熟悉的叫声，我慌忙推开门子，白鹅趴在母亲给它搭建的小窝里，瘦得只剩下一副骨架了，白色的羽毛脱落了许多。四妹给它的食物都酸了，上面落了无数的苍蝇。它无力地抬起头来，看着我，伸起长长的脖子，向我叫了一声，红红的鹅头就垂了下来。我含着眼泪给它切上菜叶拌上小米，可是它只吃了几口就蜷缩在小窝里不动了。

母亲走了，院子空荡荡的，白鹅相当孤单，我让四妹把它抱回她的家里好生伺候着。可是，第二日，白鹅就丢失了，四妹找到它时，它正安静地趴在母亲的院门口。四妹将它重新抱回来，可是，第三天它又跑回母亲的小院。没办法，四妹只好天天来院子里喂它。

一个落叶纷纷的季节，我再次来到母亲的小院，当我敲响院门，我多么想听到白鹅的叫声啊，可是院子里静悄悄的，一种不祥的预感袭上我的心头。四妹拿来钥匙。我问，白鹅呢？四妹说这些日子光忙着收地瓜了，没有顾上它，在院子里呢。我慌忙打开院门，院子一片落叶，梨树的枝杈无言地张在半空。我的心里一紧，想落泪。母亲走了，家就荒了。人啊，不管你长多大，没有了娘就没有了家啊。

那只柳条筐子空荡荡的。白鹅呢？它怎么不来迎接我？不来扭我的裤脚？

我看见它了，它静静地趴在梨树下，头对着空荡荡的鸡窝。我的泪哗的一下就淌下来。四妹无语地站着，一脸愧色。

白鹅在母亲走后的两个月零三天的时候，无声地死在母亲的小院里。我把它埋在院子里的梨树下，随它一起下葬的是我的一串泪水。四妹说：二哥，你别哭了，白鹅是咱娘的伴儿，它是陪伴咱娘去了。

原载《散文百家》2012 年第 10 期

被《散文选刊》2013 年第 2 期

《中外文摘》2013 年第 2 期

《晚报文萃》2013 年第 4 期等转载

旧　时

黛　安

一、繁星

娘生我是在春天，农历四月初四。二婶说，农家的日子春天最难熬，青黄不接。上年的粮食已见了缸底，当年的麦苗还在地里。我生下后，姥姥点着小脚拎来十个鸡蛋，娘不舍得吃，就让奶奶拿到集上卖了，换了一块肥肉膘，炼了一大勺子油，每天撇一丁丁炒菜。二婶说，虽然没粮食，天天吃地瓜干，但娘的奶争气，听见我的哭声就来水了，还很多，我咕咚咕咚地咽，撑得溢奶，娘的奶水还在冒，娘就把她家小花裹在怀里喂。小花是二婶的三妮，比我大八天，二婶没奶，小花成夜成夜地哭，二婶的眉头就皱成了疙瘩蛋。那些春天的晚上，二婶家的墙头上，好几只野猫在叫春，凄凄厉厉的，也像小孩子在哭，可把二叔烦透了。二叔把旱烟叶捏碎了用粉连纸卷着，一整夜一整夜地抽，手指黄了，眼红了。

这都是二婶告诉我的。二婶还对我和小花说，孩生日，娘苦日哇！

孩生日，娘苦日。我很小就记住了这句话。我从一年多前就开始攒爹用过的牙膏皮。爹是每天都要刷牙的，隔壁二叔、前排房子里的三伯、胡同中间的五爷爷，他们从不刷牙，他们都笑话爹。他们一笑就露出满口金子，爹也笑，爹笑的时候，闪过一溜干净的白光。

我一共攒了十四个，卖了七毛钱。我把钱塞在床的草苫子底下，等着四月初四，等着春天里那个青黄不接的日子。

可是天黑了娘擦火柴要做饭时才一下子想起来。嘻嘻嘻！娘对奶奶说，今天是妞妞的生日！一旁的我愣了愣，转身大步跨过门槛，手伸到草苫子下摸着钱就走。我要割块肉给娘吃，我想让娘知道，孩生日，娘不苦。

胡同真长，路过三婶家，路过五爷爷家，路过冬梅姑姑家门前月牙一样的池塘，还没到。路坑坑洼洼的，然而我的脚底仿佛安了轮子，快得像在胡同里穿行的一股风。我就是一股风，不止我，和我一般大的梅、英子、小花，放了学就和我在胡同里疯跑，从这头追到那头，从那头撵到这头，比兔子都快，和风一样快。不知谁家新在墙根垛了堆柴火，我一踏上去就倒了，在我起来之前，我一仰头看见了星星，真多呀，像一朵一朵的荠菜花开满了天空。我一下子想起三婶家的麦地，自从三叔在煤窑上出事后，三婶家麦地里的荠菜一下子就蹿过了麦苗，开出小白花，一大片一大片地在风里摇，可好看了。日头最毒的时候，娘和二婶却把它们都拔了，有几筐喂了给旺买的那头母羊，还喂了我家的小毛驴，其余的都扔在了地头，晒成了草。可是那些荠菜花没干，它们还鲜鲜地活着，此刻，它们像刚刚从清水里捞出来，正淋淋漓漓地开在天上。

空气开始暖稠起来，我一骨碌爬起，循着香味，循着煤油灯橘黄色的光，找到那家肉铺。

我捧着一小坨肉往回走。身后传来咻咻的喘气声，我知道那是一条狗，可我一点也不害怕。我的心里只有那坨肉，我想赶紧捧给娘，我想赶紧让娘知道，孩生日，娘不苦。

我又看见了满天的星星。它们一路给我照着，直到家门口。

二、春野

大门是一扇七八片旧木板钉在一起的柴门，还没有黄土夯的院墙高，白天从不关。我挎着小篮出来，往北一拐就到了我家屋后的大路。麦田就在路的对面，我蹦跳着走过大路，一脚站在了麦地里。再回头看我家，麦草苫的屋顶黑乎乎的，像一只趴着的大麻雀。后窗和我的书包一样大小，封着的灰白油纸上落满了尘土。院子里的槐树蹿过了屋脊，四下里乱伸的枝条干黑干黑的，枝杈上坐着的鸟窝就像树杈结的果，也灰不溜秋的。

可是田野就不一样了。冻了整整一个冬天的麦苗正在返青，绿油油的，往东瞭，二姨家的村庄远得根本看不见，只有一大片一大片的麦田，无穷的幽绿仿佛是从天边一路铺过来的。前几天才下过雨，娘、二婶、三婶，趁着地潮都刚刚耧过土，田垄又软又暄，脚陷下去再抬起来，就有一股土香从脚窝里冒出来。我是出来挖荠菜的，顺着麦畦走出去了老远，回头望望我家，呀，真的小成一只麻雀了，青青的麦田还没到头。我已挖了小半篮，累了，坐在田埂上。荠菜还不大，但绿叶白根，新鲜得像挂在草尖上的露滴。那些长在麦苗中间的荠菜，拔的时候，不小心把麦叶也揪下来了。肚子在咕噜，我拈起几株干净的小荠菜，连同麦叶，一起填进嘴里嚼起来。村里有几间牲口棚，我和小花、英子没事就爱跑去看牲口吃草。牛嚼得最慢，最细，有时会有绿色的草汁贴着嘴角滴答下来。我嚼啊嚼啊，也嚼得又慢，又细，把荠菜根都磨成水了，我成了春日麦田里的一头小牛了。

挖回家的荠菜，在清水里涮涮，捞出来，晾晾，撒上点盐，拌一拌，就能吃了。荠菜有点苦，可是咽下去，又觉得有股青幽幽的香一点一点地升上来。

三婶家的旺才歪歪扭扭地学步，还不会干活，娘就让我把挖来的荠菜给三婶送去一些。我颠颠地跑去，站在院子里脆生生地喊三婶！三婶！三婶的门前有一丛迎春，青柔的乱枝挑满了小黄花，鲜黄鲜黄的，比鸡蛋黄还黄，黄得照眼。三婶应声从屋里出来，经过迎春花丛，三婶比花还好看。

天暖起来，麦苗像有无数条看不见的线提溜着，往上猛蹿。麦田绿得淌油了。放学后再去拔野菜，麦苗没过小腿了，麦苗没过膝盖了。累了坐在田埂上，麦苗齐着眉毛了。小花坐在另一条田埂上，她一偏头就不见了。我拧着脖子望一圈，眼里全是青翠的麦穗。我大声喊，小花，你变成一棵麦子了吗？并随手摸起粒土坷垃蛋掷过去，躺下去的小花咯咯地笑着坐起来，指着我别在耳边的荠菜花，也大声喊，妞妞，你变成一棵荠菜了吗？我也咯咯地笑。整个春天，我和小花除了上学就是蹲在麦地里，剜荠菜，拔荠菜，薅荠菜，顿顿饭吃荠菜，二婶说我们三根筋挑着个头，说我们细细的脖子快成荠菜茎了。可我们还是天天咯咯地笑。小花一笑腮上就凹进去两个深酒窝，我掀下一朵荠菜花安进去，我笑个不停，她看不见，她把荠菜在指上缠来缠去，跟着我傻笑，我们成了田野里两棵会笑的荠菜了。

背着满筐的野菜往回走，抬头看看我们的家，呀，一间间黄土房子不见了，只有一团团一汪汪的绿树，我们的村庄也成了一块绿色的田野了。

野菜老了，不能吃了，只能喂牲口。我成筐成筐地背回家，小毛驴的黑嘴角就天天衔着五颜六色的野花。吃不了的，就摊在太阳里，晒干，垛起来，给小毛驴留着。

而我，依然穿行在田野里。

三、麦穗

麦穗还是青的，麦芒也是青的，可是麦粒已经鼓鼓的了。站在麦田边，随便拽下一穗，在手心里搓啊搓啊，尖尖的麦芒扎得手心又痒又疼。皮下来了，鼓起腮，咕嘟着唇，吹掉，一仰脖，一小汪绿油油的麦粒全填在嘴里了！每个粒里都包着一股嫩嫩的白水，又香又甜，比荠菜和槐花好吃多了。我和小花、英子，边走路边搓麦穗吃，小小的手心不多会儿就红了。没事干，我们就倚着杨树，望望无边的天空，看风怎样把棉花垛一样的白云扯成一条一条的白绸子；再看看无边的麦田，看麻雀怎样在针尖一样的麦芒上跳来跳去。英子说，当一朵云彩真好！当了云彩，就听不见我娘天天唠叨我姐了。我和小花咯咯地笑起来。那时，小花想着当科学家，想发明一种种子，撒在地里，一年四季都结粮食，多得我们怎么吃也吃不完；而我想当医生，先把柱子叔的腿治好，那样他就能讨老婆了。我们从没想过当一朵云彩。我们笑得啄麦粒的麻雀都哄的一声藏到杨树叶子里去了。英子又噘着嘴说，当一只麻雀真好！想飞就飞！我们又咯咯地笑，边笑边挠她胳肢窝，你飞呀，飞呀！英子怕痒，果然和只麻雀似的一蹦一蹦地跑开了，却没飞到杨树上去。

搓的鲜麦粒当然好吃，但没有在火上燎熟了好。我把麦穗连茎掀下来，英子喀的一声擦亮火柴，点着一把玉米皮，小花两手掐着麦穗凑到火苗上燎。两块麦地中间有一片杨树林，树又多又密，我们在林子中间烤麦子，外边谁也看不到。小花说，行了，熟了！我们就吸溜着嘴吹吹，这手倒到那手，趁热搓着吃。热乎乎的麦粒里，有甜腥腥的泥土的味，有湿津津的雨水的味，有暖烘烘的太阳的味，还有不知从哪儿刮来的干松松的风的味，这些味道让我们在火上一燎，就成了真正的麦子的味道，粮食的味道，真香啊，香得我晚上睡觉直翻身掉被子，香得小花做梦都不住地吧唧嘴。手搓黑了，嘴吃黑了，我，小花，英子，我们你看看我，我看看你，觉得我们仨就像飞进杨树林子里的三只黑嘴鸟，禁不住又咯咯地笑起来。

那天，当我们又薅了麦子跑到树林子中间的时候，看见小满姐姐也在那儿。她的旁边，还坐着一个我们不认识的男人。看见我们掐着的几大把麦穗，小满姐姐说，来，妞妞，英子，花，我给你们燎，我燎得可好吃呢！

实际上小满姐姐只是点着了火，是那个男人给我们烧的。他还搓了一小捧麦粒喂小满姐姐吃。我们边吃边眯着眼看。小满姐姐说，英子，回家别告诉咱爹和咱娘！这是你——红旗哥哥。英子直点头，我和小花也一个劲地点头。

出来林子，我们都很高兴。红旗哥哥真好看，和林子里的一棵杨树似的，比要娶小满姐姐的那个半哑巴好多了。我曾问二婶，小满姐姐比荷花还好看，五娘娘干吗把她许给一个哑巴？二婶说，你以为你五娘娘舍得啊，那是给英子哥哥换媳妇呢。全村都知道英子哥哥小时候发烧烧坏了脑袋，三十好几了也没媳妇。

哦。我好像懂了，又好像不懂。

但小满姐姐要给哥哥换的媳妇我们见过，和小满姐姐一样，走在路上，就像一朵荷花在水里摇。那次，她来五娘娘家看了英子哥哥一眼就哭着走了。我们跟在她后面学她走路，腰都快扭断了。二婶说，她是那个半哑巴的妹妹，叫立春。小满姐姐嫁给她的哥哥，她嫁给小满姐姐的哥哥。她们俩都是给哥哥换媳妇的。

五娘娘忙着用红纸剪喜字。日子都订好了，一收完麦子立春姐姐就娶进来，小满姐姐就嫁过去，在同一天。

麦芒黄了，麦穗黄了，麦叶黄了。晌午，明晃晃的大太阳下，每朵麦穗都在嘎嘣嘎嘣地响。晚上，整个村庄都霍哧霍哧地把镰刀磨成了天上亮汪汪的月牙。天蒙蒙亮，也不用五娘娘喊，小满姐姐早就割倒半垄麦子了。那段时间，小满姐姐见了我们也不笑，只是抿着嘴使劲干活，像一头小母牛。

麦粒一进缸日子就到了。五娘娘忙得脚不沾地。这边去迎立春姐姐的人已出了村，那边来接小满姐姐的也已到了半道上。去喊小满姐姐赶紧罩上红盖头，却到处找不到她了。连池塘和枯井都瞧过了。

小满姐姐跑了。

五娘娘急得坐在地上拍打着腿嚎。我和英子、小花眨巴眨巴眼，什么也不说。我们心里藏着一个大秘密，好像埋了一粒不发芽的种子。我们都隐隐地为小满姐姐高兴。

立春姐姐哭着来了。来迎亲的人吸了一袋烟又一袋烟，却怎么也等不到小满姐姐，终于听说跑了，就三下两下把立春姐姐从屋里拽到地排车上拉走了。我们看见立春姐姐连红盖头也没搭，一出我们村就捻着乌溜溜的辫梢偷偷地笑了。

第二年，麦穗能燎着吃时，英子哥哥在屋里点火烧麦穗，连被子也烧了，连他自己也烧了。

我们正在路边揪麦穗准备去杨树林里燎着吃，远远地，看见小满姐姐回来了，她怀里抱着小娃娃，后面跟着杨树一样的红旗哥哥。英子撒丫子朝小满姐姐跑，我们撒丫子朝五娘娘家跑，边跑边喊，小满姐姐回来了！小满姐姐回来了！

五娘娘还没听见，满地的麦穗都先知道了。

原载《天涯》2013 年第 2 期

被《散文海外版》2013 年第 4 期选载

我的大姐刘玉珍

刘玉堂

前不久，我大姐去世了。当晚得到消息，我一夜未睡，辗转反侧，前前后后地将有关她的一些往事想了个遍……

多年前，我曾在不同类型的小说中多次写过一个叫刘玉贞的人，其原型就是她——刘玉珍。关于她的一些有点社会意义的故事，比方她少年时干过青救会长，青年时当过劳模，中至老年时，由半生不熟地识几个字变成完全不识字的文盲，就不再提它，我那晚想得最多的还是我先前写作时故意筛掉和遗漏的她和我的一些事情。

我幼时丧母、七岁丧父，我是由两个姐姐带大的。我大姐刘玉珍比我大十五岁，我父亲去世的那年说明她是二十二，自此我们家就由她支撑着。但户主一栏里却写着我的名字。那时还是初级社，村上分东西，一喊我的名字，我大姐就喊一声来了。有一年的年终分红，我们家大概分了几十块钱，我大姐回到家即抽出一张面值为十块钱的崭新的票子，装在我的兜儿里，让我到大街上转一圈儿。我当时大概七八岁，第一次见那么大的票子，装在兜儿里心里很紧张。我遂用手摁着，在大街上走了一趟，回家赶紧缴给她了。我问她，干吗要让我装着去大街上转一圈儿？她说，你是咱们家的户主呀，要有户主的样子。那几年，她似乎一直都在提醒、培养着我这个户主，让我有户主的感觉和心理。

父母去世早，我全部少年时的记忆就是上坟。我现在能记起的，她可能只领着我上过一次坟。她教给我怎么上，怎么个程序：先压坟头纸，点上香，意思是告诉他们，你来给他们送吃的喝的用的了；再将供品摆到石桌上，倒好酒；这时你就将纸分一下，你看着啊，就这样，两个手在纸上这么一上一下地扑拉，可以将粘连的纸分散开，烧的时候也好烧，再一摞一摞地将纸叠成扇形，每个坟头面前都摆上那么几叠，记住了吗？我说记住了。她说，上坟都是男人的事，你是咱家唯一的男孩，要学会，你再说一遍，先干什么，后干什么？我就再说一遍。她说，以后你能自己来上坟吗？我说能。她就哭了，说是爹、娘，你们的儿子来给你们上坟了，家里一切都好，你们放心吧……之后就是烧纸、磕头，将先前斟好的酒洒在石桌的前边；再将供品中的点心或水饺，各掰下一块或揪下一角，扔到纸灰中。我知上坟的饺子每碗放四个，也是她告诉我的，叫神三鬼四。哦，还有一件事，上坟的纸需提前在家里打上铜钱印儿。我们那里有一种木头做的专用品，叫纸勺子，可在纸上打出铜钱的轮廓。那东西不一定每家都有，用的时候需去有的人家借。若不好意思借，也可自己做，用筷子方的那一头，穿到铜钱的方孔里，跟铜钱的表面对齐，再用小锤敲筷子的另一头，即可打上铜钱印儿。打不上也不要紧，比画一下就行——也是她和二姐陆续示范着教我的。若干年后，我儿子结婚，我领他们回老家上坟，我大姐也去了，她烧着纸也是这么说的，说爹、娘，你们的孙子结婚了，你们的儿子儿媳领着他们来给你们上喜坟了，他们在外边混得挺好，你们放心吧……

有一年我舅舅家的表哥结婚，大姐领我去送箢子（喜礼）。因相隔三十多里地，天不明，我就跟她出发了。路上她也这么提醒，你是咱家唯一的男孩，像这些走亲访友、迎来送往的事，都须你出面，现在就要学会；有一句俗话，叫天上下雨地上滑，自己磕倒自己爬，你一定要记住。那次她还领我去看了我小姨。因我从小没见过我母亲，也没有她的照片，我可能问过大姐，大姐就说，小姨跟咱娘长得一模一样，你见了她，就等于见了咱的娘。结果一见，她和小姨抱头大哭。

她是我们村唯一一个像男劳力一样推独轮车并挣同样工分的人，据说能推六百多斤。她评上省劳模，也是因为推独轮车。上世纪的五十年代，农村姑娘一般十八九、小二十就结婚了。她二十三四了，依然没动静，依然推着独轮车天天上工下工。我依稀记得，她当上劳模的那年冬天，可能要在县上发言，但她不会说，县上工作组的同志给她整理了一个发言稿，让她照着念，她还念不顺溜。我的一个比她稍稍多识几个字的未来的表姐——几年之后，我大姐将我二姐介绍给了她的大弟弟——就教给她怎么发言，引导她，你为什么推那么重的独轮车？她说，我是俺家唯一的整劳力，不多推点能挣到工分吗？表姐说，你别这么说，你就说是为了集体，再苦再累心也甜。我大姐说，回到家就腰酸腿疼，还心也甜呢！我表姐说，你再说说当青救会长的时候，后街上二嫂跟你打架的事儿。大姐说，那年我才十四岁，当时是妇救会青救会一块儿动员她男人支前的，她家的麦子熟了没人割，挺着急，她不敢找妇救会长二奶奶，跑来跟我打仗，抓我挠我，我也没还手，后来还是我领着人帮她家割的麦子……

多年之后，我想她的时候，就觉得她留给我整个童年及少年时的全部印象就是"整劳力"。我家的房子是全村最多的，连同猪圈、大棚之类，大小共有十二间，其中三间租给了村上做大队部，这中间的大部分也都是她当家时盖的。她想让我们家过得比别人家好，至少不比谁家差。她热衷于做整劳力，推独轮车，而像洗洗涮涮、缝缝补补之类的女红，即不擅长。她跟二姐好像有一个自然的分工：她主外，二姐主内。

父母去世早，给我留下了一个低人一等的心理或阴影。户主一栏里写着我一个七八岁孩子的名字，也让我自卑与尴尬。估计大姐能理解我的心思，她不断地将我往大处说，我八岁的时候，她说你生日虽然小，可虚岁也该算十一了，你一定好好上学呀，以后混出个人样儿来！我小时不可能不调皮，但她从没打过我，唯一的一次是村上来了个瞎子，晚上在场院那里说书，我听到很晚，她跑去找我回家睡觉，说明天还上学，你听到这么晚！说着即拽起我，一只手摁着我的屁股，另一只手打了一下自己的巴掌，打得很响。旁边有人看见，即在村里传开了，说是这个刘玉珍，可真疼她弟弟，打他还打在自己手上。

她大概二十五或二十六岁才结婚，当时是全村出嫁的姑娘中年龄最大的。村上很少有人知道，她对象是哪庄的？干什么？我到现在也不清楚她是怎么找的对象，嫁到那么个小山庄的。她离家的时候大哭一场，我本家的一个大叔陪送她去婆家，回来之后对我和二姐说，老大不放心你们啊，哭了一路……

我稍后就知道，她婆家那个庄，是一个处在半山腰的二三十户人家的自然村，全村一个姓，吃水全靠山下一口井。挑水的时候只挑一个水罐即可，因井绳很长、很重，完全可以与另一头装满水的罐子平衡。我姐夫是一位复员的志愿军战士，参加过淮海战役，耳朵稍稍有点背，据说是被炮声给震的。他是那个小山庄的支部书记，会织布，我第一次去他家，他就正在那里织布。

去过那样的小山庄，我才知道，在沂蒙山，大村与小庄各方面的差异是很大的。山下及附近村的人，称那小山庄的人为“山杠子”。在那里，淳朴与自私，善良与吝啬，憨厚与狡黠，同情与妒恨，礼貌与不孝，传统与迷信，都不动声色地纠结着，也融合着；连同喜欢围观，一惊一乍等，就形成了一种独特的村风。我二姐说，她每次去大姐家，不高的院墙上就会冒出一圈儿人的脑袋，你让他们到院子里坐呗，别将石头碰下来砸着脚。他们就说，甭价，在这里看看就行！天上若过架飞机，也绝对会有人说，毁了，第三次世界大战要爆发，赶快回家杀只鸡，别让鬼子弄去吃了——我都十分地相信。

全村一个姓，辈分都相同，说明他们祖上是一家，我少年时，多次去过那个小山庄，曾亲眼看见这样一件事：这庄上有一个和我姐夫一块出去当兵并提了干的人，回来探亲，他挨家挨户地走了，将带回来的东西也都分了，仅留了返回的路费，他的几个亲兄弟及叔伯兄弟还在一起商量，怎么向他继续哭穷。一个说，他这么看看就走了？他小时候穷得裤子露着腚，还是俺娘帮他缝的哩！另一个就说，嗯，他那块手表，明晃晃的，听说可值钱了……这件事对我刺激很大，寻思这庄上的人，看着怪憨厚的，怎么会这样？那军官的对象是我大姐介绍的，多年之后，她随着转了业的丈夫，安排到县城去了。有一次她跟我说起那个小山庄，即表示了跟我同样的感慨及愤慨。

我离开家乡已四十五年矣。为什么要说这些事？是因为我近年每次回去看我大姐，看到她生活及境遇上的某些让人说不出的变化，总激起我的某些记忆与联想，环境真的是非常改变人的，比方我大姐由半生不熟的识几个字变得完全不识字。

四十五年前，我参军离家。大姐回来送我，给我说了如下的话：你说一个家的家长或者单位上的领导，都喜欢什么人？我觉得是喜欢勤快人，你再聪明，再有学问，可你懒，没人喜欢；咱笨，可笨鸟先飞，永远不闲着，谁都喜欢。多干点活能吃什么亏？人都是气死的，没有累死的——这当然是她当劳模的感受，却让我受益终生。

我到省城工作之后，我或妻子每年都回去看她。她可能始终不知道我做什么工作，只听说我当着一点官，能见到县长或书记，还可以和他们一个桌上吃饭。我有时向她求证她年轻时候的一些事，她也没问过我要干什么。让我稍稍宽慰的是，她对我很满意，经常向人提起，哪一年是我寄钱回去，才让他们一家过了个像样儿的年，四十多年了，从没间断过。去年她过生日，和我妻子长谈了一夜，夸奖女儿女婿们如何地孝顺，让他舅放心吧；而哪个孩子不懂得感恩，可千万别告诉他舅啊——

她比我大很多，我心里始终是把她当作长辈看待的。但我从没给她磕过头，待我第二天回去跟她告别，即痛哭失声，长跪不起……

原载 2013 年 3 月 8 号《大众日报》

何处是归程

王月鹏

那时的北方县城盛行街头卡拉 OK。乡下年轻人到县城工厂就了业，一边被按捺不住的激情驱动，一边警觉地打量这个陌生的世界，有些茫然，分不清哪是梦想哪是现实，不知该怎样融入眼前的生活。卡拉 OK 摊点沿着县城街头延伸下去，宛若或明或暗的篝火，歌声此起彼伏，饱含对命运转机的欣悦，道路和远方构成了一支嘈杂的大合唱。夜色中，他们歇斯底里地唱，不是表演，是表达，像一棵走过严冬的树，开始舒展枝叶扬眉吐气。

这是 1993 年的北方县城。我总算走出乡村，成为县城郊区一家工厂的职工。外面的世界都是陌生的。我对这个陌生的世界充满了热爱。白天在工厂车间上班，下了班就到厂区前面的马路上散步，从一个卡拉 OK 走向另一个卡拉 OK，在喧嚣中保持沉默。散步成为我品味新生活的一种方式。在很长的一段时间里，我无法接受散步这个概念，觉得这对一个乡下人来说是矫情造作的。当我日渐习惯县城生活，偶尔在故乡小路上漫无目的地走一走，仍能察觉到村人异样的眼神。我理解他们。他们把积攒的所有力气都用在应付生活上，劳作与劳累才是过日子的常态。这让我想到那些以散步姿态游走乡间的所谓文人，他们以审美眼光看待乡村物事，忽略了更为真实的汗水和泪水。上个世纪九十年代初期，当我开始在县城郊区学习散步的时候，我并没有意识到一条更为艰辛的路已从脚下铺向远方。不同的青春，共同的异乡，街头卡拉 OK 随处可见，《小芳》《潇洒走一回》《谢谢你的爱》《来生缘》《想要有个家》……唱得声嘶力竭南腔北调。在异乡的夜晚，除了这般发泄，还有什么方式更能契合乡下年轻人对城市生活的向往与表达？

一个女孩在唱《潇洒走一回》，她每天晚饭后都在邻厂门口的那个卡拉OK摊点唱这首歌。我每天都去听。我看不清她的脸。她高，瘦，有着飘飘的长发。她的歌声并不优美，但她唱得投入，动情，深深地打动了我。我们同在一家工厂，她是另一个车间的缝纫工。我并不知道她的名字，但我莫名地相信，她与我心目中最美好的事物相关。她几乎每天晚上都去同样的地方唱同样的一首歌，她不曾察觉，人群中有一个人沉浸在她的歌声里怅然若失。我始终没有勇气主动跟她说一句话。后来有一天中午走在厂区，我上班，她下班，迎面相遇了。同事告诉我，这就是那个唱《潇洒走一回》的女孩。阳光下，我们擦肩而过，我只是迎面看了她一眼，长久以来的美好念想就被击碎了。那是一张怎样空洞的脸啊，浓妆艳抹，火眼金睛，夸张的表情，很难与那些夜晚的沉郁歌声联系到一起。她不是一个素朴的人。我觉得自己看错了整个世界。那次相遇，让我对朦胧物事从此有了一种本能的质疑。一段假想中的情感，水一样漫过心头，很快就了无痕迹。

我对陌生的县城生活过于专注，可是我仍然看不清它。看不清这个世界的，还有那些从乡下进入县城的同龄人，他们兴奋又苦闷，有些慌乱有些不适，被生活裹挟着，踉踉跄跄，走了很久也走出很远才突然明白身后的物事。到那家工厂上班不久，我就被工人罢工的历史吸引和感动了。

那家工厂在县城东郊，厂房覆盖一片黄色琉璃瓦，透着既古典又现代的气息，在上个世纪九十年代初期的北方县城，应该说是难得一见的花园式工厂。它还有一个特殊身份，是小县城第一家中日合资企业。工厂产销两旺，效益却连年亏损，根源终于被挖掘出来，因为日方代表的暗箱操作，购买原料的价格被抬高，产品出口时价格被压低，两头在外，工厂生产形势越好，亏损的窟窿就越大。“病灶”一揭开，迅速引燃罢工事件。在1992年，中日合资企业大罢工，是一件逆流而上的事情。职工们不吵，不闹，不游行，只是集体静坐在工厂办公楼前，要求有关方面给个说法。罢工持续了三天，工厂经营的真相一点点浮出水面，日方投资者灰溜溜地逃走了。作为县城的第一家中日合资企业，在罢工抗争中获得新生，屋顶的黄色琉璃瓦被一场大雨冲洗得清亮洁净。我不曾亲历那场声势浩大的罢工事件，后来当我动手写作工厂创业史的时候，特意采访了很多当年罢工的亲历者，他们以革命者的姿态，深情地回顾了当时的情景。有个细节印象尤深，工厂旁边村子的老百姓得知工人在罢工维权，把家里的猪宰杀了，猪肉从院墙直接抛进厂区，以这种方式声援工人的正义壮举。若干年后，当我在别处亲历招商引资和征地拆迁的冲突时，格外怀念那场不曾亲历的罢工事件。那是一个理想主义的年代，大家有着共同的情感，共同的底线和愿景。

刚进工厂的时候，我在羊毛衫车间当维修工。我们八个学徒工，跟着同一个师傅学艺，别人很快就出徒了，唯独我始终不具备独立作业的能力。在机械维修方面，我是一个不开窍的人，师傅手把手地教，我都学不会，更别说什么触类旁通举一反三了。我不敢独立值班，数百名纺织女工，每人一台设备，每时每刻都可能出现故障，我怕因为自己维修技术的不过关，耽误了别人的工作。让我感动的是，工友们给了我最大限度的宽容和包容，每逢我值班，机器设备倘若遇到故障，她们都是自己动手维修，不让我为难和尴尬。在她们看来，一个写诗的人不会维修机器是正常的。她们以最素朴的方式鼓励支持了我。上班时我独自躲到车间的某个角落，伏在一条长凳上写诗，工友们从不轻易打扰我，偶尔过来聊几句，也是一副小心翼翼的神态。我把写下的诗文与她们分享，有人很快就能通篇背诵下来。那时我疯狂地迷恋写诗，每天都沉浸在诗歌里，有时睡梦中被一句诗触动，随手摸过枕头底下特意备好的纸片，并不睁开眼睛，在黑暗中梦游般记下那些诗句，然后塞到枕头底下。宿舍里住着十六个工人，荷尔蒙气息，臭脚丫气味，混杂成了一种说不出的氛围。舍友知道我的枕头底下总有纸片，早晨时常把手探到我的枕头底下，顺手把诗稿拿走当作了手纸。有几次，我把写了诗句的纸片攥在手心，他们就从枕边的书上撕走几页。我哭笑不得。他们不以为然。后来，宿舍调换了，八个人，全是搞技术和跑业务的，他们从未动用我枕头底下的诗稿，也不撕书，他们每天晚上都打麻将，宿舍里烟雾缭绕，麻将声永不疲倦。我坐在上铺，读书，写诗。那段时间，锻造了我在嘈杂环境里不受干扰安心写作的能力。再后来，我调离生产车间，到工厂办公室从事文秘工作，办公室的套间成为我的单身宿舍，总算拥有了一个人的独立空间，诗稿可以随意放置，床头的书也可以摞得老高，再也不必担心别人伤害它们。那些独处的夜晚，真让人珍惜和怀念。有时读书写作熬到下半夜，我也会像夜班工人那样，拿着饭盒去食堂打一份加班餐，吃份热乎乎的馄饨。那些清水里的馄饨，有着百般滋味。从宿舍到食堂大约五百米的距离，夜辽阔，满路都是馄饨的味道，还有野草拔节的声息。

放下手中的管钳，拥有一张书桌，这是我在县城工厂时的梦想。我的梦想很快就实现了。一张书桌，意味着生存方式的改变，意味着从此拥有了一方耕耘的领地。夜里，我独自坐在宽大的办公桌前，觉得自己是一个坐拥世界的人，常常忍不住就淌下了眼泪。

我渐渐地爱上了散步。从工厂往北，大约走两三里的路，有一座桥。站在桥头回望来时的路，一片模糊。抬头向前看，县城的灯火隐约闪现，仍然是一片的模糊。我不知道，是否该以散步的姿态继续走下去，向着那片隐约的灯火，以及比灯火更远的前方。每次，都是一番犹豫之后，我又循着原路回到工厂。这样的散步几乎是每天都在重复的，有时候在一天之内会重复好多次。我记不清究竟徘徊了多少个来回，只记得在工厂与桥头之间，我走来，又走去，反反复复。我说不清楚散步对我来说意味着什么，我每天都被散步折腾得筋疲力尽。这种疲惫让我保持了内心的宁静。一种我所向往的有秩序的生活，恰恰是以无序和不可把握的状态渐次呈现的。我是亲历者，也是旁观者。生活像一面破碎的镜子，每一粒碎片中都有一个完整的自我。

那时最开心的事情是食堂里杀羊。掌管工厂食堂的，是一位姓胡的师傅，矮矮的，胖胖的，据说是特级厨师，大家都称呼他胡总。胡总是不轻易下厨的，除非厂里来了特殊客人。到了冬天，胡总隔三岔五就招呼我们几个相熟的年轻人去喝羊汤。羊是胡总亲自动手杀的，羊汤也是胡总亲自熬的，从一只羊到一锅羊汤的整个过程，胡总全是一个人操持，不放心任何人插手代劳。他从乡下把羊买来，并不马上宰杀，拴在食堂的门口喂养一段时日，这只被展览的羊很快就成为一个话题，熟识的人见了胡总，总要催问什么时候动手，胡总眯着双眼，并不作答，只是意味深长地笑。一天又一天过去了，不同的人都在重复着对羊的关心，甚至，那只拴在食堂门口的羊，也渐渐失去了继续等待下去的耐心，不愿再容忍这份拖沓和煎熬。在某个早晨，胡总操刀上阵了。他的杀羊动作据说很专业，我不曾亲见。我只记得常常是在某个寒冷的中午，我们会被胡总招呼到食堂的简陋雅间，围着一大盆热气腾腾的羊杂汤坐定，很快就响起了一片喝汤的唏嘘声。一只羊，经由胡总的手，被制造出了万种风情。喝完羊汤，抹一抹嘴，有人慨叹："羊味很足，不愧是特级厨师。"众人笑，随声附和，半是玩笑半是认真。羊汤喝光了，盆底显露出来，有人一声惊叫，发现了盆底沉淀的一层羊屎，像一粒粒珠子，光滑，饱满。怪不得羊味这么足呢，有人一语道破天机。

工厂里还有一位师傅，是从上海聘请的印染专家，姓谷。从背影看，谷师傅与食堂的胡师傅有些相仿，也是矮矮的，胖胖的。不同的是，谷师傅有一张白净的脸，脸上看不出丝毫的烟火气息。他住在厂区的贵宾楼里，每天黄昏总是一个人背着手，在楼前的小花园里走走停停，像在想什么，又像什么也没有想。偶尔，会看到他在街头卡拉 OK 那里唱同一首歌："男人不是仙，难免有杂念。"我记住了这句歌词，记住了谷师傅唱这首歌时的表情，蹙眉，低首，脸呈忏悔状。那年夏天，他的女朋友从上海来看他，黄昏时分在小花园里散步的就变成了两个人，他们手挽着手，相依相偎，旁若无人，成为厂区的一道风景。谷师傅的女友并不漂亮，但她有一种让人说不出的气质。她来自上海，带着大都市的陌生气息。那时不用说大上海与小县城之间，即便县城与乡镇之间，也是有着巨大反差的。户口是差异的标签，标示着一个人的命运，农家孩子读书考学，大多是为了把户口迁到城市。

宿舍在办公楼的一楼，距离工厂传达室仅有一百米的距离。时常是在午夜，我坐在桌前读书，传达室传来女工的笑声。一个门卫，还不满十六岁，身材魁梧，长着一张俊朗的脸。据说他初中还没毕业，跟着镇上的某位高人习练武术，然后就到这个工厂当起了门卫。他的名字与唐朝大诗人杜甫谐音，究竟姓什么谁也不曾问过，厂里的人都喊他"杜甫"。杜甫不会写诗，但是他懂感情，会恋爱。我留意到，传达室几乎每天晚上都有女工的说笑声，而且主角时常变换。有人做过统计，在这家接近千人的纺织工厂，年龄最小的杜甫是谈恋爱最多的人，在一年的时间里他谈了十多个女朋友，平均不到一个月就换一个。没有文化的杜甫，并不成熟的杜甫，何以深得女工爱慕？若干年后我才明白，原因很简单，杜甫是习武之人，他能够给人安全感，那个年代的年轻人从乡下到了县城，置身一个陌生的现实环境，内心最需要的，不是文化认同，是最起码的人身安全感。

办公楼走廊的尽头，在临近洗手间的地方，是大学生专用宿舍。四个纺织专业的大学生，毕业后分配到了县城的这家工厂。他们上班下班，独来独往，像孤独的鸵鸟。工厂尊重知识分子，没有安排大学生住到职工宿舍楼，在办公楼单独腾出了一间屋子，给他们提供一个便于学习的清静环境。自从大学生住进办公楼，洗手间变得脏乱不堪，下水道时常就堵了，整个走廊里飘着一股烂白菜味。终于有一天，有人循着异味走进大学生宿舍，四个人的居住空间，惨不忍睹，俨然一处荒芜的垃圾场。他们心怀天下，不屑于清扫和打理一间房屋，这让我想不明白，工厂的很多数人都想不明白。然而大丛是不以为然的。大丛是一所名牌大学的毕业生，学的是纺织专业。他姓丛，身材并不高大，反而有点弱不禁风的样子，不知因何被喊作“大丛”。大丛一般不与别人说话，自从分配到了这家工厂，他按时上班，准时下班，满脸的漠然和无谓。相互熟悉了，我才知道，他无法容忍自己从农村考上名牌大学，毕业后竟然被打发回了老家县城。他觉得自己流落到这里，是个滑稽的错误，而且，这个错误必须纠正，现实必须向他道歉。他在县城工厂忍辱负重地工作，为的是等待现实向他道歉的那一天，他已经做好了原谅和接受命运的纠错之举。他不知道是谁造就了这个错误，应该怨恨谁，时常对着天空咬牙切齿，一双愤怒的眼睛似乎要把天空盯出一个洞。他对着天空自言自语，我没有听清他究竟说了些什么。他对着天空自言自语时的严肃表情，让我对他有了几分理解。曾经，我特意尝试着与他交流沟通，最终却没有找到共同的语言。我们两个人的心思都在别处，住在同一层楼房里，各自孤单着，不愿走向彼此。我在现实面前节节败退，渐渐学会向现实妥协，习惯了与困难和解。大丛与我的最大区别，是他不屑于自己之外的任何事物，他的心中有一把尺子，他固执地相信和执行自己的尺度，丝毫不理会别人的眼光。每个周末，他都会到我的办公室给女朋友打长途电话。他的女朋友家在烟台，他每次给女朋友打电话的时候总会表现出一种罕见的温柔和拖沓。后来他的女朋友来过工厂一次，很清秀的一个女孩，并不漂亮，有一种柔弱的美。大丛找到我，吞吞吐吐大半天，我好不容易才听懂他的意思，他想借我的单身宿舍用几天。我犹豫片刻，答应了。我住到大丛脏兮兮的宿舍，原本属于我的空间，暂时成为大丛和女友的二人世界。我有些难过，想到了很多。在县城工厂的两年，我始终没有恋爱，那时心比天高，总是渴望远行，渴望一个人去流浪。我庆幸自己终于离开了农村，成为县城工厂的一名职工，但是我也知道，我的心在别处，在更远的远方，一个未知之地。事实上那几天大丛更难过，他的女朋友来工厂看他，是一次为了道别的相聚——她的父母不同意他们的爱情，因为大丛的农村出身，也因为他目前在小县城的工作。他们无力改变现实，无法扭转父母的固执态度。我记得大丛的女朋友离开工厂时两眼红肿，几乎哭成了大白兔的眼睛。从那以后大丛几乎完全变了一个人，更少与人说话，甚至不用眼睛正视别人。每天的午夜，他端坐在宿舍门口，抱着一把吉他放肆地弹奏，他的弹奏有时紧凑有时舒缓，更多的时候是杂乱无序的。他坐在长长的走廊尽头，一个隐约的影子，忽明忽暗。好几次我去洗手间从他身边经过，他旁若无人地拨弄着吉他，我看到他的脸上淌着两行清泪。那一刻，我觉得自己真正理解了大丛，理解了这个一腔热血的青年。大丛很快就辞职了。他离开工厂前找到了我，他说只与我一个人告别，对借用单身宿舍的事情仍然念念不忘。我没有惋惜也没有挽留，我觉得他是该走了。他是一个有梦想的人。一个有梦想的人应该永远在路上，拒绝归宿，归宿只会是一种伤害。若干年后当我从县城来到这座滨海城市，几经跳槽，去公安局办理落户手续的时候，居然邂逅了大丛。他也在办理户籍手续，是从这个城市迁往另一个城市，他仍然没有结婚，一个人在打拼。当年他从故乡县城追寻到了这个城市，最终也没有挽回他与女友之间的爱情。我们没有叙旧，匆匆地客套几句，就匆匆地作别。或许，彼此都不想碰触往事，对那些看似尘封的往事都有一种特别的小心翼翼，怕多说一句话就惊扰了那些早已落定的尘埃。

与大学生的处境形成对照的，是一个目不识丁的兔毛贩子。据说他刚开始贩兔毛时瘦得像一根麻杆，骑着自行车串街走巷南腔北调地吆喝收购兔毛，然后倒卖给工厂赚取差价。时日久了，他的生意像滚雪球一样越做越大，与工厂的合作关系也越来越牢固。后来他就不再亲自去吆喝了，雇佣几个人，串街走巷去做他以前做过的事情。再后来，他只需待在县城里，乡下不同渠道的兔毛贩子就源源不断地把兔毛汇聚到他的手中。他俨然成了兔毛收购领域的领军人物，只要咳嗽一声，全县的兔毛贩子都会患上感冒。几年的光景，他已大腹便便，开始用鼻音说话，完全变成了另一个人。

工厂门口的小商铺是不能忘记的。那时我抽烟厉害，工资常常维持不到月底就花光了。小商铺老板个头不高，精明干练，敢于赊欠货物给我们。特别是烟，那时工厂的男职工大多把抽烟当作一种时尚，一块零一毛钱的“宏图”，一块五毛钱的“双马”，是普遍抽的香烟牌子。经常是下了班，老远就朝着小商铺喊：“老板，来盒双马。”老板就会迅速地抽出一盒烟，远远地抛了过来。烟接住了，然后财大气粗地回一句：“记我账上，月底一起算。”“一块五。”老板一边大声重复着，一边低头在一张硬纸板上记了下来。这些密密麻麻的记录不清的账目，常常需要我们用大半个月的工资去消除。也有消除不掉的账目，有的工人赊欠了一大笔款，辞职后偷偷地溜走，从此杳无音讯。小商铺老板的情绪会低沉好几天，再抛烟给我们的时候先咕哝一句：“账该结一下了。”我们并不理会，他也不介意，兀自咕哝一声，仍然是记账。他当然知道，对于我们这帮子人，如果不赊账，他的货就难以卖得动，做生意，总是要有风险的。“人不能因为可能摔跤就不走路。”有一天我问他那么多呆死账为什么还敢赊账的时候，他这样说。我永远记住了他说过的话，这个经营小本买卖的人，说出了人世间一个最朴素的道理。一个人，不能因为可能摔跤就拒绝走路。其实摔跤是内在地构成走路的一部分，只是我们人为地把这一部分剔除了，并且缺少正视的勇气。这个朴素的道理，我在以后的行走中，一直记在心里。

工厂旁边的村子，村支书坐的是奔驰车，手里拿着砖头一样的大哥大。那个年代盛行报告文学，我在一本杂志封面见过村支书的风采照，是当时非常流行的模式：坐在锃亮的老板台前，一手擎着大哥大，一手夹着香烟，一副正在联系业务的深沉样子。那个时候县城周边的村子，因为土地被征用，有点一夜暴富的味道，钱多得不知该怎么花。有的村子不肯坐吃山空，卖了地，收了钱，搞起了村办企业，最后的经营结局都一塌糊涂。那个工厂所在的村子，村支书脸膛红润，时常穿一身绿军装，看上去有些威严。村支书很少说话，开口说话的时候，字是逐个地从嘴里往外蹦的，经常蹦出了这一个字，下一个字不知需要间隔多长时间才肯蹦出来，耐性不够的听众，简直会在他蹦出来的两个字之间窒息。性格急躁的，甚至会萌生一个念头，用手指探进村支书的嘴巴，把他含在咽喉迟迟没有说出口的那个字，直接抠出来才肯罢休。村支书每天上午九点都会准时出现在工厂大院里，好像是工厂的特聘人员，又仿佛是因为工厂占用了他村的土地，他无法改变每天都要沿着村子转悠一圈的旧习。他在工厂大院里转悠一圈，然后就到工厂办公室坐定，基本不开口说话，偶尔干咳几声，或者从嘴里蹦出几个字，抽烟，喝茶，然后再抽烟，再喝茶，一直到中午，工厂里不管来了什么客人，他都跟着去陪客，酒桌上一直是坐在固定的边陪位置，他戏称自己是专职“三陪”。如果工厂哪天没有客人，村支书就会做东请客，张罗着我们一起去捧场。他酒量并不好，据说每天必须要喝一点，否则会很难受的。中午他喝了酒，下午就不见了踪影，究竟去了哪里，谁也不知道。

巨变似乎是发生在一夜之间。工厂并没有成为职工们梦想中的“铁饭碗”，当初进厂工作时他们以为从此可以将一辈子的生存问题寄托在这里了，一个人所能做的和应该做的，就是埋头劳动。他们并没有意识到，这是一个迅疾变化的年代，如何应对和适应这个每时每刻都在变化的现实环境，并且在这个现实环境里谋求生存和发展，委实是一个问题。那些与县城保持了同样品性与节律的人，甚至还没有反应过来是怎么一回事，巨变就发生了——企业改制，过去同吃同住同工的人，一夜之间有了身份差异，有的成了承包者、企业家，有的成了雇佣者、下岗者。原本相仿的生活，差距突然拉大，并且越拉越大。而在这种巨变发生之前，大约有五六年的时间吧，我已经成为县城工厂的“逃离者”——后来我才明白，那段看上去还算安静的青春岁月，其实是在积蓄某种力量的，直到有一天这种力量突然涌动起来，让我无从选择无力招架，于是青春被改变了。接下来的事实是，1995 年的 9 月，我在县城工厂参加工作刚满两年的时候，毅然辞职外出求学。当我几经辗转在一座滨海城市定居以后，曾经回过几次县城工厂，见到当年熟识的人，有一种说不出的陌生感和距离感。相聚，喝酒，回忆过去在工厂里共同经历的事情，却很少有人愿意谈论具体的细节，这些“成功”的时代弄潮儿，都在忙着向前走向钱看，感情不咸也不淡，疏于回忆和言说。无论现实怎样变幻，他们都懂得营造属于自己的风调雨顺的小天地小气候，丝毫没有了当年从乡下刚到县城时的茫然和青涩。他们看透了生活，深谙现实的“软肋”，具备一种越来越娴熟的操控生活和现实的能力。某某成了政协委员，某某成了人大代表，某某的工厂规模超常规扩张，迁出工厂大院到外面自建了新的工业园，圈了一大片土地……而当年工厂里的更多职工，在为柴米油盐奔波，用全部的心力招架生活。这些卑微的生命，像一株株昙花，绽放与凋落都在不经意的瞬间，彼此偶尔想起和谈起，谁都不曾真正在意。所有的悲欢离合喜怒哀乐，都涌动在县城的表情之下，不管情感怎样的冰冷和凝滞，生活终将继续。

去年回乡，路经县城的那家工厂，我特意进去转了一圈。工厂早已破产了，整个厂区一派荒芜。当年这里属于城郊，因为县城的不断开发与膨胀，工厂所在的地方已经变成一个繁华地段，据说有开发商盯上了这块地皮，准备大兴土木。我在工厂院子里下了车，内心酸楚。这是我曾经熟悉的工厂么？这是曾经收留我的青春梦想让我走来又远去的工厂么？我蹲下身，想辨认我曾经留下的足迹，一层细细的尘埃覆在地面。宿舍楼前的花圃里稀稀疏疏地种了几棵玉米，干瘪的玉米棒子了无生机。我举起相机拍照，年幼的女儿有些不解地看看那些玉米，再看看我，她不明白我为什么要拍那些并不美丽的景色。办公楼被改造成了简易旅馆，我曾经的办公室和宿舍的窗玻璃上贴满“特价房”“钟点房”之类的广告语，字并不齐整，这让我的心里更加缭乱。工厂门前的路拓宽了，车辆如织。我不知道这条路是通往哪里的，我曾经在上面散步，遥望万家灯火，徘徊又徘徊。我知道，我和这家工厂彼此都已不敢相认，我们无法接受彼此的改变，我们在试图改变什么的过程中，却被一种看不见的力量彻底改变了。无力把握自身的命运，这是我们的共同遭遇。

一晃二十年过去了。

那些县城工厂的往事，那些最初出发的地方，那些沿途的驿站，我一直不忍去碰触它们。我把它们安放在内心的某个角落，人情冷暖，世态炎凉，我越来越没有了打开它们、面对它们的勇气。被现代化和城市化的浪潮裹挟着，我更珍视的是时代变迁中的个人遭遇，一些温情的细节还原为最珍贵的青春记忆。然而我又是矛盾和纠结的，作为一个拥有怀旧情结的人，我的怀旧很少涉及具体情节，那些过往的物事大多幻化成为一种气息，在内心弥漫着，我感觉到了它们的存在，却说不出它们。曾经，我以为1993年的县城工厂生活是一段不曾融入的生活。当我走过了一些路，经历了一些事，渐渐变得安静下来的时候，我才终于明白那段岁月是真正用心度过的，它本身就是一种血肉相连的生活，并不需要所谓的“融入”。后来，则是另一些岁月了。我们拥挤在疾驶的时代列车上，不愿中途下车，又想伸手抓住沿途的一点什么，时刻保持了一种融入生活的姿态，其实仅仅是从生活的表层轰隆隆地走过。

我们都是过客。匆匆过客。两手空空的过客。

这并不是我想要的生活，然而我接受它，并且满足于它。我时常想象，若干年后当我日渐苍老，会回到生养过我的乡下老家，回到最初出发的那个地方，过一种不被别人赋予这样或那样意义的日子，简单，心安，日出而作，日落而息，与大自然保持同样的节律。在异乡的天空下，我才知道故乡的好。

列车疾驰。暮色苍茫。城市和原野都变得遥远，一盏向后飞奔的灯火让我备感孤寒。慢下来，成为一个艰难的梦想。我已听不到道路和远方共同构成的激越嘈杂的大合唱。

原载《散文》2013年第4期

被《2013散文精选集》转载

花　事

孙继泉

杏　花

今年的杏花开得早。往年要到二月才开的杏花，正月下旬就次第开放了。有粉红色，有粉白色。正月二十四，我见到一树开得最浓烈的杏花是在铁山前坡，一个游人走不到的地方。我从沟底攀爬到土崖下的杏树面前，发现在我之前有一个人来过，因为在这株树的周边，有一片散乱的新鲜脚印。这是一个老人。脚印旁边有拐棍插在地上留下的深深的孔洞。在一个地方，脚印有些深，而且脚印前边一扎堆儿有七八个圆孔，我想老人大概在这儿驻足停留了很长时间，他双手握着的拐棍从地上提起来，又放下去，再提起来，再放下去。他有些激动。他一生看过多少杏花啊，可是见了杏花还是禁不住激动，以至双手都有些哆嗦。杏花大约勾起了他的一些往事，或与爱情有关，或与亲情有关，或与友情有关……这是怎样的一个老人呢？他穿着黑色的薄呢短大衣，布面塑底的轻便休闲鞋，或者再戴一顶深青色的礼帽，这是他的外表。深藏不露的是他的情感。能够独自爬上这面陡坡，在一棵花树前流连的人定然是一个感情十分丰富十分饱满的人。

我在老人踏过的地方逗留了半天。我没有覆压老人留下的这些脚印，我把它们当作一片迷人的风景。

香椿花

香椿树也开花。

我在一篇短文《不说话的树》中曾经这样写道：“直到现在，我才惊讶地发现，原来在我所认识的树当中，只有香椿树是不开花的。在鲁南这个地方，什么树不开花呀？柳树、杨树、桃树、榆树、槐树、樗树、梧桐、楝子、石榴……都开花。唯独香椿不开花。”

这篇文章发表后，我收到一封读者来信，写信的是一位年过花甲的老人，他叫万振甫，是原莒县林业局局长。他说：香椿树是开花的。而且他将《山东省林业志》上关于香椿的一节复印下来给我寄来，上面清楚地介绍了香椿在山东的分布情况，它的花期，花的形状、色彩以及香味。他还写过一首叫《香椿》的诗，并将收入这首诗的作品集寄给我。

其实，我收到他的那封信的时候，已经知道香椿是开花的，并且在另一篇文章《到田野里看花》中这样写道：“原来我以为香椿不开花……其实香椿开花。我观察两年了。香椿开白花，朵小，香浓，味似椿芽，花之后还结果实，圆形，像楝子一样长时间地挂在枝头上。这是没人动过的香椿。有人掰过的香椿不开花。它怎么开花呀？就像一个幼儿，从小摔断了手臂，扭坏了脚踝，他（她）还怎么舞蹈？”

蔬菜的花

紫薇开花了。木槿开花了。家槐开花了。茑萝开花了。萱草开花了。红蓼开花了。苜蓿开花了。薄荷开花了。蒺藜开花了。葛藤开花了。草参开花了。水红开花了。凤仙花开花了。鸡冠花开花了。曼陀罗开花了。大丽菊开花了。盘龙香开花了。毋忘我开花了。蝎子草开花了。一串红开花了。绞股蓝开花了……

这是些惹人眼目的花。

但是，你注意到了吗？豌豆也开花了。绿豆也开花了。南瓜也开花了。黄瓜也开花了。西瓜也开花了。丝瓜也开花了。苦瓜也开花了。瓠子也开花了。葫芦也开花了。芝麻也开花了。花生也开花了。茄子也开花了。辣椒也开花了。豆角也开花了。芸豆也开花了。土豆也开花了。西红柿也开花了……

同样被人们忽略的还有萝卜开的花、白菜开的花、韭菜开的花、芫荽开的花、大葱开的花、菠菜开的花、芹菜开的花、油菜开的花、苔菜开的花、莴苣开的花、冬瓜开的花、佛手瓜开的花、胡萝卜开的花、雪里蕻开的花、马齿苋开的花、栝楼开的花、马匏开的花、苋菜开的花、花椒开的花、葡萄开的花、黄豆开的花、豇豆开的花、蚕豆开的花、眉豆开的花、棉花开的花、荞麦开的花、黄烟开的花、蓖麻开的花、洋麻开的花、茼开的花……

导致大家花盲的原因大致有这么几个：一、它们的嫩芽被我们吃了，我们一般看不到它们开的花，如萝卜、白菜、苔菜、芫荽、雪里蕻、胡萝卜等。我们能够看到它们开花是很偶然的。这或许是一两棵被留作当种子的；或许是长在一片闲地里一时吃不完，任它开花结实了；或许是撒种的时候无意中被遗落在地头畦边的；或许是由来路不明的种子野生的。二、我们的眼睛单单盯住了它们的果实，没有留心它开花不开花，如南瓜、黄瓜、丝瓜、西瓜、冬瓜、茄子、辣椒。三、它们的花和叶子一个颜色，不鲜艳，不炫目，我们没有看出来，如葡萄、花椒、菠菜、芹菜、大葱、苋菜。

每一种植物都有开花的权利，每一种植物都有开花的自由，每一种植物开的花都异常漂亮。萝卜开的花是白的，韭菜、芫荽、辣椒开的花是白的，瓠子、葫芦开的花也是白的，白得洁净，白得纯正，简直纤尘不染。白菜开的花是黄的，开黄色花朵的还有南瓜、西瓜、丝瓜、苦瓜，还有油菜、苔菜，还有马齿苋。茄子开紫色的花，黄豆、蚕豆、眉豆也开紫色的花。黄烟开的花红艳艳的，醒目、娇美。而棉花和洋麻开的花有红的，有黄的，红黄相间，美丽斑斓……

我曾经问过几个在城里长大的孩子，见过没见过以上写到的那些花，他们有的能说出一两种，至多三五种，有的一脸茫然，只是摇头。

我觉得，我们这些表面看来衣着整洁谈吐不俗的人，在对自然界花草果蔬的敏感程度上远远不如那些看似粗糙简单却诚实淳朴的农民。我是有过农村生活经验的，在多年的乡村生活中，我发现了这样一件事情：当夫妻二人吵过架（在那些艰辛的日子里，叫人生气的事是常有的）之后，男人冲着女人发作一通，女人没反应，他觉得还能怎样啊？不能怎样了。结果呢，他磨磨蹭蹭就走到不远的菜地里去了。可能是一个酷热的中午，也可能是一个清凉的黄昏，他在地里拔一拔杂草，给菜棵打一打枝杈，越干越细心，从来不会毁坏它们。回家的时候，手里抓着一大掐豆角或者金针，大手掐不住，就搂在怀里，把那些不愉快早就忘光了。

我想，他在干活的时候，肯定注意到了那些花，那些娇嫩悦目的花，那些花让他产生了爱怜，叫他的心软了下来。

他爱它们，只是没有说……

原载《散文百家》2013 年第 1 期
被《散文选刊》2013 年第 4 期转载

泉城柳

刘玉民

泉水是济南最靓的名片。与泉水相辉映的是柳。泉城柳是济南人心目中的骄傲。

有人会说，济南是泉城，成百上千个泉眼在市区内竞相喷涌，其景其情确乎独秀天下，柳树却非济南所独有，何以便在济南人心目中占有如此地位呢？

这就要说到那年我的两次考察了。所谓考察，自然另有题旨，但柳树的观赏和比对确是我意中之事。第一次去的是泸州、重庆、武汉，那里紧傍长江，雨水丰沛，气候温暖，是草木繁茂的葱茏之乡。但泸州的荔枝闻名八方，柳树却少且无精打采。重庆则满眼都是黄葛树，柳树同样难得一见。武汉东湖边的柳树倒是不少，但走过一圈下来，依然让人抖不起精神——那柳与大明湖畔、百泉河边的金丝柳、黄金柳相比，不知怎么就少了一股勾人魂魄、撼人心旌的仙气和灵气。我有些失落，随同的女儿也不甘心，说："这算什么呀？济南的柳树跟童话中的长发妖女似的，那才叫神气儿呢！"

第二次去的是内蒙古和黑龙江。内蒙古是呼伦贝尔大草原，那里多的是草和草场，柳树只在呼伦贝尔湖边见过几棵，自然没什么好说。黑龙江去的则是哈尔滨和五大莲池。哈尔滨的柳几乎是清一色的旱柳或大旱柳，高高的，上身蓬松浑圆，跟女人刚刚烫的发型似的。五大莲池倒是见过几行垂柳，长得也算茂盛，只是品种老，离水面远，缺少葱郁灵秀的气息。

两次考察，让我惊喜不已，却也多出了几分惶惑。回到济南后我特意查了杭州、扬州的资料：那里的柳是曾经给我留下美好记忆的。然而几经比较得出的结论却是：杭州、扬州的柳比起考察时见到的柳，确乎要灵秀得多葱郁得多，可由于品种、规模等方面的因素，与形似涌泉，一树一泉群、一枝一泉眼的泉城柳相比，与铺金叠翠、水润生香的泉城柳相比，与环水绕城、数十里贯通一气的泉城柳相比，无论风采、神韵还是气势上，都稍逊一筹。

泉城柳，那实在要算是上天钟情于济南的又一证明呢。

女儿说得对，泉城柳确乎有如童话中的长发妖女。那是风起之时，当风在泉池和湖面掀起层层细浪，原本静如处子的泉城柳，便会舒展长发和衣裙随风起舞。初时，如清流激湍，升云腾雾；继而则有如洪涛排空、龙蛇竞逐。风越大，舞越狂；舞越狂，势越彰；以至于如醉似痴，如飞似倾，如仙似魔……让观赏者也禁不住心热血沸，云蒸霞蔚。

风终于停了，阳光明媚，天蓝水清，泉城柳立时就会变成一群群温婉聪慧的淑女。她们或者临水抚波，低吟浅唱，诉说着岁月的悠然；或者梳风戏雨，点红描金，把满腹的锦绣化作清词丽句。泉城柳不像樱花玉兰，以娇艳示人；不像丁香玫瑰，以芳香争宠；不像云杉槟榔，以身材惹火；不像石榴菠萝，以果实献媚；她天性高洁，风流倜傥，却率真旷达，妖而不媚，娇而不俗，清而不凡，把百般婀娜、万种风情都化作质朴、飘逸、明丽，化作如水的柔情。如果你遭遇失败或者受到伤害，那么请你到她面前来吧，她会像老祖母似的抚摸你的面庞，亲吻你的肌肤，把你满心的沮丧和忧伤化作清风；如果你萎靡沉沦或者心生妄念，那么请你到她身边来吧，她会像顽皮的孩子似的撕扯着你的长襟短袖，用一副副天真无邪的笑脸，把你满心的虚妄和狂躁化为云烟；如果你想寻找生活的激情或者艺术的灵感，那么请你到她的绿荫下来吧，她会用如帘的图画和如诗的歌唱，把你心灵的火焰点燃，风帆鼓动。

柔软、柔情是泉城柳的本性。可那实在是一大美德。因为柔软、柔情不仅可以化解天下诸多暴虐和罪恶，还可以带来温暖和温情；而正是温暖和温情孕育了生命，造就了万物，成就了世间多少和谐与美好。

但柔软、柔情并不等同于柔弱、软弱，泉城柳的柔中更多的是柔韧、柔中有刚：妖女和淑女之外，泉城柳其实是称得上烈女——刚烈之女的。

你看，二九过半，地冻天寒，满街的五角枫、悬铃木、国槐、洋槐、银杏树的枝头早已满目萧瑟，连枯叶也找不见一片，泉城柳的叶子却依然没有黄尽，依然成片成串地在灰冷的天空下招摇。而五九刚过六九才来，那些沉睡的五角枫、悬铃木、国槐、洋槐、银杏树还在萧瑟中忍受煎熬，泉城柳的枝条上却已喷黄吐翠，娇艳如花，弹奏起新生命的乐章。尤为可贵的是，即使在大雪漫天、滴水成冰的日子里，泉城柳也头颅昂昂，长发飘飘，一无所惧地展示着自己的从容和优雅。

这就是泉城柳，可钦可赞的泉城柳。然则这还不是全部，泉城柳更让人叹服的还是她的忠贞——贞女般的忠贞。在济南，有泉水喷涌的地方必有柳，有泉水汇聚的地方必有柳。你看趵突泉里，五龙潭中，珍珠泉内，黑虎泉旁，百脉泉边，洪范池外，大明湖畔，百泉河、小清河两岸……哪儿不是柳荫重重、满目青葱？千百年来，她们一往情深，世代相袭，为泉水守护，与泉水相伴，哪怕是在泉水停喷、湖河干竭的岁月里，也不离不弃，忠贞不二。她们为泉水也为泉城，增添了无尽的情趣和绚烂。如果没有泉城柳，天知道济南的泉水会减色多少，济南这座泉城的魅力会减少多少！

泉城柳，愿你成为亿万人们心目中最美的诗行！

原载2013年4月20日《人民日报》

墙上的乳房

曹瑞欣

风吹光了满树洋槐叶子。

风吹光了满树梧桐叶子。

风继续吹。风吹着大地。

风把大地吹冷了，空气中有一股冰的味道。

风吹着阳光，风把阳光吹暖了。

猪趴在猪圈里，趴在松软的新土里晒太阳，晒了一会儿就站起来了，它哼哼哼地叫着，它想吃东西了。

鸡妈妈领着一群孩子在院子里昂首挺胸地走着，从东墙根走到西墙根，再从西墙根走到东墙根；从东窗户下走到西窗户下，再从西窗户下走到东窗户下；从槐树下走到南屋前，再从南屋前走到槐树下，最后走到屋门前不走了，它们向着屋子仰头张望，满怀期待的样子，站了半天，也没有看到金黄的玉米粒落到地上，也没有看到暗红的高粱粒落到地上，更没有看到我母亲的身影；又站了半天，还是没有看到玉米粒落到地面上，还是没有看到高粱粒落到地面上，更没有看到我母亲的身影。

两只小麻雀站在天井的东墙上唧唧喳喳叫个不停。

母亲今天顾不得喂猪了，母亲今天顾不得喂鸡了。

母亲正躺在东屋大炕上喊个不停，哎呀，老天爷，饶了我吧，老天爷，快让我的孩子出来吧，老天爷帮帮我呀……

伴随着一声响亮的婴儿啼哭，东墙上的麻雀倏地展开了翅膀。

母亲的喊声停下来了。

我和父亲站在屋门外，大黄狗乖乖地蹲在我脚下。

谢天谢地，接生婆三大娘终于推开了东屋的房门，她笑逐颜开地冲着父亲报喜，恭喜恭喜，你又多了一个千金，托老天爷的福，母女平安！大兄弟，再把东屋大炕烧暖和些吧。

父亲笑着冲三大娘点点头。父亲低下头轻轻摸着我的头说，以后，你该懂事了，你有了一个妹妹，你当姐姐了。

我问父亲，妹妹从哪里来的？

父亲喜悦地说，是老雕从远方叼来的。

我怎么没看到老雕飞进咱们家？

老雕是在你睡熟之后飞来的，父亲说着走到锅台前，弯下身子把竖在锅台边的木块一块块填到锅底下。父亲蹲在锅台边拉着风箱，木块呼拉呼拉越烧越旺，直到锅底映照得红彤彤的，父亲才站起身来。

父亲走进了东屋，我也走进了东屋。

父亲抬手轻轻掖掖母亲的被子。父亲盯着母亲看的样子，好像他们彼此不认识了似的。

我双手扶着炕沿低下头，我看到了一个胖嘟嘟的婴儿的脑袋，这就是我的妹妹吗？她眯着眼睛，额头高高的，红色西瓜皮帽底下露出的头发又浓又黑。这么小的妹妹，要等多久她才会和我一起网鱼呢？红美的妹妹都能和她一起提着手绢在小河里网鱼了。还是不想了，看看母亲吧！母亲的头发湿漉漉的，母亲的脸颊红扑扑的，母亲把妹妹搂在怀里冲着我们幸福地笑着。

母亲的被子上盖着父亲的大羊皮袄，大羊皮袄本来是爷爷的，爷爷死了，大羊皮袄就成了父亲的；母亲的被子上还盖着她的棉袄棉裤，母亲的棉袄是大襟的，罩着个蓝碎花布褂子，母亲的棉裤是湖蓝的。

我的棉袄棉裤穿在我身上，我的棉袄是浅蓝色底子，上面开满淡粉色的芍药花，我的棉裤是墨绿色。妹妹的棉袄棉裤在哪里？原来压在大羊皮袄底下，姥姥早给做好的，金灿灿的底子上缀满鲜红鲜红的牡丹花，缀满翠绿翠绿的叶子，这些红花绿叶就像姥姥刚从花园里摘来的。姥姥几天前离开了我的家，姥姥回她自己的家抱孙子去了，姥姥的孙子比我的妹妹早出生了三天。

三大娘端着一个白瓷碗，迈着碎步走进了屋子。

三大娘把白瓷碗端到母亲面前，白瓷碗里盛着热气腾腾的小米粥，撒着层厚厚的红糖。

三大娘又把一个白瓷碗端到母亲面前，碗里盛着六个荷包鸡蛋。

三大娘看看母亲说，热乎乎地快吃下去吧，吃下去好下奶。

母亲冲三大娘微笑着抬手擦一把额头的汗珠。

三大娘转过身来告诉父亲，大兄弟，不用监督我呀，我不会把你的千金小姐抱走的，快和泥巴去吧。

父亲笑了，父亲笑得淡淡的。父亲笑着走出了屋子。

我也走出了屋子。大黄狗摇头摆尾地跟在我身后，大黄狗一高兴就摇尾巴，我做了姐姐大黄狗也替我高兴吗？

风吹得东墙头上的枯草摇来晃去像在跳舞，我有了个妹妹，这些草也替我高兴吗？

冷风吹红了父亲的鼻尖，吹红了父亲的耳朵，吹红了父亲的脸颊，吹红了父亲的手指头。

冷风仅仅吹着我眼睛，我的鼻子、耳朵、脸颊统统用围巾遮挡着，我的手插在口袋里。

父亲轻声哼着欢快的歌曲，把一个竹筐从过道里提到东窗户台下，竹筐底部垫着一层塑料纸，塑料纸上面盛满新土，是父亲三天前从麦地里取回来的。

父亲挥着扫帚扫净了东窗户台下那片地面，那片地面上连一片碎树叶子都看不到了，那片地面上连一根草都看不到了，那片地面上大概连一根头发也看不到了。

父亲把新土倒在地上，父亲把清亮的水浇在土里，父亲开始用手和泥巴。

我问父亲，垒砖、垒墙时你都是用铁锨和泥巴，现在为什么用手和泥巴呢？

父亲说，用手和的泥巴干净。

我接着问，你想捏大炮捏飞机玩吗？

父亲笑着说，不是。

泥巴和好了，父亲果然没有捏大炮没有捏飞机，父亲双手捧着泥巴垒到了靠近东窗户的白墙壁上，垒成乳房的模样，左边一个右边一个。紧接着，父亲用清水洗净了双手，用指头在泥巴乳房上轻轻地按着，每个乳房上按出九个圆形小凹陷。

父亲目不转睛地盯着白墙壁上的乳房自言自语着，九九长远，奶水不断，九九长远，奶水香甜……不知道重复到第几遍时，父亲冲着窗户高声喊道，孩子她娘，下奶了吗？

九九长远，奶水不断。风吹来了母亲喜悦的应答。

谢天谢地，奶水不断。风传去了父亲喜悦的应和。

父亲继续高声冲着窗户喊道，孩子她娘，奶水好吗？

九九长远，奶水香甜。风吹来了母亲喜悦的应答。

谢天谢地，奶水香甜。风吹去了父亲喜悦的应和。

雪花不知什么时候飘起来了。

雪花快乐地飘着。地面上很快就全变白了。

大姐顶着一身雪花进了屋子，雪花盖在她碧绿的方格子罩褂上，映得绿更绿了，大姐脸上挂着朝阳般的笑容，她搓着双手刚想说话，父亲就跟她说，你娘又给你生了个妹妹。

真的吗？大姐的笑脸变成了一朵花。

父亲说，真的，轻轻推开门进屋看看吧。

大姐悄悄地推开了东屋门。

大哥和二哥顶着一身雪花进了屋子，他们的棉袄上都罩着蓝褂子，雪花盖在那蓝褂子上，映得蓝更蓝了，他们每人双手握着苹果大小的一个雪球，脸上都挂着汗珠子。

父亲告诉他们，你娘又给你们生了个妹妹，快进屋看看吧。

真的吗？两双清澈的双眸里同时充满了惊喜。

父亲说，真的，轻轻推开门进屋看看吧。

大哥和二哥轻轻推开了门。

父亲紧跟着走进了东屋，我跟在父亲身后。

父亲坐在八仙桌左侧的藤椅上，我们四个人站成一排站在炕前。

母亲幸福地告诉父亲，真好呀，我们有五个孩子了。

父亲说，是啊，我们有五个孩子了，父亲一脸安详。

泥土塑成的乳房一直长在了墙上，快乐地接受着风吹雨淋，接受着阳光的照射，接受着月光的爱抚。

妹妹长到一岁多时不吃奶了，父亲亲手把那乳房小心翼翼地从墙上取下来，包在两片青翠的荷叶里送到麦地里去了。

泥土做成的乳房重新变成了泥土。

泥土里有乳汁。

乳汁里淌着阳光。

原载《山东文学》2013 年第 3 期

被《散文选刊》2013 年第 5 期转载

坑根村

路也

坑根村坐落在云和梯田的西侧，在海拔千米的山腰上。

坑根村的人世世代代耕种着云和梯田，这村子跟它的千年梯田几乎同样古老。远远望去，这些梯田不同于北方梯田，当蕴含着不同的哲学意味。北方梯田齐整划一，线条直接而硬朗，似在表演团体操或阅兵式，表达出的是某种人民大众的观念。而这里的梯田却有着温润而软绵绵的线条，往复着，盘旋着，在空中划着不规则的弧线，层层递进，从谷地上升到丘陵，然后继续上升，直达高山之巅，每一层都凭着自己的意志慵懒地弯曲着、散淡地延伸着，几欲在风中飘荡起来，进行着不同于集体形态的自由的个体言说。在细雨迷蒙成的湿气与雾霭之中，它们的轮廓时隐时现，庄稼就这样在里面唯美地生长着——初冬在浙南，只是于盈盈绿色之中加进了丝丝略带凉意的斑斓而已。梯田悬挂在那里，它们在视觉上的过于柔媚，几乎变成了一种危险，让人想启动身心的某种防御机制来抵抗。

在坑根村村口，碾米的老水车倚着一面山崖，迎候着来人。水车缓慢地转动着，转动着古老的寂寞，认真地倾听着自己的转轴发出来的每一个细小回声，替大地诉说着悲情。

这其实是一座石头山寨。看上去没有尘土，洁净如洗。房屋高低错落地分布在山坡上，绿竹穿插其中，房屋的体积形状不一，房基和横墙均以青灰色山石建造，而山墙则是黄泥的，瓦是小青瓦，窗是花格窗，上面留有日积月累的生息的痕迹。原生态的巨大鹅卵石铺成了狭窄曲折的巷道，台阶被磨得光滑润泽，时陡时缓。走在巷中，旁边那一块块老石墙布满洇湿的绿苔，那该是村庄八百年时光的潜意识吧，从石墙缝里生长出来一簇又一簇的毛蕨，绿绿地蓬松着，偶尔还有一株灌木从墙缝间钻出来，开着哀歌般的白花，看上去像是山茶。在巷中攀爬，四顾皆青石，满眼皆湿漉漉的绿，没有撑伞，若有若无的雨丝拂面，抬头仰望那窄成一长溜的天空，大片白云正在上面移动，心中猛然掠过一阵岁月流逝的微茫。

几乎看不到人或动物出没。好不容易远远望见有一老者扛着农具缓步默默而行，面貌清幽详和，以为遇见了圣贤。许多人家的木门扉在湿气中已浸泡得发了黑，对联偶尔也是有的，只是看不出朝代，有的院子里，竹竿横过来放置，晾着衣裳，衣裳在细雨中神情落寞，像是永远无人来收，仿佛已晾了上百年。唯一的声响是顺着石巷一侧跳荡着流下来的溪水，水流很急，像在赶路，巷子有多深，水就有多长，清清地不知流往何方。这村子里似乎有一种永远不会被打破的静谧，是一种形而上的静谧，加重着这村子的古旧之颜、尘封之气和破败之美。

村子的祠堂位于村落中心，在一片相对和缓平整的高爽地带。站在祠堂前，望得见不远不近的山岭田畴正站着一棵柚子树，在凋敝的枝叶间竟然还挂了一只没有来得及采摘的青黄色大柚子，醒目而孤零。祠堂称得上宏伟，里面光线有些黯，家什的年代都不可考，木质的匾额、屏风和几案历经了悠远的时光，上面雕刻着的镂空图案却依然清晰，是世俗而具象的，下笔稚拙，透着喜乐。终于在那里见到留守的村民，有些拘谨地热情着，解释说，这村里人家原本就不多，年轻人又都移居县城或外出打工去了。忽然两只狗吵闹着跑进祠堂，一黄，一黑，都瘦小，细眼细鼻，神情懵懂，让人疑心是从《诗经》或《汉乐府》里跑出来的。在留有村庄先祖气息的木椅上坐下，慢吞吞地吃了一碗老茶。老茶是由自产的黑木耳、野香菇、山笋，加上鸡蛋，将原料全都磨碎了，搅拌在一起蒸煮而成的，散发着原始的清香，一口一口地吃下去，感觉满肺腑都绿茫茫雨蒙蒙。

走出祠堂，按来路回返，沿阶下坡，看见有炊烟正从某个陡斜的灰瓦屋顶上飘出来，在微雨里渐渐消散开去，那烟是轻轻淡淡的白色，干净缥缈，似乎是那些正在炉灶里燃烧着的干枯植物的魂魄。忽然想到了“故园”这个词，这是一个缠绵而令人心碎的词汇，我的具体的家乡早已模糊，这坑根村当然也不是我的家乡，但它却是我一直想要寻找的心中的那座故园的模样。

出了村子，来到了一座古廊桥上，桥架在两座山之间，把山两边的僻壤和古道都连接了起来。桥下沟涧里的溪水在乱石间流得猛烈，激起浪花。这东方廊桥不似西方廊桥那样全封闭着，而是半敞式的，将一溜长亭遮在桥的上方，顶上有灰黑色屋瓦翘檐，桥内两侧有倚靠座位。这是浙南山区常见的交通方式，长亭为在桥上行走和歇息的人遮风挡雨，这样的桥偶尔还会用来做集市。这是坑根村的廊桥，不是麦迪逊县的那一座，而我总觉得它还是应该与爱情有些关联的，这廊桥实在是男女相会的好去处。汤显祖在这丽水地区做官期间曾遍走山山水水，并构思了《牡丹亭》，很难说他没有到过坑根村的这座廊桥，在他的想象中，那杜丽娘和柳梦梅在梦中或还魂之后，也许曾在这座廊桥上幽会过吧。

不知道附近有无铁路，但在我的感觉里，总以为会有一列橘黄色火车忽然长鸣着从高高的山间隧道穿过，把孤独的坑根村无端地惊醒一下，然后继续驶往不相干的远方，火车驶过之后，坑根村会重新陷入静寂，无边无沿。除了它自己的静寂，世界上其余的一切，在坑根村看来，不过都是多余的梦罢了。

原载《人民文学》2013 年第 4 期

河流之外

愚 石

时下流行语“长江后浪推前浪，把前浪拍到沙滩上”以一种别样的调侃语调，颠覆着“世上新人赶旧人”的本来惆怅，嬉笑中的无情与落寞，不是海水的逼仄，而是时空转换的必然。

只是这种种必然，覆加上人的情感之后，变得敏感和伤情起来。人在没有任何感知和触觉的自然流逝之上，加入人类自身无端或有意生发出的悲天悯人的无奈和感叹，整个世界也便有了近乎细腻的另样心思和动人表情。

人，在时空的流转中，怜人与自怜同在，并将这些痛惜寄情于山水之间，山水也因此生动起来，并烙上人类情感的印记，于是便有了“子在川上曰：逝者如斯夫！不舍昼夜”的感慨。我常常拟想着几千年前的大河之上，一位脚踩祥云的老人，凝视着轻轻流过的河水，那河水的节奏定然如老人的举止般舒缓与雅致，安详得没有任何痕迹；堤岸曲折凸凹不平，如老人深刻的皱纹，每一道坎坷都写满故事；河水或许并不清澈，如同老人被世事搅扰终归于浑浊的眼泪。时间的刻刀留下了太多的深刻内涵，我们读不懂，同样读不懂的还有老人为何能长哭当歌，他的坎坷悲欢如何竟成了沉重的思想精髓和文化存续。但我们却分明听到了他的悲叹贯穿了几千年，至今仍能打动我们的内心深处。

几千年前叫作时间的东西，现在还被叫着时间；几千年前那位哲人感慨的东西，如今我们依然感慨；感慨的内容或许变了，但那些语调或情感，却始终没有改变，并且流成了河，成为一部厚书，或者一首短诗。而这些东西综合起来，或许应该称之为历史。

老人的话似乎成了哲学的一部分，让我们辨析着昼夜之间的思想往来，辨析着万千寂静之中的声响和那些于静止中的流动。运动似乎成了绝对，并且带有音乐的韵律和味道，那么静止呢？那位老人独立于“川上”的形象，难道不是一幅静立于历史长河中最好的哲学绝对么？

在河流之外，那位哲人如此鲜活地观察和思考着这个世界，而这位先哲的河，是历史的长河，超越于肤色与民族之上，超越于所有的运动与静止之上，与哲学无关，只与生命的本义相关。

一条默默流淌的河流，因为一位老者的感叹，瞬间被寄予了无穷无尽的生命寓意和时空象征。那位睿智而圣明的老人，无法完成肉体生命和精神探求的时空穿越，只好将一句恻婉的哀愁，变成穿越千年的时空坐标，立于不朽的历史长巷。

这条巷子，人来人往，只为这一句谶语，虔诚朝拜，怅惘而归。

我常常凝视路旁沟渠或者溪流边那些垂钓的老人，思考他们与哲人的异同，想着这些同样走过时间的老人们，是否经历过同样的苦难，他们人生思考的方式为何如此不同，以及他们脸上纵横交错的皱纹里，到底有多少像与不像的生命悲喜。哲人目光愁虑的“川”，定然不是这些老人垂钓的溪流，哲人眼中没有鱼，只有解不开的时间、空间的秘密以及哲人关于历史命运与个人才情的纠结与思考。而这些垂钓老人，他们体验着钓之乐，却不知鱼之苦，那些“子非鱼，安知鱼之乐”的绕舌似的道与非道，定然也与他们无关。而这种状态，或许就是世界应该存在的本来模样，有人思考，有人垂钓，有人唱歌，有人奔跑，有人在情与思的矛盾中寻死觅活……在这些人中，又有多少人是真心安于此种存在的？如果安心于此，又怎会有这样那样的遗憾？即使我们敬仰的哲人，也正是因为种种的失意，才有那么多的感慨。太多的人，总是在似与不似、是与不是的生命位置上，感受着生活的不如意，盼望着那些累积成山的失意落寞，能够换回一束阳光。但谁又能体会到，这些如同被世界遗忘的人们，想什么或者什么都不想，似乎都与这个世界无关，与他人无涉。

这样想着的时候，忽然感觉自己成了独立于世界之外的人，眼看着别人的悲喜过着日子。细想着谁会为一片叶子的凋零悲伤不已，谁会为一阵风的飘逝而潸然泪下，如同自己就是一位思想家。其实心里非常清楚，作为一介草民俗夫，自己并没有多少高深的学养支撑自己的头颅，离不了粗茶淡饭的肉体凡胎，终脱不了柴米油盐的束缚，那些奔波劳碌，不管有没有价值，都必须甘心情愿或者身不由己地做着，曾经有过的独立于世界之外的渴望，只能是痴人说梦罢了。我无法将自己置身于河流之外，因为我只是一滴水，无法静止，更无法挣脱，偶尔被谁溅起，又会在瞬间复归于河流，我只能在宿命的流里被动地向前、再向前。我只能如此。

总该为自己寻找一些希望吧，世人这样想，于是便有了自欺与欺人的借口和理由。但我并不苟同于希望的在与不在，却更无情地以为，所有的人大致可以分为两类，做鱼或者做垂钓者。渔或鱼，命运如此不同。我无法理解命运的玄学与诡变，却清楚地知道，任何一个人，都无法独立于河流之外，因为眼看着河流东归入海的头颅，早已经思想干涸。

既不做鱼，也不做钓者，只做一滴水吧。

姑且如此，或许还能体会奔流不息、永不复归的决绝和快乐。

而这种快乐，恰恰是生命给予的，这便足够了！

原载2013年4月18日《人民日报》

被《海外文摘》2014年第2期转载

被侮辱被损害的灵魂

耿立

朝朝暮暮，快快乐乐。一生到老，四处奔波。为了苦孩，甘为骆驼。与人有益，牛马也做。公无靠背，朋友无多。未受教育，状元盖过。当众跪求，顽石转舵。不置家产，不娶老婆。为著一件大事来，兴学，兴学，兴学。

——陶行知

一

曾有很长时间，武训在人们心目中被涂抹得不成样子，一个乞丐，置换成了大地主、大流氓的代称，一个逝去百年的亡魂，却承受了不该承受不能承受的侮辱。说穿了，武训只是被某些政治当成了一个箭靶，成了整肃思想的一个借口由头，也是借以检验人归顺程度软骨程度的风向标，“时间开始了”，从批武训起文人的华盖运一波一波开始大规模搬演。

十五年前，临近年关的冬日深夜，我和朋友被一辆客车抛在了冠县的一个客栈，夜间冻得牙骨打颤，那时却想起了武训，百年前的这片土地上，有个特异的灵魂曾存在过。

武训的绰号“豆沫儿”，余世存先生说：他身材肥短，一说话嘴角即现白沫，大家给他取了个诨号，余世存先生的这话是他对鲁西生活的隔膜所致，人们对武训的豆沫的来历有多种说法：（1）武训在馆陶李某家挨打，在破庙昏睡三日，口吐白沫，因之被称为“武豆沫儿”；（2）武训说话口角好有白沫，人称之；（3）指武训后来到处乞讨、要钱，磕头无数，人们说他没骨头，称之为“豆沫儿”；（4）是指武训一生一世行乞积钱，不娶妻生子，不用款来供个人享用。人们称此为“糊涂”，呼为“豆沫儿”。

在鲁西生活的人都知道，豆沫儿是一种粥，是一种小吃，也有称为“糊涂”的，我小时常喝的是地瓜“糊涂”，而高级如豆沫的“糊涂”是在集市上才可以品尝的，那时，豆香诱人，喝完豆沫儿，把碗边子也用舌头舔干净。武训被人称为豆沫儿，是从“糊涂”含义来，是傻子，是拎不清的异类，也是一种黄壤平原里的异端。

人们把武训称为圣人，我以为他有点像基督教里的圣徒，人生的关节点也许有几处，但最关键的只有一次，在基督教信仰里有蒙召的时刻，就像王阳明的龙场悟道。我以为，对于武训来说，他在破庙里昏睡三天，突然心里像获得了神助，获得了持续永久的力，把自己的一生拿出来，为了一个神圣的事业：办义学。

武训从这天开始，就如一个圣徒，不再有犹疑不再有害怕，不再怕欺辱，唐君毅先生说武训有一绝对牺牲自我、忘掉自我之宗教精神，这种宗教人格或是在穷困怫郁之极，而中夜独坐，呼天自明。或是在深山旷野之中，万缘放下，忽闻天音。或是在观空、观化之后，万千烦恼，突然顿断。或是在艰难奋斗之中，忽然决心舍身殉道，牺牲自己之一切。终归于突然之顿悟，或蓦见绝对无限之精神，或显绝对忘我之志愿，而其格亦不尽相类。耶稣自愿上十字架，而为一切人类赎罪。他自觉地要以其死，作为真理之见证，以昭示上帝之道于人间。至于武训，则虽不必有上帝之信仰，然而他以一乞丐，而念自己之未能求学，即终身行乞，以其所积蓄设学校，以使他人受教，则正表现一宗教性的至诚。他为了办学校，完成他人之教育，向教师与学生拜跪，望他们专心教，专心学，他在此不向神拜跪。这些学生、先生们之人格，无一能赶上他，但是他向他们拜跪。他向人格比他卑的人下跪，为的使比他更卑的人上升。这个伟大，在原则上，高过了对与我为敌的人之原恕。

我不是宗教教徒，也许在某个神圣的时刻，那时胸中一派澄明，人改变了自己，如春雨的悄然潜入夜，心中的种子萌发了，清晨起来，如获新生，反正破庙的三天的昏睡后，武训再苏醒，成了一个出口成章的人，那像民间的顺口溜，任凭你侮辱之、咒骂之、拳打脚踢之，他就是兴办义学：“扛活受人欺，不如讨饭随自己，别看我讨饭，早晚修个义学院。”

武训，原本没有名字，梁启超“武训传”说其：幼失怙恃，家赤贫，遂流为丐。十四岁，初出为人佣工，主人欺其年幼，复为文盲，于算佣值时，伪示账册，谓其工资已先后支罄；训稍争辩，大遭斥责，遂愤辞去。居破庙中，行乞度日。训自受屈辱，郁结于心，尝自叹曰：“贫家子之苦，乃至于斯乎！非读书无以自强，我已无望，今生一日得志，当尽力倡设义塾，以拯我同病耳。”自是日丐于市，夜绩棉线，得一钱，即储之，自惟以粗饼果腹，此其蓄志兴学之始也。

当时鲁西堂邑县武家庄（先行政区划冠县）的这个穷苦人家的孩子，就如一棵庄稼，随地出生了，姓武，无名，因排行而被人称为武七。八岁时，父亲病死，姐姐给人家做了童养媳。幼小的他就随着母亲乞讨为生。武训年纪虽小，但对母亲十分孝顺，每逢要到干净可口的干粮，都一定带回去给母亲吃，从来不肯自己吃，每次随母亲路过学堂的时候，幼小的武七都要在学堂前停下脚步，问母亲为何他不能上学，母亲告诉他家里穷，付不起学费，有一天，武训鼓足勇气闯进学堂，请求私塾先生准许他免费入学念书。私塾先生不但不同情他，反而辱骂了他，并将他赶出门。电影《武训传》有这个镜头，小武训拿着自己学着卖艺人得到的几吊钱到学校求先生，被打骂出来。

十五岁时，武训来到姨父家做工，为富不仁的姨父没有因为他们是亲戚而给予些微的优待，反而变本加厉地让他多干活，却从来不给他工钱，还常常有事没事无端地打他欺侮他，把他作为宣泄物，对这，年小的武训都忍了。十七岁时，武训又到李举人家当长工。一天姐姐托人捎来一封信附了几吊钱，李举人欺武训不识字，把信给他，把钱吞了。武训过后知道提出质问，李举人不但矢口否认，还把武训痛骂了一顿。一次喂猪时，武训不小心把猪食洒在地上，就被打得遍体鳞伤。一年除夕，武训给主人贴春联，因为不识字，把春联上下贴倒了，主人认为大不吉利，拳打脚踢，又吵又骂，不许他吃饭，罚他一夜不睡觉，在风雪严寒中在院子里站了一个通宵。

武训在李举人家里做长工三年，李举人一直没给他发过工钱。一次，武训的母亲病了，万般无奈，他开口向主人讨要工钱。没想到，李举人拿出了一个假账本，硬说早把工钱付清了。武训不识字，气得目瞪口呆，悲愤欲绝，反被李举人诬为有意讹诈，最后，武训被李举人的家丁打得头破血流，并被扫地出门。

这次的遭遇对他打击太大了，受伤害后的武训在庄子上的小庙里昏睡了三天，就是这次，像有了神启，武训重生了。

二

武训是在黄壤泥土上心怀神圣的人，命运百般磨折，他就像一个圣徒，必须在苦难与煎熬中，在孤独中，在忍耐与持久的努力挣扎后，才能看到那希望的降临。

破庙悟道后，武训变成了一个奇怪的乞丐，二十一岁的武训开始行乞、集资，他手拿铜勺，肩背褡袋，烂衣遮体，边走边唱，四处乞讨，足迹遍及山东、河北、河南、江苏等地。后来这名垂千古的乞丐，就以肩背褡裢手拿铜勺走进了历史的记忆，走向雕塑。

武训一边要饭，一边唱着自己编的歌谣，鲁西人称“呱嗒嘴”，这些俚曲，像诗非诗，如唱的快板书数来宝，押韵合辙，朗朗上口，张嘴就来，随地取材，都是和兴办义学有关。无论白眼、歧视、嘲笑，只要你问话，他都以唱歌做答；无论行走坐卧，都是唱，在外人看来，就是一疯癫一痴魔。

武训以自己的劳力来换钱，无论什么活，修房挑水，打场拉耧，无论白昼黑夜，无论风雨阴晴无论年节四时，吃的是要的饭菜，出的是牛马力，流的是从骨髓里浸出的汗和血。

武训如蚂蚁在尘土里爬着，尘土里有他背负重负的印记。武训唱着：“出粪，锄草，拉砘子来找，管黑不管了，不论钱多少。”还有：

给我钱，我砘田，修个义学不费难。

又当骡子又当牛，修个义学不犯愁。

人和人是不同的，有的人心通向至善，有的却连着欺诈和欲望，有的给武训以施舍与恩典，有的却给武训苦难与不幸。武训辛苦积存的一点钱，都被他的姐夫骗去了……那时他感到的是冷酷，甚至有点绝望。

武训连续几日不吃不喝，粒米未进。真的，有种人性的伤害可能到达骨髓甚至灵魂，令人绝望。但只有在绝望的时候，超越才具有了否定的意义，你留给世界的才是：你没有被黑暗吞噬，没有消失在人性的黑暗里。几天后，武训走出了绝望，我们听他又开始唱了：

只见好人盖高楼，没有恶霸行到头。

白天武训走街串巷，到集市上敲着自己的铜勺子，口里说着办义学，其实在大多数人看来，这就像是在街面上打把势卖艺和吆喝狗皮膏药的，或者像剃头的磨剪子抢菜刀的人，武训一出现，总有一些孩子跟在屁股身后，喊：疯子，疯子！一些大人说武训害了病义学症，武训就唱：“义学症，没火性，见了人，把礼敬，赏了钱，活了命，修个义学万年不能动。”

《圣经》上说，天阳照好人，也照歹人，降雨给义人，也给不义的人，武训是要饭，为了以后的念想，但有时就有吝啬的人，不给武训分文也罢，甚至打骂，武训不恼不气，还是一如既往地唱着俚曲：“不给俺，俺不怨，自有善人管俺饭。”“大爷大叔别生气，你几时不生气，俺几时就出去。”

武训一门心思就是攒钱，在要饭时候，武训要来的好的干粮卖掉，那些发霉的窝头、地瓜干留给自己吃：

吃杂物，能当饭，省钱修个义学院。
吃得好，不算好，修个义学才算好。

从早到晚，陪伴武训的是别人不肯干、不屑干的累活。就像推磨、碾米、替人割麦子等。替人家大清早打扫茅房，出粪晒干后做肥料。有时帮人挑水浇园，挑粮食，挑笨重东西等，按照路程远近和重量计算报酬。

在集市上，武训到各处的庙会要把戏，以取赏钱。表演全身倒立“扛大鼎”，以手代脚做“蝎子爬”，翻身跳“打车轱辘”，趴在地上给孩子做马骑，还有锥刺身、刀破头等节目，甚至吃毛虫蛇蝎、吞石头瓦砾，等等。如此作践自己的身体，实在是不易！他还将自己的辫子剪掉，只在额角上留一小辫，装扮成戏里的小丑模样，以获得别人的施舍。翻筋斗，学蝎子爬，边爬边唱：“竖一个，给一个，竖十个，给十个，竖得多，给得多，谁说不能兴义学？爬一遭，一个钱，爬十遭，十个钱，修个义学不犯难！”

武训为了讨好阔少纨绔，让他们更为大方地掏钱，生吞活蛇，嚼吃砖瓦，甚至，还吃过屎尿！有人问他何以此为，他说：“使他们无钱也能读书，使他们读了书不再被人欺。”

在电影《武训传》里有个镜头，武训让一些人打他，“打一下，两个钱，踢一脚，三个钱。”饰演武训的赵丹用纯粹的鲁西话说出，让我觉得，武训一下在身边复活。

武训四处漂泊，为人做媒红，当邮差，拣收破烂，轧棉花，纺线等。晚上就睡在人家的磨房、灶屋，或者是破庙里。每天深夜他还在如豆的灯光下搓捻线绳，绩麻缠线。他边绩麻边唱道：

> 拾线头，缠线蛋，一心修个义学院；
> 缠线蛋，接线头，修个义学不犯愁。

二十九岁的那年，武训用攒下的一些积蓄买了四十五亩便宜的低洼盐碱地，那时他看到了希望：

> 只要该我义学发，买地不怕买碱沙；碱也退，沙也刮，三年以后无碱沙。
>
> 只要该我义学发，要地不怕要大坑；水也流，土也壅，三年以后平了坑。

三十八岁那年，鲁西北大旱，赤地千里，到处有人饿死，武训就买了四十担红高粱，托绅士替他办理赈济灾民的工作。农民张春和外出十年没有音讯，生死下落不明，家里婆媳二人的生活全靠媳妇张陈氏做针线活或要饭来维持，武训听说后，就送给她们十亩地，并且武训唱道：

这人好，这人好，给她十亩还嫌少。
这人孝，这人孝，给她十亩为养老。

武训开始变得有了钱，而武训的哥哥不务正业，常向他借钱，一些亲戚朋友也来要求他资助，武训都拒绝了："不顾亲，不顾故，义学我修好几处。"

光绪十二年（1886），武训四十九岁，已置田二百三十亩，积资三千八百余吊，决定创建义学。光绪十三年（1887），两名开明地主仰慕武训的为人，联合捐出土地供武训办义学之用。武训开始到各地购买砖瓦木料，并亲自押运。开工后，武训每天早起晚睡，在工地上搬砖打水，和工人们在一起共同劳动。

光绪十四年（1888），武训花钱四千余吊所建的第一所义学在堂邑县柳林镇东门外落成了，取名"崇贤义塾"。武训用了整整三十年的时间来实现他的理想，在这三十年里，他受尽苦难，但始终坚定地一步步迈向目标。"崇贤义塾"建成后，武训亲自跪请有学问的进士、举人任教，跪求杨树芳做学董，主持义塾，跪求贫寒人家送子上学。当年招生五十余名，分蒙班和经班，不收学费。开学当天，准备了丰盛的筵席招待学董、老师和乡绅，武训自己却在外面向来宾磕头致谢，坚决不肯入席，他跟学生们一样分得一斤馍馍、一碗大锅菜，仍舍不得吃，跑到庄外的砖窖上换了几块新砖回来，自己仍吃些残菜剩饭。

义塾成立后，虽然已经实现了他的心愿，但他依旧过着漂泊无定的流浪生活，到处去要饭，仍旧住破庙。学生们集体跪求他来住义塾，他也不肯，说："我过的生活自己不觉得苦，只要你们努力学习，我比什么都快乐。"一天大风，庙屋上的瓦刮下来，落到武训头上，砸得头破血流，他却悠然自得地唱着："打破头，出出火，修个义学全在我。"

武训还十分关心义学里学生的读书情况，时不时来探视一下，对勤于教事的塾师，武训常常叩跪感谢；对贪玩、不认真学习的学生，他则是下跪泣劝：“读书不用功，回家无脸见父兄。”一天清晨，学生都已到齐，塾师却尚未起床。武训悄悄地走进塾师的卧房，不声不响地跪在床前不住地流泪。塾师醒来后，武训说：“先生睡觉，学生胡闹，我来跪求，一了百了。”还有一位塾师请假回家，逾期不归。武训步行六十华里赶到塾师家，孤身等候在门外一个通宵。塾师羞愧万分，再不敢超过期限。师生们感动于武训的真挚诚恳，没有一人再有一刻的疏忽怠慢，学风甚好，教学随之而相长。

时任山东巡抚的张曜听说武训的义行，特地召见之。武训衣衫褴褛地步行到济南府。会面时，武训一面和张巡抚侃侃而谈，一面不断地捻着线头。他的率真、纯朴令巡抚大为感动，下令免征义学田钱粮和徭役，另捐银二百两，同时奏请光绪帝颁以“乐善好施”匾额。清廷授以“义学正”名号，赏穿黄马褂。这本是至高无上的荣耀，但是在钦差面前，武训却不愿意下跪谢恩，也不愿意穿黄马褂，说：“义学正，不用封，黄马褂，没有用。修个义学万年不能动。”

当“乐善好施”的牌坊为他建成之时，若发狂一般不肯向皇上下跪谢恩！他冲进校舍，对着孩子大声喊：“你们记牢了，将来长大，千万别忘了咱庄稼人！”

光绪十六年（1890），武训资助了证和尚二百三十吊钱，又在今属临清市的杨二庄兴办了第二所义学。

光绪十九年（1893），武训搜集与购买了大量的有益图书，建起了读书会，专供没有钱买书的人自由借阅。有时他还携带图书到村镇的集市庙会上巡回展览，供乡亲们阅读。还大量翻印浅显的学习文章和书籍，免费散发给农民。同一年，朝廷官员，学部侍郎裕德到山东视察，武训在大街上拦轿募款。裕德捐给他两百两银子。

光绪二十二年（1896），武训花了三千吊钱于临清御史巷办起第三所义学，取名“御史巷义塾”。

武训长年苦行，至此耗干了精神，当年五月，武训得了重病。他住在义塾里休养，躺在屋檐下边，不肯占用一间房子。最初几天他不吃饭也不吃药，每天只喝几口开水。据说，只要听见学生们朗朗的读书声，他那病弱的脸上就有着无限愉快的神情。

光绪二十二年（1896）四月二十三日，武训病逝于御史巷义塾。根据《清史稿》的记载：“（武训）病革，闻诸生诵读声，犹张目而笑。”武训含笑离开了世界，享年五十九岁。出殡之日，堂邑、馆陶、临清三县官绅全体执绋送殡，遵照武训遗嘱归葬于堂邑县柳林镇崇贤义塾的东侧，漆黑的棺材是一个乡绅捐出的上好的楠木，棺材上了十八遍漆，到了归葬那天，鸡才叫三遍，人们就早早行动，在武训的棺材前祭拜上香，那天漫天开始飞舞的是铜钱样的纸钱，如凌空舞动的雪花，这是光绪二十二年的春天的雪，只为一个圣徒的灵魂而落。

雪下着，天地一片素孝。

“起……”执事高喊，面容肃穆。霎时，哭声一片。

“啪!”

瓦盆四分五裂。武训没有儿子，但很多的学生在给武训摔送老的瓦盆，十六个杠夫低低喊声加劲，一具灵柩缓缓离地，载着武训的灵柩要回家了，吹鼓手吹响两把长号，凄凉高亢的乐声冲天而起，鼓乐喧天。

执事扬手，一叠纸钱飞到半空，在最高处随即散开，漫天飞舞，又与雪花一起纷纷扬扬地下落。

那些乡绅和义学的孩子们打着招魂幡，抱着灵牌、冥器、花圈、挽联，僧道、孝属、亲友，一行人浩浩荡荡护送着武训回家。

吹打仪仗引来沿途的村镇围观，人们知道是武训先生，也自觉加入送葬的队列，那天哭声是一切的言语，队伍渐渐变得庞大而蜿蜒，有十里地。

“张庄赏钱四十吊!”执事高喊。

全体杠夫整齐划一地随声应和：“哎！四十吊!”

“李村赏钱六十吊!”执事高喊。

全体杠夫整齐划一地随声应和：“哎！六十吊!”凡是经过的村庄，大家都拿出赏钱送武训一程，经过路口、河边、桥梁、井台、祠庙时，纸钱都会扬起，又悠悠落下。沿途六十里各村民众自发设奠路祭，自动送殡者沿途来观者人山人海，这就是最后的武训。

三

在西方，差不多和武训同时代，出现了叫一个裴斯泰洛奇的人，那时的欧洲，虽然贵族精英教育已很发达，但一般平民却无法享受到。往往在一个村镇找一个能读能写的人做村长就很难。裴斯泰洛奇，描绘当时欧洲瑞士的学校面貌说："这种教学像一座大厦，大厦的上层宽敞明亮，显示了高超的技艺，但为少数人居住。中层居住的人就多得多，但没有登上顶层的合乎人道的阶梯，如果有几个人奢望爬上顶层的话，那么随时可以看见他们，时而用手，时而用胳膊、腿试着往上爬，但这手和脚被一一折断了。最后，大厦的底层居住着无数平民百姓，本来他们与最上层的人们享有阳光和新鲜空气的同等权利，但是，他们住在没有星光的小屋里，不仅不能摆脱令人难受的黑暗，而且视线受限，双眼变盲，他们甚至都不能仰望大厦的顶层。"就是在如此的境遇下，他开始在贫困的瑞士山区，一点点推行"平民教育"。

裴斯泰洛奇出生在当时欧洲的贫困山区小国瑞士，他是一个虔诚的基督教传教士的孙子，从小就被教育他如何用真诚、善良的心去无私地爱人们。裴斯泰洛奇一生都在教会孤儿院工作，处境属于下层人，但他有一颗伟大的、慈爱的心。他自述道：我一直充当一位受冷落的，意志薄弱的初级教师，推着一辆只载着一些基本常识的书籍，空荡荡的独轮车，却意外地投身一项事业，包括创办一所孤儿院，一所教师学院和一所寄宿学校。做这些事情第一年就需要一大笔钱，可是即使是这笔钱的十分之一，我也难以弄到……可是，就是这位地位不如牧童，形似乞丐的人，因循着对事业的炙热追求，竟使十八世纪末十九世纪初的这个人口寡少、产业落后、政治黑暗的山区小国瑞士，一跃成为全欧享有盛誉的教育超级大国，引起各国教育专家和高层政要人士，云集瑞士，观摩取经，俨然如世人顶礼朝拜的"圣城麦加"。

裴斯泰洛奇在战乱和贫困的社会底层，专门照顾那些失去父母抚育和家庭温暖的孤儿、弃儿、病儿、弱儿，这群乞丐儿童和流浪儿童是无法与那些上流社会人士的子女相比较的。他描绘他所收养的儿童的情景："大多数身体有缺陷，很多人有慢性皮肤病，使他们步履不便，或是头上长疮，或是衣裳褴褛，满身虱子。很多孩子骨瘦如柴，形容枯槁，目光无力，有的不知羞耻，习于伪善和欺骗；另一些孩子为不幸所折磨，变成猜疑、胆怯的人，他们有一个共同的特点就是：缺乏感情。”裴斯泰洛奇对这些被社会所抛弃，为常人所避而远之的孩子，抱持着极大的怜悯和同情，他是这些苦儿的奴隶和牛马。

裴斯泰洛奇说：“即使最贫困和最被人遗弃的孩子，上帝也寄予了天赋的才能……在孩子粗笨害羞和显然无能的背后，蕴藏着最优秀的才华，最珍贵的能力。在这些可怜的孩子接受真诚的爱心教育中，显著的天赋才能真正地表现出来。”

你可以说在上帝的引导下，裴斯泰洛奇把爱不仅仅当作一种情感，而是一种做人的准则，他对苦儿教育无比狂热，这样的工作远非一般的教育家和政治家所能比拟，他不仅站在课堂前授课，更给予孩子们心灵的培养和人格的启发，他说：“是我用双手来满足他们身体和心灵的繁多要求，他们都直接从我这里得到帮助、安慰和教益，他们的双手被我握着，我的眼睛凝视着他们的眼睛，我们一同哭泣，一同欢笑。他们忘却了外部世界，只知道和我在一起。因为我总是和他们在一起，我们分享所有的食物和饮料，就是同甘共苦。我没有家庭，没有朋友，也没有人，除了他们，什么也没有。他们生病时，我在他们身边，他们健康时，我也在他们身边。他们睡觉时，我还在他们身边。我最后一个睡觉，第一个起床。在寝室里，我们一起祈祷，根据他们的提问，解答所有问题，直到他们睡觉。我的目的在于，使他们过着共同的新生活，产生新的力量，在孩子们中间唤起兄弟般的友谊。使他们成为热诚、公正、亲切善良的人。总之，我们必须遵守耶稣的明言：‘先洗净内心，外表就洁净了。’”裴斯泰洛奇躺在孩子们中间，也许表面上他贴近尘世，但那是离天堂最近的地方，在黑暗的夜里，裴斯泰洛奇像一束星光，让大家感到上帝的怀抱是如此的可接近可依靠。

先洗净内心，外表就干净了，洗净内心，虔诚地爱这个尘世的弱者和苦者，没有丝毫的私利和贪欲，把受教育的权利给那些底层者，想想这比经书里诵读终生、在教堂里祈祷终生都难，因为这里面充满着苦难和不堪，而现在环顾我们身边，多是外面光鲜，内在是龌龊的人，有的所谓的慈善，也许可以大把掷钱扶贫办学校，但苦难与不幸还是外人的他者的，而他的身和心却是置之度外，他们的爱只是镜头下仪式上的捐赠和施舍，也许内在是一种沽名的技巧，真正的爱是把他者的不幸化为自己的肉身、爱，只有在苦难和拯救中才有意义，才能让尘世的人看到上帝。

我曾到乡下去，看到很多的留守儿童，跟着爷爷奶奶没有学上，孩子像一个个弃儿，一个个孤儿，在山西雁北山区一口窑洞里，建有一所乡村小学，窑洞即是教室，也是小学里唯一一位老师和学生们的宿舍，晚上老师和学生们就在地上睡觉，每天早晨开始，那位老师给一年级上完语文，再给二年级上数学，接着三四五年级。如此交替往复，直到日落西山。窑洞里除了必不可少的粉笔外，没有任何教具，所谓的桌椅板凳全是由简陋的砖块和几根木头砌成。

有一个叫李财的小朋友，在班里是个学习很好的学生，他流着泪把做了三次的作业交给老师说："老师，您以后不能为我批改作业了，明天我不能来上学了。"他的妈妈因得病没钱及时医治而过世了，他不得不辍学回家帮爸爸干农活做家务。

又有这么一个小女孩，她家里实在是很穷，低矮破落死寂的窑洞里，昏暗脏乱，除了一张木板床、一件破旧的被子、几件烂衣服，你再也难以寻找到还有什么物品。脏黑的灶台上，七零八落放着几个说是已吃了好几天的熟红薯。由于实在是穷，她父亲让她退学，小女孩哭着不依，妈妈说："又要吃饭，又要读书，哪有钱啊？"小女孩就跪在妈妈面前哭着说："妈妈，只要答应我上学，我以后就不吃饭了。"有一半的小学生是走了好几里路来上学的，自己从家里带米来学校煮，加上一点盐，孩子们就开开心心地吃起来。

同样是在山西，多些一掷千金的煤老板，一顿饭可以救助多少失学的孩子呢？我想到武训，他省吃俭用，三十多年间乞讨所得，经营所得，贡献给义学的，相当于清政府年财政收入的八千分之一，相当于当今的八百万至一千万元。

然而武训的命运在新中国遭到了逆转，一个同样是农民的儿子嘲笑他挖苦他："像武训那样的人，处在清朝末年中国人民反对外国侵略者和反对国内的反动封建统治者的伟大斗争的时代，不去触动封建经济基础及其上层建筑的一根毫毛，反而狂热地宣传封建文化，并为了取得自己所没有的宣传封建文化的地位，就对反动的封建统治者竭尽奴颜婢膝的能事，这种丑恶的行为，难道是我们所应当歌颂的吗？……承认或者容忍这种歌颂，就是承认或者容忍污蔑农民革命斗争，污蔑中国历史，污蔑中国民族的反动宣传，就是把反动宣传认作正当的宣传。”

真的如此么？我想到了张艺谋拍摄《活着》里的葛优饰演的富贵，如果武训也像富贵一样是一个吃喝嫖赌的人，却有可能成为革命依靠的对象，武训是从开启民智入手，他拒绝尘世的享受，辞掉黄马褂，而一些从农村走出的所谓的革命者，有几人回馈脚下的土地呢？

如果要求一个乞丐去触动封建阶级的毫毛，这就有点是使武训承受了不能承受的重，一个伟人去和一个乞丐叫板，真的让人感到背后的东西，武训只是一个靶子吧。

于是化名李进的江青在1951年6月就到武训的家乡堂邑县，然后又到和武训从事办学活动的临清县等地调查武训的历史和办学活动情况。李进一行到了堂邑后，从北京带来的警卫人员就告诉县委，调查团要自己开饭，只要县委提供蒸馒头的面粉，熬粥用的小米和绿豆。李进要求单独备一缸饮用水，还要在水缸里养两条鱼，养鱼就是以鱼为实验品，每天可用鱼的死活判断是否有坏人投毒。

李进主要找的是一些晚清的老秀才，一些有点文化、有点见识的老人。

那些被调查的人不知北京来的人是什么目的，还按上次孙瑜、赵丹等人拍电影时调查时的说法，说武训办学有贡献、为人好等等。李进很不高兴，县委没办法，只好做动员，明确告诉每一个被调查者“只能拣坏的说”。很多群众不解，有人问“怎么土改斗完了地主，又斗开武训了”。

当时任堂邑县长的赵安邦是武训学校的毕业生，比较熟悉武训的历史和堂邑的情况，他对调查团领导一再强调武训是坏人的做法有不同意见，认为“武训办学，教人识字有什么坏处？学马列还不是先要会认字。”

李进当面批评他说：“他办学好？是给什么人办？要用阶级观点分析。”

赵安邦不服，说："不管给谁，有点文化总比没有好。"

后来赵安邦知道李进是毛泽东的夫人后，再也没说过不同意见。

县委打过招呼后，老百姓都学乖了，都顺着调查团的要求说。

一天吉普车拉来一位八十多岁的老秀才，老人一辈子从没坐过汽车，一上车就晕，加上路上颠簸，到堂邑县委时几乎不能动，是被人扶进来的。老人耳朵还有点聋，李进细声问一句，旁边的人就对着老秀才的耳朵大声重复一句。

问："武训是不是霸占了很多地？"

答："是。"

问："武训是经常欺骗乡亲吧？"

答："是。"

问："武训一贯放高利贷吧？"

答："是。"

于是后来的武训就从一个办义学的圣人，一跌而成了大地主、大流氓，全国的批判文章像火舌一样铺天盖地，就这样一个以政治需要为名的政治的操作把一个圣人的形象毁容了。

曾经书声琅琅的义学，曾存在半个多世纪的义学，那是离穷人孩子理想和希望最近的地方。却被政治的意识形态，被愚昧给毁坏了。现在你要是凭吊一下武训，你站在墓前不知心境会发起何样的感怀。1966 年的"文革"，在当年他磕头乞讨办成的学校里，那些学生在老师带领下，砸开他的墓掘出遗骨，并且说"这是武训的狗骨"，后来浇上柴油扬灰了，在几天后的夜里武训的后人偷偷把他的骨头埋在了一块麦田里，哪一块土曾记得武训的骨头呢，有时我想武训有灵魂多好，有时又想他还是不要有灵魂，武训如果能看到他会如何做？他所付出的爱为何在这片土地里生长出的是暴虐和愚昧？

四

由武训死后种种遭遇和命运，由他在母亲的祖国受到的鞭尸扬灰，我想到了特蕾莎嬷嬷，脸上刻满深深的皱纹，腰弯背驼，粗糙的双手严重龟裂，脚趾发炎，以致走路蹒跚的特蕾莎嬷嬷，在上世纪四十年代印度的加尔各答，一边是别墅是饭店和宫殿，是富人的乐园，另一边是随处可见的垃圾棚和居住在其中骨瘦如柴浑身散发着恶臭的贫民，这些贫民没有尊严地活着，活着如蝼蚁，死了，也会因为买不起火葬的木头，尸体被随意抛掷，任其腐烂，直至辗转沟壑。

有一天，特蕾莎嬷嬷要到巴丹医院商量工作，在靠近车站的广场旁她发现一位老妇人，倒在路上，像是死了一般。特蕾莎蹲下来仔细一看：那老妇破布裹着脚，浑身爬满了蚂蚁，头上好像被老鼠咬了一个洞，残留着血迹，伤口周围满是苍蝇和蛆虫。特蕾莎赶紧俯身替老妇测量呼吸及脉搏，似乎还有一口气，她赶走苍蝇，驱走蚂蚁，擦去血迹和蛆虫。特蕾莎心想，如果任她躺在那里，必死无疑。于是她暂时放弃了去巴丹的行动，请人帮忙把老妇人送到附近的医院。医院开始时对这个没有家属的老妇人不予理会，但医师在特蕾莎的再三恳求下，便替老妇人治疗，然后对特蕾莎说："必须暂时住院，等脱离危险期后，再需找个地方静养。"特蕾莎把病人托给医院后，立即到市公所，希望能提供一个让贫困病人休养的场所。市公所的所长是位热心的人，他仔细听完特蕾莎的请求后，便带她来到加尔各答一座有名的卡里寺院，答应将寺庙后面信徒朝拜后的一处地方免费提供给她使用。但一开始受到印度教区婆罗门的强烈反对，理由是特蕾莎修女不是印度人，然而特蕾莎修女不为所动，依然在街头抢救许多临危的病患到收容所来替他们清洗，给他们以休憩以疗救以抚慰，其中也包括印度教的僧侣，慢慢特蕾莎感动了许多的印度人，反对声浪也就逐渐平复。

自从找到寺院这个落脚点后，不到一天的时间，修女们就将三十多个最贫困痛苦的人安顿了下来。其中有个老人，在搬来的那天傍晚即断了气，临死前，他拉着特蕾莎的手，用孟加拉语低声地说："我一生活得像条狗，而我现在死得像个人，谢谢了。"

特蕾莎认为人类的不幸并不存在于贫困、生病或饥饿，真正的不幸是当人们生病或贫困时没有人伸出援手，即使死去，临终前也应有个归宿，向垂死者传播了主的爱。

于是她离开了修道院，以一个普通修女的身份来到了加尔各答环境最恶劣的贫民窟提亚纳，她脱下蓝色的道袍，换上普通妇女的日常粗布服饰，用自己掌握的一点基本卫生知识和护理技能为那里的贫民服务。

后来，她和其他修女一起办起了儿童之家，收养从路上捡来的先天残疾的弃婴，把他们抚养成人并告诉这些孩子“你是这个社会重要的一分子”；她办起了麻风病人康复中心，收治照顾那些甚至被亲人唾弃的人，让他们感到自己“并没有被天主抛弃”；最著名的，是她在贫民区创办的的临终关怀院，使流落街头的垂死者得以在呵护中度过最后的时光。她说：“这些人像畜生一样活了一辈子，总该让他们最后像个人样。”那些被背进关怀院的可怜人，有的躯体已经被鼠蚁咬得残缺不全，刚入院洗澡时往往用瓦片才能刮去身上的污垢，最后握着修女的手嘴角带着微笑“踏上天国之路”。

一个原本对特蕾莎修女的善行心存疑虑的印度教法师，当看到她一丝不苟地为一个快死的男人清理布满蛆虫的伤口后，惭愧地说：“我在寺庙供奉圣母三十年，今天才看见圣母的肉身！”

特蕾莎嬷嬷，如今已成了超越种族、阶级和信仰的爱和关怀的象征，她获得的荣誉，无论麦格赛奖、肯尼迪人道奖、尼赫鲁奖到诺贝尔和平奖，都是举世闻名，很多人期待殷殷，梦寐以求，然而这些奖并不能垫高特蕾莎嬷嬷，而是因特蕾莎嬷嬷为这些奖项增加了荣誉和含金量，不在奖的成色，而在于这些奖给了谁，彰显了什么，鞭笞了什么。

然而回顾孤苦一世可怜一世的武训呢，在这片黄壤上，在这片蓝天下，直到今日，人们脑海里残存的还是被毁容的武训，是因为武训没想到触动当时的那个统治阶级，对一个乞丐，做一个有益社会的人，有益身边的人，非得让他铤而走险，抛头颅洒热血？

我特别感慨的是一个革命者不理解特蕾莎到处帮助穷人的行为，教训特蕾莎说：“你不知道我们正在搞革命就是要解决这些事吗？”特蕾莎平静地回复：“我也是革命家，我的革命成分中只有爱！”这个革命家缄口了，如果这个革命家长在中国，他该如何回答？

特蕾莎在有生之年几乎走遍了世界，所到之处受到教皇般的欢迎，却没有到过前苏联，因为那里的人民好像根本不需要她。

和武训相较，特蕾莎嬷嬷是幸运的，她没有被批判和嘲笑，也没有被鞭尸扬灰，她直到死后都被爱戴和尊敬围绕。她的祖国阿尔巴尼亚和她的第二故乡印度，都为有这样的女儿而感到骄傲。“如果你做善事，人们说你自私自利，别有用心，但不管怎样，总是要做善事。”这一点我以为是和武训相通的，做吧，认准的善事，做下去，人在做，天在看，相信头顶的星光，虽然云翳也许可能暂时遮蔽，但星光是不灭的，如人的良善。

是啊，武训不需要别人的评价，这个有着宗教圣徒一样品格的人，这个在东方大地上出现的有着人性奇迹的人，他是一个最需要帮助的人，在他昏睡破庙三天的时候，在他需要温饱的时候，在他被侮辱被拳脚击打的时候，他没有选择仇恨，却以终生行乞来回报社会，来改变社会的生态，他是传递上帝的爱么？是传递观世音的爱么？他传递的是一种善，一种对没有知识愚昧的不忍。

特蕾莎嬷嬷传播上帝的爱是修女的天职，而武训除了父母其实不需要回报谁，他自己才最需要被关爱。但他死掉多年，他一直在拼着性命回报的社会，却一直嘲笑他、冷眼鄙视他，人心荒寒，令人发痛。

可以设想，武训如果换个活法，用一些钱施舍给周围的人，用余下的钱娶上老婆，他也可以有儿子，他的孩子首先能受教育，但他把那么多素不相识的孩子，穷人的孩子送进学屋，自己至死都过着乞丐一样的生活。

武训不是杀人越货的人，不会把皇帝拉下马，这样我们就可以鄙视他，说他是统治阶级的奴才和帮凶么？允许有的人革命，也应该允许有的人过日子，武训没有解放全人类的理想，他只是默默为一个梦想乞讨一生坚守一生，在孩子们的琅琅书声中含笑闭上了双眼。

文章快要结束，我想到我的父亲，在我从小学开始，父亲就到集市上，天不明起床，到街上扫大街，为的是能从到集市上卖菜的卖肉的、掌鞋的要五分钱，下集了，再把那集市清扫一遍，累年累月，类如乞丐，遇到难缠的人，不但不给五分钱，还要承受侮辱，我曾多次听到人说父亲是要饭的，后来父亲倒在了集市的街头，当时我还在外求学。

但愿父亲有灵，看到我为武训而写下的文字，但是父亲不识字，这让我感到刺骨的疼痛。我把孙瑜写的《武训赞》送给父亲，送给一把扫帚，一把铁锨，一个推一个摊地祈求五分钱的父亲：

大哉武训，至勇至仁；
行乞兴学，苦操奇行。
一囊一钵，仆仆风尘；
一砖一瓦，积累成金。
街头卖艺，市上售歌；
为牛为马，舍命舍身。
世风何薄，大陆日沉；
谁启我愚，谁济我贫？
大哉武训，至勇至仁；
行乞兴学，千古一人！

原载《山东文学》2013 年第 5 期
被《散文选刊》2013 年第 8 期转载
入选 2013 年散文排行榜

一寸一寸的欢喜

方 如

二十年来　我和父亲之间总是聚少离多
我的心在外地慢慢地变硬
父亲的头发在家乡渐渐地变白
这个春天我的诗在诗刊发表了
这个春天父亲在老家住院了
……

这是诗人韩宗宝的长诗《父亲住院》中的句子。我在一次参加作协采风活动途中读到，最初，便是被这几行诗句吸引，在后来的行程中，它们也不断在我的脑海中反复闪现。

不得不承认，那次采风对我来说实在不轻松。近几年来，每年差不多总有那么一两次，我和家人一起，离开家，到远方，到不熟悉的地方去旅行，我非常喜欢非常享受那些身心放松的日子。而那次采风所去的滨州、东营、潍坊等地市，我也大多没去过，原本该是有吸引力的。

可为什么此行同我之前的预想全然不同？因为自己第一次参加这种形式的活动？因为采风内容以参观经济建设为主？还是因为不时要被提及作家——这个一直以来我都无法轻松坦然接受的身份？

直到读到这些诗句，一直散乱在我心底散乱的不适、不安、慌乱……才终于清晰起来，是的，我想，此次沿途的所见、所闻、所想，事实上无不是在让我越来越纠结于这样的思虑——我的写作，我一直真心诚意对待的写作，和我的亲人，和我身处的这个世界，这世界上的人们有什么关系吗？我对他们了解多少？他们常态的生活，他们在不断变化的日子里的喜怒哀乐，我具体、真切地感受到了吗？这些年来，我从自身视野出发而生发出来的虚构，对就在我周围生活的大多数人来说，有什么意义吗？

这些年，越写，我越发现自己的无能、无力，发现自己越来越多的常识盲点。比如，此次采风活动中所进进出出的工厂。

我对工厂最初的记忆，来自童年。

小时候，我母亲工作在一家纤维板厂。那是一家六十年代末设备全部由波兰引进的大型劳动密集型企业。如今，母亲再回望从前，说起当年自己主动选择离开城市去大兴安岭林区，话里话外，总会流露出些许的无奈。可即便如此，她每次末了也总不忘强调："也不是想去就能去的，那儿当时是国家二级保密厂，招工很严，我还有些同学，去考，没考上……"不错，母亲工作在工厂，被许多人唤作"师傅"，曾让小时的我深感荣耀。那时候，在我周围，同龄的小孩子谁都是从小就懂得，厂区是不可以随便进的。唯一可以进去的机会是洗澡——被妈妈的手牵着，直接进到工厂的车间。在那一刻，再忤逆顽劣的孩子也会变得循规蹈矩。直到现在，我都清晰地记得那高大宽敞的厂房、头顶身边那些横七竖八的管道设备、震耳欲聋的机器轰鸣、扑面而来的车床运转时散发出来的腥咸凛冽的气息、尘雾一般不时腾起又飘散开来的木材碎屑，还有那些我同样也看不明白的，戴帽子穿工作服的大人们，他们走来走去沉默地奔忙……我还记得，彼时的自己，在走进工厂的那一瞬间，就被眼前的场景彻头彻尾地震慑。这震慑后来也并未因出入次数增多而有多少损减。当然，其中留给我印象最深的，还是每次都走在我身旁的母亲——我惊讶地发现，自己那平时在家中单薄、温柔的妈妈，当置身自己的工作空间，竟会变得面目全非，她镇定自若，她强大而威严，她从未像那一刻那样让我感知到我对她的敬畏和依赖。我木木地陷落在惊骇中，牢牢地，像抓住救命稻草一般抓牢妈妈，一步不敢落地跟定她，把她对我讲出的每一句话都当成金科玉律。

后来，我上了学，当可以写出"成型"这两个字的时候，我兴奋极了，激动地跑去找妈妈："从小，我就总听人讲成型车间、成型车间，现在才终于明白了意思。妈，是不是你在的那个车间，木材已经变成了纤维板？是不是你都能看到板子的形状了？”

可那时我的母亲已离开了工厂了，母亲一定认为像我父亲那样在机关工作才更舒适、更体面。离开工厂后的母亲，仅在教训姐姐和我时，才喜欢提及那里。她常对我们说：“你们姐俩一定得好好学习，将来好上大学，要是学习不好，长大后就只能去工厂，当一个说话大嗓门，每天三班倒，有了家、有了孩子都没法儿好好去照顾的工厂女工。”

2005 年春节后，我初到青岛，工作是记者，做电视新闻，因为是省卫视新闻中心驻站，所跑行业部门十分庞杂。那时的我，最怕接到的就是去工厂采访的任务。因为别的总好些，总可以在赶赴现场的路上，借助些相关文字资料展开想象，提前做些准备和设计。可工厂大都是不行的，尤其一些新兴的工厂，一些关于新科技新项目的采访选题，面对它们，我常常有强烈的挫败感，心里越没底，越谨慎，却也越手忙脚乱，抓不着头绪——既担心自己和采访对象交流时，话问不到点子上，被人轻视，采不回有价值的信息，还得操心如何去和摄像沟通，担心拍回的镜头大而无当，回去编片不好用。那是我职业生涯中一段绝无仅有的最忙碌、压力最大的时光，一天到晚，东跑西颠，脑子一刻也闲不着，就怕自己做出的片子，只被些唬人的画面、场景吸引，无法提供出比报纸新闻更丰富、更有分量、有意味的新闻细节。

我最难忘的一次新闻采访经历发生在那年春末，是去当时的青岛颐中汽车厂。

那次是我自己找的选题，“上汽通用五菱将与颐中汽车举行资产转让仪式”，这文字里“资产转让”几个字吸引了我，“被吞并了？那厂里那么多人该怎么办？他们会有怎样的反应？”彼时的我，只觉自己没本事做好工业新闻，是因有太多冷冰的机器、设备阻隔，以至找不到感觉，觉得对活跃于其间的人，总该会有些把握，那条信息让我觉得简直是天赐良机，觉得这是可以帮我克服工厂恐惧症的最佳突破口。当即我就拿起电话，联系好了采访。第二天一早，按时和一名摄像记者赶到现场，先是呼呼啦啦跟着一群人在厂区浮光掠影地转了一圈，就乘车去开新闻发布会，一些南方口音的报纸、期刊记者纷纷提问，各界人士高谈阔论了一大通

“战略转移”“行业洗牌”，把我听得懵懵的，云里雾里，然后就是转让仪式，紧接着，又被张罗着再出去乘车。当我问清这次上车已是去酒店吃饭，顿时傻了，这才想起自己选题的最初立意，便赶紧去商量厂方外宣。外宣是个讲话利落果决的年轻女子，她瞪着描有蓝紫色眼线的大眼睛，满面戒备地审视了我好一阵儿，才扭头安排人带我们重返工厂，并交代：只补拍镜头。

正午的大太阳下，自己提着摄像机呼哧呼哧步行进厂的摄像记者恼了，“厂容厂貌我上午都拍了，你还让我回来拍什么？到底你是要发简讯还是报道？”面对他咄咄的质问，我嗫嚅了半天才说出口：“对不起，我前期工作，做得不好，这个行业我太不了解，发简讯我都没资格，你看，能不能帮我拍点儿资料，我先留着……”可能是看在我都要哭了的分上，同事才没好意思再讲什么，只气呼呼转身机器上肩，开始拍摄。我一个人在厂里转，心里又是难过，又是慌张，我看见土的地面、钢铁的框架、操作台、半成品……大夹子夹着的油迹斑斑的值班记录，小黑板上白粉笔标着的班组生产进度……小时候的记忆开始纷至沓来，但那会儿的氛围，显然都是在对我儿时记忆进行着嘲弄——在我周围，所有的机器、设备都冰冰冷冷沉寂无声，更不见有人在四周走动，整个厂区陷落在死一般的空旷和沉闷里，只远远可以看见角落里稀稀拉拉有几个人在相对枯坐。我对自己说：你不是当年那个看风景的小姑娘了，这么远好不容易折腾来这儿，你必须得过去，去跟他们聊聊。可是，聊什么呢？我能怎么开口？他们在经历变动，那些在信息发布会上，被冠冕堂皇地扔来抛来的诸如“战略”“重组”一类的词儿，对他们来说，将意味着活生生的具体生活的变化，这变化他们喜欢吗？他们的喜欢与否，对这变化能起什么作用吗？面对自己被动地接受的变化，他们此刻一定都心境复杂，而我，一个外来者，对这变化的前因后果都还一知半解，我有什么资格去打扰他们的沉默？一次又一次地，我在心里给自己鼓着劲儿，却到底也没能迈出走向他们的脚步。后来，可能是因为发现了我们摄像机上的台标，“你们从济南来？”一个戴眼镜的师傅突然从我身后打招呼。

那天，那个师傅很亲热地同我聊了好一会儿。“一个做烟草的企业，以为有点钱就可以造汽车？只有我这种傻瓜才会相信，跑这儿来上当。本来，当年我在济南，好好的……”我还记得，讲这话时，那师傅长长地叹着气、扭头茫然四顾，讲话声调也随之陡然低落，倏忽散尽的表情；还有后来，他用目光追随着摄像记者的动作，眼里无限沉迷，口中却轻盈飘忽，“你们多幸福啊，搞艺术……”他说。

“不是啊，师傅，是做新闻啊！”我急切地辩白。他则看都不看我，只用鼻子笑，“差不多，”他说，“反正跟我们过日子，两码事儿……”

那师傅的话、表情，我在自己后来做记者的日子里时常想起，在我采访受阻，在我写稿不顺的时候，我都会觉得，自己对新闻的理解其实同那师傅很相似。我不得不承认自己做记者做得很不够格。我曾寄希望于从自身找到原因，以便克服。一度我将之归咎于自己做电视新闻之前的六年电台节目主持人经历，我觉得是因为以那种身份进入媒体，使得我对新闻事件的反应，言说的方式，都难脱“文艺腔儿”。后来又渐渐发觉，更因为我这个人的兴趣太过偏狭，对太多的行当，我都缺乏基本的常识和体认，以至于对自己身处的世界缺乏整体、宏观的把握。所以，当我出发，从不同的新闻现场，最后却殊途同归，发现往往只有借助抒情这根拐杖，那收尾突围的最后一程，方觉顺畅宽广。但也正是因为做电视新闻的经历让我懂得，只浮泛在事件浅表的抒情，貌似悦己宜人，其实，那是讨巧、是廉价的，也是最可耻的。

2006 年，我从新闻单位辞职，也是在那一年，我开始了写虚构小说。读和写，回忆、思考和想象，让我不断从火热的生活现场撤离，不断做减法，朝后退，沉潜走向内心。陷落在自己有兴趣，也自觉有些把握的生活场景里，这些年，我写了新闻媒体、写了职场白领、写了海外留学生，写了二十年前发生在我故乡的森林大火，甚至还写了如今自己偶尔逗留的胶东乡村……但一直以来，在我完成的近一百万字的小说里，我从不敢让自己小说里的人物跟工厂沾一丁点边儿，哪怕是一个一笔带过的人物，都不。恰好也正是在 2006 年，家里搬新房子，和先生一拍即合，我们自那时起在家中取缔了电视，从那以后，我眼中所见，心中所想，所琢磨的事儿彻底摆脱了工厂。我早已忘了它曾经的对我的折磨，这些年来，我越来越恣意纵容发展着自己偏狭的兴趣，沉溺其中，挖坑、掘井、筑路搭桥，连做梦，我都没再梦到过工厂。

是这次整整一周的采风，让我重返了工厂。

它当然会变，会大踏步地，以我所不能理解，超越我经验的速度和逻辑在变——从济南一出发，看到行程安排，我满脑子都是昔日记忆中工厂的画面、场景，我沉溺其中，进进出出，一路不停给自己打预防针。

我们这一行第一站去的是位于滨州的西王集团。当得知将参观的是其下属的生产食用油和果糖厂区，而不是特钢厂区，我还暗自庆幸，心想还好，还不至于和自己的生活隔得太远。可当我真正置身其中，除了闻到弥漫在空气里的玉米发酵的味道外，目之所及，我没看到任何同食品相关的内容。我们一层层上楼，在一排排林立的银白色金属罐子间穿行，我不得不时时提醒自己：这不是散落在乡村田间地头里的小小油坊，这是年销售收入二百多亿元，跻身中国制造业五百强的大型民企。对此感觉不适的一定不止我一人，一路我都听到耳边不时传来感慨：没人啊？怎么看不见人啊？是啊，除了那些看不懂的机器、设备外，我们一路走过，没见到任何人在其间劳作，直到后来进到主控室，才看见两个着工装的师傅，在背对我们，操作电脑。

结束参观上车，发现人未到齐，是我们走得太快，一位老师估计是因拍照被落下了。打手机找，总无人接。就有人说，“那里面机器那么响，手机怎么可能听见？”又听司机师傅解释这会儿上车的地点已与当时停车时不同，大家顿时都急了，纷纷抻着脖子站起身。

站在车间门口送我们出来的90后师傅听说了，表情却显得很是沉稳淡定，“木事儿，”师傅一边云淡风轻地朝我们摆手，一边掏手机出来，“调监控录像。”

我在车上看见，听说，颓然落座，暗自感慨：是了，如今在工厂，机器不仅是用来做工，还得用来看着人。

随着采风的不断深入，我这刘姥姥进大观园的感觉也在不断增强。可我是虚荣心旺盛的刘姥姥，自觉所知有限，就怕当众出丑，只看、听、不敢多说什么。然而在华兴机械厂，当得知气势恢宏的华兴科学发展苑不到三年即完工并投入使用，我到底没忍住，还是同厂方确认了一下具体数字——园区占地约1500亩，建筑面积50万平方米——在得知这数字的那一刻，我心中毫无振奋之感，相反倒满是沮丧。小镇长大的我从小就路盲，一直以来，最习惯的认路方式是以大些的建筑物作为标志。这些年来，我已越来越体会到这方式在城区的应用困难，眼前的这一切又在提醒我，在乡村、城郊，也早已如此——不过三年，这片曾人烟稀少的土地就会梦一般地出现一座工厂，一片建筑群；不过三年，这里就将每天进进出出大量的乘班车来去的家住城区的工厂职员、天南地北的打工者、客户、供销商……这无法不让我这个刘姥姥产生不合时宜的联想：那么，不过三年，这儿的水、电等基础能耗问题是如何解决的？它日常的生产、排污对此地的自然生态，现在或将来，不会有妨害吧？中国已成了全球经济增长速度最快的国家之一，成了“世界加工厂”，在那一刻，我切实地意识到，这绝不仅仅是专家、业内人士的总结和判断，它已不断地被生活在这儿的每个普通人亲眼看见，无论你的谋生方式是否同工厂沾边儿，无论你是蜗居乡野的村夫，还是闲居家中的主妇。

非但工厂，此行见识的许多自然风景，也在让我不断见识着人力借助于机器在迅猛行进的脚步——在风暴潮频发的东营港区，长达十公里，设计标准为一百年一遇的防潮堤已初现规模，车过堤坝，我的眼前出现了奇异的一幕：向右侧看，还是混沌暗黄的滔滔浊浪，而左侧，则已成了碧波万顷的浩瀚大海；作为黄河入渤海冲积扇上的城市，潍坊市临海地段横亘着两千六百多平方公里一片的盐碱滩，使得这座城市一直以来“临海不见海”，而近年来大力推行的“吹海造田”工程，已将上万亩的盐碱滩涂改造成了陆地，大海也因此直接现身到了人们眼前。

每当见识此类超乎我经验和想象的景观，我心中惊慌的成分总是远远要盖过惊艳，我总会想起不久前我和先生在家中接待的他的一位中学同学，该同学对我先生偶尔的一句感慨：人心不古，反应非常激烈。他说：“人心不古”这话本来是有问题的，人的心怎么可能会古？会一直不变？你的心肯定是要随着生活状况的变化而变化，科学技术在改变你生活的同时，一定也在不断改变你的内心。他说起他最近一直在研读的史蒂芬·霍金的那本《时间简史》，很受震动，拿他自己来讲，从小在农村长大，现在脑子里还存有家中没电，点煤油灯的记忆，如今他也才不过才四十出头，通过电生活、工作、学习、交往……电早就在他的生活中须臾不可分离，简直不敢设想离开电自己如何度日。可是，你不要以为这就是快，要知道目前人类所有的科技发明还都是在以人自身的智能作为基础，而将来一旦量子计算机技术成熟后，量子计算机本身就可以代替人类进行发明创造。大的、颠覆性的发明创造将会更广泛、更频繁地出现，那么，现在，你觉着你可以想象得出那个时候自己的生活面貌，还有内心世界吗？

我在一旁听他们聊，很受触动，当然我不能同意他关于人心不古的说法，一直以来我都坚信这世间将永存恒常的古意，某种意义上来说，这是我的信仰，无须讨论。可对他提及的变化，我深觉自己浅薄孤陋，认识不够。

反思自身，我想，自己之所以喜欢读和写虚构小说，很大一部分因素该是源于自己总感觉到自己对身边的人和事的看不懂和想不通，有探究的意愿，而这些年来，越来越多的社会新闻、现实故事常常让我震惊于它的惨烈、荒诞、戏剧性、寓言色彩远远超越虚构。这些年，我对自己的写作总感到不满意、怀疑、困顿、不断感知到前行的困难。若细究，其实其中主要的原因，应该也还是来自于自己感知到了自己对笔下一个个个体心灵的不能更敏锐、更准确地把握——这些人，他们有些就是我的亲人，他们就生活在我目之所及，始终关注的范围内，然而，他们是在变的，一直都在变，同这片土地一样，以超越我经验的速度和逻辑，在主动、被动地不断变化。

采风回来，我做的和自己的写作相关的第一件事就是翻自己从前的笔记本，我特别想重温自己当年做记者时的心境，可非常遗憾，我没找到一段带点个人情绪的文字，那里密密麻麻记着的，大多是些采访提纲、会议纪要，以及大量的摘抄来的我今天已大多毫无印象的各个行业关键词、名词解释……“凡专一业之人，必有心得，亦必有疑义”，翻那些笔记，我不由想起曾国藩的这句话，这让我心境苍凉——仅就心境而言，我觉得自己更喜欢当年那个虽贪大求全，却在满怀憧憬努力想吸纳更多的自己，而不是如今这个胡思乱想、疑虑重重的刘姥姥。

我此番翻找的最大收获，是重温了胡适于 1920 年曾为中国科学社写作的社歌。

我们不崇拜自然。他是一个刁钻古怪；我们要捶他，煮他，要叫他听我们的指派。

我们要他给我们推车；我们要他给我们送信。

我们要揭穿他的秘密，好叫他服事我们人。

我们唱天行有常，我们唱致知穷理。

明知道真理无穷，进一寸有一寸的欢喜。

可以想象，自己当年把这段文字摘抄到工作笔记上，心里一定是满怀了要奋勇向未知世界进军的决心，想以此来激励自己。可后来我到底还是选择了放弃，做了逃兵。现在再次面对它，我发现，其中尚可激励自己的，已是那个定语："一寸一寸的"。是的，踏实、细致、一寸一寸的，这应该是我如今可以力所能及的行进方式——从自身出发，向着更广阔、更复杂多变的世道人心，它当然很笨，也会很难，但或许这正是乐趣所在，和存在理由。

原载《散文》2013 年第 6 期

清华“终身校长”梅贻琦

刘宜庆

梅贻琦（1889—1962），字月涵，天津人。梅贻琦的父亲有传统功名，原有产业，庚子拳乱期间，全被洗劫一空，家道从此中落。时梅贻琦十二岁，他下有四个弟弟、两个妹妹，最小的梅贻宝这时才一岁。家道中落的困境，可能造成他沉稳寡言的性格。

1904 年，梅贻琦入张伯苓创办的敬业中学堂（南开前身），他是第一期学生，与周恩来交往甚密。当时周恩来经常到梅家找梅贻琦温习功课，有时候通宵达旦。1948 年年底，梅贻琦和夫人韩咏华离开北平。1950 年，梅贻琦韩咏华夫妇去美国。梅贻琦去世后，其夫人韩咏华应周总理之邀，1977 年由美国回到北京定居，受到邓颖超的热情接待。宴请时，特意由天津狗不理的名厨师做了一桌天津菜。

1908 年梅贻琦被保送入保定高等学堂，后来，考取“庚款”留学资格，是首批清华招考的留美公费生。其同届同学徐君陶回忆，自己在看榜时，见一位不慌不忙、不喜不忧的学生也在那儿看榜。看他那种从容不迫的态度，觉察不出他是否考取。后来在船上碰见了，经介绍，才知道是梅贻琦。当时人们留美都选的是中国人熟知的学校，比如徐君陶选麻省理工，梅贻琦却单独去到了东部的伍斯特理工学院。徐君陶后来才听说那是一个有名的工业大学，认为梅贻琦的选择确和一般人不同。

在美国留学期间，梅贻琦不时将节省下来的公费，寄回家中，作为弟弟的学费，资助他们求学。1914 年，梅贻琦自伍斯特理工学院学成归国，获电机工程硕士学位。

1915 年，他应清华之聘当教师，不久便厌倦了。回天津见恩师，张伯苓不同意："你才教了半年书就不愿意干了，怎么知道没兴趣？青年人要能忍耐，回去教书！"连他自己也没有想到，他的一生，从此就与清华紧紧地联系在了一起，其中单是校长一职就做了十七年。1931 年，梅贻琦出任清华校长，自此后一直到他在台湾去世，一直服务于清华，因此被誉为清华的"终身校长"。

梅贻琦的教育思想

学者风度，温文尔雅，寡言少语，勤俭节约，民主通达，公正无私，梅贻琦从一开始就赢得了普遍的尊敬。

与胡适之相比，梅贻琦显然没有"暴得大名"的胡博士那么风光，他的一生仅仅做成了一件事，那就是成功地长清华并奠定了清华的校格。据陈岱孙的说法，这主要集中体现在两个方面：一是师资人才的严格遴选和延聘，这是"所谓大学者，非谓有大楼之谓也，有大师之谓也"的具体表现，这句话近年来也常为时贤所征引；二是推行一种集体领导的民主制度，具体的体现就是成功地建立了由教授会、评议会和校务会议组成的行政体制。令人遗憾的是，1949 年之前大学形成的优良传统，比如教授治校，在后来的高等教育中失传。

在近代中国高等教育史上，梅贻琦是一个罕见的人物。他之所以罕见，台湾研究清华校史的学者苏云峰认为，基于下列三个事实。（一）他并无高级学位（荣誉博士学位受赠于 1940 年），却能率领诸博士群，人人佩服。（二）在抗战之前就使清华大学领先各大学，成为理工教学与研究重镇，跻身于世界学术之林。（三）在抗日战争前后近 20 年的学潮风云中，他尚能保持清华校园的基本安定，继续发展，没有成为学生攻击的对象。

建立在联大模式基础上的教育体制，主张通识教育、思想宽容和学术自由。当时梅贻琦校长被要求加入国民党，但他保卫了联大的自由，以免受制于党。尽管国民党任命的人占据了联大领导层的一些关键位子（联大三青团负责人陈雪屏和训导长查良钊），但却难以改变联大的高度自治。

（郭晓东《联大模式对公共知识分子的影响》）

梅贻琦认为大学教育应具有儒家思想主张的“新民”使命，人才的培养应向格物、致知、诚意、正心、修身、齐家、治国、平天下的目标发展。同时，为“克尽学术自由之使命”，他推行了蔡元培先生“兼容并包”的办学主张。在清华和西南联大的校园内始终汇聚着学术思想上的各家各派。清华的校友在回忆他时说：“梅校长主长清华，始终以民主思想、学术自由的开明政策为治校原则，他对左、右派的思想兼涵并容，从不干涉。”

在梅贻琦孔孟之道的思想中，融会了始终保持不变的希腊及西方学术自由及民主法治思想，甚至希腊人崇尚体育的精神，也在清华得到有力的贯彻。当时规定所有学生体育课必须及格，否则不能毕业，一时清华在华北各大学中成为一所体育强校，这种注重体育的校风一直延续到西南联大以及复员后的清华。对于青年学子，他采取了西方的通才教育，或“自由教育”（Liberal Education）的模式。这种教育要求学生不仅应有专门知识，更应受到贯穿在整个大学课程中的普通教育，使每个学生对于自然科学、社会科学皆能融会贯通。他曾说过：“学问范围务广，不宜过狭，这样才以使吾们对于所谓人生观得到一种平衡不偏的观念。对于世界大势文化变迁，亦有一种相当了解。如此不但使吾们的生活增加意趣，就是在服务方面亦可以加增效率，这是本校对于全部课程的一种主张……”（梅祖彦《西南联大与梅贻琦校长》）

当有人赞美梅贻琦长清华，治校有方，他谦虚地说：“贻琦生长于斯，清华实犹吾庐。就是有一些成绩，也是各系主任领导有方。教授中爱看京戏的大概不少，你看戏里的王帽，他穿着龙袍，煞有介事地坐着，好像很威严，很有气派，其实，他是摆给人看的，真正唱戏的可不是他。”

1940 年，梅贻琦在“为清华服务 25 周年公祝会”上的答辞中这样写道：“在这风雨飘摇之秋，清华正好像一条船，漂流在惊涛骇浪之中，有人正赶上驾驶它的责任，此人必不应退却，必不应畏缩，只有鼓起勇气，坚忍前进，虽然此时使人有长夜漫漫之感，但我们相信，不久就要天明风定。到那时，我们把这条船好好开回清华园；到那时，他才能向清华的同仁校友敢告无罪。”这可以看作梅贻琦的内心独白，他如此勇敢，又如此谦逊。话语中的真诚足以感动清华同仁。感受到他在昆明办学的沉重心情，也显示了他对前途的希望。

梅贻琦作为主持校务的常委，在处理清华、北大、南开三校关系时，不偏不倚。他把工学院清华服务社所得的利润作为额外的月薪发给三校教员。

梅贻琦与韩咏华

梅贻琦回国后，解除已订婚约，直到三十一岁才与韩咏华结婚。说起来，梅贻琦和韩咏华颇有缘分。1898 年 11 月，张伯苓在天津严氏家馆教授英文、数学、理化诸西学，梅贻琦是张此时的学生；1902 年冬，严修在家设女塾，聘请张伯苓兼授算术、英文等课，韩咏华是张此时的学生。韩咏华晚年回忆起当时的情形，写道："女生上体育课时，要把通向男生院的门关上，因我年级最小，每次都被派去关门。另外，从女生这边隔着窗子也可以看到男生的活动，这样我就知道了月涵和金邦正等人。"

1914 年秋天，梅贻琦从美国留学归来。韩咏华说："我记得他（梅贻琦）是和出国考察观光的严范孙（严修）老先生同船归来的，我们许多人都曾到大沽口码头去迎接。"梅贻琦在天津基督教青年会任干事。恰好韩咏华这时也在女青年会做些工作，两人相识。"那时我已经幼师毕业，任教天津严氏幼稚园和朝阳观幼稚园，业余在在女青年会做些工作，每遇请人演讲等事都是我找月涵联系，这才正式与他相识。"

1918 年，由严修、卞肇新为介绍人，梅贻琦和韩咏华订婚。两人订婚的消息被韩咏华的同学陶履辛（陶孟和的妹妹）知道了，急忙跑来对韩咏华说："告诉你，梅贻琦可是不爱说话的呀。"韩咏华说："豁出去了，他说多少算多少吧。"1919 年 6 月，梅贻琦和韩咏华结婚，梅贻琦此时已经三十岁，韩咏华二十六岁，这在旧社会结婚相当晚了。张伯苓偕胞弟张彭春亲赴北京祝贺。

1933 年至 1935 年，韩咏华在清华大学旁听了一段时间陈福田的英语、钱稻孙的日语和金岳霖的逻辑学，事先曾征求梅贻琦的意见，他不反对，但要求夫人既想学就要把课程坚持学到底。

在昆明，梅贻琦家住在花椒巷，一年后迁往西仓坡。正面小楼是梅贻琦的书房和卧室，他和儿子梅祖彦同屋住，楼下即是联大办事处。韩咏华住在西面小楼上，楼下是会客室。教务长潘光旦住在南面楼上。此时，梅贻琦的三女一子在联大就读。

教育部发给联大学生补助金，梅贻琦不让子女领取补助金。1943 年，梅贻琦获悉老母去世，同仁建议他当天不开联大常委会，他坚持照常："不敢以吾之戚戚，影响众人问题也。"在学生积极投笔从戎的过程中，独生子祖彦自愿参军，在学校和家庭作风一样民主的梅贻琦同意了。

韩咏华在 1981 年春写的《同甘共苦四十年——记我所了解的梅贻琦》中提到抗战时期在西南联大的艰苦生活，他们经常吃的是白饭拌辣椒。家常的菠菜豆腐汤已是相当不错的待遇了。教授夫人为补贴家用，吴有训的夫人王立芬绣围巾，卖给驻扎昆明的美国盟军，韩咏华做糕点出售，"有人建议我们把炉子支在'冠生园'门口现做现卖，我碍于月涵的面子，没肯这样做。卖糕时我穿着蓝布褂子，自称姓韩而不说姓梅，尽管如此，还是谁都知道了梅校长的夫人挎篮卖'定胜糕'的事"。后来，韩咏华就与潘光旦夫人、袁复礼夫人组成"互助组"，自制这种上海点心，到冠生园食品店寄售。梅贻琦家离冠生园很远，来回要一个半小时。韩咏华不舍得穿袜子，光脚穿皮鞋，把脚都磨破了。

当教授们到梅校长家议事时，常常受到热情的招待。当他们围坐一桌，品尝梅夫人亲手做的糕点时，深为韩女士的坚韧、乐观精神感动，便将这糕点命名为"定胜糕"。即谓：抗战一定胜利！从此，"定胜糕"的名字叫响了西南联大和昆明城。

韩咏华参加昆明女青年会活动，与名流龙云夫人、缪云台夫人在一起。活动时，大家轮流备饭。一次轮到梅家，家里没有钱，韩咏华就到街上摆一个小摊，把子女们小时候的衣服、毛线编织物拿去卖，卖了十元钱来待客。

1942 年，美国驻华大使特别助理费正清到昆明，拜访联大的金岳霖、张奚若、钱端升等朋友，梅贻琦在家为费正清举办晚宴。联大聘请的美籍教授温德告诉费正清，梅贻琦的月薪不足六百元，而这次宴会费用不下一千元。这加深了费正清对联大教授生活艰难的认识。"考虑到这个问题，

我们送了他才一英寸高的一瓶专治疟疾的阿的平药片。它应当能换回这一千元。”（费正清《费正清对华回忆录》）

梅贻琦的幽默

梅贻琦有严肃的一面，但也富有幽默感。

梅贻琦有“寡言君子”之称，在同事、家人、朋友和学生眼中，几乎是一个完人。梅贻琦话少，更少下断言。学生曾戏作打油诗一首，描述梅校长说话谦逊含蓄情形：“大概或者也许是，不过我们不敢说，可是学校总认为，恐怕仿佛不见得。”陈寅恪曾说：“假使一个政府的法令，可以和梅先生说话那样谨严，那样少，那个政府就是最理想的。”

清华大学驱逐校长的运动可以说是此起彼伏，但是无论什么时候，清华的学生们的口号都是“拥护梅校长”。梅贻琦是清华大学的不倒翁，有人问梅贻琦有何秘诀，梅说：“大家倒这个，倒那个，就没有人愿意倒梅（霉）！”

关于梅贻琦的幽默感，有一逸闻趣事，可作说明。抗战时期，在昆明，梅贻琦和韩咏华到呈贡吴文藻、冰心家中度周末，梅贻琦看到冰心写了一首调侃夫婿吴文藻的宝塔诗，这诗中说吴文藻是一个傻姑爷，“原来教育在清华”。梅贻琦看后，妙笔一挥，续写两句：“冰心女士眼力不佳，书呆子怎配交际花。”在座的清华出身的学者们都笑得很得意，而冰心只好自认“作法自毙”。

梅贻琦安步当车

梅贻琦廉洁奉公，两袖清风，以身作则，为联大节省每一分经费，不因为自己是联大的领导而搞特殊化待遇。刚到昆明，梅贻琦辞退司机，把归他个人使用的小汽车让给联大公用。他外出公务、办事，近则步行，远则搭乘蒋梦麟或别人的车。

1941 年 7 月，梅贻琦、郑天挺、罗常培在成都准备转重庆回昆明，梅贻琦联系到了飞机票，恰好又得到搭乘邮政汽车的机会。邮车是当时成渝公路上最可靠的交通工具。梅校长觉得邮车只比飞机晚到一天，既可以三人不分散，还可以为公家节约两百多元，于是，坚决退了飞机票。（郑天挺《梅贻琦先生和西南联大》）

从《梅贻琦日记》中，常看到，他经常和子女安步当车，走一段不近的路。

1941 年 5 月 11 日，是个星期日，上午八点半，梅贻琦带次女梅祖彤、公子梅祖彦及幼女梅祖芬去梨烟村。梨烟村是清华大学教授和职员家属疏散居住地，坐落在玉案山脚下，坐西朝东，村后大山横亘。全村南北展延约三四里，一条主街在村中蜿蜒，街道两旁散落着农家住户，树丛、池塘和打谷场点缀其间。据说过去村里梨树很多，有“梨园”之称。在云南话里“园”和“烟”相谐，因此通常在文字上把这个村子写成“梨烟村”，后来正式定名为“龙院村”。

梅贻琦在日记中写道：“三孩步行至十一点一刻始到。因郁文（韩咏华字郁文）在潘家（潘光旦家，住大河埂村），遂同往，留午饭。饭前约十二点敌机来，炸市区。后入城，知为近日楼一带及东门外（被轰炸）。饭后至惠老师（房东）院看新房，尚须三数日始修好。四点与三孩同步行返城内，六点到家。因途中缓缓行来尚不觉倦，三孩则较为高兴矣。郁文乘车五时后即到。”

梅贻琦外出，有时以人力车代步。从这一天的行程来看，梅贻琦是步行，一走就是两个小时。

梅贻琦的晚年

1948 年年底，傅作义将军息兵，共产党军政人员开始入驻北京。梅贻琦和当时许多知识分子一样，面临着走还是留的选择。梅贻琦离校那天，当时也在清华任教的吴泽霖教授在学校门口碰见梅，吴问梅是不是要走，梅说：“我一定走，我的走是为了保护清华的基金。假使我不走，这个基金我就没有办法保护起来。”（吴泽霖《在回忆梅贻琦先生座谈会上的讲话》）

1948 年 12 月 21 日，梅贻琦乘飞机由北平去南京，后经上海、广州、香港，转道巴黎，于1950年到了美国。1955年，梅贻琦定居中国台湾，创办了清华原子科学研究所，附办研究生院。

当时，周恩来和吴晗都曾经表示希望梅贻琦留下来，这也代表了当时共产党方面的态度。但是梅贻琦还是遵从了自己的判断，可以说梅的判断和选择代表了当时一些自由主义知识分子对时局的看法。

1956年10月，新竹清华第一届研究生入学。梅贻琦在台湾始终不愿意将研究所改称为清华大学，他经常说："真正的清华在北平。"1962年5月19日，梅贻琦病逝于台北，打开他病中一直随身携带的一个加锁的箱子，里面全是学校基金的账目，一笔一笔，分毫不爽，在场的人无不动容。他去世后，研究所始改称台湾新竹清华大学，他的墓地即在校内，被称为梅园，遍植梅树，芳香飘溢，而一年一度的祭"梅"活动，已经成为新竹清华人不变的传统，是对梅贻琦永远的纪念。梅贻琦纪念奖章成为台湾新竹清华大学毕业生的最高荣誉。

原载《闲话6：风月无边》

被《散文选刊》2013年第6期转载

在荒原

尚长文

苇子林

在荒原，草木是有灵性的。渤海滩上的春天，来得似乎总要比别处晚些。当南方的少女们穿着裙子在阳光下展现青春的时候，渤海滩上的风还显得冰冷刺骨。今年的四月，渤海滩上还下了一场厚厚的雪。

但毕竟是春天了，草在厚厚的泥土里，睁开了眼睛，春天的阳光像水一样地泼进厚厚的草丛里，幼小的嫩芽用力地往上拱，然后便一寸寸地染绿了渤海滩。

荒原上有了绿色，人的心就有了暖意。在剑一样刺向天空的井架下，看一眼逐渐泛绿的渤海滩，就连眼睛里也多了几分的湿润。

在渤海滩荒原上，长得最多的便数苇子了。

苇子是一种喜湿的植物，有水的地方便有苇子。

千里渤海滩，沟沟汊汊，纵横密布，苇子长满了一座荒原。如果你能有幸从空中鸟瞰，就不难发现，油田基地乃至它周边的石油村庄，被望也望不到边的无尽的苇子，包围个严严实实。

绿色的苇子，让蓝天下的油田充满了诗意。

渤海滩荒原，土壤碱性重，草的种类相对就少。这里的人们便对绿色格外地看重。特别是采油站上的姑娘们，长年工作在野外，因此，苇子泛绿的时候，年轻的采油女们便会蹲在路边，用一双毛绒绒的眼睛，小心地观察着井场边、小站旁的苇芽儿。

三月里，姑娘们用手轻轻拨开落叶和湿土，看见苇子里绿色的蕊，姑娘的心便轻轻地一动。

四月，苇子在风里摇摇晃晃地长了出来。苇子的形状有点像吊兰，娇小，柔嫩。一瓣苇叶，加另一瓣苇叶，便是最早的春天，少年的春天。再往后，苇子迎风生长，春天的风像一只小巧的手，将苇子一寸寸地拔高。

一棵苇子加另一棵苇子，便蓬勃成一座渤海滩上的森林。

苇子，撑起了渤海滩的天空。

五月六月，苇子长到了腰际，长到了胸脯，不少的苇子直接长到一人多高。

夏季属于苇子。苇子们在这个季节疯狂地生长。

渤海滩，不再荒凉。

渤海滩变成了一座绿色的世界。

渤海滩上，远处是浪，身边是风。风也野，野风会将人的皮肤吹得又黑又糙，爱美的采油女子便在巡井的时候，围上了一个红纱巾。

纱巾是红色的。红色的纱巾在绿色的苇子林里，像一丛跳跃的火焰。

有时，调皮的采油女孩还在干活儿的时候，顺手将脖子上的纱巾取下来，缠在苇子的身上。苇子便成了一个少女，采油的女子也变得不再孤单。

七月八月，夏末的渤海滩渐显秋意。

采油的女子充满心思地望着苇子。

秋天收获的季节到了，井架下的那个小伙子，怎么就没了消息呢？

苇子无言，年轻的姑娘和面前的苇子久久地相视。

九月十月，白露之后，苇子显出了老态。苇絮飘荡在风里，天也愈加的高，愈加的远。荒原也开始变得愈加的空。

十一月，这一茬的苇子去了。

在姑娘们的眼里，荒原上的苇子，已不单单是一种植物，它们还是朋友还是姊妹啊。苇子从破土出生，便陪着姑娘们，看着她们巡井，看着她们取样。它们就是荒原的风景，采油女们眼中最美的风景。

因此，这样的季节便总让人心里隐隐的不爽。草木草木，草木人生。草木如人，人也是草木啊。青春也会如这苇子一样短暂吗？孤独地站在荒原上，年轻的采油女心里便不由得轻轻地感慨，这人啊。

十二月，大雪覆盖了荒原。

渤海滩变成了一片白。

苇子呢，苇子能死吗？

当然不会。姑娘们安慰自己，苇子的根还在呢。

苇子苇子你就睡个好觉吧。

只是，明年的苇子还认识我吗？

偶尔，采油女会冒出这样奇怪的疑问。

看门狗

这里的狗是夫妻井站上的看门狗。

在渤海滩荒原，有不少这样的单井井站。

荒原上的人，把这样的井站叫夫妻井。

荒原数里，数十里，两间瓦房里，住着一对夫妻，一个孩子，加上一只大黄狗，便成了夫妻井全部的构成。

在夫妻井，狗比人更寂寞。寂寞的狗便和大人孩子一起上井，一起巡井。人在井场上忙活，狗便在井场的边上遛弯。有时也眯着眼睛伏在地上，狗的卧姿非常舒展，头乃至整个下巴紧贴着地，据说，这个姿势是为了倾听远处异常的动静。可是，荒原上又能有什么动静呢，除了风声雨声，剩下的，就是苇林里传来的苇叶“哗哗”的撞击声。

荒原，原本就是寂寞的。

狗最要好的伙伴便是夫妻井上的小孩儿。

小孩子总是爱和狗嬉闹。孩子跑，狗就也跑。孩子停下了，狗就也跟着停下了。孩子总跑不过狗。无论提前多远，狗也总是能追上孩子。

这让孩子很生气。有时就找个理由，任性地拿石头向狗扔去。狗被打痛了，委屈地叫唤着，绕着井场跑。大人见了就会训孩子，看着狗无助的样子，大人的心里就痛。

在夫妻井站，狗，也是家庭的一个成员啊。

谁说不是呢？遇到赶集的日子，男人每每便要骑着车子去到集市上，从那里买来家里所需的日常用品。男人出了门儿，骑车在前面跑，狗就在后面跟着跑。狗累了，伸着长长的舌头喘粗气，腿却始终没有停下。男人就不让狗再跟着自己受累了。男人大声地呵斥着狗，狗就会意地站在路口，目送着男人远去。

男人行了一段，回头看一眼，狗蹲在原地目送着自己，再行上一段，狗仍蹲在原地目送着自己。粗糙的男人就有点莫名的感动。

等从集市上回来的时候，还是狗第一个发现了男人。狗像一支利箭从门前窜了出来。狗快速地跑到男人的跟前，摇着尾巴在男人的面前转，男人就觉得，这日子啊，到底还是温暖的。

荒原上的夫妻井，终究不是世外桃源。有时，就连大人们也会遇到解不开的疙瘩。在比树叶还要稠的日子里，这样的疙瘩，谁家还能不摊上么。

这时候，女人的心就显得格外的脆弱。可是，女人又不愿意把心事说给自己的男人。男人也不容易啊，在这个偏僻的夫妻井站上，男人就是自己的天。

天，可是不能塌下来的哟。

有时，女人的心事重了，实在想不通了，便喜欢没出息地在后面暗自落泪。女人落泪的时候，狗就很乖地走到女人面前蹲下来，狗抬起头，睁着一双大眼睛，扑闪扑闪地看着女人。就仿佛在用心来安慰女人。

女人见了，便幽幽地叹一口气。

女人伸出手，摸摸狗的头，再缓慢地顺着长行地抚摸狗的身子。

女人的心，就似乎伸展了许多。

在荒原，在荒原的夫妻井站上，狗，总那么让人难舍，也总那么充满了无穷尽的况味儿。

老石油

荒原上，无论什么都会老掉，也都会死去。这种衰老和死亡的速度，似乎总比外面的世界要快。

死一个老石油，更令人惋惜和伤感。

老石油为油奔波一辈子，年轻时在钻井队里打井，一辈子打了多少井，产了多少油，记不清楚了。只记得自己一辈子发现了几个大油田，参加了几次石油大会战。

老石油也是从年轻时走过来的。为了油，风风火火闯九州，哪里有石油，哪里就是石油人的家。风里来，雨里去，很是见过一些世面。可是有一样，身体却过早地落下了毛病，不说别的，单是那条腿，十个石油钻井人，便恨不得有十一个人摊上这个毛病。多出来的这个名额是怎么回事儿呢，老石油们说，这是给准备来的新人预备的。

也因此，有不少老石油，这边刚退休，那边就住进了医院。再之后，便是追悼会，便是遗体告别。老石油的人生很简单，打井打井还是打井，这样的生平总是简单到无以复加。可是，那些自发地前来追悼的老伙计们心里却明白，这是一本书，他的经历赶得上一部鸿篇巨著。

这么想，前来送别的老石油们，便垂下了一颗倔强的头。

花白的头颅，究竟是什么时候，顶起了一座座的雪山。

老石油们大都不讲究吃穿。年轻时走南闯北，一口小木箱便装走了全部家当。酒却是不能少的，瓷茶缸用来刷牙，也用来泡茶喝水，还用来喝酒。荒原上夜寒露重，没有酒，又能拿什么来御寒呢。

酒是个好东西啊，解乏，还解思乡之苦。

思乡是一种痛。

三口酒，两滴泪，一切尽在不言中。

石油生涯几十年，一生，就这么过来了。

一生啊。

于是，常常是在晚年，老石油会在一个寂静的正午或者黄昏，抑或者是在夜深更静的一个时刻，落寞地站在阳台，向着老家的方向张望。

远方吹来荒原的风。和谐的风啊，怎么就吹得老石油泪眼婆娑呢？

目光的方向却始终没有改变，那是老家的方向。

老家在海的那一边，平原的那一边，山的那一边。几十年前走出山村的那个早上，隔着一道栅栏，那个少女向自己含泪目送。如今，她也老了吧，也有皱纹了吧，老石油努力地想象着，却实在想不起老年的她，该是怎样的一个模样。老石油的记忆里，那个女人永远是少女的形象，清纯的形象。

便仿佛海水滔天般地漫了过来，那多年前所有的记忆，竟在那个时刻全部复苏。故乡的山，故乡的水，连同那个梦中的女人，全部如飞来之石，移植在了老石油的眼前。

阳台上，米兰花弥漫着一股淡淡的清香。

于是，常常是在离开人世的时候，一遍遍用残存的力气喊着故乡的名字。儿女们簇拥在床前，紧紧拉住老石油的手，嘴里安慰道：放心吧，我们一定会回去，一定会的。

老石油，一生怀揣的，都是一个梦。

老石油让人难以释怀。理解了老石油，便能读懂荒原，读懂石油。

原载《华夏散文》2013 年第 6 期

草木性情

刘学刚

车前草

植物一进入《诗经》，赋比兴，那气象就博大无边了，它的一枝一叶就关乎社会生活的繁华与萧索，人间情感的欢喜与辛酸。“无田甫田，维莠骄骄。无思远人，劳心忉忉”，《齐风》里的大田，杂草茂密，劳心的却是远人不归；“采采芣苢，薄言采之。采采芣苢，薄言有之”，《周南》里的芣苢，是欢乐自在的韵脚，采呀采呀采起来，芣苢鲜绿肥嫩，这是幸福家园的色泽，是美好生活的质地。

《诗经》是什么，它是东方大地上的“圣经”，它以诗歌的方式，讲述古老的东方文明，人类家园的美质和归属感。《诗经》里的各种植物，挺秀着各自的人间情意，让人无法不沉迷；而所有植物的全部寓意都固执地指向了古老的大地，灿烂的文明。如此，植物们就具有了超越科属特性的更为辽阔的思想属性和存在价值。

从《诗经》到我的故乡洪沟河南岸，我又一次遇见那种叫“芣苢”的植物。“芣苢”是笔名吧，拗口呢，到了故乡，就只有乳名了：车前草。这名字多形象，多朴素，多欢实。车前草，它就在路中央，就在马车前，就在我们熙熙攘攘融融泄泄的生活现场里。其实，稍加留意，寂寥的山野、安静的河边和拥挤的菜园都有它矮矮胖胖的身影，无限可能地介入我们的日常生活。

车前草是一种很特别的植物，一种草成就了一个科属。长卵形的绿叶贴地而生，约略一看，像牛舌，像驴耳，一片一片轮生着。奇异的是各个叶片排列匀称，你伸你的长舌，我摆我的大耳，彼此镶嵌而不叠压，各有各的地盘；叶片与叶柄等长，这样，小叶距离根茎最近，大叶承领阳光最多，各有各的优势。这已经不是秘密了：它的叶片之间的夹角正好是137.5°。每一个叶片的生长都经过了缜密的思考和精确的计算，和它的左右结构成一个黄金分割角，处于一种无比和谐无比欢畅的自在状态，这些貌似笨拙的叶片，却把数学的天赋发挥到极致。具体到某一片叶子上，它生命的细节仍在丰富和完善。叶面上的五条主脉，犹如五条弯曲有度的河流，打开叶子的辽阔。叶面浅凹，叶背微凸，这些叶脉的出现，这些密布的绿色的血管，使得整片叶子蓬勃而健美。

汪曾祺在《草木春秋》里说，车前草这东西有一种童话情趣。我想，那是老先生在用孩子一般的眼睛观察这植物，以讲童话的方式打开一个饶有趣味的世界。车前草的花梗从株身的中央往出拱，细细的，长长的，有的贴着地面躺一会儿，然后慢慢起身，伸一下懒腰，打一个呵欠，这低矮的草就蓦地长高了一头；有的长梗从叶丛里直愣愣地向上蹿，一副迫不及待的样子。花梗上结满米粒一般大小的蒴果，排成一串串一穗穗，细看，每一粒小花都坚守着整个家族绿色的记忆，小花们传承着叶子的色泽，却又给自己搽了点点红粉，媚了一下，更显出一种冷静的奢华。从平铺的叶片到直立的花梗，我们不难发现，车前草在繁衍生息方面所做出的尝试和努力，“站得更高，飞得更远吧”，我们可以认为，低处的叶子牵动着花梗的丝线，放飞着家族的未来，并对那些黑褐色的种子表达出殷切的期望。

车前草直挺挺的花梗，启蒙了我们的智慧和武勇。双方各扯一根细长的花梗，两两交叉，构成十字，然后折一个弯，相互勾连，双方各持已端向后拉扯，以不断者为胜。古人把这种斗草称为“武斗”，几根有韧性的花梗就像拉力器，慢慢地拉长了手臂拉宽了肩膀，把一个弱冠少年拉成英雄豪杰。没有乡间的斗草游戏，我们的历史会少出现一些威武勇猛的壮士。江浙一带呼车前草为“官司草”，两人斗草叫“打官司”，两根花梗纠缠着恩怨，交叉着悲欢，拉拉扯扯，总要有个了断的，终落了一个花梗满地叶狼藉。

车前草别名甚多。东北人称之车轱辘菜，江东人唤为虾蟆衣，阿拉侬的上海人叫它黄蟆叶。它生在马路中央，任凭车轮碾压，依然绿如故，它就是一个受难者的形象，是十字架上的耶稣。《圣经》里，传说着古代的以色列人曾经看见过上帝的故事。在传说那里，车前草是一个拯救者，当西汉的将士被匈奴围困，人马患病，孤立无援，这时，车前草出现了，带着它笨拙的叶片和灵巧的花梗，像一朵绿云栖落在马车前，引爆了人欢马叫。在那一时刻，治病救人的车前草就是一个神灵的形象，它心怀巨大的悲悯，却以最朴素的面目示人，因缘巧合地出现在深陷困境的马车前面，它的来意既简单又神秘。按照东方泛神论的观点，神灵无处不在，神灵就存在于自然界的一切事物之中。神的灵在于它的隐身，善行大地，却以一棵草一朵花的形式出现，在西方，它的名字叫上帝。

2012 年夏季奥运会在伦敦碗盛大闭幕了，有一首歌这样唱着："我们的房子在路中央，我们的房子住着一个大家庭……"扯去车上的旧报纸，舞台鲜艳华丽了，人们一个个晃动成车前草的花穗穗，眼前尽是欢腾忙碌喜庆的人间场景。

小蓬草

一种植物，一旦进入唐诗就不是植物了，是意象，就有一种高贵的抒情，浪漫的情调。"飞蓬各自远，且尽手中杯"（李白《鲁郡东石门送杜甫》），李白又浮了一大白，已是三分醉意七分诗意，孤蓬万里征啊，那马儿铃声叮叮当，叮叮当，听上去就是酒杯相碰的脆响。

风飘蓬飞，很有行吟诗人漂泊天涯的况味。在我的故乡，有一种植物叫小蓬草，别名飞蓬，唐诗里却没有它的身影。据说，小蓬草源于北美洲，1860 年在山东的烟台出现。唐诗里的蓬并非菊科多年生草本植物飞蓬，而是飞转的蓬，是藜科猪毛菜属一年生草本植物猪毛菜，东北西北的人喊它扎蓬棵，我们这地方呼为蓬子菜。蓬子菜秋果成熟后，植株干枯，根茎结合部遇风易折，偌大一个草球随风滚动，断根之草漂泊无依，"嗟余听鼓应官去，走马兰台类转蓬"（李商隐《无题》），唐诗的飞蓬、飘蓬、转蓬、孤蓬，飞转的都是干枯的断根的近球形全株。小蓬草是菊科白酒草属一年生草本植物，不过，小蓬草飘飞的时候亦有唐诗深远辽阔的意境。它的花很有千头菊的样子，如纽扣一般大，团团簇簇的，白色的碎瓣聚成一个完美的圆，圆的心是黄的蕊，奇异的是，它的瘦果上长有白色的冠毛的翅膀，风一吹，扁扁圆圆的瘦果就轻轻飘飘地走四方，确是一位诗意的旅行家。当别的草妩媚无比地住进草坪、花坛、阳台的时候，这位冒险家依然继续着它的旅行，过沟坎，翻陡坡，走荒山，深深浅浅的脚印里长着一些高高低低的绿色。如今，小蓬草的身影遍布世界各地，它洁白的翅膀落到哪里，哪里就会成为一个绿洲。

不知道它是哪一年来到我的故乡的，确定无疑的是，它的到来，使得故乡洪沟河南岸成为一个植物的地球村，一个植物比以往更多也更绿的百草园。

小蓬草的故乡在遥远的加拿大，在那地方时，菊科是一个大家族，小蓬草也很受尊重，据说，它对治疗痢疾、腹泻、创伤有独到的疗效。它不远万里，来到中国，来到我的故乡，迎面而来的惊扰之喜，是洪沟河温润清新的水汽，它在河滩上做了一个深呼吸，就呼出两片长长的嫩嫩的叶子，叶缘上密布的细细的绒毛，看上去就是一些氤氲着的水汽。小蓬草的叶子真多，密密匝匝，层层叠叠，郁郁葱葱。互生叶，披针形，无叶柄，细的叶径直从粗的茎上钻出来，有些迫不及待的样子。茎直立，细的条纹把圆柱状的茎雕刻得棱角分明，这使得叶子敞开着四面八方的视觉。仔细看一株小蓬草，我们就会发现，它的总体架构是粗枝细叶，犹如钢筋集合着水泥的队伍，镰刀集合着汗滴的队伍。它敏锐地感受着一滴露珠、一缕清风、一声鸟鸣，并通过枝叶的细节陈述出来，始终呈现着生活的惊喜和美好。在植株的下部，叶子稍大，叶间又挤出两枚细长的小叶，小叶欲飞不飞，像柔的风逗留在那里，如此大叶捧着小叶，叶叶环绕着茎株，就绕出一蓬又一蓬密实的绿。这蓬绿是一个结实的铺垫，等叶子越长越狭，好比一个人把嗓音往细里憋，再向上一提，就飙出尖细的高音了，小蓬草叶间不再生叶，径直抽出一根尖细细的分枝来，早发的细枝还挂上五六枚小叶，晚生的索性早熟，开出一朵朵一簇簇的花，白里裹着黄，黄里含着白，哦，六月飞雪，太阳雪。

小蓬草是一种会飞的植物。田畔路旁，沟渠旷野，甚至耕地果园，它想飞到哪里就会飞到哪里，多么潇洒，多么优雅。但是，在庄稼地里，就会遭到铁锨铁犁们的追赶，这些武器寒光闪闪，迫使小蓬草退到路边躲进河底，庄稼地再松软再肥沃，那是人家庄稼的地盘，僵硬、阴湿、晦暗的角落，才是它们最后的栖身之所。它们也会落户村庄的屋角墙根，有的竟然飞过高高的院墙，在农家庭院里站稳了脚跟，个子一蹿，就是一米半，都簇拥成缤纷美丽的窗花了。小蓬草的花确实美，就像唐诗宋词里的菊，绿叶含翠摇风，白花丝丝抱蕊，香含清露，质傲寒霜，宛如神女仙娥飘飘临凡。这无比诗意的小蓬草，和我们在同一个屋檐下，就入乡随俗了，在我们那里，它有一个俗名，土得掉渣的俗名，说出来都叫人目瞪口呆：驴肘棍子。潇洒走四方的旅行家就是故乡旮旮旯旯的驴肘棍子。大俗者大雅。天上扑棱棱飞得贼快的蝙蝠，我们喊它“檐边胡子”；水里慢腾腾爬得贼慢的蜗牛，我们叫它“蜗罗牛子”；那地上直溜溜长得贼高的飞蓬，称它为“驴肘棍子”，就包含着亲近的愿望和朴素的赞美了。

小蓬草也飞往城市，只要能落脚的地方，哪怕是水泥路面窄窄的裂缝，它也想扎下细细的根须，在黑暗的根部确立的坚定自信，挺秀在每一片新生的绿叶上，尽管遭受着车轮的碾压。小蓬草飞向草坪，飞向花园，飞得果敢而又执拗，并不知道花匠鄙视它们，挥着锄头，斩断它们的枝，刨掉它们的根。哦，辛勤的园丁，是小蓬草在培育着他们。园丁一边擦汗，一边指着一些小蓬草的尸体说，这种杂草长得真快，入侵性极强。文明城市的标准是，在特定的地方栽种规定的植物，不允许杂草的生存。这文明太强大了，这是一种比铁锨锄头还要凶猛锐利的武器。

我工作着的单位，恰在一个城市的繁华路段，人行道之外有一小段被遗忘的草坪，真的是绿草如茵，毛谷英、牛筋草、熟草蔓、小蓬草，各种草活泼泼鲜绿绿地生长着，只是当年斥资引种的园丁培植的百慕大草不多见了。在小蓬草开花的那几个月份，每一天都是新的节庆，所有的草都在擎着一束束花，那花，是蓝天和大地所形成的光线，是野草们发自内心的自信的微笑。

原载《福建文学》2013年第7期

被《2013年中国精短美文精选》转载

雾里的人

王月鹏

一截厚实松木摆在会所的大厅。这棵被砍伐的树，不知经历了多么遥迢的距离才运抵这里，然后穿过一道又一道幽暗狭窄的门，摆到大厅供人观赏。这是一棵树的另一种存在形态。它的根，依然留在某个深山里，或许早已腐化为泥，成为山的一部分。

我是在一个村支书开办的休闲会所看到那截巨大松木的。它的年轮细密，纹理斑驳可辨。在这座没有年轮的城市，这是一棵有年轮的树。它被砍伐到了这里，密闭的休闲会所平添一抹旷野气息。会所的主人是一个喜欢唱《女人花》的村支书，上个世纪九十年代他离开生活了大半辈子的村庄，在城市郊区开办一家裁缝铺。日子不咸也不淡，对新生活的梦想，对每一个具体日子的疲惫和无奈，不知什么时候开始转化为习惯性的酒后狂言，他向不同的人吹嘘他的裁缝铺将要变成一家跨国经营的服装企业，理由是他的海外亲戚即将归国投资。政府部门的人闻声寻来，一番望闻问切之后，他的“发展规划”就列入当地的招商引资推进计划，报纸电视开始大张旗鼓地宣传，投资规模被描绘得更大，产出效益估算得离谱。他的海外亲戚始终没有出现，这个酒后虚构的人彻底改变了他的命运，接下来的事态越来越戏剧化，完全超越他的想象和控制。在某个机关单位的指导帮助下，服装加工企业注册成立——他事后才知道，这个委托中介机构注册成立的空壳项目，成为机关单位完成招商引资考核指标的一个关键砝码。接下来，政府部门给他划了一块地，开出优惠政策若干，要求他在“项目集中开工日”动工建设厂房，迎接上级的统一观摩。奠基仪式结束后，项目就停工搁置起来。他没有启动资金。那块地闲置了两年，地价翻番上蹿，他从银行贷款盖起一栋简易厂房，在厂房后面建了一大片宿舍楼对外销售。一个曾经的村支书，后来的裁缝铺主人，摇身变成企业家和房地产商，在招商引资的狂热中，他被一股来自政府的力推动着，就像乘上财富火箭一样，莫名其妙地远离了地面和人群。他继续以投资的名义，编织若干花环戴到某些人头顶，这让他在拥有一块土地之后，又拥有了更多的土地，接受更多的来自政府部门的力。这种身不由己的“机遇”让他有些窃喜也有些惶恐。有人说，他赶上了那趟车；也有人说，他弄懂了这个时代。后来，我读到布莱希特的一段话：“在开发自然的过程中仅有少数人从中获利，而且是通过剥削人的方式。凡可能给所有人带来进步的东西，都成了少数人发迹的契机，并且愈来愈多地把生产出来的物资用于巨大的战争制造破坏手段。在这些战争里，世界各国的母亲们把她们的孩子搂在怀里，惊恐地仰望着天空，注视着那些杀人的科学发明。”读完这段话，我觉得我更加明白了他，他们。

朋友的婚礼庆典一直筹备到午夜时分。在午夜的清冷街头，我们好不容易找到一家尚未打烊的快餐店，一边狼吞虎咽，一边商讨天亮后将要举办的婚礼，盛大的场面，周密的安排，每一个细节的完美衔接，等等。我们不曾留意，不远处有个年轻女子正在自言自语，她的脸庞秀丽，以至于让人忽略了她的表情的不正常。朋友低声说：“你看那女的，是不是有些不正常?”我们循声望去，看到她一个人坐在快餐店的角落，绘声绘色地说着什么。年轻女子发觉被人窥视，表情更丰富也更怪异了。不知道除了来自情感的伤害，还有什么会让一个年轻女子变成如此模样？在为别人筹办婚礼的前夜，邂逅这样一个精神失常的人，这真让人难过。我想跟她说几句话，她的脸上漾着轻蔑的笑意，正在一本正经地对着空气说话。此刻的空气让人感到虚无，安静中有一种令人窒息的力量。这个或许为爱所伤的人，这个精神失常的人，这个与空气对话的人，正在面对着巨大的虚无说话。我们这一群为某个具体目标而操劳的人，她是不屑于对话的，在她眼中，我们和这个世界都是不正常的存在物。

像是一个暗示。一个提醒。

村支书的第一桶金，年轻女子眼中的现实世界，以及我们正在做的事情，究竟有着怎样的潜在关联？

生活的丰富，在于一个人追求和拥有幸福的同时，也体味了痛苦与焦虑，并且，痛苦与焦虑的出现和被解决，在坚定一颗心的同时也将更加凸显幸福的珍贵。我愿意这样看待生活，对当下的时代谬误报以局部理解。预设的理解和接受，以及对物事的直觉判断，同时撕扯着我，让我无所适从不能安宁。这世界已为我们预设了太多东西。保持一份正常感觉，恢复对它们的清醒认知，是一件并不轻易的事情。我们对现实问题的很多言行看似一致，实质上却分别充当了矛与盾的角色，在另一个不被察觉的层面完成一次合谋。一些人之所以成为另一些人的制约与羁绊，根源在于他们的利益是建立在牺牲别人利益的基础上，譬如破坏生态环境所产生的利益在最短时间内集中到了少数人的手中，生态破坏后的惨痛代价却要由所有人来共同承担。这是当代的最大不公。

南辕北辙，越是日夜兼程，越是在歧途上越走越远。

底线一再被漠视被突破。一扇破窗的存在，暗示更多的人去破坏更多的窗。

冬天尚未结束，夏天就降临了。在春天缺席的年份，会有秋天吗？

人终将渐渐老去，终将渐渐地想明白一些事情。一些常识问题的背后，隐藏着太多的非常识因素。我们的所有努力，应该让生活变得更好，而不是相反。听肖邦音乐，像是一个巨大的安慰，散乱心迹在音乐中被一点点地聚拢，最终成为一个虚无的结论。

那个广场中央的石板上刻有一幅太极图，两条黑白的“阴阳鱼”被一群年轻人踩在脚底下，每天夜晚伴着疯狂的音乐，他们肆意地跳舞。

去看海吧。我们沿着沙滩走。秋天的夜晚有些寒意，你脱掉鞋，赤脚踏浪而行。夜色中的海，有一种静穆的美。你说看呐天上还有星星，你说海上的月亮好大，你对海边的一切充满好奇。你从北京来到这个滨海城市，只为了看一看我曾写过的那片葡萄园。我不曾问你看到了什么，你甚至自始至终没用相机拍一张照片留念。我知道你是理解这片葡萄园的。在我心中，葡萄园的存在更像是一种沉默的坚守。现实中的海边葡萄园不过是一个纸上的名词，贴在工业城市的冰冷脸庞，然后被误读成了所谓浪漫。海浪抚平沙滩上的脚印，来时路消失在巨大的虚无里。

身边的海，是一个博大存在。海在我的身边。海不仅仅在我的身边。对大海，我有一种说不出的情感难以释怀。这个城市与海之间是一条长长的防护林，往年每逢到了夏季，槐花绽放成了另一片海，层浪迭涌，整个海滨都被槐花的香气浸透。通往海边的林间小径，蜘蛛网在风中摇摇欲坠。几年前，我曾向外地的朋友炫耀身边的海和海边的大片槐树林，并且相约槐花飘香的时候一起在槐树林里漫步，如今越来越像一个无法兑现的承诺了——海边的槐树正在成片地消失，代之而起的是林立的高楼。偶尔，我会到海边散步，心事重重，像一棵远行的槐树，有时凝望海天交际处，有时与路边的电线杆相视无言。野广告占领了电线杆，顶端是夸张的房产信息，下面是密密麻麻的性病医药小报，内容驳杂。某天偶一低头，居然看到地面上贴有纸条式样的野广告，赫然写了低价销售枪支车辆之类的内容，并且留有联系电话。我拿起手机想要拨打过去，我对电话另一端的那个陌生人充满好奇，不知道他何以如此淡定坦然？

沿着海边走出很远，有个安置小区。在那里，我时常看到有些人很随意地一字排开，倚在楼底下晒太阳。失去土地，搬迁进了楼房，他们依然没有改变在墙根底下晒太阳的习惯。这让我冷暖交集。这些习惯了把自己袒露在阳光下的人，这些不知道将要何去何从的人，他们以迎接阳光的方式领受属于自己的命运。他们失去了土地，又无法融入这个时代，只能被裹挟着，被动地守护与介入，潜意识里的抗争和拒绝，他们还没有明白要发生什么的时候，一切都发生了。他们是被牺牲的一代，被代表的一代，最尴尬也最无助的一代。最基本的生存问题被托举到了美妙的允诺之上，村庄被拆除，土地被占用，环境被改变。没有改变的，唯有一颗素朴的心。他们与土地血脉相连的脐带被一股外力粗暴地割裂。活着，即是最艰难也最坚定的人生观。“我们”已经在有意和无意间对他们原本艰难的生活造成多少阻遏和伤害？对自然生态的践踏，其实是对人的更大伤害。这份痛，在“施暴者”走远了才被察觉。那天去乡下调研，我在镇政府办公楼的阳台上看到不远处的填海情景。车辆滚滚，尘土飞扬，海被染成了泥土的颜色。当地人告诉我，附近渔民搞的养殖都被呛死了。我无言。我在公文里曾经无数次写到这个填海造田的规划，我熟知它的来龙去脉以及它在未来的样貌。因为招商引资，因为土地指标的紧缺，他们选择了填海造田，向大海索要空间。这是我第一次亲见填海工程，在纸张与现场之间，隔着多么沧桑的距离。黄色的海，像是一片荒芜的土地，将要结出怎样的果子，被谁采摘？精卫填海是审美意义上的一种勇气。当代人的填海，一种急功近利的开发冲动，常常被解读成魄力和毅力的所谓体现。在填海现场，我被震撼了，觉得整个内心都被冰凉的石块填满。接下来的事实是，这种震撼很快就变得平静，很快就被淡忘了。因为与自己有关，因为不仅仅与自己有关，这个问题不再成为一个问题——我的淡漠和淡忘在更多的人那里发生，成为一个普遍的心灵事实。太多的物事以理所当然的姿态侵入日常生活，它们来自哪里，去往何方？很多人都忽略了这个问题，日渐变得心安理得习以为常。南辕北辙的故事正在不断上演，掌声不断。洞察这份常识，并不需要多么高深的知识，需要的仅仅是一个人的最起码的良知。思想本该是自由的，但我们常常愿意将它装进一个容器之中，让它变得有形，变得安全与可靠，变得不易蒸发。

当一条路被走到尽头，这果真意味着生命的意义会得到拓展延伸吗？

沿途的风景永不再现。并不是所有选择都有纠错的机会。一个尚未舒展的“我”，独立峭壁，望断天涯路。

风尘仆仆。一程又一程。采风团浩浩荡荡，历经十余个县市，沿途尽是大开发大建设的景象，倘若以审美眼光打量它们，我会有一种耻感。进入我内心的，更多的是宏大规划和豪迈视界之外的一些微小事物。路过万亩枣园，我坐在行驶的车里举起相机，对着窗外频频按下快门。对于这片枣园，我只是一个匆匆过客。当我离开这个地方，也许会写下优美的文字，向别人描述在枣园采摘的体会，那些语言看上去素朴，真诚，就像来自一个人的感同身受。它们也许会打动很多的人，很多的人中也许包括我，一个曾经写诗的人……我在行驶的车上胡思乱想，沿街几乎都是冬枣批发和仓储的场所，在冬日的风中显得空空荡荡。冬枣是一年四季最晚成熟的水果，它在冬天成熟，带着冬天冰冷和清脆的品格。我们比冬枣更晚，我们来到这个盛产冬枣的地方，冬枣已经全部采摘结束。我们只看到一片浩荡的枣园，枝丫静默，像是刚刚分娩后的安详。在黄河入海口，风很大。很大的风中，是需要步履坚定，固守一些什么的。海浪涌动。大家在海港留影，风太大，有些冷。不知道若干年后，从这张面带笑容的照片中是否会看出当时的凛冽寒风和彻骨冷意？我们用微笑遮蔽了它。这里被称为“开发区”，与我所工作和生活的地方有着同样的名字，我感受到这片土地之下似曾相识的脉动。对激情，我是一直存疑的，特别是看待经济发展和城市化建设，不崇尚所谓激情，更向往的是一份理性和稳健的表情，期望它既能把握今天，同时也对明天、对更为遥远的未来负责。甚至，我固执地以为，温和是一种更从容更自信的坚定，慢下来是一种更为开阔的境界。我怀念那些慢的事物，珍视那些犹疑和郑重，他们拒绝外在的目光，自觉把手中做的事情放到时间坐标上接受更为遥远的考验。关于生态环境的描述，我喜欢“民主”和“友好”这两个词语，从中看到一种有别于其他形容词的品质。山被铲平，树被砍伐，农田被征用，生态被破坏……我们对大自然的所谓征服和改造，实质上是在亲手将自己一步步逼向尴尬无助的境地。在大自然面前，人类其实是不堪一击的。伯曼曾说：“现代环境和现代经验打破了地理、种族、阶级、宗教和意识形态的所有的边界，从这个意义上讲，可以说现代性团结了全人类。但是，它是一个矛盾的结合，一个对立的统一，它把我们抛进了一个大漩涡中，这个漩涡里充满着不断的分裂和更新，抗争和矛盾，歧义和痛苦。”漠视和拒绝这份复杂感受，是不诚实的。很多的创造和超越，往往正是产生于这些复杂难言的感受之中。如何让这种感受始终不被遮蔽，关涉到对自身处境是否有着清醒的认知，以及对何去何从能否精准地把握。珍视环境，即是珍视未来，即是对历史、对后人最好的交付。林林总总的这些想法，是我游走在黄河三角洲所见所闻与所思的一种底色，它们参与和构成了我对生态环境的理解，让我透过自然的、现实的事物，看到和想到了更多的事物。一个行走的人，理应发现和呈现它们。

“车过黄河/透过窗玻璃/我看到黄色的水/它们并不浩荡/迈着疲倦的步履/一步步向后走去//车过黄河/我屏住呼吸/耳边响起/一条鱼在河里的呼喊……”

这是残缺的诗，旅途中潦草地记在纸片上。我无意于将它完善，它这样地出现，理应这样地存在或消失。一首诗存在于若干不分行的文字里，就像对环境生态的诉求，存在于轰轰烈烈的开发建设中；就像一个人的沉吟，湮没在时代的大合唱中；就像一个人的跋涉，并不在意疾驰而去的列车。

这样不合时宜的“残缺”，寄托了这个人对完美的省察与向往。

太多的人在参观太多的城市规划展览馆，这类建筑几乎是一夜之间就从城市森林冒了出来。被复制的夸张表情，对未来的野蛮构想，该源自怎样一颗急功近利的心？历史固然是人写的。历史又不仅仅是人写的。岁月的河流将会带走一切，岸边留下的，必是那些曾经痛过的伤痕。太多冠冕堂皇的姿态，其实经不住历史一个眼神的打量。时间湮没一切。时间浮出一切。时间改变和保留一切。那些企图承载和操控时间的形形色色的“展览馆”，不过是时间中的微尘，随风飘逝将是它们命定的结局。

当然也有感动。就像荒芜的旷野中，残留一丝关于春天的微弱气息。我曾在一个村庄见过一个“碌碡王”，据说重达二百多公斤。那个村庄也已穿上了城市外衣，有着与这个时代的很多村庄相仿的命运。“碌碡王”摆在村庄展厅的门口，像是一个朴拙憨厚的表情。因为这个碌碡的硕大与罕见，即使是在进入机械化之前的年代，村民也从未将这个农业工具用于劳动，他们心怀敬畏，将其尊为神明供奉，拒绝赋予现实的功能意义。“碌碡王”的来历，最具传奇色彩的说法是某年夏天黄河决口，村庄陷入一片汪洋，洪水退落后留下了这个大碌碡，村人从此在它身上寄予了最朴素的信仰，最虔诚的敬畏。

在一座小城的文化展厅，我格外留意到一位文化老人珍藏的家乡石子。老人思乡情切，晚年曾托亲友把家乡涓河里的石子带到北京，摆在卧室床头。这些来自故乡的石子，这些平常得不能再平常的石子，它们带着涓河的水声，夜夜响彻老人心头。老人驾鹤西去后，这些石子重归故里，陈列在这里向后人诉说一位文化老人的赤子情怀。我在这几粒石子面前站立了很久，努力地想要听懂它们的语言。小城遍地都是恐龙化石，遥想远古时代这里遍地沼泽茂林丛生，各类恐龙生活奔跑在这里，后来一股神秘力量导致火山爆发洪水泛滥，恐龙家族横遭灭顶之灾，轰然倒地的庞然大物顷刻间被埋在地下。几千万年后的今天，从恐龙骨骼化石的形态依然可以想象它们在天灾降临生死一刻的无望挣扎，曾经的血肉之躯被自然灾难和遥迢时光赋予了石头一样的坚硬表情。

又是石头。总是石头。太多的石头被堆砌在一起，塑造成为冷漠的形象工程。而那些孤独的石头，那些拒绝合作的石头，始终在人群之外保持了一个正常人的“体温”。

石头与石头之间也是有语言的。听懂石头的秘密，需要一颗柔软温情的心。

当宏大的规划源自短浅的目光，当那些被遮蔽被掩饰的发展代价渐渐浮出水面，当南辕北辙成为一种涂改真相的举措，当太多诡异的事情以合理面孔出场和收场，当底层关注与关怀更多地成为某些人抹在脸上的道德脂粉，当纠错之举看不到丝毫应有的诚意，当太多的阵痛绵延成生命中不能承受不可阻遏的巨大力量……一场大雾开始降临。

我们都是雾里的人。

浓重的雾。我们无处逃遁。太多的事情在雾里发生。在雾里，我们更清楚地看到一些真相，看到早已等待我们的命运。

太阳是缺席的。我们曾经用阳光编织梦想。置身断裂的阳光里，我们踏着破碎的梦，去找寻所谓完整的人生。

当呼吸成为一件艰难的事情，是谁还在向着太阳的方向引颈高歌？

原载《散文》2013 年第 8 期
被《散文选刊》2013 年第 11 期
《2013 中国散文年选》
《中国散文年度佳作 2013》等转载

土地，土地……

厉彦林

“土地”，这个词普通，平凡，却深邃灼心，高频率、快节奏、强力度地点击我们的心灵。

“土”，最初的样子就是一株苗破土而出，或者一棵树站立在地平线之上。“也”意为“双向或多向延伸”。“土”与“也”紧密靠拢、组合成“地”，意思是“土向前后左右、四面八方任意方向同时延伸”。

轻轻拂去岁月的尘埃，翻开书籍上尘封的笔迹，我们能真切地感受到：土地史就是人类的进化史、发展史、文明史，土地的命运就是国家的命运、民族的命运、人民的命运。

土地是人类和万物的母亲

人类老祖宗盘古，头顶着天，脚蹬着地，把天地分开，用他的整个身体创造了美丽的宇宙。在中国神话传说中，“女娲抟黄土作人”，用神奇的手，把一块块黄土捏成活生生的人。《圣经》传说上帝用泥土造出人类的始祖亚当，对亚当说：“你本是泥土，仍要归于泥土。”中外相似的神话说明了一个道理：人类的产生和发展离不开土地，土地是人类的生命之源，是人类的母亲。

炎黄子孙对土地图腾般顶礼膜拜。《左传》曰：“以父道事天，母仪事地。”乡间许多土地庙的神龛两边大都有一副对联：“土能生万物，地可发千祥”。《易经》曰：“坤厚载物”，像土地这样滋生和养育万物，才是世上头等功德。

疆土、疆域，边疆、海疆，“疆”字本意就是土地良田，靠士兵持弓防守或抢夺。从古代开始，人类无休无止的战争，归根结底是为了争夺土地。战争其实就是用武力修改国土边界。无论古代战争还是近现代战争，打的都是土地战争。

中华民族是爱好和平的民族，中国人对国土更是寸土必守、寸土不让。在有文字记载的两千多年历史中，有汉唐盛世那样的辉煌时期，也有五胡乱华、蒙元灭宋、满清灭明那样的衰弱时期，还有近代八国联军、日本侵略那样的危亡时刻，但是，都挺过来了。主权高于一切。天下兴亡，匹夫有责。任何国人都守土有责，民间依然流传着大军阀“张作霖手黑”的故事。张作霖曾瞪眼骂随从：“妈那个巴子！我还不知道‘墨’字怎样写？对付日本人，手不黑行吗？这叫‘寸土不让！’”“我豁出这个臭皮囊不要了，也不能出卖国家的权利，让人家骂我是卖国，叫我的后辈儿孙也都跟着挨骂，那办不到！”

新中国成立以来，我国为保护疆土和主权完整进行了多次军事斗争。2012 年 10 月 26 日外交部副部长张志军十分硬气地向中外记者表示：日本没有权利拿中国领土进行任何形式的“买卖”，钓鱼岛寸土滴水、一草一木都不容交易。不管日方以什么形式“购岛”，都是对中国领土主权的严重侵犯。这几句硬气解气的话，掷地有声，让国人心安了许多。

追求“耕者有其田”的理想

艾青在他的诗歌《我爱这土地》中深情地吟唱：“为什么我的眼里常含泪水？/ 因为我对这土地爱得深沉……”

中华上下五千年，多少沙场浴血都与“国土”紧紧相连，演绎成历史最壮怀激烈的章节……我们的祖先对土地怀着虔诚的信仰，从而以隆重的方式崇拜、祭祀她。

自古“有地成霸业，无地难为家”。岁首年尾，皇帝要净身食素叩拜天地，祭祀来自四方的“五色土”。清朝皇帝每逢春天，还要到北京先农坛亲自演示耕作。古代帝王在太平盛世或天降祥瑞时，必须到象征国泰民安的神山——泰山举行封禅大典，表达对大自然的敬畏之心，感天谢地。

中国社会的每次重大变革，都离不开土地的变革，或者说是从土地变革开始的。

我们的前辈曾为土地进行过数次积极探索。从孙中山的平均地权思想，到梁漱溟、黄炎培等先杰的乡村建设实验。中国共产党领导的新民主主义革命实质上是农民革命。调动农民积极性最灵验的办法，就是解决好农民最关心的土地问题，实现“耕者有其田”的梦想。

中国共产党的成功，从根本上讲，它解决好了农民关心的土地问题；国民党的失败，要害正是没有解决好这个问题。

在古老中国这样一个农业大国，解决农民与土地问题，绝不是一朝一夕的事情，但毕竟迈出了坚实步伐，有了新的开端……

农民和土地是血脉相通的孪生兄弟

土地是农民的家园，农民是土地的子孙，土地就是农民，农民就是土地。土地厚重，农民质朴，土地和农民是血脉相通的孪生兄弟。

农民是土地的精神和灵魂，是山村历史的创造者和评判者。没有农民，土地不是真正意义的土地，会是一幅毫无内涵与生机、凋敝荒凉的水墨画；养活不起农民，土地那也不是真正意义的土地，只是一座海市蜃楼中美丽却缥缈的楼阁，承载不起家园、乐园的神圣使命。中国有五千年古老的文明和丰厚的土地，土地可能被占领，但文明火种没熄灭过。

中国自古就是农业大国。从刀耕火种到使用现代农业机械，农民的劳动、辛酸和奉献始终延续着中华文明的香火，奠定着民族进步的根基，推动着中国历史铿锵前进的巨轮。在中国，离开农民什么事情也干不成。

不想成为地主的农民，不是地道的农民。不想拥有更多土地的农民，不是有出息的农民。任何一个真正的农民，都想拥有更多的土地。对于地道的农民而言，土地是他们的命根子。如果没有土地，那他还能吃啥？喝啥？穿啥？用啥？盼啥？他们对于土地朴素而深厚的感情，归根结底是因为土地是他们生活的唯一依靠和保障。

农民具有巨大的能量和作用，最可敬、最可爱，也最可怕。历代贤明的君主都重视农耕和农民。汉文帝倡弘“夫农天下之本也”，甚至采取“重农抑商”政策。唐太宗亲历隋末农民战争风暴，发出“君舟也，民水也，水能载舟亦能覆舟”的感慨。古时的祭天大典，祈祷的是神州大地风调雨顺、国泰民安。书香门第也劝诫子弟：“一等人忠臣孝子，两件事种地读书。”意思是不会种地、不懂百姓疾苦，不读书、不通达事理，不会成就，也不会高贵。

中国人上数几辈，祖先都是地道的农民。在我悠悠的往事中，难以忘怀的总是农村。出身农村，当过农民，对一个人的一生来讲，是笔巨大的可以长期支付的财富。在黄土地上和白云一起飘荡，同秋蝉一齐高唱，熟知春种、夏耘、秋收、冬藏，了解农村的艰苦、农业的艰巨、农民的艰难，可以改变一个人的价值观念和生命轨迹。生在农村、长在农村，才会有平民情结，更易炼就自强不息的性格，“穷人的孩子早当家”，历代国家栋梁不少就是平常的农家子弟。

胸膛博大宽敞的土地

土地最宝贵、最神奇，有了土地就意味着拥有一切……

土地上生长着养育人类的庄稼。当第一声春雷唤醒了沉睡的大地的时候，冻土被犁铧一垡垡翻开，僵硬变成松软，霜白变成黝黑。春天，撩拨得农民心花怒放，忙着犁地、撒种、锄禾、施肥，期待沉甸甸的谷穗、饱满的红高粱，一片片排列着，像等待将军检阅的士兵……

土地上生长着牲畜、家禽和各类飞行或爬行的动物，真是五花八门，种类繁多。它们各自有自己的王国、语言和生活，繁衍着自己的子孙后代。动物和人，和村，和庄，和你和我争斗着、生存着。蚯蚓以土为食，并且让土在体内循环之后再回归土地，使土地疏松，不再板结；土地也因为有了蚯蚓的不屈、不懈的蠕动而有了生命。麻雀、田鼠和野兔偷吃了庄稼，鹰、蛇袭击了麻雀、野兔和田鼠，人又驱赶了鹰和蛇……大家同在一块土地上生存着，甚至一个村子、一个庭院或者一间茅屋里。

土地上还生长着河流、湖泊、山丘和树林。我顺着山坡走进田野，灌溉麦田的水就是那河那水库里流过来的，建房子的石料木料就是那山上运来的。村庄的体内、生长着山丘和树林的骨骼，血管里流淌着河流、湖泊的血液。于是村庄有了山丘、树林、河流、湖泊的性格：柔韧、坚毅、不屈不挠。这性格就是土地的性格。

土地是所有生命永恒的母亲，是大家共同的命根。我们赖以生存、曾经反复踩踏的土地，把尊严高尚留给我们，把屈辱低下留给自己。

慈善仁爱的土地

土地像一首词，上阙是人类生存的空间，下阙是安放灵魂的栖所。

土地伟大，更宽厚仁慈。当一粒微弱的种子播撒其间，土地送给它生命的营养，悉心呵护，给予它阳光和水，给予它温暖和爱，让其茁壮成长。土地用它的食粮养育了我们，所以我们的肤色和土地融为一体；土地用它的博大和宽厚容忍着我们的种种过失，所以我们的生命和土地生死相依。

无论你以什么理由为土地的归属纷争、为疆土分割而治，或许曾经叱咤风云，但辉煌之后同样折戟沉沙，回归大地。土地呢？以母亲博大、仁慈、宽厚的胸怀，接纳每一个人，或贫穷或富有，或卑微或显赫，或高贵或卑贱，她一视同仁，死后她都收容作为身体的一部分。

2011 年清明节，我陪老父亲去村西北方向的柴虎山扫墓，当时山上已芳草萋萋，鸟语花香。葱郁的松柏间是一座座无名无姓的坟茔，我时常问父亲：“这是谁家的坟地呀？这是谁的坟头呀？”在乡村，一个人来到世上，活上几十年悄然死去。活着没留下什么，死去更没留下什么。即使后人为其竖个墓碑并在墓碑上刻下名字，也很快被山风山雨吹洗模糊，被岁月风化。乡下人生命的价值和意义平凡且千篇一律。我曾掐算过平民生命的时限。一个人如果幸运，一生大都能亲历并记住五代人：爷爷辈、父辈、同辈、子女辈、孙子辈——这已经是最大限度的福祉，超过五辈的肯定是大福大贵之人。

记得当年在村南整大寨田时，一镢镢刨在坚硬的土石层上，突然一镢落个虚空，顺势掏挖，只见一具白白的骷髅，吓我一跳。老队长见大伙都在围观，便严厉地说：“这有啥好看的？抓紧干活儿！”随即，队长自己用镢头把那骷髅尸骨全部掏了出来，并且砸得粉碎，然后用锨把它散落在田间，嘴里还念叨着："对不住，惊动您的梦了。入土为安，入土为安吧！"老队长见我们惶惑不解，又说，"像这么久远的坟，早就找不着后人了，万物之灵，入土为安，地是它最好的归宿。"

脚下的土地掩埋着我们祖先的遗骨，因为融入了亲人的生命才更动人、更柔软、更丰饶。

自从21世纪开始，为节约稀少的耕地，世界各地都提倡火葬。建国后，我国也倡导"火葬"并推行"平坟还耕"。随着城市化进程加速，平坟变得常态化，其目的也不单单是"还耕"。有些坟受土地政策变化的影响，甚至不得不多次"搬迁"。

我忽然记起"水土不服"的典故来。小时候听大人们讲，身体虚弱的人出远门，必须在远行前的黎明，从故乡的土地上揣一捧土，在外地万一水土不服，只要捏一点故乡的泥土，泡一杯开水，一喝就好了。那是世界上最灵验、最神奇的一剂药方。一方水土养一方人，天人合一，人土合一。

虔诚跪拜的土地

人类生活在地球上，须臾也离不开土地，不知已经、正在和还要上演多少土地悲喜剧。

"地种三年亲似母"，农民把土地当成老祖宗敬奉侍候。每当土地被犁铧翻卷过来，泥土那种沁人心脾的气息使人倍感舒畅。聆听播种的声音，你会从土地那嘶嘶的声音里感受到土地像一个慈祥的老者。

我家乡那几块土地上，春夏秋冬，寒来暑往，年复一年，日复一日，晃动着父辈的身影。他们对土地的眷恋，对土地的固执，对土地的深情，让我备受感动。蓝天是高远的，大山是静寂的，沟壑是深邃的。远望那人，那牛，那狗，恰似大山褶皱里土地这块画布上的一幅活动着的标本，在落日余晖里又似一幅粗犷古朴的剪影。

在物质极度匮乏的年代，膀宽腰圆的身材让人钦羡，那是因为胖人肚子里不缺"油水"。改革开放以来，土地被松了绑，老百姓的日子越来越红火，中国人日益“心宽体胖”，从杨柳细腰到大腹便便，只用了短短二十多年时间。

金秋时节，我们兄妹几家约好回家看望父母，父亲执意去掰鲜嫩的玉米棒子、刨地瓜让我们尝鲜。其实如今在城市，不管在任何季节，这些东西市场上都有，经常也能吃到。但吃上父母亲手种植出来的果实，还是另有一番滋味，格外香甜可口。每次我们回家，父亲都极其高兴，虽然话语不多，只是坐在那里喝茶抽烟，静心看着我们，默默地听我们说话，脸上洋溢着一种满足和欣慰。他看着已经长大成年的儿女们，肯定就像看着满地的庄稼一样。其实对于父辈而言，我们又何尝不是他辛勤培育的庄稼呢？只不过与我们相比，庄稼只需照料上几个季节，而我们却花费了他们一生的辛劳与心血。

从东海之滨到雪域高原，从海南岛到大兴安岭，从中原大地到首都北京，从党中央到国务院，从省长到满腿泥巴的老农，都把土地看得至高无上。

想起土地，便踱到窗前，推开窗子，一股清爽而又略带微微寒意的春风迎面扑来。不知从什么时候起，外面下起蒙蒙细雨。这是新世纪第一个十年的第一场春雨，正值冬麦返青的好时节，对于十年九旱的沂蒙山区来说，这场贵如油的春雨是何等珍贵呀！多少农民正孩子般伸出双手，让一丝丝细雨悄悄落到手上、头上、心上。

故乡的土地是我生命的摇篮，这片贫瘠的土地给了我清苦却幸福的童年，给了我质朴与善良的品格，给了我跪拜土地充足而深邃的情感。

摆脱土地的城市和城市人

城里人是被泥土里长出的庄稼营养着长大的，但城里人却不喜欢泥土，更讨厌泥土和风相互缠绵、嬉闹的情景。因而，虽然泥土烧制的砖块垒高了城市的眼光和高度，但城里人又天天嚷嚷着缺钙、补钙的时尚话题。

城里人的故事总是有开头没结局。城里的地面太硬，跪着祭祖会双膝疼痛，依稀里也就失却、淡忘了跪拜的姿势。城里没有泥土，逝者难以入土为安，只好以灰烬的形式存放在木盒里。逝者与生者都缺少生命的核心元素——泥土。

城市多冠以经济、政治、文化、金融、交通中心的字样，因而城市的内涵和外延更加丰富，历史的链条上越发突兀地显摆出其地位和品位。而乡村易被城市遗忘在历史弯曲泥泞的车辙里，于是被城市首选为推销物资和堆放垃圾的场所。城市其实不缺土，都被密匝匝的高楼和穿梭如织的马路压在了下面。又宽又硬的马路下，全是稀缺宝贵的黄土。

城市滋长最快的是灯红酒绿。城市不仅延伸街巷，还延伸网络状的逻辑和思维，所以城里人活得时髦、飘逸和洒脱。同时，城市依旧保持着惊人的胃口和速度，消化钢铁、能源和人情。乡村可以包容城市的速度，滋养城市和城市人的胃口，但在传承与情感方面不和城市同流合污。

城市从乡村中娩出，崛起，长大。但她不会，也不愿再蜕化为乡村，哪怕它像楼兰古城一样被沙漠吞噬，在风沙中干瘪，也不会再退却。乡村的背景上依旧缀饰着田园牧歌式生活场景和原始故事，普通而平凡，但一点儿也不庸俗、不落伍。自古只有陨落、凋敝的城市，而乡村却以亘古未变的内涵隽永存在，散发出历史的幽香。

脱离土地的城市，终究带有一股“土味”。在快速发育过程中，“土味”越来越淡，“腥味”越来越浓，但灵魂深处依然坚守土地的色调、品质和味道。

转型生存与发展的土地

土，是最底层、最贵重的物质。土地，是一切生命的根，包括鸟虫的翅膀。一切财富，来自土地，但土地不需要、不贪敛财富。

当你跟随大伙在田里插秧，黑油油的泥土钻满鞋窝的时候，不知道你曾否为土地涌动过多少奇思妙想？譬如，想土地的过去，土地的未来，想起世世代代的劳动人民为成为土地的主人，怎样去斗争、流血和拼命；想起在绵长的历史中，我们每一块土地上面曾经上演过的人物、故事和事迹，他们的苦难、愤恨、希望、期待；一条条平躺在土地上的高速路，路牌是忘本、忘祖的，只反复地标示一座座城市的名字。这些道路源自乡野，但目的地是连接那些巨大的城市，如同城市插到乡村身上的长长的吸管，拼命吸纳粮食、水果、蔬菜、畜禽和廉价的劳动力……

生活在都市，很少有机会去面对大片广袤的黄土，所以很难像面朝黄土背朝天的农民结下深厚的土地情结。许多农民不得不从土地上挣脱出来，到城里去找一份工作，衡量劳动的价钱、平衡内心。在土地上务农的劳动力越来越老龄化、女性化。

其实乡下的土才是真正的土，因为它是活的，是有生命的。中国土地是世界上被最早耕种的土地，先后被石头工具、青铜工具、铁制工具和机械器具耕作过，底蕴深厚。

在全球化、城市化、一体化的时代，我国数亿农民耕作的土地，仍在吃力地供养着越来越庞大、越来越“洋气”、雨后春笋状的城市、城市群。农业是弱势产业，是在那些高端的论坛上，在专家们演示的五彩电子图表中，那根最短的数据柱，那根爬升最乏力的曲线。问题是，我们任何一个人，都不能直接消费那些爬升最快的曲线。那些能将经济高度虚拟化赚取海量金钱的商人，身体最基本的需求依然来自于土地，也是那些普通平凡的小麦、玉米、土豆、南瓜和青枝绿叶的蔬菜。他们几十年的生命循环，最基本的生命元素，其实和牙齿发黄、蓬头垢面的农民一样都是来自土地。

世界发达国家的农业，大都是以大规模集约化经营的。我国虽然多少年号称“地大物博”，其实土地资源并不丰厚，各地农民占有土地的数量差别也非常大。实行家庭联产承包责任制之后，所有土地都被确定出等级，依次分给农户。因而原本分散的土地，更是被分割得支离破碎。家家户户只能小规模分散粗放经营，回归自给自足的原始状况。农民亲近着属于自己的土地，生活踏实而满足。当农民在自己的土地上挖不出黄金的时候，便大口大口地抽着闷烟，挺一挺腰身，拂一把苍白的鬓发，坚定地望着前方，那眼神透着坚毅和无奈；年轻一代思想活跃，经不住外边世界的诱惑，便“红杏出墙”、外出闯荡。有的地方，为了招商，竟然把土地零地价、无偿转让，农民心里在流血。

土地，成为民众心里的疑惑，学者心中的纠结，基层干部手上的烫手山芋，地产利益链上的印钞机。寸土寸金关乎国计，一垄一亩涉及民生。

土地之“重”，土地之“忧”，让我们滋长多少紧迫感、危机感、使命感、责任感？究其原因，在工业化进程中没能同步推进农村城镇化、农民市民化、农业现代化，经济腾飞过程中有些忽视民生尤其是农民的民生，蛋糕做大了但没及时想办法切好、分好，更多底层的人、弱势的人，没有及时很好地品尝蛋糕的甜美。

民以食为天，食以土为本，如果没有土地，再多的金钱也填不饱肚皮！

未来走向的土地

地球表层的物体，是地球上的人类赖以生存的最基本的自然资源，栖身居住是人类利用土地的最根本用途。远古时代人类栖山洞、居草棚；如今，高楼大厦，灯光璀璨，人们享受着人类进步和社会发展带来的现代生活。

古老文明的中国，一脚仍插在传统农业社会的土壤里，一脚踏在现代工业社会的土地上，眼睛紧盯着信息社会，追逐着大同社会的梦想。

纵观近代中国城市化的进程，城市大都沿海而生，多为贸易窗口，经济发展带有政治功能，当然它既打上了资本主义的本质烙印，又保留了传统农耕文明的特点，还透出许多新鲜的时代气息，坚守着改良的乡村态势。改革开放以来，中国土地城市化的速度大大超过人口城市化的速度。中国的城市不仅大，而且豪华、现代，有的感慨“城市像欧洲，乡村像非洲”。可惜绿地少，考虑人生活的舒适因素少。不少地方，片面地追求城镇化，占地盖楼、造城、扩城，无序地扩张，而进城务工的农民和失地农民，没有得到市民待遇，甚至成为城市农村两不管的边缘人。许多城市“地上”“面子”光鲜漂亮，却忽视了“地下”和“里子”。现如今房价一路蹿高，国家采取了宏观调控政策，但仍掐灭不了人们为房子焦躁而疯狂的欲望，有的为了给子女购房，差不多砸锅卖铁、借遍亲朋好友，最终还是失望、无望，直至绝望。无数“房奴”“车奴”，成为城市新族。

尽管土地是沉默的，但它有灵性，它在用心撰写中国过去、今天、明天三部活生生的历史。我们重视乡土中国，不只是基于它在现代化夹缝中所面临的发展纠结，更应思考我们的传统、文明方式的问题。这不仅仅是一个经济问题、发展道路的问题，也关涉着我们民族的情感密码、文化基因和道德模式。土地与经济、与政治、与法律、与文化、与伦理，都在直接发生千丝万缕的联系。于是，土地问题也成了一场“血”与“火”的抗争，成为中央和地方，上上下下、左左右右都感到棘手的问题。在全球化的世界里，如何逆势存在，保持自身特色，这是“乡土中国”的重大命题。

在物质匮乏时期，多数问题是发展不足、不充分的病症；发展到一定阶段或者一定水平后，风险和困难也在叠加，很多问题不是单靠发展能解决、能解决好的。我们应当清醒，高度分散、剩余过少的小农经济基础短期内难以彻底改变。农村正在萌生新型的农民利益表达组织和表达渠道，完善民主平等法治的乡村治理结构，组织各种人才和资源投入到后工业时代的新型乡村建设试验，让“草根”为主的农村更多享受发展新政的实惠，争取公正，享受公平，为农村、农业安上“安全阀”。

让我们热爱脚下的土地吧。那就扛起铁锹，栽植一棵树吧，那是大地的须发，让她的容颜不再流失；减少废水废气的排放吧。土地有清水滋润，才会变得丰腴；有蓝天相伴，才会永恒娇艳。土地期盼休养生息……

美丽而自信的土地梦

“我是中国人民的儿子，我深情地爱着我的祖国和人民”。这是中国改革开放的总设计师，一位饱经沧桑、历经坎坷的睿智老人——邓小平用最简洁的语言，饱含深情地道出了他胸怀祖国和人民、挚爱土地母亲的肺腑之言，朴实，自然，让我们敬佩和感动。

20 世纪 90 年代中期，美国世界观察研究所所长莱斯特·布朗曾发表“未来谁养活中国”这个耸人听闻的议题，预言 21 世纪中国必将出现粮食短缺，进而造成世界性的粮食危机。诚然中国人口基数大，人均耕地少，“吃饭”问题历来就是一个世界级的难题。吃饱饭，吃好饭，始终是中国党和政府着力解决的头等大事。进入新世纪，中国粮食生产连续“九年增”，中国人的饮食不仅没有出现问题，却创造了用占世界 7% 的土地，养活占世界20%的人口的奇迹，中国标杆令世界惊讶和感慨。同时减轻了国内经济增长下行和物价上涨的“双重压力”。实践得出这样的结论：“中国人完全能够养活自己。”

刚刚闭幕的党的十八大立足中国大地，提出走中国特色新型工业化、信息化、城镇化和农业现代化道路。“新四化”的深度融合，良性互动，同步发展，必然释放土地能量，产生集聚效应，补齐国民经济这块“短板”，为中国拓展发展的战略空间，顺利跨越“中等收入陷阱”。中央持之以恒地下大决心解决以土地为核心的“三农”问题，目的有三：解决中国人的吃饭问题；解决农民富裕的问题；解决经济社会长远、持续发展问题，也就是子孙后代的生存发展问题。城市化成功与否的重要标志，最终集中到一点，就是农民工及其子女的待遇和生活质量，与城市市民一样。

习近平总书记向全国各族人民承诺：“人民对美好生活的向往，就是我们的奋斗目标!”当代共产党人正像安泰一样，站在新的历史起点上，根扎古老而年轻的土地，深入土层、深入民心，肩负重于泰山的责任，挺直“实干兴邦”的脊梁，在雄鸡报晓的中国版图上，描绘出中华民族伟大复兴的中国梦！福泽、恩惠、滋养繁衍生息在这片土地上的中国人。

每位炎黄子孙凝望脚下这片掩埋祖先血脉和愿望的大地，都应当把爱化作奋起的力量，顶天立地，参与谱写新的史诗。即便是一棵柔弱的小草，也该用自己唯一的那点绿色，装扮土地的春天与梦想。

原载《北京文学》2013年第8期

被《散文·海外版》2013年第5期

《红旗文摘》2013年第10期等多家刊物转载

红木“王朝”（外一篇）

李登建

我陪老师赶到时，她并没有像她说的那样在约定的地点等候——她说得多好啊，“贵客！贵客！难得到我们这小地方，我早早去我们家具城门前，我要亲自陪您挑选，陪您好好玩玩！”电话里的声音那么热情，甚至是亲热。其实她和我的老师也不熟，老师远在京城，是从这里路过，由于对红木有研究，附近一个准备买一套红木家具的朋友便请她做“参谋”。而这位朋友正巧家里有病人，离不开，就打电话嘱咐家具城老板接待好老师（看来他们之间关系也不错）。路上，老师收到了她的联系电话，应该说榫头卯眼都对好了，可是……

“王朝家具城?”老师盯着那高高的玻璃钢字，“怎么起这么个店名?”

我附和：“我们那里也这样，什么帝都宾馆，什么大富豪商场，什么龙鼎老窖……”

“有意思，有意思，中国特色。”老师翘了翘嘴角。

我们自己来到展销大厅，顷刻，心里这一丝不快荡然无存。宽阔的展销大厅摆满了造型完美、色泽柔和、淳朴端庄而又气质高贵的红木家具，熠熠地映亮了我的双眸；尤其空气里弥漫着它们散发的奇异的芳香，这芳香是洁净的、温暖的，像原野上裹着花草气息的风扑面而来，叫你微醺。绝非甲醛那样刺鼻，也没有那种发腻的油漆、脂粉味。置一套这样的家具放在房间，幽幽的灯光下打开一本书，静静地读，那是什么光景！然而这却不是谁都可以享受的，你得有钱，那年我们黄河家园建成，四百多户一起入住，很多家庭借乔迁之际弃旧添新，只有一个过去当过副市长的人购的是红木家具；老师的朋友也不是平头百姓，据说是一位肩膀扛星的少将。我悄悄瞥了一眼标签，好家伙，这组八件套沙发标着99.99万元！这个价格是如我等者可望而不可即的，能来闻闻香味就够奢侈了。这也是沾了老师的光，要不是陪她，我哪里敢闯这“大观园”？看出我是个红木盲，老师给我讲，“红木”是个统称，红木中紫檀最名贵，自古有寸檀寸金之说，清朝紫檀被定为御用木，俗称官木，民间禁止用紫檀做家具，现在紫檀进入市场，应该也是一个历史的进步。我以前就知道老师除了文学，在艺术领域也涉猎广泛，现在她走在甬道上，搭眼一扫，就能说出哪是小叶紫檀，哪是黄花梨，哪是鸡翅木，我不由得暗暗钦佩。“这件作品好，雕刻巧妙顺应了木纹，自然纹理俨然是一幅重山叠翠的风景画，是湖面泛起的层层涟漪，可把身处烦嚣中的都市人拉回大自然。”老师在一张书柜前驻足欣赏，我也忙凑上去细瞅。

“哎呀，怠慢了，怠慢了！没想到我的两条腿跑不过您的汽车轮子，从办公室下来晚了！”未见人影，高而尖的声音先传过来。她翻用了电影《南征北战》里的一句台词。

无疑，她就是那个老板。老师转过身来接话。

这个人给我的印象，极似鲁迅先生小说《故乡》中刻画的那个杨二嫂：凸颧骨，薄嘴唇，两手搭在腰间，张着两脚，像一个画图仪器里细脚伶仃的圆规。

“杨二嫂”领着老师看她的家具，客厅系列、卧室系列、书房系列、餐厅系列。她眼里放着光，“全是真货。非常纯正。这家具，无形中就能烘托出居室主人的尊贵身份和生活品位。”

老师则把注意力集中在平雕、立雕、浮雕、透雕的细节上。她好像沉浸在里面，那流畅的线条，亦卷亦舒的花朵，呈现出简而稳、静而美、疏朗而空灵的艺术面貌。“是手工雕刻，手工雕刻才会是‘活’的，有气息的。”她深深赞叹。

“我们从来不用电脑刻绘，电脑刻绘僵硬、死板。”“杨二嫂”愈加神气，“方圆百里都认我的‘王朝’牌，山南别墅区的家具都是从我这里拉走的，企业给领导送礼都来找我，也有领导介绍客户过来……”

“借鉴中国古典家具的历史背景，融入现代审美元素，这是你们的长处。”老师还沿着自己的思路评价。

“杨二嫂”极力推荐清式家具，说清式家具绚烂，豪华，富丽堂皇；老师却偏爱明式家具的质朴、典雅，浓浓的书卷味儿，倾向于选这一种。她考虑到了那位少将朋友也是个作家，“红木家具不仅具有使用功能，它还是一种艺术品，一种文化。”老师说。

老师把初步的“考察”结果报告给她的朋友，“大功”就算告成，接下来，“杨二嫂”邀我们到楼上她办公室品茶。可真是家具城老板的办公室，陈设很不一般，不要说沙发、茶几、桌椅、书橱、博古架材质都是小叶紫檀的，每一件的工艺也颇讲究，雕、嵌、镶、描金无所不用，玉、石、翠、螺钿无所不镶，珠光宝气。室中央还有一盘相当完好但显然经过艺术处理的巨大的黄花梨树根，上面置有精致茶具（茶杯袖珍如酒盅），四围配以根雕矮凳。在这环境里品茶想来很出情调。翘头案上陈列着玫瑰紫、胭脂红、帝王黄各色瓷器，墙根下则排了一溜儿木雕工艺品：木包石大白菜、三羊开泰、李白醉酒、大肚子弥勒佛，墙壁上还挂着名人字画。“这是请欧阳中石题写的，这是我们市政协主席的，这是县委书记的……”“杨二嫂”眉飞色舞地一一谝着，但在我这个书法票友看来，有两幅章法、笔法都见才气和功力；多数虽然书者地位显赫，论字却还仅在“涂鸦”阶段，很可能是酒的派生物——不少官员喜欢酒后挥毫泼墨，酒店投其所好，备有纸笔——书者没当回事儿，而得者却如获至宝，精美装裱，悬挂起来用以抬高身价。整个说“杨二嫂”的办公室很贵族，很王朝，然而格调却不高，或者说有些低俗。

出于礼节，老师自然要夸奖一番，“杨二嫂”听后，高而尖的嗓门安上了扩音器：“我那个办公室比这里还漂亮！”她自然而然地说起县里给她安排了个政协副主席的职位，在政协大楼上有她的一个办公室，“可惜，我不常去……”——好多地方都是这样，你“业”创大了，成了利税大户，就可在“衙门”里弄个闲职。浏览完她的“宝贝”，“杨二嫂”坐在老板椅上，习惯性地仰起了脸——这把椅子好像是特制的，比通常的椅子高出许多——也许觉得这样对待老师不太礼貌，她又走下来，张着两脚，两手搭在腰间说话。转而向老师夸耀：“您看我表演表演茶艺吧，我手很巧的，只是近两年不是大领导来我不亲自动手了。”说着她伸出长而尖的手，持竹夹洗茶壶、茶杯，持木匙挖出肥硕圆滚的茶颗粒儿倒入紫砂壶，提起已烧沸的电热壶，水流先低后高冲击茶颗粒儿……动作的确优雅流美，斟于杯中的茶汤呈琥珀色，也颇好看。遗憾那杯子太小了，只可供雅人品尝把玩，而不是解渴的水，无法想象出大力流大汗的劳动者可用它补充生命必须的水分——可见我这乡巴佬对茶道一窍不通。

茶助谈兴，老师与“杨二嫂”拉呱聊天。老师问她工作忙不忙。“我没有什么可忙的，我就是玩，事儿还用那么正儿八经地去干吗？玩它就行，我是个玩家。”“杨二嫂”说话依然那么高而尖。不过可爱的是，她倒是直来直去，尽管这直来直去带点儿放肆，无所顾忌。本来此“玩家”非彼“玩家”，但眨眼间，她们的话题却慢慢由这个词过渡到了收藏上。没想到她还是个搞收藏的老手，从收藏字画说到收藏玉、收藏石头、收藏瓷器，又说到收藏贵金属制品，收藏纪念币……她说这些时不用“收藏”一词，而用一个“玩”字，这个“玩”字从她口里出来是那么溜滑。这几年，我不串门，不上网，只埋头读散文、诗歌之类的东西，封闭于象牙之塔，孤陋寡闻到了呆傻的程度，我竟不知道现在已是一个“玩”的年代，人们都在这样“玩”。当然也不乏对艺术品、对某一类珍贵物件特别喜爱、迷恋的人，但不能不说那些有钱人，企业老板们，还有一些官员，更多的却是从投资、谋利或者聚财出发。多少人在玩股票，多少人在玩期货，多少人在玩房地产？不动声色地玩，大张旗鼓地玩，官商同心协力地玩，里外串通一气地玩……听她们的谈话我得知，这“玩”里大有道道，能玩出大名堂。相当数量的“玩家”就这样轻而易举地玩成了富翁，占据了财富金字塔塔顶。

“明眼人面前不说暗话，我的家具城就是玩木头。新玩法罢了，与时俱进嘛……古旧家具我也玩。”“杨二嫂”掩饰不住这个时代一个如鱼得水的成功人士的得意，或者说在有意炫耀。她伸出两根尖长的手指，“去年我的利润还可以，两千万！”

“噢？”看上去老师也甚是惊讶。

她们谈起了不断升温的木头市场，谈起这个市场火得名贵木材开始以斤、两论价。这时，“杨二嫂”又伸出两根长而尖的手指，意思是去年她趁越南黄花梨价格走低，陆续购进二百方，储存在仓库一直未动，她期望它们能创造奇迹。“我给你算笔账……”“杨二嫂”轻巧地捏起茶盅，饮下，润润喉咙，继续往下说。

她算得很精细，夹杂着好多“专业术语”，我听不懂，便一人出了楼道。

果真到了一个“玩”的年代？我不敢相信，也不愿相信。心里矛盾着，两腿也犹疑，去哪儿呢？营业楼后面有一排低矮的简易厂房，好像是家具城的生产车间，不知一股什么力量牵引着我的脚步向那里走去。

车间里完全是另外一种情形，十几个工人在忙着解木头，吱吱的电锯声尖锐刺耳，锯末纷飞如蝇，黑压压的蝇们飞累了落下来，积了厚厚一层，差不多没了脚面。下一道工序是把解开的木板截成方材，一块块码成垛儿，废弃的下脚料扔在地上，碍事的才被抛到一边，墙角已堆了一座废弃物的小山。薄薄彩钢板的房顶哪里架得住太阳的火球在上面滚，仿佛要烧红、烧化，把成吨成吨的热“闷”在屋子里。木工们大多光着上身，腰背都生了铜锈似的，那是汗水粘住了木屑粉尘。窗台上搁着高高低低但都像小水桶一样的塑料瓶子，装着白开水（抑或是从自来水管子里灌的生水），汗流多了，就咕咚咕咚喝一肚子——这功能是那小如酒盅的茶杯所不具备的，但这却被小茶盅们讥讽为“牛饮”——我第一次进这样的车间，好奇地东转转，西瞧瞧，可没有谁管我、搭理我。他们之间也没有话，没有说笑，一个个全是木然的表情，机械地搬动着木料，甚至需要协作时也不言语，但却配合得很默契。看了半晌，我猜不透，他们是怕“斗”不过那台大嗓门的电锯而缄口不语，还是长年累月和木头混在一起已经变成了木头人？

雕花车间轻松了许多，反差最大的是这里很静，墙那边的电锯声好像被挡在千里之外，听不见了，也没有纷扬尘粉的干扰——雕工们凝神屏息，一刀一刀，趴在木板上雕花卉、雕虫鸟、雕山水。每人面前都摆了一二百把大小不一的刻刀，刀口从宽如凿到细如针的都能派上用场。换刻刀的时候不必挑拣，信手拈来就是适用的那一把。刻刀是那么灵活自如，好像长在她们手上，是她们的第六根手指，一根可以抠进木头肌理的手指。这个小雕工也就十八九岁，少女偶尔的一抬头，让走近的我看见了一双透着灵气的大眼睛；从她清秀的脸庞，还可断定这是个心地纯洁、美好、满怀青春梦想的人，这样的人刀下的花草才芬芳馥郁。一位年纪大点的雕工正在雕一组复杂的图案，喜鹊登梅，松树仙鹤，五只上下翩飞的蝙蝠，还有串串垂挂如瀑布的浑圆的葡萄。她说这幅图已雕了三个多月，完工还得两周左右。她下意识地不时轻轻拂一下自己的作品，眉梢挑着骄傲的神色，而不见一丝一毫的腻烦。她也明白这是给别人雕的喜庆福寿，但还是要把全部的柔情、全部的智慧、全部的爱都倾注到刻刀上，这样的作品怎么能不美？想起老师说的为什么人工雕刻百倍地胜于电脑雕刻，按说电脑的精微无可比拟，但它缺少鲜活的生命。在艺术创作中这恰恰是至关重要的。我受到不小的震撼，同时感叹那个“杨二嫂”太精明了，在这里几乎全用女雕工，美女子与美、与艺术是同义词，她深知她们的价值啊！在雕花车间，我流连忘返，看着她们精心地投出每一刀，看着她们陶醉于美的创造里的专注的样子，我羡慕得不得了。可是负责艺术指导的老师傅的话才使我了解，这个“轻体力活”却也不轻快，她们在案子上一趴就是几个小时，一人一天平均在坚硬如石的木头上刻一万多刀，像蚂蚁啃骨头，像愚公移山。眼睛累得发疼、发花，下班出了屋子好长时间看不清东西。年龄没多大就患上颈椎病，亭亭玉立的姑娘过早地驼了背，上了年纪手关节没有不出毛病的……看来确如哲人所说：美很多时候是与苦和痛相伴而生，诞生于身贱位卑者繁重艰苦的劳动之中。但岁月会流逝，个体生命会完结，艺术之美的花朵却历千秋而不凋（公平的是，“艺术家”的生命也在其作品里得到了延续）！

一切在由纷乱到条理，由繁杂到简洁，经过组装工序，一件件成品的红木家具、工艺品亮丽地站在了那里，出浴美人一般。这些出浴美人是由蒙了灰尘的黑黑的木头变幻而来的，是从满是木屑的黑黑的大手、锋利的刻刀上走出来的，在梅兰竹菊、梅花鹿、麒麟的簇拥下，伴着声声喜鹊、仙鹤、春燕清脆的鸣叫而来，简直让人十二分的惊喜。可是这还不是它们的最后，还要进行刮磨，使其更加光彩照人。这个车间只有一个工匠，他正蹲在一张太师椅旁仔细分辨木纹和雕刻时刀法的方向，瞄准了，拿过一块砂纸打磨起来。打磨一会儿停下，用手摸摸，再换一张细砂纸打磨。少顷，再停下摸摸。这只探测器似的手掌的神经特别丰富、灵敏，它一点点地感觉到了平整、光滑，感觉到温热柔润如爱人的肌肤了，嘴角现出了幸福的微笑——而他的手却越来越粗硬，我发现，他们，包括那些雕花的女子，都手掌粗糙，手指粗短，她们没有“杨二嫂”那样柔荑般的好看的手——我不忍打扰他，趁他蘸水清洗刮磨的地方的时候，我才和他攀谈几句——我不能再等，我估计“杨二嫂”谈生意经快结束了，到去大酒店的时间了——

“这么一套沙发能卖多少钱?”我问。

“俺不知道。”他担心我误解为这是保守商业秘密，补充道，“俺是给老板打工的，只管干活。”一副很诚实、很自卑的样子。

我相信他说的是真话。

我还想问“老板给你开多少工钱”，话到嘴边却咽了回去。根据“常识”，老板是不会在雇工身上花多少钱的，他们的工资都很低，与他们带来的效益很不成比例，还常常不能按时拿到手。这种情况如果要他对人说，那不是在他心上撕伤口吗?

出了厂房，我脑海里突然迸出一句话：“红木是温暖的，人间却这样冷酷。”接近营业大楼，又迸出一句，“红木不易腐朽，有些事物却可能烂得很快。”思绪火星一样乱迸，好像没有联系，又好像有联系。

……

此事过去三年多了，我再没去过王朝家具城，再没遇到“杨二嫂”。她的家具城肯定红红火火，财源滚滚，君不见“玩风”长盛不衰，愈演愈烈。但“杨二嫂”那精悍机灵、逸乐尊贵的大玩家形象却在我记忆里渐渐模糊，倒是那一群浑身木屑、粗手大脚的木工、雕工的身影越来越清晰——有时是忽地“跳”到眼前，生动而亲切；有时是山一样耸立在不远处，你须仰望——而每当这时，如同画外音，鲁迅先生的那段名言便沉雷似的在耳畔回响：“我们自古以来，就有埋头苦干的人，有拼命硬干的人……虽是等于为帝王将相作家谱的‘正史’，也往往掩不住他们的光耀……这就是中国的脊梁!”

2013 年第 10 期《散文选刊》转载

短工市

满世界都是白晃晃的阳光，闪闪烁烁的碎银片从空中飘落，在房顶、墙壁、煤气管道、铁栅栏上跳跃，水泥地面像覆了一层厚厚的碱屑，晒化的柏油路发出吱吱的响声，路两旁的树们头昏脑涨，病病怏怏，快要支撑不住了。这个时候，城里人都躲在装有空调的室内休息，或者在绿藤架底下，沏一杯茶，细细地品。街上几乎没有行人，偶有一个也烧焦了叶的禾苗似的，慌慌地逃着。四周可怕的空廓、寂静。

他们却还待在这儿。在路边的石沿上，黑黑地排了一溜儿。圪蹴着的；坐着鞋底，把骨节粗大的赤脚摊在面前的；抽了筋，散了架，斜倚着树干无聊赖地哼小调儿的；汗衫铺在身子下，四仰八叉地躺着，拿张报纸遮住脸，不顾酱紫的肌块露在外面呼噜大睡的……神态各异。但灰灰的头发大都蓬乱着，胡楂也都很长，腮颊多呈锈红色，好像是尘土慢慢侵蚀的。那边堆着的几个刚刚干完一件活儿回来，骡马似的大口喘着气，脸上、脖颈上的泥垢让汗水冲出道道亮沟儿，又用手一抹，活活一帮京剧舞台上的张飞、关云长——真叫同伴们羡慕、嫉妒！

他们就这样横倒竖歪、懒懒散散地待在这儿。被滚滚的热浪蒸着，被漠漠的枯寂噬着，皮皮实实的他们也已萎蔫，身子懒得动一动，连话也不说一句，那个总喜欢从对面的摩天大楼上看到有经过他们之手的沙石灰料（他常常在村里炫耀呢）的青年人也没有幻想的心思了。整个儿宛若一潭死水。但是他们的神经却始终高高地挑着，他们靠第六感觉感应到在很远的地方，一队满载着沙子、石子、石灰或者煤炭的车辆，正隆隆地朝着这座小城驶来，仿佛一条蜿蜒的长龙，气派、过瘾着哪；而与此同时，需要卸车的雇主就朝着这儿、朝着他们走过来。雇主还没走到跟前，他们已经抖掉身上的慵乏腾地跳起，打着鼾的汉子也来了个漂亮的鲤鱼打挺，蹿在前头。立刻，他们身后早佩好铁锨、钢镐，整装待发、渴望拼杀的自行车，插上了翅膀，或者变为匹匹剽悍的骏马，洒一路清脆的铃声，迎着那沙子车、石子车、石灰车或者煤车疾飞、奔驰而去……

但是现在，还没有雇主走来。空荡荡的马路上不见一个人影。只有十字路口东北角篷布下卖西瓜的老汉，守着绿汪汪的西瓜摊，扑打着破蒲扇，半晌沙着嗓子吆喝一声："流蜜含糖的大西瓜，五毛钱一斤！"

一个手提小包的人打这儿路过，这些眯缝着的眼睛都悄悄撩开一角，远远地瞄准了目标，雷达似的跟踪、移动，它们在对方的脸上好一番搜索、探询，未看出有用人的意思，又失望地关闭了。

有时候，行人在这里稍一停步，他们就会呼啦啦上前围住你，像一群饿狼。

他们不是来自一个村子。一个村子的自然形成一伙儿。而一个雇主都用不了多少人，他们伙与伙之间因为抢雇主发生争吵、斗打是家常便饭，有时甚至发生流血事件，上个月，河畔村的张小三就在这儿丢了一根胳膊。

树影向南挪开两拃宽，太阳的金箭射疼了他们，雇主还没有出现。他们有点坐不住了。他们身上的肌块松弛下来，酸酸的痒痒的，好像无数条小虫子在里面钻来钻去，小家伙昂着头，甩着小尾巴，畅饮着血浆，发誓要把其抽瘪似的；脸色也阴沉了，原有的那点亮色渐渐消失，蒙上浓重的乌云那么难看。"今儿个雇主们是咋了？都死绝了！""没给财神爷烧炷香，他妈的碰不上个好运气！"他们这样忿忿地诅咒着，心里冒出簇簇火苗，一下一下地舔胸腔，直舔得他们如热锅上的蚂蚁。实在是一分钟也不能再待了，如果这样蹲到天黑（有时也会出现这种残酷的结果），可怎么进家门？他们怕见老婆，怕老婆那一通夹着冰雹、蒺藜的臭骂或者无声的怨气或者低低的抽泣；还有孩子，孩子的学费还没凑齐……

有人拿拳头捶打自己麻木的脑瓜儿，有人用力地撕扯着头发，有人虎啸一般长长地叹了一口气。

这种闲散的等待是这么折磨人，哪有出点力气好受。当雇主把他们带到场地，一见那庞然大物似的沙子车、石子车、石灰车或者煤车，他们简直就像瞥见舞动的红绸子的西班牙斗牛场上的公牛，眼里充了血，两臂胀得发烫，嗷嗷叫着扑过去。他们干起活来很凶狠，仿佛是怀着满腔的仇恨，同敌人展开殊死搏斗。谁也不是他们的对手，敌方不甘溃败，引爆满天飞扬的灰尘做烟幕弹，他们恼怒了，疯狂了，咬着牙在烟雾里左冲右突，摸爬滚打。他们痛痛快快地滚一身泥土，又痛痛快快地以汗洗身。他们尽情地释放着肉疙瘩里的蛮劲，也尽情地释放着心头的重负。对他们来说劳动真是无比的幸福。他们哪里还相信人世间另有盛夏躲在装空调的室内和在绿藤架下品茶的享乐！

可雇主还没有来。

可他们还要苦苦地熬下去，把“宝”押在下一刻上。

十字路口东北角的西瓜摊也一点没见小，老头儿纳闷，“出啥症候了，他们都聋了？”他清清喉咙，“四毛钱一斤了，流蜜含糖的大西瓜！”

原载《山东文学》2013年第8期

被《散文选刊》2013年第10期转载

如果你是仓央嘉措，我该是谁？

雨 桦

几天前，朋友一家从北京来青岛玩，夫妇带了儿子，说是来还愿，十八年前，也就是他们三十五岁的那年，她和丈夫来过此寺院求子，希望有个儿子，结果，在求子观音前虔诚地许了愿，真的就如愿了，让他们有了儿子，现在，儿子已经十七岁了，一直在加拿大上高中，品学兼优。我也实话实说：还真不知道青岛哪儿有求子的寺院。因为时间太久，朋友也忘了是在青岛的哪个寺院，或许是海云庵，或许是湛山寺，她提出这两个地方。我告诉她，虽然我不知道，但可以去问朋友，朋友答是湛山寺，不是海云庵，二者都是庙宇，但湛山寺的名声更响一些。送走朋友以后，我独自去了湛山寺，这是我第一次去寺院，之前，我所知道的寺院不过是布达拉宫那个气势恢宏高高在上的大殿而已，晚上安静下来，经常对枕边的他说：我想去布达拉宫住上一个月，寻找仓央嘉措的灵魂。对他我有很多话想说。也有很多困惑不解。我还想和那些和尚每天朝夕生活在一起，想走进他们的内心世界，想知道他们为什么不像世俗男人一样娶妻生子，如何可以干净地放得下那些不了的情缘？难道他们真的悟透生死，只随意念，不问因果吗？真的不需要，哪怕一点点情怀的滋养吗？一点点甜蜜的浸润？为什么仓央嘉措和他们不一样？这个问题，作为男性的他也无法回答我，他不是僧，自然不懂僧的内心。

在寺门口遇到二位老者，大概是好久不见的老朋友，两个人热烈地拥抱了彼此，其中稍年轻的一位老者说，他一个好朋友过得很不开心，去五台山出家了，他刚从那里看完朋友回来，接着问老朋友，你怎么老得这么快呀？是不是过得不开心？若是不开心，就常来寺里走走。老者还说，佛也有不开心的事，但她从来不悲伤，不难过，不怨不恨，不管走过几程山水，她依然平和依旧。佛要我们感恩一段温暖的际遇，要我们珍惜寻常幸福。

可是，有几人可以平静地做到？

抬头间看见两个年轻女人剃着光头，穿着灰色大褂走出来，我问旁边的一位工作人员，她们是和尚吗？她纠正道，女人不叫和尚。那几个女人是修士，我不知道修士是什么。她的解答很简单：信教的人都可称为修士，见我还在疑惑，她再次解释，你也可以成为修士，只要虔诚信教。这时，又有几个穿着黄色袈裟的小和尚走过来，在现实中，我是第一次见到小和尚，想像孩子一样恶作剧地摸摸他们锃亮的光头，尤其是那些黄色的袈裟，在我的眼中，是那么的浪漫而遥远，那是一个未知的世界，激起了我沉睡于内心的好奇和渴望。确切地说，我不是想触摸他的袈裟，而是在那袈裟上面，触摸一个男人已经远去的灵魂，和他内心的温暖。我用柔软的目光注视着他们。不！是注视着一个肉身早已经不知道在哪里圆寂的男人。

可惜，没有人懂我这一刻藏在心里的秘密。

我也不敢大胆地将这个秘密告诉给那些小和尚们。

他们不懂一个红尘女子的心事，就像我也不懂他们隐居光阴与世间的绝决。

那些小和尚岁数都不太大，有着一张张年轻稚气的脸孔。这个年龄本该在大学校园读书，享受青春的慵懒与张扬，或者苦恼着暗恋的女孩子为何不解他的心事。他们却选择了青灯黄卷，手持佛珠，闭目念经，不是说做个僧人不好，是觉得这样的锦瑟年华，做到寂静无言，普度众生，真的能拯救世界吗？是不是有些可惜了仅有的一次青春？没有人可以回答我内心的疑惑。他们本来走得很慢，也忽然间因我的注视而低头，行色匆忙，一闪身就不见了。在那里独自愣了半天才缓过神来。仿佛所有小和尚都是仓央嘉措的影子在我眼前飘忽而过。

只好往前走去，一座江南式的小桥流水过后，是湛山晨钟。高高的亭寺，大门敞开着，烟紫色的格调儿，飞檐，琉璃式的建筑，特别气派，肃穆。与古代的建筑没什么区别。

我无心看这些建筑。

我努力寻找一个人的影子。我明明知道他不在这里。可是，看到那些身着黄色袈裟的小和尚们，总有一种错觉，他就在这里。一如他当年的模样，他一定在的，圆寂的是肉身，而他的灵魂依然年轻地活在世上。我仿佛看到他在所有的寺院里驻足。诵经。

那些僧人们就是他的化身。

三百年过去了，岁月早就模糊了他的容颜，我的寻找依旧没有停止。

仓央嘉措。

我来了。你在哪里？

我知道我不是达娃卓玛，也永远不会是。是不是她并不重要，重要的是，我一直都在寻找他的前世和今生。

那是一个男人的使命和责任。

我感动于他的忠贞，绝决，任何名利撼不动，世上的男人无处不在，古往今来，只有他可以。因为他，我想到薛平贵与王宝钏，薛也对心爱的姑娘山盟海誓但终究都是一场镜花水月。为了他一句的誓言，王宝钏独守一生。他再见她时领来他的妻子儿子。她怎么能想到等了十八年是这样的结局？我也想起南梁才子萧统，在无锡的顾山，遇到慧如，被她的美貌所倾服，她不从，他牵着她的手说："慧如，我是太子，你要相信我。"回京以后他要用紫盖香车来娶她，从此却音信皆无，慧如相思成疾，又是一场诺言惹的祸。一句诺言，一个生命就此枯萎。

我想，对于仓央嘉措，我不是爱他，而是爱他的执着，在他的眼中，名利就像粪土，生命也不足可惜。那是女人几辈子都想要的执子之手，与子携老。

只有他可以。

我相信，所有的女人遇上他都可以愿意与他地老天荒。

不时有香客进进出出，或许是看到了我的镜头，一个黄袍袈裟的和尚急速地闪身，隐进了寺里。寺门朝东，上午的阳光照进来。寺里的气氛也因这灿烂的阳光而明媚了很多，一个巨大的铜钟出现在眼前，从寺顶倒挂下来，钟是纯铜的，名为湛山晨钟，每一次撞钟时，发出的巨大的近乎空灵的回声，像是天籁般的声音，响彻在湛山的上空。福音就是这样传播给世上心心牵挂的人吧。每年的除夕夜，或节日的上午，都有人来这里撞钟，是为自己祈祷平安，幸福。在寺里转角，我看到了那个小和尚。大概是经年不吃肉或很少晒阳光的缘故，面色有些苍白，忍不住好奇与他攀谈起来。我笑着问他，这里就你一个人？他抬头看我一眼，微笑着点头，算是回答，然后，继续看他的经书，这期间，一个年轻的母亲带着年幼的孩子也来撞钟祈福。他一边收钱，一边指导香客如何撞钟，香客走后，我们的聊天也畅快起来。整天在这里守着大钟，你不寂寞吗？我问。他摇头。可是，年轻，总有澎湃的欲望，总有莫名的情愫需要倾诉，总有肌肤需要相亲，这对于一个过于年轻的男子，割舍世间红尘，我不能理解。他说，想出家，传播福音，就不能想这些，否则，就不能出家。那就意味着，也不能约会年轻漂亮的姑娘，年轻的激情不是说没有就没有的，我也年轻啊，所以，我懂得年轻的身心不甘寂寞的因子，时刻都在追逐着什么。他说，你不是出家人，所以，你不懂的。我仍旧半信半疑，在我们聊得正欢时，一个年老的女人因拿不动东西需要我帮忙，她打断了我们的聊天，我只好帮她把买的东西拿到她指定的台阶下面，等我返身回来时，里面已经涌满了撞钟的香客，我只好离开，继续向前走。

前面是一个雄伟的大殿，门开着，里面香火缭绕，一群穿着烟紫色长袍的女人排成队，手捻佛珠，伴着悠扬的音乐，嘴里念着什么，彼此起伏，我问殿外边一个年长的阿姨，她们念的什么呀？她说，她们那是祈祷和平，幸福呢。大殿里面，一座大佛高高地端坐在那里，金色的面，金色的身，大佛的旁边是金色的莲花，上面的飞檐似乎挂着经幡类的东西，转动的经轮，提醒着佛的神圣。整个大殿在九月的灿烂阳光里，显得那么壮丽辉煌，无与伦比，里面诵经的人并不为我的注视所干扰，依然静心诵她的经，表情平静，眼神安详。每天上午都是这样。一个和尚告诉我，她们是信教的妇女，每天上午都来，这大概就是进门时，那个漂亮阿姨告诉我的修士吧。只要信教，人人都可成为修士。从字面上理解，修行自己的行为思想，多做善事。修士也就是这么来的。是的，人人都可以成为修士，只是，我们生活在红尘中，修炼自己，悟透生死，不争不媚，不妒不嫉，不怨不恨，真的很难。

香火的气息无处不在。门前，有专门的香客跪在那里烧香许愿。想在佛的指点下，早日获得幸福。那个和尚继续对我说，有什么心愿可以到佛前去许，一许就灵，他看上去也近花甲之年了，出家是近年的事，我不明白，他有儿孙，为什么要舍弃美好的生活出家？他看出我的疑问，说，这是个人选择，生命还在，不同的活法而已。这个不同的活法就是不同的追求吧。信教也是一种追求。其实，有很多话和疑问想问他，我知道他不会回答我，我想，每个人都有自己的苦衷和难言之隐吧。尤其是当一个男人，决定出家，当和尚，也一定对世俗的烟火充满了不屑和沧桑的感慨吧。

我虔诚地问他，这个佛与仓央嘉措的佛有区别吗？他说，他是藏传佛教，这里是汉传佛教，其他的没有区别，他们的喇嘛就是咱们汉族人所说的和尚，只是叫法不同。

西藏的六世达赖，也就是我们所崇拜的情僧，仓央嘉措，康熙二十二年（1683）出生，据说，他出生时，有七日同升，黄柞照耀现象，为莲花生转世。父亲在他年幼时去世，年轻的母亲带着他在那里独自生活。十五岁以前，他生活在藏南门隅一个小地方，门巴族，放牧牛羊，他的家乡虽然封闭，但那里，天蓝水美，绿草肥羊，是一个崇拜爱情自由的地方，所以，1697 年，十五岁的仓央嘉措，正式成为六世达赖，成为布达拉宫的转世活佛，众人朝拜的对象。整整到二十二岁，他一直都是每天早起，坐在高高的大殿上学习经书，孤独而刻板，他要忘掉曾经带给他懵懂爱情的故乡，忘掉青梅竹马的姑娘，忘掉曾经的快乐和自由，然而，这样的日子过了三年，他拥有了学识，身体同样不甘寂寞，从布达拉宫一个无人知晓的后门里偷偷地溜出去，戴上假发，改名为宕桑旺波，在一个黄色小楼的酒馆里与那些年轻人，唱歌跳舞，因此认识美丽少女达娃卓玛，很快坠入情海，这段爱情一直在秘密状态下进行着，1702 年，这个秘密被发现，一场大雪，出卖了他，晚上离开时，天晴得很好，清晨偷偷回来时，大雪覆盖了地面，他留在地上的脚印，被人发现。仓央嘉措的情事被康熙知道，命运也因此急转直下，由万众瞩目的活佛成为阶下囚。

他被五花大绑押解京城。

记得在电影《非诚勿扰 2》里，一个叫川川的女孩子读了一首诗《见或者不见》，那一刻，眼泪从我的眼角簌簌而下，我相信，世间一定有很多人被这首诗感动。之前，许多人都认为这首诗是六世达赖仓央嘉措所写，并广为传唱。其实这首诗是一个叫扎西拉姆·多多的女诗人写的。扎西拉姆·多多说：她愿意将荣耀归于仓央嘉措。

诚然，我喜欢仓央嘉措。

是作为女人的那种喜欢。我常想，如果时光倒回三百多年以前，如果我与他相遇，我会有这样深情的告白吗？我不知道。我只知道现在的我，在红尘中经历了诸多的悲欢离合后，向往遇到这样一位才情横溢，为了心爱的姑娘可以放弃世间一切功名利禄的男人，甚至为达娃卓玛，他把名字改成了宕桑旺波，纵然情缘短暂，他给了门隅少女多少柔软的情怀？并且一直用行动不管不顾地兑现着自己的诺言。但，他是佛，是活佛，是别人的活佛，不是他自己。他不可以撩拨少女的身心，也不可以情难自禁。他只想默然相爱，寂静欢喜，只想面对纯净的少女，珍惜她给他的美丽初心，只想在不经意的邂逅中，地老天荒。

然而。不过是浮生一梦。

他触犯了众佛。必然受到法律的惩罚。结局可想而知的惨。1706 年，二十五岁的仓央嘉措押解去京城的路上，在青海湖下落不明，有传闻说他去了五台山观音洞，有说他去了加德满都后来回到内蒙的阿拉善旗，继续传教。总之，他消失了。

我不是在这里和你讨论他去了哪里，是否继续他的佛缘。

我想说的是作为男人的仓央嘉措，他明知道喜欢上达娃卓玛的结局，依然锲而不舍地求索，哪怕梦断尘埃。他笑傲沧海，也寻觅圣灯，给迷惘的人以光明。

可是，他却要苦度自己。

我喜欢仓央嘉措。

像喜欢偶像那样，没有前尘往事的喜欢。也许他不高大，但在我的心里，他是至高无尚的伟岸，我知道他是僧，我不喜欢他的僧人职业，他还是情僧，我喜欢后者的仓央嘉措。

僧人是诗人的不多，是情僧的，历史上除了苏曼殊，就是他。

喜欢他的情怀。他的纯净，他的情难自禁，眼波流转的心动。他是佛，却在佛前发出同样无奈的问：世间安得双全法，不负如来不负卿。

我努力寻找，靠近他的灵魂。想和他谈谈，我们现代人的人生。究竟哪里出了问题，拥有爱情的时候，却从来没有相信过爱情。拥有幸福的时候，仍然感觉不到幸福。为什么总是有那么多的困惑，挣扎？为什么我们不能像他一样，可以全然为着哪怕一次甜蜜的渴望，就可以抛弃一切？我们总是患得患失。草木会感恩阳光与雨水给她的浸润，活着的每一天都要尽情地绽放和翠绿。而人，在痛苦的时候，根本不会想起曾拥有过的幸福时光。我们总怨得到太少，付出太多。在一场又一场的名利中无法解脱。

我想问佛，情僧何罪之有？若说有罪，也是因为他心中装着太多的爱。

佛传播福音，解除痛苦。

仓央嘉措，为何不能解除自己心中的困惑？

原载《当代小说》2013 年第 9 期

乡村的母亲，那不死的人

简 墨

我的婆婆刘瑞芝（1929—2011），山东省菏泽市鄄城县仪楼村人。十八岁嫁入仪家，做三个孩子的继母，视如己出，后又生育三个孩子。侍奉老小十几口，一辈子都在下田劳动。除了县城三个姐姐家和济南我这里，她哪里也没去过。此篇敬献给老人家，以及乡村的母亲们。

——题记

她呼唤，他应答

到乡村去，每到傍晚，日头染红了西山，接着，星辰擦亮了黑夜，就听到一声声或高亢或纤细或温柔或不耐烦的女声东一声、西一声，高高低低地响起：“××，回家吃饭了……”

于是，就有一个、两个、三个……所有的孩子，分别应着，急匆匆地向那个声音的来处扑去。

那个声音是一个农妇。多少个声音是多少个农妇。

她的手一定很大，粗糙，有的还干裂，每个指头的顶部都缠着胶布。她不娇小，即便矮小也不娇小，像一架小飞机，敦敦实实，螺旋着就能飞速上升，去撒种子或喷农药；她也许高大，那就更像是树，村口或田垄上那株祖父或老祖父种下的槐树。不，一定不是柳，不是，不是垂柳，直的也不能——柳是城里的女人，纤巧或泼辣，好看或有气质，可她不是农妇。

那么，农妇的温柔是槐树捧出的槐花，白白香香的，闻闻醉，吃吃甜；她的温柔是香椿捧出的春芽，绿绿鲜鲜的，闻闻醺，吃吃嫩……是的，给捋了揪了蒸了煮了拌了……给吃了。被孩子们，或自己的男人。

像捧献了她的乳房。

她把自己的衣襟卷起，扒出，掰开，捏着，塞进……

每一滴都落不下。

她后来就老了。好像还很快。比城里的女人快三倍。

她的乳房瘪了，像倒空了粮食的口袋，歪着趸在墙角，似乎一个睡着的老猫。她的声音也老了，沙哑，空洞，有牙齿脱落，会漏风。她的男人也许早走一步，去那黄土黑土红土下，等待她。

她的孩子走了好远，都走到了多金轿车娇妻爱子盛名高位……也鲜衣怒马，也讲话演讲，可他还是能听到她叫着他猫猫狗狗的乳名儿，唤他“回家吃饭”的声音。

多少辈子，她呼唤，他应答。

死了活着，她呼唤，他应答。

这声音绵延不绝，回声绕梁。

她唤得悠悠，我听得泪流。

她的灶膛

她在那里烧火。

升腾着浓厚白气和香气的，是一大锅的包子；红彤彤映得像太阳的，是她的脸庞。

她一锅一锅地蒸和煮，仿佛只为蒸煮而生。

她把种子蒸煮成气力，灌给男人，男人再把气力灌给土地，土地吐出种子，交给她蒸煮……这世界几千年就是这么过。

头发上沾着一点碎屑，玉米秸或草棍儿，她不管它；手上染上了一点黑灰，她也不管它。风箱呼哧呼哧，像个好老猫的呼噜。

它更像她的孩子。她像它的妈妈。

她像所有一切的妈妈：粗瓷碗、原木桌、抹布、笊篱、锅盖、辣椒串、下蛋鸡、公鸡、猪、狗、羊、草、树、星斗、露珠、马齿苋和麦子，山峦、溪流、飞鸟和蝴蝶……

她那么爱美——即便不怎么年轻了她还是那么爱美。她的发卡卡在她的白发上。她的嘴角挂着微笑，像挂着花朵或果实；她的眼睛闪闪发亮，像捉了萤火虫做的目光；火光映得她的皮肤多么红亮，像夏日田野活泼泼的晚照……她简直像个姐姐或妹妹。

她坐在灶膛前，却像长在山坡上。

我不能不把她想象成一株漂亮得不像样子的桃子李子杏子树。

她的农具

屋顶放杂物的小屋，里面全部为农具，微眯着双眼，从容不迫。她用了她们一辈子。她跟她们在一起的时候，她们就抱着她，像一群亲人，不分彼此。

她们一定亲眼看过种子到胚芽，胚芽到苗，苗到禾，禾到穗，穗到麦……的那些日子，像孩子的孕育到娶亲的日子。她们轻吻了惊蛰和春分，啜饮了清明和谷雨，更咬牙忍下了寒食和芒种，拥抱了喷天流火、汗流浃背的小暑和大暑……这里那里，黑泥白铧，绿树红花，将酒擂茶……那些热闹，缤纷到不行。

铁锨、木锨；粗筛子，细筛子；大杈，排杈。还有一个损坏了的耙子，被丢在房顶的一角，日晒雨淋。

铁锨锄地，木锨扬场——从播种到收获的过程，从小女到母亲的过程，从劳作到劳作的过程，从欢笑到欢笑的过程。

大杈挑大柴火，排杈挑小柴火；大杈是玉米秸的伙伴，排杈是麦秸的协理——从死到死的过程，从田野到灶膛的过程，从金黄到灰暗的过程，从灰烬到饭香的过程。

粗筛子筛粗粮食，细筛子筛细粮食；粗筛子筛磨面前茁壮饱满的粮食，细筛子筛粉碎了的粮食。万千粮食穿过，细的归细的——人的嘴巴，粗的归粗的——牲畜的胃肠，她们自己一粒也不舍得吞下——从生到死的过程，从雄壮到悲壮的过程，从牺牲到牺牲的过程，从生命到生命的过程。

至于那身子用铁丝绑着劈开一半的、损坏了几个尖头的木头耙子，她一定已生长了许多年头。她的末端给磨得细细的，想必记忆也给磨得差不多了吧？她忘记了在田畴矫健奔跑的岁月，只横在房顶，看夕阳如血。

我把她们中的一个断齿用手帕小心包起，装进衣袋，带了回来。

她真的像颗牙齿——犬齿，恒牙。外表滑顺，内里斑驳。

她疼吗？

她 死 了

她也会死的。这出乎我的意外。

她看上去能活一千年也不止。她好像生下来就是那副利落苍老疲倦强大的母亲的样子。她嘴角绷紧，大多数时间是沉默的，并一直劳动、劳动、劳动……永不停歇。她比她的男人似乎还壮健些。

可是，我忘记了，她的腰是越来越弯了，最后，简直都弯成了月牙儿。

可是，那“月牙儿”上，还是牢牢粘着一只恒星似的草筐，里面有半把嫩草，和几根麦穗。

她临去时还在劳动。

她死了，倒不带着悲伤。她对儿孙们说：“去吧，去忙，该插田了。”

是的，该插田了。儿子们也并不多么悲伤，因为，妈妈就在身边，她看着他们劳动。

有时，她还替他们挡挡风寒。他们累了，也靠靠她的背，格外宽厚——妈妈的背啊。

孙儿们则常常绕着她打闹、捉迷藏，他们或鼻子、或脚趾，同她的一模一样，并扭股糖似的，黏缠在她身边，有时也揪一把她的头发——好疼的，她也不吭。她会笑眯眯地把最小最胆小或最笨的那一个，护在身后。

而夜晚，他们荷锄回家，她就看守，在酷似自家地窖的洞穴里，在铺天盖地、结结实实的田野的香气里。

看守是多么轻松的活计呀，庄稼长得又是多么欢实！

她舒展开额上细纹，皱皱鼻子，吸满肺叶那超越任何一款名贵香水的香气，随手拨弄一下牛铃一样摇响的浆果，不禁乐而开怀。

她躺倒着，身体同大地平行，同它一样的体温，一样地，随风摇荡。

她安静地休憩。她从没休憩。

她觉得这样很好。

她跟活着没有什么两样。

获第五届“漂母杯”全球华文散文大赛一等奖

被《中国散文年度佳作2013》转载

善行由天

王方晨

有段往事，曾让我心里放不下。那时我在师范学校读书。冬天到了，滴水成冰。不管是教室，还是宿舍，既没炉火，也没暖气。现在回忆往昔，只觉透骨的极寒，彼时之冬方为“冬”，其实很大程度上拜条件艰苦所致。就像听人感慨过去的什么东西味美，其实不过是过去很少吃到而已，偶尔吃一次就能记上一辈子。

同学们冷得受不住就想办法，上完晚自习课，顺手从学校食堂外面偷了些煤球，在宿舍里做了个简易煤炉。

深更半夜，我被浓重的煤气味儿憋醒，一时呼吸困难、四肢无力，马上意识到有可能煤气中毒，但发现同学们都在沉沉睡着，又觉得不好叫醒他们，就挣扎着从上铺爬下来，打开紧闭的窗户，然后才出门小解。刚挪动到卫生间门口，再支撑不住，软绵绵坠倒在地。脑子倒还明白，面孔与地面的接触，都能感觉得到，甚至还想起了那些匍匐在地的热情四溢的诗人。意识不可抵抗地朦胧起来，忽然脑子里就一片空白。我昏迷了过去。

不知过去多长时间，我在凛冽的空气中睁开眼睛，慢慢爬起，擦掉沾在脸颊上的尘沙，回到宿舍。因为开着窗子，煤气味儿已经很淡。看到同学们还在睡着，也没惊动他们，就爬上床，也睡了。

第二天早晨，我把晚上的事说出来，七个同学一起笑我梦游。我极力争辩，复述着事情的细节，但都没用。我想，即使我说的有疑点，但至少依旧向空大开的窗户可以说明一切啊！

如果我当时没有被煤气憋醒，如果我没有首先打开窗子，如果我只顾自己不开窗走出宿舍……后果真是不堪设想。

岁月匆匆，后来我有机会与我同宿舍三年的其中几个同学见面，很想重提往事，可每每话到嘴边又咽下去。这是否会有要人报恩的嫌疑？可是，我又很想言明，那天晚上我并没有梦游。当时的细节，我记得非常清楚。瘫倒在卫生间门口地上的感受，我至今还能够感受得到。

这许多年，那天深夜的情景常会被我蓦然想起，也渐渐断定，自己绝不会对同学亲口说出，尽管我心有不甘。许多年里，我也并没有刻意遵守什么做人的规范，我只是依从自己的本性，做着自己该做的事。

夏天，雨后黄昏。我去菜市场买菜出来，转头看到有个从没见过的老太太守在路边地上，跟前摆着几样东西。老太太很老，目测超过八十岁。心里有根弦一动，我就停下脚步问老太太从哪里来的。老太太往西一指，回说：

“西边。”

我看她的手势，以为这“西边”是很远的地方，更是同情起她来。这么大岁数的人了，还要出门卖菜，让人不得不“哀民生之多艰”。

此时天色已晚，且乌云未散，我有心买下她的菜，让她能够早些回去，但又觉得那菜的品相都很差。

“这蘑菇怎么这个颜色啊？”

“雨淋的。”她解释。

我虽半信半疑，也仍把她的变色的蘑菇全买了下来。付了钱，又看一眼她的那一小堆发黑的荔枝，说：

“这荔枝别卖了，坏了。”

“没坏！”老太太语气肯定，又纠正我，“不是荔枝，是龙眼。”

这么大个儿的龙眼我还是第一次见到。老太太抓起一大把这所谓的“龙眼”，就硬往我手里塞，劝我“你尝尝，你尝尝”。饱经风霜的脸上，是那种实心实意的淳朴神情。

接着，我又一股脑儿买下了老太太所有的“龙眼”。

两次交易，让老太太跟前的货物只剩下一半，我想，这样她就有可能尽早在天黑之前把东西卖完吧。

回到家里，发现那些像荔枝的“龙眼”，其实就是荔枝，而且的确是坏了的荔枝。孩子妈下班回来，一看那些蘑菇，就断定也是坏的，我却还是相信卖菜的老太太说的话，颜色暗淡发黄是因为遭了雨淋。买菜前刚刚下过一场雨嘛。

用这些蘑菇做了菜，孩子妈和孩子都不吃，让我全给吃了。味道嘛，嗯，的确有点独特。

过了几天，又去菜市场，一眼看到那个卖给我“龙眼”和蘑菇的老太太正趴在垃圾桶上翻捡垃圾，立刻想到那些“龙眼”和蘑菇的来历。

果然，一个住在菜市场附近的女人告诉我，这老太太常常从垃圾桶里捡些别人丢弃的烂菜来卖！而我，过去竟从没有注意到她。不过是为了让她能够早些回家，我把她捡到的垃圾买去吃了。

尽管我没有感到反胃，我还是不愿在菜市场多待。经过几十年人间万事的锤炼，我自信自己的神经已足够强大。别说吃了回烂菜，想当年我路过济南，饿了，去一个饭摊要了碗面条，无良摊主从潲水桶里捞了卖与我，我在不知情的情况下，也吃了。当时吃完面条，越想越不得劲。面条凉热不均，且又短又碎，分明是牙齿咬过的……真让人恶心！

这几十年的中国人，实在是在垃圾中生长着。躲过了一样垃圾，不见得就能躲过另一样垃圾，总会有一款垃圾浑然不知进入到你的生命里。

确确实实，我吃下了菜市场老太太从垃圾桶里捡来的烂菜，但我毫不怀疑老太太的善良品性。我敢肯定，在她的意识中，这些烂菜仍旧是可以吃的，她自己也已经吃过了很多次。物价飞涨，不舍得买菜、不舍得买贵菜的人，在菜市场并不罕见。

但我也不能怀疑我自己的善良。现在我认为，这件事不过是一次善行的尴尬，就像当年我发现宿舍里煤气浓聚，打开窗子通风，却被认为晚上梦游一样。

“善行”无辙迹。我去买老太太的菜，我打开宿舍的窗子，并不是什么样的准则要求我这么做。没有什么要求我们非得去行善。善行降临，其实如同天意。

也没有什么能够奖赏这种行为。如果有，那也许应该是我们在遭遇种种尴尬后，最终还能够释然。

很多事情都过去了，过去了几十年，几年，几个月，几天，甚至也才几个小时，但如果我依旧尚未完全释然，那么，我恳求，老天，快将释然完全赐予我吧！

原载《散文》2013 年第 10 期

永远的曹植

姚凤霄

魏文帝曹丕已经湮灭在山海云天，躺在厚厚的史书里沉睡，偶有后人记起，便慨叹其国之兴衰存亡。而他那个七步成诗的弟弟曹植却依然活着。活在他的诗词歌赋里，活在他的鱼山梵呗里，活在今人的崇敬和膜拜中。

曹植这个才高八斗诗情丰饶的王子，携“翩若惊鸿，婉若游龙。荣曜秋菊，华茂春松”的洛神，常常摇曳在我们记忆的山岭和内心的阡陌中，他顾望怀愁，一篇委婉缠绵的《洛神赋》，给我们无尽的想象和生命的慰藉。在曹植的笔下，我们能够找到纯美的种子和善良的基因，一代代复活泛绿，一代代开花结果，多少年了，诗词歌赋、香草美人依旧不绝不朽，美好的爱情在洛水之上低回婉转，一双晶亮的美瞳勾人魂魄。我们心灵的水土，藉此莺飞草长；心灵的果实，藉此丰茂多汁；我们慨叹人生的灵魂之泪，捧给不能纵横捭阖治国平天下的曹植，我们广袤无垠的丰富想象，献给明艳高雅，宽和妩媚的洛水之神。不为别的，就为这断不了的人生慨叹和性情之美，我们也要追寻，去追寻曹植高贵的灵魂和神性之光。

癸巳秋日，我们山东省作家研究生班的二十多位同学，一同驱车到曹植墓拜谒。我们的车队沿着黄河迤逦而行，繁茂的绿色映入眼帘，庄稼树木高高低低，浩浩荡荡，铺天盖地。东阿是一个自然生态环境不错的地方。我们一直在喧嚣的城市里，人群拥挤，视觉疲惫，来到这里，眼睛被周围的自然景色诱惑了，一时心醉神迷。

刚过立秋，天气依然很热，我们不敢打开车窗。车窗外的空气蒸腾，热流滚滚。车子里有空调还算凉爽，我脑子清闲了，便开始神游三国。说到曹植，就总也绕不开曹丕。曹植的七步诗，就是因与曹丕之争而作。“煮豆持作羹。漉豉以为汁。其在釜下燃。豆在釜中泣。本自同根生。相煎何太急?”历经千年，兄弟之争的情景，依然栩栩如生，历历在目。曹植与曹丕都是曹操的儿子，也都是旷世才子，他们各有大臣拥戴，杨修、丁仪等辅佐曹植，吴质、贾诩等辅佐曹丕，他们之间为争储，斗智斗勇的故事让后人惊奇感慨。历史也许有必然，不管曹植怎样才华横溢，一些不期而遇和阴差阳错，还是让曹植失去了王位。曹植的妻子因穿锦绣之衣违制，被曹操赐死，曹植负有治家不严之责，他心情非常郁闷，常在宫中饮酒自遣。一次喝得醉醺醺之际，乘马行至邺宫西门，喝令开门。守门司马不敢不开。但打开之后，立即向曹操报告。曹操对曹植的行为不羁，一顿训斥后，正式宣告立曹丕为太子。曹植加封五千户，成万户侯……

不等我神游结束，车子停下来。同学说，曹植墓到了。曹植墓坐落在黄河岸边，泰山余脉鱼山西麓，远远望去，墓地掩映在一片绿色之中，守墓的神兽分列两旁，一种庄严肃穆之感随之而来。我在心里默默地向长眠于此的东阿王曹植鞠躬了。曹植生前就钟情此地的风水，嘱托儿子将其安葬此处。现今看来，曹植确是远见卓识，今日的东阿，仿若人世间的诺亚方舟，自然调制的色彩和谐均匀，天地之间诗意飘飞。在当今喧闹的拆迁、GDP、新貌、快速等新词中，鱼山独自安静地存在着，我为这里的静谧由衷地庆幸和祝福。

曹植在世时的岁月和人生，早已荡然无存，经由时光和历史层层消解，人世浮华的表象也已灰飞烟灭。我们常常迷醉于发掘伟人的彷徨和困境，从他们所在的维度去归纳审察，当我们没有力量去改变，便为之悲伤。在曹植安息的鱼山，我们还能够找到这个存在的空间，找到那个时代古人的精神现场，这种对应物的留存，给了我们莫大的安慰。很多时候，我们找不到这些。世界变化之快，我们来不及回味和告别。转眼之间，无数的事物连背影都看不见了，夏夜流萤，民风良俗，鸡鸣炊烟等等，仿佛在一夜之间蒸发了。我们许多的美好记忆都已经沦陷，我们儿时活生生的故乡也已沦陷。而东阿还有一座草木葳蕤的鱼山，有一座悠然漫过历史的散淡之山，这是东阿人的大智慧。

“天地无穷极，阴阳转相因。人居一世间，忽若风吹尘。愿得展功勤，输力于明君。怀此王佐求，慷慨独不群。鳞介尊神龙，走兽宗麒麟。虫兽犹知德，何况于士人。孔氏删诗书，王业粲已分。骋我径寸翰，流藻垂华芳。”曹植的《薤露行》，现在读来，依旧让我们有诸多共鸣。

“高树多悲风，海水扬其波。利剑不在掌，结友何须多。不见篱间雀，见鹞自投罗。罗家得雀喜，少年见雀悲。拔剑捎罗网，黄雀得飞飞。飞飞摩苍天，来下谢少年。”曹植《野田黄雀行》诗中，人性的美好，高阔的胸怀，跃然而来。曹植这个学富五车，才华卓异的王子，能有这种有多重寓意，且接地气的吟哦，更让我们崇拜。

我们拜读曹植的诗词歌赋，常常心旷神怡。但我们心中的诗意却渐行渐杳。现时的云朵带着浮尘和化学物质，让人的大脑缺氧，眼睛缺乏清明。每当我大声朗诵古典诗词时，一种悲哀从头顶贯注下来。美丽的星图、美丽的乡土，美好的意境和物景，早已荡然无存，没有了，看不到了。先前我一直喜欢诗词歌赋，也一直在写。当我发现自己在泥古做戏，就感到万分沮丧。我不能为写诗词而写诗词，不能把时代的思想和风物留给后人，便灰心了。我不能欺骗后人，那些自然风物已经荡然无存，所写古诗词大多在仿写，在说假话和废话，“炫技”真没有意义。我认为，古诗词的一些意境，已经成为大自然的悼词和墓碑。很多时候，我们只是欣赏古人的诗词就足矣。

我们和千古的鱼山相遇，亦是人生有幸。鱼山状若甲鱼，静静地安卧，匍匐在大地的一隅。这是一座诗性之山、仙乐之山、灵性之山，其山有大美不言，有大道而不语。我们来此，仍能够感受到其纯美强大的气场，唯美的情感依旧活跃在我们周围，因为曹植的诗词歌赋和音乐都存储于此。这里仿佛有一种心灵的泉流，仙乐的泉流，还在奔涌，不会停止奔涌，也不该停止奔涌。

据记载，公元230年，曹植登临东阿境内的鱼山，闻岩洞内传有梵音歌唱，清扬哀婉，他细听良久，深有所悟，便拟写音调，并依《太子瑞应本起经》的内容，编撰唱词填入曲调，后被称为第一呗“鱼山梵呗”。梵呗，即印度五明之声明，属三学的“定”学法门。随佛教传入中国。曹植将音乐旋律与偈诗梵语的音韵、汉字发音的高低相配合，使得佛经在唱诵时天衣无缝，其尤为可贵的是声文两得。有了曹植的经验，历代僧人们便开始尝试着进一步用中国民间乐曲改编佛曲或另创新曲，使古印度的梵呗音乐逐步与中国传统文化相结合，梵呗从此走上了繁荣发展的道路。曹植是中国佛乐的创始人。

我很喜欢佛乐那种润泽心灵的静雅。每到忧郁烦闷之时，便打开音响，耳边泠泠的佛乐响起，那种安妥灵魂的天籁之音飞逸而来，此时，一切烦闷都会飞逝而去，情感回归于质朴的感官世界，思想空灵清新如渺渺蓝天，胸襟开阔豪放如浩浩大海，灵魂在山林物语里，慢慢地平静、安详、清澈……

清晨或黄昏，当我们从电脑数据和文字图片的瀚海里，从股市和房地产的围剿里，从中外新闻和军备竞赛的报道里探出头来，拜读聆听曹植的诗词和鱼山梵呗，我们的心灵还有安宁的栖息之地，心中就有几多安慰。中华民族的文化之根，历经千年万载依旧绚烂无比。文学让这个世界活着一大群不死的才子佳人，他们迎面走来，永远鲜活年轻，曹植，还有洛神……

我们来东阿追寻曹植了，我们抵达了鱼山。我们还有另一种抵达，一种精神的抵达。在此，我与曹植和洛神交换过眼神，久久地在他们的眼神里注视自己。我慢慢地站起来，深深地膜拜他们，再仰望他们蕴含盈盈恩泽的眸子，认领他们的暗示和恩宠，瞬间，我的精神因之清澈，灵魂因之芬芳。

曹植安卧在鱼山，他在红尘之外，悠静安然，光芒万丈。

东阿有“一代诗宗，文采巨丽”的曹植。“天下才有一石，曹子建独占八斗。”这是谢灵运所言。

东阿有文运亨通，仙乐曼妙的鱼山。曹植因鱼山而安，东阿有曹植为幸。这是我的感言。

大美东阿，永远的曹植。

原载《南方文学》2013年第11期

获《散文选刊》第二届全国人文地理散文大赛一等奖

鸟岛拾趣

唐明华

山不在高，有仙则名。

岛也一样——岛不在大，有鸟则灵。

说到鸟儿，人们首先想到的就是海鸥。没错，海鸥之于海岛就像演员之于舞台，姻缘一线，颇有天作之合的味道。问题是，海鸥毕竟草根出身，缺乏星范儿。若不是那位神秘大牌意外现身，小岛也不可能一夜蹿红，变成万众瞩目的星光大道。

鸟岛位于威海成山头西北两海里处。从空中鸟瞰，威海恰如大陆板块射向深蓝的一枚箭镞，力道所及落英缤纷，于是，散缀的岛礁便在天鹅绒般的洋面镶嵌出大小不一的翡翠。

同其他小岛一样，鸟岛起先也是无名氏。地老天荒，没有人清楚它的生辰八字，于是，丰富的想象力便派上了用场。相传，当年玉皇大帝也热衷于房地产开发，他下旨修建东京，并责令二郎神搬山填海。一天，那伙计担着两筐石材，行至成山头附近，忽闻发情之驴以惊天一吼向母驴示爱。二郎神一惊，扁担“咔嚓”一声断为两截，惊起岸上鸡婆一片聒噪。但见石材溅落处，悠悠然两座小岛浮出水面。有趣的是，岛上竟各有一根数十米高的石柱。观者心有灵犀欣然一笑：好家伙，二郎神的扁担居然断成了如此模样！

有了传说，小岛便有了姓氏，东边的叫海驴岛，西边的叫鸡鸣岛。

海驴岛距岸边不过一箭之遥，面积也只有一千三百多平方米。因缺乏淡水，自古以来无人居住。虽说小岛四周时有渔舟唱晚，但人与岛的关系始终是一种熟悉的陌生。就这样，潮涨潮落，云卷云舒，小岛沉默成一部年代模糊的古籍，人们看到的是它粗粝的封面，看不到的是里面的精彩内容。所以，在很长一段时间里，大伙只当它是一座备受海鸥青睐的经济适用房，却不曾想到，小岛竟然如蚌含珠。直到有一天，机缘巧合，那个酝酿已久的故事方才有了精彩的开头——人与鸟的意外邂逅，让神秘的蚌壳终于张开了惺忪睡眼，结果，春光乍泄，小岛从此名声大噪。的确，那些可爱的精灵俨然是故事的神来之笔，有了它，故事便有了悬念，有了诗情，也有了独特的戏剧元素。

故事的最初线索是2002年初夏出现的。

那天，当地一位摄影爱好者登岛采风，寻觅间，他的视线被伫立峰顶的几只鸟儿吸引住了。嚯，好美呀！就在那一瞬间，他听到“哧啦”一声，有只看不见的手划亮火柴，于是，记忆的烛光照亮了老师写在黑板上的描述：“……那雪白的蓑毛，那全身的流线型结构，那铁色的长喙，那青色的脚，增之一分则嫌长，减之一分则嫌短，素之一忽则嫌白，黛之一忽则嫌黑……”莫非，这就是郭沫若先生笔端的白鹭？可另一个声音当即反驳：可能吗？别忘了，本地档案中还从未出现过鹭鸟的身影。随即，他通过有关渠道与鸟类专家取得了联系。几天后，专家兴冲冲地赶赴威海。在那个阳光明媚的上午，他们共同见证了一个激动人心的历史时刻，就像当年的哥伦布一样，考察者从眼前那片耀眼的洁白中，发现了一个充满诗意的新大陆。

专家介绍说，黄嘴白鹭属于珍稀鸟类，全世界不过两千多只，而岛上的白鹭少说也在千只以上，如此泱泱大观，不要说在中国，即便在世界其他地方，也实属罕见。消息传开，中外学术界为之震动。

我心亦然。

“两只黄鹂鸣翠柳，一行白鹭上青天。”早在儿时，那排扶摇直上的鸟儿，已经潇潇洒洒地飞进了我的心里。没想到的是，后来不知所踪的老伙计飞呀飞，飞过千年时空，飞过千山万水，从遥远的唐朝前来赶赴今天的约会。

缘分真是一种造化！

这是威海的幸运，也是人类的幸运。

我查了一下资料，黄嘴白鹭属鹳形目，鹭科，与岩石鹭，白琵鹭，黑脸琵鹭一起被国家定为二级保护动物。看上去，鹭鸟洁白如雪，体态优雅，颇有君子之风。因此，在古人眼里，它是清正廉明的象征。后来，其洁癖般的生活习性逐渐为人知晓，从而有了“环保鸟”的雅号。

说到环保，这可爱的小家伙实在可以做人类的老师。尽管它们不懂哲学，也不曾研究行而上的理论，但是，这并不影响它们的生存智慧。凭借生命的直觉，它们把人类“道法自然”的理念演绎得堪称完美。更重要的是，鸟儿不像人类那样贪得无厌，也不像人类那样口是心非。正由于此，鹭鸟的另一个优点也就显而易见——它们坦率、真诚，一天到晚用唧唧喳喳的叫声向人类讲述环保的体会。可惜我们始终不解风情，很显然，对于这种特殊的语言，聆听者不但需要用心感悟，也需要有良知作为翻译。

每年清明过后，寂静的小岛便响起了游子们归来的问候。

先期到达的是黑尾鸥。资料上说，地球上的海鸥有很多种类，黑尾鸥则为亚洲东海岸所独有。据 2003 年出版的《中国鸟类野外手册》记载，黑尾鸥越冬于华南、华东沿海和台湾省，偶见于云南和沿长江区域，辽东、河北和陕西也有零星记录。黑尾鸥颈部和腹部为白色，背部深灰，翼尖漆黑并有白色斑点，尾羽有宽大的黑色带纹，整个尾部仅在末端有一圈白色，故得名“黑尾鸥”。获益于天时地利，再加上没有计划生育的限制，黑尾鸥家族便有了儿孙满堂的精彩演绎。真的，你瞧，静下来它们摩肩接踵，飞起来则遮天蔽日，其盛况让中国野生动物保护协会的专家们深感震撼，小岛遂有了“中国黑尾鸥之乡”的美誉。

春天是一个浪漫的季节，每一处岩石，每一块草丛都开始演绎恋爱的故事。

就在黑尾鸥拥卵坐巢的时候，黄嘴白鹭姗姗来迟。它们性高傲却喜群居，筑巢联袂，颇似城里的居民生活小区。每窝产卵三至四枚，状为椭圆，蛋壳洇出淡淡的蓝色，如同梦之呢喃，让观者隐隐生出触摸的冲动。果然，真有人下手了。据说，为了获得理想的拍摄效果，几位外地的摄影爱好者从窝里取出鸟蛋，没头没脑地好一阵摆弄。第二年，他们又长枪短炮直奔鸟儿的故居，结果却大失所望——鹭鸟不见了，鸟蛋也没有了。想想也是，假如几个陌生人围着你家襁褓动手动脚，你会怎么办？你不吓得赶紧抱起孩子逃之夭夭才怪呢！

佛曰：修仁众安生，是为最吉祥。

古人说：天有好生之德。又说：万物与我并生。

我相信，每个不同的生命都是一个孕育着的梦；我也相信，那几位打搅鸟儿的摄影者是为了实现自己的梦想而煞费苦心。但是，这也恰恰暴露出人类的弱点：我们总是对自己的梦青睐有加，却对看似与己无关的梦缺乏应有的尊重。

进入5月，小岛的气温逐渐升高，小满一过，卵化的黑尾鸥开始破壳了。

起初，小家伙们不谙世事，见到游人便跌跌撞撞爬过来，而后，一脸好奇地跟着你。渐渐地，它们发现不对劲儿了。没错，那坠在悬崖上的一个个鸟巢便浓缩了鸟儿的心路历程，同时也传达出一种觉悟后的警惕。不过，其危若累卵的情形也着实让人捏了一把汗，幸亏鸟儿不像人，不会得恐高症。护岛人老田告诉我，前些年黄嘴白鹭大都把家安在小岛北坡的草丛和岩壁缝隙间，由于地形并不险峻，所以时常受到游人的惊扰。不得已，鹭鸟们被迫搬家，纷纷将新巢筑在小岛东端游人难以攀爬的峰顶之上。我想，那一个个空荡荡的旧巢肯定写满了鸟儿无奈的抱怨——唉，惹不起还躲不起吗？

循着盘旋而上的水泥便道，我登上小岛东侧的观鸟台。不用说，右前方那座遗世独立的石峰便是鹭鸟最安全的栖息地了。作为故事里的重要单元，石峰与小岛文脉相连，却又自成一章。目测估计，距观景台大约三百米开外。三百米，难道只是一个简单的空间概念吗？事实上，人与野生动物的距离，代表着人类的文明尺度，彼此越亲近，关系自然也越融洽。当动物们用当年犹太人那样惊恐的眼神防范人类时，其无法测量的心理距离，让彼此间都感到了一种难言的惆怅。时至深秋，海天萧瑟，草木凄黄，沁着凉意的海风里透出一缕淡淡的忧伤。举目远眺，已然难觅芳踪，听说半个月前，那些可爱的精灵便飞走了。望着峰顶那片空荡荡的坡地，我想起了曾经看过的一段视频：曾几何时，那儿到处流淌着梦幻般的童话色彩——瞧，鹭鸟卧如祥云堆雪，站似玉树临风，尤其翩然起舞的姿态，惊现一种旷世之美。那是一个永恒的瞬间，当舞蹈的灵感电光石火般猝然闪亮时，一只白鹭就足以感动整个世界。

同人类一样，鸟岛也是一个关系错综的小社会。与人类不同的是，在岛上，尽管鸟儿种类不同，数量迥异，但黑尾鸥与白鹭相互包容，求同存异，共同描绘出安定和谐的美丽风景。

“老吾老以及人之老，幼吾幼以及人之幼。”鸟儿的成功实践，无疑让自诩万物灵长的人类看到了实现理想的现实可能。遗憾的是，尽管孔老夫子的教诲已经白发苍苍，但我们的行为能力却始终发育迟缓，时至今日仍在蹒跚学步。

无意间，看见前面的山崖上立着一只鸟儿。从侧后方射来的光线把它的姿态映衬为一个剪影，远远望去，如同一只精巧的雕塑。近了才看清，它若有所思地歪着脑袋，久久凝视着岩下的游人。我忽然想起《山海经》里那个“精卫填海”的故事。莫非，这就是那只倔强的鸟儿？是什么让它暂时忘却了自身恩怨？是人类劈山填海的蛮力让它惊讶？还是人类加害自然的行为让它焦虑?

在岛上，令人着迷的除了小鸟，还有花季。

每年4月中旬，岛上的油菜花，竞相开放，一夜之间，蓝得醉人的水面上突然升起一片金灿灿的花海，待到漫山遍野的金黄渐次退去，芙蓉花儿又一袭红装婀娜而来，这时，你不得不感叹，时间真是一位神奇的服装师，它用不同的色块剪裁新款，从而打造出一位风华绝代的模特儿。

最奇妙的还是雾里揽胜。此时，海天缥缈，花影恍惚，鸥鹭啁啾，宛如仙境。

听护岛人讲，海驴岛还有一景。他说，西伯利亚的海豹每年春天都会漂洋过海来此度假，如果运气不错，你会在小岛东侧的海滩上欣赏到它们慵懒的身姿。

海驴岛并不大，没费多少时间就盘桓一周。返回时，在靠近码头的崖壁上，发现了当年驻岛部队修建的两条坑道，护道人介绍说，两条坑道皆南北贯通，另一端出口便是岛后的炮台。借着外面折射的光线，可以看见洞口两侧的石壁上有多幅红漆书写的标语，诸如：高举毛泽东思想的伟大旗帜，奋勇前进，前进！提高警惕保卫祖国，要准备打仗……触目兴叹，恍若隔世。

告别鸟岛已是黄昏时分。

暮霞西坠，疏林斜晖，悄悄然海面上漫开朦胧的雾气。登岸回首，小岛已淡成一幅写意水墨，亦真亦幻，颇有海市蜃楼的韵味。恍惚中，画面里又叠印出那只鸟儿的身影，不知为什么，我总觉得它的神情有些意味深长。真的，那久久的凝视，仿佛一个执拗的诘问。是啊，人有病，天知否？我忽然心生忐忑，先前的兴奋就像灶间的烟气一样悄然飘散了。

原载《中国作家》2013 年第 12 期

三盏灯（外一篇）

简 默

除了亲如兄弟的火与阳光，是灯带给了我们明亮和温暖。

如果说屋子是天空，安居其间的一盏盏灯就是星星，当水墨的黑润泽漫漶了宣纸的白，是它们挺身掌亮，像飞花焊接起了黑暗与黎明。它们与生活相依为命，占据最高的天空，有时与我们平起平坐，我们在它们的照耀和陪伴下默默呼吸，必须仰望、对视或倾听才能触摸得到它们的心跳与体温。

一个诗人说，把最高的楼留给钟。我理解正如最高的天空是留给星星的，最高的屋子留给了灯。

轻轻地摁下灯，一刹那白的、黄的光公平绽射，漂白或染黄了整个屋子，像下了洁白或橘黄的雪，让黑夜有了白皮肤与黄皮肤，又像一只只蚕茧，咬破内心放飞轻盈亮堂的梦，安顿被黑暗收服的我们。但当我们又轻轻地摁下灯，黑暗像容器重新收服了我们，我们只是它内心摸黑流浪的一滴泪水。

想起了那盏遥远的煤油灯。近些年随着年岁的增长，我越来越沉醉于对那些尘封和打马远行往事的翻检与追忆，它们对于我就像鸦片之于瘾君子，让我不可救药地依赖、迷恋与沦陷，以至乐不知返地无法自拔。我知道这是我一天天地变老的表现，这老最初从我的内心开始，像传染病迅速波及蔓延了全身，我也觉得自己有些可怜，仅仅要靠在锈蚀的往事上反复擦出微弱的火花来维持日子，但我还是像辛勤的工蚁热衷于翻检与追忆。你可能会笑我贱，其实我认为自己就是你笑的这样，放在植物丛中我就是一根摇着尾巴的狗尾草，到了动物堆里又是一条改不了吃屎的狗，你又何尝不是呢?

现在，我拨亮那盏煤油灯，让它照耀我回忆的道路和背影。它实在太遥远了，我得不辞辛苦地跋涉千山万水，才能在黔南群山与溪流的皱褶里找到它；它又实在太年迈了，像出土文物一样，我可以想象得到它被铁锈刺绣和吞噬的身体。那时电像油一样珍贵，东机厂这架庞大的机器离不开电的润滑与启动，但面对囊中羞涩与荒凉的电，它不得不像一个低三下四的汉奸，频繁地割地撂荒向电俯首求和。这些地方都在家属区，它们到了夜晚就像劳苦大众失陷于水深火热的黑暗中，煤油灯像红旗见缝插针地插上了生活的领地。我们全家呵护着一盏灯，聚拢在它飘忽如影的周围，像厮守着一个数世单传的小子。它往往神气地站在吃饭的圆桌上，居于最中央，这是我们当时生活的高度与中心。父亲翻着他的医学书，我比着葫芦画瓢地写拼音字母，母亲则戴着戒指一样的顶针儿，哧哧啦啦地飞针走线，为我们密密缝补日常生活的破绽与漏洞。我白天仔细看过了，那顶针儿上面排满了小窝儿，像美术老师一脸的麻子，母亲靠它抵住针鼻儿，细瘦的针鼻儿一次次地落入窝儿，恰好天衣无缝，顶针儿却不觉得疼痛。灯跃动与摇曳着筒裙那样的火舌，吐出温柔委婉的光影，一点一点地暗淡了下去，仿佛努力缩回了一豆昏黄，水深火热的黑暗就要重新蹑手蹑脚地淹没我们，那时我想到了课本上大地主刘文彩万恶的水牢。母亲连忙拨了拨灯芯，灯精神一振，眼睛一亮，火苗重新像高潮在玻璃内心腾起，像黄金一样耀眼，让我们迷醉。许多知名的蛾子和不知名的虫儿，争先恐后地被塞壬歌声似的光亮和热情诱引，刹那间奋不顾身地飞扑入火，像在穿越敌人的封锁线，它们被火苗细长的舌头席卷着舔去了翅膀，被烈焰火化游走成一缕纤细的青烟，袅袅升腾像小篆，伴以噼啪噼啪的动静。有时我像一朵向日葵打起了瞌睡，头触到了灯，头发烧焦的臭味弥漫开来，赶紧受了惊吓似的使劲揉了揉眼睛，眼前竟然幻开了千万朵亮闪闪的金花。

东山的露天又放电影了。那儿是东机厂人和附近村民的精神家园与高地。我们的楼房与那条通往东巴村的黄土路，隔着一道围墙。围墙压迫住了一楼，我们家住二楼，它即使踮脚也挡不住我们的视线，从我们家窗口望过去，可以目送那条路一直走进一家家破烂颓败的屋子。墙外逼真地送来了三三两两的脚步声与说话声，是电影散了，东巴村的大人和孩子们哈欠迭声地返回他们漆黑的家。我猜测是那盏煤油灯泄露了我们的生活，也许是一个半大的孩子，摸黑抓起一块石头，脱手扔向那盏灯，玻璃哗啦啦地碎了。父亲跃起出门下楼，跑步穿过半边楼房，路上已经没了人影。类似的恶作剧不多，我们听得最多的是像火药捻子似的连成一片的狗叫声，还有不紧不慢悠闲放任的马蹄声与铃铛声。探身望出去，可以看到一盏行走的马灯，嘚嘚地走在那条路上。马钉过铁掌的四蹄押着疲惫奔波的韵脚，脖子下的铜铃起伏不定地摇响。那盏马灯就悬挂在靠左一边的车辕上，车上一个男人抱着肩膀睡着了，长长的鞭子搂在怀里像一根旗杆。右边是与路勾肩搭背的稻田，左边脚下是一人多高的鱼塘，他却不担心什么，马灯是他瞪大的眼睛，再说熟稔道路的马闭着眼睛也会将他一路拉回自己酣睡的婆娘身旁。

从贵州到山东，仿佛一夜之间，所有的地方都被解救出了水深火热的黑暗，插满了红旗似的电线杆，光明水泄不通地照亮了土地，灯像基座牢牢地托举起了我们的生活。现在城市停电像过大年一样，是一次美丽而浪漫的事故，与爱情有关。要停电了往往会提前通知，与停电形影不离的往往是停水，我们的生活一下子黑暗和干涸了，像一口废弃多年的古井，返回了蛮荒的史前岁月。这时我们会买些蜡烛，它们身材苗条，面色红润，一律穿着红舞鞋，被我们点燃后悠长炽热的火苗左右腾挪，上下跳跃，像受了委屈似的窃窃呜咽，很快满面都是泪水。我们却懒得管它们。我也会浅薄地背诵那些关于它们的句子，也深刻地渴望剪烛西窗的诗意与红袖添香的温情，但我清楚这只是我一厢情愿的臆想与疯癫。再说后现代的不锈钢剪也剪不出唐宋的烛花，那一朵朵风华绝世的精灵在倏忽惊艳之后，已经永远遁入了线装历史的深处。至此，我们就听任它们一直流泪，在火苗上不停地舞蹈，最终变成一捧泪水的灰烬。

但台灯下我有我的天地。它不大，仅仅可以安放下一张书桌。轻轻地旋亮灯，光晕如水泼出，恰好洇湿了一张桌子。我在光下与灯共舞，埋头读书与写作，直到被黎明悄然捻熄。一种背扎绿纱裙的飞虫敛翅落到雪白的稿纸上，恰好占了四分之三个方格。这些方格涌动着春天的嫩绿，本来我准备栽种些绿油油的麦苗似的文字，此刻它在里面翩翩起舞，轻盈的脚尖发出若有若无的啪啪声，我想象这是麦苗扬花与灌浆的声音。它与我相对，笑我：你天天趴在灯下，会写什么东西呀？我也问自己：我会写什么东西呀？第二天一早，我发现它们都躺在稿纸上永远睡着了，仍然恰好占了四分之三个方格。可怜而痴情的虫儿啊，它们是流连忘返于纸上春天，以生命的残骸隆起了芳香的冢，像某些被性情喂大的文字一样。

灯是黑夜的女儿，它的根深扎在人间，但顺水放流的河灯属于天堂。一条没有航标的河流是会流淌的黑夜。河灯是亮晶晶的星星，是水汪汪的眼睛，相互追逐着一路漂流，像莲花盛开在水面上。它们要漂流向哪里？哪儿才是它们最后的家？佛说，人死如灯灭。一盏灯似的人走了，被泥土和泪水收藏了，属于他的那盏灯呢？从我们的祖先上溯到祖先的祖先，属于他们的有多少盏灯呢？它们渐次熄灭了。哪儿能够安放得下如此数量庞大的灯呢？我将目光俯向土地，土地沉默不语；又将目光投向了天空，星星们回答了我：它们就是那些灯，在人间寂灭了，一路顺水放流，到水与天的十字渡口汇入银河，游进天堂重新高高挂起，夜复一夜地照亮我们孤独踯躅的夜路。还有我们的记忆，它们浩瀚无穷，像夜空一样，也安放得下这许多灯盏，常常在阳光或月光下小心翼翼地捧出和擦拭，许多名字永远闪亮亲切，生命不断地像河流一样延续伸展。

父亲刚走的那几年，母亲一下子适应不了生活的巨大留白，父亲身上渗出的清凉气息像空气流动漫漶在她四周。她终日以泪洗面，做事常常丢三落四，说话喋喋不休像转着轱辘。但她唯一牢记的是在过年前后那几天，将门口的灯换成一盏红灯，它凝聚着火红的内心，从里向外散射着热烈与温暖，像大红的灯笼。对此母亲的解释是，父亲一直盼望过上红火的日子，过年这几天他会回家来看看咱们生活得咋样？比他上次探家时是好了还是差了？咱们得高高亮起红灯，照彻他回家的路，让他看到咱们红光普照蒸蒸日上的生活，与咱们一起红红火火地过大年。

那些日子，我们每天打开红灯，通宵达旦，望着它包饺子、守岁、拜年，仿佛父亲仍然和我们在一起红红火火地生活，他照着红红火火的灯光回家，又照着红红火火的灯光回另一个家，连做梦都红红火火，像在火焰中相互热恋拥抱的木炭。

我柔软地体会到，仅仅需要一盏灯，轻轻地释放出灯光，我们的内心就温暖安宁，静若止水。

幸运的是，上苍一下子给了我三盏灯，叫我用我的前生、现世与转世去呵护、擦拭与点亮它们，就像对待我的生命一样。

一盏是被我乳名点亮的母亲。

（这个与父亲姓氏和血缘无关的女子，一旦以爱的名义被选择，就为一人妻，为两人母，成为了我们兄弟生命永远的源头与上游。）

一盏是被儿子乳名点亮的妻子。

（这个与我姓氏和血缘无关的女子，一旦以爱的名义被选择，就为一人妻，为一人母，成为了我儿子生命永远的源头与上游。）

一盏是用乳名点亮我的儿子。

（这个与我姓氏和血缘有关的男子，一旦响亮地呱呱落地，就成为了我亲爱的亲人，是我基因密码的唯一继承人与破译者。）

现在，他们与我隔着一面墙，我可以听到他们香甜的鼾声与均匀的呼吸，翻身的梦呓是最美丽的汉字，我分辨得出他们内心踏实，善良敏感，一马平川，因此我祝福他们都有一个好梦。

三 棵 树

人有人场，树有树场，一棵树自有其气场。

我脑海中蹦出了故乡、童年这些灼烫而温暖的字眼，它们起初是抽象的，支离破碎的，但当我摸索着寻到了它们身旁的某一棵树，是它以自己的根深叶茂，给予它们以荫庇，像一顶密不透风的华盖，帮助此刻迷惘的我，沿着一条明晰的乡间小路，一步一步地走进它们，一切都渐渐地具体了，完整了，明亮了，道路、屋舍、池塘、河流等各就各位，在阳光下闪着干净而单纯的光芒。

是一棵树，一棵不停向上生长、不断向四下扩展的树，以它的气场，从泥土内外，从地下天上，默默地影响着它周围的一切。

在大槐树时代以前，我们还没真正意识到一棵树对一个人的重要，那时我们的房前屋后也栽着一棵棵树，而且是一棵棵很大的树。它们将浓密的根系深深地扎入包容我们生死的土地，与土地一起托起了我们，静静地站立仿若入定，看着我们出出进进，劳作忙碌，却从不开口说话，更不会像人拔腿使绊子。我曾经写过，一棵树像一个相貌堂堂的哑巴。的确是这样，树不会开口说话，是风、鸟、蝉在替它说话。一个哑巴在与人交流上肯定要吃亏了，谁会放着嘴巴不用，费劲地打着手势，跟他没完没了地“说”下去呢？一棵不会说话的树，尽管在我们的生活和视野之内，抬头低头都能看见它，却因为它的沉默，被我们悄悄地忽略了。有时我们烦一个人了，不乐意他待在自己身边，甚至将无辜沉默的树也株连了，我们会说：你烦不烦啊，像一棵树长在我身边。

到了大槐树时代来临，千万移民就像一簸箕黄豆，被一双无形的手捧起，随便那么一撒，骨碌碌地滚得遍地都是，逢土扎根生长。临走前，他们打包准备带走能够带走的物品，最后，他们发现有两样东西无法带走，一样是他们朝夕伺候的土地，另一样是看着他们长大的树。它们都是不能走动的生命，只好留在了原地，等待被他们重新寻找和认领。他们上路了，向着陌生的遥远，肩头背着一棵小槐树苗。有一天他们真的回来了，是来寻找最初的根，叩拜自己的祖先。还在路上，远远地，他们就望见了自己家那棵树。许多年过去了，它长得更高了，伸出粗壮茂盛的臂膀，遮蔽了半边天，枝杈间的老鸹窝孵出了一茬又一茬生命。他们激动得溢出了热泪，跌跌撞撞地奔向它，脸贴在树的躯干上，亲热地摩挲，像一个受了委屈的孩子，猛然投入疼爱自己的长辈怀抱。他们这才真正意识到一棵树对一个人的重要，全在于它像一颗北斗星，将自己种入土地，不停地努力挣身向上生长，长成高高的塔尖，长成塔尖里的钟声，长成钟声里的手臂，指引和召唤他们重返曾经耕种和收获的家园，拾捡和重温遗失的往事与记忆。

小时候，我在黔南一个叫荔波的县城待过半年多，我的外婆一家流散到了那儿。那时我还没开始记事儿，总之是很小很小，约莫两三岁的光景。渐渐地大了，每年都坐着长途汽车，从都匀一路颠簸着到荔波。县城中心有一棵大榕树，平地生了出来，枝干遒劲，浓荫蔽日，掩隐了半条青石板路。我见过身边的老头老太太们，但没见过这么老的树，它叫我觉得很稀罕也很新鲜。县委、县政府，还有零落的商铺与住户拱卫着它。整个县城人的日常生活，甚至他们的出行，都以大榕树为坐标和参照，他们会交代家人说，我去榕树脚的某某家。他们爱对着它说脚，而不习惯地说下，或许含有谦恭的意味，人还有比脚更低的部位吗？脚已低到尘埃去，他们本来就奔波过活在它的脚下，好像它的子孙。

隔了近三十年，今年暑假我带着妻子和儿子，辗转重回荔波。这个昔日不为人知的县城，凭借其曾经养在深闺的山水，现在一跃成为了“中国最美的地方”之一，一批批游客坐着大巴，从不同的都市来这儿访山问水。最叫我兴奋的是大榕树仍在。县城不断地扩充着自己的外延，青石板路没了，代之以一条水泥的通衢大道，一切都变得越来越陌生，越来越时尚，但唯一不变的是大榕树，它仍旧扎根在原地，既没拔起自己追逐开发的热浪，也没放弃坚守自己的香火。它更见苍老了，却依然气根披拂，枝叶垂挂，青翠欲滴。环绕在它四周，是林立的商铺，与它有关的有“榕树脚舅妈家饭店”“彭氏豆花面”等等，他们的主人都是县城的老居民了，祖祖辈辈过活在榕树脚下，接受着它的荫庇，即使到了他们这一代，也舍不得离开。大榕树已渐渐退出了城的中心，新城有大的广场，有宽的马路，有烟火缭绕敞开胃口的美食一条街，人们都被吸引去了那儿。游客们一般也寻不到榕树脚下，他们一天到晚地被装进大巴，被脚步驱赶着看山看水，已经够疲于奔命了，哪儿还顾得上一棵树？有那时间和精力，他们早已循着形形色色的气息，坐在大排档前，饕餮烧烤，狂饮啤酒，溺死了一朵朵霓虹闪烁。倒是我，久久地流连在它身旁，摸它深褐色的树干，握它垂落如帘的枝叶，仿佛在找寻着丢失的什么。以它为马，我瘸腿的记忆捋着它嘚嘚的马蹄，走遍了它四面的街巷，勉强拼搭起了一座摇摇欲坠的积木，里面住着我的童年和一刹那的少年。我真的得感谢它，保留住了它，就是留住了一代代人沦陷的故乡，留住了这座城的根、线索与内涵，让许多像我一样的人，随时能够从它出发，沿着樟江，溯向上游，在残缺中修补往事，在怀旧中将记忆擦拭出新鲜的纯银之光。

一棵银杏树，我习惯叫它白果树。这样叫着叫着，我眼前出现了一颗颗表壳洁白光亮的白果，像一枚枚微缩的橄榄球，活蹦乱跳在我童年的绿茵上。东机厂宿舍区 20 号楼后，隔着一道略高于一楼的围墙，挺立着一棵白果树，四下就这一棵孤零零的树，它的身旁是一床绿毯似的稻田。白果树粗粗的树干笔直冲天，像木匠用后夹在耳边的那种最粗的铅笔，移栽到了泥土深处，笔尖向上，信手在宣纸似的白云上涂鸦着情书，一眨眼就被风捎送到了远方。我们几个小伙伴，手拉手围起一个圈，才能环抱得了它。它也够老了，但肯定不如大榕树老，一个孩子有这个直觉，也有这个判断力，你看它的干那么直，枝那么挺，叶那么新。它的底下是我们的乐园。黔南雨多，有时玩着玩着，稻田那边还出着太阳，树这边却突然下雨了，我们慌忙往树中央靠了靠，好像围炉烤火似的，树撑开它的枝叶，替我们挡住了雨水，但地面上潜伏已久的潮湿与霉烂，被雨水激活了，翻身纷纷往上涌来，呛得我们皱着眉头。春天来了，我们在树下仰着脖子，等待大孩子爬上去摘一枝枝树叶扔给我们，我们将那扇形叶子扯成小鸟，一手捏着，一手拽着茎，仿佛一只大雁不停地扇动翅膀，细微如发的气流淌来淌去。到了盛夏，静悄悄的午后，知了烤热了薄如蝉翼的空气，我们悄悄地溜出家门，聚在树下，掏出随身携带的小圆镜，各自寻一块阳光灿烂的地儿，许多束光柱越过围墙，射向室内，投注着一圈明亮的光斑。很快，吼叫与骂声搅碎了一池宁静，紧接着一盆水浇了下来，惹得我们哈哈大笑。渐入秋天，风扬起了深藏不露的刀子，金黄的叶子相互追赶着扑了下来，我们拾了不再做鸟，而是洗净晾干，夹在书里，一整本书，夹了一个不长的秋天。橙黄色的白果终于被我们“望”落了。这是一棵野树，也许起源于一阵风刮来的一粒种子，也许是插秧间歇，某一位先人瞧着白果顺眼，又不舍得吃它，随手埋在了脚下，出落成了今天这样子。但现在，它就是一棵野树，没人管它，也没人站出来认领它。谁都可以随便弯腰拾拣落下来的果，谁也都可以扛着长长的竹竿，打树上的果，但一般没人这样做，也不值得。白果外面包着一层浆肉和皮，搓破了沾到手上，味道不好闻，就着自来水管，哗哗地冲上半天才能洗净。我们用石块砸开了，剥出里面的果仁儿，尝着却又苦又涩，像一个肥皂泡似的谎言，碰到空气就破灭了。

我是幸运的。这是因为，我家住在二楼，恰好与白果树的下半身齐平，它自由伸出的枝叶，从厨房开始，一路平行掠过我家卧室。我站在这两处地方的窗前，都可以探手扯过树枝，摘上面的绿叶、黄叶和白果。有时忘记关窗了，刮风了，下起了阵雨，将黄金一样耀眼的叶子纷纷吹入厨房和卧室，湿漉漉地贴在地下和床上，像一地一床的黄蝴蝶。

现在回忆起那时的淘气、顽皮和大胆，尤其幸运的是，我和窗外的白果树一样，都在以自己的方式，无拘无束、顺应自然地成长，这是我的儿子无法比拟的。

同样是今年暑假，我带着妻子和儿子，专程去看了我们过去的家，又绕到楼后，去看白果树。之前曾经有同学自山东重返东机厂寻根，我向她打听白果树还在吗？也许因为她不住在20号楼，也许她不像我们男孩子，有过关于白果树的乐园记忆，根本就不关心它。她一脸茫然，连说没去看，不知道。此刻，我就站在楼后，到处寻找着我们的老白果树，哪儿还有它的踪影？即使它被无情地伐倒了，也应该留下一个盆大的树桩，像一个硕大的伤疤，周遭或许发出的一棵棵新绿，也应该有手指或胳臂粗细了，除非早已连根拔起了，可那需要多么坚硬的心肠，对它怀着多么大的仇恨啊，我是真的想不明白。它的身边盖起了房子，一直延伸到路边，其余空儿杂草丛生。我不甘心，没了它，我的记忆迷路了，我焦灼地寻找它，我是如此依赖它定位和搜索自己啊。终于，让我找到了，不远处，有一棵胳臂粗的白果树，像它年轻时一样树干笔直，枝叶繁茂，却不是它。我执拗地相信，这棵眼前的树与那棵记忆中的树，一定有着某种亲密而必然的联系，或许它就是那棵树某条残存的根从地下发出来的，又或许它是某年秋天那棵树遗落的一枚白果悄然长出的……我胡乱地猜测着，手扶着这棵树，与它默默相对，幻想像它一样重新长回青葱的自己。

只是不知道，这样一棵树，要历经多久，晒过多少太阳，淋过多少雨雪，才能长成它的先辈那样。这起码是几代人的时光了，我是看不到了，仅能在记忆中一遍遍地葳蕤自己的那一棵。

回去路上，我表情凝重，沉默不语。有一条光亮乍然泄入了我灰暗的心情，既然没见老白果树残留的树桩，也许它是被人相中了，挖进了城里，栽在了某个植物园或小区，它本来就是一棵野树。这种与树有关的行为主义，跟着一个时髦的词汇，叫“大树进城”。随即我又记起资料中说，大树在移栽进城过程中死亡率高达五至七成，我不再想它在那些人群休闲和聚居的地方正常地生长，而是愈来愈肯定它带着孩子们的笑声、鸟群的鸣声、松鼠灵巧的背影永远地去了，不再回头看我一眼。

直到返回山东，我在一周之内，去了一座道教的观，一座佛教的寺，一座孟子的庙，在它们围墙锁闭的范围内，我都迎头碰到了白果树，或一棵，或三棵，或数棵，无不老态龙钟，面目沧桑，只有叶子还一绿到底。我又忆起了我的那棵老白果树。

从前楼搬往后楼，于我看来，最大的欣喜不是房子大了，而是离父亲栽的一棵泡桐树近了。

仅仅隔着一堵内墙，墙外就是一棵泡桐树。不要问谁，问我就可以告诉你它的准确年龄，它繁复细密的年轮已经刻上了二十七圈。而我们家搬至这个院内，恰好二十七年了。那一年，父亲亲手栽下了它。那时它身旁密不透风的储藏室还没盖起来，这个与水利有关的单位被一圈儿围墙关到了里面，仅留了一个大门面朝临山路，墙外三面民居簇拥，它就像一个独立封闭的世界。院内树木不多，从大门进来一直向前走，到头有一个花坛，种着一棵松树，东墙和西墙下各有几棵泡桐。

在父亲离开前，我似乎从没在意过这棵树，尽管它是父亲栽下的，有着他的体温与气息。其实父亲也极少管它，我似乎从没看到过他给它浇水什么的，只是听任它泼辣地生长。这种树好栽，易活，长得快，它以自己的方式在生长，像一个被忽略的孩子。树与孩子到底是不一样的，一个孩子落地了，哪一个父亲会硬着心肠对他不管不问呢？但对一棵树，父亲们彻底放下了心，他们相信它有自己的生长方式，有大地母亲的温暖怀抱与呵护，他们的管纯粹是在帮倒忙与管闲事。即使在父亲离开几年后，我也没在意过它，仿佛它是一个与我无关的存在。每年春天，它散下紫色的花，有时一夜春雨走过，水泥地上铺了一层，朵朵饱吸了雨珠儿酣睡。这时我想起它，站到它下面，却只配仰视它了。我真正地开始关注它，是在老明打它的主意，而且付诸实施之后。那天，他不知从哪儿找来了一把小钢锯，搭在了树身上。他个子不高，锯搭在了相当于他身高的三分之一处，他攥着锯，锯很锋利，一下一下地来回扯着，密集的锯齿咬中了树，一点一点地往里挺进，白如泡沫的碎屑漾了出来。如果照这样锯下去，用不了半天，这棵树就会像雷峰塔一样轰然倒掉。但锯遇到了障碍，就像我们欢畅地嚼着米饭，却吃出了一粒沙砾或石子，恶狠狠地硌了我们一下子，锯被一种坚硬顽强地狙击住了，无法继续往里挺进，一味地向前，只会硌断锯齿。他放弃了，抽出锯，不死心，换了一个部位，仍然如此。他有点儿心神不宁了，心想这是一棵什么怪树，它的同类骨质疏松，像一盘散沙，可以任他随意破坏，唯独这一棵树，偏偏身体内部生着坚硬，仿佛一棵卷心菜，层层包着一根顶天立地的钢钎。他不敢锯了，拎着蔫不唧的锯，垂头丧气地走了。

当母亲跟我说了这事，我也感到奇怪，绕着它转了几圈，眯着眼打量了它半晌。被老明锯出的那两道伤痕，一深一浅，经过日晒雨淋，变成了有点儿湿润的黑色，甚至神奇地愈合了。我发现它在我们的生活之内、视线以外，已经长得足够高大与粗壮了，我四十岁的双臂无法环抱它了，它的倾倒，无论向着哪个方向，对于地面上的一切，都是一场不可预料的灾难。还有，它发达的根系怕是已有孩子胳臂粗，霸道地探向房子下面，不断地向着深与广延伸，直至像一个毛茸茸的鸟窝托起了房子，也托起了我们，一旦破坏它，我们都危如摇摇欲坠树上的累卵。也许正是许多类似的力量，从地心迸发，一天天地潜滋暗长，最终像一股绳拧到了一起，变成了坚硬的钢钎，狙击着锯的侵略。

我只能这样说服自己。要不，我还真的找不到合理的答案。

一棵树就这样以它笼罩四方的气场，不声不响地影响着它周围的一切，同时也使自己逐渐地从内心，也从灵魂开始强大了起来。

老明永远不懂得这个道理。

他只会破坏，不会尊重一棵与我们朝夕相处几十年，覆盖在我们记忆之上的活生生的生命。

原载《身上有锈》（山东文艺出版社）
被《散文选刊》2013 年第 12 期转载

报告文学

家在敦煌

陈瑞仪

唉，没办法，实在是拿你没办法！

这是第三趟了吧？还到过我参加文物会议和全国政协会议的合肥、北京——哦，自费，还是自费！要是再不网开一面，看来是说不过去了。可都这把年纪啦，又都是些往年老账的陈芝麻烂谷子，还有啥好说的呢？

对。我得过的什么奖励、荣誉啦，应该说不老少；国家给的待遇，也很优厚：像什么“全国边陲优秀儿女”奖，什么“全国优秀共产党员”“全国文化系统先进工作者”“全国杰出专业技术人才”“全国三八红旗手”和国务院授予的“全国先进工作者”等称号，又入围过《人物》杂志“2004 年度最深刻影响中国的文化人物”“第七届中国十大女杰”和“新中国成立以来最具影响的劳动模范”，还是党的十三大代表和第八、九、十、十一届全国政协委员，并享受国务院特殊津贴。最让我激动不已的，是荣膺“100 位为新中国成立做出突出贡献的英雄模范人物和 100 位新中国成立以来感动中国人物”的“双百人物”。当我佩戴着硕大的奖章，与杨利伟、钟南山等同志，肩左臂右地排成一行，接受胡锦涛等九位中央常委的一一握手和亲切慰问时，还顿然发蒙、恍若梦中：雷锋、焦裕禄、蒋筑英和彭加木等许多“感动中国人物”，都为国家献出了生命，是灿若列星、名播华夏的英雄，更不用说那些为新中国的成立而牺牲的先烈了。现如今，自己，竟站在了他们的行列中！可是，静下心来想一想，细细地想一想，就如梦方醒了：这，不是就表明，自己多么多么能耐，多么多么了不起。不是那么回事儿！说到底，不过是兔子跟着月亮走——沾光，沾了敦煌的光。

不，不是自谦。一点儿都不是！有个情况，最能说明问题了。啥情况呢？这样说来，你，不嫌啰嗦吧？那就好，那就好！那我就想哪儿说哪儿地胡乱“揪片子”啦。

这些年来，我到一些国家和地区参加学术活动时，每每会是这样的情形：说我来自中国甘肃，似乎都没啥感觉，可一说是来自敦煌，那掌声，就哗地起来了，特别热烈。宣读完论文，就更热烈了。起先，还有些飘飘然，以为自己的论文，多少还像回事儿。后来才明白，那掌声，那潮水般的掌声，冲的，不是自己，也不是什么论文，而是敦煌。那歌儿，是咋唱的来？“掌声……掌声响起来……”对，对！

掌声响起来，
我心中明白，
你的爱，
与我同在……

只要把“与我”的“我”，换成“敦煌”，就再恰切不过啦。还不光是掌声。在泰国清迈参加国际学术会议时，笃佛的泰国皇室，更以礼佛的双膝跪拜，迎接我这个来自佛祖“精舍”的“飞天”。而“第33届国际东方学会”，在加拿大多伦多市召开时，由于诸事缠身，我不光没能出席会议，提交的论文，也没能按时寄到。在这种情况下，组委会竟破例给予了特殊关照：辑结论文集时，“必须放进去！”其实，我这两次的论文：《敦煌莫高窟的开放与对策》和《敦煌莫高窟的保护、维修及将来的计划》，应该说，写得都不好。行家一眼就能看出，纯属应景之作。不光选题，研究和写作，也做得很不到位，根本没拿出应有的功夫打磨，好好打磨，光是一个事情接着一个事情地瞎忙啦。没完没了地瞎忙！

是的，季羡林先生是说过这话，说我的“瞎忙，功德无量”。在他“北大”朗润园的家里，说的。

对。应该说，评价，是挺高的。不少人也许会像你一样觉得，能得到这样的赞许，也不是很容易。季先生，是享誉海内外的学界泰斗和国学、东方学大师。在其生前的2003到2008年的六年间，温家宝总理，就五次探望，每次都以谦恭的弟子之礼，对老人家表示了崇高的敬意和爱戴。可我觉得，老人家说我的时候，应该不是以大师的身份——至少应该不全是吧，而是以母校师长、抑或“敦煌、吐鲁番学会”会长的身份，对我这个好歹在为敦煌做事的学生、晚辈，以宽慰和鞭策，也透露出老人家对敦煌的熟稔和厚爱。长期以来，尽管他身在京城，却心系敦煌，七十多岁的高龄时，还来这里勘察。他不光在国内外敦煌学研究的组织、推动方面，功勋卓著，为我们做的许多事情，也不是随便什么人想做，就能做成的。

建院50周年庆典筹备时，我们对窟前人工林的几棵病死老树，进行了砍伐清理。这，本来是正常事务。北京一家报纸，却以《世界文化遗产敦煌面临灭顶之灾》为题，进行了渲染性报道，说我们“砍光了窟区所有的古树”……这就不得了啦：日、美等国的有关机构和联合国教科文组织，相继追问；甘肃省委的主要负责同志和一位中央领导，也先后过问；海内外媒体，更是死命跟风……我们越解释，越被认为是“遮丑”“捂盖子”，弄得我们惶惶不可终日。抱着试试看的心理，我电话叨扰季先生。老人家一口答应，并火速在京召开了专家会，吁请专家联名担保，更以他自己的“身家性命”，带头在担保书上，重重签下“季羡林”，硬是促成了联合国教科文组织专门派员，来勘查、核实。那些横眉立目的老外们，在横七八落地瞅猴了一遍又一遍之后，终于笑眯滋儿地让我们舒了口大气：“OK！这里，什么事情也没发生。回到巴黎，我们就向‘教科文’和全世界——澄清！”

莫高窟北区发掘时，从464窟的侧室，发现了两件奇特的文献，没人能认。经多方咨询，都说是吐火罗文。我们觉得不踏实，就捧给了季先生。老人家以精通多种语言的深厚功底，出言如山地断定：“不是吐火罗文，而是梵文。字母，是婆罗迷字母，流行于新疆一带。至于内容，由于只有断片，尚不敢断定。大体上看，似是佛经。”

还有一件事儿，就更值得一提，更值得大书特书了。啥事儿呢？就是对敦煌的整体把握和定位。从很早、很早的时候起，说到敦煌，大都这样表述：敦煌是丝绸之路上的明珠，是举世无双的“中古百科全书”和“世界艺术画廊”。它拥有公元五世纪到十四世纪的492个洞窟、2415身彩塑、45000多平米的壁画和形制罕见的唐宋窟檐木构建筑，尤其是藏经洞保存的5万件之多的经卷、文书、织绣、绢画和法器等文物，几乎涵涉了中古社会生活的方方面面……有的甚至说得更琐碎、更繁缛：什么敦煌文献中，有最早的纸，最早的书，最早的火枪、马具、棋经、乐谱、星象图和舞台演出图等等。这些说法，当然没啥不对，也没啥不好，可就是让人觉得不够味儿、不给劲儿。想僭越这个套路的，数不胜数，却都没能找到下嘴的牙口儿。就像一个别有洞天的景致，多少人看了都觉得好，也都说好，可究竟好在哪儿，又都嗙不出个所以然。这，兴许就是陶潜说的“此中有真意，欲辩已忘言”吧。就在这种莫衷一是的踟躇、徘徊中，季先生的论断，犹如武帝的汗血马，横空出世——

> 世界文化体系中，敦煌是一个极其独特的文化存在。它将（世界仅有的四大文化体系）印度文化、中国文化、伊斯兰文化和希腊文化集于一身，并且以十分鲜明生动的形象，融会贯通地表达出来。这在世界文化交流中，是独一无二的。
>
> （《红旗》杂志1986年第3期）

高屋建瓴，真真的高屋建瓴啊！

几十年下来，这一论断，不光被超越国别、超越流派地认可、推崇，“放之四海而皆准”，我甚至敢说，它，不光是空前的，也应该是——绝后的。而它对敦煌地位的提升幅度，乃至对当地旅游经济的拉动效应，就难以估算了。单单是这一功绩，老人家获得“敦煌保护研究特殊贡献奖”，也是众望所归，理所当然。那天，我就是去请他出席颁奖会的。记得当时，响晴丽日，碧空如洗。而老人家的心情，像是比天气还好，老远就高门亮嗓地招呼：

“你来啦，快请坐！”

香茶刚给沏好，还没能抿一口，又忙不迭地要我跟他去朗润湖边，赏其得意之作——“季荷”。精神矍铄的老人家，边走边如数家珍地叨叨，他怎样把朋友捎来的洪湖莲子，费老劲地敲破、投进池塘；怎样三番五次地打量，又老不见动静，以致彻底失望；直到第三年和第四年，“才露尖尖角”的小荷，才冒出水面，蔓延成“无穷碧”的接天莲叶，又开出“别样红”的映日荷花……

“喏，那朵，刚开出来！那朵，还有那朵……”

老人家美滋滋地指点着、数答着。我随之看去，只见红艳耀目的荷花，竞放吐蕊，玉立亭亭；青盘滚珠的荷叶，满塘铺遍，密密层层；而垂丝的细柳，正轻轻摇曳；柔润的清香，也随风徐来……连我这个不会赏荷的人，都顿觉喜兴，顿感心旷神怡。爱荷如斯的季老，还能不像他常泻笔端的“喜何如之”：“周敦颐的（《爱莲说》名句）‘香远益清’，也就是这个意境吧？”

我会意地应着、点着头。

“不然的话，你周一良老师，就不会给起了个这么好的名字——‘季荷’。这下好啦，我就因荷传名喽！”

说着，老人家喜不自禁地笑了起来。在场的人，也都会心地笑了。

趁着老人家高兴，回到客厅刚落座，我就呈上邀请书，并热切相邀。老人家欣然应允。我又把常书鸿先生等十位获奖者，一一说给他，他“应该、应该”地首肯着，还不时点出获奖者贡献的特殊之处。说到第六位是他时，老人家莞尔自嘲了一句：“我是滥竽充数，是大家的抬爱、错爱！”等我依次说完了最后四位，他眉宇间的诘问，渐趋显露。一时间，大家满头雾水，不知所措。

“怎么，没你？”

老人家终于开口。我连忙解释，说这是“特殊贡献奖”，重在“特殊贡献”，不是谁都能入选的。他却不为所动，像是对我、对在场的人，更像在自言自语：

“应该有的，应该有的！前有常书鸿，后有樊锦诗。应该有的呀！”

闻听此言，我不禁一怔：和久负盛誉的“敦煌守护神”常书鸿先生相提并论。这，不能不让我这个晚辈诚惶诚恐。我犟嘴似的唧哝：“和常先生比，和您老人家比，我算啥？光是整天瞎忙啦，没完没了地瞎忙！”听了这话，老人家的神色，显出不易察觉的凝重。他十分清楚，我这话的所指。沉吟有顷，他近乎一字一顿地说：

“你的瞎忙，功德无量啊！”

在“敦煌学百年纪念大会”上，老人家又言之凿凿地表述了这个意思。在场的人，也都为此鼓了掌。可除了我自个儿，恐怕没人晓得，谨言慎行的老人家，何以会放出这样的重话。之前的多次谒见，我每每孩童般自怨自艾：“我不是先生的好学生，不是北大的好学生。北大教我做学问，我却把工夫，大都用在了做事情，做那些狗熊掰棒子样的瞎忙的事情！”老人家对我，也没少了开导，可自己这块心病，还是难以释怀，难以释怀呀！

哦，没想到吧，你苦苦追访的“这一个”，居然还有这样的心病！

是啊！恐怕有不少人，会像你一样觉得，诸多光环的樊锦诗，不该有这样的心病，而应该是另一副样子。啥样子呢？有位记者，还是位正统大报的记者，满脸“阶级斗争”地问我：“离开北大这么多年，你一直扎根大漠，一直在为敦煌奉献。头脑里，有过什么火花？”

我说：“我又不发电，哪来什么火花？”

现在想来，这样戗人家，是很不应该的。想必人家，也没啥歹意，无非是想找些个“警句”之类，给稿子拔拔高。可话说回来了，白居易（《新乐府序》里）说的“卒章显其志”，不是靠警句彰显，而是要通过真切翔实的内容，进行有机展现。不然的话，像那年月的“假大空”，一味地点题、拔高，能让人信服吗？

这些年，据说报告文学不太景气。原因嘛，自然是多方面的，可在我这个圈外人看来，八成是真实性上出了问题。哦，“到位”嘛，也未必。这方面的感触，却不老少。有位作家，还是位得过啥奖的作家，也来了，却只是哑谜似的跟我打了个照面儿，根本没谈啥，更不用说深谈了，可人家的文章，还是出来了。你说，这样的东西，能是真实的吗？有位记者，很有名的大报记者，据说还是受了某某某的指令来的，却把我六三年的毕业时间，写成了六一年。尽管她的采访、写作，应该说，都是蛮认真、蛮严谨的。可细节决定成败呀！稿子一出，麻烦也就来了。我到外地出差，不止一位同学跟我嚷嚷：“樊锦诗，你怎么成了六一年？”我同班同学的爱人彭金章，更是光火。那年，我去“武大”（爱人所在的武汉大学）休假，他劈头就问：“你啥意思？你六一年，我往哪儿摆？弄得老师们都拿我开涮！”

是啊，哭笑不得，让人哭笑不得呀！还有的稿子，就更离谱啦，说我是什么“传奇女子”“飞天女神”，甚至说我从小就向往着敦煌，还加了个很有劲的修饰：“热烈地”——我“从小就热烈地向往着敦煌”……老天爷，哪儿跟哪儿呀——这是！想当然，太想当然了！实际上，小时候，我根本就不知道敦煌，也不可能知道。向往嘛，当然是有的。谁的童年，不满是憧憬和向往呢？可我“热烈地向往着”的，却不是敦煌，而是医院，是当一名白衣天使的医生。为啥会这样呢？可能与自己羸弱的体质有关吧。

听大人们说，我是早产儿，出生时，小得可怜。是医院的暖箱，才好歹活命，却一直病病恹恹。有时走路或玩耍，没磕没绊，也会莫名其妙地栽倒。十岁那年，不期而至的小儿麻痹症，几乎“麻”遍全身。胸口以下，都失去了知觉。门诊大夫让我父母有思想准备，说是这孩子指望不大了，死不了也得瘫。是那位睿智、父母心的医生阿姨，偶然得知我是双胞胎，就用我患过此症的孪生姐姐“带抗体”的血，奇迹般让我捡了条囫囵的小命儿。能救人性命的“白大褂情结”，也由此萌生。小秘密走嘴后，慈祥的医生阿姨，托揉着我瘦巴巴的小手，很是当真地说：“小锦诗，当医生呀，有时蛮吃力的唻。你这小体格，怕是不行哟！”因此，我没少了哭鼻子抹泪。为了转移我的“焦点”，毕业于清华大学、又在北京大学担任过两年讲师的父亲，给我讲屈原、杜甫、文天祥，教我背《诗经》、“乐府”“床前明月光”……对我的升学和一生，都很受用。让人伤心的是，还没能真正走出校门，我这不争气的身子骨，竟又一次“麻痹”。

那是毕业前夕，我和另外两名同学，在宿白老师的带领下，来这里实习。敦煌的艺术和佛国氛围，让我们惊异万分，兴奋不已。可没过多久，我就愈发觉得撑不住了：我吃不下，睡不着，腿脚打战，浑身乏力，蹬踩着木梯、“吴松梯”等往返洞窟，就像蹬踩着一团团棉花。在一次紧张忙碌时，竟一头栽倒，以至于不得不中断实习，被送回上海治疗。

这次闹病，虽没有太伤元气，影响却非同小可，尤其是对毕业去向。听说我放弃了已经分配好的北京一家研究所，而非要去敦煌时，同学们吃惊极了：“那地方那样荒凉，那样可怕！你，还敢去，还能去？”父母和家里人担心我身体吃不消，也不让去。男友彭金章被分到武大后，他和他在京工作的哥嫂，都希望我依了原先的分配，留在北京，或者回到离武汉较近的上海……尽管我知道，这都是人之常情、也是顺理成章的事情，可敦煌的丰富蕴涵、俯拾皆是的研究课题和常书鸿所长指名催要的“敦煌急需”，磁铁一样吸引着我，强烈地吸引着我，使我别无选择——尤其是在聆听了周恩来总理的教诲、鼓励之后。总理的音容笑貌，我至今记忆犹新。那天，在人民大会堂，他语重心长地对我们在京高校的应届毕业生说：“……你们是青年的少数，国家培养你们不容易。七个农村壮劳力辛劳一年，才能供养你们一个大学生一年啊！你们应该知道感恩、知道报效，应该到艰苦的地方去，到国家最需要的地方去……”

然而，当我真的到了国家最需要的艰苦的地方，真的成了敦煌大家庭中的一员，而不是再像实习的时候，被当作客人一样格外关照时，才着实领教了那种令人谈之色变的“可怕”。

就说吃吧。来敦煌之前，我这个上海阿拉，一直以大米为主。可在这里，常吃的，却是窝头、发糕、面条和“揪片子”揪的那种面片子，大米极难吃到。蔬菜、水果，更是奢侈品。能盼到薄薄的几小片儿肉，简直就是过大年……实习的时候，为了照顾我们，厚道的敦煌人，以草籽、树叶和糜子粉窝头充饥，却把14斤“口粮”中的少许细粮和每月仅有的二两食油中的一两，从牙缝里抠出来，偷偷塞进我们的食堂，致使我们产生了天大的错觉：都说敦煌艰苦，也没苦到哪儿去……猛然醒悟之后，我还能觍着脸皮，在自己家里当客人吗？不能啦。无论如何，也不能啦！所以，不管是啥样的饭食，我，只能吃——硬吃、硬咽。可除了面条儿，其他的，就是吃不饱，怎么也吃不饱。直到现在，北方的饭食，我好歹接受的，只有面条儿。

喝呢，喏——看见了吧？就是窟前那条小河沟的水。直到深水井打出的1983年，都一直在喝。我喝了20年。那种水，不光又苦又涩，含氟量还很高。洗头、洗脸，头发就泛黄，皮肤就干裂。蹊跷的是，还只可配“肥皂粉”，不宜用香皂。用惯了香皂的我，起初不晓得，就越洗越黏糊，越洗越邋遢。用那种水做饭、冲茶，就更麻烦了，不少人会胃脘胀满，溏泻厌食；严重的，会像我实习的时候一样，突然昏厥——原以为是自己体质差，实际上，就是所谓“水土不服”。

你看，唠叨了这半天，还没跑了吃、喝。拉、撒的事情，说起来不雅，又是谁也少不了的，我还当过“改造世界观”的大问题呢——真的！

记得在北大，第一次到京郊参加劳动锻炼时，去上厕所。刚一进门，我哇地怔住了——可怕，太可怕啦！从小到大，哪见过这样的阵势呀：小山一样堆垒的几个茅坑，难以下蹲；地雷阵一样密布的所有角落，无以插脚；而迎面灌来的腥臊恶臭，简直能把人噎个大跟头……我突然被蜇样地弹回，一个念头，又让我戛然返身：自己，可是来“改造世界观”的呀，这道坎儿都过不了，还改造个啥！见四下里没人留意，我赴汤蹈火状地迈将进去……可直到草草处理完“改造问题”，都大气没敢喘，心里还愣闷：都“社会主义新农村”哩，咋还有这样的茅坑呢？而当时的敦煌，却正是这样的旱厕，离我们住的土匪马厩改成的土坯房，又老远、老远。就是去上那里，差点儿没把我吓死！

一天深夜，我“全副武装”地直奔那里。刚从房门走出院门，突然发现一个双耳直竖、眼冒幽光的东西，正与我直面相对。

“啊，狼！”

我失声惊叫，慌忙跑回，死命关上房门。可从门缝一瞅，那个黑黢黢的东西，还在眈眈狼视。我猛然想到，有人挑灯临摹（壁画）时，曾被饿狼堵在洞窟，僵持了大半夜……越想越害怕。自己的胆子，也实在是太小啦！来报到的时候，因为茫茫戈壁阒无行人，只是一片连着一片的乱坟，腿脚，就不听使唤啦，丁零咣啷地敲着脸盆，才爹着胆子挪步。夜半更深，房梁上的老鼠，悉留刷拉地窜动、争闹，以致扑通砸在被子上，都不敢动、不敢叫，只能蛄蛄憷憷地蒙在里边打哆嗦，额间、手心，都沁出了冷汗……这样的胆气，黑灯瞎火遭遇饿狼，连憋带吓的是个啥模样儿，就可想而知了。天亮时再瞅，那个吓人的东西，竟是头该死的蠢驴，我差点儿没背过气去。后来，在政协与一位卫生界的委员聊起这事儿，她一再追问，留没留下后遗症，说是长时间憋尿，尤其是惊恐状态下的长时间憋尿，会引起膀胱弹性丧失、输尿管返流等病症；上了岁数，会出现溢出性尿失禁……

尽管她说得不无道理，可在当时，这场虚惊，过去也就过去了，没怎么再想。而让人不能不想、不能不深感苦恼的，还不是这些事情，而是信息不畅，与世隔绝。那时，全所只有一部电话，还是手摇的，当然不能随便打。报纸，是七至十天前的，像历史教科书。收音机的杂音，又大得要命，让人根本听不下去……白天忙忙活活的，还不觉咋样。一到晚上，整个窟区，一片漆黑，一片寂静，比深山古洞还静，静得让人五脊六兽。在油灯下缝缀衣服，小针儿掉在地上的那种极细微、极细微的丁零零零零的声音，都听得真真的，仿佛很近、很近，又仿佛很远、很远，像在山巅听到的空谷中的声响。这种声响，在如今的各方面都与时俱进的窟区，已经很难听到了。而另一种声响，却和当年没啥两样，可给人的感受，却大相径庭。啥声响呢？我开一下窗子，你听听！

对，风铃声，九层楼上的铁马风铃声。有些笔杆子，在闪回那段时光时，都说这铃声怎样怎样“清脆”、如何如何“悦耳”。要我说，你最好别落那个俗套！那不是我们敦煌人当时的感受，也不可能是！想想看，餐饮堪忧地长久瑟缩在这胡天飞雪的洪荒古漠，那种单调乏味、没完没了的动静，会给人清脆、悦耳的感受吗？不会的。肯定不会的！而只能让人更感凄苦，更觉忧伤，就像命运多舛的天涯断肠人，听到了阿炳那曲牵愁拽恸的凄楚呜咽。

然而，就是这凄楚、忧伤的境地，以常书鸿先生为代表的俊彦、英杰，却从天南海北，来到这里“朝圣”“参禅”。他们筚路蓝缕、饮冰茹檗、青灯黄卷、殚精竭虑，以近乎原始的劳作方式，与发达国家的人文“列强”，展开了不见硝烟的漫长鏖战。而支撑他们的坚强信念，就是为了彻底改变“敦煌在中国，研究在海外”的怪谲；为了咱中国人，真正成为敦煌学的主人。

这一信念，一直支撑着一代又一代敦煌人前赴后继、卧薪尝胆。

置身在这样的群体、这样的氛围，又处在整个国家、整个民族都卧薪尝胆、奋发图强的年代，作为一名科班出身的热血青年，还有心思顾及什么苦呀、难呀、“可怕”吗？没了；连什么“郁闷”“伤感”的工夫，都没了，一点儿都没有了——更不用说那种小布尔乔亚的无病呻吟了。有的，就是一门心思地钻洞子，抠（考古）“材料”，抄卡片，做学问。而好多材料，就堆在床边特加的木板上，睡梦中忽然想起啥，点上油灯，随手就翻、就划拉。通宵达旦地折腾，几乎成了家常便饭，以至于有时刚刚撂下碗筷，就晕晕乎乎地睡着了。整天觉得特缺、奇缺的，就是时间。恨不能地球停转，时钟停摆！后来发表的《莫高窟北朝石窟造像和南朝影响》《莫高窟唐前期石窟形制及题材布局》等著述，尤其是被学界认为“填补了早期石窟断代分期空白”的《莫高窟北朝洞窟分期》《莫高窟隋代洞窟分期》和《莫高窟唐代前期洞窟分期》，包括给江泽民、胡锦涛、李鹏、朱镕基、吴邦国等中央领导和日本首相中曾根康弘、美国国务卿基辛格等外国政要“带洞子”（讲解），能得到他们的首肯、赞许，应该说，基础功底，都是在这种“激情燃烧”的状态中打下的。这期间，还运用较为规范的考古学方法，完成了第一部洞窟考古报告——《敦煌北魏248窟考古报告》的初稿。遗憾的是，这项开创性的工作，由于文化大革命的爆发而被迫搁置；敦煌学初步发展的势头，也被迫中断了。

“文革”结束后，科学的春天来了，敦煌学的春天，也来了。就在我全力以赴，想在这一领域多弄些名堂时，突如其来的任命，让我进退维谷：我走上了所谓领导岗位，从副所长，到“升格”后的副院长、院长。起初谈话的时候，我一再表明心迹，可领导说，十年的欠账，亟待懂业务、会管理的同志，抓紧补救。这是组织决定，更是敦煌的需要！作为一名酷爱敦煌的党员，我，还能说啥，还有啥好说呢？可相当长的时期，我却是以这样的心态，来抓“补救”的：让做的事情，就铆足劲地快做、做利落，省下工夫，还得紧巴溜地奔学问。譬如，让我接手已不成体统的接待工作，我就和服务人员一起，收拾床铺扫客房，用砂纸、搌布等工具，擦拭清理马桶、痰盂等器皿，赢得外宾等方方面面的好评；让我负责敦煌古乐器的仿制，我就和研制人员一起，对照壁画找门道，反复进行加工、调试，从而在香港首演时，引起轰动；让我主持遗产项目的申报，我就在材料的收集、起草、报送和阐释等所有环节，都真刀实枪地下靶子，一次申报，敦煌就被列入世界遗产名录……从成效上看，多少还算说得过去。而心挂两肠的状况，却一直如影随形，就像歌德（《浮士德》中）说的，“两个灵魂，寓于我的心中”。也就是在此期间，尤其是在遗产项目的申报中，使我从多层面，深切认知了敦煌，更感到“欠账”的严重。我甚至觉得，洞窟坍塌、壁画破损、彩塑倾毁、满目疮痍的莫高窟，分明就是毫无康复能力的重病、久病之躯，若不加紧“补救”，许许多多比金子还要珍贵的宝物，就只能眼睁睁地消失了，永远消失了！强烈的危机感，使我“灵魂”的天平，渐渐倾斜；做学问的多半心力，也渐渐转向了做事情——做敦煌延年益寿的“瞎忙”的事情。最棘手的事情，就是防沙治沙了。

恐怕你很难想象，这里的沙害，会严重到啥程度。由于敦煌处在大漠腹地，每年落入的沙尘，竟多达三四千立方米。这些不速之客，不仅埋没过洞窟，压塌过窟檐，更像砂布一样，没完没了地磨蚀崖体、壁画和彩塑。敦煌人老早就开始了与这个心腹大患的较量，却一直收效甚微。你看过的那块五代时期的“清沙碑”，和那些上世纪50年代的输沙沟、防沙墙残迹，就是见证。还能否打赢这场人沙大战，心里，都没底。可执拗的我，就是想试一把，一定要试一把！为此，我专程到中国科学院兰州沙漠研究所等单位咨询，又写信向有关专家请教，还利用给驻华使节们“带洞子”的机会，向其求援，竟意外奏效：经联合国教科文组织驻华代表泰勒先生的引荐、撮合，我们与美国的盖蒂文物保护研究所进行合作，取得巨大突破。成果嘛，你都一一看了。简短说来，就是在风沙主力的必经之路，层层设防，连布三道防线：第一道，是由长达2000米、宽有20米的沙生植物，纠结而成的“断沙横带”；第二道，是由长达3300米的“＾＝”形尼龙纱网和金属栅栏，高高攀扯的“挡沙天网”；第三道，是以高模数硅酸钾的“PS”（化学）制剂，渗透沙砾而凝铸窟体的“固沙汤阵”。这种生物断沙、工程挡沙和化学固沙的三管齐下，各个击破又全线合围，使每年落到窟区的沙量，骤然减少了70%。贻害千年的大患，几近根除。

与这种令人鼓舞的成果相比，还有一种收获，就更让人心潮澎湃啦。我甚至觉得，这种收获，往高了说，往大了说，怎么高，怎么大，都不过分。原本就没啥过分不过分！尽管说来，兴许会让人感到有些酸气，却是这个特殊地方，我们敦煌人特有的感受。啥感受呢？自豪感。强烈的民族自豪感！

是的，强烈的民族自豪感！

原本是一项事务性工作，为啥会让人由此聊发“思古之幽情”呢？这，多少还得弯弯绕。

你在我们的合作现场，不也是感慨多多吗？

是啊，那些外国专家的敬业精神，的确令人钦佩！像壁画保护的史迪文·里克比、颜料分析的迈克·薛林和环境研究的前川信等。还有一位，你没见着：内维尔·阿格纽博士，美国“盖蒂”所的副所长、首席项目科学家。我的那种感触，那种强烈的民族自豪感，许多方面，就关乎这位漫长脸、高鼻梁、头发少、眼睛蓝的美国人，以及与他对照鲜明的另一个美国人——盗剥敦煌壁画的华尔纳。

合作尚未展开，我就向同事们关照：最好不要带阿格纽先生，一同进入华尔纳盗剥过的洞窟；必须要进时，也最好不要提及华尔纳。

对，免得尴尬。

我“带洞子”的美国客人，包括一些高官和议员，看了华尔纳的作案现场，没有不尴尬的——尽管美国人一向自我感觉良好。美国一家博物馆的专家，看了盗痕，特意来找我们，嗫嚅地说：“……我，作为美国人，深感羞愧！我向你们鞠躬，向你们……赔罪啦！”说完，她深深地鞠躬，颓然离去……可越是这样，作为合作伙伴的东道主，越得秉承咱老祖先的遗训：厚道待人，尽量别让对方难堪。后来的情形表明，此举，并非多余。尽管我们和阿格纽先生一直处得很融洽；配合，也非常默契。无意中齿及华尔纳，他也会顿显不适，连说话，都没那么顺溜了：

“……英国的斯坦因，法国的伯希和，日本的橘瑞超……都不该……took them away（拿，拿走）；王道士①，也不该……sent them out（送，送出去）……我们——美国，已经签署了……《国际反走私协议》……”

你看，结巴似的攀来绕去，就是不提他那个下作的同胞。这，似乎也难怪。和他同“姓”的阿Q先生，还忌讳那块癞头疮哩！何况同一个国度的人，自我感觉，也不是都好。不然的话，这样的国度，可就更麻烦啦。

不过，阿格纽先生对敦煌，那是没说的！他多次撰文，予以盛赞。他很是动情地说，敦煌的诱惑力，超乎他的想象。如果不参与敦煌项目，“盖蒂”的保护研究，将失去意义！在长达二十多年的“参与”中，他每

① 王道士：敦煌住持王圆箓。1900年7月2日，他率人清理16窟甬道的积沙时，发现藏经洞，震惊世界，并因此诞生敦煌学；而大量藏经，却经他的手，被洋人骗购。

年都来两三趟，一待就是一个多月。他工作起来屏息凝神，像“入定”的圣僧。他不光在沙害防治上发挥了重要作用，在壁画保护和洞窟环境监测等许多方面，都做出了突出贡献，也因此获得了2005年度“中华人民共和国国际科学技术合作奖”。就是套用对白求恩的评价，似乎都没啥太不妥：他不远万里，来到敦煌。他把敦煌的保护事业当作他自己的事业……对我这个“掌门人”，也一直十分友好，十分尊重。开始的时候，他还郑重其事地称我“樊先生”；随着越混越熟，他竟用半生不拉熟的“国语”，学着小青年儿们的腔调，管我叫“老太太”。我就投桃报李，用（阿Q所在的）“未庄”人的称呼，喊他“老阿”。他也乐不可支地“嗯、嗯”笑纳，还不知从哪个哥们儿那里，倒腾了些个属相方面的“国粹”，现买现卖地跟我逗乐子：

“老太太，您是三八年的——‘老虎’，我也是三八年的——‘老虎’。一个山头俩老虎，就得fight（打仗），对吧？”

他一边说，两个拳头，一边夸张地顶牛，哈哈地笑了。我也合不拢嘴了。

很多时候，还真让这个美国佬，给说着了：两个老虎在一起，还真打仗，有时打得唇枪舌剑，昏天黑地。可屁大的时辰，两个老活宝，又屎巴孩子翻脸似的，翻了就好，该干啥干啥。下回来到这里，他还是嘻嘻哈哈地跟我“打欠”：

“老太太，在下又来给您打工喽！”

安装挡沙网期间，见我窟顶上下地折腾，嗓子都哑了，他多次提醒我“注意身体”，十分关切地跟我说，“您气色不好”“很不好”……我知道自己的“气色”，是咋回事儿。自己一向脾胃不和，吃东西没胃口，又做过消化系统的手术。别看我人前人后的狗精神，有时拔下（吊瓶的）针管，就指手画脚地嚷嚷，骨子里，却累得很，累得很呀！可治沙是个大事情，万一哑炮，怎么面对“江东父老”？何况这拨“多国部队”中，自己是屈指可数的老兵油子，平日里，又琢磨了不老少。就是当当向导、掌掌眼，也总比啥都瞎猫死耗子的乱碰，省油吧？还多少让我给搔到了痒处：挡沙网的设置方案，中科院兰州沙漠研究所的林裕泉工程师，最初设计的是“之”字形。在八级风力的状况下，我和他们一起，到风势最猛、飞沙最多的“黑风口”，进行“实兵推演”，三比画两摆弄，最后将“之”字改成了这种“ˆ =”形。啥意思呢？你看，“人”字的尖顶，直冲沙源窝点的鸣沙山；“二”道防线掩护的，是重点布控的战略要地——层层窟口的崖面。方案一经实施，名堂，就出来了：漫漫飞沙，猝然撞到恢恢天网，像箭镞遭遇了坚固的盾牌，纷纷坠落；又中了魔法一样，顺着纱网的走向，吱溜溜滑向窟口崖面的两侧……目睹此情此景，乐得像孩子一样的老阿，滴哩嘟噜地直叨叨：

“老太太，我就是乐意和您这样有责任心的人，合作；‘盖蒂’，也十分需要您这样的——合作伙伴！”

如此的信任、友善，不能不让我这个“老太太”心动，可脱口而出的，却是同样友善的调谑：

“是吗老阿，我比雷锋，还雷锋吗？”

这下子，真真是洋鬼子看戏——傻眼喽！愣怔了老半天，他还傻模咕咚地追问：

“Where is Lei Feng（雷锋在哪里）？比您还有责任心吗？”

率真、可爱的老阿，让我在开心之余，再次走神儿：眼面前儿，又闪出那个可恶的嘴脸——手提盗掘铲、络腮胡子秃鹫眼的华尔纳。在与阿格纽先生的相处中，我时常会有意无意地想起这个恶魔。我曾像许多人一样疑惑再三：同样是美国人，同样是所谓“文化精英”，对敦煌，也同样惊艳。而他们的所作所为，何以会别分天壤、殊同人兽呢？在给其妻子写信时，华尔纳显然已经情难自已：

“我被石窟里成千上万的优美画像，惊得呆若木鸡。我的任务，是不惜粉身碎骨，来挽救和保存任何一件东西！”

然而，这个“艺术警察”般的“救世主”，又是怎样“挽救和保存任何一样东西”的呢？他用“罪恶的胶水”，用鸡鸣狗盗的小蟊贼都不太好意思下耙子的破相、开天窗等下三烂窃术，一气盗剥了26块、多达32006平方厘米的“优美画像”；又顺手牵羊，偷走了包括328窟半跪式菩萨在内的数尊唐代彩塑；临走，还咬牙跺脚地蹦出恶气：

“20年后，这个地方，将不值得一看！”

应该说，华尔纳的行径，和挖去蒙娜丽莎的双眼，又冲她的笑靥，猛啐一口恶痰，没啥两样。对此，不管是啥肤色、啥信仰的人，都不可能无动于衷。我们敦煌人、我们中国人的扼腕长吁、倒枕捶床，就是发乎于心的自然流露了——犹如辛稼轩的“吴钩看了，栏杆拍遍”。当我在波士顿和哈佛大学的赛克勒等博物馆，见到那些被炫耀的“赃物”时，更是别有一番滋味在心头——尽管当时，我作为敦煌“住持”，享受的，是特殊礼遇：不光能随意抄录、描摹，还能随手拍照。而在当年，陈寅恪、王重明、向达和胡适等敦煌学的先驱，自掏腰包，去万里“寻亲”时，遭受的，竟和“华人与狗不得入内”的“礼遇”，相似乃尔：很多时候，被拒之门外；好歹“开恩”，甭说拍照，连当场抄录都不许，只能做贼一样远远猫一眼，就连忙跑到厕所等犄角旮旯，凭着记忆，赶紧默写、默描，而且还得憋屎憋尿——憋屎憋尿啊！不憋，行吗？不光是惜时如金，阮囊羞涩的他们，舍不得破费那点儿活命的银子。咱设身处地地想想，将心比心地想想：在国势衰危、主权旁落、中华民族和民族文物的命运最不济的时候，不这样可怜兮兮，不这样忍辱含垢，他们，又能咋的，还能咋的，还能如之奈何呢？难怪饱经沧桑而首倡“敦煌学”的陈寅恪先生，这样仰天椎心地哀叹：

“敦煌者，吾国学术之伤心史也!”

可谁又能说，这样的伤心史，只是“吾国学术”的，而不是“吾国”的整个国家，整个五千年的文明故土，整个“最危险的”中华民族的呢？

“史”者，往夕之谓也。我是学历史的，知道历史不能假设。可说不清为啥，那个奇怪的念头，还是挥之难去：如果时光倒流，这两个美国人，这两个行为迥异的美国人——阿格纽和华尔纳，会彼此“调包”吗？

思来想去，答案，似乎对可爱的阿格纽先生失之不敬，却又只能是这样：过去的华尔纳，兴许会成为现在的阿格纽；但是，过去的阿格纽，却绝对不可能，也绝对不允许，成为现在的华尔纳！因为——中国，已不是过去的中国，不是百年之前的中国；敦煌，也不是昔日的敦煌，不是藏经洞訇然打开时的敦煌。中国的强势崛起和咱们强烈的至高无上的主权意识，使得嚷嚷了多年的“上课”，都不得不放下教鞭，不得不勉为其难地放下颐指的教鞭，而“有话好好说”了。这种大势之下的敦煌，可以与阿格纽们合作双赢，却绝不再给华尔纳之流的无耻“探险”，提供任何

"险境"。甭说盗剥、攫掠，就是来拍照——"掠影"，都不能横冲直闯，为所欲为。不能。谁也不能。绝对不允许！这是底线，敦煌的底线，中国的底线。在我们敦煌人的心中，敦煌就是佛爷，就是宗教，就是中国；而中国，就是敦敦煌煌的敦煌！

就在合作期间，美国的《地理》杂志来拍片，还指名要拍"158"(窟)。我当然一口回绝："不行！'158'的释迦涅槃（塑）像，是世界上最好的大卧佛，哪能谁想来拍，就拍呢？"

"樊先生，"他们显然是有备而来，"你们，不是都报（发表）了吗？"

"对，报了。还不止一次。可我们自己的洞子，报没报，怎么报，不是我们自己的事情吗？您说呢？"

"……樊先生，""杂志"耸了耸肩，不无卖弄地说，"我们《地理》的知名度，你该是有所耳闻吧？"

"哦，好像——听说过。"

"我们要拍、要报，也是为你们好，是提高你们的知名度。用你们的话说，是在替你们做 publicize（宣传）。"

"哦，是吗！"

我不置可否地应了句。而"感觉"过于良好的他们，似乎没听出我的揶揄，还是顺着侯宝林的灯柱，往上爬：

"Yeah（是）。"

"那就先谢谢你们的好意了！可据我所知，敦煌的知名度，比贵杂志，好像也逊色不了多少。是这样吗？"

"……Yeah（是）。"他们略显迟疑，还是接着"爬"。

"你们，是——第一次，来拍片吧？"

"Yeah（是）——嗯……"

"嗯"啥呢？他没嗯出来，我也没点破。大老远地来了，不能太让人家磨不开面儿，也不能让人家白跑吧，就告诉他们，"158"不能拍，可以让你们去拍"85""98"和"428"。不过，丑话，要说在前头：

"第一，只能拍摄中美人员工作的场景，不能单独拍壁画；第二，拍摄的范围、光源、机位和版权等所有事宜，只能——我们说了算！"

最后这五个字，简单的五个字："我们说了算"，上下嘴唇这么一努努，就出来了。分量，却重得很，重得很呀！百年之前那会儿，面对盛气凌人的洋鬼子，甭说王圆箓不敢努努，就是皇帝老子、西太后，他们能说吗，敢说吗？就是借给他们熊心豹子胆，恐怕也不敢说呀！现如今，小不点儿的樊某人，就能说，就敢说，就非说不可！他“洋大人”愿听也得听；不愿听，也得听。听完了，应好了，如释重负地转身要走，“等等！”我又没轻没重地撂下一句：

“不好意思，先把‘银子’——留下！”

小翻译咿哩哇喇地一嘟噜，他们顿时怔往：“……还，还要钱？”

“Yeah（是）。”

“……多，多少？”

“两万。”

“美金，还是人民币？”

“应该是——美金。”

“啊！”

他们的眼珠子，差点儿没骨碌出来。让我也大跌眼镜的是，方才还“感觉”特好的他们，这会子，竟像富得就差钱的债务人，笑得比哭还难为情地讨好债权人一样，满脸堆笑地套近乎：“樊先生，我们的‘盖蒂’，可是在给你们工作呀！”

“不。”我也满脸堆笑，“是在跟我们合作——合作。不过，我们中国人，向来讲究不看僧面看佛面。就是看在‘盖蒂’的分儿上，看在阿格纽先生的分儿上，怎么也得给你们个‘意思’吧。所以，美金嘛，就——免啦。不然的话，人——民——币，可就不是这个数喽！”

我这话，不是故弄玄虚，不是闹着玩儿的。那年，日本人来拍（影片）《敦煌》，还是在北区以北的戈壁上，弄的“鬼打墙”。可他们取了敦煌的外景，沾了敦煌的名气，“广告费”，总得出吧？所以，我张口就是11万。他们当然嫌贵。买东西，哪有不嫌贵的？就使出拿手好戏，演起了“连续剧”：又是请吃饭，又是送相机，还这“家”那“师”地给我摁高帽儿，说是片子出来，一定请我“赏光、赐教”……我，没看。至今都没看。永远也不看！嘿嘿，有时想来，自己都觉得搞笑：不就是场电影嘛，较的哪门子真儿呢！可想归想，就是醉死不认那壶酒钱！不过，除此之外的所有“剧目”，通通地八路军的干活——来者不拒。我心里有底：片子，他们指定要拍；银子，我是一个都不能少！于是乎，请吃，我就吃——不吃白不吃；相机之类，他送我就收——不收白不收。收过来，老规矩，扔给办公室——尽管那年头的相机，金贵得很！可此等身外之物，生不带来，死不带去，留着是累赘，没准儿还是祸害。而祸海无边，堤岸，乃是“不粘锅”——扔给他们（办公室），该咋的咋的；钱，我该咋要咋要。反正是——大刀，向鬼子们的头上宰去，不宰白不宰！

几个回合下来，狡猾狡猾的鬼子们觉得没戏，又再次亮剑——亮出上方宝剑：

“你们某厅长说了，最多，就4万！”

“哦，是吗！”我又不置可否地应了句。

“哈伊、哈伊（是、是）。”

一听这该死的鬼子话，打小惯下的阿拉腔——“小日本儿”，又噌地走火，还“捆绑”着极不“五讲四美”的火药帽儿：

“你哈伊个屁，小日本儿！”

这乡音，已在类似场合多次走火。也不是没想改，可就是改不了，到死都改不了啦——就像那段刻骨铭心的童年记忆，到死都忘不了一样。

那是在我开始懂事儿、开始记事儿的时候，也就是太平洋战争爆发之后吧。疯狗样的日军，又是（从飞机上）扔炸弹，又是烧杀、抓人。而兵源枯竭的他们，弄来的那些娃娃兵，在南京路上“哈伊、哈伊”地狗吣时，从路边的楼上看去，显得更矮小、更瘪三。恨之入骨的大人们，除了切齿唾骂“该死的小日本儿”，也教我们孩子这样骂——偷骂。有回吃饭时，我饭碗一推，刚要扔崩而去，爸爸突然断喝：“等等，看看你的碗！”我回头一看，里边有点儿剩米饭。“吃不了，为啥多盛？这是败坏，是祸害！”妈妈也溜了一眼，很不以为然：“就那么几个米粒，至于吗！”爸爸的火气更大了：“怎么就不至于，啊？米是咋来的，你没说吗？为啥不说给他们（孩子）？阿诗，你知道吗？”我，没敢吭气，只是求救地看着妈妈，妈妈却不言语；又惊恐地看着爸爸……此刻的爸爸，却已经不光是火气，更多的，应该是悲愤、压抑，语气，也渐趋沉郁：“……是从江北背来的！可那些背米仔，却回来得很少、很少……不是让该死的小日本儿，给枪杀了，就是活不见人、死不见尸了……”后来，当我从史料上得知，那些“活不见人、死不见尸”的背米仔，和那些被抓的人一起，都给弄到了日本做苦工，又大都给累死、活埋时，才终于明白，温文尔雅的爸爸，为啥会那样一反常态地光火；更深切理解了，“该死的小日本儿”投降时，包括爸爸在内的浦江潮般的大人们，为啥会那样喜极而泣地欢呼雀跃……

这种“狭隘的民族主义”情感，一直基因一样左右着我与“洋人”打交道的神经，尤其是“东洋人”——尽管他们把敦煌当作精神文化的故乡，正如他们的前首相竹下登和海部俊树说的，“敦煌是日本人精神的故乡”；“不到敦煌，就不算有文化的日本人”。尽管他们来这里寻根礼佛时，都十分虔诚：有的老远就摘下帽子，以示崇敬；有的对壁画肃容长跪，热泪涔涔；有的离开洞子时，还一步三回头地流连伫立……这些情形，引得不少游人注目、唏嘘，我却一直等闲视之。当一拨儿又一拨儿的连哪个洞子有啥，都十分门儿清的他们，要死要活地想看 45、57、85 和 158 等不开放的“特窟”时，我在“笑迎天下客”的热络之际，转脸不转脸地就井喷、走火：

“毛病不少，小日本儿!”

害得小翻译没少了替我圆场、打谎。我这个碎嘴子“方丈”，也没少了追悔莫及。可一有“敌情”，还是外甥打灯笼——照旧（舅）。

那年，我带队去日举办《敦煌壁画和彩塑摹品展》。商定好的“所有费用，由日方负担”，他们中途变卦，说是展览的最终受益者，是我们“贵方”，返回的装运、保险等事宜，他们不管了。幸亏我早有“狭隘”、早有提防：特意目击了他们售票的火爆——当然是“悄悄地进村，打枪的不要”。摊牌的时候，他甩蹊跷鞭，我使撒手锏：“那好，你不管，我撤展。立马就撤!”此锏一出，他们的“反应堆”顷刻瘫软：丝毫没有了参拜魔鬼“神社”时的那种我行我素。其神态的诚恳，简直比迎合咱《义勇军进行曲》的小泉纯一朗，还他妈人模狗样！不“狗样”，行吗？他们那点儿“最终受益”，对敦煌来说，年午更的兔子——有它过年，没它也过节。可我一撤展，他们退票的损失，就海喽！“别、别、别！樊先生，我们是跟您开玩笑，开玩笑！您千万别撤，千万不能撤！一切事宜，我们负责到底，负责到底！”

“什么玩意儿，小日本儿！”

我狠狠地骂了句。那家伙闻声色变。看样子，他至少粗通汉语。幸亏小翻译连说带哄，好歹才给摁下。他还是瞪瞪猴猴地剜了我好几眼。

说真格的，当时心里，还真有些打鼓：万一那小子不依不饶，闹出涉外纠纷，捅到使馆，可就猪鼻子长葱——出了洋相哩。毕竟是在人家的地界！而在咱的这块二亩三分地儿上，那就另一番光景喽！何况他拍片又是有求于我——想少掏银子，就是明明知道我宰他，也明明听出我骂他，量他也不敢奓翅儿！所以，我底气十足地敲给他们：

“某厅长给你们说‘4 万’，你让他拿个红头文件来。我们这里，兴这个！”

我心（里）说，小日本儿，甭跟我来这个哩格儿楞！这人不是王圆箓，给人卖了，还得低三下四地替人数钱：什么“法国游历学士贝大人讳希和（伯希和）、阴（英）国教育大臣司大人讳代诺（斯坦因）二公，（以四块马蹄银）请佛经万卷……”哼，这人，没这么迂腐，没这么昏聩！你没有“红头儿”，就是我说了算！我让你咋掏，你就得咋掏；让你掏多少，你就得掏多少。这是主权，没商量！我们的小平同志说了，“主权，不能商量！”

临了，他们也没能拿来“红头儿”，只好乖乖地给我掏足银子，还得像电影里那个老龟田一样，对我卑躬卑敬：

“樊先生，您的——这个，大大的厉害！”

瞅着他们“赔了夫人又折兵”的瘪三样儿，作为敦煌人，作为腰杆儿倍儿直的中国人，那感觉！那叫一个“骄傲”，那叫一个“自豪”！哎，小青年儿们咋说咪？

对，对，对——“爽”！那叫一个“爽”。真爽哟！

可是，和这个“爽”字接踵相随的，却是沉甸甸的两个字——“责任”。沉甸甸的责任啊！

天底下的权利、义务，没有单行道。同样，天底下的权利、责任，也不该是独木桥。国家在困难的时期培养了我，又把我放在这个位置，不是光让我来享用这个权利，美滋滋地享用这个很爽、很爽的权利，更多的，是要我担当责任。知恩当报，天经地义。自己像女儿孝顺母亲一样，替国家守护好敦煌这个无与伦比的艺术瑰宝，是应尽的本分。否则，不用别人咋说，自己就觉得愧对国家。随着时间的推移，这种意识，越来越明晰，越来越强烈，对我心理的压力，也越来越沉重，使我越来越谨小慎微，战战兢兢，如临深渊，如履薄冰，生怕因自己的疏漏、失误而殃及敦煌，哪怕只是闪失，只是很小、很小的闪失。一天到晚，满脑子转悠的，就是洞子的事情。到外地出差，过不了三五天，就巴望着回来，赶快回来。回到窟区，看到耸立的九层塔，听到风过三危山的窸窣声响，心里才慰安、才实落、才快意，有如心心念念的玄奘（三藏），到了释迦顿悟的菩提树下。即便做梦，也时常是敦煌；醒过来，还是敦煌。家里的事情，我可以不这么想，甚至不想；敦煌的事情，却萦绕于心。不管是谁，也不管是啥场合，一说哪个洞子有问题——“病了”，我就知道，是哪个地方病了，该是啥病，大体该怎样医治，怎样修复。而在医治、修复的过程中，弟兄们那种持之以恒的忘我热情，令我欣慰，更促使我竭智尽能，不遗余力。

没错！我方才说的，就是“弟兄们”，也时常这样称呼。能经年累月地在这大漠孤烟的“方外”厮守过活，相依为命，不就是弟兄们吗？尽管他们有时叫我“老大姐”，有时又叫“老太太”，有的喊我“小樊”，有的唤我“锦诗”，也没人在意啥辈分不辈分，可那种浓浓的亲情，就是同胞兄弟，又能咋样呢？

在我们敦煌，所有岗位，都不安排加班。我也根本就不提倡。实际上，加班熬夜的情形，乃至通宵达旦地加班熬夜，已是司空见惯。许多同志的节假日、公休日，都一年到头地攒着、摞着，却没人“补休”，更没人要啥“加班费”，好像压根儿就没有这档子事儿。尽管我知道，没有弟兄们的这种玩儿命，几代人梦寐以求的“敦煌学回归故里”，就不会在今天，变成现实；如今的敦煌，也不会被公认为“国际敦煌学的研究中心”，更不会被中央领导同志高度褒扬为“我国文物有效保护、合理利用和精心管理的典范”……也清楚地知道，弟兄们之所以会这样玩儿命，除了那颗被伤过的“中国心”，还在于敦煌文化和舍身饲虎、以身贸鸽等“般若波罗蜜多”（佛学智慧）的滋养、浸润，是情动于衷的必然外现，非“提倡”“制止”，所能左右。可作为老大姐，我还是不能不格外爱惜、格外心疼我的情同手足的弟兄们，不能不吹胡子瞪眼地冲他们嗷号，逼着他们“休息”“赶紧休息”，也招致他们以牙还牙的戗戗：

“您咋不休息哩，嗯？”

“先管管好自己吧，老太太！”

……

每每此时，一种热辣辣的东西，就会顶得我难以自已，又不能不极力掩饰，极力摆出女强人的臭架子，免得在刺儿头们跟前栽面儿。相比之下，“班子”里的弟兄们，就厚道多了，也仗义多了。毕竟是伙计班子，好多事情，他们都不太跟我这个絮絮叨叨的老大姐叫板。就说分房吧。这可曾是公认的“天下第一难”呀！我们的分房，不光特顺溜，而且极另类：“副研”以上的专业人员，都住“四室”；朝向最好、客厅最大的，是老先生；而处以上的“行政”，包括所有的院领导，则是清一色的“三室”。所以能做到这种地步，没有班子的共识、鼎力，是不可能的。运作之初，我对负责这项工作的（院党委）刘鏼书记说：我们是研究机构，行政要向专业倾斜，尤其是那些“打天下”的老先生。没有他们，就没有敦煌的今天。一定要先让他们满意！

“老大姐，您就放心吧，我会支持您的！”

这位老大哥似的书记，不光像阵前受命一样向我表态，更以实际行动，把承诺兑现到了极致：住房上，得知老先生们喜欢住高些的，他不光先给自己分了个三室，更挑了个西晒的一楼；公出之外的离开窟区，他一概去挤“公交”，从来不曾要车；他牙口不好，却一直涡悠涡悠地踻乎着大伙儿吃食堂，就没有开小灶一说……面对这样极致的支持，要是不能更“极致”，甭说什么知识分子的良知，什么共产党员的修养，我，还是人吗？所以，住房，我要了和他毗邻的三室；即便是跑项目、筹钱款，也尽可能去挤“公交”、住便宜的床位；即便是应得的稿费和讲课报酬，也尽可能送给团组织，作为小青年儿们活动的开销……好在吃食堂上，我优势明显，似乎无需较劲，他刘书记和老少弟兄们，也只能眼模咕咚地甘拜下风。为啥呢？我饭量小，中午买个三四两米饭，吃一半儿，带回去一半儿。晚上开水一烫，几颗花生米或小咸菜，就对付了。不像他们，要饭的肚子，顿顿都老鼠拐卸似的来回折腾。对我来说，这好处，可就大了去喽！不光能给难以割舍的做学问，省出不少工夫，才好歹弄出《敦煌石窟研究百年回顾与瞻望》和《从莫高窟的历史遗迹探讨莫高窟崖体的稳定性》等像样、不像样的东西，似乎还歪打正着，从中得了个醍醐灌顶般的顿悟：连吃饭都能删繁就简，洞窟之外的大小事由，还有啥不好简免并用的呢？连老大（长子）的婚礼，都让我给——免了！

你别乐，真的！嘿嘿，我也笑哩！咋免的呢？我们老老少少都下手，在家里捂答了几个菜，喝了点小酒儿，就“婚礼”了。不过，思忖起来，还真觉得亏欠了孩子们，尤其是媳妇。挺俊的个小模样儿，愣让我这个恶婆婆，给挤对得低眉耷拉眼。儿子嘛，还好糊弄。我连唬带哄的，节骨眼儿上，就瘪啦。麻烦的，就是老彭——对了，你不是找过他了吗？哦，谈得还挺好！我这位老先生啊，好人，大好人——尤其是对我的理解、支持！可在家里的许多事情上，又是个老爱和稀泥的老好人！我把婚事的想法一说，他百般顺从：“搞那俗套干啥？媒体报的那些贪官，趁机捞钱，死命摆谱儿，还不是眨眼就栽了进去。咱书道人家，哪有那闲工夫。对吧？”

孩子们一央央，他又万般应承：“就是！结婚是一辈子的大事儿，不能稀里马哈！大面儿上，咱得晾得过去，对吧？”

我一甩脸子、一耍横，他不光急转直下，还把我们当年的那档子事儿，也顺嘴儿给秃噜了出来：“有没有感情，不在那个形式。我和恁妈，咋样？就是那歌（《望星空》）唱的，‘天遥地远，彼此忠诚。’可我们，甭说啥婚礼，连床新被子都没有，就我那脏兮兮的被窝儿，我们就……”

言及此处，他老夫子自己，都不禁一怔。神色诧异的孩子们，也面面相觑。没过门的媳妇，更是挤眉弄眼儿，似乎以为，我们这对老梆子，当年很“现代”、很罗曼蒂克。见我阴沉着脸，立时给吓了回去；又偷眼瞟我，像是没死心，像是猴着我扑哧笑出来，好趁机起腻。我根本就笑不出来。要笑，也只能是“苦恼人的笑”。那时节，是我最苦恼的时候，是我人生最黯淡的时候。

不堪回首，不堪回首啊！

哦，你很想知道！唉，好吧！就拣紧要的，给你说说。

还得从“文革”说起——

那场动乱，席卷全国。敦煌，也不可能成为世外桃源。拢共 48 人的研究所，几乎都卷入了派战。批斗走资派的两派，都争说自己是最最革命的造反派。争来争去，我所在的“东风战斗队”，略胜一筹，成了压倒“西风”的“东风”。我这个打小就喜欢不吭气、大学毕业前后讲话还憷场又卡壳的“老内向”，竟迷迷糊糊地投了个好胎，成了人们印象中的那种疯疯癫癫、张牙舞爪的造反派。而发挥欠佳的“红旗战斗队”，只好愤愤不平地捡起了保守派的高帽子。

不过，在对待洞窟上，两派却有个不成文的默契：嘴巴上咋嚷嚷都成，不能动真格的，更不能招引外（边串联的）人来祸害。否则，“要承担法律责任”。至于啥样的法律责任，都稀里糊涂一锅粥。当时，也来过一拨儿串联的。得到消息，两派都紧张得一宿没睡。用“惊心动魄”，来形容当时的情形，一点儿都不过分！还出现了恐怕是那个年代绝无仅有的一幕：两派合谋，怎样一致对外。真真应验了《诗经》的那句老话：“兄弟阋于墙，外御其侮。”所以，自始至终，洞窟都未遭不测。不像（离这不远的）白马寺，一把火给烧了。好玩儿的是，那拨儿串联的人马，竟是敦煌的铁杆儿粉丝，是打着串联的旗号，来一饱眼福。有个戴红箍儿的姑娘，还舞答着“战斗的铁拳”，以那个时代的最强音，气壮山河地跟我打连连：

“我们都是来自五湖四海，为了一个共同的革命目标。我们来跟你们一起，誓死保卫无产阶级的敦煌莫高窟！”

我至今记得，那个羊角辫儿的模样儿，也知道她为啥会冲我“道白”：除了年龄相仿，肯定还因为，我，不光缀着像章，还戴着红箍儿。（那年头儿，此乃“天大地大”的流行时尚哟！哪个年少不追风，谁家青春不时髦哩！——笔者旁白）没过多久，我的像章、红箍儿，便被薅掉、扯下；人，也被扫地出门，打入另册。而缘由，就一言难尽了。

串联的学生，带来许多传单。有一张，赫然印着“旗手”江青，在接见首都红卫兵时的讲话：“什么莫高窟，精神鸦片！敦煌那些人，都是鸦片贩子！”而传单的标题，就更呛眼了——《宗教，是麻醉人民的鸦片》。

乍一看，很愕然；细思量，更糊涂。包括佛教在内的宗教，属于意识形态。这是敦煌人都知道的常识。敦煌壁画，尽管将行船、走马、耕种、收割、狩猎和百戏等华夏民族的各种生活情形，都表现得惟妙惟肖、淋漓尽致，而大宗主题，却是宗教涵盖的佛教。至于地狱、小鬼儿等吓人、“麻醉人”的东西，只能算是佛教的世俗化。正统的佛经，就是佛在那里讲道理，而且讲得很深、很“大众化”，也就是所谓的“吹法螺”“吹大法螺”。佛教本身，就是哲学。它不光对中国的哲学、文学艺术和民间风俗等影响深远，更与中国思想史的发展，密不可分。中国近代民主革命的先行者，大多是从研究佛教入手的。也是为了研究，我曾想过，跟“高人”学佛。因为时间和精力不允许，才只好作罢。说宗教、佛教是鸦片，我实在是接受不了。无论如何，也接受不了！而更接受不了的事情，又相继发生——

对“国民党残渣余孽”“反革命走资派”常书鸿的批斗，骤然升级。由口诛笔伐，变成了皮鞭抽打，拳脚相加，甚至有人在勒令其下跪时，居然在他膝下，弄上了七尖八棱的碎石……那种情形，让我这个置身其中的“旁观者”毛骨悚然，不忍卒睹。在我的心目中，常先生是偶像，是仰之弥高的“海归”大画家。我来之前的 1962 年，就从《人民文学》发表的报告文学《祁连山下》（作者徐迟）知道了他。第一次见到时，他的穿戴，与老农没啥两样——远不是我想象中的那种西装革履、洋气十足。之后的耳濡目染，对他，就更钦佩、更敬重了。他举家来到这里后，夫人陈芝秀，也就是徐迟先生给化了名的“叶兰”，不堪苦寂，跟人跑掉了；民国政府又撤编、停薪，使他们断粮、断炊。在这种情况下，他还是死活不走，更四处呼吁，才得以复编，得以留住了几位铁杆儿骨干。不然的话，像一些地方的石窟寺，解放后，县里随便派个什么人看管，又看而不管，以致看都没人看了。壁画等所有东西，给毁坏一空，只留下白凿凿窟壁真干净！“世纪行”① 的时候，你们从这里去新疆，看得不少吧？

是啊，触目惊心，触目惊心呀！要是没有常先生，敦煌会是啥样，就让人不敢想了，实在是不敢想啊！所以，即便在管理方面有所差强人意，也不该那样折磨这位艺术气质甚佳的开山老祖。万万不该！

① 世纪行：即“文物保护世纪行”，新中国成立以来首次大规模文物保护采访报道活动。

"灵魂深处爆发"了这种"革命"，消极、懈怠的表现，也就在所难免。之后的大小批斗，我是能躲则躲，能撇后的不靠前；此起彼伏的"振臂高呼"，也是随葫芦、打淌淌，光动嘴、不出声，或小出声……此等猫腻，当然逃不过头头们的"火眼金睛"。在一连串的旁敲侧击之后，恶狠狠地叫骂，便"飞流直下"："樊锦诗这个杂碎，成了他娘的死眠蚕，三脚都踹不出响屁了!"

可能正对我烦厌至极，当我逃避似的提出到武大结婚，竟顺利拿到了"同意其结婚"的介绍信。然而，我兴冲冲到了那里，意外，发生了：信上还说"在创办考古专业"的金章，已被揪了出来，正在挨斗。"闯将"令我悬崖勒马，不要与"白专分子"同流合污。我，没有"勒马"，而是径直住进了丈夫"悔改"的"阴暗角落"。回来，也如实汇了报，被训斥得抬不起头来。偏偏是这种"累累若丧家之犬"的境况中，在上海一家设计院担任工程师的父亲，受不住批斗、折磨，跳楼——走了。噩耗传来，我悲痛欲绝，头头儿却七窍生烟，像凶神恶煞："你这个黑五类子女，必须站稳革命立场，必须与自绝于党、自绝于人民的反动权威和反动家庭，一刀两断，彻底划清界限！否则，必将成为不耻于人类的狗屎堆!"我也规规矩矩、老老实实地应下了。可赶回上海，看到面貌全非的父亲时，哭得，都站不起来了，还"稳"个啥？只是在那之后，每月给家里必寄的银两，由明火执仗，变成了暗度陈仓。那时候，我的工资是70多块钱，给家里20，再隔三差五地给堂叔家20。父亲给说过，堂叔家的日子不宽裕，要尽可能接济……他老人家，不在了。听他的话，就是最大的孝心了。可这个小地方的透明度，又实在是高得可怕。"暗"了没几回，"何其毒也"的"狼子野心"，就昭然若揭；"反动权威的孝子贤孙"等叫骂，又再次"飞流"。我在为不慎失密而懊悔，新的麻烦，又找上门来。

有个工艺美院毕业的员工，因穿着、做派有所谓"小资情调"，被当作"资产阶级小爬虫"揪出后，把心爱之物的"二战"画册，托我保管，还神秘兮兮地嘱咐，里边有蒋介石的像，要我一定藏好。尽管我晓得，那年月的"蒋介石"，是刺猬，碰不得。可"爬虫"的可怜相，还是让我心软了。眼时下，活在这里都不易，都难免会有走麦城的时候。危难之时帮人一把，胜造九层佛塔!

时隔不久，抄家之风，就起来了。好多人家，给抄了个一佛出世、二佛升天；极隐私的东西，也给晾在了“光天化日之下”。这，不能不让我这个“黑五类子女”心惊胆战，不能不立刻意识到留作念想的父亲的来信等遗物的极端危险性，尤其是他的最后一封来信。在我的印象中，晚饭后的父亲，除了看书嘟囔辞赋，就是摆弄那个老掉牙的计算尺，在案头写写算算。给我的来信，也每每开导“去了那里，就要干得像样儿……”可万万想不到，潜移默化地影响了我做人、做事的父亲，在是非颠倒的蹂躏、绝望中，竟反过头来，要我这个一向被他开导而正处冥冥的女儿，指点迷津：“爸爸这样没白没黑地工作，算不算‘为人民服务’……”残酷的现实，在无情抽打着我未定的惊魂：父亲这种连神圣宗旨都浑浑噩噩的“反动透顶”，一旦被抄，后果不堪设想！我不敢耽搁，赶紧把所有来信和有父亲“樊际麟”戳记的书籍等遗物，全都烧了——连同“蒋介石”。以为这样，就善哉善哉了。哪知爬虫先生不撑劲，招了，招得一塌糊涂，把我和“蒋介石”，都给捎带了出来，又没能给我透个风儿。这就来了大热闹：三堂会审了，我还装癫卖傻地一问三不知，惹得“革命战友”是可忍，孰不可忍：

“阶级敌人都招了，我们这位，还他妈装，装！装得比他妈鬼都像！”

“幸亏北大给弄来这么个厉害的变色龙，不然的话，咱这老羊皮，还不知道叛徒、内奸、工贼的龟孙羔子，是他妈啥玩意儿！”

“牲口下的孽种，不把她踹过去，她不知道马王爷三只眼！”

他们敢说敢为。不光把我踹成了保守派，更没完没了地撵我去翻地、去拉耧、去做饭、去喂牛、去清沙子、去扫厕所……直到我妊娠进入预产期，还催促着下地。我一再肯求，想去武大待产，说是这里啥都没有，啥都没准备；上海的家人，已经把衣被、尿布、鸡蛋和红糖等东西，都送到了武大；侍候月子的婆婆，也从河北的乡下，赶到了那里……他们就是不允。临产前三天，还叫我去摘棉花。我说：“看我这个样子，腰不能躬，腿也弯不下，眼看就要生了，总不能生在棉花地里吧？”他们支支吾吾地打哈哈，就是不吐口。我不禁咴唧了一声：

“都是同根生，相煎何太急呢！”

“哟嗬！”他们又逮住了发飙的由头，“不愧是北大才女，晴天不尿雨天尿——还怪湿（诗）呢！你把个‘白专’羔子，下在棉花地里，就他妈更湿喽！哈、哈、哈……”

看着他们流里流气的丑态，我厌恶至极又莫可奈何，只能忍泪吞声、步履维艰地蹭到棉花地。喘息了好一阵子，才慢慢儿反剪起一只胳膊，勉强屈了屈腿，半圪蹴着摘起来，吃力地摘起来……直到腹部坠疼得难以忍受，才被“难友”送进县城的医院。

与此同时，远在武大的爱人和婆婆，更是焦急万分。接到我请护士帮拍的“速来敦煌”的电报，金章像逃难一样，挑着鸡蛋、红糖等东西连夜赶来，竟一杠子插到50里开外的窟区，又被个懵懵懂懂的娃娃，给一竿子支到了“坡里”：

“大肚子婆姨，那边坡里摘棉花去了！”

几经辗转赶到病房时，疲惫不堪的他，木呆呆地愣在那里。后来，他不止一次跟我长吁短叹：六天六夜的奔波、牵挂中，老婆、孩子的窘况，他设想过种种“版本”，却无论如何也没想到，竟会是那样的“凄凄惨惨戚戚”！整整六天了，孩子居然还没有衣服，没有被褥，没有尿布，没有奶吃……只能用妈妈的破旧棉袄草草包裹；只能以护士阿姨给买的奶粉，勉强活命。而在大上海长大、又在教会小学“专修”过礼仪廉耻并受过高等教育的妻子，在多张病床、众多陪房的公共场合，居然衣裤无着，只能比村妇还村妇地光着屁股，在说不清究竟是啥颜色的肮脏的被子下，瑟瑟蜷缩；大小便解，连块上下床的遮羞布，都没有，只能以脏被子，草草扯掩……那副惨相，让他欲哭无泪！

然而，他欲哭无泪，我却鼻涕一把、泪一把地哭起来。嘤嘤地哭，哽咽地哭，呜呜地哭，及至号啕大哭。满心的委屈，总算有了个发泄桶。邻床的那位大嫂，眼泪扑撒地说：“大兄弟，就让妹子哭吧，使劲哭吧，都哭出来。月子里窝下病，就不好扎估哩！这些天，也真是苦了妹子啦！无依无靠的，又任吗儿没有。哪见过这样坐月子的呀！连俺的亲戚、邻居，都觉得可怜。可怜死啦呀！”

一连几天，金章一直赎罪一样，白天侍候，夜里就靠个小板凳，蛄憷在床头。“产假”尚未到期，又匆匆赶了回去。如火如荼的批斗，还在候着他。我也一样，被催促着“赶紧上班”——没完没了地参加劳动、开会、大批判……孩子咋办呢？这里又没有托儿所，只好锁在屋里，来回小跑地喂奶、擦屎、换尿布。好几次跨进门，孩子早已从床上骨碌下来。小衣被，给蹬了个精光，就赤裸裸地躺在地上；嗓子，也哭哑了；手脚，都冻得冰凉；满身满脸，滚巴得尽是些屎尿……看见我，显出兴奋的样子：酒窝儿，出来了；眼睛，眯成了线儿；玫瑰色的小手，一抬一抬地挓挲着，像是冲我招呼；粉嘟嘟的小嘴儿，也一努一努地张咧着，可就是咯咯不出笑声。那个纯真、狼狈的模样儿，让我百感交集，黯然神伤。“孩子，可怜的孩子呀!”我念叨着，说不清嘴里还是心里，这样不停地念叨着……

害怕再给掉下来，我想了个极笨拙的办法，用绳子拴在床上。这样一来，床是不掉了，我的心，却被揪揪得更紧了——跑近房门，一旦听不到哭声，就突地一沉：“孩子，勒死了?”每每此时，我就疯了一样，三步并作两步地跨将进去。可老这样一惊一乍的，也不是个办法呀！就写信和爱人商定，孩子送到武大，接他奶奶来照看。然而，就是这样一个寻常得不能再寻常的家庭聚会，遭受的艰辛——尤其是奇遇，恐怕连“巧合”见奇的戏剧，都相形见绌。

那时不像现在，有小车、动车和“高速”，还可以乘飞机。敦煌的老牛板车，不可能专送“另册”。我一手抱着孩子，一手提着行包，好不容易截了辆顺路车，可到了县城的东大桥，人家分道扬镳，把我们娘儿俩，给撂在了冷风飕飕的桥上。我左等右求告，一位好心的老乡，让把孩子和行包，放在了他的独轱辘车上，给“轱辘”到了汽车站。由那里去柳园上火车，再三倒两哆嗦地到郑州中转。这五天五夜的上下折腾，过去还没觉得咋样，反正是一个人，饿了就吃，困了就打盹儿。可带着孩子，就不一样了。到郑州的时候，不光腿肿了，一说要等 10 个小时，才能上青岛至汉口的那趟“直达”，简直连死的心，都有了：彭金章个该死的不来接，就抱着孩子——撞火车！所以，下车就挣扎着直奔邮电窗口，欲拍十万火急的电报：“我带着孩子和东西到了郑州速速来接。”

在窗口，两位解放军“四个兜儿”（干部），见我病歪歪的样子，连忙帮我提包、抱孩子。问明情况后，诚恳地劝我：电报，就别发了。说他们跑外调，也在这里中转等车，可以帮一下。两位好人，不光把我们娘儿两个送到车上，又找好座位，安顿妥帖……在那样的年月和那样的关头，我这个“人嫌狗不待见”的“黑五类”，能被这样地当人待，感激得，都不知咋好了。时至今日，“亲人解放军”这个称呼，我依然感同身受。

可是，就在我赶到武大，孩子的奶奶，也踮答着半裹半放的二半脚儿，从河北肃宁县的寨南村匆匆赶来时，“备战备荒”的城市疏散却从天而降：历史系“散”到襄阳分校，（非在册的）“外人”，不得随行。那种极度的苦涩、沮丧，无以复加，简直是无以复加呀！可除了徒唤奈何，也只能“奉天承运”：我，打道回府；孩子，由奶奶抱走，再交给他大姑带养。从此，我们这个三口之家，便开始了长达四年的天各一方：我在敦煌，金章在武汉，没掉屎褯子的大民，则寄养在河北肃宁师素“公社”的偏僻小村——西南庄。期间的思念之苦，苦到啥程度，就没法说啦！

1973 年的 10 月下旬，我到武大生小民时，侍候月子的大姑姐，带来大民，然后进行了恐怕是世间少有的“换班交接”：我，生完孩子，拍屁股走人；金章，愁眉苦脸地接下大民；朴实爽直的大姑姐，则放下大民，又抱走刚刚满月的小民。就这样，新一轮的天各一方，又重搭台子另开张……

五年后的初秋，我突然接到大姑姐托人写来的告急信，说是儿媳生了娃，闹得鸡飞狗跳乱了套。她摁下葫芦起来瓢，捂答不了啦，麻利来接小民。

看了来信，我火速赶到西南庄。

这是晚霞正美的时候，田间、村落的景色、野趣，对我这个久居大漠的人来说，应该很招眼。我却无心他顾，只想着五年多未见的儿子，该是啥模样儿——直到一步迈进大姑姐的院门。

“哟！”大姑姐十分惊愕，“来得这么快，（孩）他妗子！”

“小民呢，大姐？”我迫不及待地问。

“那不是！”说着，她朝堂屋门的方向“喏”了一嘴。我随势看去，一个三毛样儿的小葫芦头，正从门后探将出来，冲我瞥了一眼，又吱溜缩了回去。

“民啊，出来，你妈来了！”

大姑姐嗷号又是一嗓子。过了好一会儿，“葫芦头”才磨磨蹭蹭地出来，竟是个一丝未挂的光腚猴子，鞋都没穿！他黑瘦野气，满身埋汰。右腮帮子上，干结着一抹蝴蝶样的鼻涕嘎巴；脚巴丫子和波棱盖上，沾濡着不知是烂泥还是啥的脏兮兮的东西，而同样脏兮兮的双手，还把着块巴掌大小的啃得豁豁牙牙的黑饼子。看着我这个“生人”，显得有些局促、有些忸怩，像个受惊的小兔子一样，吱溜猫到姑妈的屁股后。不一霎，又憋不住地撩起她的后襟，怯生生地张望。那对叽里骨碌的黑眼珠儿，透露着对我的狐疑……一时间，惊得我目瞪口呆：

“是、是小民吗，大姐？”

“哎哟喂！”大姑姐挓挲起那双蒲扇般的手，边扤扤掀掀地扬赫，边可劲儿嚷嚷，“你这妈当得！亲生儿子，都认不得？”又顺手把葫芦头一把搊到身前，冲我说，“不是老念叨你妈吗？来了，咋不叫？”

小葫芦头咬着嘴唇，还是怯生生地望着，不吭气。

“叫啊，你倒是！”

“大姐，”我紧张地问，“这孩子，是不是——傻？”

“更坏（鬼）！”

大姑姐脱口而出，又转脸吓唬：“再不叫，饼子，别啃了，给我！”她把“蒲扇”往葫芦头跟前猛一挓挲。这招儿，果然灵验：小葫芦头本能地把饼子“藏”到屁股蛋儿上，愣头愣脑地瞪了一眼大姑，又横横地瞅着我。憋哧了老半天，才瓮声瓮气地憋出那个淡不啰嗦的字眼儿——“妈”。叫完之后，却并没像我期待的那样，飞也似的扑入我的怀中，一任我的亲吻、爱抚，反而像应付完了个天大的差事，竟张嘴鼓肚地喘了口儿，又示威样地举起那个黑饼子，连咬带撕地拽下一大块，吧唧吧唧地嚼起来。那个不瞅不睬的愣怔劲儿，分明在甩答我：你这个“啥妈妈”，还不如我手里这块姑妈用高粱面和地瓜粉捏巴成的给我啃得豁豁牙牙又梆梆硬的“糊饼”。对此，连他大大咧咧的姑妈，似乎都看不下去，而“这孩子、这孩子”地嗔怪，我这个骨肉亲娘的心里，就更不是滋味儿啦。而这，又实在怨不得混沌未开的孩子，要怪，也只能怪我这个不称职的妈妈。在民民最需要呵护、最需要母爱的时候，却把他撇在这穷乡僻壤的千里之外，让他成了这样一个与时代文明相去甚远的野孩子！强烈的歉疚、愧疚，锋刀利刃般绞割着我的心，绞得我怵怵战栗。我一遍又一遍地对自己说，该是向孩子补偿母爱，补偿那份儿不该欠缺的母爱了！

之后的两年多，我一直把民民带在身边，倍加呵护：给他弄好吃、好玩儿的，教他数数、写字，给他讲《卖火柴的小女孩》等有趣的故事。小民呢，也逐渐认知、接受了我这个“啥妈妈”，越来越形影不离地黏着我、跟着我，以至于大伙儿都戏称是“樊锦诗的小尾巴”“跟屁虫”……而那种与生俱来的母子亲情，也在这种形影不离的跟随中，好歹还原了。可恰恰就是这难得的亲情，竟险些让我和他姨妈等亲人们，抱恨终生。

那时候，百废待兴的“补救”，越来越忙得我焦头烂额，也越来越不好再拖“尾巴”。比方说，率队去海外布展，总不能带着孩子去吧！甩给爱人，也不现实。他那里，也步入了正轨，也忙得不可开交。何况他体质欠佳，时常闹病，又带着上学的大民。两个孩子都过去，还让他咋活？万般无奈，我只好故伎重演，将小民寄养在上海聋哑学校当老师的大姐——樊美铃家。

然而，此时的小民，已不再是那个认饼子不认亲娘的光腚猴子。母爱的温暖，分明已使他认准了“世上只有妈妈好”的死理儿。在大姨家的那段时间，他整天哭闹着想妈妈、找妈妈，竟闹到绝食、逃学、夜奔的地步，气得他大姨写信、捎信地冲我和他爸爸发火：聋子、哑巴，我都捋巴得滴溜儿乱转，就是伺候不了你们这个“闹事魔王”。赶紧弄走！

可是，再“赶紧”，往哪儿弄呢？

情急之下，我向二姐求救。“心太软”的二姐，架不住我这个孪生妹妹的央求，好歹把活儿接了，却更不是“魔王”的对手。没过多久，“更坏”的小民，就在一个风雨之夜再次开溜——沿着我们娘儿俩回去时的火车道，一磴一磴地数答着、哭答着、让人越想越后怕地找妈妈去了……被发现的时候，已经冻得牙关紧咬，昏迷不醒了。我闻讯赶到时，刚从急救室，转到重症监护室……

透过厚厚的玻璃，猛然看到被多种器械弄巴着的小民，我顿时蒙了。可当着那么多守候的亲人，又只能尽力隐忍，尽力不让自己过于失态、过于悲切。而不听使唤的眼睛，还是被那种雾样的东西，给蒙住了，浑浑蒙住了……起初的时候，亲人们还强装笑脸地安慰我、劝慰我。一说孩子缓过来了，终于缓过来了，那种蓄积已久的嫌怨，便骤然爆发，像危险已过的林鸟，又啁啾开吵。首当其冲的，是“刀子嘴”的大姐：

“不是我说你，啊！”她那个指指答答的二拇哥，几乎要戳到我的额颅盖，“有你这样当妈的吗？满世界都没有！扔破烂似的，把两个孩子，不是扔这里，就是丢那里。自己倒好，蛄囚在那个兔子不拉屎的地方，当甩手掌柜。你晓得吗？这时候的孩子，不光吃好喝好，更得管教——管教！懂不啦？聋哑孩子，都缺不了这关，甭说你们这号的‘魔王’！不是亲娘老子，谁能没轻没重地呲答，谁能扇耳光子？你，还有你！”她一指金章，“倒是都想过没有，就是不出这档子事儿，老这样下去，孩子，能不耽误？”

大姐的话，不光火药味十足，戳得，也正是我们的痛处。在大民弄了个“大本”，而小民，好歹才蹭了个“大专”之后，我们这两个“大本”爹娘的心里，就坐下病了。闲聊的时候不意触及，顿时就相顾无言，唯有叹息。唉，这个债，这一辈子，都还不了，还不了啦呀！

和大姐不同，“年长”我两分多钟、却被乐昏了头的爸爸给弄拧了“诗书”顺序的锦书姐，开口就自责，还多少像她的名字一样，有些书卷气。可她的话，却让我越听，越觉得透不过气来：“……都是我不好，没照看好小民！这些天，都不晓得，自己，是咋过来的！心里老寻思，万一这孩子……我，我还咋见你们，咋向你们交代？可是，锦诗呀，你也听姐一句话吧！你喜欢敦煌，这我晓得；家里人，也都晓得。可作为母亲，敦煌再重要，能重要过孩子吗？”

“说得是呀！”一直闷缸的金章，也搭讪着开了腔，“为这事儿，我们没少了吵吵——你甭瞪猴！”他没好气地冲我，“我实话实说！”又讲课似的转向“台下”，“这些年的探亲假，不管是她上这儿来，还是我去那里，都没有三天的热度，就开吵。我说她该调回来，早就该调回来！当初去的时候，她说好的，让我等三年。可我一等，就是20多年。20多年呀！(《武家坡》里）住寒窑的王宝钏，不才等了18年吗？可等到现在，她还是不回来，还非要我调过去。老家人说我软柿子，‘家里的’，都降不伏；把个家给弄得，鸭子屎似的，哩哩啦啦到处是。我都承认。我知道自己生性疲软、‘缺钙’，可我也有事业，我好赖也是个教授、系主任。我创办了武大的考古专业，佶屈聱牙的甲骨（文），我也撕捋得有板有眼。我的

《殷虚为武丁以来殷之旧都说》和《安阳小屯非盘庚始都辨》，一篇收入了《中国考古学会第五次年会论文集》，一篇收入了《夏商周断代工程论文集》。就是再不济，总不至于非得去‘随身家属’吧？今儿个，当着恁家里人，我说句没味儿的话：要不是跟你樊锦诗同学五年，尤其是我倒霉的时候，你还算够意思，我早就跟你……跟你……哼，不说了，不说了！”

“金章啊，”我妈话未出口，就叹了口气，深深地叹了口气，“你不说，都晓得，我们都晓得呀……你们俩，都要强。这没啥不好。哪个长辈，不巴望孩子们争干呢？你是女婿，就更没得说了；锦诗呢，想说，老早就想说，可又于心不忍，于心不忍呐！这么多年，也真是苦了她啦，实在是苦了她啦！每次回来，一看那个脸、那双手，都裂裂歪歪的，我这当妈的，能不难过吗？我也早就晓得，她为啥从来不让我去敦煌，说啥也不让去，就是怕我去了，看了，心里更难过，更难过呀！是这样吗，阿诗？”

我点了点头，轻轻地点了点头。

“……这一回，”妈妈转过脸，看着厚玻璃隔着的小民，低缓地说，“看样子，能挺过来。真要是这样，可得好生照看啦！我看呐，阿诗，你跟那边说说，好好说说，就调回来吧。该给那里尽的心，也都尽了。就当是为了小民——哦，还有大民，行吗？”

说着，妈妈慈爱地盯着我，目不转睛地盯着。没等我开口，大民就带着哭腔哀求：“妈妈，您就听听姥姥的话，回来吧！你不回来，爸爸一去野外（考古），就把我丢给邻居，让我吃了这家睡那家，跟小要饭的一样。您知道吗，妈妈，都好几回啦，看着人家一家一户地搬进新家，我都哭啦，爸爸也难过得直叹气。要是您回来，咱们家，就不用再住筒子楼，就能像人家一样，分到好房子，就能有电视、有洗衣机啦。爸爸再去野外，我就不用再像没娘的孩子一样，去当小要饭的啦……妈妈，我的好妈妈，您就答应我吧，行吗？”

大民仰着脸，眼泪汪汪地望着我，乞求着我的回答。亲人们也都不约而同地注视着我，期待着我的回答，殷殷期待着……可是，我，我到底说啥好呢？“回去，我就要求调回来。”这当然是亲人们最想听的话——又不止是亲人：三次派员商调我的武大校长刘导玉先生，在听了我给武大师生们讲的有关敦煌学的情况之后，郑重对我许诺，只要我过来，教学、科研和行政的岗位，任我挑选。而他最想听的，也是这句话。可恰恰就是这句话，我，却说不出来，也实在不想说——否极泰来的敦煌，正是有干头的时候。而我想说，心里最想说的，却是这样一句话：“我也恨不能调回来，可又舍不得敦煌，实在是舍不得呀！”可这样的话，我已经跟爱人和娘家、婆家的亲人们，说了不知多少遍。此时此境，却说不出口，无论如何，也说不出了。舌头，像被千钧巨石，给坠住了，给死死坠住了。看看可怜巴巴的孩子，看看闷头叹气的爱人，看看亲人们疲惫、焦虑而泪痕犹在的面容，我能想象，这些天来，他们是怎样过来的，怎样熬过来的！自己在敦煌蹦跶，却害得这么多亲人吃苦遭罪，担惊受怕，已经是够不像话，太不像话啦！还有啥底气，有啥颜面，再多嘴多舌、喋喋不休呢？唯一的选择，只能是缄默无语。而殷殷期待的亲人们，除了深深的叹息，也只能无语缄默，久久缄默……

“彭小民的那位亲属，可以进来了！”

小护士张弛有度的呼叫，终于打破了这令人窒息的缄默。我冲刺一样扑到病床前。此时的小民，虽然脱离了生命危险，却脸色发黄，嘴唇泛青，眼眶明显下陷，两眼似闭微闭，与那个埋汰野气的“三毛”，已经判若两人。我“民啊，民啊”地叫了好几遍，他才睁开眼，大梦初醒样地睁开眼，看着我……他的嘴唇，翕动了，吃力地翕动了，像在叫“妈”。翕动了几次，却都没能出声。一点儿声音，都没有……我的心，哆嗦了；鼻腔子，酸透了；泪水，更是不知不觉地涌了出来，簌簌落在民民的脸上。起初，他不由一激灵，想抬右手；针械的插拽，没能抬起来。又举起左手，给我擦抹眼泪。擦了这边抹那边。我一动不动，一任他的小手，在我的眼睑上擦来揉去，揉去抹来……我的心，被抹软了，揉酥了……过了好一会儿，他像是终于来足了精气神儿，甚至竟恢复了“更坏”的小嘴脸儿，撒娇样地向我抽抽答答地说起了厚玻璃外的爸爸、哥哥、姥姥和姨妈们的“坏话”：“……妈，我好，我没哭……他们，不好。他们——哭，都哭，老哭……可是，妈，妈——”

“唉，唉！”我赶紧作答，“民啊，民！说，说吧！”

“……妈，我，我……”他像是使出了吃奶的力气，石破天惊地大喊：

"我想您，我想您呀——妈!"

他哇哇地哭起来，呜呜涛涛地哭起来。直哭得哈哧带喘，哽咽咳呛，吓得我和小护士赶紧侍弄。哭了很久、很久，好歹才忍答住，又丝声奶气地叨念："……我找您，老找，到处找，也找不着，就跟（顺）着火车（道）找。找累了，就哭……老哭，老哭，还是找不着。就是找不着您啊，妈！呜……"

"晓得，晓得，妈晓得呀!"我俯下身，把脸贴在民民发凉的脸蛋儿上，摩挲着，轻轻地摩挲着，"民啊，妈都晓得，都晓得呀!"

渐渐地，小民的情绪，显得平稳些了。他又一次抬起小手，给我抹泪、擦泪。我的泪，却像泉水，抹也抹不净，擦也擦不完。可民民，还是不停地抹，不停地擦，边擦边叫："妈!"

"唉!"

"妈!"

"唉！——民啊，说吧，妈，听着呢!"

"……妈，您……别走了，别往那里——去、去啦！行，行吗?"

"行，行!"我未加思索地连连应承。小民仿佛不相信自己的耳朵似的歪了一下小脑袋，想了想，急问："您答应了，妈?"

"答应了，妈答应了，答应了!"

"真的?"

"真的!"

我重重地回答，重重地点头。在这个差点儿没了小命的可怜的孩子的病床前，再不"真的"，我的天性何在，母性何在？我，还是民民的骨肉亲娘吗？

听了我肯定的回答，小民咧嘴笑了，憨憨地笑了；精气神儿，更像是陡然见长：

"拉钩!"

说着，他伸出了那个给我抹过眼泪的湿漉漉的小手的指头。

"好，拉钩!"我也伸出指头，钩住了那个挑战性地翘呀翘的二拇哥，紧紧地钩住，夸张地摇着，摇着；也明显感到，此时的民民，也使劲地摇啊摇……在这种胎动般的连体拉摇中，那个古老的歌谣，就从我们母子的心坎里，流淌了，悠悠地流淌了——

拉钩，上吊，
一百年不变。
拉钩，上吊，
一百年不变……

回到敦煌，我郑重呈交了请调报告。之后的几年间，我一再而三地向院里和省上，呈交了十多份。而说来道去的理由，还是那句话：我想有个家，想有个完整的家……

不过，请调归请调，等待中的我，不光没撂挑子，做起事情，反而更上心了。除了以忙忙碌碌的折腾，来减轻无奈之举的落寞、怅惘，更多的，是想给自己眷恋的敦煌，多留点儿念想。而手头正抓的石窟档案的创建，似乎让我烦愁皆忘。那期间，我时常和从事这项工作的万庚育大姐一起，带着小本子、小马扎和手电筒，努筋拔力地将洞窟涵蕴悉数登录，从而形成了“世世代代的敦煌人引以为荣、用之不竭的宝藏”——《敦煌莫高窟石窟档案》。

也许是这个缘故，使弟兄们挽留我的心意，更“那个”了，尤其是那些一直父兄一样关心我、扶持我的老人们。段文杰、史维湘等老先生，一面苦口婆心地劝我“留下来”，说是像他们那样，“爱人调来，孩子们弄来，一满家子在一起，就好啦，一切就都好啦”；一面又四处八拉地给我的调动“作梗”“使绊子”，直至冲省上放重话：

“樊锦诗，不能放！无论如何，不能放！放了，就没了这么个人啦……他武大，是出人才的地方吧？他彭金章，是共产党员吧？咋就不能给薅过来呢？关键是省上的工作力度——力度！”

这个情况，只是后来的偶尔听说，没核实过，也无需核实。而省上的“工作力度”，确是真真切切地感受了。

1986 年春节前夕，我去武大休假时，甘肃省委、省政府的工作组，便尾随而至。在此之前，他们已经两度东征，把武大摆平——答应放人，只是没能拿下彭金章——他“咬定青山不放松”。这回子，他们径直追到家里，变本加厉地“力度”：

“彭先生，只要您松口，省博物馆馆长、省文物处处长和省文物考古研究所、省社会科学院、兰州大学历史系，以及敦煌研究院这六个职位，任由挑选。房子，已经在省博物馆安排好了。两个孩子转学的学校，也在兰州落实好了……”

说到这儿，工作组组长、后来成为（敦煌）研究院党委副书记的孟繁新，脸一嘟噜，竟以“文明戏”中的痛苦状，打起了悲情牌：“……彭先生，省委、省府，给我们下了死命令，拿不到您的准话儿，就不能回去。您呐，也体谅一下我们做具体工作的难处。——听听，您听听！乒零咣啷的，年味儿，都这么足啦，俺那老婆孩子，还眼巴巴地盼着哩！”

临走，他又绵里藏针地甩凉腔：“明天上午，要是还不给定心丸，我们，可就不走啦。办公室，就安在您家里——喏，就这儿啦。蛮好，蛮好！只要您这个教授之家不怕乱腾，嘿嘿，不好意思！我们，可就在这里过年喽！反正是回去，也没法向领导交差。”

这通子软硬兼施、胡萝卜加棒槌，把个“彭先生”给挼搓得五迷三道。老半天，还卜愣着脑袋直嚷唧：

“咋这样哩，甘肃人！”

看得出，对人家的做派，他不太“感冒”。我叮了一句：“知道你老婆对人家，啥样吗？”没等他回过神儿来，我机关枪似的，一气嘟嘟了几个自己的做派——

……兴建敦煌机场论证之时，当着方方面面的领导、专家，我大放厥词：“‘机场’离窟区，13 公里都不到，谁能担保，飞机的巨大声响，不影响洞窟？谁又能担保，万一飞机不长眼，或者一头栽下来，不撞九层楼，不砸道士塔？”厥得人家瞠目结舌，像大白天撞了鬼。“旅游预约制”酝酿之际，当地政府稍有微词，我就大肆撒野：“好，你不同意！你怕游客减少，影响‘支柱产业’，就是不怕游人过度，把洞窟这棵摇钱树，给摇死。你不怕，我怕！我关门歇菜，让他们（游客）一个都别来，我看你怎样‘支柱’！”野得人家百依百顺，像秀才遭遇了绑匪。听说非要把敦煌捆绑上（股）市，我炸尸一样撞进国家文物局局长的办公室，冲人家大呼小叫：“反正我是扛不住了，你要是不扛，把敦煌给搭进去，我这个院长的乌纱帽，就还给你；你这局长的宝座，也别坐了；你‘国家文物局’，赶紧就摘牌关张，别挂那丢人现眼！”叫得人家紧跑慢颠，上蹿下跳——而这边，能不知道是我樊某人告的刁状？

对此，金章当然不认可，而一再“胡闹台、胡闹台”地嫌乎。毕竟，他也是割据一方的诸侯，“游戏规则”，也略知一二。我就顺坡骑驴：“就你老婆这‘胡闹台’的臭嘴、臭德行，这种‘姥姥难喜舅难爱’的抛劲儿，搁在哪儿，不是早给‘灭’了，也早就卷铺盖滚蛋了。可我在那里，却越混越风光，越混越红火！（又是‘甘肃女性20杰’，又是‘感动甘肃人物’；奥运圣火传递时，更被奉为‘陇原之星’，在这里捧举了甘肃的首棒……采访时，主人公如是补充）还不光是我：院里的230多名兵男将女，除了没有台湾、西藏的，哪儿的都有；而历任所、院长，却清一色的‘飞来峰’，没有一位，出自甘肃本土。在‘一江春水向东流’的当下，为啥会‘风景这边独好’？”我询问地看着金章，“你说，为啥？”

“嘁！”他不屑地一撇嘴，“我又没在那里混，焉知‘啥’之之有（哪知道为啥）？”

于是，我就把思之再三的“为啥”，一本正经地“吹法螺”“吹大法螺”：“就因为人家的做派——人家的气度、人家的情怀。也就是文人们说的‘浑厚粗犷的西部气度、西部情怀’。而人家，之所以能有这样的气度、这样的情怀，说到底，就是一句话。这句话，我在不少场合，多次讲过；在中国美术馆的讲坛上，更是郑重其事地，把它作为一锤子定音的开场白。我满怀深情地说：‘甘肃，是文化底蕴极其丰厚的历史大省！’”

见他有所动容，我更是铆足劲儿地煽情：“你老人家，就甭再拿五捏六地端着啦！能被这样的底蕴恳挚‘三顾’，能在这样的底蕴中撒欢、撒野、扎猛子、翻跟头，除了没事偷着乐，你，还想咋的，啊？”

“……是啊，人心都是肉长的！人家都这样哩，咱，还能咋的？”他深深地叹了口气，“投降了！”

可是，他投降了，我就愈发地蹬鼻子上脸喽：“莫高窟的北区，从上世纪的40年代，就说是画工窟，又一直没有规范的考古证明，只是从偶尔刨出的骸骨上，发现过疑似画稿的覆盖物，以为很像现在的党旗覆盖。我早就想发掘，就是没工夫下手；院里的其他同志，又没有这方面的资质。依我看，你老人家，就一步到位，替鄙人了却这个心愿。可否?”

听了这话，金章没言语，一直也不吭气。我也没好追问。直到过完春节，他才冷不丁地冒了句：“就这么着吧！就跟你这个‘活菩萨’，腻在敦煌吧!”

话虽如此，他这个“老探铲”，又是咋“腻”的呢？长达七年的发掘，作为“领队”“主持”的他，竟成了十足的壮工、十足的泥人。他眼睛、眉毛，净是尘灰；鼻涕、痰渍，是黑的；一天要换的几个口罩，也是黑的；浑身上下乃至喘息，都浓浓地透着墓穴的尸腐和羊粪的臊臭混就的无以名之的臊腐味。收工回来，一屁股瘫在沙发上，四仰八叉地直哼哼……看在眼里，我这个“当领导的”，还真有些不落忍。可除了搬出看家的“厨艺”——煮粥的时候，放些枣、豆之类，给他补补身子；除了尽可能多地跑跑工地，帮他看看器物、理理头绪；更多的，也只能是变着法地鼓励、鞭策，鞭策、鼓励，忽悠着他一鼓作气、作气、再作气。他和麾下的胡祯、张清涛和赵青兰等男丁女将，也真给我争脸：不光从“叠压”千载的沙尘、骨殖和羊屎蛋蛋中，抠筛出了波斯银币、八思巴文《萨迦格言》和《西夏文、汉文双语词典》等珍品、孤品，还发现了许多形制颖异的洞窟，填补了莫高窟已知窟型的空白，为敦煌学的全面发展，掀开了崭新一页。一时间，学界欣喜，世人关注，中央电视台，以《敦煌再发现》为题，进行了空前规模的现场直播……

然而，当我把这个喜讯，尤其是金章一气拿出了三卷本的《敦煌莫高窟北区发掘报告》的成果，谝给我们的宿白老师时，竟搂头挨了一杠子：

“行！彭金章行，好样儿的！可你呢？净瞎忙!”

这样的“杠子”，已经挨了不止一回了。

那年，我在北京筹办后来被评为 2000 年度“全国十大精品展”的《敦煌艺术大展》。弄出眉目，我邀赏似的去请老人家来过过目。可他一听，就板了脸：

“瞎忙，净瞎忙！你，你整天就知道瞎忙！就不能坐下来，安生地坐下来，弄点东西，好好地弄点东西，啊?”

我心里明白，严父般的宿先生，为啥老这样冲我甩脸子，就像明白慈母般的季先生，何以会宽慰我“功德无量”一样。宿先生的老师，也就是我的师公——向达先生，不光是“将敦煌收归国有”的首倡者，在“敦煌俗文学”的研究上，也独树一帜。宿先生自己，更是学界公认的中国石窟寺考古学的开拓者和领跑者。当年，在学姐、学弟们争破头的情况下，他之所以要带我来实习，又力主把我分过来，就是想让我在学问上，能有大一些的作为，以了却他“祖孙学人连三代，浓抹重彩敦煌学”的夙愿。可阴差阳错，我偏离了他预设的轨道。这，不能不让一直视我如子的老人家倍感失望，倍感窝火，动辄冲我嗷号。对我来说，尽管自己早就是兰州大学历史系历史文献专业的博士生导师了；在院里，更没少了吆天喝地，指东道西。可在宿先生跟前，却丝毫不敢造次，只能童养媳样地唯唯诺诺。好在老爷子没记性、不记仇，学问上有啥拿不准的，去搅他，他立马就眉开眼笑，正襟开讲，就像带我实习的时候，唠叨他那部扛鼎之作——《敦煌七讲》一样，叨叨起来没完，打不住。有时，还勖勉有加地夸我一嗓子：“唔，这个问题嘛，好，想得好！”可是，这次第，他不记仇，却勾起了我那块心病，那块难以释怀的心病——

猴在这里几十年，陀螺一样滴溜儿忙活了几十年，可忙来忙去，竟“先来不如后到的”，竟不是“好样的”，竟应验了那个早已有之的言说：“甭看她樊锦诗忙得欢，她这个苦行僧似的怪物，这辈子，将一事无成！”甚至竟难说不像曹雪芹对王熙凤的那种无尽叹惋：“枉费了意悬悬半世心”……这，不能不让我倍感委屈，倍感失落。

为了排遣这种心绪，横陈的夜幕下，我独自在窟区漫步。我记得很清楚，那是央视的直播收场之后，一切的绚烂、喧嚣，都归入了恬淡、悄寂。挡沙网、断沙带的风阻沙碰和杨柳梢子的摇曳声，相谐成趣，在铁马风铃的“鼓板”中，时断时续，宛如隐约飘来的羌笛、觱篥。举目观望，月亮，亮得发白，像个银盘；星星，大得惹眼，像闪闪欲坠；幽幽的腾格里沙漠，溟濛沉静、深邃旷远，犹如被整个泡在了水中；纠缠的祁连山，雪冠玉润、迤逦颠连，恰似揽星捧月的雄浑天柱，在尽情舒展——而“天柱”根植的这片艺术乐土，则像158窟的那尊睡美卧佛，已然超脱三界，在奕奕涅槃……

走过办公区，我的脚步和目光，下意识地朝向了北区，朝向了蜂房般的窟洞。那个被发掘否定了的“哥德巴赫”，又油然浮现……

发掘之前，我和同事们都充满期待：那些画工们的遗物、身份等（考古）“材料”，能有所发现，哪怕是三五件，哪怕是一两名，哪怕是只言片语、点点滴滴。然而，篦头发丝儿一样的严谨篦筛，将这个美好的期盼，筛成了齑粉——北区，不是画工窟，而是僧房窟，是僧侣们生前栖息、死后瘗埋的地方，丝毫没有画工窟的遗迹、遗物。这就意味着，那些至少当与吴道子、阎立本、毕加索和达·芬奇们齐肩至顶的无名画工，生前身后的一切的一切，为世人所知的可能，已经不复存在，就像藏经洞的再度发现，已是可望而不可即一样。对于我们这些后世子孙和普世众生来说，这该是多么巨大的遗憾；而对于那些创造了艺术奇迹的远去的亡魂，又该是何等巨大的悲哀、悲凉啊！

这时，就在这时，我突然瞥见一颗耀眼的巨星，从茫茫穹顶飞驰而来。它的身后，簇拥着一溜儿挤挤挨挨的星众。我心里咯噔一声：画魂，那些远去的无名画魂，回来了，又回来了！回到他们生息过、痴迷过、虔诚地献身过的这片洞天福地。可是，却无法知晓——不管是他们还是我们，都无法知晓，一点儿都无法知晓：何处，才是他们灵魂的家园，而只能眼睁睁地看着他们，闪电般划过北区的窟顶，须臾陨落在遥遥远远的荒漠。几乎与此同时，一种声音，一种苍凉、悲壮的声音，从荒漠深处，从洞窟深处，从历史深处，更从我的心底深处涌来，汩汩涌来，如黄钟大吕，似八音合鸣——

“亏你在这里几十年，亏你被唤作‘敦煌的女儿’！我们鬻儿卖女的文契，你不是早就看到过，早就从‘敦煌遗书’中看到过吗？我们是在啥样的窘困中，才给你们留下这份荣耀、这炉子香火，你，想过吗？要是没想过，你就想想、好好想想吧！我们这些社会最底层的遗世怪异，论才华、悟性，该是不比你差，不比你樊锦诗差吧？可是，连我们究竟是咋活的、又被抛尸何方，都无处寻觅、无从知晓，更甭说什么名分、地位、职称、待遇，什么‘特殊津贴’啦。和我们相比，你樊锦诗，已经是够幸运、太幸运啦！你呀你，还有啥不知足、不满足的呢？”

是啊，和他们相比，和那些创造了艺术奇迹、人间奇迹而自身却一无所有、一无所获、一无所留的无名画工们相比——乃至和兢兢业业做事、却死于非命的“老清华”的父亲相比，自己这个要死没死、要残没残的

“先天不足”，确实是够幸运、太幸运啦：碰上了这么个好时候，又干了这样一件有意义的事情，更得到了国家那么多褒奖、那样高的荣誉，还有一个打着灯笼都难找的好丈夫、好老伴儿，今生今世，还有啥不知足、不满足的呢？回首往事的时候，还有啥值得在为“瞎忙”、为“碌碌无为而羞耻”，而“倍感委屈、倍感失落”的呢？

在伫立的凝望、冥想中，那块心病，和心病漾起的层层涟漪，犹如祁连山顶的那片浮云，在漠风的吹送下，渐渐地飘了，远了，淡了……

这些年来，到这里“采风”“点水”的记者、作家，没少了问我“家是哪里？”为了省口水，我大都“上海”了之。今儿个，就好人做到底，把根根络络，都磕给你，都一塌刮子地磕给你啦——

我，生在北京，长在上海，祖籍，是杭州。可我的家，我心灵的家，心灵的净土、支柱、寄托和归宿，却在画工们无以容身、无处安魂的敦煌。要是真有佛教所谓的“循环转替”，真能再来一回，我——还是敦煌！

原载《中国作家·纪实》2012 年第 3 期
被《中华文学选刊》2013 年第 3 期转载

绿野新传

——山东省齐河县农村产业园区建设纪实

高艳国　赵方新

引　言

2012年暮秋。晴好而温煦的阳光恣意泼洒在疲惫的土地上，静默流淌的黄河、播竣麦种的原野、成方连片且日渐萧疏的白杨林、格外明媚起来的溪流和湖泊、似乎消瘦了些许的古老村落……一切都在预示着季节轮回的脚步正跨入冬日的门槛，随之而来的寒潮将席卷这片位于黄河岸边的平原之地——山东省齐河县，瑟缩的萧条将严严实实主宰着乡野的犄角旮旯，漫长得令人腻腻歪歪的“猫冬”拉开序幕……

——然而这些显然都变成了老黄历。当我们在这个季节行走于齐河的乡野探寻农村近年前行的轨迹，在本以为枯寂和单调的原野上，目睹到一片片工厂化冬暖式大棚、一栋栋农产品加工车间、一个个中小型企业的勃然崛起，愕然、慨叹、身历其境的会心笑意，彻底冲刷了那些陈腐的印象。说实话，我们此行的衣兜里装满了形形色色的疑问，甚至还在自觉不自觉间戴了一副有色的眼镜。

各大媒体连篇累牍的报道，曾经把起始于2009年的齐河县农村社区建设推上风头浪尖，经历过无数波折和跋涉之后，齐河的农村社区建设在艰难推进中取得了可喜的进展。我们也曾深入到各个社区建设现场进行一竿子插到底式的调查，众多事实无可辩驳地证实了这点。齐河县的南北社区、洪州社区、华中社区蜚声省内外，五万农民走出祖祖辈辈居住了几百年的低矮平房，住进了二层别墅或多层楼房，摇身一变成居民，过上了同城里人一样的小日子，梦耶？幻耶？许多人一时无所适从，缓不过神儿来。

但乔迁新社区之后农民面临的窘境，并没有比进社区前得到明显改善，反而因生活成本的提高、新生活带来的惶惑等因素，更强化和放大了一个个理所当然的过程性问题，导致了他们的生活天平与心理杠杆的双双失衡：农民迫切需要一种崭新的生存方式作为“适配器”调试新生活。

2010 年下半年，齐河县委确立了“居住社区和产业园区捆绑建设、同步进行”的工作方针，在新型农村社区落成的同时，充分融合产业基础、资源优势、区位特点、群众意愿，建立产业园区，使之成为社区里的“工业园”，使社区成了产业园区的“家属院”。于是，一个陌生的词汇——两区同建——浮出水面，频频现身各种场合，以至于田间地头的老农、灶旁炉畔的农妇、远在他乡的打工仔都耳熟能详。作为这场关涉到千家万户的“三农”大戏的总推手，中共德州市委常委、齐河县委书记、县人大常委会主任魏洪祥，对两区同建的各种措施和各项数据成竹在胸，言谈话语间顺手拈来，话不多却颇具分量：“两区同建就是农村社区与产业园区同步建设，目的就是同步解决农民的居住问题和生产问题，也就是说不仅要让农民住得好，还能住得起，有钱挣。”到目前为止，齐河县一百七十三个并居社区合并成六十个大社区，已开工三十六个，其中 2012 年新开工十四个，建立五十二个配套产业园区，产业园区总数达到二百一十个，十六万农民家门口就业。

而这，正是我们的疑惑所在：农村产业园区建设真的就是一柄化腐朽为神奇的“金手杖”吗？真的能以四两拨千斤的巧劲将一个个驮负在农民背上的包袱化解于无形吗？真能为蹒跚前行、苦苦寻觅中的乡亲们推开一扇别有洞天的大门吗？

一锨“拍”出个产业园

2010 年 6 月的那个清晨，朝暾未上，薄雾轻笼，揹着两肩淡淡星辉、走向施工现场的董战东，内心往复盘旋着一股莫名而悲壮的情绪，是明知山有虎偏向虎山行的“蔑大胆”，还是破釜沉舟的孤注一掷？要知道，他孤身面对的是一群愤怒得近乎失去理智的农民——此种情形，犹如独立狂风之中的悬崖，稍有不慎就会跌入万丈深渊，万劫不复！而他竟要只身前往，这时如果谁把“飞蛾扑火”“以卵击石”“自不量力”“鲁莽冒失”等标签齐刷刷贴在时年三十八岁的董战东身上，绝大多数人都会有“与我心有戚戚焉”之感。

董战东，齐河县宣章屯镇美东现代农业示范园总经理，土生土长的本地人。坐在我们面前的董战东，略显苍白的脸膛，一头自然卷的头发，爽朗而不张扬的笑声，给人一副文雅甚或文弱的观感。他直言自己没读过多少书，纯是在社会大学里摸爬滚打“毕业的”。董战东回忆起两年前的那个清晨，只用一个“好笑”轻轻带过：“我现在想想那一段都觉得好笑……”然而，他和他的美东现代农业示范园在风雨泥泞中的艰难前行，又岂是一个“好笑”一言以蔽之，即使真的如他所说的“好笑”，那笑中也定然掺杂着一粒粒坚硬的苦涩和一颗颗饱满的辛酸……“没有人理解你要做的事。”轻轻地喟叹，眼中掠过一丝难以察觉的落寞，正是这种不经意流露的小情绪揭开了彼时他那悲壮情怀的冰山一角。

其实，董战东早就不是一个冒冒失失的毛躁小伙了，十几年的历练甩掉了青春浮躁的外套，沉静与理性业已融入血液——他之所以做出“单独会会闹事者”的决定，还是基于高度的自信和充足的战术准备。他的自信首先来源于自己所要从事的“事业”——建设现代农业示范园——尽管在这样的岁数再把事业两字挂在嘴头，多多少少叫人觉得有点……有点“矫情”，可董战东还是喜欢称建产业园为自己的事业，因为自小在泥窝里长大的他，一直以来就心心念念要回到土地上“做件跟农业有关的事儿”，多少年来无论走南闯北、沉沉浮浮，无论经历多少人生的悲欢离合、荣辱得失，他都不愿轻易割舍这段情怀，这或许可以从他时常流露出的倔强眼神窥探到一丝玄机……他的想法是，产业园区不仅是自己发展的平台，也是老百姓舀金捧银的聚宝盆，这事上对得起天地良心，下对得起兄弟爷们，有什么卑微卑琐卑鄙的，凭什么不能理直气壮去面对那些被别有用心者煽动起的村民？他的自信多少还来源于自己的身份，董战东的老家就在二三里外的大黄乡仓上村，其间尽管隔着一条赵牛河，但自小就在这一带厮混，庄里庄乡，熟眉熟眼，谁还真好意思给他“使阴的”？更叫董战东“有恃无恐”的是，他已偷偷预备下“不防君子防小人”的一手——他的企业宣传部门的一个女孩子揣着一架微型摄像机不紧不慢跟着他，负责把发生的一切“尽收眼底”。事后证明，他自信的防线并非固若金汤，倒是他的心术才是最后制胜的杀手锏。

天光大白。董战东走进人头攒动、喧声鼎沸的工地。

一群村民正围着几台偃旗息鼓的施工机械又踢又踹，新砌的地槽已被踩踏得面目全非。一位身材发福、看上去五十左右的妇女正指天跺地、神情激愤：“他凭什么来占咱村的地？不知道给哪个二大爷送了好处，合伙来算计老少爷们儿哩！”

一个拄着铁锨的愣头小伙高声应和着：“是是是，一点也不假！说是建什么现代化的农业产业园，屎壳郎能酿出好蜜来？我看也就是打着幌子骗骗银行，把地糟蹋完了撒丫子，白坑咱平头老百姓一场！”

那妇女又尖声厉嗓地叫道：“他说跟咱村的个别户签了土地转包合同，谁给这些个别户的权利，让他们私自出卖全村老少的地？这是非法交易，算不得数！”

一个麻子脸的老者随声附和着：“大家伙想想，以后咱村添人减人要调整地的话，让他董战东一霸占，还能调得了吗？大家伙想想是不是这个理？这可是牵扯到咱村每家每户的利益啊！”

有人含含糊糊点点头，有人神色迷茫不置可否。

董战东实在听不下去了，向前几步走到那妇女不远处，所有嘈杂戛然而止。

董战东故意慢条斯理地说：“我问问乡亲们，你一亩地一年两季净落多少？七百？八百？顶破天超不过九百吧？我董战东每亩地一年给你一千二百元，这笔账一清二楚，只要不是猪油糊了心，没有一个算不清的！再说，我又背不走、偷不走你这地，什么时候你们说不让我用了，地还是你们的，主动权永远在你们手里啊！天底下哪有像我这样‘霸占’土地的傻子？”

众人陷入了静默。那妇女见冷了场，便跳出来，逼上几步，指着董战东的鼻子说：“姓董的，别伶牙俐齿地给俺们上课。你不好好做你的羊毛衫，干吗非来抢俺们的地？你不知道土地是俺们的命根子吗？”

董战东退后两步，笑笑说：“我又不是地主老财，怎么叫抢呢？我是在遵照国家法律的前提下跟大伙签的土地流转合同，双方都自愿。再说我搞农业产业园区也是镇上支持的。”

那妇女抢白道：“别拿镇上压俺们！你要搞什么产业园区俺不管，你趁早别打俺村地的谱儿！”

那拄着铁锹的小伙子也扬声高叫道：“董战东你半个铃铛怎么响的！趁早滚出俺村的地边！”

董战东淡淡一笑：“有理不在声高。你们阻挠施工是违法的，破坏施工机械也得照价赔偿。”他停顿一下又加重口气说道，“我早就知道你们村里有矛盾，那是你们之间的事，我是来干事的，不能拿我的产业园说事。也别以为我是外地人就可以随便欺负。”

那妇女一听这话被激怒了，紧跨几步逼到董战东脸前：“你行！你横！你来抢占俺们的土地你倒满把是理儿，这天底下还有俺草民的活路吗？你打死俺算了，俺也不想窝窝囊囊活下去了……”便叫嚷着向董战东身上扑，这下真吓毛了他，这是哪一出啊，说来就来！他手足无措，步步后退，那妇女却是步步紧逼，眼看就把董战东逼到一条水沟边上，他伸手一推：“你这个女同志这是干什么？”这轻轻一推，竟然推得那庞大的身躯轰然倒地，就在董战东愕然之际，倒地的女人发出的挨刀之声划破云天：“董战东——打人喽——”董战东刚想对这滑稽之极的一幕报以一笑，倏忽眼前一道黑影，头部似被扣上了一个沉重的生铁罩，他直挺挺后仰下去，他好纳闷啊，咋好好的，忽然天黑了呢？

董战东躺在这片日后将要崛起一片现代化农业产业园的土地上，似乎时间停滞了，又似乎骤然以光速在流逝。他日后跟我们谈到当时的情形时，并没有多少痛苦的表达，“我觉得被打倒后只是沾了沾地，就仗着自己年轻皮实，硬硬地又站了起来”，那是一幕多么有趣的场景啊：真正挨了重击的董战东晃晃悠悠顶着一头血迹，站起来苦涩地指着这些不明就里或者仅仅是爱面子、贪小便宜跟着起哄的村民，瞬时再次跌倒……

1989 年一个十七岁的少年怀揣懵懂的幻想北上京华，大都市的繁华令这个乡下娃子目不暇接，单调的看仓库的生活让他第一次品尝到寂寞的滋味。一个偶然的事件改变了他人生的走向。一天，他在一机关家属院里溜达，遇见一位老太太带孙女买菜归来，快到电梯口时小女孩执意让奶奶抱着，而老人提着一篮菜再抱她很是费劲，只好让她等着，先跑过去叫电梯。董战东觉得这孩子挺好玩，就几步路咋不走了？俨然一派故意捣蛋的样子。他也没多想什么，上前抱起孩子送进电梯，孩子似乎跟他挺结缘，黏人似的不愿下来。老人含笑看着他有一句没一句地闲聊，到了家门口，一老爷子开门看见董战东一愣，老妇人忙解释了原委。老爷子说小伙子不错，进来坐坐吧。董战东进门把孩子放下，一看就晕了，这么气派的装饰和陈设啊，肯定不是一般人家。老爷子看上去挺喜欢董战东的质朴劲，询问了他的情况，最后说我儿子在南方办公司，你愿意的话可以跟他去干。董战东有些蒙，但直觉告诉他这就是“传说中的机遇”。他痛快地答应下来。

从此风云诡谲的商战与跌宕起伏的际遇次第交汇于董战东的这段历程，成功、财富、荣耀、满足、失败、挫折、颓唐、空虚……在湖南苍莽无际的深山老林里，董战东初次“触电”规模化、现代化的农业产业链，他的心被撩动了……

2007 年董战东带着自己淘到的第一桶金回到赵牛河畔的故乡小村。经过周密考察，他失望地发现当下还不是进入农业的最佳时机。但总得找点事做啊。十多年的摔打练就的商业敏感，让他捕捉到一个不为人察的商机：早年，他一位亲戚在北京办纺织厂，在老家招收了一大批十七八岁的姑娘，如今年纪大了，回来成家后不愿再出远门。董战东想，“把这些熟练工人都招过来，为我所用，办一家羊毛衫厂准能行”。这一决定即使今天回头看，也仍然叫他暗自得意，正是他借势办起的羊毛衫厂撬动了财富的滚滚雪球。可董战东回归农业的想法，并未被羊毛衫厂丰厚的利润驱散，相反，它就像一株倔强的小草悄然染绿了他的心扉……

2009 年，齐河农村社区建设之风鼓荡乡野，他的羊毛衫厂所在的宣章屯镇很快开建了宣章社区，一幢幢楼房随之拔地而起。按照上级两区同建的部署，与社区建设同步应该布局一处产业园区。每次路经宣章社区，董战东心里都似乎被什么拨动了一下，那种感觉非常奇妙，就像空谷幽弦，经久不散。董战东跑回自己的出生地大黄乡仓上村，跟村里的干部合计能不能借两区同建之机，通过土地流转在村里建一个高标准的农业产业园，“说实话，当时我是存着私心的，肥水不流外人田，好事儿哪能不先考虑自己村?”但问题并不像他想得那么简单，过去逢年过节董战东总给村里的老人们送些粮油，这时就刮起了风言风语：“原来董战东给咱东西就是想要咱们的地啊!”家里人埋怨他：“你看人家跟你想的不一样，你别弄这事了，要弄出去弄!”董战东满心火炭换来一盆冰水，一连几天心里都堵得慌。

正在他挺“烟熏”的时候，宣章屯镇的领导找上门来，试探他对两区同建的态度，董战东直言不讳谈了自己“蓄谋已久”的想法，正与镇领导一拍即合。镇领导告诉他：“两区同建是农村发展的大方向，能让农民过上好日子。镇里支持你放开手脚大干一场!”

齐河县宣章屯镇位于县境北部，著名的“禹疏九河”之一的徒骇河从这里蜿蜒流经，水肥丰饶，气候适宜。农民历来有种植蔬菜的传统，但因市场与技术原因，近年效益下滑迅疾，规模萎缩，菜农兴趣转移。董战东的打算是，以现代化的设施农业替代落后的蔬菜种植模式，靠先进的农业技术和产业化的经营方式打开市场之门。

不久，齐河县美东现代农业产业园的牌子昂然矗立起来。按照董战东的规划，他要在自己的羊毛衫厂南侧建设产业园区的核心育苗区——九个一百米长、九米宽的智能联动温室大棚。这片地属后屯村。董战东相好了地块，“我挨家挨户找，谈好一户，再往下挨，挨到哪户说不愿意了，我就闸住!”一亩一年一千二百元，你情我愿，白纸黑字，董战东麻利地签下了将近一百亩的土地流转合同。麦季一结束，他的施工队就开进了麦茬地，轰隆隆干起来。

没干两天，后屯村就有人到镇里上访，要求制止董战东建园区，理由是那些承包户没权利转包村里的土地。镇上的答复是土地流转国家支持，产业园区建设也是县里的重点工作。来人灰头土脸弄个烧鸡大窝脖儿，却甩下狠话：等着瞧。

当天夜里十二点，董战东枕旁的手机突然响起，他迷迷糊糊接起来，一听，朦胧睡意即刻全消，那边后屯村的村干部说：“你先停工吧，有人想挑头闹个大动静，村班子快顶不住了!”董战东脑海一片空白，随即怒涛拍岸、乱云飞渡：产业园建设已是箭在弦上不得不发，交了几十万块钱的智能联动温室都要进场了，怎能说停就停呢？就此裹足不前，一万个心犹不甘啊！他精雕细琢十几年的愿望岂能被一阵小风轻轻吹散，不行，不能听见拉拉蛄叫就不种豆子了。董战东横下心来，这次干不成就再也不涉足农业！他辗转反侧，反复权衡，好不容易合了合眼，突然电话又心惊肉跳地叫起来，一看才凌晨四点，直感告诉他又有新情况，果然这电话是镇上主要领导打过来的："老董，明天村里有人想捣乱，你多加小心些。"董战东说："领导请放心，我会有理有据有分寸地处理，绝不给领导添麻烦。"说这话时他心里不免有些酸涩，又想"我到底瞭瞭前边是嘛样的火焰山"……

天才麻麻亮，就有人报告董战东，后屯村的百八十号人把工地占领了，拉砖车进不来出不去。董战东早就成算在胸，我去看看。企业管理层都不同意他孤身犯险，要去也得带上大家伙一块去。门外早有二三十名年青职工严阵以待，董战东笑笑："吆喝，都全副武装了。全给我待着，又不是打狼去！"

董战东倒在地上之后，情势悄然发生变化。他的那些员工一看老板倒下了，哪还干啊，早把董战东的吩咐抛到了脑后，一窝蜂刮过来，噼里呱啦，跟村民搅成一锅粥。

一阵呼啸的警笛，派出所的干警赶到，场面平静下来。董战东站起来，血还从指缝里往外蹿，他说："打我的那个人你站出来，我董战东认得你，法律可不认得你！"这时那妇女依然躺在地上口吐白沫，牙关紧闭，一副人事不省的样子。一个派出所的干警悄悄捅捅董战东："老董你这是干吗，你也躺下做做样子啊。"董战东拿开捂在头上的手，鲜血又踊跃地流出来："这还不是最好的说明吗？"他冲着人群喊道："我不管你是谁，打人犯法，你就等着法律制裁吧！"

事后，董战东安排的录像起了大作用。警方根据线索，锁定打人者就是跟那妇女帮腔最紧的小伙子。据了解两家是近门近支，所以他才不遗余力地起哄，给董战东的一家伙也挺瓷实。小伙子知趣地投案自首，被依法办理。

董战东和那妇女双双住进医院。镇领导狠狠批评了带头闹事妇女的丈夫，“她还赖在医院里干吗，人家董战东一指头都没打到她，录像带上显示得清清楚楚，丢人不丢人啊！”那女人被拆穿了西洋镜，偷偷溜回家。

当天，后屯村干部赶到医院探望董战东，脸上写满愧色……

当董战东引领着我们穿过紧张有序的羊毛衫车间，钻进那一个个堪称宽阔高档的高温大棚时，他脸上更多的是一种恬淡之色，谈的最多的还是如何去做农产品市场。他对各个品种的蔬菜都能说出一套专业知识，似乎这些青青翠翠的稼蔬不单是种在土里，也长在他心里，所以可以信手拈来，继而滔滔不绝。我们感到他对土地的情感是发自内心，从灵魂深处引流出的情愫，这是一种天然的维系，而非后天的偶得。也正是这种禀赋，才给了他回归土地的原动力。在接下来的采访中，像董战东这样走出泥巴窝，又重新回到黄土地的企业家在齐河县广袤的原野上为数不少，他们最懂得脚下的泥土，最懂农民和农村，他们怀着对土地不能割舍的情结，选择了担当，选择了艰难，选择了站立，书写下了一篇篇荡气回肠的土地新传。

毋庸讳言，董战东们的“坎儿”很大程度上是农民有意识无意识造成的。长久以来匍匐在土地上的大多数农民眼界逼仄，只看到鼻子下的一亩三分地，虽有改变自身命运的强烈愿望，但在机遇来临之际往往临门一脚欠佳，缺少主动把握的胆识和独立承担的勇气，尤为严重的是，一旦有些风吹草动，便在眼前利益的驱动之下“随大流”，做出种种于人于已皆是无益之举。这种状况的改变过程，无疑比经济状况的改善更加艰难和漫长，这片尚未经深耕细耘的荒野期待着更加犀利的犁铧……

“现在看，那一铁锨挨得值！”董战东笑吟吟地对我们说，“没有那一锨，就没有今天的美东现代农业产业园。”

正如董战东所说，那一锨之后的两年间，美东农业科技公司顺利流转宣章社区周围土地两千多亩，八百个双膜钢结构拱棚拔地而起，气势恢宏。美东现代农业产业园区已形成一个集育苗、种植、冷藏、加工、配送、销售“六位一体”的完整产业链条，年产值达三点三亿元，两千多社区居民进入园区就业，悄然蜕变为产业工人。

我们发现，在美东现代农业产业园里工作的农民，脸上差不多都洋溢着阳光色的笑容：这笑里蕴含着一种特别感人之处，尽管我们一时还说不清它的内涵；但能说清的是，相信许多看到这般笑容的人都会怦然心动，而这不经意的“怦然”，正是土地潜移默化烙印在我们这个农耕民族心底最古老的潮汐。

“长腿的土地”跑起来

毗邻美东现代农业产业园的姚庄只有二百多人，这样的小微村落在华北平原并不鲜见，而且就如一个模子里倒出来的，眉眼出奇的一致：两条坑坑洼洼的老街，几条曲里拐弯的胡同，一个高处不胜寒于电线杆上的高音喇叭孤孤零零，老弱病残孕组成的留守大军浩浩荡荡，这样超常稳定的时光常被驰来的三轮车摩托车面包车搅腾起一些愈加寂寞的涟漪。在美东产业风暴席卷之下，它也感受着嬗变带来的阵痛，但它到底在土地流转的激流中找准了自己的步点，划出了一抹别具韵律的弧型轨迹。

黧黑的面皮，精明的神色，有条不紊的谈吐，洞悉乡土民情的土智慧，这样的简笔速写正是大多数村支书遗形存神的写照。王玉亮自不例外。五十多岁的王玉亮是宣章屯镇姚庄村支书，一见面就自称自己是目前村里唯一的“整劳力”。听他的语气颇具豪壮之意，不错，从他掌控本村土地流转的表现来看，确乎有资格值得称道。

俺村现在是背靠大树好乘凉，有了美东这座大靠山，心里越想越踏实。人家美东刚想来流转俺村的土地时，大家伙可不这么想，说实话俺也没想太远——俺也不比老少爷们多长一个鼻子一个眼。不过话又说回来，俺还比较积极，怎么说俺的觉悟性也比普通群众高上一块砖吧。俺有个直不楞登的感觉：凡是上边号召的事，谁走在前边，谁就捞着草吃，落后的，挨了鞭子还得过河。因此镇上一提出让俺村流转土地，尽管俺心里没多大底还是拍着胸脯应承了。

不怕你们笑话，说句到家的话，别看俺村小，那也是麻雀虽小五脏俱全，一赶上事儿嘛景儿都有。俺在大喇叭上一吵呼，杂七杂八的声音就来了。俺明明白白告诉大家伙这是大好事，甭掂量来掂量去地瞎叽咕，过了这村就没这店；俺警告那些“别古鸟儿”别放毒气，这事是镇党委政府费劲巴拉鼓捣的，还怕你们几个小家雀儿！俺村以前除了种地的，就是干建筑和小买卖的多，前些年种过大棚，最多的时候达到过一百个，搁着两口人一个大棚，是正儿八经的冬暖式大棚专业村，后来效益变差，大面积收缩，外出打工的越来越多。从这些情况看，俺村人的脑子活泛，经济意识比较强。俺就抓住这点给大伙算账。俺们开了个村民大会，在家的都来参加讨论。

有人嘟囔“他流转咱的地要是不给咱钱怎么办”，俺说你这种想法比较那个幼稚，咱们都是大脑炎后遗症啊，不给咱钱还跑了他！都得先交钱再转地。你呀回家让你媳妇熬锅骨头汤补补脑子，跟个锈车轴似的。

有人说“他种上几年光棍地，脚底抹油一走，这地的土壤结构给破坏了，咱不是干坐蜡”，俺指着他说你这个顾虑有眼光，但俺想问你你种了这么多年地，土壤结构变坏了吗？你真是杞人那个忧天，六个手指头划拳多一捞摸。他董战东种地就在咱眼皮底下，他敢胡鼓捣？再说人家一投就是几千万的本，打的是长远谱儿。

有些上年纪的唉声叹气，有的说“事儿感觉是好事，可咱老农民不种地，不就失了本分吗”，俺问他什么叫农民的本分，难不成老天爷在你脸上写了死活种地的御旨，难不成咱的本分就是靠几亩地糊糊弄弄过日子。都啥时代了，老脑壳也得换换新鲜血液了。大家伙想一想，土地流转后，每亩一年不用你动一手指头就净落一千二百元。咱都是庄稼地的老把式，这账是秃子头上的虱子明摆着，一亩地夏秋两季打两千粮食算是多的，播一亩麦子二十元，每季浇两遍水八十，打两三遍药七十，收割打轧，种子化肥，狗吃猫叼，登皮去骨也就落四五百块钱，还得说不连劳力钱。

这么一呛咕，好多人的思想就拐上正道，同意率达到了百分之九十五以上。俺们村有个杨俊福四十多岁，一直盯靠在地上，种地就跟绣花似的，一开始听说要流转土地，那脖子立刻梗楞起来，他说你说得七仙女下凡，俺也不离开俺的地。俺说俊福你要顾全大局，你尽管把地流转出去了，但地权还是你的，你再出去打份工，这两份钱的日子可比你现在紧巴巴的舒坦多了。村民大会开下来，他也同意流转了，而且转得比谁都快，土地一流转完，买了辆新车跑章丘贩大葱去了。前阵子碰见他，我还跟他闹着玩，俊福你离开土地这不是也活蹦乱跳的吗。他嘿嘿傻笑一阵儿，急火火就蹽了趟子。这人啊活的就是一个观念，同一个人怎么原来那样，现在变成这样了，还是个观念的主导性在起作用。

也有转换不过弯儿来的，一根筋呗，这也好说，你不流转就种自己的几亩地去。有在园区规划中赖着不走的，咱就给他调好地，或者多调给他一分半分的。就说这个姚吉连老爷子吧，都七十四了，跟老婆子守巴着四亩四分地舍不得流转，儿子在外打工插不上手，也鼓动他转出去，人家就是铁了心了。秋里老婆子病在床上，他自己从地里往外推玉米，吭哧吭哧，累得老胳膊老腿直打哆嗦。俺说老哥啊，你这不是给自己找罪受吗？要是过去你看着这地没人种撂荒疼得慌，现在转出去不抬一下手就落一千二，你这脑子咋就转不过来呢？他也被累闭气了，说，俺也干得够够的，再流转你给俺报上名。俺说是啊，你把土地一转，自己买上几只羊放，轻轻快快的，还能锻炼身体呢。他真听话了，转出了地，买了些羊，一天到头赶着羊群到处找草吃，精神倍棒，吃嘛嘛香。

就这么着，俺村的土地流转一个小年一个大年就收了尾，2009年流转一百三十二亩，2010年流转二百七十亩。村里在园区打工的妇女有二十多个，哪个月不瓤大乎地挣个一千以上啊。俺碰见她们就刺挠一阵子：“都挺恣吧，好日子就跟啃甘蔗似的甜头在后头呢……”

与姚庄村前后脚进行土地流转的还有几个村子，流程大体相似。其中有一个极端的例子，不能不让我们的笔触暂停下来，做一个小小的驻足和凝思。有这么一户人家，强烈抵制土地流转，镇村干部几十次上门做工作，内向倔强的男主人就俩字“不行”。开始“说客”还能动之以情、晓之以理，最后双方竟然发展到“心领神会”的程度，见面点点头，坐下喝水抽烟，闷头不语，然后拍屁股走人，“一切尽在不言中”。而他家那片地正好位于产业园区中心地带，典型的心腹之患啊，其消极的示范效应不容低估。镇村干部高频度的造访终于“逼急”了户主：“把我调出园区也行，俺得背着地头那眼井一块走！”原来如此，这个“哑谜”打得好辛苦啊！怎么办？镇里专门召开协调会议，决定补偿给他五千元打井费用了事。

谈起这件事时，镇村干部的口吻多少有些戏谑，而其中的滋味却那么驳杂，真让人一时有百味杂陈的感觉。正像他们中的一位所言：“土地流转可不是土地使用权易手那么简单，它还要冲刷掉农民陈旧的观念意识哩……”

在采访中，我们清晰而真切地感到在农村产业园区建设背景下的土地流转扑面而来的“早春气息”——它所触及的农民与土地之间关系的沉重命题曾是中国历史的“生死穴”。且不说历来因土地而此起彼伏的农民战争，也不说因土地而引发的移民大潮，单看建国前后农民与土地关系的变化如何影响和改变了共和国的进程，就可不言而喻：打土豪分田地的“土改”点燃了农民的热情，他们毫不保留地投身到翻身解放的战火硝烟之中，托举起共和国的第一轮红日，农民尝到了与土地初恋的滋味；狂热的公社化把农民手里还没焐热的土地证，再次攫走，大势所趋之下多少不情愿化作万马齐喑，在那样的年代与土地剥离开的农民也学会了糊弄土地，土地也毫不客气地糊弄着农民，农民与土地就像一对离异夫妇，反目成仇；上世纪八十年代的包产到户，激发了农民沉睡的激情，一个个在土地上发生的奇迹令人目不暇接，土地与农民的关系全面进入蜜月期；九十年代伴随着城市化的加快，尽管国家对“三农”的扶持力度不断加大，农业税取消、粮食直补、新农合实施都没能阻止农民走向城市的步伐，相反越是给他一个回拉力，他对土地的离心力越强大，农民与土地进入了高度紧张的审美疲劳对峙期；如果把正在进行的土地流转看作农民与土地关系的“第五期”，它所昭示出来的农民与土地的关系，更像一对老夫老妻，经历了那么多的风风雨雨，那么多的摩摩擦擦，那么多的恩恩怨怨，所有一切都沉淀成了内心的静影沉璧，既能平平淡淡，若即若离，又能相濡以沫，不离不弃。

但事实表明，我们的比喻何其蹩脚，极不靠谱。在这场乡野巨变里，我们不能不惊讶于农民对土地的情感流逝速度之迅疾，那种与土地之间温情脉脉的感觉仿佛一夜之间荡然无存，尤其是年青一代与土地的感情根本无从谈起，那似乎是另一个星球的事情，隔阂而遥远——不客气地说，他们中的大多数最醉心的还是灯红酒绿的都市，土地只是他们口袋里的冷冰冰的资产数字。弃之如敝屣的话，用在这里严丝合缝。新一代农民与土地的关系，说白了，已进入一种赤裸裸的利益关系，土地的财产化倾向已不可逆转。

其实，我们大可不必诟病土地情结的失落，正如一些人走向城市一样，也必然有一部分人走回土地，这一背一离与一返一归将构成一个时期内“土地上别有意味的交错”现象。无论如何，有一点可以肯定：大地将继续无怨无悔地承载茫茫的人世烟火。

今年以来，宣章屯镇党委书记丁家勇一派忙碌，有时一天接待好几拨前来美东现代农业产业园参观考察的人员。作为农村产业园区建设的直接参与者，他对潮起潮落的农村土地流转体会颇深。

怎么让土地“长出腿跑起来”？这是产业园区建设的前提。前段时间我到村里摸情况，发现一个新动态，前期土地流转的价格有些高，一千二百元一亩，老百姓能欣然接受，但企业感到难以承受。要是现在降低流转价格，农民肯定不愿意，流转不动；土地流转不出去，园区建设就是零。前不久我们给一个企业流转了八百亩地，一看流转价格要降低，群众不干了，原来拍着胸脯打包票的干部也畏难发愁了。我找他们谈心说，这样做是非常公平合理的，大家想想，前期的土地流转是带有实验性质的，给出的价格也是一个试探性的价。现在我们的工作就是要找到一个既能让群众接受又让企业接受的结合点，没有这个结合点园区建设永远是个零。我告诫干部，不要看到老百姓有反对意见就急，不要因为农民多要点就说老百姓是刁民。

现在土地流转的方向有两个，一个是流转给熟人，四五百元一亩都行；一个是流转给农业公司。流转给农业公司这方面，农民追求利益最大化是可以理解的，因为都是市场行为嘛。确定一个合理公平的流转价格是土地流转的成败点，我们既要看社会上的流转价格，也要参考周边乡镇的流转价格。最后流转给这家企业的土地价格是一千元一亩，算是找到了农民与企业利益的平衡点。

为了畅通土地流转的渠道，我们镇政府成立了土地流转中心，全镇的流转土地都在这里统一挂牌。这样政府可以直接约束企业，如果没有政府的担保，群众就不信任你，不会跟你搞流转。这相当于政府扮演了企业与农户之间的“经纪人”角色，一方面替群众承担土地流转的风险，假如企业经营不善，拿不出流转费用，那么政府就得承担；另一方面又替企业打通了土地流转的通道，企业不必直接跟群众打交道，避免了许多不必要的磕磕碰碰，可以安下心来搞经营做市场。

走在初冬的田野里，极目远眺，苍黄的色调涂抹着北方的土地、村林、村落，与之形成鲜明对比的是连绵成片的淡蓝色的冬暖式高温大棚，可以想象得到，里边那些蓬勃鲜绿的菜蔬正在可劲成长，潮湿的泥土泛起阵阵芳泽……脚踏实地的感觉令人油然心生感恩之情，这片苦难与希望搅和、汗水与泪水滋养、悲情与柔情浸透的大地，正实实在在孵化着新的生活……

将“有机心灵”带进社区

暮色四合。塚子张社区。炊烟直上暗蓝的天幕，一群鸽子忽高忽低地酣畅滑翔，街道里不时漾起一阵面包车的马达声，夹杂着欢快的喧哗声，那是在县城或省城打工的青年人回村了，家家户户顿时生气勃勃……而距此几步之遥，齐河县致中和有机农业公司的基地上，一位工人师傅正举着绿色的令旗引领一队大腹便便的鸭子回栏，这些生灵神情生动灵活，小眼水润晶亮，浑身毛色熠熠，叫声浑朴恣意。一处小场院里，十多个妇女挥舞木棒噼噼啪啪敲打着干燥的豆棵，一粒粒黄豆哗哗啦啦地惊叫着，蹿跳着。不远一片元宝形的湖泊映着树影草影，细细的游鱼劈出一条条剑突状的水纹，几只白鹅举头张望着西天的余晖。向南去，走上一道不高的土堤，豁然开朗，目力所及皆是平整之地，一条明亮的河流缓缓流过，有水禽随波逐流，悠游自在，了无心事……这是一片尚有蛮荒意味、朴野天趣的土地，置身其间，很容易引发我们一阵阵无来由的小激动，甚或小小深沉一把。

见到致中和公司总经理赵德龙时，我们惊奇地发现他的气质与那片成长中的新生地竟如此合辙押韵！这个看上去有些单薄的年轻人透着一些秀气，细加体察还隐然有种忧郁“范儿”。一个人一生中总有些际遇似乎是前生注定，就像赵德龙离开城市寻到一个荒僻的乡村“经营梦想”一样，这件事在外人看来挺不靠谱儿，只能用“宿命的缘分”解释。而深濡于中国传统文化中的赵德龙，对于因缘聚合向来极为信奉，他与这个位于安头乡塚子张社区的产业园区的命途也确实充满着各种不可思议的机缘巧合；“机缘到了，就投资了”，这就是他跑到那片荒蛮之地的理由。

几年前，赵德龙回农村老家，返城时，老娘忽然叫住他：“德龙你等等，俺给你拿上点不打药的韭菜。”他颇为好奇，这是啥意思，一问才明白其中的蹊跷。原来现在许多农民的健康意识“突飞猛进”，对化肥和农药的危害心知肚明，所以在种地时会划出一小片“自食地”，不上化肥，不打农药，自给自足。最让赵德龙毛骨悚然的是韭菜问题，这种植物爱招一种蛆虫，只有用农药浇灌根部才能控制，不夸张地说韭菜就是“农药喂大的”。种韭菜的不吃韭菜，不是吃腻了，是不敢吃。真有好这口的就自个种，不灌药，爱长啥样是啥样。老娘告诉他，所有不上药的韭菜都细细溜溜，面黄肌瘦，所以样子长得越“不济”的，赖儿吧唧的，越是好韭菜。

回城后，这件事一直挥之不去，赵德龙想不明白现在社会到底出了啥毛病，怎么就会走到你害我我害你、人人自危的境地？那段时间，经常出入酒店的赵德龙面对满桌珍馐提心吊胆，动动这儿，动动那儿，举箸踟蹰，心意苍凉。

于是，他悠然怀念起童年在老家吃过的西红柿，轻轻掰开，红肉白沙，那甜甜酸酸的味道多么纯正；那时的玉米饼子金黄灿烂，嚼一口满口香；那时的沙瓤西瓜，甭看个头小，口头足，赛蜜糖；偶尔吃次猪肉，那种入口就化的软香，恐怕再也品尝不到了……“吃吧吃吧，与其饿死，还不如毒死。”朋友跟他打诨。他嗫嚅道：“啥时候能再回到‘贫穷年代’啊？”朋友伸手探探他的额头：“你不是发高烧说胡话吧？”他毅然决然说道：“总有一天我要种出原先的那种味道。”

这是一段小小的机缘，也是一块慢慢洇大的心病。后来，赵德龙涉足石化行业，帮一位朋友打理几家加油站，一步步走到总经理的位置。就在与这位嗜好国学的朋友接触中，赵德龙耳濡目染，对传统文化由最初的排斥到渐渐接受再到奉为圭臬，他完成了从一个单纯的商人向传统文化传播者加企业家的转变。

用他的话说“这是一次极其痛苦的蜕变”。看到企业内部倡导员工学习《弟子规》《了凡四训》，他嗤之以鼻，不以为然，第一印象就是“搞封建迷信，是宗教，是洗脑”。他问朋友：“读这些东西能产生经济效益吗？”得到的回答是淡淡一笑。

他自诩为一名彻底的唯物主义者，踏入社会以来所受切肤之感，多为“人为财死鸟为食亡”“马善遭人骑、人善遭人欺”“天下熙熙皆为利来、天下攘攘皆为利往”之类“高明”的生存技巧，也早已习惯了声色犬马、灯红酒绿，喝酒喝到胃满，搓麻搓到手软，秉烛夜游，及时行乐，好不痛快，好不自由！当朋友把一本《弟子规》的小册子交给他时，他敷衍道：“好好好，我熟悉完工作就读。”这一托辞就是几个月。一日，他推开朋友的办公室，发现他正盘膝坐在沙发上静静读书，一缕阳光透过窗帘打在他身上，赵德龙忽然有了一份由衷的感动：一个身家无数的老总竟然能独处一室、静观心内，而恰恰是像我这样的轻浮之人才整日匆匆奔波在万丈红尘，过着热闹而麻木的生活，沾沾自喜，自以为是，没想到竟是如此不堪！面对朋友他第一次萌生了羞愧之情，悄悄退出来，回到办公室，拂去那本小册子上的灰尘，“开始读这些传统文化读本，心里就像有只野猴子上蹿下跳，读着读着，内心平静下来，里面哪有什么封建迷信，全是做人做事的至理名言。”

不久企业遇到经营上的挫折，赵德龙想完了，这下子肯定要树倒猢狲散。出乎意料的是员工没有一个“另谋高就”，而是照样坚守在各自岗位上，有人竟要求降低工资与企业共渡难关。赵德龙有种被重重击中的感觉，他被传统文化折服了。

而他这次转身也暗合了诸多机缘，并成为他最终回归田野的路标——他要把这泓清泉引流到更广阔的天地……就在赵德龙心心念念要把这涓涓细流汇成浩荡江河时，离他几十公里的安头乡有个人也在心心念念地要做成一件大事，此人就是时任该乡党委书记的丁家勇。

2010 年 11 月，原塚子张旧村址三百亩土地，通过山东省国土资源厅的复垦验收，成为德州市非项目因素而整体迁建、整体复耕的第一村。同时该村原租借给德州市水利局用于引黄沉沙的一千七百亩地也将到期。这两块相互毗连的土地有个共同点：均未受到过农药化肥的现代污染，非常适宜做有机农业。

很快，这片“返老还童”的土地进入了众多投资者的视野。经县里有关部门的牵线，安头乡确定与一家马来西亚的农业公司进行深度洽谈。公司决策层一踏上这片很有原生态情调的土地就连声赞叹：“Very Good！Very Good！简直就是按照我们想象的场址搬下来的！”陪同考察的丁家勇察言观色，客商的每一细微动作都逃不过他的眼睛，直觉告诉他：有戏！外商所展示的老村址的前景颇为诱人：以旧村址为基地建设一家现代化万头奶牛养殖场，一举解决周边几百名农民的就业……外商一路察看，一路喜色，当他们步上旧村址南侧的土堤，放眼望着一条黄流滚滚北去，神色顿时有些异样。有关人员介绍说：“这是李家岸引黄干渠，是德州市四条引黄干渠之一，因此我们近水楼台，用水条件得天独厚。”客商们并未在意听，而是纷纷回首目测老村址与干渠之间的距离，丁家勇的心悬起来。

外商考察团留下的话是“有待进一步论证”。等来的结果却是一场空欢喜。“人家说在塚子张旧村址办奶牛养殖场，距离李家岸引黄干渠太近，没有达到距离水源地一千五百米的环保要求，可能会对水体造成不利影响。在环境问题上他们是没有商量余地的！”丁家勇被强烈的懊丧纠缠了很久，“当时就这问题跟客商没少磨嘴皮子，人家就是咬定原则不通融。

现在还是挺佩服人家这种负责任的做法。”

好饭不怕晚，这么好的一片土地就不信找不到个“好主儿”！2011 年春节期间，巧合再次发生：在一次聚会上赵德龙邂逅昔日同学丁家勇。话题不知怎的就引上了赵德龙跑顺腿的食品安全问题，两人你一句我一句谈得甚是入毂。忽然丁家勇盯住赵德龙的眼睛将了一军：“德龙，你别光是嘴上的将军吧?”赵德龙也不含糊：“你要是给我一片地，我就敢弄个有机农场。”丁家勇微微一笑，说：“我那里还真有个大宝贝给你留着呢……”就这样，赵德龙蛰伏十多年的心愿顶着凛冽的寒风破土了。

仅仅为了一个夙愿就决定进入农业领域是不是有点盲动？有点不知深浅？有人这样质疑。赵德龙的理由却很充分：“未来的竞争是产业链的竞争，我们现在做的加油站是产业链的末端环节，已经越来越难做。而做有机农业则占据了产业链的上游，掌握着市场话语权，前景非常看好。”

赵德龙认为食品安全问题之所以层出不穷，主观原因是道德的缺失，导致人们不择手段地追逐利益最大化；客观原因是家庭联产承包责任制带来的一家一户的生产方式，造成了国家对农业生产监管的缺失，农民种了菜到市场上去卖，很难进行责任追溯。另一方面，目前中国的消费层次已经趋于明朗，但“有钱的可以开宝马，没钱的可以开吉利，只有吃没有划分出阶层来。这里面包含着巨大的商机”。

而且，他也从户籍改革、大学生村官、土地确权等新生事物上嗅出了不少新风向：比方说为什么推行大学生村官吧，为的就是打破原来农村宗族势力把持村子权力的旧格局，社区一建，几个村一融合，大学生村官走马上任，更便于发展新产业；土地确权则意味着农民可以把土地使用权进行有偿转让，为集约化经营土地打开了方便之门。“我和几个合伙人反复开会研究这些新动态，吃摸其中的政策动向，普遍认为，今后一个时期农业将迎来一次大发展，正是基于这样的认识，我们选择了有机农业这个高门槛来进入。”

2011 年 4 月，计划投资三点九亿元，规划建设面积两千亩，集休闲娱乐观光、有机果蔬种植采摘、花卉苗木种植、水产养殖为一体的山东昌润致中和农业观光生态园项目正式开工建设。然而，赵德龙走近塚子张老村址的步伐并不遂顺，而是一路磕磕绊绊。

一听说乡里准备把老村址与沉沙池地整体流转给致中和农业公司，小部分村民表示强烈反对，跑到乡里上访，暗地串联，策划动作。乡里及时召开村民大会进行表决，百分之九十的村民同意流转。等赵德龙的公司进驻了，这小部分人突然又活跃起来，跑到公司里搅闹，给电视台打热线曝光，一波波到县里上访。弄得赵德龙煞是郁闷，最可笑的是他们还广为散布一个说法："大家想想，赵德龙的公司为什么叫致中和？致中和——致中和——谐音不就是把咱塚子张的人都治死了他才能活吗？"

"为什么这部分村民不理解呢？"这个问题在赵德龙的心头盘桓了几天，"老百姓是最讲究眼前利益的，把地分到自己手里，才觉得踏实，殊不知地分了，只能再重复落后的经营模式，而集中在我们手里才能产生最大的效益。老实讲，我们流转的价格也很合理，比如沉沙池的地，全是黄沙，要连续改良几年才能种东西，但我们第一年到第五年每亩价格五百，第六年到第十年每亩六百，此后每年按照当年十月份一千斤小麦的市场价格进行补偿。为了让老百姓有个囫囵钱，我们还一次性偿付了十年的租金。"

不能打退堂鼓，得一点点感化群众，让他们认识到咱不是来抢他们的地而是来给他们造福的。"我们企业的核心竞争力是传统文化，我们要用传统文化来滋润这片处女地。"他决定拿出传统文化的利器做开路先锋，在所招收的工人中推广学习《弟子规》，让传统文化唤起人们内心的善念，而这些工人大多来自塚子张社区，影响了他们就等于影响了他们的家人和邻居。

为让大家尽快背过《弟子规》，他出台了有奖背诵的措施，凡在一个月内背熟者奖五百元的红包，两个月背熟的奖三百元红包，三个月背熟的奖二百元红包。没听说背东西还有发红包的。工人们将信将疑，但老板说话的口吻不容置疑，有些人试着捧起了那本薄薄的小册子……这些平常基本不读书不看报的农民，三五一群，四六一伙，田间地头，树下湖边，默默背诵，小声朗读，还有人拿回家去背诵。大家一学习，这东西还真不错哩，说出了许多久违的老理儿……后来这些小册子成了塚子张社区许多人家的"座上客"。安头乡党委书记郭强这样说："致中和公司不仅带来先进的农业经营模式，更重要的是把传统文化之风吹进了新社区。"

同时，赵德龙经常安排人给村里的孤寡老人送去农场自产的各类蔬菜和瓜果；对社区里孝心重的人高看一眼，优先招进园区就业；对考上大学的学生给予现金资助，“为的是让大家更尊崇知识”；送村里的孩子外出参加传统文化夏令营，让这些乡野孩子感知传统文化的魅力。

过去，塚子张社区在外打工的青年大约一百四五十人，仅去济南打工的就有三十多人，他们凌晨三四点钟乘三轮车“潜进”市区，晚上十点多才“溜回家”，主要是怕被交警查车。这种两头不见太阳的生活自是辛苦异常，而且极不安全。随着致中和产业园规模的扩大，一批批外出打工者走进了园区，“在家门口打工，心里踏实啊！”我们遇到的工人众口一词。目前在致中和农业公司打工的村民少时一百多人，农忙能达到二百多人。今年四十三岁的杨萍看上去就是一位敦实能干的妇女，原来在离家一百多里外的济阳县打工，在车间里干包装工，月薪一千二三百元，虽说不是很多，倒也知足，但因撇家舍业，尤其是上有老人，下有孩子，叫她牵肠挂肚，“一颗心总悬悬着，一年三百六十天，只有回到家里才能踏实两天。”听说社区上了一家企业，她忙不迭地回来报了名，并被顺利录取，成为一名大棚蔬菜管理员，每天按点回家侍候老人，照顾孩子，心情很是舒畅。企业发下来的《弟子规》她早早就背得滚瓜烂熟，里面教人以孝为本的说法，更唤起了她的同感，“俺家老人得脑血栓，瘫痪在床，原来顾搂不上，现在能经常陪陪老人，非常满足。”

果然，这套“组合拳”一路打下来，公司员工的心收得更紧了，村子里的杂音也消失了。原来园区里司空见惯的小偷小摸不见了，消极怠工现象没有了。附近村有人来捣乱，塚子张社区的村民也主动出手制止了。

今年清明前，乡里要求村里把园区中的一百七十多个坟头都迁出去。时间紧，任务大，村支书带头先迁自家的坟，村干部包户督促。最后还剩一个无主的坟头没找到，挖掘机挖了半亩多地，找了一天，终于寻到，村干部身先士卒，跳进深坑，亲自下手抬出棺木。“迁坟可是农村的大事，怎么着也不敢马虎眼，但为了不耽误农场的农时，我们决定有条件的迁，没条件的也得迁！”塚子张社区干部聂振福对我们说，“人家致中和真心给村里办好事，将心比心，咱们也不能跟人家净玩糊的。”

赵德龙对尚处于雏形阶段的致中和有机农场颇有信心：“我们推行的

有机不单单是种植养殖的有机，而是与有机的心灵相结合的天人合一。我们要把这种有机的心灵带进新社区，让住上小别墅的农民在精神生活上同样富足起来；只有这种有机的心灵才能真正种出真正有机的食品来。”

如今，站在塜子张老村址上，面对高高矗立的山东昌润致中和公司有机农业基地的巨幅喷绘，你完全可以心驰神游，超前体验一把即将在这里变现的“现代观光旅游体验式农业”：先进的“云覆盖”监控系统把有机果蔬培育、种植、管理和采摘的每一环节“同步直播”到千里之外某超市的显示屏上，听音乐的茄子辣椒，喝牛奶的黄瓜西红柿，享受按摩与蒸浴的苹果鸭梨……古朴的窑洞，古老的水车，古旧的水井，风中起伏的薰衣草，满眼金黄的油菜花……荡舟观光河上，荷风徐徐，鱼跃碧波，野芬流溢，两岸蛙声一片，莺啼燕舞；遁迹田园风光，饕餮自然美味，击节月白风清，不经意处的传统文化印痕时隐时现，润物无声，就仿佛置身于古代某个质朴天然、诗情画意的村落之中，令人顿忘扰攘红尘……

这幅绘在赵德龙心壁上的图画，正在那片曾经沉寂的土地上悄然舒展开来。

“小蘑菇”的奋斗史

二十年前的那个夏夜，是张汉兵一生中最重要的转捩点之一。

那时他还是个刚刚二十冒头的毛糙小伙，一翅子扎进全国农学的最高殿堂中国农科院，向食用菌专家张金霞求教食用菌种植技术。张金霞一看是个土里土气的农村小青年，以正在做实验为由将他恭送出门。碰了一鼻子灰的张汉兵千里迢迢而来，岂肯轻易离去？他在农科院附近久久徘徊，期待奇迹发生，但直到大楼里走净了人……夜色涌来，他坐在二楼的台阶上啃着从老家齐河带来的硬馒头，渴了就到近处的水龙头上吞几口自来水，都市高楼之间逼仄的天宇洒下嘲弄的星光。不知什么时候，他进入了朦胧的梦乡……哦，眼前一片蘑菇放着毛茸茸的光辉，这些蘑菇忽然变成一群赭黄色的兔子向他跳跃着跑来，倏忽间一阵狂风吹来，它们被吹上了天空，他追赶着，抓住一只又抓住一只，可是更多的兔子飘进了苍茫的虚空，他绝望而徒劳地呼喊着……这时他感到一只手在摇动着自己的肩头，睁开眼，昏暗的灯光里立着一位中年女性，正是那位白日里拒绝他的张金霞。

张金霞问他怎么躺在这里睡觉，张汉兵不好意思地说没钱住旅馆。张金霞显然被这个执着的年轻人打动了。她说我先找个地方你迁就一晚，你问的问题明天咱再详谈。她把张汉兵领进一间小仓库，里面有张单人床。张汉兵心里涌起一阵暖意，汹涌的疲惫袭来，尽管蚊子很多他还是睡了一个踏踏实实的好觉。第二天醒来发现有几只蚊子趴在他身上飞不动了，原来是大快朵颐撑着了肚皮。

张金霞一一解答了张汉兵种植食用菌过程中遇到的难题，临分手还送给他一些食用菌种植技术方面的书籍，把自己的通讯方式也留给他，以便随时交流。她用鼓励的眼神看着愣头愣脑的张汉兵说："你只要有耐心，多摸索，一准能成功!"

现在张汉兵的身份是齐河县大黄乡康瑞食用菌产业公司总经理，在他的公司带动下形成了一个由十三家食用菌生产加工企业组成的食用菌产业园区，直接配套于不远处的大黄社区。

大黄乡属齐河县最北部的乡镇，也是渊源颇深的高温蔬菜大棚生产乡镇。菜农习惯种植黄瓜、西红柿等较为普遍的菜品。一些村庄较早就有零星的食用菌栽培，但真正形成规模效益还要等到张汉兵振臂一呼。

在齐河县的两区同建中，参与投资产业园区建设的人大体分为三类：返乡创业者、土生土长的企业家、外来投资者。张汉兵属于第二类，自小到大从未离开农村，也从未离开土地，是地地道道的旱地拔葱式成长。像他这样的企业家优势在于对农村的人情世故熟烂在心，对所从事的行业驾轻就熟，劣势在于眼界狭窄，成长缓慢。盘点张汉兵的来路，尤为令人唏嘘感慨，唏嘘的是在农村创业之艰难，感慨的是有志者事竟成。

1987 年全国范围内刮起了一股推广种植食用菌的风潮。那是个充满蓬勃朝气而单纯的年代，许多农村青年都编织着属于自己的彩色梦想，似乎只要肯努力肯流汗就能摘下沉甸甸的果实。初中毕业后的张汉兵就被这股强劲的风潮挟裹着做起了靠小蘑菇发家致富的美梦。

那年，二哥买回一包包的棉籽壳，整齐地摆放在两间空房里，洒水通风，不几天竟冒出了一簇簇白亮亮的小耳朵，这些玲珑可爱的小家伙让张汉兵眼界大开。二哥说："你看长得多欢实！俺考考你这长的是什么?"张汉兵扑哧笑了："你当俺是傻瓜啊，这不是平菇吗?"二哥神气地说："平菇？什么平菇！这是一张张的'大团结'！"二哥掰着手指头给他算效益账，算出了摩托车，算出了大厦房，算出了大彩电，甚至还算出了一个漂亮的小媳妇。二哥又问他："你说俺这是种的啥?"张汉兵扭头就走，甩下一句："俺不跟你胡罗罗了，俺也去种'大团结'了……"

他知道紧靠自己村的禹城市城关镇有个食用菌推广站，要想种好蘑菇就得到那里面去"蘑菇"。他佯装没事人走进推广站，东撒摩西瞅瞅，见没人，就扒着门缝朝里使劲看，哐当，门忽然打开，跳出来一张凶神恶煞似的脸，生冷蛮横地问："你是干什么的?"他心口突突急速跳着，却装作平静的样子："俺来找人，你们这里有个叫张汉兵的吗?"那人狠狠地说："没有！"他狡黠地眨眨眼："怎么会没有呢？明明在这里吗?""没有就是没有，赶紧走！没看见这里写着闲人免进吗！"张汉兵被撵出来，心里很是不忿："干吗，不就是鼓捣蘑菇吗，跟搞原子弹似的。"也不怪人家，那年月谁掌握了新技术，谁就能借此狠狠大赚一把。更令张汉兵气不打一处来的是，他离开推广站后竟发现身后有人跟踪盯梢，怕他再偷偷溜进来。

张汉兵也不是吃素的，他想了个以买菌种为名混进车间的"阴招"，不是不让看么？我非得看个够。本来一次就能买一千斤菌种，他却分成四次，一次只买二百五，如此以来，哪还有什么秘密逃得过他的法眼？最后一次人家警觉了："你别当我们是二百五，偷招儿偷到鼓上蚤门上来?"他抓着头皮呵呵地傻笑。

第一茬试种成功，张汉兵尝到了甜头。第二茬正赶上过秋，他把蘑菇房的门一锁，钻到玉米地里掰棒子去了，两天后打开门一看傻了眼，菌种全都捂死了，他气得只想扇自己耳光，又转过头想想，"第一茬成功，可能多少带有偶然性，种蘑菇绝不是喝凉水似的简单，肯定有自己还没弄明白的地方。"二话没说，背上包就去省城参加了一家技校的学习班，越学越觉得有学头，学完后，随即调转马头去了北京，他想要学就得学最顶级的技术，咱不知道最顶级的食用菌技术是什么，可是咱知道它在哪儿。他懵打懵撞，竟找上了张金霞的门，得以一窥食用菌技术的堂奥，并与张成了很熟络的朋友，“她亲自到我种植的大棚里来过两次，说实话到后来，我的实际操作水平已经大大超过了她。”

此后，张汉兵算是与小蘑菇摽上了劲，从平菇到香菇到双孢菇再到金针菇，一头扎进蘑菇堆里，挣挣赔赔，赔赔挣挣，不亦乐乎。那时候，他似乎浑身有使不完的劲，为推广食用菌技术，骑着摩托车南南北北，一天颠簸两个县，跑遍了周边几个县市，更甚者有两次，他跟着拉煤的车跑到了山西长治，跟那里的菌友面对面进行交流。“二十多年里，我当初的许多同行都不干了，只有我一根筋似的走下来。”回首过往，张汉兵脸上拂过些微的惆怅和淡淡的欣慰。

他栽跟头最重的是1996年，那年张汉兵做双孢菇菌种，推广了不少地方。当年双孢菇市场大乱，陷入极度恶性竞争，“按国际标准生产出来的双孢菇才八毛钱一斤啊，种植户怨声载道，赊出去的菌种收不回钱来，我都要赔掉腚了。”有个村支书跑上门来哭丧着脸央求他：“你只要要，我免费给你送过来。”他告诉张汉兵，一筐筐的双孢菇摆在市场上就是没人睬，有的菇农拿着喂猪，猪都吃腻了。张汉兵当时也是哑巴吃黄连有苦难言，谁会想到今年的价格会是高台跳水啊？看着白花花、大如鸭蛋的双孢菇荒在大棚里，他的心上仿佛被撕开了一道大血口。“赔了二十多万，赔光了家底”，他尝到了市场经济行事的诡秘与苦涩。

这一课，值！这是每一个弄潮儿都跳不过的“铁门槛”，只有过了这道坎儿，他才能一飞冲天、任意驰骋。2006年张汉兵抓住齐河县搞大面积林间间作食用菌的时机，打了个小型的翻身仗。那时，他已在禹城市租了几个恒温库搞起了食用菌的工厂化生产，多年磨炼出的一身本领转换成了越来越好的效益。

一棵小蘑菇沐风栉雨终于具备了长成大树的潜质。2007年的一天，齐河县大黄乡领导登门拜访张汉兵，说了一番语重心长的话：“老张啊，你是咱县食用菌方面的土专家，现在咱乡里种蘑菇的越来越多，但效益差得很。不过食用菌的前景没的说，咱乡已经请省农科院的专家规划了一片食用菌产业园，打这第一炮的担子就你能胜任，庄里庄乡几万双眼睛可看着你老张呢。”他有些蒙，这是哪出儿跟哪出儿？突然袭击！我也不能扔下这里的一摊儿不管吧，而且自己的企业刚有点起色，怎么经得起这样的折腾？他一副欲言又止的样子，乡领导看在眼里，说：“老张，有什么难处只管说，乡里尽力办。”张汉兵沉吟一会儿说“让我想两天”，乡领导临分手笑着甩下一句“狠话”：“你必须回来！这样的机会，可是过了这村就没了这店啊。”其实禹城与大黄乡就隔着一条省道，对张汉兵来说，不存在市场上的差异化；但对乡里就不一样了，乡领导看重的是他的带动性。

张汉兵思前想后，最后决定把工厂迁进大黄乡食用菌产业园。一个是本乡本土凡事好办，二者乡里给出的条件着实优厚。乡里可以帮着企业修路通电拉围墙，还可以帮着协调金融单位。张汉兵觉得这是一次机遇，自己一直有做大企业的想法，但苦于时机不成熟，如能得到乡里的支持企业就不愁做大做强。果然，这之后他的企业规模不断扩大，效益连年翻番。

2010 年乡里又把食用菌产业园纳入两区同建的大盘子，给予入园企业更大的支持。乡领导找到张汉兵说，你是园区的龙头企业，你还得在现有基础上更上一层楼，不能老是停留在目前的规模上，要向更高层次跃升。乡里已经为园区流转了一千六百亩土地，够你们大干一场的。

经过几年的发展，张汉兵的企业已有四个大型恒温车间，工人一百六十人，年产值两千多万，其出产的金针菇品质和单产都居业内前列，尤其让他引以为豪的是“在全国范围内同样多的原料，我们的产量是最高的”。

张汉兵也不是坐在成绩簿上享清福的人，立马带领管理层跑到上海高新农业区参观了几家国内最先进的食用菌企业，身上憋足了劲，“我要引进国际上最先进的食用菌自动化生产设备，让小蘑菇长成大产业。”

这两年，在张汉兵的技术支持和市场带动下，先后又有益生园食用菌有限公司、天智食用菌有限公司等十二家企业在大黄乡食用菌产业园落地开花，总投资十一亿元，两千多农民进园打工。小蘑菇这条产业链越拉越长。大黄乡顺理成章摘取了“全国小蘑菇新农村建设先进乡镇”“省食用菌生产基地乡镇”“省食用菌生产示范基地”三块金字招牌。

我们习惯于仰视云天，却不知脚下的土地才是安身立命之本；我们见惯了财富的高傲与轻浮，却忽略了比财富更宝贵的精神品格。毋庸置疑，张汉兵的个人奋斗史饱含了丰富的历史细节和个体生命的体验，“他是森林中的一木，叶脉里奔突着大自然的精魂”，不难发现张汉兵身上浓缩着一茬茬农村青年的影子，为了改变命运，他们义无返顾，风雨兼程。

这株叫张汉兵的“小蘑菇”，仍在倔强地成长之中……

土地上的裂变和守望

天蒙蒙亮，王东全骑上车子就往大棚区而去。小六十的人了，心里还绷着一股使不完的劲儿，蹬动车子就像风吹小云彩，他也纳闷：敢情咱返老还童了？

王东全是齐河县宣章屯镇王庄人，去年开春进美东现代农业示范园打工，职责是灌溉工。一辈子跟庄稼打交道惯了，干啥活都图个利落，起早贪黑的庄稼把式作风也就跟着他进了产业园。黑黑的面皮，瘦削脸型，一对细目精光熠熠，一双有些皴裂的大手粗糙有力，裤腿角沾了些湿泥。王东全浑身洋溢着劳动的气息。

> 我在这里感觉挺满意。一月一千三百块钱工资，一年下来就是一万好几，过去，在地里死熬活靠三百六十天，也挣不到这个数啊，何况我一个半大老头子。过去像我这个岁数，还有比我大的也有出去混事的，忒不易了，别的干不了，只能进建筑工地当小工，和泥搬砖，一天下来，老胳膊老腿哪撑得住，往往是上半年干活，下半年趴窝。这岁数的人最不经折腾，一旦有法谁愿往外跑？不出去就沦顿在庄稼地里，好赖能抓挠个仨瓜俩枣。
>
> 去年镇上号召搞土地流转，说是由美东公司统一经营，大家伙咬了好一阵耳朵，二二思思了两三天。要说还是年轻人脑筋转换快，送上门的好买卖，三下五除二转出去就蹿了趟子，无地一身轻，出门打工再远也不挂着。你们不晓得，最早交“三提五统”那阵，你出去打工不想种地，要么交给亲戚种，说好给你负担“公粮”，这还得是有人情，逢年过节要上门说个话儿；要么图个清心，干脆撂荒，爱谁种谁种。后来不收农业税了，还有种粮补贴，地才又金贵起来，就算这样，有往外承包的，还是提不

上价，三百五百吧。可现在这个土地流转来了，土地价格腾地上去了，就跟坐上直升机似的。有时睡不着觉我就想，咱农民就是个土命，一辈子跟这土地拴得牢牢的，土地不值钱，农民也不值钱，土地贵了，咱的身价也就上来了。搞流转有人嘁嘁喳喳很正常，林子大了啥鸟都有，不能光听凤凰唱歌，黑老鸹也得喳喳几句。有几个有特殊想法的人“打扑啦”，可小胳膊拧不过大腿，跟政府“背劲儿”还能有你的好果子吃？

我现在的状况挺充实，每天干什么，心里有数，上班下班，挺有次序。早晨五点半过来，推上电把子，提满水池子，然后就跟检查工作似的满大棚溜达，看看有没有漏水的地方。可别小瞧俺，俺这水龙王可管着一百三十个大棚呢。有熟人瞧见我就吆喝“你咋不骑辆车子呢”，我说不如走着方便。天天在青枝绿叶里转悠，心里恣得不轻。原来在村里种地，没事就往地里钻，没个闲时候，就是没活了，也泡在庄稼行子里，闷的时候就跟庄稼唠唠嗑，说些啥，净说些不着三不着四的话儿。近些年村里的烟火越来越不旺相，原来十家有九家的烟囱冒烟，现下有三四家就不错。年青的一翅子扎到千八里地外，混吃混喝，安营扎寨；年老的守着这摊子阴阴阳阳，就跟这树林一个样儿，如果就剩下几棵老树，怎么瞅怎么老气横秋。现而今，我在大棚一走心里美滋滋的，想找谁说话就找谁说话。

这里当官的对咱挺不错，交代个活有板有眼，我就想人家当官的托付咱的事一定得干滑膛，不能跟人家耍奸猾。咱干起活来还是把大棚当自己的庄稼看待，咱这么把年纪了舍不下来啊！

王东全脸上的笑容最说明问题。这种朴实的笑就如同清晨庄稼叶片上滚来滚去的露水，晶莹剔透，映现着他内心深处的自足自乐。几个子女在外边打工，自己也混上了一份差事，这让他在同龄人中倍感骄傲，走起路来这头脸就不由有了个小仰角。临分手，他告诉我们现在自己是两餐有酒，顿顿有肉，一天到头乐悠悠。

我们遇见宋玉芹时，她正与一位工友蹲在蔬菜地里忙活，听见有人喊，站起身来，两手泥水，水淋淋的汗意裹着一脸健康的红润。

去年宋玉芹一家搬进了宣章社区，住上了三室一厅的楼房，过去养牛种地，捎带着看孩子，现在忽然“无事一身重”，闲得浑身酸疼，一听美东产业园有招工的，颠颠跑来报了名，面试就是看几眼，也就是看了她几眼，人家就封了她个大官——“棚长”。当了棚长的宋玉芹带着两个“部下”春里管十个大棚，秋里管八个，可谓是产业园里最基层的干部。宋玉芹很看重自己这个“干部身份”，每天能多拿五块钱的工资哩。

俺干活的这些大棚，是人家从美东公司承包过来的。为啥俺自己不承包几个大棚？刚来时啥技术也不懂，没有金刚钻哪敢乱揽瓷器活。再说咱老百姓最怕赔本，担得起挣担不起赔，光要个好名又不当吃不当喝。就说今年吧，这蔬菜的价格低得吓人，你看这棚辣椒多俊，可愣是卖不上价去，你说愁人不愁人，这事要搁在咱身上还不愁出个好歹来。咱是旱涝保收，只要按当官的要求把自己的大棚收拾得挺挺妥妥，每月一千多块的工钱就少不了。俺老公跟着村里的包工头干建筑去，我挣的钱够一家人一个月的花销，他挣的就存进银行。

每天按时按点来上班，回去后有人就问：“你上班去了？”俺说：“咱这种地的还叫上班啊？”俺老农民就这意识，老觉得只要在地里忙乎就是农民一个。不过，不管是农民，还是变成了工人，什么时候实实诚诚做事的本色不能变。俺老看不上那些投机抹滑的鬼心眼子。春上我管理的西红柿长得旺势，有人就过来耍花腔：“宋玉芹你跟照顾孩子似的，就差给它们喂奶粉了，长得这么好，当官的该给你加钱！”我说咱不是拿着人家的工钱吗，糊糊弄弄不叫人戳脊梁？那人撇撇嘴：“就你充积极！你累死累活地干，又不多给钱，累得爬不动了也没人管你！”一个人一个性格脾气，像这种聪明猴子得占一小半，管事的一扭头，就磨洋工。前两天那个耍滑的人被辞了，你拿当官的当糊涂虫啊，你棚里的草打眼高，他能看不见？

在这里干活挺满足的，离家近，不舍家，有人说话，挺开心，又挺带劲。明年春里重新调整人员，俺已经给当官的“反映”了，俺这个棚长要自己找个对脾气的做搭档，好干活，听咱的。

农民角色的转变堪称当代中国最扑朔迷离的问题。这是一个超级稳定的阶级，但小分化却时时处处都在发生着，他正如浩瀚的河流融汇了无数的支流，同理也分流出无数的细流，官士工商兵都可以从这里逃逸而出，独成一系，也可以在沦落破败之时重归其位。我们尽可以忽视他，却不能轻视他；我们尽可以不爱他，但不能不尊重他。他的命运似乎注定要被钉在土地上，他对土地的感情又爱又恨、又宽容又刻薄、又一往情深又薄情寡义、又天高地厚又朝秦暮楚，愚昧落后是别人打在他身上的标签，小农意识是高高在上者轻下的定语，然而谁就愿甘于困苦和屈辱，他也曾撞大运似的寻觅改变身份的契机，但终归是落花流水春去也，被拒之于历史大门之外。

两区同建再次把农民推到了历史大剧院的门口。这些捏着土地票根的人有的徘徊，有的决绝，有的毫不在意，有的谨小慎微。一阵飓风吹来，人流攘攘，你推我挤，少数人死死抓住栅栏不放手，大多数人被挟裹进大厅，有的登台亮相，尽管忸怩不适，却自有风光一片；有的做念唱打，赢得阵阵彩声；有的站脚未稳，被挤个踉头，掉下台去，沦为无事的看客。

在王东全的自足里依然饱含着传统农民的基因，可能产业园区对他来说只是维系一段无法割舍的土地情结，而宋玉芹们的自主意识已然翘头，假以时日，不难成长为独当一面的管理者，或者干脆另起炉灶重开张。相同的舞台，不同的角色，这或许已成为许多农民命运转折的注脚。

敲开张峰的家门，一股喜气扑面而来，原来今天正是她儿子的大喜之日。穿着利索光鲜，满面喜色，说话不遮不掩，噼噼啪啪如倒豆，一看就知道是家中的强势人物。果然，坐在她身边的丈夫邹立卫相形见绌，少言寡语，略显木讷。张峰一家四口全在外边打工，却没有把七亩地流转出去，依然汗津津攥在手心里。她给我们的感觉有些“另类”，所说的“炮筒子”话杠杠硬：

搬进社区已经一年多了，习惯了，当初俺两口都不情愿搬，就是孩子乐意。我们在村里的房子是新盖的，六间，高脊大窗，亮亮堂堂，三米半的前出厦，好体面的地板砖，这几年挣的钱全砸里面了。厦房、砖房和土房都一样补偿，合计来合计去，觉得住楼不上算。可俺想这是大形势啊，人得跟着形势走，也就扒了房子过来了。你们不知道啊，扒房子那天俺都哭了，心里堵得吃不下饭去。刚搬过来就觉得不方便，放个粮食不方便，放个三轮不方便，换个煤气不方便；也有好处啊，就是干净安全。再就是孩子在外边自己谈了个河北的对象，认家时俺们还住在老院，女方家觉得跟他们那里差不离儿，多少有点小看法。儿子愿意过来也有自己的小算盘，就是结婚要结在楼房里。这不，今天女方的父母来了一看，挺满意，说比他们那里强得不是一麻线，跟城市似的。咱听着怪舒坦。

说到土地流转，俺怎么不愿意流转，这方面俺得给你们掰扯掰扯。俺先给你们算个账，七亩地的玉米，一亩一千二百斤，这就是一千二百块钱，俺这里流转的土地价格是一千块钱，而且粮食补贴都归人家，算来算去流转出去不划算。俺再说句到家的话，现在说得好好的，每年给钱，就怕这地流出去都归了集体，再想要回来就难了，那时候叫天天不应，叫地地不语。谁知道，这政策万一变了就毁堆了。

你问俺社区建产业园区愿意回来打工不，那还用说，有适合我的活肯定愿意回来，俺家里还有个老人呢，热汤热水的，少挣个钱也愿意回来啊，就是不知道能不能找个长远活。

话糙理不糙，张峰道出了部分农民对两区同建的顾虑和疑惑，他们担心与土地相依为命的关系被颠覆，惧怕成为没有根底的漂浮物。应该说，这种心理具有部分代表性，因为在社会保障体系尚不完善的情况下，能够给予农民最可靠依赖的唯有土地，尤其是土地红利的走高，更提升了他们的期望值。但在交谈中，我们发现她也清醒地意识到，住上楼后，真的不再适宜种地了，至于以后怎么办，只能顺其自然。

位于齐河县城西侧的华店民营创业园与华中社区同步建设，入园企业以加工制造业为主，目前已达三十多家，吸引了附近大批社区居民就近就业，朱桂兰便是其中之一。去年八月十五，朱桂兰一家从老村搬进了社区二层别墅式小楼，并顺利进入德明制衣公司，成了一名缝纫工。原来两口子做饭店生意，不温不火，有赔有赚，“操心费力，什么人都能遇到”；两口子还紧抓慢挠种了将近十亩地，好处是光种玉米麦子，过麦过秋厂子都放假，算是两不耽误。可也挺辛苦，一直等着找个合适的机会把土地流转出去。

四十三岁的朱桂兰膝下两女，正是花钱的当头，所以两口子在挣钱上一点都不敢含糊。

原来干饭店管着两三个人，咱一进厂就成了学徒，凡事得听人家的。哪有什么习惯不习惯的，咱得先明白自己是干吗的。端人家的饭碗就得听人家的招呼。刚开始缝纫机一快，就绣得曲里拐弯，一天干不了多少活，老板挺善，干不了五十的活，也给发五十块保底钱。慢慢地就熟练了，现在叫它多快就多快，就是这样咱也不敢马虎眼，都是老大不小的，要叫人家挑出残次品来，怪丢人现眼。

我现在好孬也算从农民变成个“半边工人”了，多少年前连想都不敢想啊！工厂离社区二里地，一拧电动车立马就到。早晨七点半上班，十一点半下班，中午一点半上班，晚上五点半下班。每月还能歇一天班。不少人为了多干活，中午基本不回家。干的多一个月能拿到三千多，少点拿两千四五，比当农民优越性强多了；挣了赔了，跟咱没多大关系，到时就领工资，风，风不着，雨，雨不着，只管用心干好自己那摊儿就行。当老农民时你哪敢想吹着空调滋滋润润上班啊，大毒日头你也得背上药桶子钻庄稼地啊，尤其是刚下过小雨，天闷热得没法受，你也得赶紧套牛下田，越这时候越好灭草。跟过去比真是一个天上一个地下。

俺体会这当工人的好处还有一个，原来老规程是来客人妇女上不得台面，你只有忙乎的份儿，忙完了就坐在旁边听人家吆三喝五胡吹海唠，最后喝个菜汤子。现在不这样了，中午我回家晚，俺劳力只要不出去干小工，早巴早地把饭做好，端上桌等着俺；来个客人，咱也得坐上桌，说说拉拉的，一点不输老爷们。是啊，咱也不少拿钱，老爷们还敢小看咱？过去走娘家，给他伸手要俩钱，你看那张脸拉老长，嘴上不说，心里不愿意呗。现在，咱手里也有个活泛钱了，不瞧他的脸色，回娘家愿买么就买么，搬上半个集回去，他也管不着了。

朱桂兰满脸洋溢着自豪和自信，这种内心的丰满远胜于那些看得见的物质的满足，它使这些刚刚由农民转换成工人身份的劳动者体验到了一种新的人生境界。朱桂兰们在两区同建中逐渐剥离农民的外衣，在一件并不起眼的工装下心灵与精神悄然发生着质变……或许他们将与土地渐离渐远，或许土地的记忆将成为多年后相册里褪色的影像，但他们所融入的生活将更加鲜美和充实。

遇到康忠这样一位农民，是我们这次采访中的意外收获。假设没有这样一个农民出现在我们的视野里，那将是一个不可弥补的遗憾。面前的康忠，细高挑的身材，黧黑的面色，走起路来步速稍快，眼神坚定且有点犀利的味道。

康忠是刘桥乡洪州社区居民，四十九岁，最大的特点是始终没有脱离过土地，且以经营的思路建立起一个农民与土地的对话方式。他现在种着近五十亩地，建有十八个高温大棚，根据市场行情分别种植不同的蔬菜品类。

农民种地天经地义，不种地了还算什么农民。但种地的倒不一定都是农民。这几年农村发生了不少大事，种地也不能老低着头盲干，咱农民也得学得“狡猾”一些，掌握一些应对市场的法门，谁在市场上说了算谁就能挣大头。这几年老看到哪里的西瓜丰收卖不出啊，哪里的包头菜喂猪啦，我们附近一个乡有个种芹菜的农民赶上大丰收，一亩产上万斤，一毛钱一斤都没人要，想不开喝了农药。这样的悲剧怨谁？只能怨咱农民自己不懂市场，好大呼隆，看见猪肉贵了，一窝蜂养猪；看见大蒜贵了，又一窝蜂种大蒜，农民自己跟自己过不去，相互压价，自相残杀。所以我说农民种地必须有逆向思维，别人种的我不种，我种的别人种不了。

我挺赞成土地流转，把土地流给农业公司搞大农场，或者流到一些能人手里，都能提升土地的生产效益。农民一口人二亩地，这效益始终赶不上流转后的集约效益，流转给大户的五十亩地能顶农民分散耕种的一百亩地的效益。农民一家一户只能种玉米麦子，我包五十亩，什么与市场对路就种什么，一亩经济作物赛过五亩粮食，这是明摆着的事。我现在的十八个大棚，风调雨顺的年景能赢利十五万。

不过搞农业也不轻松，很辛苦，泥一腿，水一腿，冷一口，热一口。今年夏季大暴雨，我种的葡萄第二天就准备上市了，一夜之间大水满棚，齐腰深的水啊，那个心疼啊，光抽水就抽了半个月。一年的心血泡了汤，难受是难受，但这就是干事的风险，坐在家里闲磨牙没风险，但磨不来一分钱。再说愁死你老天爷也不偿命，还得赶紧救灾，把损失想法补回来。

我从没想过出去打工什么的，还是种地自由，更重要的是种好了地，经济效益要比打工还高。听说我们乡里要搞个产业园，我已经报了名，准备承包上十个大棚。现在年轻人都愿意往城里跑，觉得土地上没什么捞摸头儿，其实只要你用心对待它，土地就不叫你吃亏。

当过兵的康忠，曾有一段令他毕生铭记的行军经历。那是去参加一次水利工程大会战，队伍从营地出发，途经一片沼泽地，正是严冬，雪花飘飞，泥巴陷膝，冰茬子一会儿就冻烂了脚。“真是一段魔鬼一样的行军，很能锻炼人的耐受力”。康忠似乎有意识地告诉我们这段往事。我们也透过岁月的尘影，看到了那位艰难跋涉在冰水中的年轻人，并且这个幻象渐渐与那个在齐腰深的雨水中走向一架架即将成熟的葡萄的农民合而为一。

清醒、坚韧、豁达、自信，还有点知性，康忠言谈之中闪跃出的小符号，足以让我们刮目相看。他既不同于那些一年到头埋头耕作的传统农民，也不同于那些搞大棚、干养殖的能人富户，他预示了一种新式农民——家庭农场主——的诞生：经营土地，应对市场，以农业收入为家庭主要收入来源。然而正像康忠所遭遇到的那场大暴雨，这类农民的成长必然是一个漫长而艰辛的过程，市场的飓风骤雨，农业经营的脆弱性，自身素质的短板，将注定这是一场痛苦异常的蝶变。

土地的命运就是农民的命运，农民的命运的就是民族的命运。

这片土地上正在发生和将要发生的每一个事件都将密密织入历史记忆的褶皱；从董战东、赵德龙、张汉兵到王东全、朱桂兰、康忠，这些因时代变迁而蜕变着的农民，他们与土地的缠绵与纠结，将作为一份当代乡野的心路历程编入浩瀚的历史卷宗。

当我们行将结束这次探访时，第一场大雪不期而至。在这卷天地一色、大写意的妙手丹青中，那一片片升腾着缕缕温暖烟火的社区新房与不远处拔地而起、生机勃勃的产业园区相映成趣，那一个个穿梭其间的水墨人影在追逐、在欢笑、在歌唱，那轮轰然跃出地平线的朝阳必将继续赋予苍茫的大地以述说不尽的新的传奇……

原载《中国作家》2013 年第 5 期

“铁人”女警袁超群

蓝 茹

当她身着便装，一脸幸福地谈起，如何在早上上班前，做出老人、孩子和丈夫都喜欢的三样早餐时，你很难将眼前这位白净、秀丽、随和如邻家姐姐一样的优雅女子，与一位“上得了厅堂，下得了厨房，破得了案子，抓得了逃犯”的“十佳派出所所长”和“三八红旗手标兵”联系起来。

当她绘声绘色地讲起，如何在烟雨蒙蒙的旷野中，与夫君和儿子一起，就着绿草勃发的清香，品茗观景，醉如畅饮百年佳酿般特美的感觉时，你同样很难将这位留着齐耳短发、欲语笑先闻的知性女子，与同事眼中的“老黄牛”“男爷们”和“知心大姐”与“好管家”相联起来。

然而她，就能把这些水乳交融地兼容到一起，各具特色地兼顾到一起。

她就是济南市公安局槐荫分局五里沟派出所所长袁超群。

1

2013 年 2 月 2 日，也即农历癸巳蛇年小年的前一天，我有幸第二次走近她，却不由暗自惊呼：真是名副其实的“铁人”女所长！难怪当年还是一名初出茅庐的年轻法制员时，就被有的老同事称为“真像个‘铁人’一样”。

依然是那么干练和风趣！走起路来，依然嗒嗒有声，宛如风中的鼓点；说起话来，依然笑声不断，如同山涧欢畅奔涌的溪水。与她待上一会儿，冬日苍白无力的阳光，也变得明亮而温暖了。丝毫看不出，一年多之前，她曾经历了那么多的磨砺和考验，续写了那么多的佳绩和成就，承受了那么多的痛楚和不幸。

但她却依然恬淡地一笑说："我不是'铁人'，甚至连父母为我取名时所寓意和希望的'超群'之人也不是。我只是一个普普通通的人。"从容的神情，平和的语气，与一年前我第一次采访她时几近复制。

2

一年前的那天，也是在她这个简洁明亮的派出所二楼办公室里。她一边如大姐照顾小妹一样为我沏茶添水，一边笑语连连地帮助我完成采写她的"光荣而艰难的使命"。

她说，第一次听到有人说，"她就像个'铁人'一样"时，还以为同事是在说别人呢！

因她觉得，自己无非就是勤快一点，有什么活儿抢着干，不怕吃苦，也不知道什么是疲倦，但绝不是什么"铁人"。

那时，她警校毕业分配到槐荫公安分局没几年，还是一名带着露珠的嫩荷一样的小"警花"。直到大家赞许的目光像聚光灯一样投向她时，她才恍然大悟：噢！原来那个"就像'铁人'一样的人"，竟是她袁超群啊！

哈哈哈！好笑吧！袁超群开怀的笑声，如她高挑的身材一样，很迷人；也如她年过不惑依旧黑白分明的丹凤眼一样，充满了灵气和感染力。

我不由自主地随着她一起开心笑了起来。

初次见面的陌生感，领导叮嘱的压力感，才疏学浅的恐慌感等等，顿时如雪人见到明丽的阳光一样，慢慢变小，变轻……

她则如雨打芭蕉似的继续柔声说道，那时他们法制员的工作，经常与领导一起随刑警跑案发现场，日常工作就是浸泡在各种案件的卷宗里，啄木鸟一样准确及时地将卷宗里，程序上、实体上反映出的瑕疵或差池挑拣出来，再做调查并补充完善，使每起诉讼的卷宗，都经得起检查和考验。

这项工作看似不难，实则需要相当的付出和坚守。尤其对一个单位和家都离得挺远、孩子正年幼的女警察来说，更非易事。但袁超群却没因此而降低对自己的要求。

只要她知道，哪怕寒冬腊月或是深更半夜，她都会积极主动地跟随办案的刑警一步一动。刑警在前面调查询问，她则在后方把关审核。有时则是深入到荒郊野岭或是臭气熏天的案发第一现场。之后，新一轮太阳升起时，她仍旧出现在办公室里。

同事劝她还是回去休息一会儿，她感激地笑笑说，没事。我不累！

久而久之，袁超群便有了她从警生涯的第一个昵称：“就像个‘铁人’一样”。

虽然很惶恐得到这么高的评价，但袁超群清楚：自己仅仅是按照岗位要求，尽职尽责地工作而已。比起那些把毕生献给了公安事业的老公安、老前辈来说，自己需要学习、实践的东西太多太多了，只恨时间太匆匆。法制员是架设在公安机关法制部门与基层所队办案民警之间的桥梁。对每一起案件进行法律程序、法律条款适用等方面的审核把关，对基层规范执法办案活动的实时监控。通俗点说，法制员就是公安机关执法办案的“质检员”。

而执法质量是公安工作的生命线！作为一名守护生命线的“质检员”也即法制员，能在刑事案件发生时，不随刑警共赴现场吗？这就如同客机降落时突然遇到了紧急情况，消防、救护等人员，能不及时甚至是提前赴现场，做好相关的配合保障工作吗？

在其位，谋其职，尽其心，竭其力，古今亦然。“女警察不要把自己的性别看得那么重。男同志能干的，我们也能干。自信、泼辣、大胆而心细，是职场女性尤其是做一名女警察必须具备的品格。”这是袁超群的“职场宣言”，也是她能成为派出所女所长的原因之一。

正是在看似单调、平凡的几年机关工作时间里，袁超群积累了丰富的职业素养和经验，为她日后游刃有余地胜任派出所工作，并成长为一名成绩斐然的“十佳派出所所长”奠定了良好、坚实的基础；也把“经历了，就是财富”和“把简单的事情做好，就是不简单”等立志名言，诠释得活色生香。

3

新千年来临之际，袁超群从分局机关调到一个治安情况复杂的派出所任教导员。

上任不久，她就因上班途中智擒抢夺犯和泥中奔袭千余米追捕嫌疑人而声名鹊起。尤其是后者，至今仍不时被一些同行津津乐道地提起，当然这也是袁超群警察生涯中难得更难忘的精彩片段之一。

那是一个霞光初照的夏日清晨，袁超群身着漂亮的便装，骑着时尚的女式摩托车，像一只灵巧的山雀，快乐地行进在上班的途中。

快到山东省千佛山医院时，突然听到身后有人声嘶力竭地喊着：

“抓住他!”

“抢钱啦!”

袁超群立即迎着声音冲了上去。

这时，一个高个黑衣男“忽”的一下，如一股黑旋风似的从她身边一闪而过，骑着自行车拼命向前飞奔而去。

凭职业敏感，袁超群觉得此人比较可疑。果真随后追赶过来的群众指证说，那个黑衣男就是刚才抢走他们准备看病用的“救命钱”的坏蛋。

“太可恨了！竟然连病人救命的钱也敢抢。”袁超群心头的那股怒火啊，“呼”“呼”地直蹿，但她还得微笑着安抚失主和群众，让他们别急，赶快帮她报个警，说完便“噌”的一声调转车头，跳上摩托车，“嗡”的一脚将油门一踩到底，风驰电掣地追了上去。

开始那名黑衣窃贼可能误以为飞驰而来的时尚年轻美女，只是偶遇的一个“飙车潮女”，便在袁超群与他擦肩而过时，主动侧身让了让道。

袁超群不由暗自笑了笑，加速超过他百十来米后，“哐”的一声把摩托车往路边绿化带旁一拽，迎面就跑了过去，同时大声喊道：“警察！蹲下!”

这时，黑衣窃贼仍心存侥幸地嬉笑着说：“别逗了，大姐！有你这么漂亮的警察吗?”直到发觉袁超群已猎豹逮兔一样向他扑了过去，才转身欲夺路而逃。

他哪里料到，他“偶遇”的“飙车潮女”，是当年在警校时创造过200米校运动会纪录、不惑之年仍能作为代表参加上级公安机关精确射击比赛、苦练过擒拿格斗的“铁人”女警呢？

没等黑衣窃贼迈出第二步，袁超群一个扫堂腿将其绊倒，紧接着以迅雷之势用一只膝盖压住其腰部。与此同时，他的一只胳膊，已被袁超群麻利地拧到了背后。

黑衣窃贼显然仍不死心，想凭着身高力大做最后一搏。

袁超群便稍稍用力折了一下他的手腕，黑衣窃贼便连声号叫道：“轻点啊，我的警察好姐姐！我服了！我再也不敢了！”求饶的同时，乖乖地交出了窃来的两个钱包。

袁超群一边让群众帮忙“解下他的腰带，脱掉他的鞋子”，一边让黑衣男“慢慢起来，然后蹲下”，同时恨铁不成钢地对他说：年纪轻轻的，干点什么不好？偏偏要抢！正道不走走邪道！病人本来就够不幸了，你还要雪上加霜，抢他们看病甚至是救命的钱，你还有点人性和良心吗？

话音没落，周围便响起了噼噼啪啪的掌声。原来这时已围满了路人和晨练的群众。

一名头发花白的老大爷双手抱拳道：“说得好啊！有这样的警察，我们老百姓还有啥不放心的？”

但若比起随后“泥中奔袭千余米追捕嫌疑人”之事，这只能是“小事一桩”；若再与袁超群成为一所之长后，经历或破获的“冰红茶”假冒“人血白蛋白”等经典案例相比，这绝对是“小巫见大巫”。

那次泥泞中追捕嫌疑人，不仅是袁超群二十多年从警生涯中，为数不多的“比拍电视剧还要紧张、刺激和精彩”的抓捕经历，也是民警眼中“挺能体现出袁所长‘铁人’本色和执着精神的一次寻常的出警，令人不能不敬佩”。

那是一个初夏的傍晚，天上不紧不慢地下着毛毛细雨。

袁超群在所里带班。指挥中心突然传来指令：有两伙人正持械在某建筑工地附近群殴，请立即出警。

袁超群一听，立即与出警民警一同健步跨上警车，拉响警笛，便箭一般地飞驶而去。

可能是已打红了眼之故，警车已“呜——呜——”地驰到跟前了，那些挥棒舞棍激战正酣的斗殴者才如惊弓之鸟，纷纷扔下或仍然拎着棍棒，如决堤之水，四处逃散开来。

几个跑得慢的，很快就被警察抓住了。他们随即供述说，那两个骑摩托车的，才是他们的头儿，他们只是被朋友叫来帮忙的。

袁超群果断地一挥手说：留下两个民警看着他们，其他人分头追。我就不信，他们跑得了和尚，还能跑得了庙不成。

当时到场的警察，一共六人，留下两名警察看守外，其他几名警察刚好够一辆警车双人同行。

擒贼先擒王。袁超群刚准备跨上警车，却发现有名穿雨衣的群众骑着摩托车迎面驶来。

她眼前一亮，随即借了过来，加大油门，死死咬着那名疯狂逃向建筑工地的“摩托男”头号嫌疑人。

眼看就要追上了，那名嫌疑人却突然一拐，如一尾拼死挣脱围网的鱼，“嗖”地钻进了堆放着钢筋、水泥管等杂物的建筑工地。

道窄，又凹凸不平，刚才还飞一般行驶的摩托车，顿时如行驶在夹缝中的搓板上，左摇右晃，蹦蹦跳跳地提不起速度来，再加上雨后泥泞，不仅快不起来，且越来越慢。袁超群急得直咬嘴唇。

而此时，边逃边回头察看的嫌疑人，已惊恐地扔下摩托车，撒腿就跑。

袁超群果敢地跳下摩托车，百米赛跑似的追了上去。

很快，袁超群就感到裹满泥巴的双脚，如坠满了涂过胶水的铅块，又沉又黏；灌满泥浆的鞋内，则如塞满了滑石浆，又湿又滑。嫌疑人也满脚泥巴，没跑多远，就被袁超群追上了，却又先后两次从袁所长的手中挣脱了。

此时，袁超群已在泥泞中奔袭了一千多米，又与嫌疑人交过两次手，浑身上下全是泥。但她丝毫没有放弃的念头，用带着泥水的手，往上捋了捋汗湿的刘海，把头往后猛地一甩，如百米冲刺似的再次追了上去。

近了，近了，仿佛伸手就能抓到了。可就在这时，嫌疑人却突然“扑通”一声跪在泥泞中，双手抱着一只跑掉了鞋的脚丫子，气喘吁吁地说：“我……从没见过……你……这么……这么……不要命的女警察。我……算是领教了……”

“领教了就好！转过身去！”袁超群喘着粗气说着，同时干净利索地将嫌疑人的双臂拧到身后，“咔”地戴上了手铐，并将其从地上拽了起来。

此时，袁超群所长才有些后怕地发现，自己左脚上的鞋带不知何时已跑断了，不由暗自庆幸自己：幸好没赤脚追捕这坏蛋。否则，脚上没准会被扎上几个窟窿呢！

嫌疑人站起身，刚准备往前走，却突然回过头，表情复杂地看了看袁超群，低着头咧了咧嘴，偷偷笑了。

袁超群不明就里，下意识地用手抿了抿前额另一边的刘海。这下嫌疑人竟笑出了声，但却十分顺从地往回走。

见到增援的同事后，袁超群还没来得及说什么，大家就哈哈地笑成了一片。

好一会儿，才有民警强烈忍着笑，含糊不清地说了句“袁导，你快照照镜子吧”，便又捂着肚子继续笑。

袁超群走到警车后视镜前一照，自己也忍不住哈哈大笑起来。她“终于明白那个坏小子刚才笑什么了”。

“天啊！你真不知道，当时那模样，可喜煞人了！满身、满脸，包括头发里，全都是稀乎乎的泥巴，说不上什么颜色的稀泥，真比拍电视精心化妆出来的效果还要好。”袁超群绘声绘色的讲述，让我觉得，她仿佛是在与我一起分享他人的故事，其中的苦与累，都与她无关；而浸透在其中的自豪与幸福，却如清洌甘甜的香茗，令她回味不尽，很是享受呢！

这之后，所里的民警就越来越多地称呼她“铁人”而不是“袁导”。

袁超群听后，淡淡一笑，不肯定，也不否定，更不会像第一次听到有人说她“真像个‘铁人’一样”那般意外和惶恐了。只是在心中默念起自己的“职场宣言”：

“既然从事了警察职业，女警察就不要把自己的性别看得那么重。男同志能干的，我们也能干，而且要干得更好。”

4

时光如梭。转眼就到了2009年1月，济南市公安局槐荫分局派出所所长的行列里，多现了一名女所长，她就是袁超群。

上任伊始，棘手的案子和事情就接二连三地涌来。其中反映比较大、侦办难度也比较大，但却让袁超群倍感欣慰的案子，莫过于成功破获“冰红茶”假冒“人血白蛋白”一案；而充分体现出袁超群“敢拼善拼也会拼”风格的，则要数圆满解决了那起八年来一直没能了结的医患纠纷。

即使四年后的今天，在网上还能搜索出当初报道“冰红茶”一案的内容，可见此案当时的影响有多大。

但当时，此案却缘于一起普通的纠纷案件。当民警从一方当事人身上搜查出标注有全国二十多个城市“三甲”医院位置的地图时，才惊愕地发现：此人竟是一个用“冰红茶”假冒“人血白蛋白”流窜全国各地，自产自销“一条龙”的假药贩子！

袁超群恨不能立即将这个贩卖假冒“救命药”的药贩子法办了。可她清楚，此案就像一个烫手的山药：抓吧，证据不足，可要形成完整的证据链，难度实在是太大，仅所需的相关实验数据，就不是一时半会儿能得到的；放吧，这肯定是个案子。轻易言弃，又不是自己的性格。

“人命关天，再难也得查；保一方平安，是职责，更是无悔的誓言。”袁超群力排众议，“此案再难，也得查！”

但没想到，收集证据的过程，远比袁超群最坏的预想还要困难：联系相关部门的电话，不知打了多少个。有时仅为了一个数据的测试和鉴定结论，就要在有关单位和部门之间，来来回回地跑几趟甚至是十几趟。有时甚至不得不借助一些私人的关系。好在通过上级领导的支持和相关部门的配合，经过破茧成蝶似的努力，终于在法定时间内拿出了令人信服的数据和证据，使制售假冒“救命药”的犯罪嫌疑人依法得到了应有的惩罚。

此案告破，社会影响很大，新浪网、新华网、《大众日报》等主流媒体随即在网上置顶或在显著版面上刊发。一些同行也纷纷来电祝贺并请教，说也曾碰到类似的案子，但苦于证据收集难度太大，最后大多不了了之。

袁超群更加清醒地意识到：基层公安工作，说难，确实很难。因它是“针眼”，千头万绪的公安工作，几乎都要通过派出所来落实；同时也是“窗口”“桥梁”和“第一道屏障”。无论是服务群众，打击和震慑违法犯罪，还是维护社会稳定和平安，都容不得闪失和懈怠。

“但如那句老话所言：世上无难事，只要肯登攀。不仅用心、用毅力，更要用情，用智慧。”正是这种理念和追求，使袁超群上任不久，就使辖区内那起八年未了的医患纠纷彻底解决了。

新官上任三把火。袁超群也不例外。在走访省立医院时，医院领导便提出了一个非常棘手的问题：八年前因一起医患纠纷，问题病人及家属在医院的病房及走廊卖东西，现在愈演愈烈，规模越来越大，占用了走廊一大块地方，来就医的病人很有意见，院方多次做工作，患方以结束生命为要挟，一直不能解决。

袁超群下决心解决这一难题，便与副所长于峰一起，多次到现场观察、走访了解知情人。

刚开始，患者家连门也不让袁所长进，还不时扔下些冷言冷语。袁超群不急不恼更不气馁，依然得空就去走走、看看，拉拉久病在床的女儿的手，再看似随意地与满脸疲惫的母亲唠唠嗑，说说属于女性和母亲间的知心话。

慢慢地，八年来那位不停上访的母亲终于敞开了心扉：只要能让她们留在城里，能让女儿发病时比较方便就医，她们就不再在医院的病房里摆摊卖货，也不再上访了。

“留下容易，可她们孤儿寡母的，再加上一个久病在床的病人，靠什么生活呢?”将心比心思虑后，袁所长决定“好事做到底，帮人帮到根”，兼顾法、理、情，让法律效果和社会效果有效融为一体。

为此，“说了多少好话，不知道；跑了多少路，也不清楚。”听着袁超群所长话音里极力想淡忘的辛酸，就知道当时真的是“用‘说破了嘴，跑断了腿’来形容，一点都不为过”。好在“精诚所至，金石为开”，袁超群在街道办事处的帮助下，终于在医院附近给她们一家找到了一间可住人、也能开店，同时还能方便就医的门面房，让她们有了安身立命之所。

患者家属看后非常满意，当即表示“回去收拾一下就搬”。可临到搬离的前一天，又突然说：不想搬了。没原因，就是不想搬。

问题出在哪儿？其他患者急需一个安宁的住院环境，医院方面急盼能早点恢复正常的住院秩序，那家患者也曾说早就盼着有个安稳、正常的生活环境。辖区内还有多少与百姓平安、社会稳定息息相关的事，等待着她这个派出所所长去面对去解决。谁的时间和精力都耗不起啊！望着窗外闪闪烁烁的霓虹灯，袁超群所长苦苦地思索着。

忽然，一颗流星从天际滑过，袁超群心头一亮：问题的症结找到了，办法也有了。

次日一大早，袁所长与副所长于峰带着几位民警，到医院找到患者家属，三下五除二就帮她们把堆放在病房门口和过道里的大件物品，一件不少地搬到了为其租住的地方。

患者家见此情景知道：这回不搬是不行了！于是很快很配合地收拾起室内的零杂碎，痛快地离开了那个居住了八年、也经营了八年的“病房铺子”。

今年农历小年的前几天，那位患者的母亲特地提了半袋了什锦糖，让袁所长“无论如何要收下，并发给所里的每一位民警”，她要让警察一同分享她家现在甜蜜幸福的日子。说当初他们临时变卦，确实是碍于情感和面子，多亏袁所长及时带领民警相助，让他们家“体面而利索地离开了那个早想离开，却又一直没法离开的地方”。

这两件事，让袁超群所长的信心更足，干劲儿也更大了。

5

有句老话说得好：机会是留给有准备之人的。

还有一句老话也说得很精准：机会与挑战并行，荣耀的背后是沧桑。

公元2011年，对袁超群来说，就是这样一个特殊而难忘的年份。

这一年，是袁超群任所长的第三个年头，也是公安机关大兴“执法规范化建设”之年；是中国公安历史上规模最大，持续时间最长，涉及范围最广的“追捕缉拿网上逃犯”也即“清网行动”开展之年；也是面对采访，袁超群会情不自禁地感叹自己的“不幸”之年。

是年初，她所在的五里沟派出所，被市局、分局确定为“执法正规化建设示范单位”。

这恰恰印证了上面的那两句老话。

提起五里沟派出所，知道的人不多；若说起山东省省立医院、山东省眼科医院、济南市市立二院、市皮肤病研究所等医疗机构，恐怕没几人不知晓。它们全都云集在五里沟派出所约0.73平方公里的狭小辖区内，同时催生出数量众多的旅馆、饭店、歌厅、出租房等治安重点难点行业和场所。此外，五里沟派出所北临火车站，西邻西市场，属典型的老旧城区和商埠区，自然形成了“外来人员多，流动人口多，医患纠纷多，接处警多”的态势。据悉，仅省立医院一家，日均流动人口就三万多人次。

而派出所的办公面积仅440平方米，“每日接处警却少则十来起，多达三十起。出警民警常常是这起警情还没处理完，新的处警指令又到了。经常是值班当天马不停蹄地忙一整天，第二天再加一天班，还不一定能忙得完，但下一个值班周期又到了。”

要在这样一个面积“袖珍”、任务繁重的派出所完成规范化示范建设，把派出所原有的办案、办事、办公“三区混合”的旧面貌，改造成一个既方便服务群众又避免相互影响；既有利民警办案又能提升执法效能的“功能齐全，办事有序，办案安全，办公安心，生活安静”的“四区独立”规范化派出所，其难度可想而知。

“尤其所长又是一名女同志，要完成执法规范化建设硬件建设所需的规划、分区、装修、监控等工作，这些对一名男同志来说都是非常的不容易，对她更是难上加难，但所里的规范化建设很快很顺利地完成了。”说起当时的情景，一级警督窦兆军忍不住长叹一声，随后又充满敬意地补充道：“袁所长她成功做到了。靠的是什么？靠她的人格魅力，靠她的执着和坚韧不服输的精神。她的精神感动了大家，她的干劲带动了大家，赢得了理解和支持，并创造出五天时间就建起一个警务室的奇迹。”

成绩的背后是付出。为了保质保量完成规范化示范建设，袁超群亲自设计规划，多次去兄弟单位和有关专家那里学习请教；想方设法协调下来派出所旁边的一处门头房，精心设计建造为新办公区的一部分，为顺利实现“四区独立”的规范化建设目标奠定了良好的基础。

为了避免相邻群众对改建工程的不满和误解，袁所长与其他所领导逐户到群众家中走访、慰问；为了在十字路口新建一个社区警务室，袁超群一次次找到相关部门和领导，真诚沟通，耐心解释。如今，那个醒目地坐落在十字路口的警务室，不仅方便了群众，震慑了违法犯罪，还因其有个精致的小凉亭，一不留神成了群众歇息或留影的“风景点”。

如今的五里沟派出所，仅办公面积就扩增了170多平方米，接待室、询问室、留置室、DNA取样室和同步录音录像系统等，一应俱全；民警的办公室、小餐厅、洗衣房等，也得到了合理的修缮或添加，真正实现了“功能齐全，划分明确，方便适用”的规范化建设要求。

当年底，五里沟派出所荣获“济南市规范执法”示范单位、济南市精神文明单位和槐荫区人民满意政法单位等荣誉，先后有4名民警荣立个人三等功，袁超群本人被评为“济南市执法为民先进个人”和“济南市巾帼示范先进代表”，并荣立个人三等功一次。

袁超群没因此放缓搏击的脚步，而是在带领民警狠抓执法硬件规范化建设的同时，更加大了队伍建设尤其是对年轻民警传帮带的力度。

“毕竟公安工作，需要更多优秀的年轻民警来传承。一个人，纵使有三头六臂，也远不如一群人齐心协力干事创业管用和有效。”正是这种“立足长远，戮力拼搏”的思维，让“80后”军转警察赵永强成了所里重点帮带和培养的新生力量之一。

“我现在有好几位师傅呢！”赵永强的声音跟他的身体一样略显柔弱，但脸上的笑容却如窗外正午的阳光般灿烂。说起每跟一位师傅学习前，袁所长都会把这位师傅最突出的特长和他应该重点向师傅学什么等情况详细告诉他时，赵永强笑眯眯的眼里满是晶莹的泪花。

也许是察觉到什么，他随即有些羞赧地说，想起所里领导或其他同事对他的关爱和帮助，他“确实是很感动，也很感激”，但让他记忆最深、感受最大的，还是第一次随袁所长出警的那个晚上。

因为他“原以为一位女所长可能会比较温柔，但没想到，袁所长干起工作来比男爷们还男爷们”。正是那个晚上，让他“那么震撼地感受到了袁所长敢碰硬，能拼搏的凛然之气和‘铁人’女所长独特的风采。”

那时，赵永强刚从巡警调派到五里沟派出所，参加值夜班时间不长。

凌晨时分，有群众举报说，辖区内某歌厅里正在聚众赌博。正在所里值班的袁所长迅即带领民警赶了过去。

不知是天黑夜冷，还是第一次参加这样的夜查行动，抑或是觉得包括带队的女所长和刚到所里的自己在内，一共才五六名警察，一进那喧闹声震耳的歌厅大门，赵永强原本就“怦、怦”乱跳的心，“呼”的一下悬到了嗓子眼儿。

但这时，他却惊讶地发现：袁所长已以迅雷不及掩耳之势控制了歌厅的前台，使其无法通风报信；随后又很果断地让两名民警分别守住侧门和后门，其他民警则上楼，挨个房间“搜!”

此时，觉察到异常的老板带着七八个膀大腰圆的黑衣保安冲了过来，气势汹汹地责问袁所长，凭什么搜查他们，同时示意旁边的保安冲进前台按铃报信。

哪知袁所长早料到了这一点，出示警察证的同时，挺身向前一步，厉声正告道：我们接到举报，此歌厅涉嫌聚众赌博。现警察依法搜查，请予以配合。谢谢!

那老板却如没看到更没听到一样，乜斜着双眼扫视了一圈后，昂起头率众继续向前台涌去。

“站住!”只听袁超群大喝一声，“今天有我在这儿，谁也甭想进来。请你们依法配合警察的工作，千万别做妨碍执行公务的事情。”洪亮的声音，神圣不可侵犯的气势，如阻拦器般让老板等人定在了原处。

“你真不知道，当时袁所长多有气场和警察的威严性！一下就把那些不把警察，特别是不把女警察放在眼里的人给镇住了。”赵永强的眼神里充满了深深的敬意和自豪。

就在这时，上楼搜查的民警将第一批抓获的赌徒、赌资和赌博工具等带了下来。那名老板顿时如霜打的茄子一样蔫了。

当晚，在增援巡警的配合下，袁超群他们一共抓获了二十多名赌徒，分批带回所里后又连夜询问、做笔录，忙了整整一个通宵。

天亮后，办案民警忙完回去补觉去了，袁所长却仍然留在了所里。

后来赵永强才知道：“这是袁所长上任以来一直都坚持的一个理念和行动。无论是谁的班，也无论是白天还是黑夜，只要有案子，袁所长肯定就会跟大家一起干，直到案结事了。”

“这使我们民警既感到很温暖，也无形中会有种压力和动力。”兴许是刚出差回来，治安民警王东升有些低哑的声音里，透着浓浓的疲惫，稍微停顿了一会儿，他才神情凝重地说，“毕竟我们每个民警再累，也没有连轴转的所长累啊！何况所长还是一位身体不佳的女警。有这样敢碰硬、能拼搏的领导领着大家干、跟着大家一起干，工作苦点累点，也心甘。因为值。”

6

俗话说，天不有测风云，人有旦夕祸福。就在袁超群带领民警风风火火地忙工作、干事业时，人生的另一种考验，涌到了她的面前。

先是2011年7月，她自己的身体出现了异样，好在最后的结果“有惊无险”。

她刚出院没几天，她的父亲又不幸查出肺癌，已是晚期。想到父亲年轻时奉献军营，转业后为了孝敬父母，养育她和弟妹这几个儿女，一直未能实现“去海南看看”的夙愿，袁超群便狠下心，第一次连休了七天年假，陪父亲乘飞机到海南美美地转了转。

回来后，袁超群一边马不停蹄地忙工作，一边尽可能多陪陪住院的父亲，想方设法逗父亲开心，减轻病痛的折磨，提升生命的质量。

当听说河南有位老中医能有效缓解和减轻父亲的病痛，袁超群立即安排好工作，连夜赶过去，一下开了两大蛇皮袋子中草药。来不及买卧铺票，便挤上能最早到家的那趟火车，站在闷热的车厢里就往回赶。

燠热的天气，极度的疲惫，使袁超群所长在人挤人的硬座车厢里，没站多久就如中暑般头晕恶心起来，一位乘警注意到了她。

他好奇地看着袁超群说：凭感觉，你不像是买不起卧铺的人，但也不是从医之人。可为什么会带着这么两大包中药，挤在硬座车厢里，多累，多不方便啊！

袁超群感激地笑笑说：因为走得太急，没想那么多，只盼着能早点回去。

听说是同行，并且是为了患病的父亲才这样奔波劳累，那位乘警想法给她补了张卧铺票，这让袁超群至今仍心存感激。

袁所长曾期盼着退休以后，能好好照顾一下一直默默支持自己工作的老父老母，把平时因工作忙而无法陪护他们的时间全补上，为他们做点可口的饭菜，让他们乐享晚年阖家团圆的幸福。同时，她也可以把自己从警多年来的一些心得和体会，尤其是那些成功破获或解决，或者是破获和解决得不那么完美，甚至是个别还处于悬疑中的案例和事情，写成一本书，"理论性可能不那么强，但肯定会比较实用，算是自己对挚爱的公安事业最后的一点奉献吧。"

可如今，她还没来得及尽孝，父亲就已进入了生命的倒计时……

这让身为长女的袁超群，怎能不心急如焚？

没多久，她的父亲就被无情的病魔夺走了。

过了不到一周时间，待她如亲生女儿一样的公公竟也不幸撒手人寰。

短短一周时间，先后痛失两位亲人，自己术后又没能到得相应的休养，纵使铁打的汉子也扛不住啊！何况是这么一位白净、高挑、清秀而忙个不停的弱女子！

她好想美美地睡上一觉，再到清山秀水的南部山区玩上一天。最好是能像那次一样，与丈夫和孩子一起去。在清澈见底的湖边，走一走，看一看。看鱼在水中游，云在山头飘，满眼都是郁郁葱葱的绿，再轻轻做个深呼吸，满心便盈满了清新、润泽、恬淡的幽香，令人顿感神清气爽，有种插翅欲飞的妙不可言的感觉。可惜这么多年来，她仅与家人奢享过一次这样的天伦之乐。

此时，"全国公安机关网上追捕缉拿逃犯"的行动（简称"清网行动"）拉开了序幕，袁超群的那个想法，只能是一闪而过。

没时间看山访水，也没有时间悲伤和难过，她只能一如既往地掩藏起满身满心的疲惫，精神抖擞地带领全所民警，全力以赴地投入到"清网行动"中。

没过多长时间，她在查体时，发现甲状腺“有问题”，医生让她“必须马上住院，越早手术越好”。

但当时“清网行动”正如火如荼地开展着，身为一所之长的袁超群，怎么可能扔下工作，马上住院手术呢？

后来，医生不得不给她下了“必须立即住院手术”的死命令，袁超群才不得不安排好工作，办好了入院手续。

可就在入院的前两天，一名逃犯终于有了消息。袁超群二话没说，带上几名民警坐上火车，便踏上了千里追捕缉拿逃犯的征程。

那天是2011年11月11日。袁超群清楚地记得，当他们押着逃犯走出济南火车站时，看着满街五彩河一样闪烁的万家灯火，她情不自禁地默默说了声：真美啊！我终于可以安心住院手术了。

当晚十点多，移交完嫌犯，安排好工作，舒舒服服地洗了一个热水澡后，袁超群婉拒了家人的陪同，独自一人去了医院。

次日早上七点，袁超群被推进了手术室。中午时分，她被推出了手术室。

“这怎么可能？医生你们是不是弄错了？”袁所长的丈夫——曾两次荣登“全国百强律师”榜单的高人欣律师说，拿到病理切片检查报告单的一刹那，他忍不住连连追问道。

他怎么都不敢相信，整天充满干劲的她，手术前一天还带领民警抓捕逃犯的妻子超群，怎么会得这种病？

“也许是那段时间，工作太累；也许是那段时间，亲人接连去世，她自己术后又没怎么休息；也许是从警以来，她一直都那么要强，那么拼命，让人觉得她就是‘铁人’和‘拼命三郎’；也许是‘事不过三’的魔咒，总之……”高律师哽咽地说不下去了……

主治医生也十分不理解地说：我行医二十多年了，从没见过像你这样的病人，手术前几个小时里还奔波在抓逃犯的征途中。

7

但仅仅过了七天，刚拆完手术缝合线，袁超群就不顾医生和家人的劝阻，执意出了院，在几名同事的陪护下，径直回到了自己的工作岗位上。

民警们又惊又喜。惊的是："袁所长不该在不该出院的时候，出院了；不该在不该来所里上班的时间里，来上班了。"可大家又是真心盼着，能早点见到健康如初的袁所长和大姐！

平时总在一起不怎么觉着，可一连这么长时间没有见到那个总是朝气蓬勃的身影，没有听到那个总是笑声朗朗的声音，总觉得突然缺了点什么一样，让人一时难以适应。

此时正值年终岁尾，各种总结、报告以及春节前的走访、慰问等，事事马虎不得，件件都很重要。与此同时，一些民警家里也开始"状况"不断，大家是打心眼里希望能如平常一样，无论大事小事，也无论是公事还是私事，最后都有"铁人"一样的袁所长和"知心大姐""好管家"来把关或兜底。

这不，2012 年元旦节喜庆的气氛还没散去，一个痛哭不止的电话就打到了袁超群的手机上……

"如果没有姐，我当时真不知道该怎么办。"提起 2012 年 1 月3 日，拿到丈夫肝癌晚期诊断书时的情景，已不幸辞世的民警刘宗民的妻子小杨就泣不成声地说，她当时一下就蒙了，不知道该找谁说。平时，她无论大事小事，都第一个对丈夫说，让丈夫拿主意。可那一刻，那么一件天塌地陷般的大事，她却不能对丈夫说，也不想让年仅 12 岁的女儿和双方都风烛残年的老人这么快知道，毕竟大家正开开心心地过着元旦呢！

孤苦无助中，小杨第一个就想到了初次见面时就情不自禁地叫"姐"的袁超群所长……

于是，联系住院，接转公费医疗关系，找医院商量手术时间及方案，安排民警接替工作并帮着一起看护患病民警，安抚其手足无措的家属和远道而来的亲朋好友等，包括最后的追悼会和送别，"袁所长比亲姐姐还细心和上心地忙碌着，操持着。"

人们几乎忘了，一个多月前，袁所长刚刚做完那个手术，此刻嗓子还有些嘶哑，说话时间久一点，就会显得有点憋气……

在刘警官与死神搏斗时，年轻民警赵永强却面临着"幸福而纠结"

的为父“大考”。

那是2012年5月的一天，刚开完早例会，赵永强就接到了妻子“出现早产征兆，被留院观察”的电话。他一下就慌了：怎么突然就成了这样呢？不是去做产前查检的吗？不是离预产期还有一个多月吗？

“没事！你马上回家拿上所需的物品去医院。我安排一下随后就到。”袁所长亲切的话语，让急得如热锅上的蚂蚁似的赵永强，顿时清醒镇定了许多。

他飞快回到家，拿好妻子待产用的物品到了医院。

不一会儿，袁所长也赶到了。之后，在赵永强的妻子隔离保胎、孩子早产后因体弱而隔离监护的二十多天漫长而难挨的日子里，袁所长基本上是每天一条短信，让焦虑得近乎抓狂的赵永强“真正体会到了一名女领导独有的细心和周全”。连他的妻子都深受感动地说：你唯有努力工作，才不愧大姐的一番苦心和关爱。

“大姐真的是把我们每个民警的事，无论大事还是小事，都放在心上。虽说工作起来很风风火火，比真正的男爷们还爷们，但又比一般的女同志更细心，想得更周全。”这不仅仅是赵永强的肺腑之言，也是所里其他民警共同的心声。

民警王玉升就心怀感激地说，当初若不是袁所长明察秋毫，从他没胃口吃午饭的细节中看出端倪，主动询问并为他女儿上学的事积极奔波，他还真不好意思开口提这事，女儿能否如愿进入现在这所心仪的学校也就两可了。

王玉升的语速不快，声音也不大，但听得出来，当初女儿该上初中时，因选择学校而影响了报到，眼看女儿没学上了，他真的是“急得吃不下，也睡不着”，很希望能得到组织或领导的理解和帮助，但一想到袁所长那么忙，所里有那么多事情等着她去拍板和处理，就无论如何也张不开口：“自己作为一名老民警，不能为所里分担更多，怎么能给本已连轴转的袁所长，再增添额外的负担呢？”

可有天中午吃饭时，袁所长突然问王玉升：“你女儿上学的事怎样了，报到了吗？”

王玉升说，他当时太感意外了，当然也非常非常感动。

“袁所长工作那么忙，自己也从没在所里说起过，袁所长竟然就知道了。”王玉升说，那时本来还不准备说，想自己再试试。可“一看到袁所长关切的目光，再听袁所长那么亲切地询问，几天来的焦虑和压力，就如开闸之水”，让王玉升一气说了个痛快。

虽不知袁所长因此“说了多少好话，跑了多少路”，但从那几日里袁所长少有的疲惫神情中，王玉升就知道“真的是太难为袁所长了”。

但他至今仍百思不得其解，袁所长当时是怎么知道的。“也许，是我什么时候填写的一张表格，里面提到过，除此之外，我就真不知道，袁所长是从哪里得到的情况。”

如此细心地为部属着想，竭尽全力地为部属排忧解难，怎能不焕发出极大的凝聚力、向心力和战斗力呢?

这或许就是五里沟派出所虽然有着“行业场所多，流动人口多，纠纷多、案件多、警情多和管理难度大，工作负荷大”的基本特色，但近四年来，仍然佳绩不断，一年一个新台阶的原因所在；也是民警们“精神振奋，上下齐心，相互关心，戮力前行”的原因之一。

8

记得2012年春第一次采访袁超群时，她曾多次说到，自己虽然为民警做了一些事，解决了民警的一些后顾之忧，但民警包括所里其他领导，对自己的支持和帮助也是非常大的。“一个好汉三个帮，何况这么大一个所，又有这么大一摊子事儿，没有全所民警上下同欲，齐心协力地努力和拼搏，要想取得现在的成绩，是不可能的。”

其中，她眼睛潮红地提到，有一个寒冷的冬夜，她因忙一个案子，晚餐时简单地扒拉了几口，就赶紧回到办公室继续工作，直到凌晨时分。案子总算有了眉目，她伸伸胳膊，活动活动僵硬的脖子，准备休息，却忽然感到又冷又饿。正在这时，一位值班民警敲门进门，一边说“袁所，知你晚饭吃得少，看你屋里的灯还亮着，就给你也煮了碗面条，快趁热吃了，暖和暖和”，一边递给她一碗漂着葱花的西红柿煮面条。

“你想想，在你饥寒交迫的时候，民警那么细心，那么及时地给你送来了一碗又香又热的面条，那会是一种怎么感觉啊!”袁超群边说边伸出双手，仿佛此刻手中正捧着那一碗热腾腾、香喷喷的面条，让我也忍不住与她一起深深地吸了一口，“那叫一个香啊！你说，你能不感动？能不努力和大家一起干吗?”

一年后的此刻，我再次走近袁超群所长时，她在收到外出办案的治安民警王东升发来的“平安短信”时，欢喜得竟中断采访，边读边解释，还不住地哈哈笑着夸赞说：“我的民警能把这么辛苦的工作，干得这么富有诗意，真是太让人感到欣慰和幸福了。我发现，我又发现了一个人才。”

非常幸运，在采访即将结束时，王东升等外出办案的民警正好回所汇报情况。我便有幸得知，王东升之所以在那么紧张的办案途中，还想方设法地编发出那么多诗情画意的报平安短信，就是因为他们出发时，袁所长那个“想起来就叫让人心痛的眼神”，当然还有大家都知道的袁所长的身体状况。

王东升说，他们出发那天，恰好是今年年初济南雾霾最重的那一天，能见度比网友们调侃的“站在你的对面，却看不清你的模样”还要糟糕。但法院开庭在即，他与另一位民警丁立建不得不驾车外出办案。

袁所长一如其他民警出差一样，把他俩送下楼，又把他们送上车，反复叮咛他们：一定要多注意安全，哪怕慢一点，也要安全第一。我在所里静候你们的佳音，等你们完成任务，平安归来。

“那份担心、不舍和些许无奈，让人一看就觉得特别感动和心痛。”王东升说，在那之前，他从来没见过这种情景。因为“袁所长在所里，从来没有精神不振过，始终如一团火，身先士卒地领着大家干，跟着大家干。”

于是，他决定每到一地或每完成一项任务，都用诗意浓浓的语言发条短信，“只为及时报平安，免得所长把心担”。

虽然很忙，袁所长不能一一回复，但这几条回复还是让出差在外的民警百倍温暖和鼓励：

“好的。挺有才!”

“啥时回?”

“日照收获丰，警务诸事通。路远慢慢行，祝愿平安归。”

王东升便豪情勃发地再互动一条：“锦江二零一房间，闹钟定到六点半，醒来推窗向外看，阴霾雾气全不见。身从石臼踏归程，心感天公也知情。入眼极目万里空，盼与所长会泉城。”

9

面对采访，袁超群常会羞涩地摇摇头说：离组织上的要求还差得很远，离群众的需要也还有不小的距离，何况成绩是大家一起努力取得的，她实在不敢贪功。

因为她不是“铁人”，甚至连父母为她取名时所寓意和希望的“超群”之人也不是，她“只是一个普普通通的人”。

虽然在采访中，袁超群所长也会呵呵地笑着自嘲说，她有时也发现自己太善解人意了。说这样不行，太累！

可转眼间，她就满脸甘之如饴地甜笑着说：虽然所里的工作千头万绪，但孩子上学、亲人患病等，对一个家庭来说，就是一件天大的事儿。再忙再难，她也要尽一切可能帮帮民警。不可能事事如愿，起码可以像一个老大姐那样，与所里的兄弟姐妹们共同去面对。

“只有把民警的后顾之忧解决好了，民警才能有更多的精力和更好的心情服务群众、干事创业。选择了前方，就只能风雨兼程。是这样吧？”

看着比一年前第一次采访时又清瘦了不少的“铁人”女所长，我只能在用力点头的同时，默默地祝福她，如她的微信个性签名那样：健康！平安！快乐！幸福！

原载《中国作家》2013 年第 6 期

一个帕金森病患者的漫漫求医路

黄 强

1. 我得了一种怪病

我得了一种奇怪的病。一开始我还以为自己有了特异功能呢!

那天上午，无意中我将手按在了桌面上，桌上的茶杯居然跳了起来，跳舞一般。我十分惊讶，又如此这般地试验了几次，还是这样，几个好奇的邻居也学着我的样子把手按在桌面上，而茶杯则纹丝不动。人们纷纷关注起我这双与众不同的手来。他们抓起我这双神奇的手，反过来正过来地研究，并没有发现与别人不一样的地方。我开始扬扬得意起来，一遍遍给闻讯来看热闹的人表演着特异功能，甚至还引起了不小的轰动。可怎么也想不到的是，正在我不知天高地厚地竟然嚷嚷着要去上海申报吉尼斯世界纪录时，我的手开始了不由自主的震颤。先左手，后左腿，再右腿，最后全身性地颤抖起来。

我患上了讨厌的可怕的挨千刀的帕金森病！从此我掉进了万劫不复的深渊。

这个病以震颤为主，大面积不停地颤，不由自主排山倒海地颤。颤得人六神无主，颤得人心慌意乱。不仅是震颤，还行动迟缓，处处行动比人家慢半拍。全身僵直，面无表情，呈面具脸。我最不能接受的是不能书写，平时震颤得不能拿笔，好不容易拿起笔来，写头几个字还勉强可以，再写下去就不行了，越写越小，直到写得不能再小了为止。所以帕金森病又叫字越写越小症。这下子可苦了我，当时我是市文化局创作室的专职创作员，不能写字还能创什么作？因此我痛苦万分。这真是一种奇怪的令人不可思议的病！

公元 1817 年，英国医生詹姆斯·帕金森第一次准确地系统地描述了这个病的症状，因此这个病被命名为帕金森病。

这是 1987 年的事，那一年我三十一岁。从此我踏上了长达二十七年的漫漫求医之路。

2. 诊断病情费尽周折

看病，先从省城的大医院开始。这是一家赫赫有名的医院，是一家医科大学的附属医院，招牌大，底气足，是老百姓看病的首选医院。来这儿看病的人很多。我花了一个多小时的工夫才挂上号。赶紧跑神经内科门诊，那儿已经是人满为患。我排了个 63 号，上午是看不上了。我在医院里待了整整一天，直到临下班时轮到了我。

这是一个须发皆白的老大夫，有人称他主任，想必是经验丰富的老大夫，排了一天队能够碰上一个好大夫也值了。

谁知这个大夫太不像话了，他简单地问了一下我的病情，扯过挂号证就开了两张单子。一张去做磁共振，一张去做 CT。手一挥就把我挥走了，让明天来拿结果。

第二天一早我早早地赶了过去，又找到了那个大夫，没想到他匆匆瞄了一眼检查结果又刷刷地开了几张单子，又是 B 超又是心电图还有肌电图血液化验，统统检查了个遍，直到一周后我才拿到了所有的检查结果。又找到了那个大夫，他拿起这些检查结果随便地看了看，说，小毛病，面部神经麻痹而已，做做理疗就会好的。于是，我在这家医院做了两个月的理疗。两个月的理疗过去，一点效果也没有。

我当然不死心。又到几家大医院挨着看了个遍。每个医院都是开上一大堆各种各样的检查单。我说我刚在其他医院做完检查，不用再做了吧。医生们总是不理，照样开单子做各种检查，可奇怪的是没有一家看透我的病，给出一个正确的诊断。是马虎不认真，还是医术不精？还是我的病太特殊不好下结论？总之，直到今天我也没弄明白这个问题。

看了一圈儿病，也没看出自己是啥病，我不由得心灰意冷。我这病复杂而又棘手，看样子是没救了！

实在没咒可念了，我跑到新华书店买回一大堆医学书，关起门来研究了三天，才认识了这个帕金森病。为了验证真伪，我又去药店里花八角钱买了一瓶安坦，打开药瓶就吃了两片，没想到还真的有效。从此我就和这个帕金森接上了火，一场惨烈的战斗打响了！

3. 偏方治大病？

民间流行着这样一句俗话，偏方治大病。这是一句充满诱惑的极富挑逗色彩的谚语。越是治不好的病，越是疑难杂症，这样的偏方验方就越多。而且到处流传着某年某地某人，得了不治之症，去大医院里一检查，说是肝癌晚期，顶多还能活三个月，人家打听到一个偏方，病人刚服用了一次肝部就不疼了，三剂药下来病就全好了！说得有鼻子有眼，不由你不信。中国五十岁以上的人群中每人大概都能讲一两件偏方治大病的病例来。

我咋就没这么幸运呢？

根据我的病况，亲朋好友也介绍了不少偏方，我都认真地实践过了，怎么这样灵验的在别人身上一试就爽的偏方一到了我身上就不管用了呢？

比如天麻炖乌鸡，我一连吃了十只，吃完了一点作用也没有。是没严格按照偏方所规定的程序办呢？还是自己备料不精、偷工减料了呢？我仔细地核对了偏方上的操作规程，没错呀？我百思不得其解。

再比如焙蝎子这个偏方，要求用清明节前后抓到的公蝎子，然后用烧热的青石板焙干，再把一个丝瓜瓤子烧成灰，再用一个鸡蛋清把这两种东西调和起来，再用刚出锅的香油炸成饼子，隔天夜里十二点用白酒送服。这个药方很奇特。为了不折不扣地执行这个偏方，我跑到二百公里以外的沂蒙山，在清明节这天爬上了蒙山，抓到了十几只肥胖的公蝎子，当然是野生的。朋友给我人工养殖的我没要。结果是我服用后，没有一点效果。我无可奈何地认为，这是我不适合这个偏方所致。于是我就四处打听适合我的对路的各种偏方，有一个偏方，居然是吃鹅蛋，要一气吃三个。操作规程是：将三个鹅蛋用红糖水煮上，煮得半生不熟，这要掌握好火候，煮生了，不起作用；煮熟了，影响药效。这个偏方熬制得艰苦卓绝，因为谁也不知道应该煮几分钟。是生是熟全凭感觉，这下子可愁坏了家人，一家人集思广益，终于想出了办法。那就是多买两个鹅蛋，放在同样大的火候的另一个锅里煮，煮得差不多了，就把实验锅里的鹅蛋捞出一枚，打开看看生熟。

而服用这个偏方更是惊心动魄。本来吃鹅蛋就够免为其难了，还是不加盐只加红糖而且是煮得半生不熟的鹅蛋呢！还要一气吃上三枚，光重量就有一斤多呐！我倒了一杯水放在眼前，吃起了偏方，咬一口鹅蛋喝一口水，喝一口水再吃一口鹅蛋，吃得浑身冒汗四肢颤抖，痛苦万分艰苦卓绝。当吃第二个鹅蛋的时候简直难以下咽。吃第三个鹅蛋的时候我没有一点战斗力了。我这是在干什么？不就是吃两个鹅蛋吗？不就是难吃一点吗？这是一场战斗，冲锋号吹响了，面对敌人你想当逃兵吗？我张大嘴巴，风扫残云一般，发起了攻击，三个鹅蛋很快就被我消灭了。依然没有一点效果。

有多少偏方能够应验？一味地相信传播是无益的，是不可靠的。

4. 有病乱求医

俗话说，有病乱求医。这话一点儿不假。在北京、上海的许多大医院里，我早已了解了我的病情。帕金森病是一种渐进性的病，不论你用什么样的治疗手段，都阻止不了病情的发展。目前人类还不清楚其病因，还没有治愈的办法。人们只知道，帕金森病病人脑子里缺少一种叫多巴胺的物质，现在人类对付这个病的唯一办法，就是服用一种叫美多巴的药，对病人脑子里缺少的多巴胺进行必要的补充。服用美多巴也只能是治标不治本。

我不信这个邪。家人也不信这个邪。都不愿意相信世上还有看不好的病，况且现在医疗这么发达。于是我家里订了好几份健康之类的小报。一看到有关帕金森病的治疗广告信息，就如获至宝，不管离家是三百里五百里，还是三千里五千里，立马出发去求医问药。为了看病，我跑过河北石家庄、安徽蒙城、河南新密等十几个城市，每次都背回一大包中药。吃头几服药时，似乎还有点儿作用，吃着吃着就不行了。我自己就想，这可能是服药量不够的原因吧？于是就不敢懈怠，一天一服长期服用。我计算了一下，那段时间里我不间断地吃中药，一共吃了将近二千服。这就等于我每天吃一服中药，吃了整整六年！有句话说得好：不由你不信神，那是家里没病人。这句话生动具体地描述了病人以及家属被疾病折腾得无可奈何抓着最后一根救命稻草时的心情。在这里，我们就不要求他们思想觉悟不高以及迷信思想作怪等等，他们不幸得了这个讨厌的病已经够倒霉的了，他们愿意关起门来信一下子，又有什么不可以的呢？

我也是抱着试试看的想法采用迷信手法治病的病人之一。我也烧过香、拜过佛；也找神汉巫婆看过，但从没起过作用。有一次朋友在离我家有二三里地的小村庄找到了一个神婆，并说这神婆如何如何灵验，把省里的大干部的病都看好了！如今她家里香火很旺盛。都说是近水楼台先得月，你家离神医这么近你沾大光呐！我一大早就去了神医的家里，我以为我应该是第一个来看病的病人呢，谁知来到神医家一看，早已排了一条长长的看病队伍。虽然我可能得排上几个小时，但我的心里很高兴。这说明了神医不是谣传，我对这次看病抱有十分的信心，我的苦难终于到头了。终于轮到我了！女神医让我坐在她面前，然后扬起双手打我的耳光，左一下子，右一下子，热辣辣地打了一阵子，又点燃一支劣质香烟让我一边吸一边赶快往家里跑，千万不能回头，也不能让烟熄灭。如果这支烟灭了，对我的病情将是毁灭性的打击。还算可以，谢天谢地，我终于到家，而那支烟刚刚吸完。然后我躺在床上细细地品尝神的力量。

然而很不幸，我没有体会到一点儿来自天国的信息。我觉得很绝望。

这时候我看到了一个录像，录像很神奇，片子讲的是青岛有个胡仙，专为人看疑难杂症。里面有这样一组镜头：几个坐轮椅的偏瘫病人找胡仙看病，胡仙过来在病人肩上使劲拍了几下子，说你哪有什么病？胡说八道！病人是个三十岁左右的小伙子，已中风不能走路三年了，一听见胡仙的话就笑了。他说我偏瘫已经三年多了，你居然说我没病，这不是睁着两眼说瞎话吗？胡仙也笑了，我说你没病你就没病，不信你就走几步看看？小伙子不走，自己瘫了三年，北京上海的大医院全都看过了，没有一个医生能使我站起来，你却说我能走路了？这真是奇了怪了！胡仙这时突然生气了，说小伙子你怎么一点悟性也没有哇？这病我真的给你看不了了！小伙子这时有些明白了，连说我走我走，一使劲竟然颤颤巍巍地站了起来，这时早已是掌声一片。掌声中，那个小伙子居然往前走了几步！虽然不太稳，但毕竟是站起来了还走了几步。掌声雷动中，那小伙子越走越快越走越快最后竟然小跑起来。所有的人都目瞪口呆！录像又播放了几段类似的例子。我看得心跳加快，热血沸腾，全身燥热鼻尖冒汗。这女人简直神了！连偏瘫都能治好，小小的帕金森当然不在话下。我亢奋起来，马上调动青岛的朋友打听胡仙的情况，让他们无论如何也得打听到胡仙的住址、电话之类。可青岛有近千万常住人口，凭空找出一个人来，无异于大海里捞针。有朋友说，胡仙很忙，找她看病得一周前预约，找到她的秘书登记交款办好手续才算挂上了号，至于等几天，那完全凭运气了，到时候会有人通知你的，也许六七天，也许十天半月，总之你得有耐心。

我急得像热锅上的蚂蚁，为了不耽误时间，我从济南早早地来到了青岛，就住在朋友家里等。这一等就是二十多天。

终于等来了好消息，胡仙答应第二天为我看病了！我激动得一夜没有睡着，第二天一大早就和朋友一起驱车来到某局的一个小招待所里，环境十分简陋。听说胡仙习惯于打一枪换一个地方，在哪儿也不超过三天。

来的人很多，都是来找胡仙看病的。我很幸运，中午就叫到了我的号儿。只见一个四十岁左右的中年妇女坐在沙发上，穿着打扮与常人无异，看不出有什么仙气儿。由于事前我没有吃药，浑身就震颤起来。胡仙站了起来，走到我面前，说了一句，你病得不轻啊！二位是文化人吧？怎么也相信我这雕虫小技？我们忙说久闻老师大名，一直想来拜访，找不着门路好不容易人托人脸托脸才见到真主。胡仙冷笑了一声，走到了桌子跟前，从桌子上摸出一块饼干，一下子扔在桌子底下，轻描淡写地说，你用嘴把饼干叼起来吃了。不要用手。

我一下子呆住了。这是干什么？看我不知所措的样子，胡仙很满足地又扔了一块饼干，她说让我像狗一样趴在桌子底下去吃那两块饼干。如果我跪下爬过去我就不是人了，那就更不要提什么尊严了！什么狗屁胡仙，她哪是在看病啊，她是拿着病人尊严开一个大大的玩笑，然后耍你戏弄你。

如果看不好病她就说你放不下架子，我的头不禁一阵发热，一股火冲向脑门。浑身震颤起来。望着胡仙那皮笑肉不笑的样子，心里想还到处寻找她呢，还人托人脸托脸地拉关系走门路呢，还把她当成神灵了呢！原来是个江湖骗子。我盯住胡仙，两眼发出鄙视的寒光，我一字一句地说对不起了，今天这个病老子不看了！胡仙很吃惊，她大概看病看得一直很顺，还从来没碰见过这么强硬的病人呢。找她看病的人，个个都是赔着笑脸毕恭毕敬，有求于胡仙格外开恩，大发慈悲，大气儿不敢出，哪有这样顶撞胡仙的呢？这时过来了几个保安人员指指戳戳地向我走了过来，就要动手。胡仙站了起来，大概她也不想把事情闹得太大了吧？她挥了挥手制止了保安的进一步行动，拿出一副大人不把小人怪的态度，放过了我们。

5. 我到蒙城去看病

忽然传来消息，安徽蒙城出了一个神医叫王三右（化名），这是个了不起的人物，堪称奇人。他发明的药能治百病，连尿毒症、癌症都能治好。他已向卫生部门递交了报告，要竞选下　年度的诺贝尔医学奖。

于是我和妻子一起坐上了去蒙城的长途汽车，又换成机动三轮一路颠颠簸簸来到离县城二三十里路的一个村庄，在一个场院里有那么几间破屋，进屋后我们看见用几根木棒顶着后墙，看样子房子随时都有倒塌的危险。

这就是王三右的医院。

王三右就在这个破得不能再破的医院里接待了我们，我告诉王三右我们是从山东专程来找他看病的，他对我们非常冷淡，当他听说我是作家时马上改变了态度，立即热情起来。他说看病不着急，你们先在我这里住下来，先参观一下我的医院，了解一下我的与众不同。他从抽屉里拿出一盒药膏说，这是他在自己身上试验了二千六百四十七次才试验成功的一种药，不论是烧伤还是烫伤还是创伤，一抹就好绝不感染。他发明的这些药品的确与众不同，比如治疗咽喉病的药的服用方法就和别的不一样，他是把药放在煎饼里卷着吃；他发明的戒烟药，戒烟的办法是竟然是抽烟，把他研制的药水滴在烟卷上，据说抽上一支就再也不想抽烟了。

我没有忘记我自己是来看病的，就问有没有治疗帕金森病的药呢？能不能给我治治病呢？他爽朗地笑了，说能治，尿毒症癌症我都给治好了，别说你的小小帕金森病！我高兴得差点跳了起来，走南闯北遇到了几十上百个大夫，一说是帕金森病没有一个不摇头的，他却大包大揽。是他的医术确实高明还是其他大夫确实治不了这个病？我的心里在打鼓。

接着我们又参观了他所谓的病房，病房其实就是农村炕烟用的屋子，连窗子也没有，门是一个破门框上面用塑料布钉上的，地上随便铺着几张破席，就算是病床了。几个病人躺在那里愁眉不展，我蹲下问了问其中一位病人他治疗的情况如何，他声音微弱面色憔悴有气无力地告诉我们，他是来自新疆的尿毒症患者，听说这里有神医专治这种病就千里迢迢地赶来了，来到这里才感到和想象的完全不一样，我们来了十多天了，就给打了两次针也没有其他什么治疗手段，病一天比一天重，我们现在正不知如何是好呢！

我的心一下子就凉了半截，妻子坚决不同意我在这儿治疗了，说这里根本不具备最起码的治病条件，这等于拿着生命开玩笑。王三右不管三七二十一领我到治疗室里，拿起一个针管安上有十几公分长的针头，让我扒下上衣趴在一条长凳上就要开始注射。妻子一把把我拉了起来，她从心里接受不了这种治疗方法，并说咱不治了，打死也不能在这里治病。我抬头看了看那针头和针管确实够吓人的，我见过农村给猪治病才用这种针头呢。我问王三右出不了人命吧？王三右笑着说，你的病还没到非治不可的程度，等到了那个程度你就该求我给你打针了！你从心里还是没瞧得起我这个乡村医生。我这药是我用了一生的心血，实验了二千六百四十七次才实验成功的，你看到的病房里的病人都好多了，用不了一个月他们就会活蹦乱跳地从这里走出去，你说我这二六四七灵不灵？王三右笑着掂着针管在屋子里来回走了几趟说，打还是不打你们定，我这一针一千多元钱呢，别人求着我打我还舍不得呢。

我不知哪来的横劲，大概是治病的心情太迫切的缘故吧？有一种上刑场的豪情。我大喊一声这针我打定了，谁也别拦我！拦我也没用！病没长在你身上你不知这病有多痛苦！

接着就开始了注射，原来针头不是直着下去而是横着在皮下穿过，并没有想象的那么痛那么可怕，在背部一共扎了九针才算完事。

第二天一早我们离开了蒙城。从第三天开始我每天接到王三右的一封电报，电报只有四个字，接电速来！一开始我觉得王三右是在开玩笑，所以我没有答理他，谁知他一天一封连续十几天封封都是相同的内容，我坐不住了，我注射了针之后身体上没有任何反应，我想再走一趟当面问一下是怎么回事。于是我单枪匹马第二次来到了蒙城。

按照约定我们在蒙城县委招待所见了面，他说之所以急着让我来是想借我的手给他写一篇报告文学，他说：出名这个东西很诱惑人，我做梦都想出名，名利是联系在一起的，有名就有利，有利就有名。我知道你们写文章的人都喜欢细节，都喜欢出人意料，所以我做事都是反过来想，给写文章的人制造情结。这时我想起来了，就要倒塌的医院没有窗子没有床的病房、险象环生的二六四七、会抽烟的戒烟药还有无病不灵的魔膏，这一切都是用的计谋。都是为了今后出名而有目的的前期准备。王三右可以说是一个有心之人。这些细节十分生动，对搞文学的人、写文章的人来说都是可遇不可求的。换句话说，这些都是文章的血肉，是不可缺少的材料。

写好这篇文章还有一个重大的事件，那就是王三右想申报诺贝尔医学奖，这是一发重型导弹。你想想吧，一个乡村医生竟然要申报世界最高奖，这本身就是一个重磅新闻。这背后有多少故事就不言而喻了。说起这个事的时候，王三右得意扬扬，为自己的创意和策划喜形于色。

王三右个头不高，穿着不太像农民，留着一头长长的卷发，脑袋比一般人要大。我不知道他那大大的脑袋里装的是什么，你要看病就在属于你的乡下看病就是了，搞什么二六四七呢？你搞二六四七就在乡下搞吧，申报什么诺贝尔医学奖呢？看来王三右是一个不安分的人，这跟他挣钱为了出名，出名为了挣钱是一致的，这是他做人的信条。我说诺贝尔医学奖的申报材料现在在哪里？是在县卫生局还是在市卫生局还是在省卫生厅？王三右摇了摇头笑着说，材料报到哪个环节这并不重要，重要的是我报了没有？我一头雾水。

他说这你还不明白吗？诺贝尔医学奖是全球医学界最高奖，谁如果得了这个奖一朝出名天下知，且不说能得一笔丰厚的奖金了，你将是世界名人了，名誉将终生受用不尽。我王三右何德何能能得这样的奖？我申报诺贝尔医学奖不过是忽悠他们一下，再说诺贝尔医学奖是瑞典皇家科学院主持评的奖，根本不会接受来自中国的官方卫生部门的推荐。

我瞪大了眼睛说，那你为什么还报诺贝尔医学奖？他说这不是给你们这些写文章的人提供资料吗，讨论来讨论去讨论到这篇文章的标题上，我说就叫《蒙城有个王三右》，王三右突然激动起来，说这个标题好，不过气魄小了点，就叫《安徽有个王三右》，不不不就《中国有个王三右》好了。我这几天翻阅了你写的几篇报告文学，写得还不错，我出名的任务就交给你了。王三右说着就把随身带的一个小皮箱打开，我仔细一看竟是一沓一沓的百元大钞，装得满满的一箱子。他说这是你的稿费和发表费，共计五十万元，我知道现在发表文章都要版面费。可以理解可以理解。说着他就把小皮箱给合上了。

现在我有两样东西攥在他手心里，他正在使劲地控制着我，一是看病，他不提给我看病的事儿，我一提看病他就不高兴，说你怎么办事像个娘们？俗话说病来如山倒病去如抽丝，你的病我保证给你治好，你就把心放在肚子里。二是他掌握着财政大权，一切都得听他的，根据这几天我对王三右的了解，他一定会插手文章的写作，什么事如果不按他的路子走他是不会认可的。这文章可就难写了。《东方红》里有一句中国出了个毛泽东，这如今他不知天高地厚，竟然弄出了个《中国出了个王三右》，真是让人目瞪口呆，哭笑不得。

在招待所里半夜发生了一件事，让我对王三右这个人感到极不踏实，有一种上了贼船的感觉。凌晨两点钟，我睡得正香，王三右突然把我从梦中叫醒，说咱得走，这里很不安全，我感觉有两个可疑的人在跟踪我们，咱得赶紧走。我迷迷糊糊地跟着他转移到了另一家宾馆，谁知他过了不到一个小时，他又起来，说这家宾馆也不安全，又要换宾馆。简直是个神经病！我受不了了，不得不考虑这次蒙城之行的必要性，甚至连找他看病都是一个错误。我不得不考虑撤退的问题了。想想吧，一个这样神经兮兮的人，搞了谁也说不清疗效的所谓新药，挣了一箱子钱，又想花钱买名声，取得人们的信任去挣更多的钱。

其实他的药有没有疗效还得两说着呢。我自从打了他的二六四七，一直在慢慢体会着神针的效果，结果是没有一点变化。他还说三天就见效，一个月大有好转。这都快两个月了一点感觉也没有，使人对他这个二六四七产生怀疑，至于报告文学的写作更像一个陷阱，巧设机关，又是诺贝尔医学奖，又是二千六百四十七次实验成功的神针，又是百病皆治的魔膏，这一切都像精心设制的一个骗局。

天不亮我悄悄地起来，悄悄地赶到汽车站，搭上了开往山东的长途客车。

不久从蒙城传来消息，王三右的诊所被查封了，警方将好几箱子假药封存，魔膏被定为假药，取消王三右的行医资格，其实王三右根本就没取得过行医资格。

6. 一进洛阳城

时间到了二十世纪九十年代，社会上掀起了气功热。一时间，各种各样的气功这时候闯入了我的视线。

×功以简单易学治病效果好而轰动全国。据说全国练×功的人数已超过三千万人。这些气功无论是千变万化，有一点是不变的，就是称自家气功能治病救人。我注意到了，×功的疗效与众不同，比如厂长某某人得了心脏病，眼看着不行了，经过练了二十天的×功，病就好了。焦作市某国营制药厂厂长研究了一辈子的糖尿病，没想到晚年自己得了糖尿病，这个药厂厂长不服气，开始了全国性的求医问药。消息迅速传了回来，偌大的中国居然造不出哪怕是一种治愈糖尿病的药来。他只好服用降糖药，可降糖药也不如意，不是降糖效果不好，就是副作用太大，他只好频繁地换服降糖药。结果是血糖没降下来，又诱发了并发症。他简直是绝望了！没想到×功这时来到了这个城市，他悄悄练起×功来。每次练完都觉得神清气爽，于是他产生了见一见×功大师的强烈愿望。

不顾家里人的强烈反对，他让儿子开起车就去了洛阳。下午到了大师的家，儿子扶着他从车上下来，才走了两步，就觉得有一股热浪从大师家里迎面打来，把他全身的经络全部打通了。他对儿子说，今天不去大师家了，大师家里一定人很多，就不麻烦他了。儿子很奇怪，为了看病，千里迢迢地来了，来了却不进门，这老头儿弄得哪一出啊！更想不到的是，他让儿子把车开到医院，到了门诊部查了个血糖。一会儿工夫，结果出来了，血糖正常，一切指标正常！老头儿号啕大哭起来。

真的？假的？真的假的不知道，反正是书上报上全印着呢！说得有鼻子有眼你不信也得信。我说过，得了病的人，特别是得了重病的人最容易轻信。他们往往把哪怕是一点点好的信息扩大几倍当成救命稻草。我也不能脱俗。人说不由你不信神、那是因为你家里没病人就是这个道理。

于是我拼命搜集×功的资料，越搜集越对×功充满了信心。×功的唯一传人T，人称T大师，住在河南洛阳。我下了决心，一定要找到T大师！我仿佛把赌注押到了大师的身上，他一定能手到病除，治好我的帕金森病。当然，我也不会让他白出力，我除了缴纳学费以外，还会为他写一篇文章，详细报道他为我看病的整个过程，现身说法，T大师一定会十分高兴我这样做的。

于是千里迢迢，我坐了十三个小时的火车到了洛阳。

洛阳地处九州腹地，诸水贯流，土地肥美，雄关林立，据说重庆气功大师严新应邀到洛阳讲学，他一下火车眯着眼打量了一阵古城山水，马上后悔不迭，这儿锦山绣水，气势不凡，当是出人才的地方，也是出气功大师的地方，我是班门弄斧呢！没过几年，果然被严新言中，×功大师毅然出山。

下了火车，我打了一辆出租，刚刚说出T大师的名字，驾驶员立即心领神会，准确无误地把我送到了T大师家门口。

T大师的家是和左邻右舍没什么两样的普通院落，院子东西窄长内有两道短墙隔成一个小院。小院里有两棵枣树、两棵梧桐树以及两架葡萄。最前边的是两间平房，一间住人一间作为过道。后院里则是一孔窑洞。大师就住在这孔窑洞里。不过，我第一次去洛阳，不仅没有进入后院，连前院也没进去。换句话说，我连大师家那两扇黑漆大门也没敲开。

大师家门口有个约八平方米的一个平台，有十几个邻居摆着小摊，出售一些×功练功磁带、大师画像以及据说是带有×功信息的像章、手帕、装饰物等，成为闹市一景。我问了一下，由于此时的洛阳没有办什么×功的大型活动，每天来洛阳的功友不过几百人，属于生意的淡季，但每个摊点也能挣个三五十块的钱。要是旺季每天挣个八百上千的也是常事。一个摊主告诉我，这条街上的居民大都摆摊设点，再就是腾出几间房子或窑洞摆上几张床就是旅店，为×功爱好者提供方便。来这儿的不少人无缘得见大师，但能在大师隔壁住上一宿，也就了却了一桩心愿。

我在大师家门口守着，一动也不敢动，甚至不敢上厕所，我怕撒尿的工夫失去了见大师的机会。大师没有来。没有人告诉你大师什么时候来。一直等到晚上八点钟，这扇黑漆大门就没有一个人出进过。

大师很忙。大师没有时间接见你。一个从北京来的名叫马丽娟的功友在这儿已经住了两个月了，她是两腿长满了牛皮癣，久治不愈，听说用大师发过功的信息水一擦就好了。两个月以来，她天天在大师门前徘徊，每当门开了有人进出，她都上去希望能进去这个门，可都被人粗暴地挡住了。马丽娟有的是耐力和信心。看来直接从这扇黑漆大门里闯进去的可能性是微乎其微，我想，只有智取，不能强攻。求医的路上自然充满了风雨。你得了这么严重的病，要想治好它你当然得付出代价。

7. 二下洛阳

我连夜赶回了家。翻阅了大量的资料，结合我所见所闻，写出了《×功：千古难解之谜》的文章，交给了一家报社，没想到报社正缺这样的稿子，第四天就印了出来。

我立即用特快专递给大师寄上一份，且将这篇文章的稿费一千两百元悉数寄上，以表自己对×功的支持云云。并且用不容置疑的口气说自己三天后将带秘书前去采访。

大师哪受过如此忽悠？三天后，我一敲门，立马就有人为我们开门，我和助手小郭一起被领到后院，进入了一孔窑洞里。这窑洞分里外两间，外间简单地放着一套简易沙发，我们就坐在沙发上，开始了我们的采访。

大师须发皆白，一米八左右的个头，一身西装显得很有风度，不太像个闯荡江湖之人。一开始大师就讲了自己出山前后的情况，半个小时后，我开始不由自主地震颤，而且越来越严重，以至于到了端不起茶杯的程度。我心里想，我是来采访的不是来看病的不假，可你打着普度众生治病救人的旗号，不能光说不练。这时我震颤得更厉害了，别说是记录了，我连笔也拿不住了，只好从包里拿出录音机采访。我心里说，这病你看是不看全在你。大师没有理睬我，仍在那儿滔滔不绝地接受采访。我的心有点凉。

不知怎么就扯出了延安的话题，大师突然站了起来，往墙上一指说你们看见了吗？墙上有个宝塔在闪光！我抬头一看，挺白的一面墙什么也没有啊？大师说你看这宝塔山多么雄伟在忽忽地放光呢！我站了起来，到那面墙的对面仔细地看，使劲地看，怎么我就看不见那闪着光的宝塔呢？

我没有看见。我实话实说。

你真没看见吗？你看这宝塔山也在放光呢！

我揉了揉眼睛，认真地对着那面白墙看了一番，还是什么都没看见。大师显然不高兴了，说你这人的悟性真差。现在画面更清楚了，你还看不见吗？看不见。我真的没有看见？其实，我是最想看到的。大师曾多次讲过，要想治好病，得给他先沟通信息，信息就像一根绳子，一头在大师手里，另一头已递了过来。你接过来就是了。我却没有这个悟性，愣是看不见，大师怎么给你沟通呢？那个画面我到底也没看见。我的脸红红的，有一种对不起大师的感觉。大师对我还不死心，又指着墙上一片空白，说你看这墙上有一行毛笔字是不是中国 ×功四个字？我抬头一看墙上哪有什么字！难道你还看不见吗？我很为难，说看见了吧，其实是睁着眼睛说瞎话；要说没看见吧，大师这么辛苦，岂不是弄得大师下不了台？

这时我的助手真不愧是助手，鼓着掌说，看见了！我看见了！这是宝塔山，这是延河，这是宝塔，宝塔还闪着光呢！

气氛顿时缓和了下来。小郭说，不过我没看见中国 ×功这四个字，大师，那四个字在哪儿呢？

大师也是见好就收，说其实这就和电视机上的天线一样，有时要接触不良，画面就看不见，有时转动一下天线换个角度就好了。我知道这是大师给我台阶下呢！感谢小郭，他先说没看见那四个字，其实是为我留面子呢！这时候我想起了皇帝的新衣，违心的话到底也没有说出来。回到了座位上，我震颤得更厉害了，以至于不得不中断了采访。大师走到里间屋门口立起一只单掌，口中念念有词，大概有三分钟吧，抬起右手臂往我身上一挥，说声好了！我立马停止了震颤！我试着站起来走了几步，感到轻松多了。我高兴得跳了起来，等回到了宾馆，我立即摸起了电话，把我帕金森病好了的消息传向四面八方。告诉父母，告诉妻子告诉亲朋好友×功治好了我的病。因为大师说过，是中国×功治好的病都要及时地讲出来，告诉的人越多越广泛越好，否则效果就不好。我要了一桌子酒菜，我很激动，我又跳又唱，我的帕金森病哪里也没治好，是×功治好了我的病。据说全国患帕金森病的病人有数百万人之多，我计算了一下，大师的窑洞，一天只能接待二百人，尽管治这种病的方法十分简单，只需大师挥动一下手臂而已。这样算起来一个月下来就能治好六千人左右，一年就是七万多人。那么十年呢？二十年呢？我被这个庞大的数字吓了一跳，又想着来看病的最少有一个病人的家属陪护这又是一个多么庞大的数字。那么是否能带动洛阳市的第三产业的发展呢？间或带动洛阳市的旅游业的蓬勃发展呢？我越想事情越庞大，前景就越迷人，我手舞足蹈，我心花怒放。我决定明天就去面见大师，请他出山救救这些在死亡线上挣扎的帕金森病患者。我想大师这么善良一定会答应的。那么我应立即把这个消息发布出去，让天下的帕金森患者都先高兴了再说。我想这是一枚炮弹能把传统的旧观念炸得粉碎，而且不打针不吃药几乎没有成本，这是一件多么了不起的事情。

不过我兴奋得太早了，我的美梦刚开了个头就结束了。晚上八点钟晚饭还没吃完我的手脚就又震颤起来，而且越来越厉害，把我所有的梦想都打翻在地，我痛心疾首，我欲哭无泪。还传播消息呢，还准备登报呢，还要召集全国的帕金森病人来看病呢，目前的这一切都统统化为了泡影。

当晚我就去面见大师，可是千呼万唤我再也没能敲开那扇黑漆大门。后来我想明白了，我和大师的缘分已尽，我已不可能再面见大师当面问询那些千奇百怪的问题了，比如帕金森病×功能不能治好的问题。

我只好打点行装一步三回头地离开让我兴奋又让我失望的伤心之地。后来经过查阅资料才知道大师挥手治病只是一个巧合，帕金森病在治疗过程中往往会出现开关现象，有时瞬间就打开了，震颤麻痹都不见了，有时正好好的突然间又是麻痹又是震颤全部向你袭来，这就和电灯开关一样，有时开了有时关了，这是瞬间之事。

后来我有意无意之间十分关注来自洛阳的消息，老实说有关大师的消息凶多吉少，有传言说大师在郑州、石家庄等地举行带功讲座均未照章纳税，仅在北京工人体育馆就售出了七万多张票，金额达百万之巨，也未纳税。全国呢？这几年他一直没闲着，加起来这个数字一定很吓人。

不幸的消息不断传来，内蒙古赤峰市举办 ×功讲座，本来是请大师或大师的儿子前来开讲的，怯于大师太忙，儿子也不清闲，没有工夫前来助兴，赤峰市 ×功委员会只好起用本地资源了。由本地 ×功委员会负责人主持开讲了，一开始还算顺利，广大功友群情振奋，场面热烈，不少功友感觉到全身轻松，香气扑面，几个下肢瘫痪的功友也跃跃欲试，看样子马上就能站起来走路了。这时台上却出现了天大的情况，主持人突然趴在桌子上没了动静，过了好大一会儿有人觉着不对劲儿了，就到台上去叫他，怎么也叫不醒他。大家慌了神儿，把他平放在主席台上又是掐人中又是做人工呼吸，怎么也无济于事，不一会儿 120 救护车赶到了，拉到医院抢救，但无力回天……

这事也算是丑闻了，万万想不到的是，×功的唯一传人、当今的 ×功大师也紧随其后一命呜呼了。大师那天刚从美国访问回来，由于时间安排得太紧，大师有点累，又是接见功友，又是拜访政要，忙得不可开交，从美国匆匆回来，由于大师没能得到充分的休息，劳累过度导致突发脑溢血不治而亡。大师在功友的心目中是神化了的一个人物，他是不会死的。他这一死显得极不自然，极不合理。他怎么能死呢？他不应该死，也不能死，他死了带走了那么多不可取代的传奇和传说，给了 ×功一个毁灭性的打击。大师有三个女儿和一个儿子，这天晚上被匆匆接到北京，看到了父亲的遗体，儿子儿媳女儿女婿全都震惊了，全都蒙了，巨大的悲痛排山倒海般地袭来，他们真的无法承受，极度悲痛之后，他们不得不面对现实，他们开了个紧急会议决定：

一、封闭消息，秘不发丧。

二、一切有关 ×功的活动暂时停止。

三、立即行动起来清点资金财产。三天后一个月黑风高之夜，一队人马出现在洛阳市寇圪街上，大师的遗体用一个小型单架抬着，悄悄抬往墓地，秘密安葬了。至今已经近二十年了，这二十年来大师家的门再也没有开关过。

二十年后我再次到大师家去过一次，两扇大门紧闭，我从门缝往里看了一会儿，里面荒草萋萋竟有一人深，一只野猫在里面窜来窜去，风吹着起伏的茅草，诉说着如今的荒凉。

8. 两个宇宙人

那是上个世纪九十年代中期的事情，天刚黑了下来，我的一个很要好的朋友打电话告诉我说宇宙人来了，现在就在他家附近的宾馆里。这宇宙人好生厉害，上知天下知地中间知空气，总之世界上没有他不知道的事情。不管是过去的还是现在的，乃至将来的他都知道得一清二楚。我问朋友这事靠不靠谱，如今的骗子太多，我光气功大师就见过五六个了，这又突然冒出来了个宇宙人，说实话我觉得有些滑稽。朋友说别管那么多，万一能把你帕金森的来龙去脉说清楚，然后再告诉你世界上有没有治疗你的病的药，这不你的问题就解决了吗？

我想也有道理，治好治不好咱也去见识一下宇宙人，这不也是一件很有趣的事吗？宇宙人不是谁想见就能见的，能在济南见上一面这就是我和宇宙人的缘分。几经周折我不光见到了宇宙人，还和他们一起吃了一顿饭。我也了解了两个宇宙人的大体情况。原来这两个宇宙人都是内蒙古某地市电视台的工作人员，男的是一名技术员，女的是会计。某一天突然运气降落在了男技术员身上，这里边奥妙无穷。经过一番曲曲折折他学会了谁也听不懂的宇宙语。给他联络的那个宇宙人告诉他天降大任与斯人也，以后宇宙和地球的联系就靠他了。后来宇宙人的业务量太大，宇宙人总部告诉他将给他配一名助手，不久就可到任。果然，一个月后电视台的女会计悄悄告诉他说自己就是总部安排给他的那个助手。从此两个人珠联璧合、天衣无缝。两人进入工作状态以后，男宇宙人就会把需要问的问题翻译成宇宙语，然后把宇宙总部的答案再由女宇宙人翻译成汉语，用笔写出来这才算完成。我对吃饭不感兴趣，一心想结束酒宴看这两个宇宙人如何表演。其实我那时候就能肯定这是两个大骗子，但我没有退出之意，好奇心促使我想看看他们到底如何表演。这时我仔细打量了他们一番，二人均是中等身材，女宇宙人三十多岁的年龄，穿一身西服套装，不笑不说话，给人一种亲切自然的印象。男宇宙人也是西装革履，扎着红色领带，大概四十多岁的样子，满脸严肃，怎么看也和我们这些普通人没有什么不一样。我奇怪地想，一会儿他们将如何表演呢？我担心他们表演时我会笑出声来，把一场闹剧变成喜剧。终于吃完饭了，我抢着结了账，女宇宙人对我赞许地一笑。

表演开始了，女宇宙人拿起一叠稿纸，一支圆珠笔，示意我可以开始了。我却慌了手脚，天下万物有那么多的疑问，我不知道从何问起。眼看着时间一分一秒地过去了，我却这样的不争气，叫人汗颜，尴尬无比。这时我想起了名著《红楼梦》，我问他究竟有没有后四十回？有的话现在在哪里放着？是否能找得到？男宇宙人立即叽里呱啦说起了谁也听不懂的宇宙语来，女宇宙人马上用笔记录了下来。纸上出现了这样几行字，曹雪芹实际上把《红楼梦》已全部写完，后四十回当然还在，就放在北京故宫东北角那个地下仓库里，用一个绿色的铁皮箱装着，完好无损，那个绿色的铁皮箱子有人在上边画了几枝青竹。真是石破天惊，如果是真的，我国的这些红学家们还不欣喜若狂？我又问既然在故宫，何不把它拿出来，让它重见天日不好吗？宇宙人回答，现在是困难重重，不光管仓库的不相信，管故宫的领导也不相信，他们认为你这是神经病，说胡话甚至把你当作破坏分子给抓起来。

我想问点具体的，就问他，我的长篇小说在出版社里何时能够出版？宇宙人回答说，你的长篇小说写得不错，但是还需要修改，修改后才能出版。他这个回答是有问题的。其实出版社今天一早就电话通知我，我的长篇小说已经发排印刷厂了，不几天就可以看清样了。看样子宇宙人说的话也有出入，不是那么准确。我还是十分关心我的工作单位，最近文学不太景气，举步维艰，我就想问问文学杂志的前途，这也是一点私心在作怪吧。于是我问目前文学界是怎样的一种状况，文学杂志前景如何？

宇宙人马上回答，如今由于受电视电脑的冲击，文学的前景不是很好，这是历史的必然选择。刊物当然是首当其冲，读者越来越少，印数大幅度下滑，越来越不景气喽。你改行吧，现在还来得及。看样子这个宇宙人还是了解一些文学的情况。我要问的是我最关心的事情了，我问宇宙人我的病是什么病，能治好吗？需要服什么药？需要多长时间？宇宙人马上回答，你得的是铜中毒症，你前些年一定接触古代铜器，或误服了铜锈之类的铜毒，目前没有特效的办法。我仔细回想，没有呀，这些年我从来没有接触过什么铜器，更没有误服过什么铜锈之类的东西。我告诉了他这一切都没有，这下子得罪了宇宙人，女宇宙人停止了笔录，男宇宙人停止了咿里哇啦的翻译。

我转身走出了酒店。一阵凉风迎面吹来我脑子清醒了很多，真像是做了一场梦一样。不过我十分庆幸，我到底是及时清醒了。

9. 故事并没有结束

文章就这样草草地结束了，生活还没有结束，日子还长着呢，咬着牙往前过。

二十七年了，我患帕金森病整整二十七年了。真的，我没打算活这么长时间，早在二十五年前我在北京一家大医院确诊的时候，那个女权威专家爱莫能助地抱着膀子严肃地告诉我，你这种病是渐进性的病，任何药物和治疗都无法阻止病情的发展。你不要抱有任何幻想，顶多还有八年的时间。陈景润你知不知道？那可是我们国家的宝贝蛋中国的著名数学家。巴金你知道不知道？他是中国的文学泰斗。邓小平同志也是得的这种病，所有中国的顶尖专家都看不好他们的病，连敬爱的领袖毛泽东主席晚年也是得了这种病。这些领袖级的人物专家们都束手无策，别说我们这些平民百姓了。八年，这两个字打击得我对治病几乎失去了信心，简直是绝望了、那些日子我一闭上眼就有一个女医生向我走来，嘴里唠叨着八年啊八年，你做好思想准备了吗？我回到家中一病不起，这样算起来我顶多还有五年时间就要卧床了。卧床后接二连三的并发症会让我离死亡不远了。没想到经过不懈的努力我顽强地活下来了，而且生活得很好，至今还能上班工作。所有我找过看病的专家们知道了我患病这么多年还能工作都说简直是一个奇迹。

总结起来，我有几点体会。

一是家人一起努力，营造一个治病氛围。这二十多年多亏我的妻子，无论是到外地拿药还是到处求医治病，她都一马当先，为了给我针灸每天用自行车带着我，第一次针灸八个多月，连上第二次用了整整十七个月。后来妻子自己学起了针灸，她先在自己身上练习下针，终于掌握了这门技术。从此我就在家里针灸。我晚上震颤得厉害，妻子就不停地给我按摩，这种按摩是那种没完没了的枯燥无味的，妻子实在困极了，就用那种比较宽的松紧带一头缠住我的脚、一头攥在她的手里拉着。我吃了两千多服中药，每天熬一服，这等于妻子两千多天晚上牺牲了休息的机会。我庆幸我找到了一个好妻子。

二是不要相信各种吸引人的花里胡哨的广告。往往这些广告都是夸大疗效，吹得天花乱坠，治疗帕金森在它们那里都是小菜一碟。二十多年来我不知上过多少次当，花了多少冤枉钱跑了多少路费了多少时间。现在我的对付方法是，几个帕金森病友经常到一起讨论交流，聊一聊吃药心得，往往对新出现的药、谁也拿不准的药，先确定一个人首先服用，看效果如何，然后大家再决定用不用。这样果然是个好办法。

三是相信科学，相信正规医院，坚持体育锻炼。我现在就每天都到公园去锻炼，不要怕自己的形象难看，不能让帕金森把自己打倒。我决心再和帕金森战斗二十七年。

原载《中国作家》2013 年第 7 期

养马岛突围

马启代

在去养马岛之前，我对养马岛一无所知，我一无所知的养马岛却在我眼睛第一次遭遇到它时，身心就有了被雷电击中的战栗。有些缘分是命中注定的，无论是人与人，还是人与物。

我知道，对于属马姓马的我，养马岛突然闯入我的眼帘和心扉，不啻于两千多年前秦始皇在人困马乏时忽然听到了远处祥云缭绕的仙岛上传来的一群群天马自由的欢叫声……

一

2008年的6月下旬始，我一直处于四处流浪的旅途中。我们先从莱芜出发，急急赶到日照，仿佛身后追逐着滔天巨浪和万千恶魔，不过两日，我们又萌生了到夫人的老家潍坊找远方亲戚暂时小住的念头。那些日子，我的心在流血，身无定所，惶惶不可终日。我对与我一起出行的夫人说，我们酷似流亡的国王与王后，江山易手，无力反击，只得匆匆出逃，手中攥紧的几枚公章，就是图谋将来复国的玉玺。但只是，随从散尽，银两不足，命运之神一脚把我们踢到了荆棘遍地、四顾茫然的多难现实。正是在去潍坊大巴车的电视广告上，“养马岛”这个名字一下子令我郁闷的内心振奋起来。

“是的，就去养马岛！”我不容夫人质疑地说出了我的主意。

“好啊，你这匹一直狂奔的野马也许就应当到这样的地方去调养。”

夫人在尽力安慰我。这位与我在大学期间恋爱、结婚十八年了也很少结伴出游过的伴侣，不知为我所累还是前世孽缘未了，五年的时间两次入院，心脏上撑起了七个支架。我真不知她该如何面对眼前巨大的变故，她也许真的希望这样的地方能安顿我们的身心，让我们尽快地度过突如其来的劫难。

而在我心里，甚至萌生了如果可以就终生隐居于此，学着打鱼撒网、开荒种地、勤于农桑、敏于诗书、远离是非名利的念想。倘如此，如果960万国土上还能找到这样一个地方，我想最适合我的，也许非养马岛莫属。我相信，夫人会与我相依为命，男耕女织，终生不渝。我会在这里重新活过，并营造出自己的“桃花源”。

看着她鬓角些许的白发，以及车窗外越来越浓的暮色，我的心多日来第一次感到椎心的疼痛。

自1988年大学毕业整整二十年了，我先是从教，而后从商、参政，期间爱好文学，笔耕不辍，连续出版过十七部诗文集，入编《山东文学通史》，是当时莱芜市首批专业技术拔尖人才和最年轻的处级干部，如果不是顺从内心的渴望和潮流的推动，我的人生肯定会是另一种轨道。但生活是无法假设的，这腔血、这身胆、独一无二的个人秉性都只能是与众不同的“这一个”。我经受过孤儿寡母的艰难岁月，我有能力和精力改写一个底层出身者的未来，而在这样的时代，最快捷、最显赫的方式无疑是做一个成功的商人。我是在“招商引资”的推动和诱惑下一步步登上“经营实业”这艘大船的，而后又在利润的诱使和实业的逼迫下涉入“准金融业”，我是个干事一鼓作气势如虎的人，短短五年的时间，我把自己过去因友情所累不得已入股、平稳经营多年的几十人小厂，一下子改制收购，迅速增资扩股、开疆略土，很快就有了数百亩地、近五百人、资产过亿的规模。但经营企业不是填词作诗，商场如战场而我春风得意把商场也当成了交友的沙龙。我心中的文学情节太重，那是源自骨髓的素养。必然在决策、用人等方面埋下隐患。而我偏偏在骨子里又是个相信现代企业理念的人，整个运营都是按照现代企业的建制来推行，梦想成就一番韦尔奇那样的伟业，而且自己一定会在顶峰期散尽家财、回馈员工和社会。这种对中国社会和中国式经济的认识几乎成为我败走麦城的致命短板。2007 年起，一下子补交高涨两倍半的土地使用税、强制性的员工养老保险以及日益上涨的准备金导致的银根紧缩，把正在铺摊上进的实业带入一个进退两难的绝境。所有应付风险所准备的预案都在经受考验。而我涉足的非实业项目却成为暴利的行业，这正是中国经济的诡异之处。在这里我所指的当然是所谓的投资担保业，我相信中国地市级以下投资担保业的百分之九十五以上的收入和百分之九十九的利润都来自于半遮半掩、半合法半非法的高利贷业务，也就是所谓的民间借贷。这是中国式金融的畸形怪胎。我曾借助它高速发展、设想在新一轮经济风暴前完成企业投资、整合和股权重组。但它是有内在致命弱点的，这是只有内部人才能抓住和实施的爆破。我的风风火火的快速创业、我的口无遮掩的行为做派，终于在 2008 年 6 月 20 日那个黑色的星期五有了报应。上午还假惺惺邀请我赴宴的那家我担任董事长的投资担保公司总经理，在下午三点就完成了对我在济南、济宁、宁阳、莱芜等四地五家企业的资产保全，而他赖以立案的凭据竟然是平时私自留下的债权人为空白的借贷合同复印件。坏消息接连传来，我蒙在雨水中，除了麻木，还是麻木，下午我刚刚按时完成了对所有贷款的付息，生意上我也并无仇家，我知道灾难并不是来自资金链的断裂，但我多年培育的信誉以及所有危机管理的应对都将断送在诉讼中。总经理状告董事长，怎么听都让外人难以置信。但这的确是当时很多人都怀疑的事实。

我能想象出即将到来的日子会是怎样的：银行起诉、客户受损、债权人翻脸、市场变动……而我，还要面对是否与总经理合伙逃避债务的质问。我没有过私念，没有过穷奢极欲的挥霍，在资金不宽裕的情况下盖起的职工食堂、宿舍楼、购置的班车等可以作证，我是个狂热的理想主义者，一个商界的真正的浪漫主义诗人。也许，失败是命定，但如此失败是耻辱。

人在灾难发生的初期都是怯懦的，苏东坡面对刑捕一样手足无措，我也一样，并不怕死，但不愿面对无法争辩的羞辱。所以，我没有恨当时劝我暂避锋芒的人，我也没有悔过当初的出走，我只是想歇一歇，我不会逃避，不想逃避，也无法逃避，因为我有一颗叫作不屈不挠和恩仇分明的心。人们总是爱站在道德的至高点指手画脚，只有身处其境的人才会有真切的感受。何况当初我们还要面对不明真相者不一定冷静的诘问甚至愤怒？我不敢想象自己和夫人如何去应对？

客车急刹的颠簸，把我惊醒，天已经黑了，“烟台客车总站”几个大字没有表情地闪动着，面对陌生的人流、车流和商贩的吆喝声，我仿佛置身上世纪三十年代的大上海，饭馆里飘出的香味告诉我，我们已经一天没有吃东西了。但今夜赶到养马岛的决心让我们把饥饿几口就咽了回去。当夫人打听到养马岛就属于牟平区时甚至有了喜出望外的兴奋。她拉住我的手就去买票，最后一班去牟平的车，去养马岛的已经没有了。

“到了牟平，我们先住下。”夫人说。

“不，我们打的也要去住养马岛！”我开始有些激动了。

二

第二天，我是被黄海的波涛摇醒的，黄海的波涛一定来自太平洋，然后我睁开眼睛就可以拥抱来自广阔海洋咸腥味十足的问候。这是让灵魂服帖的开始。一个山里长大的孩子，熟悉松涛的音韵和山溪的脾性，尽管血脉里不乏梁山水泊的浩渺狭义，但我真心地向往着大海，特别记得大学一年级的中秋晚会，我们班是在泰山脚下黑龙潭水库旁举行的，那是我第一次走出故土、开始以一个成人的眼光面对异乡的圆月，我听到的第一首歌就是《大海啊，故乡》，演唱者就是我的女同学、现在跟我亡命天涯的夫人。昨天晚上，我们真的打车来的养马岛，牟平的的哥还算热情，不过对养马岛的来龙去脉、历史掌故几乎一片空白，让人有些失落。急速地驰过跨海大桥后，已是夜里子时，养马岛给我的第一印象是安静地躺在海浪里酣睡的人，静谧而深邃。因为还未到旅游旺季，绕岛转了一遭才找到一家华联假日酒店，处于半开业状态，服务人员不冷不热，我真有点后悔未听夫人的话就近住在牟平。车一进岛我的肚子已经忍无可忍地闹起了意见，我很执意地拉的哥坐下来请他喝酒，一是为了交个朋友，如果长住下去，说不定会成为至交；二是为了有个能说话的人，顺便多打听一些风土人情。的哥喝得少，我喝得多，夫人劝我，我说在大海边喝酒就应当对得起大海，要海量。应当说，昨晚虽然睡得晚，却是我近十天来睡得最深的一夜。

想一想家中已经乱成了一锅粥：法院不顾省政府和最高院的有关规定，对我正在生产中的公司进行了强制性查封，特别是封存的成品无法发送，给客户和公司带来了巨大的损失，各类诉讼也在市区两级法院展开，各种势力开始介入、违法诉讼也在紧张进行……这几天，我只和几个朋友保持着联系，心情一直低迷。但我现在毕竟身在海岛，它虽然不是世外桃源，也不是国民党的台湾，但养马岛对于我，冥冥中一定有着某种约定。虽然我至今还算是个无神论者，特别对那些人为制造的、强加给他人的神充满了怀疑甚至否定，但我敬畏自然永恒的创造力，对生生不息的自然之美充满了敬仰。经历此次变故和事业的重创，我对人力无法掌控的内宇宙和外宇宙都有了新的感知。我相信机缘，相信一定有超越于人类意志的大慈大悲的力量存在。

想到这些，我就想立即走进养马岛的腹地，走进它的历史和文化，触摸到它大爱大美的无穷律动。然而夫人说，我们先返回牟平看一看吧。夫人的童年很长一段时间是在牟平度过的，她喜欢大海，小时候经常到海边捡拾贝壳和海螺，我记得她在大学一年级的中秋晚会上唱的就是《大海啊，故乡》，她那时很自豪，很骄傲，很自信，我甚至能记住那时她双目在月光下洋溢着的幸福，她说，那时她说的海边就是牟平的海边。我想，1949 年之后改来改去的东西多了，尽管四十多岁已经有些阅历，但无论如何也无法自称沧桑。在大海的身旁，人类永远是年轻的。她说，她是随父亲住在县武装部的，附近的街叫文化里，很好听的名字，她想去看看老院落、老街道还在不在。我这时才想起，恋爱的时候，好像听她说起过童年，说起过牟平，昨晚她似乎也在从的哥嘴里打听牟平县城的改造情况，怪不得她那么希望住牟平一晚。可惜我太粗心大意，只记住了夫人的老家是在潍坊安丘，忽略了她说过的海边原来就在牟平。想到此，我感到深深的内疚。

养马岛到牟平的公交车半小时一趟，对于已经放下了前半生的人，我们在海风的吹拂下感到了少有的清爽。还是要经过昨晚来的跨海大桥，这是唯一一条连接海岛和陆地的通道，全长近两千米，飞燕式拱桥造型，远远看去，雄伟壮观，同车的人说这座桥刚刚通车没有几年，以前岛上的人出岛全靠船。现在政府正在岛上大力发展旅游业。如果说大桥的设计和建造让人振奋，那么我们在离开海岛前看到的景象让人不置可否。由于公交车要走固定的路线，中间穿越几个村庄，我们看到村镇的建筑五花八门，很少海岛的风貌特色，好几处楼堂馆舍似乎都是闲置的，看起来很高档，但几乎呈现废弃的样子，一处跑马场好像在拆卸，入桥前的巨大广场，听车上的人说就是天马广场，一听天马二字，我便心头一震，但整个广场除了一座气势恢宏的天马雕塑外，好像没有完工，不客气地讲，养马岛也处在一场经济风暴的边缘，岛上景象给人以大跃进发展留下的残迹的印象。唉，只有一线之牵的海岛也成了泡沫经济和成绩工程的试验场。想到狼狈如斯的自己，我不禁暗自神伤。

牟平的城建未见很明显的赶风现象。旧有的街道还很多，街道两旁的楼也不高，人力车还占据着城市客运的半壁江山。夫人对找到童年生活过的院落很有信心，但我们在文化里街道办事处怎么也没找到当时的武装部家属院。在南关大街，夫人疲惫地叹息道："早已没了，但我还能听到那时留在这里的笑声，不嘈杂，特清脆。"但车水马龙的现代街道上，熙熙攘攘，多少不是为名利奔忙的人呢。我们好像被命运的潮水抛打在沙滩上的鱼，孤独，无助，幸亏有两人牵手。

但沙滩也一样是家，活着就有重归大海的希望。站在牟平县府前的大街上，我猛然生出一种冲动，假如我真的要在养马岛生活下去，一定不能碌碌无为，不能像林则徐那样引导人们开沟引渠，也不能只做柳宗元吟诗作赋，更不能仅做一个现代的陶渊明，起码要向东坡先生看齐，最好有一曲《念奴娇·赤壁怀古》和前、后《赤壁赋》。瞬间，我埋藏在内心多年的写作冲动在时光层层灰烬的包裹中被激活了。是啊，我不是个好农民，也肯定做不好一个好渔民，如今，在商界惨败，一定为主流社会所斥，流落至此，皇天后土毕竟要给人一条活路，我赖以为生的也许只有这支笔了。我可以"为天地立心、为万民立命、为往圣继绝学"，至于"为万世开太平"我可能无法担此大任。但仅仅做到其中一条，也不枉活一生啊。

内心一旦被照亮，它自己就会不断发出火光。我匆匆跑进牟平政府，一路打听史志办或政协文史委。我谎称自己是来自泰安的历史老师，专门研究养马岛文化，因此很快取得了他们的信任，但他们所提供的资料令我大失所望。养马岛没有文化吗？养马岛文化又是什么呢？牟平给我的答案约等于空白。

我拿着几本薄薄的小书，又火急火燎地窜进了牟平的新华书店，一番查找之后，我没有搜寻到一本有价值的书籍，手里只买到了《品读中国文人》的一、二卷。我的万卷藏书都丢在了莱芜，我只是想在苦咸的海风中重新开启与先哲的精神对话，他们挽救不了我倾倒的江山，但可以扶正扶直我的灵魂。

踏着薄暮走回宾馆，我滔滔不绝地向夫人描绘我的设想。从她的眼睛里我知道，我还是那个热血沸腾的文学青年，一个狂热的理想主义者。养马岛一定是我人生新的支点，我一定要为养马岛写点什么。

残阳如血，逐渐被海水洗黑。又是一天过去了，天上海上都是闪亮的星辰。

三

我们很快搬进了一家家庭旅馆。男主人是胜利油田退休的老司机，姓孙，发音听起来像“森”，我们“老森，老森”地叫了好久；女主人姓田，很活泼，很甜腻的女人，很会冲着老公装嫩撒娇。我们住在二楼，目前就我们夫妻二人，房间干净、整洁，从阳台可以看到远处的海滨浴场，住宿价钱包括了伙食，也不足宾馆的一半，我们很满意，听说我们是来自泰安的高中教师，房东一家也很高兴，女主人还不断打听高考的情况，她一个亲戚的孩子正好近年高考。其实，我们是教师不能算假，我手里还有中教高级的资格证书，但我已经辞职，夫人因为心脏不好也早已长期病休，我们对现今高考的情况并不熟悉，但招架一下还是可以的。好在女主人也只是随便问问，末了满意地说，过几天亲戚来了，一块请你们喝酒。能遇到这样的人家，我们心里安宁了许多。我与夫人商量好，每天她记日记，我读书滋养一下被酒精浸泡多年的感知神经，早上我们一块出去散步，中午回来吃饭，下午稍事休息再出去，要一直走到天黑回来，最好一周内把全岛走遍，让浩荡的海风把我们身体里的每一个细胞灌满。“不要忘了向家里打个电话。”夫人提醒我时，其实我正这样想着，但我真的不愿打听了，电话里传来的不会是什么好消息。我多次梦到车间被拆，设备被砸，刮骨拆肋似的疼痛我不能对夫人讲。我越想逃离，越无法割舍，仿佛一脚迈进空门，一脚还在门外的人，欲说还休，内心的苦悲是无法用言语说清的。

几天下来，我对养马岛有了大致的了解。养马岛，古称“莒岛”，又名象岛。相传在五千年前就有人居住，春秋时期有莒国人流亡至今大窑镇莒城村，故名莒岛。“养马岛”之名的由来有两种传说。一是公元前219年秋，秦始皇东巡，经芝罘沿海东进。一天正午，人马来到莒岛对面，只觉人困马乏。突然，一阵风送来阵阵馨香、嘶嘶马鸣。众人放眼望去，只见岛上峰峦迭翠，草木葱茏，一群骏马在岛上嬉戏。秦始皇情不自禁地赞道：“好一个养马宝岛！”遂封此地为“皇家养马岛”，并下旨各地送马派员，进岛驯马，专供御用。后百姓不满秦始皇的统治，故去掉“皇家”二字，直呼为养马岛；二是明朝初年，倭寇骚扰沿海一带居民。为了避倭，莒岛居民大量迁往内陆，一时土地空闲。因土质肥沃，防倭将士就利用此地养马，因而留下养马岛之名。这是在民间、史志和网络上颇为流行的说法，无论哪种，都与“马”有关。从行政沿革上看，养马岛在清朝时为宁海州连海乡莒岛社，民初袭之。1913年起改为象岛乡，先后隶属于宁海县第一区和牟平县第一区、第十区、牟东区、崖山区。1946年改为牟平县象岛区。1950年设为牟平县十六区，1955年复设牟平县象岛区，次年3月并入崖山区，12月设立象岛乡。1957年1月并入牟城镇，7月又分为象岛乡。1958年9月成立灯塔公社，11月并入东风公社。1962年设立象岛公社。1984年公社撤销，设立象岛乡，次年撤乡设养马岛镇。2001年撤镇设立养马岛街道。这是我从史志上看到的资料，岛上的老年人还有隐约的记忆，我夫人生活在牟平的时期在上世纪七十年代中期，当时养马岛应为牟平县象岛公社。据区史志办的人讲如今的养马岛街道办事处也有文史资料员，我去了几次，都没能找到，我想找到了也可能就是这些流行的说法，干文史工作是个苦差事，要耐得住寂寞，要从心里热爱，还要有铁肩担道义的精神。如此看来，我们今天可称为史官的人真是太少了，连个文史资料员也成了摆设，应付一下而已。如此几代人下来，谎言就更无孔不入、而且可以堂而皇之自喻为真理了。

就像我居住的这一家人，五十多岁的年纪，已经享受退休的生活了，他们生活在这样好的地方，却对这里的人文渊源几乎什么也说不上。老孙在胜利油田开车几十年，是个走南闯北、见多识广的人，除了能说出岛上近十年来快速建设、又快速萧条的各类景点，如赛马场、海上世界等，还有各类同样命运欠佳的宾馆、疗养中心等，就是黑刺参、栉孔扇贝、紫石房蛤、鲍鱼、对虾、天鹅蛋等特产。你若再问，他会哈哈一笑："我也不是原居民，才来没几年，只知道这些，您有学问，可以看看书。"可是哪里有书呢？自然的大书已经被破坏得千疮百孔，纸写的史料又掌握在谁的手里？后代又能看到几许真实？

一周来的散步游览和深入走访，让我接触到许多被破坏的村落古建筑和被肆意篡改了的自然生态链，看着一座座大门关闭、爬满锈迹的豪华楼体，都挂着被时光侵蚀得斑斑驳驳的央企或部委疗养院的大牌子，再想一想在刀刃上挣扎的民企和民众，我不禁对眼前的美景发出海涛般的喟叹。

对于养马岛，因为一次邂逅，让我有了更深刻的认识。那天下午，我与夫人临出门，老孙兴冲冲地告诉我："马老师，我家亲戚要来了，他对养马岛懂得不少，晚上一定回来吃！"

老孙的亲戚姓孟，论辈分他应叫我叔，我妈也姓孟，广字辈，他是宪字辈，但我没有说出来，老孟是个博学的人，至少在养马岛的知识上超过我几千倍。那是个五十多岁的中年人，却长了一副六十多岁的貌相，如果不是孙嫂子甜甜的介绍，我差一点喊他大爷。饭后夫人暗笑，她说，她几乎就要叫出口了。幸亏他没有与我们探讨他女儿填报高考志愿的事，不然我们实在出不了什么好主意，还怕不经意间误人子弟，且不大罪一桩？他当过几年教师，民办的，后来到当地文化馆帮忙，自己干点小生意，也是文史资料员，还出版过书。我们一边喝酒一边聊，我把自己的所见所闻所思一一请教于他，他把知道的以碰一杯酒为节奏或段落一一给我解答，有就是有，不知就是不知，我钦佩这样的人。

他说，养马岛不仅有着动人的传说、美丽的风光和鲜美的特产，还有着罕为人知的历史传奇。这些故事不被人重视，已近失传了。他说到这儿，叹了口气，主动与我碰了一杯，继续说，胶东帮商人闯关东、下南洋、北上京津、东进日韩、出外为“客”的经商历史没有被好好地整理挖掘，可惜啊，那是多么波澜壮阔的一段传奇啊。据他介绍，清朝中后期，运河漕运由于河道淤积等原因逐渐衰落，道光年间海运漕粮兴起，由于养马岛得天独厚的位置，这就促成了养马岛各村船运业的发达，为养马岛人四处闯荡积累了经验，也积累了资金。后来，随着烟台开埠，商业勃兴，至民国初年，养马岛经商日盛，侨民众多，迅速富甲一方。民国《牟平县志》记载，“养马岛孤悬海中，而富冠全县”。说到这里，老孟皱起眉头，似乎又老去了十岁，这次是我主动捧杯与他一饮而尽，老孙醉眼蒙眬，听得入迷，孙嫂子也已红云满腮，把头靠在了老孙肩上，一口一个“老公”地撒娇，老孙也不去理她，只听老孟继续讲书。他说，在清末民国时期，养马岛各村在全国各大商埠几乎均开有十分有名的商号、工厂，那可都是民营经济啊。其中尤以在东北闯关东和在朝鲜经商者实力最为雄厚，另外，在江苏海州（连云港）和盐城当地也是主要的商业力量。如今，谁还记得“颜料大王”张颜山、中国驻朝鲜总商会会长黄克忠？谁还记得哈尔滨的“同聚祥”与“合聚公”油坊、益昌面粉厂？谁还记得大连“东亚油坊”和“天合成油坊”？……不记得了，都不记得了。为什么要抹杀这样的历史呢？我说，我这几天在岛西的海港上，打听到“杨大栝篓”船号的传奇故事，您能详细介绍一下吗？他摇了摇头说，知之甚少啊，那是养马岛早期海上货运艰辛历史的缩影。我说，不仅这些东西被抹杀着，我看到岛上的古建筑还有不少，可是好像没有得到保护，很多都遭到了破坏，您怎么看这个问题？老孟听到这个问题，一阵苦笑，随即与我响亮地碰杯，然后一干到底，咳嗽了两声，叹曰，老弟真是个有情怀、有性情的人，你的眼好毒啊，一眼就看透了许多问题。他说，养马岛共有八个村子，表弟住的这个村子叫孙家疃，算是古村落保存最为完整的了。听到这里我笑了，这还叫完整？破坏成什么样了？哪有一点古民居的影子？老孟喝得显然已经过量，我也有些上酒了，但内心感到非常清楚，这时，我脑海里一一浮现出白日里看到的情景：被盗窃的精美门楼、被垒上石墙的精细彩石、被涂上各类颜料的民居院墙，被新农村改造和房地产商占领围圈起来的古旧民居……后来我知道，这些散发着唐宋文明余温，印证着中国传统文化的基因，洋溢着中西美学气息的建筑，是一部人类文化学的丰富宝典。

那晚我应当是喝大了，但记住了孟先生的最后一句话，他说，到了养马岛，不要光吃和玩，要认识两个人，一是去看看刘宠墓，二是去看看胡耀邦的题字。

四

养马岛的风光自不必说。据说，岛的前海湾，就坐落在被史学家、地理学家奉为“神奇纬度”的北纬37°，在同一条纬线上，世界著名的度假名城就有雅典、旧金山、西西里岛等多个。养马岛被誉为“东方的夏威夷”不知起于何时，冬无严寒我不知道，但夏无酷暑却可能是事实，因为连日来其他地方连报高温，这里却还比较凉爽，而且三天两头地下雨。但在我的心里，却一样是冰雪覆盖的冬日。诉讼的浪头已过，下面就是如何应诉、如何让企业起死回生了。不过，从未遭遇过如此大难的我始终难以理出个清晰的头绪。这期间，我与夫人到了一趟烟台，在新华书店里除了搜寻有关养马岛、胶东商帮和相关历史的书，就是买全了新版的民事、刑事诉讼法规。

我没有忘记孟先生的话，刘宠我也是知道的，只是知道得不甚详细。这位“一钱太守”是历史上有名的清官，范晔《后汉书》有传，列入《循吏传》中。《后汉书·刘宠传》记载：“刘宠，字祖荣，东莱牟平人。”并说刘宠是“齐悼惠王之后也，悼惠王子将闾，将闾少子封牟平侯，子孙家焉”。这里“牟平”是侯治，并非如今的县治。据《一钱太守》历史剧载，他当年新任会稽太守后，发现当地赋税大增的背后，有官员谎报政绩、欺压百姓和贪污等行为，年轻能干的都尉孙超也涉案其中。刘宠决心查清此案，与孙超斗智斗勇，竟发现孙超是自己失散多年的亲弟弟。在情与理，义与法的考验面前，刘宠毅然做出抉择，将孙超绳之以法。这虽然是个带有真实性的传奇故事，正史记载刘宠任职期间，勤政为民，清廉自律，政绩明显却是事实。据说他调任临行时一无所有，山阴县五六位须眉皓白的老人，远来为他送行，每人带钱百文赠他。他推辞再三，只挑选一个收下，当他行至绍兴西小江时，将这一文钱投进了浑浊的江水中，江水立即变得清澈。我试着去找了刘宠墓，但却一直没有找到。有的人说有，有的人摇头，有的人干脆就说那是杜撰，还有的人指给我说，那个院子里一个土堆就是，但园子我进不去，只能在园外兴叹。当今世上，容不下清官，难道连一个清官的墓穴也容不下吗？《牟平县志》载有《汉太尉刘宠墓》："在县北养马岛。墓碑为蔡中郎书，今已失。相传上官抵邑，辄迂道观碑，岛人不胜绎骚，偷沉诸海"。《州志》称："泅夫入海犹见之。"闻岛中故老云："曾有泅夫入水，见碑旁有大鱼夹守，惧不敢近。……迄今久沙淤，恐愈不易寻觅矣。"其中虽有传说的成分，但刘宠墓在养马岛的记载，却决非空穴来风。《魏地形志·牟平》也明明记载："莒岛有刘宠墓。"清初监察御史、翰林院庶吉士杨维乔还为莒岛刘宠墓题写过如下诗句："居官莫道一钱轻，尽是苍生血作成。向使特来抛海底，莒波赢得有清名。"杨维乔极有可能到过养马岛，凭吊过刘宠墓。可如今让后人如何凭吊呢？我只有立于岛前，面向大海，默诵一遍杨维乔的诗句，心里绞痛一阵。深陷人生低谷、纠纷缠身的我又到哪里找一个这样的太守呢？期盼清官自不足取，如果连找清官也犯法，甚至连清官也找不到的时候，你还期望人们做什么呢？

带着这些疑问，我来到了胡耀邦题写的"养马岛"三个大字前。俊逸清瘦的字体应和着宽阔的海风正是胡耀邦磊落人格和君子之风的外化。石碑位于岛的东端，由此东眺，小象岛浮现其中，礁石滩上散落着漂亮的海星、螃蟹和鹅卵石，极目远望，海天一线。我至少十几次来到这里，坐在礁石上看书、遐思、等着暮色与潮水齐涨，天光与星辰共辉。我是上世纪八十年代过来的亲历者，我想到的问题很多很多，包括国家和民族的前途和命运，如今很少有人提及这些了，当前途变为钱图，甚至图钱，我们的命运又会怎样呢？胡耀邦是 1988 年 9 月来到养马岛的，那时已是无官一身轻，他的内心却异常沉重。我们很多人只知道他题写了"养马岛"三字，不知道他还在当年的 9 月 10 日改就了一首即兴赋诗《戏题养马岛——拟赠胡绩伟同志》：

辇从秦皇下沧蓬，雷鸣电击辘肠空；
宝岛觅得幽憩处，岂料伯乐踵相踪；
伯乐爱马不爱人，牧人一夜变秋翁。

他的乐观、苍凉、痛苦与悲愤，正是“养马岛”三个字的极好注解。胡绩伟系原人民日报社社长，一个主张和践行根据宪法规定的言论出版自由的原则、呼吁制定新闻法来保护和发展新闻自由的人。

面对历史和现实，我们无须多说，在离开养马岛三个月后的某一天，我在泰山脚下写出了远离文学十四年后的第一组诗《养马岛诗抄》（五首），其中一首就是《耀邦题字前》：

灵魂
是能刻进石头的
明明是泼墨一洒
为何这笔笔画画　变得血红

大风来兮
大浪来兮
面向大海　桃花盛开
耀邦字前　大风大浪为何都屏息顿足

我心一惊
风雨雷电刹时翻了几个跟头

“逝者如斯夫，气节永长存”，在耀邦题字前，我有缅怀，有沉思，有激愤，也有开悟。养马岛，用它的腥风海水将我的灵魂淘洗了一遍，洗了个干净。

五

2008 年，世界上发生了许多事，房利美、房地美被美国政府接管；

雷曼兄弟申请破产……

2008年，中国也发生了许多事，第二十九届奥运会在北京举办，中国私营老板开始跑路，至今在继续……

2008年，我的灾难微乎其微，因为在中国，像我这样的遭遇每天都在发生。

……离开养马岛已经整整五个春秋了，五年来，我一直惦记着对养马岛的承诺，恨自己至今未能写出《念奴娇·赤壁怀古》和前、后《赤壁赋》一样的作品……

我一直与夫人盘算着再回养马岛看看，据说那里变得越来越现代化了，只是，不知我关心的那些问题是否有了改观？我忘不了老孙、孙嫂子、老孟，甚至没有记住名字的的哥……养马岛，在我走投无路的时候收留过我，给过我脚下的土地和头顶的蓝天，还有海洋的胸怀和无穷尽的动力。我在诗里写过：

我承诺
从此驰骋的山山水水里
少不了归来的梦想

原载《中国作家·纪实》2013年第9期

长篇报告文学选目

纵横天岸马——傅斯年

郭保林

傅斯年是一代国学大师，杰出的思想家、史学家、教育家、社会活动家（前省委宣传部长苗枫林曾主持海峡两岸傅斯年学术研讨会，并撰文高度评价傅斯年）。他是新文化运动的“马前卒”，北大学生领袖，五四运动的组织者和领导者，创办《新潮》杂志，发表了大量的鼓吹新文化和文学革命的文章，宣传民主和科学，产生很大反响。他天资聪颖、博学多才，留欧七年，攻读了实验心理学、物理、化学、数学，并研读文学、历史、哲学、政治学、医学、地质学，精通希腊文，还钟爱于弗洛伊德的精神分析学，学问学了一大堆，没戴上硕士帽、博士帽，是个“秃头”海归，他说留学是求得学问而非学衔。

傅斯年大才槃槃，恣肆汪洋，狂放不羁，恃才傲物，他性格耿介、刚烈、爽直，领袖欲很强，富有天才的组织能力和高度的责任感；他大气磅礴具有披荆斩棘的开拓精神；他爱才如命，有极强的亲和力，高洁的人格魅力。他是民国“中研院所史语所之父”，团结了陈寅恪、赵元任等一大批大师级学者，在他麾下，从事历史、语言学研究，整理大清档案，发掘殷墟，在史学界创下无与伦比的功勋。

傅斯年有炽热的爱国情怀和强烈的民族意识。九一八事变后，他发表大量文章，并撰写《东北史纲》痛斥和揭露倭寇妄图吞并中国的野心和滔天罪行，痛批了投降派、妥协派和恐日派，为中华民族呼魂唤魄，重铸国魂。傅斯年是“学人参政”，极力主张抗战到底，又痛斥国民党腐败。抗战期间，他先后揭露财政部长孔祥熙的贪污罪行，后又写文章揭批宋子文徇私枉法的行径，他呐喊，他狂啸，在铁的事实面前，蒋介石不得不罢免孔、宋职务。傅斯年主张并组织民主党派要人赴延安，促进国共和谈，受到毛泽东的热情接见。

傅斯年心胸博大，不计个人恩仇，是虎又是猫，对坏人坏事，他比虎还凶猛，对弱小者，他像猫一样温柔。罗家伦盛赞他“纵横天岸马，俊逸人中龙”。

傅斯年因呐喊、愤怒、咆哮，而伟大，而不朽。

他是知识分子的精神标本。凸现傅斯年的价值，仍有现实意义。

作者多次去傅斯年家乡同族人和生前工作过的地方，同专家学者座谈采访，并参阅了大量史料，撰写了这部文学传记。据说，这是大陆（也是台湾）第一部傅斯年长篇传记文学。

百花文艺出版社 2013 年 1 月出版

中 国 结

唐明华

干旱缺水是世界性的难题，而中国西部则是地球上主要干旱带之一。由于自然和历史的原因，那里极度缺水。按照可利用水资源统计，当地人均可利用水资源占有量只有世界人均可利用水资源占有量的3.7%。这就意味着，人类理应占有的生活资料，最终变成占有人类，人成了水的附属品。作为一个残酷的编剧，水用它的苛刻从一开始便规定了当地人的生存形态，也规定了他们世代轮回的悲剧命运。生活在那里的人们日日夜夜想水、盼水、梦水，成千上万的西部母亲更是世世代代饱受缺水的煎熬，每时每刻都在忍受水的奴役。

解危纾困不仅是当地百姓的期盼，也是执政者与全社会的历史责任。

在千年之交的时间节点上，由全国妇联中国妇女发展基金会策划实施的“大地之爱·母亲水窖”工程正式启动了。这是一项由政府主导全民参与的社会大援救。有人说，母亲水窖是新时代的“红军井”，因为，它帮助今天的红军找到了重新出发的坐标点——这是历史的补偿，也是红军在新的现代化长征中一次必要的自我救赎。也有人说，母亲水窖是全民族的一次道德体检，它用一个个感人肺腑的生动场景描绘出关于人性之美的绚丽风景。人们看到，当中国妇女发展基金会拎起那根爱的红线后，一双又一双充满爱心的手臂从四面八方争先恐后伸了过来，于是，充满张力的社会经纬穿过24个省、市、自治区，它们有机衔接浑然天成，最终，一个硕大的“中国结”在华夏大地上，在亿万人民心中显影了。根据相关统计，截至2011年年底，该项目累计投入资金6亿多元，修建水窖128

万口，建设小型供水工程1400多处，近189多万民众受益。

在创作过程中，作者深入西部实地采访，然后，又用生动细腻的讲述全景式地再现了当年西部由于严重缺水而导致的父老乡亲悲惨的生存状态，以及无数善良的人们为了改变骨肉同胞的苦难命运而做出的可歌可泣的奉献与奋斗。与此同时，作者的目光也穿透水患的表象，认真探求了诸如：体制、制度、认知以及道德等许多层面的问题与疏漏。于是，那一口口水窖的波光化作一页页画幅，并最终装订出一本厚重的人文教科书，其字里行间所诠释的是一个时代的精神遗产，也是一个民族的历史财富，当读者跟随作者的讲述走进那段历史之后，他就能够真正理解书中传达的全部忧伤与悲怆，感动与憧憬。

原载《中国作家》2013年第1期

中国民办教育调查

铁 流　徐锦庚

作品在简略地追溯了中国民办教育的历史，讲述了从孔子办私学，开杏坛直到后来马相伯等创办上海复旦公学、张伯苓和严修在天津创办南开大学、陈嘉庚创办厦门大学等等情形之后，着重围绕现今山东济南由杨文和夏季亭创办的“山东英才学院”和丁祖诒在西安创办“西安翻译学院”的教学发展情形，以及已经倒闭的南洋教育集团惨败过去，仔细地用解剖麻雀的方法来考察认识中国民办教育的现实状况，发现和理解民办教育的特长、成果及复杂艰难情景。这种实证性的调查和论证，较之泛泛的理论清谈更加地接近实际，更加地具有例证比较和说服力量。通过作者描述的大量事实和人物故事，像乐天宇老人在其晚年倾其全部心血创办“九疑山学院”的情景就令人动容；像杨文和夏季亭冒着风险，从非常艰难的地方起步办学，最后开辟出“济南英才学院”的一片湛蓝天空；像丁祖诒怀着为年轻的学子“添上一把柴，就能改变他们的命运”的情怀，经历曲折，成功创办“西安翻译学院”等等现象，就非常真实和有力地说明了，民办教育在体制外运行、遭遇很多不公平待遇、遭遇不应有排斥等很多困难情形的事实。虽然这些民办教育单位或许还存在一些问题，但应该看到有一些是因为体制的约束或排斥造成的，是复杂的社会环境造成的。这当然不能够成为忽略民办教育中存在的道德操行灰色地带，像伪冒的一些民办大学的骗人把戏，像山西“南洋教育集团”等这样因为错误集资方式而导致的失败问题的理由。

或许，更加应该关注的是，在这些民办教育单位中的很多人试图通过教育培养人才，为国分忧，为年轻人开辟出路的国家责任和使命精神，这种甘愿冒风险、经历苦辛办学的勇气和行为却是十分令人尊敬的。像丁祖诒，说自己“有四两血，我也让它沸腾起来”，立志创办“东方的哈佛”式大学的气派和为学院用心到生命的最后时刻的言行，特别是六次手术后抱病出席新的开学仪式的动人场面等，非常的具有动人力量；像杨文曾经留学英国，在国外可以有自己的好前程，却回到国内创办民办教育，试图实现自己的抱负的行动；像以自己的可能努力助推民办教育的西安的李维民等；像陈龙飞、幸胜标、奚正楷等很多本可以退休安享晚年却愿意为民办教育出力拉套的人们等，都使我们感受到了高尚纯粹的品行和精神。最为重要的是，不少民办教育单位的出现，为很多的“落榜”学子，提供了继续努力深造的机会，给予他们不致因“落榜”而放弃学业，从而可能丢弃自己的理想，服从不幸命运的安排的新选择的机会。这部作品是在调查辨识的基础上对民办教育的深入认识和了解，是对很多投身民办教育的人们爱国、忧国、建国情怀的热情表彰，是通过事实的描述期望有力助推民办教育合理有序健康发展的一次文学的担当。

在国外，像剑桥大学、哈佛大学、斯坦福大学、早稻田大学等等，都属于民办大学。这些大学在全世界的教育历史上都写下了辉煌灿烂的篇章。今天，在中国采用多种形式办学，现在已经不是一个问题，问题是在政府办学、民办办学共存的过程中如何合理公平地处置各种问题，实现双方的积极性和发挥自己的特长，让民办教育真的有所作为，这才是如今需要认真面对的课题。

作家出版社 2013 年 3 月出版

再生之门——中国式监狱探秘

许 晨　李延国

作者首先从人类监狱的兴建与发展谈起，系统地介绍了古今中外的牢房、监狱、集中营情况，揭示了监狱的由来与性质。然后将笔锋转到了新中国成立之初，为了巩固新生的人民政权，全国开展了疾风暴雨式的镇反、肃反等大规模镇压运动，以至于惊动了最高领袖毛泽东主席。他说：杀头不像割韭菜，对待放下武器的敌人，可以实行劳动改造政策，使其成为自食其力的新人。从而，揭开了我们中国式的劳动改造罪犯、文明监管犯人的篇章。特别是山东省监狱，及其前身——分布在齐鲁各地的劳改队，经历了上个世纪五十、六十年代，“文革”动乱时期，监狱人民警察如何在不同的指导思想和体制下，忠于职守，严格执行劳改政策，保证了社会的稳定。其中，从战争年代走来的战斗英雄齐林山，当上了劳改队长，牢牢树立“这些罪犯都是我们抓来的，我们也一定能管好”的信念，连续参与筹建了泰安劳改队、山东省少年管教所和山东省监狱等几处监管场所。他是新中国第一代监管战士的典型代表。

时代的车轮转到了十年动乱结束之后，我国社会处于全面转型的改革开放新时期，犯罪现象和罪犯构成都发生了很大的变化。这期间，发生了服刑罪犯袭击警察，造成副教导员李朝明壮烈牺牲的恶性事件，也发生了表面服从、内心仇恨社会和政府的“变色龙”犯人，寻机越狱逃跑的案例，还出现了“严打”带来的监狱人满为患，向西部新疆转运犯人的押送故事。这一切不能不让人思考：新形势下如何改造犯人?!

在全国开展创建文明监狱的活动中，山东省监狱走在了前列。1994

年，前面提到的劳改队长齐林山的二儿子齐德玉，继承了父辈的事业，走上了监管战线，并于这一年在父亲任过职的山东省监狱担任了监狱长、政委的工作。他与一班人一起带领大家团结奋战，与时俱进，成功地获得了“部级文明监狱”光荣称号，当时第一批评选中，全国只有五家监狱获得此殊荣，被誉为“五分天下有其一”。

进入二十一世纪之后，山东省监狱谱写了新的篇章。新任监狱长齐晓光，也就是齐林山同志的五儿子，齐德玉的弟弟（由此，齐林山一家两代三人从事监管工作，而且都曾在这所监狱任职，堪称光荣的“监狱世家”），年富力强，思维敏捷，团结一班人率领全狱上下，开始了文明监管、监狱新政的探索。他们把犯人当人看，取消了剃光头、下蹲答话的规定，开办了监狱超市、监狱长信箱、心理辅导、把刑期变学期，监狱学校，亲情电话等等举措，起到了化腐朽为神奇、浪子回头金不换的良好效果，创造了中国式监狱真正给犯人以人权、

文明监管，使其逐渐改造成一代新人的奇迹。

山东省监狱的做法在国际司法界引起了轰动，外国同行纷纷前来参观访问，称赞这是“一所了不起的监狱”，甚至邀请齐晓光到他们国家去当监狱长。自1992年起，山东省监狱连续二十年保持了“省级文明单位”荣誉称号，先后荣获“全国先进基层党组织”“全国司法行政系统先进集体”“全省职业道德先进集体”“人民满意的政法单位”等多项荣誉，先后荣获集体一等功二次、二等功六次。监狱长、党委书记、公司董事长齐晓光先后荣立个人一等功两次，当选2010“影响济南”年度经济人物……

山东人民出版社2013年8月出版

旅顺往事

潘宝玉

旅顺口海军基地是中国近代第一个海军基地，自19世纪末期清王朝创建，历经甲午沦陷、中国赎回、沙俄强租、日俄争掠等诸多劫难，直到1955年5月才由我人民海军从苏联军队手中接收，成为共和国海军劲旅驻地。长篇纪实文学《旅顺往事》，以浓缩的文字书写了旅顺基地历经沧桑的历史。读者可以从旅顺基地辉煌、悲壮、辛酸、苦涩和再辉煌的历程中，看到国际政治的风云变幻、民族战争的炮火硝烟，封建统治者的腐朽无能、侵略者的凶残嘴脸以及中华民族的奋起和抗争，从而回眸中国近代史和世界近代史纷乱的光影。该书从清王朝创建旅顺基地写起，一直写到我人民海军从苏军手中接收为止，全书为沦陷、争掠和接收上中下三卷，共十二章。序篇，简要写旅顺口海军基地的创建。第一章至第四章为上卷，主要写甲午战争期间清皇宫的万寿庆典和海军爱国将士的抗日斗争；清朝陆军的抗敌不利，日军登陆花园口、攻陷金州；清军陆军弃守大连，旅顺不保，日军在旅顺大屠杀的罪行。为让读者充分认识清政府的腐朽无能和日本军国主义的侵略本性，涉及了“威海卫”重蹈旅顺覆辙、“刘公岛”北洋水师之墓、“马关”割地乞和的祸端等相关内容。第五章至第八章为中卷，主要写日俄两国对旅顺虎狼般的争掠；第二次世界大战结束前，苏、美、英三国在雅尔塔秘密协议将旅顺由苏军租用和国民政府无力抗争大国的欺辱，只得与苏签约，同意苏军租用旅顺基地。第九章至第十二章为下卷，主要写共和国成立之初毛泽东以大国领袖的身份访问苏联、与斯大林谈判签订新的中苏友好条约，苏方不得不放弃租用旅顺基地；我人民海军组建旅顺口海军基地；中苏两军正式交接，旅顺基地终于回到祖国的怀抱。尾声，主要反思甲午战争、日俄战争和中国海军的建设和发展。全书约三十五万字，引用资料翔实，并配有大量历史图片。

解放军文艺出版社 2013 年 8 月出版

白 老 虎

赵德发

前几年出现的"蒜你狠"，让好多人一夜暴富，牵动了国人神经；而屡屡出现的"蒜你贱"，却让无数蒜农、蒜商血本无归，有人甚至自杀。近年来兴起的大蒜电子交易，像股票、期货市场一样，多、空两方争斗，你死我活。所以业内人士说：大蒜也叫白老虎，因为它会吃人。

然而，白老虎的背后还有几只老虎，那是人的贪欲、赌性与争心。因为这几只老虎的存在，白老虎才更加嚣张，爪牙锋利；也正因为这几只老虎的凶猛狂躁，才有一批又一批的人或赔掉老本，或锒铛入狱。

赵德发因一个特殊机缘接触到大蒜行业，掌握了大量鲜为人知的材料，写出了长篇纪实文学作品《白老虎——中国大蒜行业内幕揭秘》一书。

在序章《结识蒜神》中，作者讲述了他结识"蒜神"董刚，跟随董刚去金乡、盐城等地了解大蒜行业情况的过程，以及董刚身陷囹圄之后作者决定写作这部纪实文学的缘由。

第一章《大蒜，白花花的银子》，作者铺陈有关大蒜的知识背景，介绍中国大蒜种植概况，尤其是黄淮平原作为大蒜主要种植区的情况，以许多生动的事例讲述这个行业给蒜农及诸多从业者如何带来财富，以及几位"蒜神""蒜王"的传奇经历。

第二章《大蒜也叫白老虎》，先以具体的数据和感人的故事，例举了过山车式的"蒜你狠"和"蒜你贱"现象，又分述龙鼎盘、南店子盘、恒丰盘等大蒜电子交易市场的兴衰成败。最后，在《天堂与地狱》一节，写大蒜给一些人带来命运上的跌宕起伏，令人扼腕叹息。

第三章《白老虎背后的老虎》，作者通过大量的人和事，讲述贪欲、赌性、争心给商业秩序和世道人心造成的危害，有强烈的警醒作用。

第四章《能否调伏老虎》，作者以高度的社会责任感和经济管理学智慧，提出了调伏“老虎”的若干措施。

山东文艺出版社 2013 年 12 月出版

浴火乡村

高艳国　赵方新　解永敏

2009年底，在位于鲁西北平原的齐河县，一场关系千万农民命运的实验——农村社区建设——悄然拉开了序幕。

南北社区的建设同样一波三折，这个社区靠近交通要道，吸引了周边七八个村子合并而成。社区支部书记赵学银知道县里的政策后，在村民很不理解的情况下，大胆决策，开工建设社区，其间被人告状、贴大字报，受到了重重阻力，最后终于建成了堪称样板的南北社区。南北社区实现了城乡资源的共享，医务室、便民大厅、文体广场、超市等等，一应俱全，农民一步过上了市民的生活。

华中社区是个小城镇集聚型的社区。为了推动社区建设，以刘志庆为代表的广大乡干部沉下去做工作，深夜里一场“舌战”进行得几近白热化，刘志庆的大实话折服了几个有名的“大刺头”。并入华中社区的明机寨村是齐河县很有特色的村庄之一，又名迷糊寨子，这个小小的村庄纠缠着扑朔迷离的历史和光怪陆离的现实，承载着的缕缕乡愁和向往。

洪洲社区的建设同样风高浪急，出现了一幕幕咄咄怪事，阻挠者甚至发动群众要罢免村干部，但心向往之的村民选择了新生活，最终搬进了二层别墅式的新家。

与前几个社区不同，开泰社区是个城边村改造的典型，几个村子的农民伴随着城市化的脚步走进了社区，彻底摆脱了农村的生活方式，但这种剧烈的改变带来的不适应，引起了他们内心久久不息的阵痛……

与社区建设同步进行的农村产业园区建设，为住进社区的农民找到了一条增收致富的便捷门路，在家门口打工成为了现实。在产业园区建设中，以董战东、赵德龙、张汉兵等人为代表的农民企业家一头扎进了农业产业化领域，含辛茹苦，艰难拼搏，闯出了一片充满生机的新天地。

长篇报告文学《浴火乡村——中国新农村建设“齐河模式”透视》，以身处社区建设激流中的一个个小人物的悲欢离合为主线，再现了这场关系农民命运的深刻变革，探讨了农民和农村在当下的历史走向，把在全国农村社区建设中产生重大影响的“齐河模式”给予了全景式的解读。

山东文艺出版社2013年12月出版

天地之间

谭 践

《天地之间》从2004年年初村支部书记刘梅元遇袭身负重伤这一意外事件开始，勾勒出泰山脚下粥店村，从上世纪九十年代中期至今近二十年翻天覆地的发展变化历程，刻画出众多生动感人的农村新人形象，有刘梅元为代表的村级领导者，有孙心悦为代表的普通村民，有尚连海、王秋怡为代表的外聘人才，有享誉国际的科学院士，有独创医术的医学权威……有名有姓的人物达一百多人，他们在这片热土上施展着自己的才华，追寻着自己的梦想，实现着自己的价值。

作者运用了话剧的结构形式，将全书分为八幕，每一幕都着眼于粥店科学发展过程中的大变动与节点，精选代表性的事件和人物，通过令人信服的细节描写和以史料为基础的史实陈述，将粥店这一特殊农村及其特殊村民的精气神生动地呈现在了读者面前。整部报告文学字里行间，盈荡着理想主义和乐观主义的气息，可谓当代中国社会转型时期的农村历史交响乐。

作品塑造了刘梅元这样一个崭新的农村干部形象。他是一位目光超前的实干家，胆识过人的改革者，又是一位时时刻刻都在学习的乡村思想家。他廉洁自律，胸怀宽广，慈心待人，以德报怨……他虽然是当代中国的“小人物”，但又是无可否认的“大人物”。

他在村里实际负责的时候，正是村子最乱的1995年，在难以选出村干部的环境中，他勇挑重担，以过人的胆识和勇气，通过建立并严格遵守村规民约、公正无私地处理村民事务，倡导科学种田等多种途径，使几近颓废、崩溃的村子恢复了生机，显出了活力。村子逐步变得风清气正，许多农民成了种田能手、果树能手、养殖能手……集体企业也显出良好的发展势头。正当他们在祖祖辈辈赖以为生的土地上描锦绘绣，做着传说中的“小康梦”之时，历史的车轮又将他们拖进了一个陌生的环境——三千亩土地被征用殆尽！

面对失去土地、无以为生的恐慌，刚刚稳定的村子又陷入大乱之中。刘梅元等村干部及其家人面临前所未有的误解、责骂、欺辱、恐吓、诬告，直至生命危险。所幸的是，他们没有被吓倒，而是稳住身子，想尽千方百计，力争把粥店从落后的农村，建设成为崭新的城市社区。为此，他们采取了一项项行之有效的措施。

通过持续不断的学习，提高村民素质，增强自身生存能力。每年都举办多次经管、技能、健康等各种培训班，村民免费参加。同时，村委班子及重点企业负责人坚持每周日八点至九点共同学习，十几年来未曾间断一日。为方便村民学习，村里建立了泰安市最大、最正规的乡村图书馆，从早晨开到晚上，读者络绎不绝。

为从根本上解决村里人才奇缺的问题，村里着眼长远，在资金非常紧张的情况下，连续投资两千多万元，建立了设施先进的小学和两处幼儿园，并从全市招聘优秀教师和管理者。现在小学已成为岱岳区实验小学，两处幼儿园均为省级示范儿园，村民后代得到了与城市居民同等优质的教育环境。他们的目标是，二十年后，将粥店从人力资源大村建设成人才资源大村。

……

以上种种措施，终于使粥店村重新走出了泥淖。而今，这里的创业者有足够大的舞台，这里的党员威望特别高，这里的领导班子特别勤政廉洁，这里的居民衣冠楚楚，温文儒雅，这里的孤寡病残老幼得到特别关爱……这里高扬着理想主义的大旗，充满着基于坚定信仰的乐观主义精神——这里，才是真正意义上的“中国”！

作家出版社 2013 年 12 月出版

儿童文学

没尾巴的烦恼

——系列童话《无畏小鼠历险记》之一

刘海栖

这是《无畏小鼠历险记》系列的第一本，一般来说，要从这一本读起，然后再读第二本和第三本。

——作者说的一句话

第一章　究竟谁撒谎

老鼠瓜是一个捉迷藏的能手。

他的家住在一个叫作“仙哩贝贝”的地方。

那里可真是个风景优美的好地方，前面有条河，后面有片山，中间是一块平地，一年四季风调雨顺，出产的东西吃也吃不完，所以许许多多动物都住在这里，当然其中就有老鼠瓜这一大家子。

为什么说瓜是捉迷藏的能手呢？

有一天他跟兄弟们悄悄跑到后面山上去躲猫猫，瓜想，做这种游戏当猫不是我的强项，当老鼠没人比得过我，因为我本来就是老鼠呀！我只要随便一躲，没人找得到我，于是自告奋勇地去躲起来叫当猫的找。

瓜找到了个稀奇古怪的好地方躲起来一下睡着了，醒来时天上的星星都出齐了，那些“猫”也早已不知去向。瓜摸着黑一个人往家走，边走边想：“玩这种游戏有意思吗？”

瓜先去了趟河边才回到龙爪槐下的家，爸爸正在门口像个陀螺似的打转。一见到儿子，二话不说拧着瓜的耳朵先看屁股，松了口气说："哦，尾巴还在！"又摸儿子的脑袋和身上的毛，呵斥道，"毛还是湿的，他们说得没错，你小子果然到河里游泳去了！我给你说了多少遍，我们老鼠不能下河游泳，河里有螃蟹，举着钳子专门剪老鼠尾巴！我现在踢你三下屁股，叫你好好长长记性！"

瓜朝躲在黑影里的兄弟们叫道："你们快来救我呀，告诉爸爸我没有去游泳！"

可黑影里毫无动静。

瓜于是挨了三下，疼得哇哇哇大叫三声。

妈妈用围裙擦着爪子走过来说："该踢！你爸以为你淹死了自己跳到河里去摸，可你爸根本不会游泳啊！多亏三只好心的小龙虾把你爸从河底捞上来，一头河马对着嘴给你爸做人工呼吸，一群甲鱼咬你爸的人中、合谷、足三里把他咬醒，两只蛤蟆用擀面杖把你爸肚子里的水擀出来，四只鸭子掐了张荷叶把你爸抬着送回了家……"

"可我并没有……"

"所有的人都回来说你去游泳了！"妈妈非常生气儿子撒谎，叫小老鼠们都回家吃饭，把瓜关在外面反省。

瓜的那些兄弟姐妹边吃饭边想，我们一定要把饭吃出声音来，馋死门外的瓜。他今天玩躲猫猫气死人了！你说躲就躲呗，找个背人的地方挖个洞钻进去藏着也是常有的事情。可挖好了洞，他又叫了头牛来，等他钻到洞里，让牛拉了一大泡屎把洞盖得严严实实，你说多恶心啊！我们就是知道了也没法把他从热腾腾的牛屎里挖出来呀！大家都说不玩了不玩了，瓜这小子手段太毒辣，不如回家打牌去，叫他在牛粪里自己捂着。可有人还不解气，说瓜从牛粪里钻出来肯定浑身臭烘烘的，一定要到河边去洗澡，咱们不如这样这样……大家都说这主意好，得叫瓜受些惩罚，于是有了后面的事情。

瓜当然不知道这些，他后来坐在门槛上睡着了，并且做了一个梦，梦见自己真的跳到河里去游泳了。

他发现游泳一点都不难，只要憋足一口气，把头埋到水里，四个爪子像挨打的狗一样乱扑腾，就会像鱼似的前进了。他得意扬扬地朝前游，游着游着，碰到一只正在岸边割草的螃蟹。瓜想起爸爸的话，起先很害怕，后来觉得如果游起泳来，不一定会输给这么个硬家伙，所以问问应该没什么，便远远地叫道："螃蟹，你不会剪我的尾巴吧？"

螃蟹瓮声瓮气地说："我剪你的尾巴干吗小老鼠，我的钳子从不剪人尾巴，最多剪人脑袋！我不跟你啰唆了，我得赶紧割草，拿回去请人编条草帘子挂在卧室里，你们那位好亲戚河狸盖房子把我家的后山墙挖没了，我得找东西挡挡，要不然没法上卫生间！"

瓜明白了，螃蟹剪尾巴是爸编出来骗我的，不叫我到河里玩！

瓜又要继续游，螃蟹把他叫住说："老鼠我想起一个问题问你，我知道你们这些在陆地上生活的毛病很多，比如说狗吧，要撒尿非得找电线杆不可，到了我们水里你们还会不会撒尿呢？"

瓜说这好办，一试就知道了，正好有泡尿憋着，便背转身痛快地撒了一泡，觉得先是肚子那里热乎乎的，然后屁股下面也热了，其实跟尿床倒十分相似。

瓜刚想把这个感觉告诉螃蟹，就被人推醒了，发现不知道什么时候睡在了床上，妈妈坐在床头，一碗粥还在爪子里冒着热气。

第二天一早，瓜的被单在家门口的晾衣绳上迎风飘扬，大家都跑过去看，议论说瓜这次画得很像一只戴草帽的猴子，而上次画得像一只破箩筐。

瓜记吃不记打，有一天又偷偷地溜出家门。这次没有上山，而是去下河。他想："究竟能不能像梦里头游泳游得那么好，我一定要去试一试，否则会睡不着觉的！"

瓜来到河边一头扎进水里。

岸边的几只青蛙见有一只小老鼠无缘无故地跳了河，高兴得呱呱大叫起来。可是又见小老鼠浮了起来，扑通扑通居然游走了，便很失望，把脖子憋得老粗，鼓着眼睛跺着脚走了。

瓜一边游一边东张西望，他很想再见见那只可恶的螃蟹，对他说句脏话，然后转身游走！

但瓜始终没有见到那只螃蟹，后来见时间不早了，赶紧爬上岸，晾干身上的毛，跑回家去。

刚到家门口，瓜又叫爸爸揪住了耳朵。瓜歪着脖子一看，差点没笑出来，爸爸好像跟谁打了一架没打好，头上绑了一圈绷带，一只耳朵用晒衣服的夹子夹着，脸上满是横七竖八的伤痕，身上的毛也掉了不少。

爸爸一瞪眼，说："还敢嬉皮笑脸！"把瓜的笑憋了回去。

爸爸先看儿子的屁股，松了口气。又摸儿子的脑袋，心想，毛的确是干的，果然叫我猜对了，上次上了那些小崽子们的当，叫瓜挨了三下。这一次他们尝到了甜头还想再骗我，告诉我青蛙来告状了，说瓜偷偷下了河。我一听不对头嘛，第一青蛙那种大嘴巴的话是听不得的，第二瓜再笨也笨不到连续犯同一个错误的程度，我小时候绝不会连续做同一件蠢事。哼，叫我上当没那么容易！于是跟儿子说："这次我不会冤枉你了，我知道你根本没下河，他们说得不对！但是瓜你也别乐，我一猜你准上山躲什么粪底下了，虽然我没找出来，但也瞒不过我！我给你说了多少遍了，我们老鼠不能独自去山上玩，山上有黄鼠狼和猫头鹰以及猞猁、苍鹭、棕熊什么的，那都是我们老鼠的天敌！当然还有咬尾蛇，张着嘴巴专门吃老鼠的尾巴！我这次要踢你六下屁股，叫你长记性！"

瓜瓜哇哇哇大叫了六声。

妈妈又过来说："该踢！你爸为了找你把整个后山都爬遍了，所有的牛粪、马粪、猪粪甚至驴粪蛋子羊粪蛋子也都翻了个底朝天，最后一不小心从坡上滚下来，衣服也撕碎了，耳朵也剐豁了，毛也薅掉了，鞋子也弄没了，摔得动都动不了，多亏一群野猪在荆棘棵里拱出条路来，六只山羊在山涧上修了一座木桥，一只长颈鹿从桥上跑过去站到悬崖边上，叫一只猴子勾住脖子，另外七只猴子互相拽着尾巴搭成梯子垂到悬崖底下把你爸够上来，四只刺猬用树枝扎了个担架把他抬回家。刚进门时浑身那个臭啊，昏迷当中还说大象的粪便没翻！"又把瓜关在外面反省！

瓜气愤地想这个亏我不能白吃，今后一定要他们有好瞧的，让他们为此付出代价！

后来瓜坐在门槛上睡着了。

瓜又做起了梦，梦见自己上山真的碰到一条火红的蛇。那条蛇对他说："小老鼠啊，其实你爸说得不对，他没什么文化，我可不叫咬尾蛇，我是鼎鼎大名的响尾蛇，不信你听听。”说着把尾巴撅起来使劲摇了摇，就像谁当当当当敲响了一面锣。响尾蛇得意地说：“我没骗你吧小老鼠。我看你的尾巴长得又长又肥，味道一定很美，我最喜欢吃尾巴补尾巴！”

瓜见势不好，撒腿就跑，响尾蛇在后面紧紧追赶。

跑着跑着瓜觉得憋得慌，到处去找厕所，后来还真找到了……

第二章　安全第一与质量第一

瓜的爸爸的名字叫二狗子，妈妈的名字则叫鼠花。

二狗子是从河那边过来的，来到仙哩贝贝之后认识了鼠花，然后组成了一个家庭。

婚后二狗子对妻子说：“老婆你知道你叫我多感动吗？”

鼠花问：“这话怎么说的？”

二狗子说：“你和我结婚，连新房都没有一间，钻进猪圈里的一个窟窿眼就成一家了，唯一的家具就是用来磨牙的半根筷子，可你一点怨言都没有！”

鼠花抿嘴一笑说：“瞧你说的，我当什么事呢，俗话说嫁鸡随鸡嫁狗随狗，只要你人好，不管多穷我都会跟你的，住个窟窿眼怕什么，老鼠还不都是住窟窿眼里嘛！”

二狗子于是高兴地抱着鼠花原地转了好几圈，心想，真是一个通情达理的好老婆，我要给她一个意外的惊喜，便严肃地跟鼠花说：“咱们没有谈多久的恋爱就结婚了，所以你并不知道我的能力，我给你说老婆，我要造一座具有皇家气派的房子送给你，我要叫你，还有我们的孩子……喂，这有什么好害羞的老婆！我要叫你们从此过上像皇后公主和王子那样幸福的生活，你信不信？”

鼠花想，我如果说不信是很打击他的情绪的，可一只老鼠从哪里知道什么是皇家气派呢？便光笑没说话。

有一天，二狗子拉着鼠花的爪子出了门。

鼠花问：“咱们这是去干什么呀？”

二狗子说：“找地方盖房子！”

他们一边走一边找，二狗子左看看不满意，右想想不对头，走到后来鼠花说："咱们随便找个地方掏个窟窿眼就好了，我的脚都走酸了，不想走了。"

二狗子赶紧哄她再坚持一下，他想，实在不行我可以背着她走，但非要找到我爸说的那地方不可！

又走了一阵，他们在距离河边和山脚都不远的地方见到了一棵高大的龙爪槐。

这棵龙爪槐生长了不知有多少年了，树皮皴如龙鳞，枝杈舞似龙爪，树冠盘曲如巨龙腾空，形状奇特苍古，又有云气在虬枝间不断升腾。

站在树底下，二狗子觉得隐隐有凛然之气渗入骨髓，又感到左胳膊钻心地疼，低头看原来是叫鼠花掐的，忙问她怎么啦？

鼠花说："我好怕！"

二狗子说："怕什么？"

鼠花惊慌失措地指着龙爪槐说："咱们怕是闯到老龙窝里来了吧，你没见那棵枯树上盘了多少条龙？个个都龇牙咧嘴张牙舞爪好不吓人，趁他们没下来咱赶紧跑吧，别待会儿叫龙吃了！"

二狗子一听哈哈大笑起来，心想功夫不负有心人，到底找到地方了呀！便叫妻子别害怕，告诉她那其实是棵树，长成了龙的样儿，他爸叫他找的就是这地方，他爸是有名的地下建筑学家，专门在皇家地宫里出没，搞些研究，把地脉风水钻研得门儿清。

二狗子想起他爸当时对他说："我去过最大的一个地宫，那气派简直没法形容，我先大着胆子从一群军队和马蹄子中间穿过去……当然是假的，泥巴烧的，可个个全身铠甲，头顶上梳了个鬏髻，人人手里拿着刀枪剑戟，跟真的一样。这些士兵护卫着两乘鎏金铜车马，都是单辕双轮，四匹马拉着，做工精致，堪称国宝，如果哪天考古挖出来，绝对引起轰动。参观完毕，我发现这是在城外面，便把城墙打穿一个洞，钻进去一看，乖乖，那里面才更不得了呢！圆形的穹顶上镶满宝石明珠，代表日月星辰，脚下是天下五岳九州的地理形势，再往前走则是灌满了水银的百川大海，里面还游着一群群金子做的野鸭子。到处都点着鲸油长明灯，把四处照得闪闪发光，我随手抓了一把，原来都是些金银财宝，珍珠翡翠玛瑙耳环手镯子东一堆西一堆的，名人字画都用来糊了墙，我简直看呆了，心想我幸亏不是人，要是人的话，准给弄出精神病来。

“正转着，突然听到有声响，我奇怪坟里怎么还有动静呢？躲起来一看，发现从我打的那个窟窿眼里拥进一伙人来，抬筐的抬筐背口袋的背口袋，见了那些财宝疯了似的上去就抢。谁知唰唰唰一阵响，一支支箭矢贴着我的头皮射了过去，那伙人立时稀里哗啦倒了一片。等箭雨一停，那些没死的又爬起来继续抢财宝。说时迟那时快，一个圆盘锯似的飞镖又刺棱棱钻进人堆，专拣人的脖子割，稀里哗啦又倒下一片。后来只剩两个还站着，我想，就俩了，够他们拣的了。谁知这哥俩二话不说掏出刀嘁哩喀喳厮杀起来，连着杀了三天三夜，最后都累死了。我想，金银财宝真是毁人的东西啊，我绝对不要，但这地方我要好好逛逛，活皇帝住的宫殿我去不了，死皇帝住的地方谁也管不着，我得看看这么漂亮的房子是怎么盖的，以后我们老鼠再盖房子的时候可以加以借鉴，都是在地下住着，别人能这么讲究，我们老那么简陋说不过去。

“从此我就不断地到处寻找皇帝坟，钻进去仔细地研究那些建筑的营造方法，连墓道和坟前牌坊的位置以及地形风水天象星座都有所涉猎，不过我也发现一件蹊跷事，只要我进了哪座坟，过不多久马上就有人从我挖的洞子里进来抢财宝，耽误了我一定的研究进程……”

二狗子接着对妻子说：“我爸后来说是他老了，虽然已经把地下建筑学研究得非常透彻了，但力气没了，什么都做不成了，但可以把掌握的知识都教给我，只要我愿意，便能够成为一名著名的地下建筑师。我想既然盖房子是每个公老鼠的天职，那成为一名地下建筑师未尝不是一个好选择，于是就跟我爸认真学习，他也悉心传授，终于熟练地掌握了这门学问。离开家的时候，我爸说他早注意到河对岸那个叫仙哩贝贝的地方风水不错，背后群山环抱，面前大河奔流，中间不停地有云气上升，咕嘟咕嘟有如壶水烧开一般，隐约似有几条黑龙在半空中盘旋飞舞，叫我记得去找，找到了就在那里盖房子，按我教的盖，那可是福荫子孙泽被万代的事情啊！刚来的时候光忙着谈恋爱了，没顾得上这事，谁知这么一找还真就找到了，老婆咱们哪儿也不去了，就在这里盖房子！”

说干就干，二狗子在龙爪槐下开始造屋。

二狗子眯起眼睛看准太阳的位置，抓起一把土往天上一抛测测风向，端平胳膊竖起大拇指左瞄右瞄，最后在老槐树的一根树根上用爪子尖刻了个十字记号，然后趴到地上，在十字记号的中央咔嚓咬下了工程的第一口。

鼠花跑到邻居那里借来炊具，搬来三块石头支起炉灶，给丈夫烧水做饭吃。鼠花想，跟老公一样，我也是没谈多久的恋爱就结婚了，他也不知道我做饭的本领，其实我做饭的手艺不一定比他盖房子的手艺差，他要盖一座具有皇家气派的房子给我住，我要做出星级饭店味道的饭菜给他吃，这样我才配得上他。

鼠花不时地朝二狗子那边看，先是看见老公的身体打摆子似的抖动，木屑向四处飞溅。

后来半个身子进了洞里，只剩屁股留在外面，那条尾巴像一根旗杆似的高高矗立着。看着这条尾巴，鼠花的心怦怦跳得压都压不住，她幸福地想："这是一条多么粗壮而灵巧的尾巴啊，这种尾巴是一个强大的公鼠的标志，我很幸运我的后半生有了依靠，我一定和他好好过日子！"

再后来，二狗子整个钻进了洞子，黑色的泥土和灰白的岩屑不停地从洞里喷射出来，洞边的泥土逐渐堆成了小山。

趁歇口气的工夫，二狗子找来十二粒橡子和一些竹子、木头，用牙齿和工具造了一架有三节车斗的轨道推车。二狗子操纵着轨道推车，不停地在洞中出出进进，把土运出来，小土山越堆越高。

鼠花不时地拿着毛巾追着给丈夫擦汗，端着碗叫丈夫喝水，摘了一片葵叶做成蒲扇给丈夫扇风，又咬开一颗核桃给丈夫做了一顶好看的安全帽戴，拔了些蓟草织成手套叫丈夫保护前爪。鼠花心疼地想："看把他累的，工具也不凑手，也没个冲击钻和镐头铁锹什么的，害得他要用牙咬用头拱用爪子刨，我一个妇道人家也帮不上什么忙，那我一定搞好后勤服务工作，除了要做可口的饭菜给他吃以外，每天晚上烧一大桶热水给他泡后爪，找大马要几根尾巴丝给他穿穿前爪上的血泡。另外，听说商店里来了老鼠专用的固齿灵牙膏，也要抽空买来给他用！"

有一天二狗子放下手里的活，上山咬了一张雪白的桦树皮回来对鼠花说："老婆啊，你知道我不会写字，你帮我在上面写几个字。"

鼠花是一只来自城里的老鼠，学过写字，能帮到丈夫，她觉得很高兴，说好啊好啊，跑去找来一把花叶芦竹当笔，剥开一个石榴泡出红红的颜色做颜料。鼠花把笔蘸饱了颜料问二狗子："写什么呢？"

二狗子说："就写'百年大计，质量第一'吧。"他知道所有的建筑工地都有这条标语，自己的这个工地也应该有，这样才规范。

鼠花说好啊，开始在桦树皮上写。

"百——年——大——计……"可写完这四个字鼠花停住了笔。

"怎么不往下写了？"二狗子虽然不认识字，但数还是识一些的。

"我觉得后面四个字要换一换。"鼠花对丈夫说。

"换成什么呢？"二狗子不明白。

"后面四个字应该写安全第一！"鼠花说。

"怎么是安全第一呢？"二狗子想，"造房子当然是质量第一啦，我造的这所房子不但我们自己要住，而且要给我们的孩子住，还要给孩子的孩子住，子子孙孙都要在这里住下去，这样的房子没有很好的质量那怎么成哪！"想到这里，二狗子坚决地说，"就写'质量第一'！"

"安全第一！"鼠花毫不示弱，她想，"当然是安全第一喽！我可不想叫我的丈夫出什么事情，我知道他都是为了我和孩子们才想把房子造得很棒很结实，但如果因此而出了什么事情的话（鼠花突然觉得这种想法不吉利，赶紧往地上呸呸吐了几口唾沫，狠狠用脚踩了踩），我宁愿住窟窿眼甚至露宿街头！"所以她又重复了一遍，"就是安全第一！"

"质量第一！"二狗子嚷道，质量问题是不能让步的。

"安全第一！"鼠花觉得安全最重要。

"质量第一！"

"安全第一！"

"……"

鼠花发现丈夫争得面红耳赤，嘴角都出了白沫，便有些心疼，心里说："算了，他也是一片好心，虽然是只老鼠，但脾气像头犟驴，别惹他了！"便说，"那好那好，就依你好了！"

二狗子得意扬扬地说："就是嘛，质量第一！"

鼠花拿起笔来，在桦树皮上写：

“安——全——第——一”

然后又加了一个大大的“！”。

二狗子掰着指头一个字一个字地念道：

“质——量——第——一！”

于是点点头，端起鼠花写字剩下的石榴汁咕咚咕咚喝下去，满意地咂巴咂巴嘴，又去干活了。

鼠花笑着把那块写着“百年大计，安全第一！”的桦树皮标语挂到树杈上。

第三章 奇妙的厨师

在二狗子一心一意盖房子的时候，鼠花带着用荆条编的篓子或者蒲草织的蒲包以及用什么壳做的瓶瓶罐罐，跑遍了周围的山野和田地，抠出地里的种子，掰下沉甸甸的穗子，咬下还顶着花的瓜，摘下树上的果子，挖来地里的蔬菜和野菜，偶尔还闯闯猪圈牛栏甚至人家的家，把篓子、蒲包和瓶瓶罐罐统统装满了往回运。鼠花有时候边干活边哼着小曲儿边想，啦呀啦——仙哩贝贝这地方果然不错，过去我待的那地方做这种事情是要冒很大风险的，偷偷摸摸的不说，闹出人命来也是常有的事情，可在这里干活就跟到自己家的菜园子里去收获没两样，我即使这么大声地唱着歌都一点不用担心，特啦啦啦……

我们该说说鼠花的故事了。

鼠花是从城里来的一只老鼠，她出生在一间医院里，这对老鼠来说应该是一个不错的待遇。她的幼年期是和几位兄弟姐妹在一只皮鞋里度过的。这只左脚皮鞋有很柔软的羊毛衬里，它和其他一些落满灰尘的杂物堆放在一间有着三角形屋顶的阁楼上。鼠花后来想，我做饭的天赋可能就是那时形成的。

阁楼地板的缝隙里每天一到时候就有香味飘上来，大家都一起抽着鼻子想，这是些什么东西发出的香味啊，为什么一闻到总会流口水呢？不久大家就清楚了，因为每到夜深人静的时候，爸爸便会从连着下面的梯子爬上来，带给孩子们些好吃的，大家渐渐地能从那些香味中预测到今天宵夜的主食和甜点将会是什么。有一个女儿的鼻子很尖，有一阵她老觉得有一种味道没有尝到，就问爸爸。爸爸皱着眉头想，怎么可能呢，在觅食方面我的身手是不容怀疑的呀，不可能漏掉什么。但女儿确信有一种味道没有尝到。

爸爸抽着鼻子转来转去，最后拍着脑门说，对了对了，前几天主人过生日，人家送他一大把花，一定是那些花发出的香味！女儿好奇地问花是什么呀？爸爸就给女儿形容什么是花，但女儿无论如何想象不出那究竟是一种什么东西。爸爸说，总之花是这世界上最美丽的一种不好吃的东西，这么说吧，我的女儿有多漂亮，花就有多漂亮，反过来也一样，我看给你用花做名字吧！心里又想，这闺女不但人长得漂亮，鼻子还很尖，跟狗似的，以后说不定能派上些用场，这个女儿便是鼠花。

鼠花有了好听的名字自然高兴，但其他几个女儿有意见。爸爸说，这好办，世界上各式各样的花有得是，咱们都叫花，你叫牡丹花，你叫玫瑰花，你叫玉兰花，你哭起来特响亮，叫喇叭花！

鼠花和所有皮鞋里的小老鼠觉得鞋底下有一个非常奇妙的世界，简直要什么有什么，非常想去那里看看，但爸爸说，那里是去不得的，千万不能去！孩子们不明白，既然有那么多美妙的东西，为什么去不得呢？爸爸说，等你们长大就知道了。既然不让下去看，也不是没有办法，大家就找了条地板缝往下看。大家看到一个脑袋，那脑袋中间锃光铮亮，四周围长了一圈黑黑的头发，正在一口黑黑的平底锅里滋啦滋啦地煎荷包蛋。大家都笑了，捂着嘴说，一个大荷包蛋煎一个小荷包蛋，小荷包蛋被大荷包蛋煎得滋啦滋啦直响。

爸爸告诫孩子们，不要嘲笑大荷包蛋，大荷包蛋是个科学家，由于动脑筋动多了，把头弄成了荷包蛋，大荷包蛋没老婆，只好老煎小荷包蛋吃，或者吃些香肠面包酱瓜方便面这些你们比较熟悉的食品。如果有老婆，吃得肯定要比这复杂得多。我们住在一位科学家的楼上是应该引以为自豪的事情，并不是所有老鼠都有这份荣幸的，所以以后大家行动的时候要小心，千万不要发出一点动静打搅了大荷包蛋。小老鼠们都说好啊好啊，我们以后都小声说话，蹑手蹑脚走路，保证不让他听到。爸爸满意地想，这我就放心了，这种因地制宜因势利导的安全教育还是很有效的，如果保密工作做得好，孩子们还是可以在这里度过幸福的童年的。

不过和大荷包蛋当邻居并没有当多久，有一天爸爸沮丧地从梯子爬上来告诉孩子们，说是大荷包蛋死了，咱们恐怕要搬家了。妈妈问："为什么要搬家呢?"孩子们也说："为什么要搬呢？我们在这里已经住得很习惯了呀!"妈妈说："就是嘛，孩子们已经开始长个儿了，一只皮鞋快住不下了，但我又找出了七只鞋子，其中还有三只凉鞋，那么连过夏天都不怕了……"孩子们也七嘴八舌地说："对呀对呀，这里非常好玩，好玩得不得了，我们已经咬碎了一只鸭子，咬掉了一颗人头，咬破了一只猫的肚子，现在正开始咬一只老虎的尾巴……"妈妈笑着指了指那堆东西，原来是些脏乎乎的毛绒玩具。

"妈妈正在给我们修理那个坏闹钟，修好了闹钟我们就能按时起床了，我们背着这个破书包上学，地板上有许多书供我们啃，我们可以在墙上乱涂乱画，要是把眼睛搞近视了还有眼镜戴。如果谁想集邮与收藏，这里有的是邮票、纽扣、纪念章和曲别针。那边盒子里有金光闪闪的塑料项链、戒指、头发夹子，谁谈恋爱准不缺东西用。这个破箱子里的东西能把我们打扮成吸血鬼、女巫、圣诞老人或者一只公鸡，我们可以开着掉了轮子的小汽车飞驰，驾驶没有翅膀的飞机翱翔，地球仪可以当球踢，笔记本可以撕着玩……"

爸爸使劲堵起自己的耳朵眼，要不然耳朵会给这些愤怒的小家伙吵聋的。

妈妈总结说："所以我们哪里都不去!"孩子们也说："对啊，所以我们哪里都不去!"妈妈说："大荷包蛋虽然死了，但你可以到别的地方找吃的呀，这对我们老鼠一点都不难!"孩子们说："对呀对呀，一点都不难!"

爸爸想，他们的心情我是理解的，我何尝不想叫我们一家人其乐融融地在这里生活下去呢？但科学家大荷包蛋死后，这所房子被单位收了回去，如果做做别的用途也就罢了，可偏偏要改成科学家大荷包蛋的故居陈列馆。我找有关人士询问故居陈列馆是什么意思？他们回答说就是把科学家大荷包蛋房间里所有东西全部用玻璃罩子罩起来，供人们参观和学习。我问："老鼠呢？老鼠怎么办?"那人说："你不提醒我还疏忽了，你是说那些做实验用的小白鼠呀，小白鼠当然不能用玻璃罩子罩起来，他们还要喘气呢！我们需要定制一批漂亮的鼠笼，让他们住在里面，这些小白鼠可是有功之臣哪，没少挨了针没少灌了药，死了的也不在少数，从某种意义上讲，没有他们便没有大荷包蛋科学家！”我又问：“那其他老鼠呢？”那人怀疑地看了看我，问：“你说什么？”我一看他那眼神，就赶紧跑回来了！

爸爸把这些情况跟孩子他妈说了一遍，孩子他妈一听也紧张了，说：“还有什么好犹豫的？撤吧！”

那天半夜，有一只左脚皮鞋从阁楼上咚咚咚地下来了。这只皮鞋从那间很快要变成故居陈列馆的房间出来，走过长长的走廊，爬上窗台，钻出窗子，蹦到草地上，一直朝前走，穿过花坛，路过住院大楼、门诊大楼、急症室、停车场——哦，果然是一家规模不小的医院，怪不得说鼠花是出生在医院里呢——又踩上爬满爬墙虎的花墙，再走下来，上了大街。这个时候街上没什么人，这只左脚皮鞋有些趾高气扬，大踏步地朝前走。走到后来，天开始蒙蒙亮了，皮鞋便开始小心起来，贴着墙根蹑手蹑脚地向前走，走着走着突然停住了。

原来有个拾荒人骑着破旧的三轮车过来了，拾荒人眼尖，一眼看见墙根那里有只皮鞋，就下车一跳一跳地去捡。刚到近前，有两只小老鼠刺溜刺溜跑了。拾荒人捡起皮鞋一看，是一只左脚皮鞋，看上去还蛮新，乐了，心想，这只皮鞋倒像是给我这个缺了右脚的准备的，回去下些功夫擦出来，可以过年穿，便把皮鞋往三轮车后斗里一丢，骑上车走了。哈，不用说大家就明白了，这只左脚皮鞋里住着鼠花家那一窝小老鼠，爸爸妈妈把他们往外搬的时候不小心碰到了这位独腿拾荒人。独腿拾荒人回到家对那只鞋子心爱得不得了，拿在手上左右端详里外观赏，发现鞋壳里住着一窝小老鼠，心里想，这是些可怜的小家伙，我就不为难他们了，他们把自己住的房子都送给我穿了，我放他们一条生路好了。便把皮鞋噗噗噗往一个破马桶上磕磕，把小老鼠们磕进了破烂堆里！

虽然从医院出来直接进了垃圾场，而且一下子成了孤儿，但并没有耽误了鼠花的成长，因为她毕竟是一只老鼠呀！在生活当中碰到各种各样的变故对他们来说是常有的事情。话说回来了，在某种意义上，比起医院来，垃圾场兴许是一个更有利于老鼠健康成长的地方呢！鼠花自由自在地在城里游荡出没，慢慢出落成一只风姿绰约的母鼠。其中的细节用不着说了，但有件事需要提提，那就是为了生存，饭店是要常常跑跑的。

我们知道，鼠花有一副与众不同的鼻子，靠着这副鼻子，她能够分辨出各式菜品里食材的种类和配比。虽然她暂时还不知道这样做对她今后的生活会有什么样的影响，但她始终乐此不疲。另一件事情也不得不说一下，由于鼠花是诞生在医院，并且跟大荷包蛋这样的科学家做过邻居，从小就在阁楼上啃过书本糟蹋过笔记本，所以喜欢做些高雅的事情，比如认个字什么的，甚至有时候还到学校里面去转一圈，后者显然是一项风险性非常大的活动，因为那里所有的孩子无一例外都对老鼠保持着异乎寻常的兴趣。但鼠花始终克制不了自己的欲望，她时不时地要去那里转转，对童年生活做些甜蜜的回忆。所以说，小时候选择一个不错的人做邻居还是有益的。正因为如此，鼠花学会了唱歌和念几首朗朗上口的诗。

啦呀啦……特啦啦啦……鼠花一边哼着小曲儿一边快乐地干着活，她还在草丛里捉来各式各样的虫子，再从地底下挖出他们的子孙或者父母（也就是卵或者蛹子），到河边抓些小鱼小虾。

有些事情鼠花自己做不了，就叫丈夫帮她做，比如到树上掏鸟蛋。鼠花交代说，咱家树上这窝最好别掏，好歹也是个邻居。二狗子边走边想，老婆的心肠还是很软的，要我说先掏这窝，少走些路，不耽误我盖房子。鼠花冲着丈夫的背影喊，如果有没出齐毛的小鸟也带回来！二狗子想她这是想干吗？

把材料准备齐全，鼠花要开始做饭了，她打算露一手给老公看看，因为通过几天的努力，她确信已经破解了娘家那边几个著名饭店的菜谱！这可不是一项简单的工作，它耗费了鼠花大量的心血，她手头没有任何现成的文字说明，也没有任何实物可供参照，只能依靠嗅觉和回忆一点一点地去还原，她后来都被自己的能力感动了，她感叹道，我知道人总是喜欢把简单的事情弄得很复杂，但我想不出有什么弄得比做饭更复杂了！

鼠花把蔬菜炒了，把野菜拌了，把鱼炖了，把虾焖了，把蛋煎了，把瓜雕了，把水果切了，甚至连馒头和发糕都蒸好了，一份一份地盛放在碗里盘子里碟子里，或者铺好的叶子上。

饭菜的香味把正在干活的二狗子都吸引来了，他看着眼前的场面十分惊讶，他还从来没见有谁能把菜做得这么精致，颜色这么好看，特别是味道闻起来这么香，香得叫人咕嘟咕嘟直咽口水，这么棒的饭菜甚至都不是用来吃的，而应该摆在那里叫人欣赏，那完全是一个个艺术品嘛！尽管如此，该吃还是要吃，要不怎么叫饭菜呢？二狗子伸出爪子要去抓菜吃，谁知叫鼠花啪的一巴掌把爪子打掉。二狗子不好意思地想，哦，没洗爪子，老婆生在医院里，有洁癖！他嘿嘿笑着说，我去洗，去洗！鼠花说，不是啦，菜还没做完，还差几道重要的工序，其实才做好了一半。

“差几道重要的工序？怎么会呢？”二狗子怎么看怎么都是一道道色香味俱佳的菜肴，实在想象不出怎么会才做好了一半。

“丈夫馋成这样叫人很心疼！”鼠花想，“那就让他先吃上几口吧，反正这道程序也是有的。”

得到允许，二狗子挨个把饭菜都尝几口。由于嘴里塞满了东西没法说话，便朝她鼠花直竖大拇指，他其实想说，做了一半的都香成这样，要是做完了那不得香死人哪！

有一道菜引起二狗子的注意，原来是几只光屁股小鸟炸得黄黄的码在盘子里。二狗子抬头看老婆。鼠花说：“哦，就是你捉来的那几只小鸟，这道菜叫炸乳鸽，最好用鸽子，小鸟也行，你可以尝尝，城里人很喜欢吃这口。可惜材料不凑手，如果你能弄到穿山甲、猴子、孔雀、狗熊的爪子、骆驼的蹄子或者鲨鱼的翅膀我也能做出来，饭店里这些东西贵着哪。”

二狗子倒吸一口凉气，心想还说老婆心肠软呢！顺便又问了一句：“那猫呢？”

鼠花回答说：“也行，剥了皮和蛇一起炖着吃，菜名叫‘龙虎斗’。”

二狗子又倒吸一口凉气赞叹道：“城里人威武！”

鼠花撕下一根鸟腿递给二狗子，二狗子一啃觉得味道虽然不错，但多少有些别扭——我们也就是掏个鸟蛋，城里人连人家的孩子都吃。

尝过了菜再吃些面食，二狗子抓起发糕吹吹热气要往嘴里送，鼠花一把没拦住，发糕便碎成一把一把小伞飘得满天都是，把二狗子吓了一大跳。鼠花说：“算了算了，没先给你说好。”二狗子问：“怎么回事？”鼠花告诉丈夫，为了把发糕做得松软，她动了不少脑筋，后来受了蒲公英的启发，就采来蒲公英，掺进面里做成发糕，蒸熟了果然松软无比，吹口气都能吹散了，刚才他吹得那么狠，一下子吹没了。发糕没了那就吃块馒头吧。

鼠花心灵手巧做了一个猫馒头，她在面上捏出猫耳朵猫鼻子，用豆子装上猫眼，用草茎栽上胡须，放进笼屉蒸熟，拿出来一看，果真是一只浑身冒着热气的大白猫。二狗子冲着猫鼻子吭哧咬了一大口，叽里咕噜地对鼠花说："我把它咬成一只没鼻子的猫，叫它破了相！"还想再咬掉猫耳朵，咬出一只西瓜猫。谁知鼠花把猫馒头抢下来说："行了行了，留着还要继续加工呢！"二狗子没有吃得尽兴，感觉很遗憾，说："那下回给做个狗馒头呗。"鼠花想这个很简单，刚想答应，转念一想，不行，不能答应，吃了狗馒头，他就会闹着要羊馒头、牛馒头甚至老虎馒头，最后肯定想吃大象馒头，那样很容易把我辛辛苦苦搜集来的面粉用光了，不行！于是岔开话题说："你吃也吃得差不多了，给你派个活，去找口缸来。"

二狗子高高兴兴地应了一声转身走了，他自言自语说："老婆做了这么多好吃的，叫我做什么都行！"

不久二狗子赶着四只刺猬抬着一个破铁桶回来了。他不好意思地说："缸倒是有，可实在抬不回来。"四只刺猬一起抱怨道："抬不回来抬不回来，给我们喂多少盐都抬不回来！"鼠花笑着说："辛苦你们了，卸了桶过来喝蜜糖水，这个铁桶也够用了。"

鼠花指挥着刺猬把铁桶放好，然后把那些做好的饭菜一样一样倒进铁桶里。二狗子看得很心疼，心想，还生在医院里呢，那个破铁桶里里外外全是脏疙疤，也不说刷刷就把饭菜往里面倒，我是在猪圈里找来的啊，就是个泔水桶，我原本说到河里洗洗吧，刺猬说我们又不是鱼，要洗你自己去洗，我哪能洗得了啊！鼠花看出了丈夫的心思，笑道："泔水桶好，要的就是泔水桶，你很会找！"

把饭菜倒进桶里以后，鼠花又把另一些东西往里面倒。二狗子问："这是放什么呀？"鼠花一样一样地详细说明："这是刷锅水，这是洗抹布的水，这是你洗前爪和洗后爪的水，这是洗我的围裙的水，另外还要接三天的雨水。喏，再放些烟蒂、半块砖头、一包锅底灰、几根生锈的铁丝、一捧树叶、擤过鼻涕的纸、一把土，当然最好是城里的土，那里面掺的东西品种多，但城里太远，你去不了，这里的土也凑合了。嗯，”鼠花想了想说，“按说还应该加些汽车的尾气和可吸入颗粒物，但条件所限，就算了，差也差不多了。”又呸呸呸往里面吐了几口唾沫。

按照鼠花的要求，泔水桶放在野地里又接了三天雨水，在烈日下面暴晒了三天，再盖上盖子捂了三天。

第十天鼠花从桶里舀了满满一碗递给丈夫叫他尝尝，然后紧张地看着他。

二狗子先喝了一小口，那味道刚一入喉，他立刻想起了老婆说的那些话，之前的那些菜可不是只做了一半？甚至连一半都不到，也就是刚开了个头，相比起来现在这碗才是真正的菜哪！你尝尝这馊味，这酸味，这霉味，还有丝丝缕缕的臭味，以及一些形容不出只能靠感觉的陈年老窖的味道，跟那些炸乳鸽、四喜丸子、麻婆豆腐的味道一掺和，啊……这世界简直让人感到太美妙了，生活太有味道了，老婆太棒了，我就要死了！

看到丈夫陶醉的表情，鼠花终于放心了，她对自己说：“幸亏我在城里的时候天天都要往饭店跑，我一般去饭店厨房的后门，那片脏水横流的地上都摆着一口香气四溢的大缸，恐怕城里所有的老鼠都知道这一点。但能从那么一大缸的东西里面把细节一点一点还原成菜谱，然后再倒着重新复制一遍，这样的老鼠恐怕找不出几个，感谢我天生对厨房的好奇心，感谢我爸我妈给了我一副好鼻子！”

第四章　房子落成了

那么一大桶佳肴珍馐可够二狗子吃一气的了，而且泔水桶里的东西越捂味道越足，二狗子越吃越爱吃，越吃力气越大，活就越干越快越干越好，一桶还没吃完，房子便盖好了。

房子竣工那一天，二狗子带着鼠花去参观新居。

二狗子告诉鼠花，房屋竣工是一件大事，按道理说应该在场院里扎个草台子，请个戏班子，连着唱三天大戏。还要把所有认识的都请来，吃三天免费的流水席，当然鸡鸭鹅猪牛羊就不用请了，他们本身就在席上了。如果叫你掌勺的话，那大部分客人都不用请了，连熊都不用请了，哈哈……二狗子觉得应该不失时机地表扬一下妻子，因为整个工程里也浸透了她的汗水。不过条件所限，这些事情都办不成了，甚至连一挂鞭炮都放不成！二狗子很有些遗憾。

鼠花望着龙爪槐下矗立的门楼子也为丈夫感到惋惜，老公为这新家花费了多少心血啊，光为了挑他前爪子上的血泡，我就揪秃了一匹马的尾巴，这使我想起了科学家大荷包蛋！他为盖房子受的那些罪我就不说了，光看眼前这个门楼子，这些斗拱抱厦勾阑额枋雀替偷心造，都是老公一点一点在树上咬出来的呀，精致得简直像是一个漂亮的模型，能把房子盖成这样当然应该好好庆祝庆祝，人家把房子盖得比这差一百倍的还庆祝得热火朝天呢！但老公的想法有些土老帽了，其实应该租个体育馆，请些歌星影星主持人什么的开演唱会，中间抽抽奖，饭也不能那么吃，应该吃自助餐，酒水随意的那种，但在仙哩贝贝这些事情都办不成，对他也许是个打击，因此我得想办法补救一下。

鼠花让丈夫等等，自己跑到山坡上摘了一朵喇叭花插在耳朵眼里，又采了些野菊花扎成一把带回来，插在丈夫胸前的口袋里，退后几步一端详，嘿，还别说，老公跟个新郎官似的！她自言自语地说，多亏刚才由科学家大荷包蛋联想到了花，现在我们两个变得一个像嘉宾一个像嘉宾的妻子，对老公起码是个安慰！

嘉宾领着嘉宾的妻子，嘉宾的妻子跟着嘉宾庄重地步入新居。

门楼子上的木门发出吱吱嘎嘎的声音，二狗子皱着眉头对鼠花说：“门太重，门轴得多膏些猪油。”

进了门是一长溜向下的甬道，甬道两边的壁上挖出许多小龛，龛里点着一盏盏的油灯。二狗子告诉鼠花说：“其实应该用鲸油灯，但鲸油在仙哩贝贝不好找，只好用桐油代替了。”甬道两边还有些窑洞似的大龛，里面也点着灯，鼠花钻进去看看，发现里面挺宽敞的，像一间间小房间，就问是干什么用的？二狗子回答说：“放瓶瓶罐罐还有鼎啊尊啊爵啊什么的。”鼠花想，哦，原来是储藏室啊，老公做事考虑得很周到，不过后面说的那几样没听说过。二狗子边走边介绍说，甬道两边的墙上还应该画上些壁画，内容一般是主人的日常生活，因为我们刚刚结婚，连家还没有，也就没有日常生活，等以后有了日常生活再补壁不迟。鼠花心想，他的这些话听起来不知道为什么有些别扭。

走了一会儿鼠花说："咱家这个甬道够长的啊！"

二狗子说："算一般吧，还不是最长的那种。"

甬道尽头是一道没有门扇的门，二狗子介绍说这叫砖砌双券拱形门。进门后，有前后相连的两个宽敞的大房间，都是青石铺地，天花板的样式也很别致，二狗子说这叫四角攒尖顶，目前在人间已经失传，是爸爸重新发掘整理出来的。鼠花里里外外看了一下，发现两个大房间又有甬道通向侧面的小房间，二狗子解释说这四个小房间都是放玉器、陶器、青铜器和漆器的，也有放陶人陶马唐三彩的，级别高的还放金银器珍珠玛瑙甚至是编钟，如果碰巧是员武将，也放些刀枪剑戟和盔甲流星锤之类的……鼠花听得云山雾罩。"不过咱们是用不着这些了，我已经把这四个小房间分别改造成我们的卧室，你的厨房，还有浴室和卫生间。另外一间你猜我改造成什么了？"鼠花想不出，便摇摇头，二狗子说你再想想。鼠花还是想不出。二狗子就说："哈，我把它改成儿童房了！"鼠花觉得自己的脸一下子好热，心想还好有毛挡着，要不然就叫他看出来了。

鼠花又问："这两个大房间做什么用呢？"

二狗子说："前面的这间做什么用搞不清楚，我爸说他进去的时候泥淤得老厚，翻翻里面都是些陶器漆器的碎片，金银器玉器和其他值钱的东西基本都找不到了。重点在于后面那间。"

"后面这间吧，"二狗子把鼠花领过去比比画画地说，"我爸说奇怪极了，里面又用锯好刨平的柏木方子整整齐齐地垒了个小房子，据明白人讲小房子叫作'黄肠题凑'，也不知道什么意思。小房子里头放了一个一头大一头小的大木头盒子，盖得严严实实的，板子又厚实，我爸说如果咬短时间咬不穿，所以没进去看过，也不知道里头盛的是些什么。"

鼠花也想，那里面是些什么呢？但听上去头皮一奓一奓的，不知道为什么。

二狗子又说了："也别管它们过去是做什么的了，现在我规划了新的用途。前面这间就做我们的客厅、餐厅兼起居室，我们，当然以后我们全家可以在里面吃饭、聊天、孩子们做游戏……"鼠花点点头，她能想象得出将来全家人聚在一起其乐融融的场面。"后面那间可以做食品仓库，那个小木头房子咱们不造了，柏木伐起来不是简单的事情，而且也不环保。我们可以在天花板上拉几条绳子，挂些腊肉和香肠什么的，找些缸和桶存放谷物、豆类和坚果，那种一头大一头小的木头盒子倒也需要，可以储存贵重的熟食，下一步我会造一口。将来我们的人口肯定多，食品仓库宽敞些是必须的，尤其是冬天!”鼠花觉得老公想得挺长远，但有些话听起来总觉得不对劲。

鼠花又发现了新的问题，指着头顶说：“好好的天花板上，为什么挖一个黑窟窿呢？多难看啊!”

二狗子说他也觉得难看，而且施工难度是整个工程中最大的，因为要仰着脸干活，弄得满嘴是土，眼睛也被眯得睁不开，很耽误工夫，否则整个工程起码能提前三五天完工。鼠花于是能想象得出丈夫干这个活的难度，但这个大黑窟窿究竟是做什么的呢？二狗子继续解释道：“其实按正确的办法应该是从外面往里挖，就跟打井似的，那样就容易多了。不过我可不能在咱家的房顶上打口井啊是不是？每天一抬头就看见火红的太阳，一下雨就哗哗地往家里灌水，冬天到了还得在客厅里扫雪……”

鼠花心想那倒是，但这个洞到底是做什么用的我还是不清楚啊!

二狗子最后才揭晓了谜底，说是他爸说的，他去过的所有古代地下建筑里都有这么一个洞，那是供人进出的通道，学名叫“盗洞”。虽然我们盖房子不用考虑人的需要，也不希望有人来家里做客，但形制上是马虎不得的，所以在天花板上保留了这么一个一人粗的浅窟窿，难看归难看点。“我必须听我爸的，他是建筑方面的权威!”二狗子自豪地说。

鼠花想，老公是个孝子啊，这种男人靠得住，不过他说的话听起来越来越瘆人。

“哎，对了，说到洞我带你看一样东西。”二狗子拉着鼠花的爪子跑进卧室，钻到床底下，挪开一块木头板，下面露出一个黑洞洞的洞口。二狗子自己先顺着一架木梯子下去，然后又帮着鼠花下到洞底。鼠花发现洞壁四周有几个黑窟窿，二狗子拉着她钻进一个窟窿往前爬，爬了半天见有一道亮光射进来，鼠花露头一看，原来是一户人家的烟囱眼，这倒是蛮有意思的。二狗子又带鼠花掉头折回去，钻进另一个窟窿爬，又有亮光照进来，露出头一看，原来到了一个猪食槽子底下，几头大肥猪正吧唧吧唧地吃着槽里的食物，没发现有小老鼠来到他们家里。二狗子抓了一把溅在地上的猪食塞进嘴里，把鼠花恶心得，拉着他就往回走，心想这种不卫生的习惯一定要他好好改改。又折回去沿着另外一条路再爬，一露头把一只抱窝的母鸡吓得咯咯咯咯跑了，他两个把热乎乎的鸡蛋滚到洞里，鼠花说："今天晚上给你做碗蛋花汤喝，但是记住以后不许随便抓起什么就往嘴里塞，多脏哪！记住了吗？"二狗子说："记住了。"

两个人继续往各个方向爬，不断地从各种各样的地方露出头来，有草垛里、粪堆边、坟头上、牛粪底下、井壁上、田埂旁、锅台后面、土地爷耳朵眼里……有一次一露头发现居然进了马屁股后面挂着的粪兜子里面！鼠花越走越兴奋，心想丈夫真的很细心，这一定是为孩子们设计的游戏路线，如果在这样的地方躲猫猫玩肯定非常有意思的！但去粪兜子的那条路要封掉，太恶心！丈夫有些坏习惯确实要好好改改，不能传染给孩子！

有一条路爬的时间比较长，很久都没有看到亮光，鼠花都有些累了，二狗子对她说："就到了，这是最后一个了，再坚持一会儿吧！"鼠花问："这是第几个洞口了？你挖了那么多洞，我数都数不过来了。""第十八洞。"果然不久便见了亮光。二狗子说我先上去看看，再叫你，这个洞有些特别。鼠花也不知道特别在哪里，不过第十八洞听上去有些耳熟，但一时想不起在哪里听过。

听到丈夫在上面叫她，鼠花就爬了上去，露头观察，发现四周是一大片绿茵茵高低起伏的草坪，其间点缀着各种形状的水塘和沙坑，煞是好看。洞口插着一根竹竿，一面三角形的小红旗在头顶猎猎作响。鼠花正考虑是不是应该爬出去躺在草坪上晒晒太阳，忽然发现一个白球骨碌碌地滚过来，越来越大，越来越大……说时迟那时快，二狗子在后面拉了鼠花一把，两个人扑通掉到洞底，把屁股摔得生疼。这时听到外面有人在嚷："小鸟球小鸟球，第十八洞打了个小鸟球！"

二狗子惊魂未定地对鼠花说："好险好险，差点叫那白色的陨石砸到！这个洞挖得有点问题，那天一挖通了就碰到同样的情况，而且人家都知道这是咱们的第十八个洞，我可是都没跟谁说呀，真是怪事，过几天一定堵上！"

这倒让鼠花一下子想起来了，过去在城里下馆子的时候，她藏在天花板上听人说今天累啊，十八个洞打了多少多少杆。说那你不行，我打了多少多少老鹰球小鸟球。知道了那是一种叫作高尔夫球的游戏，现在一联想，基本上可以肯定就是那玩意儿，便讲给丈夫听。还说把这个洞堵上有些可惜，以后可以从这里出去散散步，感觉肯定跟逛公园差不多。“那起码也要装个防盗门!”二狗子还是有些担心。

回去的路上鼠花边爬边问丈夫，为什么要设计这么多洞口呢？是不是以后好叫孩子们玩躲猫猫的游戏啊？

二狗子说：“当然不是，主要是为了安全。有一次家猫、蛇、狼、西藏棕熊、金猫、雪豹、草原斑猫、漠猫、兔狲、猞猁、豹猫、金雕、草原雕、苍鹭、胡兀鹫、玉带海雕、猫头鹰，还有一个真的人在一起开了个会，这些家伙你也知道，都是我们老鼠的敌人，会上决定共同联手消灭一家老鼠。为什么要动用那么多的力量呢？因为这一家老鼠的洞口比较多，有十七个，他们一人堵住一个洞口，真的人点着六根香烟狠狠地吸了一口，然后往洞里一喷，把可怜的老鼠们熏得待不住了，从十七个洞口分头往外跑，叫十七个家伙逮了个正着。所以我这次要修十八个洞口，万一有情况，大家都从第十八个洞口朝外跑，那十七个家伙就逮不到我们了！所以第十八个洞口非常重要，我一定要安个防盗门!”

鼠花恍然大悟，心想老公做事情考虑得的确非常全面周到。

参观完室内，两个人吱吱嘎嘎出了家门。

二狗子指着家门口延伸出去的那条路说：“两边还应该摆上石人和石马，石人的学名叫翁仲，这边是文官，对面是武将，一直排到那座山的山脚下。”

二狗子所说的山其实就是他盖房子挖出来的土，在门口不远的地方垒起了一座圆锥形的小山。

二狗子说：“山顶上我准备建一个亭子，山半腰再栽一棵歪脖子的老槐树，并且到铁匠铺打条锁链拴在树干上……”

鼠花不解地问：“这是干什么呀?”

二狗子告诉鼠花，他爸说了，皇宫后面都有这么一座山，半山腰的歪脖子老槐树是专为皇帝上吊准备的，上完吊直接就送到大房子里面套的那个小房子里去了。歪脖子老槐树因为把皇帝吊死了，所以犯了重罪，尽管是棵树也得用铁链子锁了，想跑也没处跑。把山弄好了再抽空把石人石马刻出来，“老婆你别用这种眼光看我嘛！我真的会刻，我爸教过我，哪天我到铁匠铺打铁链子的时候，捎带着做一套石匠工具就开始干，非把我爸说的风水整齐了不可！”

鼠花终于知道自己怪不得老是头皮一奓一奓，浑身的毛往上竖，一阵一阵起鸡皮疙瘩，原来老公是建了这么一座房子啊！

二狗子知道了鼠花的想法，便说：“嗨，这算什么呀！我爸早说了，都是在地底下住着，该向人学的就要学，房子能盖好些尽量往好里盖，随随便便掏个窟窿眼就住进去很落伍，何况以后还有孩子……”

“但终归想起来有些怕怕的。”

第五章　我们是不会有结果的

鼠花的故事还没讲完，她是怎样大老远地从城里来到仙哩贝贝的呢？

说起来也并不复杂。

有一天鼠花又去了一家饭店准备吃些东西，这家饭店以烹制野味著称，那道炸乳鸽便是她在这家饭店后门那口泔水缸里学会的。那天鼠花来得比较早，她照例要先去拜访一下关在铁丝笼子里的家伙。

蛇是随时都能在笼子里看到的，胖胖的果子狸也不少见，幸运的话还能看见满身鳞甲的穿山甲，怪模怪样的大蜥蜴也挺招人疼的。鸽子倒没什么看头，鼠花喜欢逗逗长尾巴花脖子的野鸡，这种家伙警惕性很高，只要爬上去拿根什么往里一捅，满笼子便噼里啪啦地金光闪烁，跟过年放礼花似的！孔雀当然比野鸡还要好看些。倒是扁扁的乌龟也这么关着叫人难以理解，你即使放了他他还能跑到哪里去吗？

鼠花觉得这地方不错，来这里逛逛就跟人去动物园逛似的。不过鼠花自己也试着揣摩过，恐怕在心理上还是有区别的。人在动物园里头和动物园外头见到那些动物的想法，跟老鼠在笼子里头和笼子外头见到他们的想法肯定不同。鼠花想，如果在笼子外头碰上我们不自卑那是假的，比方说蛇吧，他要是在野地里见了我们，肯定是一口一个一口一个，猫头鹰也一样。如果是孔雀呢，她最多用一只眼睛瞟瞟你，高兴起来才撅屁股晒她的那床花被单子，不高兴扭头就走。

而人呢？在动物园里见了那些动物跟见了失散多年的亲戚似的，还比着样子做成毛绒玩具哄小孩玩，或者叫他们当电影的主角，甚至送到国外住住。可只要在别的地方见了他们，那花样可多了，也说蛇吧，不但一刀拿下，而且连单腿皮裤都给脱了，直接剁成段子下油锅。孔雀也好不到哪里去，鼠花见过一次，拔了毛还不如圣诞节餐桌上的火鸡丰满。其他的那些下场也大同小异，有清炖的，有椒盐的，有红烧的，要不就是煲成一锅浓汤！

鼠花一般在笼子面前意气风发地来回走几趟之后再去吃东西，吃饱了不忘回头跟笼子里的家伙们打个招呼。“领不领情那是他们的事，下回来就不一定能见着喽，略表同情吧！”鼠花想。

这一天鼠花发现笼子里面关了一只兔子，不是那种白白胖胖长着一对红眼睛的家伙，而是一只灰色的兔子。这只灰兔子看上去轮廓分明，虽然就那样懒洋洋地趴着，但四肢的肌肉紧绷绷的，像是随时准备一跃而起。鼠花的心咯噔了一下。那只灰兔子似乎发现了有只老鼠在注视他，于是翻开眼皮看了鼠花一眼。就是这一眼，鼠花觉得自己变得无可救药了，也是从那一眼开始，她知道成熟是怎么回事了。

那是一对什么样的眼睛啊，又大又圆又清澈，就像阳光映照下的两颗宝石，看上去叫人觉得心里多了几分纯净。也像天上同时出现了两轮圆圆的月亮，月光似的目光里依稀透出一丝忧伤，这是最叫鼠花受不了的，她的心怦怦怦直跳。鼠花拿不准是不是应该过去打个招呼，因为这多少叫人有点难为情，要知道孔雀和果子狸他们都好奇地注视着她呢，鼠花的脸上火辣辣的。

正踌躇间，鼠花听到有脚步声向这边过来，是那个胖厨师出来倒泔水了，她不敢再停留，只好躲开，她回头看了一眼，发现那只灰兔子也在看她。

吃完东西回到家，鼠花不知自己是怎么了，她无缘无故地跟最好的朋友吵了一架，咬坏了自己最喜欢的一双鞋子，想扫扫地却骑着扫帚爬到烟囱眼里弄得浑身漆黑，后来想睡一觉也许就好了，可躺到床上无论如何睡不着，把一群绵羊数了六遍，反而越来越清醒。直到大半夜了才搞清楚究竟是怎么回事，连忙爬起来，一溜烟地又向白天去过的那家野味店跑去。

到了铁丝笼子跟前，鼠花找到关那只灰兔子的格子，发现灰兔子睡得正香，忙抓住笼子咣啷咣啷摇晃。灰兔子睁开眼睛一看是只老鼠，哼了一声，又把眼睛闭上。鼠花的心又怦怦怦地跳开了，心想，他这么看人是最让人受不了的，懒懒的，好像对什么都无所谓，马上叫人家剥了皮都无所谓似的，多酷哪！不行，我得把他面临的处境告诉他。

鼠花着急地小声嚷道："快醒醒快醒醒，听我给你说灰兔子！"

灰兔子这才把眼睛睁开，问："怎么回事？"

鼠花赶紧把他将会得到的待遇讲了一遍。鼠花说一般是这样的，先给他把皮筒子脱了，然后放到案板上哐哐哐一剁，红焖清炒都不错，尤其是头，能做酱兔子头，这还不算完……"还不算完哪！"灰兔子都带着哭腔了。"不算！"鼠花很坚决，"不是还有个皮筒子吗？人家在里面揎满干草挂起来晾，等干透了就做皮大衣上的毛领子，虽说跟水貂皮的没法比，但也凑合了！"听到这里，灰兔子哇哇地号啕大哭起来。

鼠花忙说别怕别怕，我这不是来救你吗？

灰兔子一听，立刻不哭了，着急地嚷道那快放我出去，待会儿那些人要来剥皮了！

鼠花安慰说不会不会，才半夜呢，没这么早就剥皮的！

说着，用牙咬断别着笼子门的木棍，打开门，灰兔子刺溜一下窜了出来。

其他笼子里的动物见鼠花把灰兔子放了出来，都嚷："也请把我们放出来吧！请放吧，我们要活命！"

鼠花想叫灰兔子等等，她不能见死不救。一回头，发现灰兔子已跑出去老远。鼠花发现灰兔子跑起来跟一头小鹿似的，帅极了，差点没看呆，担心他深更半夜黑灯瞎火的，迷了路再出点事情就不好了，也就顾不得笼子里的那些动物，撒腿去追灰兔子。

多亏路熟，鼠花追了半天才追上灰兔子。鼠花气喘吁吁地想，这个灰兔子呀，现在只有我一个亲人了，我得先给他找个住处，然后再做打算，我倒想了一个地方。但灰兔子说："你还是给我找个有一大片草地的地方吧，别的地方我也住不惯。"

鼠花把灰兔子带到了植物园。植物园里有一片平整的草坪，灰兔子在草坪边上挖了一个兔子洞，一头钻进去，过了一会儿，又露出头来，冲鼠花摆摆手说："再见！"又缩回洞里。

鼠花想，他可能太累了，叫他好好睡一觉吧！自己也回了家，睡了个好觉。

鼠花常去看望灰兔子，有时候到菜场上偷根胡萝卜带给他。她看着兔子洞周围日见稀疏的草心想，虽然他的胃口不错，但有时候换换口味也不是坏事。两个人在一起倒没有多少话说，鼠花不知道说什么好，因为她没有这方面的经验，她希望灰兔子主动说些话，但灰兔子似乎永远闲不住，不是啃几口草，就是蹦上蹦下地瞎蹦着玩，鼠花又想，还是个大男孩哪！更生出几分怜惜。

后来就出事了，有一天晚上鼠花扛着一根胡萝卜去了植物园，到了兔子洞没发现灰兔子等在那里，正纳闷，突然觉得闻到些什么，便顺着找过去，发现灰兔子奄奄一息地躺在一丛丁香丛中，脖子那儿流了好多血。鼠花使劲摇着灰兔子，心疼地叫道："怎么说出事就出事了呢？你醒醒醒醒灰兔子，你可千万别死哪！"

灰兔子睁开眼睛，断断续续地告诉鼠花，是自己太粗心了，忘了兔子不吃窝边草的祖训，把窝边啃得像癞痢头似的，叫人盯上了，一枪打中脖子。要不然当场就死掉了，因为惦记着鼠花，便挣扎着躲到这里来等着告个别，灰兔子伸出爪子摸着鼠花的头说："我知道我们两个是不会有结果的，但我还是很喜欢你的！鼠花，记住，等我死后，你一定要离开这个可怕的鬼地方！你一直往南偏西的方向走，那里有个叫作仙哩贝贝的地方，我就是从那里来的，那里是我见过的最美丽最安全的地方，我根本不应该离开那里，否则也不至于落到今天这一步。现在说什么都晚了，你去那里吧，去那里就不用这么担惊受怕地生活了！那里也有许多很好的老鼠，你一定会找到其中一个的，听话，一定要去！"

鼠花抱着灰兔子哇哇大哭起来。

鼠花按照灰兔子的指引来到仙哩贝贝，遇到了二狗子。

鼠花后来想，灰兔子当初没有听我的，非要去找有一大片草地的地方住着不可。其实住的地方我早就给他找好了，离我住处不远有个废品收购站，旁边就是菜场，我给他在废品收购站里头弄个纸箱子就能遮风挡雨。菜场里有的是剥下来的菜叶菜帮子，即使是胡萝卜都不难找。环境虽说有些脏乱差，但这种地方才安全啊，离我又近，也好照顾他。可他偏偏要找一片绿茵茵的草地，最后出事了吧？偏见和虚荣心真的会害死人哪！现在我什么也不说了，我按他的要求来到了仙哩贝贝，也找到了二狗子，我就好好地和他过日子。我要把和灰兔子的那一段感情深深地埋藏在心底，但他那对月亮似的眼睛和小鹿似的身姿我是永远无法忘怀的！

第六章　孩子们的那些事

不久鼠花就生下了小老鼠。

二狗子对孩子那个亲啊！有事没事就围着那些粉嘟嘟的小家伙转，要不就挨个把孩子抱起来凑着光细细地打量。鼠花嗔怪地想："到底是木匠出身，看起孩子来还要闭上一只眼！"

生了一窝之后没隔多久又生了一窝。

二狗子跟鼠花说："我觉得该给孩子们起个名字，只有一窝的时候老大老二老三老四地叫叫还可以，来了第二窝就叫不过来了，以后弄混了可不好！"

鼠花说："没错，弄混了会影响到他们的自尊心，进而甚至影响他们的成长。但起名是个难事，给他们起个什么名字好呢？"

二狗子却胸有成竹地说："起名字一点都不难，我都想好了！"

说完，趴到那堆肉嘟嘟的小家伙跟前，一个一个指着说，这个叫面，这个叫米，这个叫瓜，这个叫皮，这个叫瓤，这个叫籽，那个叫苗，那个叫秧，那个叫肉，那个叫肠……

"打住打住！"鼠花嚷道，"怎么有起这种名字的呢？多难听呀！城里人可没这么起名字的，听起来跟绰号似的！"

二狗子解释说，也不是随便起的，他也是憋了好几晚上才憋出来的，名字里都带着食物，将来饿不着，我们老鼠辛辛苦苦一辈子不就是为了口吃的吗？至于像绰号也没什么了不起，自己的大名就叫二狗子，还不是一直叫到现在，爹说过，贱名好养活，事实证明爹说得没错过，他得听爹的！

“老鼠用狗做名字怎么还是贱名呢？”鼠花有些不解，但看到丈夫的态度很坚决，心想他说得兴许不错，便依了他。

在二狗子和鼠花的精心照料下，孩子们健康地成长着。

孩子多有孩子多的好处，别的不说，光说吃饭吧，端上一碗一盘子大家一拥而上，吧唧吧唧几下子就没了。没了还不算完，依旧挤在那里舔碗舔盘子，力气小的就给挤出去了。看着这个场面，二狗子满意地想：“这叫槽里没食猪拱猪啊，为什么养猪场的猪比家养的猪长得快，就是这个道理！”

孩子们果然长得又快又结实。

但孩子多了问题也是有的，主要是一个问题——乱！

吃饭那种一窝蜂不说了，上厕所也抢，喝水水舀子也抢，进门也乱挤，挤得谁也进不了家，一出门简直漫山遍野，不知道的以为去打狼呢！其实这种乱劲从早上一起床便开始了，大家都嚷嚷鞋子呢鞋子呢？都说昨天晚上明明把鞋子放在床底下了，可怎么都找不到，要不然就变成一顺边的了，害得鼠花老要给孩子们做新鞋。有一次二狗子下决心发动大家一起找，后来还是自己爬到龙爪槐上从那个鸟窝里翻出一堆鞋子，谁干的问谁都不承认。最后有人说半夜曾经看到过一个鬼，自报家门是藏鞋鬼，专门趁别人睡觉藏人家鞋子玩。

二狗子看着一帮欢蹦乱跳的孩子突发奇想，这么齐刷刷的一片小老鼠，自己又会吹哨子，没准可以训练出一支军队。如果训练出一支好的军队，那肯定不会这么乱了！

二狗子先练习了一晚上口哨，把小老鼠们吵得睡不着觉，其中约有一半的小老鼠尿了床。

第二天一早二狗子把孩子们叫到一起说：“我要把你们训练成一支军队，你们觉得怎么样啊？”

“军队是干什么的呢？”有小老鼠问。

“军队就是打仗的呀！”二狗子告诉孩子们。

“好呀！我们喜欢打仗！”一大半小老鼠欢呼起来，因为他们都是公的。

“但我们不喜欢打仗!”另一小半小老鼠说，因为她们都是母的。

二狗子算了算，光是那一大半如果训练好的话，也能组成一支精干的小部队，便对一小半小老鼠说：“战争与女性无关，你们可以在后方跟着妈妈学绣花，如果有了伤员才会用到你们!”

“还会负伤哪！好啊!”那一大半小老鼠又欢呼起来。

二狗子开始训练自己的也是仙哩贝贝的第一支军队。

他告诉自己的士兵：“军队行动是要听指挥的，否则打不了胜仗。指挥就是口令，口令不是用讲的，而是吹哨子，现在我吹哨子给你们听，以后也这样发布命令，你们必须服从。听到了吗?”

“我——们——听——到——了!”孩子们整齐地回答，他们心中生出一种自豪感外加一点神秘感。

二狗子把两根指头放进嘴里，使劲一吹，发出了一声长长的尖利的哨声。二狗子能够吹出非常响亮的哨声，他为此专门练过，为什么要练吹口哨呢？后面要讲到。二狗子把孩子们叫到面前，指挥着按高低个排成两排，说以后听到一声长哨就这么排队，这叫集合。“集合就是站成两排，我记住了!”孩子们想。

二狗子然后吹了两声口哨。

“这叫‘一长一短，拿筷子拿碗’，听到以后可以开饭!”

又吹了两声。

“这叫‘一短一长，赶紧上床’，听到以后必须马上睡觉!”

又吹了三声。

“这叫‘两长一短，出门拿伞’，意思是要下雨了，该躲雨躲雨，如果外面晾着被单或者衣服就赶快帮你们的妈妈往家里收!”

再吹三声。

“这叫‘两短一长，墙角的砖块下面有粒糖，那粒糖绝对不要吃，是粒下了老鼠药的糖’，这一条由于时间紧，写得不像诗，但很重要，要牢记!”

一干小老鼠都想：“其他的都好记，就是这一条有点难记，不顺口。”

“还没说完，都认真听，那个谁，你，瓜，你别拽面的尾巴，小心拽得他拉稀！都注意听我讲，以后谁要是听错了，罚他跑圈!”

再吹四声。

“这叫‘两长两短，能跑多远跑多远’，意思是说，碰到猫来了，黄鼠狼来了，猫头鹰来了，蛇来了，赶紧逃命！不过……”二狗子又想，现在有了军队了，不用那么个跑法了吧，可以去发动一场战争嘛！于是说，“这条改了，叫作‘两长两短，打仗勇敢’，大家亮出尖牙准备战斗！”

“对，亮出尖牙，准备战斗！战斗！战斗！”小老鼠们兴奋地振臂高呼。

“那五长三短呢？”小老鼠觉觉问。

“这个跟你们没关系。”二狗子说。

小老鼠肉又问：“那三长两短代表什么呢？”

二狗子说：“三长两短我可不吹，我不想叫你们有个三长两短的！”

二狗子又把上述口令吹了几遍，大家都牢牢记住了。

光记住口令还不行，还要进行一些必要的训练，才能成为一支合格的军队，二狗子就带着队伍“一二一、一二一”地跑步。他回头看看，见队伍跑得还算整齐，心里比较满意，心想，可以进行一下传递口令的训练，这是很必要的，以后行军的时候或者冲起锋来队伍会很长，我们又没有对讲机，如果我的想法不能叫后面的战士及时知道，是有可能贻误战机的，所以必须练习一下。

二狗子边跑边扭回头气喘吁吁地说：“现在练习传递口令，我说我要加快速度了，往后传！”

跟在后面的皮也气喘吁吁地扭头对瓤说：“他说他要拍拍肚肚了，往后传！”

瓤跟着扭头对籽说：“他掉了一个白兔了，往后传！”

籽扭头说：“他捡了一匹白布了，往后传！”

肠扭头说：“他喝了一坛老醋了，往后传！”

米说：“他现在不会走路了，往后传！”

“他变成一棵大树了，往后传！”

“他已经开始尿裤了，往后传！”

……

“爸爸越跑越生气了，打算变成蝙蝠飞到月亮上去了，往后传！”

"爸爸爸爸你变成蝙蝠可别忘了我呀，我也要跟你到月亮上去找小白兔!"跑在最后的果哇哇地坐在地上大哭起来。

二狗子停下来跑回去一边给果擦鼻涕一边想，这样的军队是没有办法带的，冲孩子们挥挥手说："解散解散，队伍解散!"

仙哩贝贝的第一支军队便无果而终了。

第七章　瓜出事了

还是说说瓜老鼠吧，都知道瓜是个调皮的孩子，常有些别人预料不到的举动。前面说过早晨起床丢鞋子那件事，由于始终抓不到肇事者，于是大家纷纷传说家里来了一个"藏鞋鬼"，这种鬼会隐身术，专门好偷别人的鞋子。为什么偷鞋子呢？因为这种鬼虽然没有脚，但头长得很像脚，这种头显然不美观，出门必须戴帽子，他们又找不到专门做鞋的帽子店，所以只好到处搜集鞋子当帽子戴。但用脚记事情毕竟不像用头记事情记得那样牢，藏鞋鬼把鞋子弄到手之后，很快藏得连自己都找不到了，因此你只要好好找找还是能把鞋子找回来的。

瓜最同意这种说法，他说："是啊是啊，我有几次起夜的时候亲眼见到过藏鞋鬼，他们当时有六个，个儿都不高，看上去像头朝下脚朝上倒着走路一样。他们说，老鼠的鞋子眼下是最流行的帽子款式，要多偷点，戴不完可以开个卖帽子的鞋店，他们就是这么说的，每人都背着一串鞋子，跟卖大蒜的似的。"

"那你为什么不追呢?"有小老鼠着急地问。

"我可不敢追，谁敢追鬼啊？被鬼追才差不多!"

瓜说得有声有色，不由得大伙不信。但谁都没有注意到，他说这些话的时候脖子憋得老粗，等大家走了以后，他才扑哧一声笑了，自言自语道："我说过以后有你们好瞧的，我说到做到!"

知道是怎么回事了吧！要不然再解释一下，开头说过，瓜跟兄弟们去躲猫猫，想出个恶毒的办法把大家都得罪了，大家合起伙来对付他，叫瓜吃了大亏。瓜发誓这些亏是不能白吃的，他们必须为自己的行为付出代价！丢鞋子就是代价之一。其实稍微留点意就可以发现，所有的小老鼠都丢过鞋子，唯有瓜的鞋子从来没丢过。而且瓜自己说的话也不是毫无破绽，比如既然藏鞋鬼会隐身术，那么瓜为什么能看得见呢？但是谁也没往这上面想。即使有人提出这个问题，瓜也肯定是有话说的，因为调皮的孩子都很聪明啊，他没准会说：“嗯……你说的这个事情我也不是没有想过，兴许……兴许……对，没错，藏鞋鬼大概不喜欢我的鞋子的味道，因为我总是不洗脚，把这种鞋子戴在头上，哈！”

没多久，瓜出事了，他的尾巴掉了。不过既不是叫河里的螃蟹剪掉的，也不是叫山上的咬尾蛇咬掉的，而是叫一只松鼠用一块锋利的玻璃碴斩掉的。

事情是这样的，瓜有一天想：“我爸训练军队的想法简直太对我的胃口了，如果老鼠们有一支军队就没谁敢随便欺负我们了。但那天就因为皮的耳朵出了点问题便把一支军队毁了，这是很可惜哒！我可以把我爸未竟的事业继续下去，但现在不行，现在他们都不听我的，所以我需要赶紧有我自己的孩子。在此之前，我还必须练出一副好身手，我爸就是因为没有好身手只好靠吹口哨，如果有好身手一瞪眼就行了！我得练出一副好身手，为以后冲锋陷阵和管理部下做好准备！”

瓜打算练成一手独门绝技，他对自己说：“我们老鼠现在使的都是些短兵器，除了牙齿就是爪子。使用这些兵器打仗，近身格斗还行，如果对手离开一步远，只会干着急了。”

练出什么样的独门绝技呢？瓜思索了好多天。

有一天瓜独自来到后山的山顶上，发现那里有一棵千年怪松，白云在松枝间缠绕，小鸟在半空中鸣。瓜觉得这地方颇有灵气，便在树底下坐好盘尾冥想。

坐了一会儿，他觉得尾巴给压麻了，就欠身把尾巴抽出来。正在此时，脑子里突然灵光一现，蹦出一个口诀——“枪扎一条线，棍打一大片”，于是猛地跳起来，把尾巴使劲抡了抡，叫道：“人家都能把头上的辫子练成神鞭，我没辫子但有尾巴，我难道不能把我的尾巴练成流星锤或者霹雳鞭吗？我不信我的屁股就比不过他的头！”

瓜兴奋极了，当即在松树的树干上咬了一个记号，他想：“以后把本事练成了，我是要来给这个老松树精烧香的！”

连功夫的名字都想好了，瓜对着山涧大声喊：“我要练神尾功——嗡——”

“神——尾——功——功——功——”大山应和道。

想好了说练就练，瓜找了棵树，抡起尾巴朝树干上敲。

那是一棵桃树，这一天有只松鼠在树上待着。

按说松鼠不该待在桃树上，可这只松鼠偏偏跑到树上摘了个桃子抱在怀里。他掏出一块碎玻璃切开桃子，忽然发现有只老鼠往树干上抡尾巴，抡一下便龇牙咧嘴地哎哟叫一声，松鼠也跟着打一下哆嗦。松鼠边哆嗦边想，这只老鼠怎么这么不爱护自己的尾巴呢？我们松鼠是绝不会这么干的，尾巴对我们来说简直太重要了，冷了可以当被子盖，睡觉可以当狗皮褥子使，在树上跳来跳去可以当降落伞用，到河里划船撅起来还可以当一面风帆呢，总之好处多多。他还没拿定主意要不要去劝劝这只老鼠，再怎么想不开也别拿尾巴撒气，出了事后悔都来不及。脑子一走神，碎玻璃失手掉下来，不偏不倚恰好掉到瓜的尾巴根上，把一根好端端的尾巴齐根斩了下来！

松鼠后来很内疚，带着自己收藏的最后一颗松果去二狗子家慰问瓜。

当时瓜正把头拱在妈妈鼠花的怀里，撅着屁股哎哟哎哟直叫唤，二狗子嚼碎了草药往儿子的伤口上敷。

鼠花见松鼠来了，埋怨道：“你说你这只松鼠，怎么也不小心点……”

二狗子见松鼠一脸的惭愧，便制止鼠花往下说，说是没事没事，安慰了松鼠一番，客客气气地把他送走了。

善良的二狗子是这样想的，松鼠说来也怪可怜，本来他们在仙哩贝贝有很多榛子和松果吃，但那些东西都叫人过来采光了。松鼠的食性非常单一，不像我们老鼠逮住什么都能吃，没了松果和榛子他们只好去抠桃子里的核吃，那种东西怎么能吃呢？多可怜哪！所以要怪先得怪抢人家口粮的人，然后再怪瓜这孩子自己，他也忒调皮了，怎么想到去桃树底下练那种稀奇古怪的功夫呢？也是命该如此吧，我早就担心他的尾巴会出问题，还编了好多谎话骗他，也没挡住出事！就别为难人家松鼠了，让他去吧。二狗子不但没收松鼠的松果，临走时还把自己准备过冬吃的榛子和松果装了一口袋送给他带走。

松鼠出门以后松了一口气，心想还好还好，人家没怎么生气，说明老鼠尾巴的重要性比我们松鼠尾巴的差些！幸亏没掉他脖子上，要是砍掉人家脑袋事情就大了，因为无论谁的脑袋重要性都是一样的呀！然后又去找果子抠里面的核吃，人家给的礼物藏好了过冬时慢慢用。

大哥皮听到消息，带着兄弟姐妹们赶来了，密匝匝围了一圈，大家看着哎哟哎哟直叫的瓜不知道怎么安慰才好。

那一天二狗子一夜没睡，一直坐在儿子的床前长吁短叹，鼠花跑里跑外忙着照料儿子。

临近天亮的时候，看儿子睡沉了，鼠花去给大家准备早饭。

孩子们也都起来了，跑过来看望瓜。

二狗子怕把瓜吵醒，就把孩子们轰了出去，自己也跟出去。

大家见爸爸一夜之间变成了一只灰白花的老鼠，猜出事情的严重性，都小心翼翼地不敢吱声了。

二狗子觉得倒是可以用瓜血的教训给孩子们上一课，平常你就是说下大天来他们都是不会相信的，他对孩子们说："你们现在都仔细想想，如果一旦没有了尾巴，会是一种什么样的感觉？"

孩子们从来没有想过这方面的问题，都面面相觑。

二狗子说想不出来不行，要仔细想，开动脑筋想，闭起眼睛想，撅起屁股来想，想不出来不许吃早饭！

孩子们都拼命想没有尾巴的感觉，二狗子眼前呼啦啦生长出一片毛茸茸的小树林。

二狗子问大家想好了没有？

皮道："爸爸爸爸，没尾巴的感觉我实在想不出来，连眨巴眨巴眼睛尾巴都跟着动，不信我试给你看！"皮吧嗒吧嗒眨了几下眼睛，屁股上的尾巴果然顺时针转了三圈。

皮这么一提醒，大家都想起来了。果说皮那算不了什么，我一咬牙尾巴也动，不信我动给你们看！说着咯吱咯吱一咬牙，屁股上的尾巴逆时针转了三圈。肉说，果你那也算不了什么，我拽拽耳朵尾巴都动，我拽给你看！一拽耳朵，尾巴果真左右乱摇。肉说这也没什么，我捋捋胡子尾巴都动，一试，也没错。瓤不服气了，说我只要一动嘴巴尾巴都动，我说了哦，“尾巴！”他的尾巴果然像条泥鳅似的啪啦啪啦直扑腾，瓤很得意地宣布说，他终于搞清楚了，尾巴和嘴巴其实是连在一起的，要不怎么都叫“巴”呢！个头很小的米说瓤你别得意，你那套把戏谁都会，你嘴巴里头说尾巴，然后再动尾巴，尾巴就跟着嘴巴动了，骗谁哪！大家一想，米说得很有道理呀！米接着说，其实我既不用眨眼咬牙拽耳朵，更不用动嘴巴，我甚至都不用管尾巴什么事，我只要一想到屁股，尾巴就动了，不信你们看！只见他冲大家撅起屁股，头朝下，从裤裆里看了看大家，把眼睛闭上，说：“都看好了啊，我开始想屁股了，瓤你看着，一、二——开始！”果然米的尾巴先左右摆，又前后摇，然后画起了圈，先顺时针画，后逆时针画，最后停住了，站得笔直，从中间折成九十度，连折三次，跟演员演出结束出来谢幕似的，把大家都看呆了，谁都没想到米还有这么一手。

米得意地说：“不信大家可以试试。”

大家都撅起屁股闭上眼睛试着想屁股。嘿，还别说，只要一想到屁股，尾巴真就动了，而且想怎么动就能够怎么动，连米做的那种高难度动作，都有人能做出来了，平时还真没注意到这一点。

瓤总觉得米的说法有问题，但又不知道如何反驳，便在一边生闷气。

二狗子一边听孩子们议论，一边不由自主地也在试，一边试一边惭愧地想：“我刚才给孩子们出的题目确实非常难回答，我自己也试了一下，一只有尾巴的老鼠如果能回答出没有尾巴的感觉那才怪呢！但我也不能说自己错了呀，那对当爸的来说是很没面子的！我就这样跟孩子们说好了，二狗子告诉大家，虽然谁都没有把问题回答对，但这次就不批评大家了，以后多听大人的话就是了！不过刚才做的实验也说明一个问题，那就是对于我们老鼠来说，尾巴的的确确是无处不在啊！平常也许感觉不出来，好像那个东西拖在后面没有多大用处，有时候还嫌它是个累赘，比如做条裤子吧，好好的地方，非要豁开一个窟窿眼穿尾巴。我早就想做件棉袍子冬天穿，那出去串个门再围条围巾还是很有派头的，可你们的妈妈就是不给我做，说是谁见过老鼠穿棉袍子的？我问怎么回事？她说好端端的一块布料子，哪个好裁缝舍得在后背正当中的地方剪个洞？剪得再圆，即使锁了边也不好看啊！再说没人帮着，你能从背后把尾巴掏出来吗？仔细想想不是没有道理。虽说这东西有时有些碍事，但真要是没有了，打个比方吧，就跟，就跟人没了……”二狗子懊丧地想，“我又不是人，还真说不好老鼠没了尾巴相当于人没了什么。由于瓜儿子的尾巴掉了我的脑子乱得很，不适于思考这种复杂的问题，我得先出去走走，清醒一下脑子。”

二狗子丢下孩子独自出去了，不知怎么的就来到了河边。

看着二狗子垂头丧气的样子，平常喜欢聒噪的青蛙们都悄悄地闭上了嘴巴，只有河水发出单调的声音缓缓地向下游淌去。

二狗子站在岸边看着一只在河面上觅食的大鱼狗发呆，把大鱼狗盯得发毛，大鱼狗想："这只老鼠可能有什么想不开的事情想往河里跳，虽说老鼠跳河的事情我从没见过，但这种好奇心是不该有的，尽管是只老鼠，可也是条命啊，我不能见死不救！"想到这里，便扯着粗嗓门冲二狗子嘎嘎叫了几声。

大鱼狗的叫声把二狗子惊醒了，他冲大鱼狗挥了挥爪子。大鱼狗觉得自己第一次救了一条命，很高兴，嘎嘎叫着飞走了。

二狗子一下子想起来为什么会走到河边了，他平常都是这个时候来这里的。二狗子向河对岸望过去，看见那边有两个影影绰绰的身影，赶紧把两个指头塞进嘴里，使劲吹响了口哨。

大家都知道二狗子口哨吹得非常棒，孩子们也跟他学，但谁都吹不了那么响亮。开头以为是力气的问题，但等到个头发得跟爸爸差不多高了，力气也差不多大了，还是吹不了那么响亮，大家都很纳闷，不知是什么原因。

二狗子学会吹口哨还是刚来仙哩贝贝的事，二狗子当时是绕到河的上游，走了很多很多天才来到这里。来了之后他无意中走到河边，想起曾经的家，便向对岸眺望，他发现有两个小小的身影一动不动地站在那里。他一下子明白那是谁了，就拼命跳着高向那边挥动爪子，但没有反应。他不知道他们的眼睛已经花了，哪能看见对岸的一只小老鼠呢？

他又用两个爪子圈成一个喇叭筒向对岸呼喊，还是没有反应。他那点声音，甚至盖不住蟋蟀的叫声。

二狗子一屁股坐到地上，他很沮丧。

他突然想到，口哨声可以传得很远，如果会吹口哨，对岸一定能听见。

二狗子就把两根指头放进嘴里，练习吹口哨。

他在河边练了三天三夜，把腮帮子都吹肿了，牙也吹松了，终于能吹出尖锐而响亮的口哨了。

他兴奋地冲着河对岸吹响了口哨，他吹了五声长的，三声短的，才见到对岸那两个身影慢慢走了，消失在一片绿色里。

后来二狗子经常能看见河对岸出现两个身影，他们久久地站在那里，一动不动，二狗子向他们挥手也不动，向他们喊话也不动，只有向他们吹五长三短的口哨，那对身影才会离开。所以二狗子就把这个口令保留在自己的心里——五长三短，全家平安！从此他每天都会在这个时候来到河边，冲着河对岸吹响口哨，看着两个小小的熟悉的身影在暖暖的夕阳里，或者是凄风苦雨里，又或者是漫天飞雪中，慢慢地消失掉。二狗子这么做从来没有间断过，他要向他们报个平安。

二狗子养成了习惯，今天不由自主地来到了河边。吹完口哨之后他向对岸望过去，他想看着那两个身影慢慢消失，他想，尽管我碰上些问题，但不能让老人担心啊！

可接下来的场面叫二狗子非常纳闷，对岸的两个身影非但没有消失，反而拼命地蹦高，蹦着蹦着跌倒了，爬起来再蹦，边蹦边挥手，有时候可能摔疼了，半天没见爬起来。二狗子心里一咯噔，还没来得及张嘴喊，又见人影爬起来再接着蹦，把二狗子心疼得啊！也在这边蹦高，又喊又叫直挥爪子，意思是叫他们别蹦了，这么大年纪，弄出个三长两短……

“三长两短！”二狗子一下子愣住了，“对了，刚才肯定把口哨吹错了，心里光惦记着瓜的事情了，光想着瓜有了三长两短，把口哨吹成了三长两短……嗨，看这脑子！”

二狗子狠狠地朝脑门上擂了几拳，又把两根指头塞进嘴里，使出全身力气，吹响了口哨——五长三短，全家平安！

对岸的身影一下子没有了，过了一会儿又慢慢地站了起来，消失在一层雾气当中。

二狗子突然意识到，我有必要因为儿子没了尾巴而那么伤脑筋吗？他有尾巴是我们的孩子，没有尾巴依然是我们的孩子，我想起老婆有一次跟我说的话，她说你知道孩子们口哨为什么没你吹得那么响亮吗？我说怎么回事？她说因为你要吹给你的爸爸和妈妈听呀，他们离得很远，必须吹得那么响亮他们才能听见。可现在孩子们一咳嗽咱们就听见了，甚至连磨牙咱们都听得见，所以我们用不着担心他们怎么样了，他们也没必要吹那么响亮想告诉我们什么，没有动力使多大的劲都白搭不是吗？我觉得也不是没有道理。瓜没了尾巴虽然不是好事，但也许他就没必要跑到那么远的地方给我们吹口哨去了，我们也没必要因为他吹错了口哨而担惊受怕了，那可真不是闹着玩的，那么个蹦法很容易伤到脚踝膝盖腰眼甚至尾椎骨！说句心里话，我最喜欢听瓜磨牙了，那可真是一种悦耳的金属声啊，听到那样的声音就知道没有我们老鼠对付不了的东西！有时候我还想，等他大了，离开家了，我到哪里去听这么美妙的声音呢？这下子好了，我可以老守着他听他磨牙的声音了！当然，其他的孩子必须记住这个教训，血的教训哪！要爱护自己的尾巴！

作者提示：

故事还没有讲完，虽说二狗子对儿子掉了尾巴的事情想通了，但一只没有尾巴的老鼠将会碰到多大的困难他却并不清楚，尤其是一个巨大的灾难突如其来地降临到仙哩贝贝，老鼠瓜该如何应对呢？第二本书里我们将把这些故事慢慢告诉大家，请继续阅读《无畏小鼠历险记》系列之二《无尾与无畏》。

接力出版社 2012 年 7 月出版
获 2013 年全国儿童文学作品奖

夏日的草莓

夏海涛

夏天在白色遮阳帽边沿滚动着，城市的边缘，两个女孩子迷失了道路。哪里可以找到草莓？明姑娘个子高挑，她把大眼睛微微眯起，对着太阳瞄了瞄，然后用手一指：南面！向阳的地方才会有草莓。

果然就有一股浓郁的气息辉煌起来，明姑娘油亮的肤色，泛着健康的色彩，一只红喙鸟从天空中划过，“草莓鸟!”一直沉默的盲姑娘突然叫了起来，声音包含着阳光的质地。这时候明姑娘也看到了这只飞过头顶的小鸟。

两个姑娘被一只鸟带领着，走向一片白杨林中。盲姑娘向同伴讲起了老祖母的故事：“林中的蘑菇房子有一人多高，松鼠和刺猬们把洞开在向阳的方向。每天晚上，月亮出来的时候，夜风就摇动叶片，音乐响起来，婴儿们在摇篮的枝头睡去，女歌手拿着一朵草莓开始发自心中的歌唱。”

“那是一个神奇的地方吗?”明姑娘瞪大了好奇的眼睛。

“不神奇。那里的泥土同所有的地方一样黝黑而且肥沃。你听，难道你没有听到一种声音在引导我们吗?”盲姑娘用手捧起温热的阳光。

明姑娘也听到了这种召唤，一缕一缕，在心中回响着，像两片纯粹的金属发出的撞击。

“我们怎样可以找到这个地方呢?”一走出城市，明姑娘就失去了辨别方向的能力，她放开盲姑娘的手，任她指引方向。

“跟我走吧。老祖母说过，只要心中默念‘苑庄’，像呼唤父亲的名字，那么我们就能找到草莓了。‘苑庄’是草莓的故乡。”盲姑娘说完后脚下生风，仿佛生出了一千双眼睛。

天空愈发明亮起来，一粒一粒晶莹的阳光像剥开皮的种子，闪动着成熟的温香。树枝愈发高大起来，两旁的麦子一垅一垅整齐而又随意地挺起身子，透明的风开始穿过夏天到达这里，空气中渐渐染上了清纯。

“当你的声音已没有回声时，你就到了苑庄了。”盲姑娘红扑扑的脸上耀动着诱人的光泽，她的声音异常魅人，仿佛天堂里透出的银钟，“让我们呼喊苑庄吧！”盲姑娘黑色的衣袖上扇起一朵漂亮的山花，两只蝴蝶围绕着它舞动着。

“苑庄，我们到了吗？”盲姑娘独自喊道。蝴蝶落在了她的衣袖上。

“苑庄，苑庄，我们到了吗？”明姑娘跟着喊道。巨大的寂静，仿佛天空消失了，三秒钟后，一只布谷鸟在远远的林中突然叫响：“布谷、布谷。”声音雄伟嘹亮，一瞬间世界又恢复了热闹的躁动。

盲姑娘眼中一阵潮湿，好像母亲把热吻留在了眼窝。明姑娘也觉察到了盲姑娘眼中那道闪动的光亮。“真美！”她不由自主地说道。这时她们脚下早已青草芬芳，露珠挂满了嫩嫩的叶子。

“鲜红的草莓原本是人们对上天的许诺。老祖母说过，人在洪水中曾经许诺：‘爱护我们的家园，直至永远。’天空中太阳鲜红，一大片草莓就这样诞生了。”盲姑娘用额头环顾四周，她说，“炊烟已经升起来了，那是在为我们显示方向。”

忽然，一种怪诞的声音从远处传来，紧接着一只黑色的东西旋着飓风横冲过来。“双面兽！”盲姑娘大惊失色，老祖母说过双面兽又叫善恶兽，它集善恶于一身，善极使恶，恶极使善。它的到来不知会带来些什么呢！

果然，天空只在瞬间就聚起了千万层乌云，雨水像开了堤的大河滚滚而下，雷电扶着长长的利刃从天空直刺下来，水漫了起来，整个世界陷进了无限的水中。

一切只在瞬息之间。明姑娘被眼前的情景惊呆了。“救救我！救救我！”她的眼睛被雨水狠狠抽打着，适应了光明的眼睛被突如其来的黑暗弄得举手无措。只有盲姑娘安静地谛听着，习惯于黑暗已不再感到黑暗，盲姑娘心中一片透明。

“苑庄，既是人们的家园，又是草莓的故乡。”老祖母从遥远的地方对盲姑娘说着，姑娘忽然顿悟了：“苑庄，苑庄，拯救我们吧！”盲姑娘话音刚落，雨顿时小了下来，天空开始放亮。

然而雨季终究还是来到了。绵绵小雨一直不停地下着，鸟声被浇灭了，麦子把沉重的头埋在泥泞里，道路被水流带走，唯有一片茫茫的原野，在雨水中兀立。

“草莓已经腐烂了！”盲姑娘哭了起来，她知道在她们到达之前，雨水已毁坏了草莓，那些人与自然达成的默契。

“再也没有什么草莓了！”明姑娘伤心地喊着，“再也没有草莓了！草莓！”明姑娘对着原野哭泣。

“苑庄还在，草莓还会有的！”盲姑娘擦着失明的双眼，喃喃自语，泪流满面。

“苑庄还在，草莓还会有的！”老祖母擦着失明的双眼对姑娘们讲着。明姑娘、盲姑娘围坐在祖母膝前，听着古老的故事，心中充满了无尽的幻想。

原载《儿童文学》2013 年第 1 期

牙山枫叶

林红宾

正是“霜降”时节，我去牙山游览。虽说时值暮秋，但气温有些偏高。晨雾在山中踟躇，给牙山遮上了一道乳白色的帐幔。一只小雀在松林中亮开圆润的歌喉，声儿清丽却孤独，山谷愈显空旷，时空愈显幽远。路边的树木都在向我致意，有的伸手相迎。沿石径踽踽而行，晨雾缥缥缈缈，时稠时淡，山中的景致时隐时现，亦真亦幻，身临其境，恍若梦中。

登上游龙般的岭脊，举目仰望，但见二牙和大牙两个石峰居于雾带之上，犹如汪洋中的岛屿，又如两个金刚昂首寥廓的苍穹。我有些疲乏，就势坐在石阶上小憩，带有草木气息的清新空气扑鼻而来，深深呼吸，如饮佳酿，沁人肺腑，尤觉心旷神怡。

俄顷，山风乍起，晨雾开始溃散，落潮般悄然退去，牙山犹如一位情窦初开的妙龄少女，用一双纤手缓缓揭开神秘的面纱，露出靓丽迷人的芳容。哟，那一簇簇一片片的枫叶，宛若绚丽的晚霞飘落，亦如熊熊燃烧的篝火，烧红了崖畔，烧红了山坡，烧红了石罅，烧红了沟壑。这些枫叶多像少女脸上的娇羞笑靥。这如惊鸿一瞥，令我心弦颤动，悠然神往。

枫叶是秋风的杰作。在向芸芸众生介绍秋风这位丹青高手如何将它们构思创作。

枫叶是牙山的激情在迸发，将人们的思绪带进那可歌可泣的峥嵘岁月……

清初，清兵攻入胶东，一路杀戮劫掠，黎民惨遭其祸。“室内青磷光如火，荒郊白骨乱如麻。”于七不满清廷统治，遂揭竿而起，率众登上牙山，凭借天险，与前来围剿的清兵浴血奋战。其时，阴霾笼罩，义师临危不惧，战旗猎猎，众志如铁，刀光剑影，血溅山野，情景何壮观，斗志何激越！抗日战争时期，许世友将军率领子弟兵在这里开创了牙山革命根据地，军民同仇敌忾，横扫日伪顽，战绩赫赫，捷报频传。簇簇丹枫举红旗，股股鸣泉唱赞歌。牙山确有钢牙铁齿，咬伤满清政府，嚼烂蒋家王朝！牙山俨然一座丰碑，载入华夏不朽史册！

那人，那事，早已融入历史深处，然而那些传奇却借漫山枫叶而存活。

山风渐大，耳边传来阵阵低沉的林涛。枫叶随之婆娑，如同一群身着红装的少女在翩翩起舞，表演跳动的火焰。我情切切走向一丛枫叶，采下一枚凝神赏阅。我深知，是炽烈的阳光点燃了它的魂灵，点燃了它的脉络，点燃了它的体魄，于是，它们彤彤然，煌煌然，烧红了这层层山峦条条沟壑。这些枫叶，定然凝聚着滴滴鲜血，如若不然，巍巍牙山怎会有这等磅礴的红色！尽管眼下已是草黄山老，但是，正因枫叶尽情涂抹，牙山才如烈士暮年，壮志不已！

啊，牙山枫叶，红得妖娆，红得火爆，红得热烈，令人为之叫绝，为之放歌！

游山归来，我的心窝老是簇拥着牙山枫叶，周身热血奔突，令我振作……

原载《儿童文学》2013 年第 2 期

老家的大门（外一首）

雨 兰

在乡下，老家的大门
经常是开着的
即使关上
也是虚掩着
春风轻轻一推
就会吱呀一声敞开

老家的大门
经常是敞开着的
小院里的鸡鸭能随时走出来散步
小院里的花香会随时跑出来游荡
小山羊咩咩的叫声会随时在街巷里溜达
俏皮的丝瓜花
经常探出黄色的笑脸
门口的老槐树
整天打着好客的手势

老家的大门
经常是敞开着的
就像亲爱的妈妈

那随时向我们敞开的温暖怀抱

我想说说，在乡村

我想说说，在乡村
我迷恋一棵青草身上的味道
是天使的味道

我相信一只麻雀的选择
是完美的选择

我信任一只蟪蛄吐出的语言
是秋天的箴言

我喜欢车前草的安静
是大地的安静

我爱上一只蚂蚁走过的道路
是幸福的道路

我热爱蜜蜂的事业
是甜蜜的事业

我向往着一株野葵花结出的愿望
朴素、天真、干净
散落一地，无人过问

原载《儿童文学》2013 年第 2 期

生命的过程

莫问天心

春天的阳光开始跳舞
空中画满了风筝
一个小孩子笑出声的时候
风信子绽放了
最后一粒花瓣

心即将接近水的高度
时间拐弯处
悠然扩展开视野

树叶飘在风的琴弦上
自在地跳舞
空旷的漂泊里
储满昨日的微笑

生长希望的地方
叶子和叶子手拉着手
为岁月的裙袂
装点最美丽的花边

外面阳光依旧

洒落满身的灿烂

原载《少年文艺》2013 年第 3 期

摘星楼

郭凯冰

1

十五月圆的夜晚，总会有些奇异的事情发生。

这个月圆的夜晚，月亮就要隐去的时候，庙台旁那棵大槐树上，慢慢垂下一块白绢布。

早晨起来，一个扛着锄头正要下地的年轻人揉着惺忪的睡眼，慢吞吞走过村子的大街。他是被母亲喊起来的，所以很不高兴。他的父亲已经去田里干了好一阵农活。

因为想拖延下地的时间，他一边走一边东张西望，于是，他看到了那块白绢布。

亲爱的邻居们：

你想发财吗？

那么，请放下锄头，放下镰刀，放下所有耽误你时间的没有意义的事情，去摘星星吧！

鉴于河水不再清澈，珍珠的光亮不足以为我们照明，我们将大量收购星星——一颗星星换一颗珍珠。

记住哦，一颗星星，无论大小，都会换取一颗大大的珍珠！

叮当河的河妖女巫

二〇一二年五月十五

年轻人看到这个启事，一下子叫起来。他的叫声吸引了很多揉着惺忪睡眼刚从家里走到街上的年轻人，他们也是刚刚被母亲喊起来要下田的，他们的父亲，都已经在田里忙碌了好长时间。

村后叮当河河底，的确住着一群河妖。河底很黑，河妖们用从东海采集来的珍珠照明。有月亮的夜晚，会有河妖来村子里走一走，他们很胆小，贴着墙根走，一点也不招人烦。这几年，附近陆续建了些厂子，河水慢慢浑浊了，村子里不见了河妖们的踪影。

有个老人说，河水脏了，河妖们不会上来了，他们是爱干净的精灵。

基于以上事实，年轻人们很相信这个启事的真实性。

于是，这个早上，所有的年轻人都没有到田里去，他们聚拢在槐树下，为如何才能摘到星星争论不休。

最后，大家决定建一座楼，一座很高很高的，能摘到星星的楼。一个年轻人记起在学校里老师教过他们的一首诗：

危楼高百尺，
手可摘星辰。
不敢高声语，
恐惊天上人。

还有一个年轻人记起来，这首诗是一个叫李白的人写的。就因为会写诗，他被皇帝招到京城好吃好喝好招待，这样的大人物说的话，不会假！

一旦商定了要盖楼，所有的年轻人都行动起来。他们放下翻地的铁锹，放下除草的锄头，放下割草的镰刀，饭也顾不上吃，就开始了分工。

几个人去买石子，买水泥，买石灰！

几个人去买砖头，买机器，买钢筋！

十个人临时去学泥瓦匠手艺！以前他们不乐意学手艺，如今为了盖楼，他们很乐意学！

买石子买水泥买石灰买砖买机器买钢筋学手艺都需要钱，好在他们的父母都为他们准备了——他们大了，成家前需要先攒下盖房子的钱——这些盖房子的钱被他们从家里偷偷拿出来。

2

等村里的父亲们母亲们发觉孩子们一直没下地时，村西已经堆成了一座座小山：石子的小山、水泥的小山、石灰的小山、红砖的小山、钢筋的小山，而那些机器，已经开始轰隆隆转起来。

他们的父母亲目瞪口呆，他们不知道，自己的孩子竟这么能干，在一个上午，能做这么多这么多事情。

可听了年轻人建高楼摘星星的话，他们感觉有些不靠谱。

一个年轻人拿来了白绢布，大声读着河妖女巫收购星星的启事。这一下，大人们有些信了。那个知道李白的人，又赶紧把李白的诗歌，原原本本背出来，另一个了解李白的人，把李白的厉害也说了。于是，很多大人站到了年轻人一边。

到底是年轻人，他们敢于尝试，自己到底是老了，跟不上这个世道的变化了。为了表示自己还能跟得上这个世道，父亲们也放下翻地的铁锹，放下除草的锄头，放下割草的镰刀，放下手中牵牛的绳、牵驴的绳，加入到了盖高楼的大军中。

母亲们虽然谨慎些，最后也被丈夫和儿子的激情感染了。她们停下正织着的布，放下正做着的衣服，丢下正喂着的猪和鸡，帮丈夫孩子搬砖头。就是他们饿了，需要她们做饭菜，她们也舍不得离开工地——工地上热火朝天的劲儿，把她们激动得胸口直跳。

一座很高很高的楼啊，能摘星星呢！

一颗星星，能换来一颗大大的珍珠呢！

这么多人白天黑夜地干，只十来天的工夫，石子的小山没了，水泥的小山没了，石灰的小山没了，砖的小山没了，钢筋的小山也没了，那些机器没什么可吃，像一个饿极了的兽，张着大嘴蹲在那里，不再发出轰隆隆的叫声。

可是，高楼，只建了二十尺，离百尺还差得远呢。因为，楼不仅要高，还要大呢，不大，怎么能让全村的人都站在上面摘星星呢？

大人们拿出了家里另外的积蓄，这些积蓄是为孩子们娶亲用的。很快，这些钱又换来了石子的小山、水泥的小山、石灰的小山、红砖的小山、钢筋的小山，机器又轰隆隆声嘶力竭地叫起来。

又是十几天，高楼只建到四十尺高，这些石子的小山、水泥的小山、石灰的小山、红砖的小山、钢筋的小山又没了，家里的钱也都用没了。

有个聪明人说：没有钱，我们可以去赊账啊！

有人马上反驳：谁会把钱赊给没钱的人呢？

聪明人说：我们现在当然没有钱，可是我们有河妖女巫买星星的启事啊！给那些商人看一看，他们一定会把东西赊给我们。

于是，父亲们出面，带着河妖女巫的启事去跟卖石子的商人赊账，跟卖水泥的商人赊账，跟卖石灰的商人赊账，跟卖砖的商人赊账，跟卖钢筋的商人赊账。

那些商人们见到河妖女巫的启事，眼睛果然瞪起来，亮起来，答应把东西赊给他们。可是，卖砖的商人没有答应，因为他决定自己建高楼，自己摘星星。

3

父亲们垂头丧气地回来，大家聚在村西，仰头望着已经建了四十尺的高楼，唉声叹气。

这一夜，又是月圆，家才记起来，楼已经盖了整整一个月。

村子里谁也睡不着，多个深夜出来溜达的人，溜达到那棵庙台旁的大槐树下。哎呀，又一块白绢布挂在那里呢：

亲爱的邻居们：

你们总是很相信你们的手，你们总认为，你们的手能做成天大的事情！

那么，为什么不用你们的手？为什么不自己烧砖呢？

叮当河的河妖女巫

二〇一二年六月十五

是呀，我们竟然没有想到自己烧砖！

烧砖需要泥土。

这个不难办，村子最不缺的就是泥土！

泥土里长着庄稼。

有了珍珠，就有了很多很多钱，要庄稼干什么呢？

第二天一大早，挖掘泥土的工作就开始了。

建一座砖窑烧砖太慢了！

那就建两座，建三座！

如果还慢，就建四座！

挖土，和泥，制砖坯，烧制……

在焦急的等待中，第一批砖出窑了——高楼又开建了。

一批批砖烧制出来，村子四周的泥土越来越少，慢慢地村子里这里有个水坑，那里有个水坑。先是小水坑，很快成了大水坑。大水坑多起来，连在了一起，跟村子外面的河流和水塘连在一起，村子就成了水流中的一个小岛。这个小岛上，除了房子，就是那座高楼，其他什么也没有。

天空的星星映在水里，他们觉得，天上水里的星星，都是一颗颗硕大的珍珠。

有些夜里，村里的人去外面运材料回来，舍不得进村，要站在村外直着眼睛盯着村子欣赏。

高高的楼上灯火通明，这灯火映到村外的水中，眼前的村子可不就是人家说的海市蜃楼嘛，那么神奇缥缈，只有神仙才能住这样的地方呢！

楼越建越高，星星离他们越来越近。有时候直起腰缓解浑身的酸痛，他们总会把手伸向天空——总有一天，他们会摘下星星！

楼建到一百尺的时候，他们空欢喜了一场。他们伸出的手臂，离星星还远呢。

于是，他们就骂那个叫李白的人：满嘴跑火车，真不地道！不过，他们一边骂着，一边还在建楼。他们觉得，只要楼达到足够的高度，他们的手，一定能摘到星星。

后来，如他们所想，这座楼建到了足够高，高到能摘到星星。

那一刻，所有忙着的歇着的睡着的都往楼上跑去！

抬头，星星就在眼前闪呀闪的，似乎在诱惑他们伸手摘下来。

他们早已纷纷伸出手——每人伸出两只手，摘取一颗颗闪动的星星。

哗啦啦！哗啦啦！一颗颗炽热的星星烫了他们的手，托举不住，纷纷掉进围着村子的水里。

几个摘得慢的人，怕自己的星星掉下去：用衣服托住，衣服烧了；用手臂去挡，手臂烫了。一个女人的头发燃起来，她哭着往下跑，想跳到河水里去，否则，她的头皮就要烧焦了。

这个夜晚，围住村子的水域那么明亮——有那么多颗亮闪闪的星星在里面呢。

再后来呢？

再后来庙台旁那棵大槐树上，又挂出了一条白绢布：

自以为是的人：

你们一定很恨我，因为我狠狠地愚弄了你们！

可是，你们没有理由生气，因为是你们先把我们家的灯盏熄灭，让我们遭遇到生存的艰难！

我们采集的珍珠，因为河流的污浊，再也不能发光！整个河妖家族，面临着死亡！

呵呵，你们摘来的星星，可以用来做我们更明亮的灯盏。

毫无歉意的河妖女巫

二〇一三年八月十五

我在某一年驾船路过这个村子的时候，除了几个走不动的老人，村里的人都在外面寻找土地——能种植庄稼的土地。

他们已经寻找了好几年，不知道还要寻找多少年。

因为很多很多的土地上，也都盖满了高高大大的楼！

原载《儿童文学》2013年第3期

被《2013中国年度童话》转载

五彩河

夏海涛

那山太高了，据说站在山上，就可以看到东海日出。在整个华北大平原上，那山就像块巨大而突兀的石头，非仰视不可望其项！

河水就是从山上流下来的。弯弯曲曲流了几十里，到苑庄的时候已经细成了一根线。细归细，却总也不断流。千百年来，但见爷爷入土，孙子成了爷爷，那河依然淡淡地流着。

由于久远，关于河就有了许多传说。早先年间，有一个探宝的南蛮子游经此地，被这里的风水所吸引。他逆流而上，在大山的一个悬崖上发现了玄机。探宝人在悬崖的水流较缓处挖了一个酒盅大小的洞，然后离去。每年的大年三十夜里，他都要来此，从洞中取走满满一盅金子。

南蛮子临死前将这个秘密告诉了他的儿子。儿子看着酒盅大小的洞实在太小，他贪婪地将洞挖成了墓穴一样大小。第二年，除了一堆沙子之外，他什么也没有得到。

这个故事被老人们传了一代又一代，既为贪婪者可怜，又为这条河庆幸，毕竟因此才保留了满河的金沙和风水。

河水流经此地之后，流向了更远的地方。有人说是注入了湖，有人说是注入了海，但不管怎么样，苑庄因了这一河清流而人丁兴旺。“好风水呢！”老人常常捋着胡子陶醉着，日头在他身后升起复又落下。

这河清澈而又明亮，两岸的柳树沿河数十里，远远望去，柳绿水清，真好比是梦中的景致。更远处，是一望无际空旷寂寥的平原，玉米齐刷刷地绿遍天涯。为什么这样一条河叫作五彩河呢？好奇的孩子常常会这样发问。

其实，五彩河是故事中的一条河，五彩河的颜色因了神话的色彩而绚丽多姿。

每年的农历六月，河水因了季节的改变而日益宽泛，水质却不会因雨水的增加而有丝毫浑浊。须晴日，光线媚人，气息氤氲，在静静的河面上人们会发现一层五彩的光晕！

这便是天地孕育的灵气！这便是庇护人们生存的神仙的踪影。

五彩河由此而得名，五彩河由此给人蒙上了一层永远的神秘。多少年来，这灵光就一直半隐半现地存在着，非大贤大德之人不可见到。据说三国时山东东阿王曹植曾留下了名诗《驱车篇》，内有“五岳专其名……上有涌醴泉，玉石扬华英……”的句子，这醴泉所涌，当是五彩河之发端了。七步成诗，下笔有神的“建安七子”，当是以其诗才才得以窥见五彩河的面目的吧？

又说千年前这里出过父子双状元梁灏、梁固爷俩，在中国历史上绝无仅有，其祖先早已在此河上窥见过五彩河的灵光。

“灵光现，圣人出；灵光显，厄运到！”每当五彩河的灵光出现的时候，不是五谷丰登便是灾难临头，不是圣人出现就是皇帝驾崩，所有的解释对五彩河都失去了作用，千百年来，神秘的五彩河只在神秘中流淌不息。

然而，谁也没有想到，这河又一次地闪现出五彩斑斓的光彩！

这是一个淡淡的黄昏，夏日的太阳疲惫地西沉，仿佛已经不堪亿万年的重负。那大山依然稳稳地坐在大平原上，成为这条河的一个永远不变的背景。

一个孩子放学归来，沿着石头砌起来的河岸默默走着，他那孤独的思索与他小小的年龄极不相称。孩子的目光低垂着，好像要洞穿地球的厚度。突然，就在无意中的一瞥间，他发现河面上掠过一丝五彩的颜色！

孩子惊呆了！他不相信自己窥见了这个古老的传说。他一遍又一遍地沿河岸来回走着，好像要证实这个发现。

天渐渐黑了，夜色像墨一样笼罩在孩子的头顶，他害怕极了，背着书包飞快地跑回家去。秘密便在黑暗中保护下来。

第二天一早，孩子又急忙赶到了河边。旭日下，河面上果然闪过一丝若有若无的色彩。两个早起晨练的老人似乎也发现了这个秘密，他们对着孩子低下头，急忙走开了，好像怕别人知道似的。

这一天孩子旷课了，他一整天都坐在河边，看着这满河的五彩，他似乎嗅到了一种淡淡的芳香。孩子看到，所有发现这个秘密的大人彼此之间都不说话，心照不宣地对望一眼，然后急急走开。

第三天，越来越多的人涌向河边，对着满河的五彩欢呼鼓噪，仿佛在等待奇迹出现。只有孩子静静地远离人群，望着满河的五彩发呆。他已经发现，那种芳香的气味越来越浓重了，好像要穿破五脏六腑。他感到一阵透骨的寒意。

第四天……

第五天……

人们渐渐发现了这五彩的不同。人们也渐渐被异样的味道所震动。难道是油吗？难道是油污吗？望着满河的漂浮的五彩，一种灾难的氛围渐次散开……

夕阳下，人们对着大山下林立的工厂远眺，呆立的身影像一片杂乱无章的墓碑。

一条河缓缓地流着，一条神秘的河，一条生命的河，一条即将死去的河……

原载《儿童文学》2013 年第 4 期

小爱物

张炜

护园人

每一片果园里都有自己的护园人，他们像园中霸王。在我们眼里，这些家伙个个都是凶神恶煞，可能暗中干了许多坏事，说不定会有命案在身。看看这些人的长相和打扮就能知道，他们可不是一般的人。

平时这一带就是护园人的天下。

别看一片片果园里静悄悄的，其实就有人踞在暗处—— 一声不吭待上一天一夜，耐心大得吓人。一旦有哪个倒霉蛋溜进来摘个果子，他们会一个恶虎扑食蹿过去。栽在他们手里的主要是过路的渔人、打猎和采药的人；还有更可怜的——孩子们。

护园人又古怪又孤独，好人才不会干这个，能干这个的，得有杀牛的心。他们大多是光棍一根，没有家口，以海边林子为家。

比如说，有一个远近闻名的老护园人是个哑巴，一辈子都干这个，平时只穿蓑衣，两臂一撑蓑衣毛儿就奓开，像一只豪猪拼死打斗前的模样。他腰上别了一把镰刀，三句话没完镰刀就飞出来，砍死人不偿命。还有一个护园人是个矮子，身高不过一米二三，力大无穷，秃头，宽膀子，能死死压住一头黑犍牛，直到它力气使尽不再挣扎。这个矮人独自经管两片果园和一大片林子，从无失手的时候。

像哑巴和矮人这样的在海边一带数不胜数，所以每家大人总是叮嘱孩子：千万不要往园里蹿，尤其是果子成熟的时候，走路要绕开；如果万不得已非要从旁经过不可，那最好闭上眼睛。

这话只有海边孩子才会明白，外地人怎么也想不出是怎么回事。当我们一眼看到串串彤红的樱桃、叶子下闪闪烁烁的桃子、火焰色的杏子，心里会阵阵发痒。那时再也不想别的，只琢磨怎样立刻把它们摘到手里。这股馋劲儿谁也无法抵挡。

见风倒

离我们最近的这片果园出了一件怪事：新来的护园人竟然是个馊货。这人瘦弱不堪，三十来岁，一脸憨相。我们大家暗地议论，一致认为这是个不中用的家伙，这里交给他最好了。但是后来又有些犹豫，认为一切都不会那么简单，这家伙一定有些来历，他那副蔫蔫的样子或许是装出来的。

我们十分留意，认真观察了好久。这个人奇高，个子有一米八以上，小腰却只有一拃粗，走路像女人一样扭动，又细又长的脖子上挂了一层灰尘：离近些看，发现是粗糙的斑点，就像长了细细的鱼鳞。我们估计这是长年待在海边的缘故——冬天的海风就像锉刀一样。我们都想亲手摸一摸他的鳞脖。

他有个外号：“见风倒”。

这真是一个脆弱的、朝不保夕的家伙。原来他从小患有严重的心脏病，动不动就捂着胸口倒下来——只要有一阵北风刮过来，他就哎哟哎哟躺下了。

“见风倒”住在园中小土屋里，不怎么出门。他有一支长筒猎枪，但永远也不会打响了，因为枪栓什么的全锈住了。可他几乎是人不离枪，那是他的伴儿。我们几个常常趴在小土屋的后窗往里瞄着，想发现一些秘密。

打鱼人老万路过这儿，肩上扛着一支橹，也往小窗里面望了望，挤挤眼说：“这家伙还不知能不能挨过这个冬天哩。”

这里的冬天

这里的冬天啊，北风刮起来让人害怕。沙子飞到空中，树枝发出咔嚓嚓的响声，鸟儿大清早死在脚下。冬天里的“见风倒”真的凶多吉少。可冬天还远着呢，“见风倒”早就不出门了。他把火炕烧得热热的，小铁锅里永远有好吃的东西，那是煮花生和玉米棒，还有黄瓤地瓜。他在屋里走来走去，手按在胸口那儿。那一定是摸着不舒服的地方，想着一些倒霉的事。

有一只猫溜进了小屋，跳上了热乎乎的炕，被“见风倒”一把搂在怀里。他们一起打着呼噜，秋天就要一点点过去了。我们几个实在忍不住，只想破门而入。这个秋天哪，树上的果子摘光了，护园人就再也不愿出小屋了。我们在门口扯起了绊绳，想让“见风倒”一出门就绊个跟头。

他终于出来了，仰脸看天，打个哈欠，耸耸肩上的枪，一扭一扭往前走，快要碰上绊绳那会儿，两条腿突然像跳舞一样腾挪了一下，绊绳对他毫无用处。那只猫也跟出来，一下跃上肩膀，接着又攀上头顶，在乱蓬蓬的头发间做窝趴下。

太阳好的时候，“见风倒”偶尔会头顶一只猫出来，只站在小屋门前。我们猜他在等候真正的冬天。只要一阵风刮来，他立刻就踮着碎步回屋了。

冬天来了。在一个大风天里，我和虎头、小双几个痛快地走在园子里。沙子打在脸上，一会儿就把脸弄得像秋桃一样红。玩到黄昏时分，我们在小土屋门前唱起了歌。唱了一支又一支，里面一点声音都没有。那家伙被大风吓破了胆。我们高兴地嚎唱。

天黑了，门开了一条缝，我们几个由虎头带头，呼一下钻进去。老天爷，原来小屋里暖暖的香香的，灶里有炭火，锅里有地瓜。“见风倒”揹枪抱猫，模样阴阴的。这家伙从来不会笑也不会哭。他正吃一块地瓜，还往猫嘴里抹地瓜糊糊。猫不高兴。

屋角有一只半大的羊。我们争着去抱白白的小家伙。羊咩咩叫，用刚生出的嫩角顶我们，顶了一会儿就逃到“见风倒”身边去了。羊和猫紧贴着他，一块儿偎在暖和的炕角。屋外的风声越来越大了。

老 妖 怪

这个冬天，“见风倒”的小土屋是最好玩的地方。这里有人正一声不响地对抗着凶猛的冬天——听人说冬天其实是一个妖怪搞出来的：那家伙长了绿色的眼窝，身子有五个黑牛加起来那么大，每年春天要去海北，天一热就过海往南走，走啊走啊，走到十一月就来到了我们这儿。它走累了，一屁股坐在海边，望着南山，张开血盆大口喘气，把一地沙子都吹起来了。

打鱼的老万说，你们半夜里侧耳听一听，就能听见妖怪打鼾的声音。

他盯着小土屋，讲出一个故事：从前，有个猎人凭着过人的枪法，发誓要赶走那个妖怪。他找到了这个大家伙，想趁着它打鼾的时候一枪结果了它。谁知道妖怪睡着了还睁着一只眼，早就看见端枪的猎人了，只是继续打鼾。猎人凑得近一点，只有几步远了，这才扣响了扳机。猎人发了狠，早就装足了火药，那是能够打死几头牛的霰弹。谁知轰隆一声火光一闪，妖怪照样打鼾。猎人吓得丢了枪，转身就跑，刚跑了没有几步，妖怪又打了个大大的喷嚏，掀起的一大股沙子立刻就把猎人埋在了下边。

老万讲完了故事，问：“你们知道那个猎人是谁吗?”

“是谁?”

“就是‘见风倒’的姥爷。从那以后他们家个个害怕妖怪，一听到刮北风就吓得脸色蜡黄，腿也不好使了。他们这家人跟冬天有仇。”

我们听了那个故事，再也不用原来的眼光看“见风倒”了。原来这是个大英雄的后代啊。在大风呜呜响的夜晚，我们为了安慰小土屋里的人，就一块儿挤在他身边。都想问一问他们一家跟冬天结仇的事儿，最后还是忍住了。

我们一起熬着冬天，等待老妖怪返回海北的日子。

春天来了

第一只蝴蝶飞来了，那只猫从“见风倒”头上一跃而起，扑向窗户。

谁也想不到这个憨憨的“见风倒”手脚那么麻利，只一蹿就抓住了飞到半空的猫。蝴蝶逃出窗户，飞到了一旁的李子花中。

“见风倒”高兴了。不过他从来不笑，总是阴着脸。能让人看出愉快的，就是那只扭动不停的腰。“这不是男人的腰。”老万说。他说以前他们打鱼的那儿也有一个人长了这样的腰，只在渔铺里做饭，不去海里打鱼，“那饭做得真好，可惜走路像娘们儿，”老万咂着嘴，远远地瞟着“见风倒”，“是男是女看看就知道了，嗯。”

老万的话让我们吓了一跳，你看我我看你，谁也不吱声。

老万笑眯眯的：“海上那个人后来到底还是露了馅，他夏天热得受不住，跳进海里洗澡，被人撞见了，嘿嘿……”

“咋回事？”

“原来不是男的也不是女的。”

多么奇怪啊！世上还有这样的人？我们都不信：“那是怎么回事啊？”

“就是那么回事。”老万眯着眼，不再正经说话了。待了一会儿他又说：“从那以后打鱼的人都不愿理他了，也不想吃他做的饭。我只想帮帮他。那年头我家里穷，娶不上媳妇，光棍一条，就琢磨起了事儿。我让他把头发留长，等扎上了两条小辫子，就娶回家当老婆了——至今还是我老婆，能做一手好饭。”

大家瞪着眼发愣。我们当中心最细的是小双，他问：“生娃娃了？”

“啊啊，”老万摇着头，“这事儿不急的……”

可是我们都想弄清“见风倒”是男是女——当我们凑近了端量时，觉得他绝对是男的：嘴唇上有一层黄黄的小绒胡。不过有一点不妙：他的眉毛又细又弯，这可是个问题。

太阳晒得一地沙子发烫，赤脚走在上面真好。小蜥蜴探头探脑四处乱瞅，猫就把它们逮住了。那只羊与“见风倒”一块儿卧在沙子上，被一群蜜蜂围着。“见风倒”袒露着上身，抓一把烫烫的沙子往肚脐上撒。

我们注视了一会儿，都跑到他跟前玩起了这个。他的肚脐像小酒盅，很深，凹着。等它装满沙子后，羊爬起来嗅了嗅，发出了“咩咩”声。“见风倒”嫌热，松脱了长裤翻扭着。小双掀起他的短裤看了看，他懒洋洋的并不阻止。

小双说："他是男的。"

它是什么

大团大团的李子花开过，接上是桃花梨花苹果花。那个带来冬天的妖怪越逃越远，大概早到了海北，于是最好的春天就留给了我们。一群群绿翅红嘴鸟儿飞来了，它们在园子里忙碌嬉闹，全不理睬别人。

这算得上真正的节日。一到星期天，我们就在花海里钻来钻去，与蝴蝶和蜜蜂、各种鸟儿周旋，忘记了一切。家里大人关心的是我们与看园人的关系，担心受到捉弄和欺负。这次他们搞错了，说实在的，我们不捉弄他就算不错了。

这个人有点痴傻，心眼可能还抵不上我们一半。

而且这人懒得出奇，有时一整天躺在树下，只要不起风就仰脸往上看：白天看小鸟和蝴蝶，晚上看星星。这里的夜晚星星大，没有月亮时就格外大。有些动物是跟上月亮起哄的，它们在明晃晃的月光下不会安生，又飞又跳又跑，分不清是一些什么东西。

半夜里，有一只狗那么大的动物唰唰跑在园角。说不定什么时候，又有一只更大的动物从东到西跑过。我们问"见风倒"它是什么？他吸吸鼻子，侧着耳朵听，又贴在地上听，只不回答。

虎头一个人蹲在黑影里，突然神色慌张地跑过来，伸手指着一角说："听，扑扑的，像一只大鸟。"

他的声音透着恐惧。我们屏住呼吸。听到了，好像有一大团棉花，轻轻地落在了园子里。我们吓得一动不动，身子贴在了一起。

又过了许久，再没有一点声响。小双第一个离开大家，蹑手蹑脚走向园子深处。花的浓香一阵阵钻到鼻孔里，有人打起了喷嚏。羊和猫守在"见风倒"身旁，快睡着了。

夜色里的花树如同一座座山峦。我们都觉得每到夜晚花的重量比白天增加了几倍，细细的枝丫眼看就承受不住了。花的山峦里藏了各种动物，有飞禽也有走兽，它们都知道那个大妖怪离开了，于是不再安生，一齐出动。

小双扯着我的手，小心又小心地来到一棵最大的苹果树下。他从一个树隙指给我看。

那儿什么也看不清，只是一团浓黑。我们紧张极了，只听见自己的一颗心扑扑跳。小双转脸看我，我发现他的眼睛闪闪发亮。正这会儿，那团黑影颤了几下，发出“噗、噗”的声音，就像一只大母鸡在抖动翅膀——还没等我们回过神来，它嘴里又发出细小的“吱吱”声，就像一只轻到不能再轻的气球，只一跃就弹到了更高处——比所有的树都高。它在无数的树尖上弹跳了几次，最终不知落在了哪棵树上。

我和小双都没看清它的模样，因为花丛太密，天太黑。但我们都一致认为这家伙的个头不小于一只大鹅，会飞会跳，身子轻盈灵巧到无法形容的地步。

第二夜

第二天夜里又是相同的情形：到了半夜时分，天安静得出奇，一天星星眨眼不停，没有风；大大小小的动物开始在园中跑动，它们尽可能隐藏自己的声息。可是我们个个耳尖眼明，绝对放不掉任何行踪。大约在虎头第二次打哈欠的时候，小双的手指又竖在嘴边了。我们捕捉那“噗、噗”的声音。

那个古怪的飞禽或走兽又一次神秘地降临了。

我和小双、虎头三个人猫腰钻过几棵树，然后大气不出地趴在地上。虎头怀里抱着猫，他有自己的盘算。

半个钟头过去，四周静得吓人。小双又伸出了手指。不远处有“呼呼”的喘息声，就像一个小孩子疯跑之后大口喘气。虎头激动得快要哭了，扯扯我和小双，一丝丝往前爬。

当离那喘息声越来越近时，它反而一点声音都不再发出。这家伙多么狡猾。可是我们都看到了：在最高处的一个树丫上，沉甸甸地压了一个东西，像石头一样。它比鹅还大，头是圆的，正轻轻转动，像在寻找什么。

我们正在凝神，虎头突然把手中的猫往树上一撩。

猫的眼睛比我们尖多了，它早就看到了树尖上的家伙了，一直在虎头怀中挣动呢。

猫急急地往上蹿。我们料定那是一只大鸟，而猫见了鸟类就不会饶过，再大的鸟都会败在它的手里。

说时迟那时快，猫像闪电一样直击树梢，接着发出扑哧扑哧的打斗声、惨惨的叫声——尽管星光微弱，我们还是看清了最后一幕，这一幕说起来没人相信……我们惊得目瞪口呆。

受伤的猫

好几天以后我们讲给大人听，他们还觉得这事不可思议。谁都不信。可一切都是真的，是我们亲眼所见。

当我们讲给“见风倒”时，他弯弯的细眉抖了抖，惊得大张嘴巴，露出一口米粒似的细牙。他回头细细查看爱猫，发现它左边的脸，还有一只眼，都肿了。

大家多么同情这只猫。

那一夜我亲眼见过飞快完结的这一幕：猫飞速冲到那个怪物近前，对方正望着远处；直到猫伸出利爪那怪物才回过神来，低头一看，接着抬起一边的翅膀——也可能是手——一下提起猫狂舞的两只前爪，用另一只手狠狠揍了它几个耳光。猫惨叫着，给“啪啦”一声扔到了树下。

猫跌得好惨，双爪捂头乱叫。树尖上那个家伙正嫌脏似的拍打着双手。它低头看着我们，嘴里发出若有若无的嘻嘻声。

这是个永远无法忘记的夜晚。

“见风倒”听了我们的叙说，脸上有了慌张的神色。他把锈住了的枪摘下又背上。

老万路过果园时，我们把整个过程从头到尾讲了一遍。他寻思了一会儿，说：“会飞，有手，那是什么？只能是妖怪！”

我们这片园子里真的出现了妖怪，并且是大家亲眼所见，这是多么美妙的事情啊。这事儿实在让人兴奋，谁都不想睡觉了。

“见风倒”痴痴地望着自己的领地，好像对发生的事情难以接受。他一下下抚摸肿了半边脸的猫，安慰它，小心地亲它的脑门。

我们属于“荤”

春天越来越深入，满园繁花谢去之后，绿蓬蓬的叶子就长出来，只一眨眼，枝条都遮在了绿叶后面。这时所有的鸟，也包括各种走兽，都躲在更隐蔽的地方玩闹了。

我们大白天难得来园子里一次，因为要去讨厌的学校。星期天和夜晚应该属于我们，但是自从出了妖怪的事情之后，我们出门会受到各种阻拦。说实话，对于海边林野里隐下的种种危险，不要说我们，就是来来往往的渔人和猎人也惧怕三分。他们个个都传达过这些故事，讲述的时候仿佛个个都是受害者，好在就因为自己机智勇敢，这才逃过一劫。

老万是个对妖怪特别有研究的人，他说自己已经无数次经历了这一类事，并且在常年的林海荒地生活中习惯了这一切。听他的口风，好像还暗中交往过几个妖怪。他这样暗示了几次之后，我们也心动了。

小双说：“如果咱们跟一个不太凶狠的妖怪好起来，也蛮有意思的。”

虎头想得更多一些，摇摇头：“只要是妖怪，那就得防着——听说它们分两种，吃荤的和吃素的，如果吃荤，那就得小心了。”

我同意虎头的分析，因为我们都属于“荤”。但我想补充一点的是，有的妖怪是荤素不论的，既吃果子和一般植物的根茎叶子，也会逮活物吃，比如吃鸟和鱼。它们当中有的还吃儿童，如果有这样的机会，那会是十分高兴的。

它又来了

我至今记得外祖母告诉的一件事，那可是她亲眼看见的。当时她正在门口抽烟，和几个爱抽一口的老太太一块儿过烟瘾，你一口我一口地传递着烟斗，凶险事儿就降临了。原来其中一个老太太的小外孙正在草垛旁玩耍，突然传来“嘎呀”一声大叫，一只老鹰扑下来，抓起白白嫩嫩的小孩就飞走了。

“那孩子胖啊，老鹰抓得费劲，摇摇晃晃，摇摇晃晃，往半空里去了……”外祖母说。

那个看护外孙的老太太差点哭瞎了双眼。

外祖母那个亲历的故事谁都相信，因为都知道她是说谎最少的人——要知道海边林子里的老人个个都爱说谎，平时就爱编点什么吓唬孩子，有时也为了吸引别人，为了让更多的人敬重。这里的人常常说到某个见多识广的人，说某某真了不起，一辈子遇到过多少怪事啊，口气里流露出强烈的羡慕。

外祖母讲了许多故事，其中的一半仅凭我的智慧也可以识破是假的。她低估了自己的外孙。不过她有说谎的权利，因为说谎是海边老人的习惯，这也不全是他们的错。

我从外祖母的故事说起，初步认定来我们园里的是一只类似于大鹰的飞禽。

可是这个判断很快就被否定了。

那是一个月亮很大的夜晚。这样的夜晚香甜可口，风是香喷喷的。在洒了一层荧光的沙地上干什么都格外有趣。我们为了表达对“见风倒”的情谊，都带来了一点吃的东西。“见风倒”阴着脸，抓过东西就吃，并不感谢什么。这个人与哑巴没有多大区别，只是常常与猫和羊说话：咕咕哝哝。

他与身边的动物友谊超常，这是显而易见的。我们亲眼看见有一只彩色的大鸟落在他的头顶，拉了一泡屎又飞走，他丝毫不恼，擦一把了事。还有一次一只狐狸走到他跟前——那只狐狸倒也真不难看，小脸儿仰着，两眼水灵灵的，直盯着他。“见风倒”为了看个仔细就使劲弓着腰，那模样就像给狐狸鞠躬似的。

总之他与人没有多少话要说，与动物倒有很多共同语言。用老万的话来讲，就是：“‘见风倒’这个家伙不善于说人话。”

这个夜晚我们分吃好东西，糖果、炒花生、栗子和小巧饼——这是拇指大的稍硬的烤饼，分别做成了小猴子小猫小狗等各种模样，香极了。“见风倒”的小牙像米粒那么大，嚼东西费劲，很长时间才能吃掉一个小巧饼。正吃着，小双的手指又竖起来了，大家一齐停止咀嚼。

一只动物正从园子东北角小心地走来，像是踩在棉花上的又软又轻的蹄脚。不过它瞒不过小双尖尖的耳朵，也瞒不过我们。猫一下偎到了“见风倒”的怀里，羊高高地抬起了头。

我们一齐伏在沙子上，抬眼去看——沙地上的月光像浅浅流水，使人觉得有无数小鱼在上面游动，如果有一只大水鸟来啄食一点都不奇怪——正这样想着，真的有一只大鸟来了！瞧它两只又粗又壮的长腿吧，吧哒吧哒踩着浅水，得意扬扬地来了！

虎头躺在旁边，我能感到他激动得全身打战。我大气不喘，顺着那只“涉禽”——书上这样叫它们——往上看，刚刚定神就惊得闭不上嘴了！老天爷啊，这哪里是什么大鸟啊，这家伙长得多怪啊，它像人一样长了两条腿，可是上半身又像鸟，因为有双翅；不过双翅上方有窄窄的肩膀，有脖子，上面长了比常人略小一些的头颅……我紧紧盯着，发现它有一张小娃娃似的小圆脸，额头可真不小，鼓着，大眼睛上方是一溜整齐的刘海……

“见风倒”呼一下坐起。他大概吓坏了。这人又一次被证明有点痴，因为他竟然在这个关键的时刻暴露了自己。

结果糟透了——那个怪物听到声音立刻止步，圆脸一抖一缩，瞬间缩成了拳头那么大。接着双翅一张，几乎毫无声息地飘离了地面——我敢说自己盯得仔细，那简直不是飞，而是像跳高运动员那样轻轻一弹，就稳稳地落在了一棵大树的尖顶上。它只在这棵树梢停留了一秒，又连弹几次，在几棵大树上方选择一圈，最终不知落在哪一棵上了。

我们一起追寻，可惜连个影子都没有发现。正在我们发呆的时候，园子深处却传来了嘻嘻的声音。这种细小的发声以前听过，那显然是对我们的嘲弄，而且分明透着得意。

孤独的人

大家争论这是一种什么动物。争执最大的是走兽还是飞禽，因为这是不可混淆的一个原则。谁也无法做出结论。统一的看法是，这不是一般的大鸟，因为它有人一样的头脸，似乎还有手。不过它离地的那一刻又像鸟——好像它的双臂随时都可以当成一对翅膀来用。

“见风倒”只是听着我们的议论，并不加入讨论。他在月光明亮的夜晚敞着衣怀，露着一只大肚脐，长了鳞的脖颈就像胳膊一样细。我这会儿有一个奇怪的念头，觉得这个护园人也是一个妖怪。

我们身边这个“妖怪”的不同之处，是一点都不让人恐惧。他和我们躺在一起，无论是在沙滩树下还是在小土屋里，时不时就要紧紧地搂一下左右的人，包括猫和羊。有时候他真是激动啊，紧绷着嘴，猛地一下咧开又像要哭出来。我知道他是激动了。我心里承认，他是最能激动的一个人。关于他的身世没人了解，只知道他是一个身带重病的人，随时都能离开人世。就是说我们面前的这个嘴唇发青的细高个子，说不定什么时候就能在一阵风里倒下，然后再也不会爬起来。

大概由于时时面对了死亡，所以他才有那样阴沉的神色，他害怕啊，他不高兴啊。也同样因为这个，他才要紧紧地搂住我们，那是他舍不得与我们分别啊。我发现每一次大家离开时，他都要狠狠地盯一会儿——不是恨我们，而是恨又剩下了独自一人。

老万说“见风倒”所有的亲人都因为害心口痛过世了，只剩下这根独苗，“独苗命苦，人长得痴，娶不上媳妇。”他警觉地盯我一眼，说，“小心一点吧！”

我问为什么？

“不为什么，反正小心一点吧！”老万不怀好意地笑，往地上吐口水，“这是个不男不女的东西。”

我立刻争辩：“不，他是男子汉，这是真的。”

老万摇头：“什么男子汉，一个废人。打鱼不行，推车不行，护园子也不行——有一年秋天被几个偷苹果的老娘们按住打了一顿，还把他的裤子脱下来扔到了树上。那天正好起风了，他吓得跌跌撞撞往回跑，光着腚，鞋子也掉了。”

我可怜起小土屋里的人了。

果子熟了

一连好多天，我一想起老万的话就为护园人难过。我和伙伴们更多地去园子里，带去好吃的东西。当然，我们最好奇的还是那个来去无踪的妖怪。

秋天来了，果子挂在树上，再有不久就要成熟了。半熟的果子格外馋人。

小双和虎头都发现，随着果子一天天长大，“见风倒”就变得不那么友好了。这家伙的一双眼睛泛着瓷亮，就像鱼眼，这是大家刚刚发现的。鱼眼圆圆的，很拗，一动不动地盯过来，会让人心慌。

我们爬树时，他一定要上前拦住，还扳锈住的枪栓。这家伙吃了我们多少巧饼和花生，一转眼就翻脸不认人了。他大概担心我们将果子碰掉。其实我们想摘下果子。杏子和苹果只有指甲大时就吞下肚了，它们真酸。不过对付再酸的果子都有办法，那就是嚼的时候闭上右眼，这样也就可以忍得住了。

而“见风倒”闭上一只眼睛时，那就是在端枪瞄准。树上的鸟、爬到树上的猫，被他瞄住时全不介意，因为它们都知道这是一支放不响的枪。

如果不能爬树，只在地上待着，那就没有多少意思了。一年里，除了北风呼啸的冬天，我们一直在树上攀爬，摘果子逮鸟，闭着眼想心事，这些都要在树上才行。“见风倒”终于露出了护园人的本来面目，他原来像那个传说中的老哑巴和矮子一样，天生就是我们的对头。他竟然用枪向我们瞄准，这是多么可怕啊，这枪如果能够打响，他真的敢扣响扳机吗？

果子眼看熟了，满园香气让人心痒，鼻子发酸，走路就像坐船——飘飘悠悠的。一开始我还以为只有自己这样，问了问小双和虎头，他们也差不多。只要我们进了园子，“见风倒”就会跟上，寸步不离。他解溲的时候我们就往林子深处钻，这时他就提着裤子追赶。

虎头有一次背着手走出林子，可能藏了什么，“见风倒”转到身后，虎头就随着他打旋。虎头越旋越快，弄得“见风倒”头晕，一下栽倒在沙地上。我们趁机爬到树上，每人都找到了最甜的果子。

女老大

起风的日子最好了，这时候护园人就不敢走出小土屋了，只趴上北窗往外瞭望。可惜有时风刮起来，却偏偏不是星期天；放学回家了，风又停下来。

老万从园边走过时身上背个帆布褡子，看到“见风倒”过来，就让我们往另一边跑。我们后面紧跟着“见风倒”，那边的老万就动手摘果子，直到把布褡子装满。

我们从园里跑出来，在通海小路上与老万会合时，他正笑嘻嘻地啃果子。可是这家伙太吝啬了，每人只分给一个苹果，而且还专挑小的。他咔嚓咔嚓咬着大苹果，果汁四溅，说：“对付这家伙还不容易？赶明儿让海上渔老大娶了去。”

我们都不吃苹果了，盯着老万。

老万吃过苹果又抽烟，两撇黄胡须翘起来：“海上老大早没老伴了，正找家口哩，我看‘见风倒’就合适。”

小双惊呼：“可他是个男的啊！”

老万笑了：“我们老大是女的，这不正好吗？”

海上老大是指挥打鱼的把头，怎么会是女的？这玩笑开得也太大了。我们全都不信。老万使劲吸一口烟说：“老大过去是男的，他天天喝酒，天天喝，一天这个数儿，”他伸出三根手指，“三碗。这就喝死了。老大没了，打鱼的就得散了摊子，因为大伙儿谁的话也不听，只听老大的。上级一看实在没辙，就让老大家里那个老娘们儿来管咱们了。”

虎头听得入迷，头快探到老万怀里了。老万用烟卷火头触一下虎头的鼻子，虎头猛地缩回来。老万继续说：“这娘们儿比我还高，腰粗肚大，大脚丫子跺地噗哧噗哧响，还会抽烟，喝酒也在这个数儿上。”老万又伸出了三根手指。

大家哄笑。

“你们也不用笑。俺们那一伙都听她的，为啥哩？就因为她是师母辈的，等着我们孝敬她哩。她辈分高，可惜年纪不太大，也就四十一二岁吧。夜里她和大伙一块儿挤在渔铺里睡，当老大嘛，就得和大伙同吃同住。半夜里她一声连一声叹气，坐起又趴下，一双大手捂着胸口。开头大伙以为她病了，心口疼，后来才知道是另一回事。”

密谋相亲

老万说到这里卖个关子，不吭声了。

我们都急了，逼他快说怎么回事？他又吃苹果又抽烟，半晌才说下去："老大是想师傅了，想重新找一个男人过日子。本来这事儿好办，睡在一个铺子里的打鱼人这么多，可惜不行啊，全都不行！"

"为什么不行？"小双问。

"因为咱一伙里尽管有不少光棍汉，可大伙都跟她叫老大，她是师母啊！"

这回我们都听懂了。虎头搓手，望向果园的方向。他在想什么。

"如果老大把那个人，"老万夹烟的手往南挥动一下，"把'见风倒'娶了去，那园里的果子还不成了咱大伙的？咱想怎么吃就怎么吃！"

"可是，可是，"小双像憋气一样，鼻子上出了一层汗粒，"我想他不敢的，不敢的……"

"怎么就不敢了？"老万盯住小双，因为过于专注，似乎有点斗鸡眼。

我替小双答了，说："那人见风就往屋里跑，胆子特小！"

老万拍掌大笑："这你们小孩牙牙就不懂了！那是因为他一个人老要闷在屋里，没有摔打出来！只要有了家口，这个人也就'皮实'了！"

"'皮实'是什么意思？"虎头问。

"就是耐折腾的意思，"老万扔了烟蒂，"就说我吧，别看娶来的是不男不女的一个物件，几年下来再也不管什么天气——以前不行，淋一场雨就得赶紧喝酒，生怕寒气扎到骨缝里。娶了家口，热汤热水吃喝，身子骨也就壮起来了。男人女人全一样，得有人疼，在他（她）耳朵边哈着气说话，一边说一边用小手摸摸他（她），他（她）就一天天皮实起来了。"

大家都听得出神。我心里想，老万这个人懂得可真多。

最后分手时老万下了决心，说："这事就这么定了，等个好月亮天，我拉上俺老大去园里相亲吧！"

"为什么要在月亮天？白天不行吗？"我觉得这一次老万搞颠倒了。

老万用食指叩叩我脑壳说："白天？白天看得太清亮了，说不定两人都相不中哩！”

我们都怀上了一个大心事，喜滋滋的，只等着老万领着女老大来相亲了。

但我们私下里议论，最担心的是他们之间相互看着都不顺眼。不过比较一致的看法是，只要海上老大相中了“见风倒”，事情也就成了大半——这个憨痴痴的家伙没有什么选择的余地，只要有谁愿意领他走，他跟上就是了。

从那以后，我们看到“见风倒”，怎么看都觉得他是女老大的家口了。

凶险的约会

大月亮终于来了。吃过晚饭，大家早早地来到了园子里。真是有些激动呢。“见风倒”似乎心情不错，头上顶着那只猫，身边跟着羊，不停地耸动肩上的枪。他一嘴小牙真白，在月光下闪着光亮。月亮之夜，他的小牙更可爱了。

我们躺在沙子上，绝口不提将要发生的事情，蓬蓬地吸着鼻子——满园果子全熟了，这香味可不是一般人能够忍受的。奇怪的是“见风倒”能在长达几个小时里不吃一个果子，多大的忍耐力啊。

“见风倒”总是沉默寡言，自我们结识他到现在，几乎没听他说上几句话。这家伙与哑巴无异。话少的人心劲就大，而心劲大的人最适合用来保护公家的财产——这是我暗暗推理出来的。

静静的月夜一丝风也没有。不知过了多久，远处传来了走路声。“见风倒”警觉地欠身看了看。我们都知道老万快领人来了。

走路声越来越近，后来就停住了。我不知什么时候一转脸，马上惊得捂住了嘴巴—— 一个小矮人在不远处眼巴巴地看着这边，而“见风倒”正与之对望！如果我没有看错的话，这个小矮人就是前些日子弹来跳去的那个小妖怪！

老天爷啊，这一回我算是看清了：两条腿像藕瓜似的，膝盖上方有弧纹；脚掌有蹼，就像水鸟差不多；肚子圆圆的，看不清颜色；不知是胳膊还是翅膀，耷在身侧一动不动；细脖，大头，圆脸，眼睛亮亮的，额上是一溜整齐的刘海儿……我在一瞬间认出这是一个雌性——女的。我使劲捂住了嘴巴，害怕叫出声来。

“见风倒”和小妖怪对视了一会儿，竟然像被丝线牵住了一样，慢慢起身，迎着她走去——他们一步步走进了园子深处。

猫和羊都呆在原地，身上好像有些发抖。

我相信大家都像我一样，看清了这一幕。没有人说话，因为都不知该说什么……这无声无息的一刻我在想：“见风倒”这些日子里一定偷偷约会过小妖怪！如果不是这样，他怎么敢在这个大月亮天里跟它走？

这会儿谁也没有想过要追回“见风倒”。这是他自己的事情：一次凶险万分的约会。

“见风倒”是冬天的仇人，可是他再也等不到冬天了，只在这个秋天就会被小妖怪害死。

由于失望和害怕，我们躺在那儿一动不动。谁也没有想到去摘一些果子，压根儿就没有想起甘甜的果子。心思全在另一边了，都在用心捕捉园子深处的声音。如果这时候发出一声尖叫，我们就会不顾一切地冲过去。

谁也不知道小妖怪吃荤还是吃素，或者是像以前担心的那样：荤素不论。反正这个护园人是凶多吉少了。我们渐渐忘了与老万的约定，把女老大相亲的事丢在了脑后。

余下的时间没有什么奇迹发生，园子里静悄悄的。我们最后无精打采地站起来，各自回家了。

老万急了

第二天是星期天，早晨醒来第一件事就是去看小土屋里的人——我们几个不约而同地跑到果园里来。

“见风倒”皮毛无损，模样照旧，还是警觉地盯住我们，生怕偷走了树上的宝贝。多么悲伤啊，我们一直担心他的安危，他却时时牵挂果子，交到这样的朋友真是倒霉。不过谁也不想离去，因为这儿实在有许多东西吸引着我们。

昨夜里大概刮过一阵风，树下掉了不少果子。“见风倒”见我们一直端量树下，总算慷慨了一回——每人分给一个。

离他近一点时，我发现这张憨痴的脸上似乎有了一丝不易察觉的笑容，一双弯细的眉毛在轻轻蠕动，下唇使劲往上收拢，好像要极力包住一些隐秘。那根鳞脖微微变红了，上面有几道浅浅的挠痕——这马上让人想到是小妖怪抓弄的。

一会儿打鱼的老万来了，他离老远就向我们招手。

离开园子一点，老万告诉今夜女老大就来相亲了。我们几个兴奋无比，但对马上要发生的事儿多少有些担心：这或许需要告诉当事人一声吧？如果他根本不想见那个人怎么办？

老万哈哈大笑：“哪有‘见风倒’不愿意的？这样的废人，只等俺们老大娶了去就是！”

大家相互看着，将信将疑。小双讲了昨夜发生的事，老万一脸惊愕，不断追问一些细节，脸色一下沉重了。他拍拍腿，“一点不错，那是一个妖怪！”

“那怎么办？”我问。

老万往园子里望几眼，肚子疼似的蹲下了。他掏出烟抽几口，发狠地点点头，“那妖怪总是先让人迷上，然后再一点一点收拾他……”

“怎么‘收拾’？”小双眨着眼。

“那就不一定了。妖怪们使用的方法是不一样的，它们和人差不多，脾气不同，那些性急的就把他领到没人的地方，咔嚓咔嚓几口吃了算完；性子缓的会慢慢逗弄他，直到玩腻了，遇到坏天气心上一烦，也就把他嚼巴了。”

我们吓得脸都白了，咝咝吸着凉气。

“看起来这事再也耽搁不起了，快让女老大把他领走吧，越早越好——幸亏她今晚就来。”

虎头说：“领回渔铺？这可不行啊，他还要在这里护园哩。”

老万点头：“只要老大娶了，住哪儿都一样，这小土屋收拾干净了就是新房。”

女老大的模样

老万走后，我们一时觉得特别寂寞。时间过得太慢了。好不容易到了中午，太阳热辣辣的。要到多久月亮才出来啊。

实在等不下去，虎头建议到海上去，就近看看那个女老大什么模样！这个主意可真不错，这就好比我们代“见风倒”去相亲了——不管怎么说，我们与他有这么长的交情，不放心呢。

一路飞跑，穿过一片杂树林，又钻到灌木丛中，踏着一地马兰和拉拉秧……又看到与蓝天相接的大水、一个个棕色的渔铺了。渔铺是打鱼人的老窝，那里面有吃不完的鱼，喝不完的酒，抽不完的烟。

太阳刚刚偏西，打鱼的人早把网撒进海里，马上就要往岸上拉网了。太阳照得沙滩很热，拉网的人都穿了很少的衣服，有的干脆光着膀子，下身只有一条小短裤。这些人全都是黑红色的皮肤，牙齿雪白，说起话来嗓门忒大，骂人忒狠，最爱欺负小孩儿——家里人说这些打鱼的万万不能招惹，他们火了抓起小孩儿就往海里扔。

我们到处找那个女老大。咋咋呼呼指挥拉网的都是横眉竖眼的男人。海滩上的光腚客太多了，男人在这里不爱穿裤子。

虎头指着不远处一个跑来跑去喊叫的人说：“就是她！就是她！”

我们走近一看，马上吓了一跳：这人脸色乌黑，大嘴宽肩，只穿了小背心和大裤衩子。破背心挡不住那对大乳房，她一奔跑它们就扑棱棱乱跳，从背心里一下下跳出来。

我们不敢继续跟上去：女老大满脸横肉，不住声地骂人，正对一个小伙子发火，踢了他的胯部，让他疼得哎哟哎哟蹲下来……

我们正在发呆，老万过来了。原来他是海上会计，不干力气活。他朝不远处的女老大甩甩拇指，小声说：“看见了吧？多壮实，真是好样的！”

谁也没有吭声。

我觉得“见风倒”和这个女人在一起，不太美妙。

“那小子和她在一起过日子，用不了多久也就‘皮实’了。”老万乐呵呵地吸烟。

可是我有一句疑问没有说出来：可那个男老大，就是她丈夫，为什么死那么早呢？

这事真的有点玄。想想看，如果“见风倒”不小心得罪了她，这边一脚踹过去，他怎么受得住？这哪里是娶亲，这简直是找死。

天色渐渐晚下来，我们越发替小土屋里的人担心了。

起风了

大家默默地往回走。月亮升起之前我们先要赶回家，然后再到园子里。这是个不祥的夜晚。

可怜的“见风倒”还什么都不知道呢。

只有临近了这样的关头，我们才觉得与他有些亲近。好像一下子记起了许多事情：他在这个世界上没有一个亲人，没有一个人疼爱。如果真有个好女人照顾他，给他做饭洗衣，那该多好啊！可惜那个女老大脾气太暴，样子也凶，年纪更不般配——老万说她只比“见风倒”大三岁，再好不过了，这不是胡说吗？看上去女老大比“见风倒”至少要大十几岁。

月亮升起来了。鸟儿啾啾飞过，接着又有什么在园里唰唰奔跑。这个夜晚一开始就不安宁，好像连飞禽走兽都得知了消息。

“见风倒”显然什么都没察觉，像往常一样趿拉着鞋子走出小土屋，背枪顶猫，身侧是那只羊。

他那双纽扣似的圆眼看着我们，照样有些警醒的神气。

月亮升到树梢那么高，一丝风吹来，“见风倒”不安地扯了扯上衣。只一会儿风就变大了，他二话不说直奔屋里。

不知是风吹树梢还是各种野物的嘈杂，反正大家进屋之后，一直听到外面乱嘈嘈的。这在月亮天里是很少见的。“起风了，起风了。”虎头看着窗外，咕咕哝哝像念经。

我们等待着。“见风倒”好像预感到今夜要发生一件大事，不时瞥一眼窗子，还几次踮脚往外看。

月亮转到了正南，那只猫从主人怀里一跃而下，尾巴高高地竖起，在屋里巡行半圈。羊抬起硬邦邦的长嘴，指向月亮。与此同时，我们都听到了咚咚的脚步声，然后是一声粗长的喊叫——错不了，是那个女老大踏进园子里了。

“见风倒”听到声音，竟不慌不忙地点起了蜡烛。他坐在蜡烛下，眨着眼。

相亲夜

重重的脚步声代替了“砰砰”的敲门声，门“啪啦”一声给推开了。女老大在前，老万在后，大步流星走进来。“见风倒”身子一挺，右手立刻去抓枪。老万笑着，比比画画对女人说着什么，又转身扯过“见风倒”。他们在说什么谁也听不清。大家都静了几分钟。

我发现女老大在烛光下多少像个女人了——她穿了领口很低的紫碎花单衣，露出胸脯上很大一片黑红色；开阔的脑瓜上是几道深深的横纹，眉毛又粗又长往上扬着——这让我想起了过年时贴的门神；厚厚的嘴唇包裹起坚固的牙齿，使人有些害怕。她正用心端量面前这个男人。

“见风倒”在烛光下缩着又软又长的身体，整个人变小了一倍。他是细长的身个，蜷缩了会显得体积很小。可是他继续蜷缩。

女老大可能完全看清了，开口笑起来。这洪亮的笑声把猫吓得往旁猛蹿，羊也转身离开了。女老大凑近些，抟着腰，满是老茧的大手举起来，重重地落在“见风倒”肩上——对方的枪“哗啦”一声掉下来。

“你有武装啊!”女老大歪头看着，从各个角度看他。

老万像立了大功一样，也抟着腰站在一侧，指着“见风倒”对女老大说：“瞧，他这人没多少本事，就是听话！老实孩子，保准不出错，你说什么就是什么……”

她伸手托起“见风倒”的下巴，让他仰起脸，又拨开他的嘴，低头去看口腔、看牙齿，凑近了嗅一嗅，点点头。最后她飞快地搓手，往手上哈一口气，扳住了对方的脸，两只大拇指按住了“见风倒”的眉骨，一下下抻理起那双又弯又细的眉毛，像要把它们拉直。

“多好看的眼眉啊！哦哟哟女娃一样——属什么的哩？羊？鸡？马？兔？蛇?”她哈哈大笑，拍手，眼圈红起来。

老万高兴得跺脚，认为大功告成，“我说过嘛老大，我这人办事有数，从来八九不离十，嗯嗯……”

他们说话时，“见风倒”慢慢直起了身子，侧着耳朵倾听起来。

风更大了

外面的风好像更大了。今夜真不安宁。有野物乱跑的声音，还有夜猫子在叫。

“见风倒”站起来了，谁也不看，趴到了后窗上。

我们屏息静气，最后都听到了哀哀的泣哭——像个女孩的声音，细细的——这声音像是近在窗前，又像是从很远处飘来，若有若无，连绵不绝……

“这是它，它来了！”小双在我耳边说。

还没等别人开口说什么，“见风倒”一个返身离开了窗子，摇晃着往门外跑去。老万试图拦住他，却被三两下推开了。他一直跑进明晃晃的月亮地里，只一闪就钻进了树丛中。

我们几个都跟上去。

外面的风好大，这是极反常的。事情一准要糟，因为在这样的大风天里，他会一头栽在沙地上，翻白眼吐口沫，一会儿就不省人事了。这个夜晚真是凶险啊。

沙子扬起来眯了眼，我搓弄了一会儿眼睛，费力地看着树隙里蹿动的那个细长个子，不知怎么就丢失了目标。还能听到那个断断续续的哭泣声，这声音在园子最深处。

老万也跟上来，他的身侧是女老大。

这样跑了一会儿，前边什么影子都没有了。老万停下，迎着重重叠叠的树影喊：“‘见风倒’你这个王八羔子，你给我立马回来！到什么时候了，还敢撒丫子跑，也不看看是什么日子！等我给你来个老鹰抓小鸡……”

风变小了——是突然变小的。园子里一下安静了，哭泣声也没了。

我这时好像有个预感，猜想是小妖怪扯着“见风倒”的手，他们正在树下溜达，踏着一地浅水似的月光；他们走到树影下时，他蹲下了，她的额头偎到他的心窝那儿……这样的时刻别说各种动物不再吵闹，就连风也不愿打扰他们。

老万停了一会儿，开始大骂，骂过了又回头安慰女老大。女老大响亮地吐着口水，对老万说着什么，难以听清。

绝对保密

这个夜晚不知是怎么结束的。我们很晚才离开园子。

如果不是亲身经历，我和伙伴们一定会把这样的事情当成胡言乱语。过去大人们讲起这类事情，我们都认为是说谎，是为了炫耀；但这一次我们也有夸口的本钱了。

眼下这个小妖怪到底是什么模样，还不能算特别清晰，因为我们只在月色里见过，而且是极短的一刻。但有一点是确凿无疑的，她是雌性，而且是介于动物和人之间的什么，兼有飞禽和走兽的双重本领；体积在大鹅与羊之间，个子仅抵我的下颏；不太大的额头鼓鼓的，额下是一对又大又亮的眼睛。是的，这眼睛是最令人难忘的——谁都会承认这眼睛的美丽。

正因为她的美丽，所以那个“见风倒”要犯一个天大的错误了。这真的不幸，太不幸了。

“天大的错误”是老万说的。他在事后发了一大通脾气，当然不是对我们。他骂咧咧的，“等着看热闹吧，看女老大怎么收拾他！她火了会把他的肠子踩出来，让他活不过这个冬天——他吃不上明年的麦子了。这是他自找的……”

我们心里颇为不平，因为谁都清楚，相亲的事完全没有征求过“见风倒”的意见，这有点太霸道了。

老万继续骂：“狗东西什么都敢干。这种妖物海边林子里多了去了，连打猎的都不敢招惹！谁知道它是什么闪化的？它迷惑人，要弄他些日子，再把他的血气一点一点吸净。那时你们再见了他，他一准躺在地上，就像纸人一样，掂一掂没有二两重……”

小双和虎头大惊失色，看看我。我也害怕了。

“那可怎么办啊？”小双急得嗓子变尖了，嘴唇青魆魆的。

老万抽烟，皱眉，动脑筋想大主意了。他这样半晌才说：“别的法子没有，只有逮住这个小妖怪再讲。逮住了揍一顿，让它发誓不再祸害人间，咱就放了它；它态度不好——”老万一手做成刀状，“‘咔嚓’一下宰了！”

我们不愿看到最后一种结局。如果严厉教育一番，这还是可以尝试的。我们再三央求不能杀害她。

老万一直木着脸，最后点头，“那就不杀——我这人心软；只不要告诉女老大啊，她才不会饶它。等抓到了，我和你们一块儿审它。”

我们都答应了。一想到哪天能就近看看小妖怪，心跳都加快了。这是多么诱人的一件事。我们想如果小妖怪不害人，“见风倒”待她能像猫和羊那样，该多好啊。

老万与我们商定：整个过程绝对保密，要使用最稳妥的办法。老万说有两种方法最为有效：一是猎人常用的兔子扣，二是狐狸夹子。这两样器具都不致死，又能缚住较大的动物。

“会不会伤了它？”我最关心的是这个。

老万摇头：“放心，到手的准是好生生的活物。”

等待惊人的一幕

事情在不声不响地进行。我们和老万都兴冲冲的。这要彻底瞒住“见风倒”很难，因为他总要巡行在园子里，盯住所有来去的人。老万找到了铁夹子，也学会了做兔子扣的方法，只是难以找机会下手。后来他忍了忍说：“干脆等些日子吧，等果子下了树，秋风刮起来，那时‘见风倒’就卧在炕上了。”

从收获果子到北风呼号的冬天，绿葱葱的园子还会有二十多天。在这段时间捉小妖怪是最合适不过的。想到老万说的我们要一起“审”小妖怪，心就扑通扑通跳。那会是怎样的情形啊！我们要像大官一样坐成一排，老万主审，坐在中间，大手一拍桌子，拖着长腔问：“小妖怪，我来问你——”我们每个人都不能笑，木着脸，只等这个小东西如实招来。

不过说心里话，一想到这些还多少有点难受，因为它多么可怜啊！还有“见风倒”，他知道了也会难过的，说不定会与我们永远绝交。

收过果子之后的园子空空荡荡，“见风倒”果然不像以前那样紧盯我们了。大家可以随便爬树，捉迷藏，待在园子深处半天不出来。起风了，每逢这时候小土屋里的人就不再出门。他是世界上最怕风的人。

我们和老万里应外合，将几个兔子扣拴在园中，并用草叶巧妙地掩护，只等那个小东西束手就擒。铁夹子不仅放在地上，而且还设法架在树梢——小妖怪弹跳上去，正好会逮个正着。

每当月亮出来我们就兴奋不已。又忐忑又激动，长时间趴在园子一角观看，等待那惊人的一幕。老万的烟头一明一暗，后来担心进园的小妖怪发现，就不再抽了。他小声说：“真是怪啊，‘见风倒’遇到不大的风就要藏起，那一夜风多大，他就敢往外跑！连命都不要了！他在大风里待了那么久……我琢磨呀，他心里有火……”

小双眨巴着大眼：“什么‘火’?”

“他心里有火！无论男女，一到了这时候就不怕什么了，不怕风也不怕雨——心里有火，那就不一样了。”老万直盯盯地看着一地月光。

我们还是不太明白，只是听着。

老万说：“小孩牙牙不懂的，再大一些就明白了。当年我娶自己的家口时，也是这样哩。”

虎头笑了：“什么时候让咱看看她（他）呀？不男不女，这怎么会?”

“一人相中一人，这得专门的眼才行——你们小孩牙牙不懂的。”老万说着又摸出了烟，但看了看又放回了口袋。

“专门的眼”，这几个字让我暗暗记住了，我会好好琢磨一下。

“快些让我们看看你的家口吧！”小双也央求起来。

老万点头，“行。不过先做眼前这件大事吧，嗯，好好盯着。”

几夜过去了，我们差不多要承认失败了。有几次那个小妖怪真的来了——不是看见，而是听到了“噗噗”的落地声。它在一角发出奇怪的鸣叫，那等于唱歌，只唱给一个人，只向一个人发出召唤！果然，“见风倒”一会儿就在这鸣叫中出现了：掮着枪，一摇一扭从小土屋奔出，不顾一切地往园子深处扎，风把他的头发都吹起来了。

我们的心都提到了嗓子眼。

“见风倒”和小妖怪在园子里跑动，一阵阵脚步声十分清晰。小妖怪除了跑动，又玩起了拿手好戏：弹跳。它噌一下就弹上了树梢，在最高处炫耀着，洗着月光。

这真是一个精灵，它怎么都碰不到我们的机关。结果我们只好眼巴巴地看着它和护园人戏耍，一点办法都没有。

插翅难逃

老万沮丧透了，咕哝着：“这得重新想个法子了，这得跟女老大说了！”

我们极不愿那个女人插手。说真的，即便“见风倒”和小妖怪好起来，也比娶了女老大要好。在我们眼里，这个女老大其实也是不男不女的东西，那天在烛光下，我甚至看到了她唇上有一层粉红色的胡子。

老万哼着鼻子，说：“女老大恨死了，气得连鱼都不想打了，躺在渔铺里，一会儿叫一遍‘见风倒’……不逮住小妖怪怎么得了！”

小双问：“她叫他？为什么？不打鱼了？”

老万点头：“那当然。她看中了‘见风倒’嘛，心里急，又娶不走他，麻烦也就大了！她说抓住了小妖怪，就放进鱼铺的大铁锅里煮汤，和鱼一块儿煮！”

大家全吓蒙了，大声骂起了女老大。

老万摇头，“她不过是在气头上，真逮住了又是另一回事了。不过咱不会告诉她的，只想让她帮帮咱——我琢磨啊，用鱼网就成！把一种细丝鱼网扯在树隙里，小妖怪给罩住，那就‘插翅难逃’了！”

我们都不吭声。是的，那样小妖怪真的要被捉住了。这时大概每个人心里都有些反悔：该不该和老万一块儿做这事？

如果现在改变主意还来得及，只可惜下不了决心：还是担心“见风倒”出事。

老万有了女老大的支持，细丝鱼网很快扛来了，并且在半夜悄悄地布下了——每一面网都有一根绠绳藏在草叶里，人在暗处揪住，到时候一拉绠绳就成了，它会被紧紧勒住，再也跑不掉了。老万很得意：

“别说它了，就连一只蚂蚱都逃不出！”

这时候要阻止也有些晚了。小妖怪啊，事情就这样了，也许我们几个要犯个大错了，不过我们总要保护老朋友，这也是不得已的事。

我们知道，只要是妖怪就一定会有奇能，让人无法猜测无法抵抗。一想到这些就有些后怕。不过这也是冒险的乐趣和代价吧。

逮到了

这些日子，我们遇到“见风倒”就装作没事的样子，可惜装不像。这家伙也装不像，因为自从有了小妖怪之后，他长了细鳞似的脖子就变红了，而且额上闪着苹果一样的亮光。那个酒盅似的肚脐似乎更深了。他躺在那儿，揪一片梧桐叶盖在脸上，不理我们，也不理猫和羊——有一次虎头猛地掀开树叶，发现他在偷着笑呢！

以前他从来不会笑，当然也不会哭。

问题严重了。我们觉得面前这个人或许真该交到女老大的手里，那时她就会管住他、保护他了。这个孤零零的光棍汉真得有个人疼爱，尽管女老大可能还会欺负他——谁知道她会怎样，也许一会儿欺负一会儿疼爱吧？我们“小孩牙牙”真的什么也搞不明白。

老万在等待的日子里很焦虑，搓着手说：“这些天也打不了多少鱼，女老大不干了，有心事呢，想着一个人呢。唉，咱不该让她来相亲，这下子全糟了，擦眼抹泪了。”

“她也会哭？”我不信。

“她说自己命苦啊！瞧瞧咱这事办的吧，真是对不起过世的师傅。就让咱快些逮住小妖怪吧，那时再从头来一遍……”

在没有月亮的夜晚，我们趴在园子一边，不相信会有什么奇迹发生。动物和人一样，喜欢在月光荧荧的时候嬉闹。老万吸烟，并不在乎一闪一亮的火头；小双捏住虎头的鼻子，虎头像鲨鱼一样张大嘴巴——正玩着，小双突然竖起了一根手指。

一种若有若无的声音，就像人蹑手蹑脚走来，像一只皮球轻轻地在园子里跳动……我们不能抬头，老万把我们按住了。什么都看不见。这样过了几分钟，园子中央传来了“吱——”的一声，这响声细小、瘆人，可怜巴巴。

老万呼一下坐起，接着把手里的绠绳用力一拽。那“吱吱”声更响更尖了。我们不顾一切地跑过去。

老天爷，大事真的发生了，一只大鹅——也许比它还要大一点——在细丝网里挣扎，发出扑棱棱的声音。它正死命撞着网扣。

老万憋着气，两肘奓着挡开我们，一个人将网收紧，发狠地攥住网绠，一边跺脚威吓，一边麻利地收好，背上肩膀就走。

我们紧紧跟上。

走出园子的一刻，我回头看了看小土屋，发现后窗上有闪亮的灯光。

完全像个娃娃

大家深一脚浅一脚往前走，不知走向哪里。身上汗津津，心跳不止。大家都明白，这事千万要躲开“见风倒”，他如果赶上来就会拼命。

直走进一片槐林里，停在一块空地上。老万喘得像头牛，把沉沉的网包放到地上：“死沉的物件呀，咱这回逮住了你，你得老实一点——不打你不骂你，只要从实招来。”

老万这样说的时候，一直在网里挣撞的小妖怪竟然安静下来。它不声不响伏在黑影里。我们都急坏了，还有点害怕——黑乎乎的什么都看不见。正焦急，老万让我们从林子里找来一些干树枝扎成一束，然后用打火机点亮——

它身子微微抖动，脸背向一边，不知是害怕还是害羞。它大约有九十厘米多一点，后背是灰色的，全身长了细密的绒毛，光滑极了。两条腿真像莲藕，膝盖像人一样。它在老万的拨弄下转过了身子，这让大家发出“啊”的一声。

这张小脸圆圆的，完全像个娃娃。大眼睛，鼓额头——就像以前在月光下看过的那样，额上是一溜整齐的刘海。小鼻子圆圆的像猫，鼻头翘起一点。眼睛是灰褐或浅蓝，艾艾怨怨地看人，一个一个看。它大概很快明白老万是说了算的人，最后只怯怯地盯住他。

“站起站起——”老万手掌往上抬着，比画着，并没有恶声恶气。

它真的慢慢站起。我可以看到它的全身了，把一声惊叫用力压住——它脖子以上是一种浅栗子色，胸部是棕色；整个肚子上部是灰白色——到了肚脐之下就转为浅蓝色了；最不可思议的是从那儿到胯部这儿，长出了一个贴紧肚皮的兜兜，就像为了装东西方便一样！它两手——准确点说是翅膀，因为展开之后是宽宽的蹼一样的东西，所以会飞——有不多不少五根手指，这会儿正紧紧捂在两腿之间……

老万扯开了它的手，我们于是不好意思地看了看。

它真是雌性，真是不出所料。

这时我们又注意到它的脚：从大趾到小趾样样都有，不同的只是长了蹼。

我们在火把熄灭前细细地看过，从心底认定这是一个小姑娘。特别不能忘记它的眼睛，那神情里有羞愧、惊惧、愤怒、哀求……

大家不再说什么。火把熄灭。心仍旧怦怦跳。接下去怎么办？黑影里没有一点声音，老万也没了主意。不远处有个老鸦“啊啊”一叫，好像发出了抗议。

山花大婶

我心里承认：这个小妖怪又可怜又可爱，很不幸的。我相信小双和虎头他们也会这样想。老万点了一支烟，提起网包。小妖怪一声咳嗽，老万就将烟熄了。我们往前，走了一会儿发觉是大海的方向，就折回了。我知道老万肯定要瞒住女老大。

此刻小土屋里的人在干什么？他知道这个夜晚自己的园子里发生了这样的大事吗？

在槐林边站了一会儿，回望着那片园子。网包里的小家伙无声无息，她大概认命了吧。我问老万到底怎么办？把她送到哪里？他只说：“跟上吧。”

一直走到离林子不远的小村尽头，在一幢小屋跟前停下。

老万叩门，原来是自己的家。大家马上想到他那个不男不女的“家口”。黑影里有个沙沙的嗓子说：“天天下半夜才回，中了魔症啊!”从里屋随声出来一个人，手里端着一盏灯——这人果真扎了两条小辫，个子真高，差不多高出所有人一大截，干瘦。他（她）一双大眼陷在眼眶里，用力看人。我注意到他（她）的嘴唇薄薄的，毛茸茸的，心里马上做出判断：“他是个男的!”

老万对我们介绍出来的人：“这是俺老伴‘山花’，叫她大婶吧。”

“大婶……”我们叫着，有些不太情愿。

山花大婶急急去看网包，连连大叫：“哎哟，原来是这么个物件！吓死我了，吓死我了，这是个什么怪鸟儿?”

老万无心搭理，在屋里到处翻找，找出一个竹子做的大鸟笼——老天，这可能是全国最大的一只鸟笼了！他小心地将网包里的小妖怪挪进去，一边咕哝：“唉，对不起了，这儿还是窄巴了些，赶明儿给你造个大宿舍，先得委屈两天。”

她已经没有了原来那样的惊慌，小鼻子用力吸着，辨析着这里的气味。她像企鹅那样在笼内挪动，打了个小小的喷嚏。

老万嘱咐山花好好饲喂，递食时千万、千万防止它逃脱，最后加重语气说：“军令如山倒!”

山花摊着手问：“这物件吃什么? 菜叶? 肉包? 不是兔子也不是鹅……”

“你就一样一样试着来，不能渴也不能饿，千万、千万!”老万揪揪山花的小辫，对我们做个鬼脸。

这个夜晚真像一个梦境。

绝 食

我们在黎明时分散去。回到家里怎么也睡不着，睁眼闭眼都是那个被囚禁的小家伙。

醒来时已是半上午了，我匆匆赶到果园，推开小土屋的门，里面什么都没有。我找遍了半个园子，这才发现“见风倒”坐在一棵老桃树下，样子有些吓人：嘴瘪着，像是随时都要哭出来；细细的鳞脖又变成了铁青色，额头上的亮光也没了。猫和羊分坐两旁，就像他一样沮丧。我推他，他一动不动。我有些害怕了，不敢肯定他对昨晚的事情是否知晓。

我心里开始强烈挂念另一个地方，就轻手轻脚地离开了。

赶到老万家时，小双和虎头已经围在那儿了。山花大婶叼着烟，一遍遍重复说："我家老头子去海上了。"她抽着烟，当离那个大鸟笼近了时，小家伙就咳起来。我们央求她再也别抽了，她才揉灭了烟。鸟笼里放了一些菜叶，一条小鱼，还有一小块肉。山花大婶拍拍手："硬是不吃，荤素不进，准得饿死。"

小妖怪两手抱在胸前，头垂着，背向我们，身子有些发抖。

小双的泪水顺着鼻子流下来。虎头咬紧牙关，望向远方。小双抚摸鸟笼说："你肯定是想园里那个人了！快吃些东西吧，我们一定喊他来……"

想不到这最后一句被闯进来的老万听到了，他断喝一声："不能告诉'见风倒'，会出大事的！他有枪！别闹出人命啊！"

"可她不吃不喝，会饿死的！"虎头怒冲冲盯住老万。

老万蹲下咕哝："我老伴会有法儿，她有法儿，老娘们儿家……"

他的声音低下来，有些泄气。我们都知道他在搪塞。瞧这个山花大婶鼻子像鹰，脸像獾，他（她）才是妖怪哩。

我们一致要求放她重返林子。老万拉出拼命的架势："这事我说了算！这是一百年里也遇不到的怪事儿啊，到底怎么办还得想想哩……"

山花大婶鹰钩鼻子朝天，恶声恶气说："这里还是俺老头子说了算，小孩牙牙老实待着。俺老头子火了劈头一顿——"她龇着牙，竖起又黑又大的巴掌。

一级一级往上送

又是一天过去。我们已经无心上学，急得团团转，大多数时间往返在果园和小村之间。第二天大家再也挨不住了，就决定从老万家里劫走小家伙：把它营救出来！

我们瞅准了老万出门的时候闯到小院，想寻个机会。可山花大婶总是守在大鸟笼旁边，一口接一口抽烟。我们心急火燎的。

不知是否故意，山花大婶有一次撩起衣襟，露出了红布裤带——我们都看到裤带上拴了一支粗大的铁鞭。

第三天我们在村头小路遇到了老万，他摇摇晃晃走来，还没等我们开口就坐在地上，连连呼叫："倒霉啊，倒霉啊！"

原来老万担心小妖怪死在自己手里，想不出更好的办法，就去了镇医院——他想让朋友帮忙，谁知消息很快走漏了——"这事惊动了上级，老天爷，结果派来了民兵，他们要把它火速押走……"

"押到哪里？"虎头带着哭腔叫起来。

"一级一级往上送……"老万双手拍打地面，"那可是'见风倒'的'小爱物'啊！"

小双哭了。我心里重复着"小爱物"三个字，认定这才是它的真名儿。我与虎头对视，彼此额头上都生出了一些汗粒……一切就快来不及了。老万啊，我们恨死了你。

"这事儿晚了，因为已经报告了上级！"老万铁青着脸，腮肉一下下发颤。

我们不再缠磨，只想马上告诉"见风倒"，事到如今再也不能瞒他了。可是园子里早没人了——村里人说本来一点风都没有，可他突然口吐白沫躺在地上，就给抬到了医院。

"见风倒"刚刚苏醒过来，仰在病床上，一双圆眼看着我们……

大家来不及安慰他，也不便多说什么，很快就出来了。我们一刻不敢耽搁，要马上找到并抢回"小爱物"。我们先是打听老万那个朋友，又在一个看门老人的指点下去了镇兽医站。

拼　抢

不知转过了多少旮旯，终于在一处又脏又臭的木板棚里看到了那个大鸟笼，它这时蒙上了一块黑布——我那会儿心怦怦跳，眼泪差点涌出来。

一个麻脸民兵持枪守在板棚旁边，一见我们出现就大声咋呼，不许靠近。

“听说它就要送走了，让我们看看吧，看看吧。”虎头装出万分好奇的样子，边说边往前挪蹭。

麻脸叼着烟，提枪站起，朝虎头瞪眼。

虎头急得搓手，转头看着我们。天马上要黑了——天一黑，再转亮就是明天了，那时“小爱物”就得被民兵押着上路，要“一级一级往上送”……突然虎头朝鸟笼努一下嘴，一个转身就挨近了背枪的人。

虎头紧紧抱住了麻脸民兵。

这事简直让人毫无准备！两个人很快厮扭在一起：麻脸把虎头压在身子底下，虎头去咬他的手……我们惊呆了，一动不动。

那个人被咬痛了，发出一声尖利利的惨叫。虎头费了好大劲儿才挣扎出来，一边躲闪挥来的枪托一边朝我们大喊。

我和小双一下醒过神来，迅速扑到板棚里，什么都不管不顾了，拖着大鸟笼就跑。

放 生

接下来连呼吸都忘记了，只是一直跑、跑……天完全黑了，有好几次险些撞在墙上。直跑了许久，小双和我才缓口气，轮换着扛起大鸟笼。我们来到了镇边的野地里。

到处黑乎乎的。我们在一条渠边镇定了一下，找准了那个小村的方向—— 一直向北吧，那儿就是一片槐林。

一路不知被绊倒了多次，脸上胳膊上都被荆棘划破了，血和汗混在一起。再也跑不动了，我们一下子瘫坐在槐林里。第一件事就是去掀笼子上的黑布。

小双说：“‘小爱物’啊，你快些走吧，你一点都别耽搁！”

我们打开大鸟笼，来不及抚摸它一下。

夜色里一点声音都没有。它好像在迟疑。这样呆了一瞬，最后无声地走了出来。但它并没有马上跳向树梢。

远处有人正咚咚跑来。小双说：“‘小爱物’，快跑啊，快啊，有人追来了！”

它还是一动不动。

这会儿我们听出是虎头。果然是他。虎头呼呼大喘跑过来，脸上全是血痕。但是他高兴极了。

黑影里，我们一个个去摸“小爱物”，细细地摸。它一点都不害怕。它的身体就像丝绒那样润滑，暖暖和和。有那么一会儿，我觉得它的额头轻轻地抵在了我的手上，足足有一分钟。

时候到了，我们小心地退开几步……

所有人都沉默着，等待着，直到响起了“噗噗”声——这声音我们熟悉极了！

它只轻轻一弹，就跃到了高高的树梢上……

月亮升起来

接下来要做的就是赶紧返回医院，可是“见风倒”已经不见了——医生说这个人跑了，谁也拦不住他。

我们匆匆去了果园。小土屋里什么都没有。在屋后那棵大李子树下，我们终于找到了他：拄着那支锈住的猎枪，头顶是猫，身边是羊。

他看清了是我们几个，嘴里发出了“啊啊”声，伸长两臂用力抱过来……大家久久依偎着，坐在洁白的沙地上。

月亮一点点升起来，“见风倒”的脖子挺直了，目不转睛盯住远处一丛丛树影。

这个夜晚好静啊，大家深深地吸了一口：空气是甘甜的，那是月亮的气味，是果子留下的余香。

“噗、噗……”

小双竖起了手指。我们都在细心捕捉这无比美妙的声音。

“见风倒”缓缓站起，就像被一根线牵住一样，径直向园子深处走去了……

原载《北京文学》2013 年第 9 期
被《小说选刊》2013 年第 10 期
《2013 中国中篇小说佳作》转载

季节的折页（组诗）

张晓楠

秋天的婚礼

谁不喜欢这个
朴实端庄
家境殷实的姑娘？

为了挑选一个
出嫁的好日子
从六月开始
向日葵就仰着脸儿
开始掐算
哪一天喜庆
哪一天吉祥

一定要请出
田鼠，那个喜欢
穿青衫的
账房先生
让它工工整整

写好请柬
一定要请出
花生与豌豆
多子多福的主儿
适合做伴娘

那些健壮的玉米
不由分说
燃起了礼花
那些闷实的谷子
跃跃欲试
挂起了炮仗……

秋天啊，就让那个
大嗓门鹅
做你的司仪吧
它会送上赞美
送上祝福
还有高昂的歌唱

夏天的家事

不讲究的夏天
总管不好
家里的事情

那些站直了
比麦秆儿
还高的牵牛花
老缠着别人

喋喋不休
为什么不能像
芝麻一样
挺直腰杆
练就一身胆量

那些泼辣的
地瓜秧子
总忘不了
侵占别家的地盘
在夏的深处
究竟偷生
多少个孩子？

还有，那些
土头土脑的蝉儿
蛰伏了三年
没说一句话
一旦攀上高枝
就甩掉外衣
开起了演唱会

夏天啊，你这个
甩手掌柜
不能再放任
这些家伙了
不然的话，秋天
追究起来
该怎么交代呢？

冬天的书本

你这个性格
偏执的家伙
什么时候，能写出
有趣的书？

那些美的插画
是否被你
草草删去
那些在秋野里
疯狂的字
为什么，到了
你的章节
就没了热度

在你的折页处
那个喜欢
跳跃的河
是否已被你拉直
那些讲究
明净的窗口
是否被你
涂得一塌糊涂

怪不得，那个
曾标榜自己
忠实的读者
此时，却躲进檐下

打起呼噜……

冬天啊，为了写出
你的新意
能否让雪花
润色一下
或者，让冰凌
做些标注？

春天的闹剧

当风儿，扯开
春天的帷幕
花花绿绿的事儿
全在眼前了

第一个出场的
一定是小鸭
这个大嗓门兄弟
只在河里
游了一圈
就扯着嗓子
发布春的消息

接着，是冒失的
燕子兄弟
整天急切切的
不知在哪儿
蹭了满鼻子绿

那些蜜蜂，自然
也不示弱
正殷勤地
给花朵补妆呢
它们知道
有了依靠
才能让日子甜蜜

春天，你的闹剧
究竟招来
多少粉丝呢
瞧，一株株垂柳
摇头晃脑
打节拍呢
瞧，一颗颗芽苞
饱含深情
在观赏呢……

原载《儿童文学》2013年第9期
被《儿童文学选刊》2014年第1期转载

萤火虫打着一盏小灯笼

青 梅

在我们家十八楼的阳台上，
我瞪大眼睛寻找，
从黄昏到夜晚。
我在找寻，
一只打着小灯笼的萤火虫，
还有，爸爸
晒谷场上的童年。

大豆摇铃的季节
是爸爸乡村的儿童节。
傍晚，萤火虫们打着一盏盏小灯笼，
为他们照亮
晒谷场上的狂欢。
玩累了的爸爸
——对，那时候，
他还是和我一样大的
光屁股少年——
一定听说过囊萤映雪的传说。
炕头上的玻璃瓶里，
萤火虫正为他讲述
一个灯火辉煌的明天。

那个夜晚，爸爸一定是梦游了，
萤火虫打着一盏小灯笼，
引导他走出晒谷场
走出乡间。

城市里五彩的霓虹，还有
万家灯火
都摇曳成一个个童话，
美轮美奂。
小区广场的舞蹈
被激光镭射。
萤火虫不会在这里。
它们一定还在遥远的晒谷场上，
痴情地找寻，爸爸
童真的笑脸。

谁说城里没有萤火虫?
你看，你看——
萤火虫们打着一盏盏小灯笼，
正在高高的夜空
举办一场别开生面的
灯展。
它们一定是将这座城市
当作晒谷场了，
在大豆摇铃的季节
和城市狂欢。
怪不得，今晚每一颗星星
都像一个童话
迷人而又灿烂……

原载《儿童文学》2013 年第 10 期

长篇儿童文学选目

皮休外传之兰星拯救

赵先德

故事的主人公——皮休，是从孔府内墙上走下来的龙之九子，曾在福娃中帮助贝贝战胜邪恶的阿瑞斯，经过那场穿越时空的大战之后，皮休正想好好休整一番——来自兰星的小辣椒找到了他，因为小辣椒知道皮休的力量能够帮助该集团在与他的对手争取能源时发挥作用，从而控制兰星上的交通资源。

皮休被绑架至兰星。

兰星的先进屡屡让皮休惊叹，可是小辣椒的过分善意也让他渐生疑虑。果然，小辣椒是敌非友，皮休从小辣椒——欧德兰德手里救出了一个神秘女孩——Cici。

作为纯种兰星人的 Cici 向皮休讲述了那些利益为上的 LPC 集团的兰星人是如何将曾经美好的兰星吞噬至现在这般濒临枯竭的境地。在与欧德兰德斗智斗勇的过程中，皮休成为众矢之的的原因也渐渐明晰，欧德兰德背后的 LPC 公司的阴谋也渐渐显露，他们的目标是皮休体内机缘巧合下吞食的“上帝粒子”，这份巨大的能量将成为他们未来控制兰星的武器。

又是一番混战，纵使有 DD 公司的创始人——Cici 父亲的帮助，皮休还是被抓走了，所幸 Cici 死里逃生，潜伏的 Cici 陪皮休一起对战的是终极 BOSS——兰星大帝。在兰星大帝的伪善和利益诱惑面前，皮休毅然决然与 Cici 统一战线保卫了兰星。

战胜了兰星大帝，沉睡三年的皮休醒来，看到的是生态复苏的兰星，剔除先进便利的兰星和兰星人与之前相比显得更原始些，也许是这次灾难让他们懂得“返璞归真”才是生生不息的永恒。

这是一部思考地球命运的书。

皮休的兰星之旅所见所闻，许多地方都能从地球上找到影子。例如：诱惑如“波特将军”像毒品似的一再拉低我们的自制力，为了眼前的利益透支了自然给予我们的能源财富，过分依靠科技发展带来的便利让我们的自主能力渐渐退化……因为经历过这些，所以想念故土、回到地球的皮休看到熟悉而陌生的地球才发出那样的感叹；那么，处在及时享乐当前的我们是否也要经历过失去才会开始反思和追悔？

青岛出版社 2013 年 5 月出版

风居住的街道——春居之章

于潇湉

岚和山风是风族中春组的成员，两人一觉醒来，发现自己在从高处坠落。而由于他们在途中救下一名因楼房失火、打算跳楼的少女——妮可，三人降落到一座孤岛，遇到了各种奇怪生物及危机——例如让风族勾起最痛苦记忆的植物，让其放弃斗争，被以风为食物的植物捕杀。被支配来斩杀风族的食风兽，却在被打败时，释放出悲苦的记忆。用一切情感因素影响山风和岚的战斗力。

而这一切，都似乎有人在背后左右。即使偶尔现身一次，也是抱着捉弄的态度，对山风和岚进行着残酷的，以失去性命为目的的“游戏”。

在一步步自救的同时，山风告诉岚，风族遇到了大灾难——风族的少年们，所有的成员都将在 18 岁时变成石像，再也不能飞翔，甚至也不是死亡。生命被包裹在石头中，仍有知觉，却一点点面对绝望。

破解的唯一的方法，是找到“找不到过去的人”和“找不到未来的人”。而山风和岚则是被选中的“风的种子”，他们的任务是找到这两种人，和保护这两种人，并且让这两种人救活已经僵化并变成石像的风族同伴，同时也是自救。根据描述，妮可很有可能就是“找不到未来的人”。也正因如此，从一开始，三人就感受到敌对的势力隐藏在背后，企图阻挠他们。

然而，在这个岛上，除了支配植物和兽，让他们斩杀岚和山风的一对男女外，还有一个匪夷所思的人，告诉岚，春组只能活下来一个人，在他和山风之间必有一个人牺牲。

而一波未平，一波又起，妮可的失踪，山风被埋入山底……而在岚独自想要营救两个人时，那对男女再次出现，这一次，他们公开了自己的身份——台风。

台风是历年风族中的优等生，因为优秀而开始反思整个风族的体系，继而背叛风族。因此，所有为风族的未来努力的人都是他们的敌人，而至关重要的妮可，也就成了他们从岚与山风手中夺取的目标。

一番番你死我活的搏斗，更是心灵的较量。每一个春组的风族，原本都是人类，因为带有遗憾或者执着死去，才将情感拷贝到新的身体中，以风的面目存在于人间。台风的出现一次次让他们经历自己情感中最悲痛和最脆弱的地方，并试图击垮他们的信念，让他们放弃对妮可的守护。

然而，就在这心灵与肉体的双重战争中，岚和山风同时明白了一件事——他们都是渴望去付出，去爱别人的人，为了这个，他们宁愿牺牲自己的生命。并真正实践了这个诺言，在火山爆发时，用生命反抗了台风，也捍卫了妮可。

而妮可却发现，在她得救的那一刻，属于她自己的旅途，才不过刚刚开始……

上海人民美术出版社 2013 年 5 月出版

童心无敌系列丛书

安亦然

朱笨笨和童心、吴迪、毕云天终于幼儿园毕业了，经历了三年的幼儿园生活。朱笨笨、童心、吴迪、毕云天戴上小黄帽成了一年级的小学生，读读写写、加加减减、乘乘除除的校园生活里，让他们很郁闷，尤其是童心，他一点也不快乐，他整日被成堆的作业和严厉的老妈困扰，觉得自己像一只郁闷的小老鼠。在他童年的世界里，有三个好朋友陪伴着他，惹祸大王朱笨笨、假小子吴迪、好学生毕云天。在读读写写、加加减减、乘乘除除的校园生活里，他们玩着属于小孩子的梦幻魔法游戏，拒绝着大人世界的单调与规则。

童心和朱笨笨戴上小黄帽上学了，童心一点也不喜欢上学，他觉得自己就是一只被关进笼子里的小老鼠，无聊透顶了。

上学以后，贪玩的童心不得不天天老老实实待在家里做作业，他非常烦，其实作业并不多，但他没有耐心，写起字来稀里糊涂，也不认真，语文第一课学的是春天，他摇头晃脑地读了一遍以后，手里不知道什么时候摸出来一个超人玩具，一边做着飞翔的姿势，一边嘴里哼哼着：春风吹，天气暖，冰雪融化，种子发芽，果树开花。超人来到小河边，来到田野里，来到山冈上。超人找到了春天。忙着做饭的妈妈开心地听着童心的读书声，有了空过来看看，听到妈妈脚步声的童心慌忙把手里的超人扔到一边。

做完作业以后，童心、朱笨笨、吴迪三个孩子凑在一起改歌词，他们把《我是一只小小鸟》的歌词全改了，这是他们改出来的歌词，“每次到了夜深人静的时候我总是睡不着，我怀疑，是不是只有我明天没有变得更好，未来会怎样究竟有谁会知道，快乐是否只是童年的传说我怎么找不到，我是一只小老鼠，我是一只小老鼠，想要逃呀却逃呀逃不掉，我寻寻觅觅寻寻觅觅一个快乐的学校，这样的要求算不算太高，我是一只小老鼠，想要逃呀却逃呀逃不掉，我寻寻觅觅寻寻觅觅一个快乐的学校，这样的要求算不算太高，爸爸妈妈我的烦恼你们知不知道，世界是如此的小，我们注定无处可逃，当我尝尽所有无聊，当你决定为了你的理想燃烧，分数的魔力与童年的快乐哪一个重要，我是一只小老鼠，想要跑呀却跑呀跑不掉……”到最后，三个人愣是将整首歌改完了。然后跑到院子里疯玩，按照大人的规定，三个人很听话，不出大院，只在院子里玩。

天黑了下来，童心、朱笨笨、吴迪三个人一边唱着“我是一只小老鼠，想要逃呀却逃呀逃不掉，我寻寻觅觅寻寻觅觅一个快乐的学校，这样的要求算不算太高，我是一只小老鼠，想要逃呀却逃呀逃不掉，我寻寻觅觅寻寻觅觅一个快乐的学校，这样的要求算不算太高，爸爸妈妈我的烦恼你们知不知道”，一边各自骑着小自行车回家。

童心把小自行车锁在楼下，上了楼，唱着歌进了家门，爸爸开门迎他进了门，听到儿子的歌不由得一乐：“儿子，什么，你怎么改词了，不是小老鼠，是一只小小鸟。”

世界上没有笨小孩，谁说小猪不能上树？让我们走进童心无敌的世界，走进孩子闪闪发亮的梦想。走进孩子的世界，看孩子们成长的烦恼，童心童趣里有着对当下孩子的教育方式的思考，从孩子和家长的矛盾里折射出快乐童年的重要……这是一个属于孩子自己的世界，充满不同童趣的童年，有了梦想，就会有一个美丽多彩的未来。

童心无敌系列丛书包括《小猪上树》《慢慢长大》

明天出版社 2013 年 5 月出版

夏末的十五岁

王然众

作品描写了15岁女孩夏末初三一个学期的生活。夏末是每个人在生活中都有可能遇到的、自认平凡的一个女孩子。她生长在普通人家，没有特殊的经历和才艺，学习成绩也一般，却有着一颗善良、热情、真诚的心。作为班长，每天为班级和同学的事情跑进跑出，忙前忙后。小说围绕她与因父母离异而痛苦的死党方焕雯、“愤青”贺锴、因受伤害而自我封闭的陈加妍以及偷偷喜欢她的叶弘宇等同学展开，清新自然、幽默风趣，贴近当下校园生活。

在帮助同学的过程中，夏末有时弄巧成拙，有时越帮越忙；在15岁这一年，她有过奋斗欢乐，也有过无助迷惘……她平凡得如同我们身边大多数人一样，但她活得阳光、健康、明朗，她用善意看待世界，用微笑面对生活，乐于助人，乐观处世。生活的点点滴滴在每一个平常的日子里流进生命，不知不觉间，她已悄然成长。

除了夏末，作品还塑造了其他几个当代中学生的形象。

方焕雯，夏末的死党，大大咧咧无忧无虑，可以为夏末出头露面保驾护航，可是，父母的家庭战争、即将离异却让她陷入绝望。当她仰望冬日灰蒙蒙的天空，说出“我现在……等于把命又还给他们了。从此我就是一个人了，无牵无挂，来去自由，多好！”时，会是一种什么心情？

陈加妍，夏末的新同桌，良好的家境、顺利的成长、出众的成绩反而让她有一种不确定不安全感，巨大的压力在她敏感的内心慢慢聚积，终因一件小事而全面爆发。当她重回学校，来到一个新的班级，她将如何面对陌生的环境？如何摆脱内心的阴影？她还能重新站在阳光下，迎风奔跑放声欢笑吗？

贺锴，夏末眼里的“小愤青”，在自己心目中的偶像伊桑老师要被学校调走时，发动全班同学给学校联名上书，以失败告终，从此，贺锴就和下一任语文老师成了死对头，结果当然也好不到哪儿去。贺锴像是变了一个人，他会变成什么样？看到此情此景，夏末用一件特殊的礼物打动了他，那会是什么？

叶弘宇，常年龟缩在教室最后一排的家伙，因为偷拍夏末而遭到夏末的突审。在夏末遇到困难时，他全力支持、帮助，而在自己家遇到困难时，却选择了独自承受。是夏末帮他解开了心结。最后，他还想和夏末定一个约定，夏末能否答应？

小说通过当下中学生形象的塑造和校园生活的叙写，令人感受到一种昂扬乐观、积极向上的青春正能量。

中国少年儿童出版社2013年7月出版

离家出走的拖鞋

巩玉英

我是一个行走在童话里的人。

《离家出走的拖鞋》是我创作的第二本童话书，是由八个故事组成的故事集。

在写这些故事的日子里，我感觉自己就住在一个童话王国里，我被一种热情和好奇所支配，开始疯狂地在童话世界里穿梭。

拖鞋兄弟离家出走后开始了惊心动魄的旅途；一条穿花布尾巴的鱼正对着我唱歌；一棵蓝色的樱桃树结出了蓝色的樱桃果；一只青蛙坐在我的对面，为我讲述着自己的故事；一只瘦弱的小山羊为了拯救自己的王国在山间小路上奋力奔跑；一片紫色的小雪花飘着飘着就变成一个晶莹剔透的小雪人。

这些故事是如此的美丽，闪烁着真诚、善良和爱的光芒，她引导着孩子们去追求真善美，追求快乐和阳光。真善美是我故事永恒的主题。

而每一个故事都有一个与之相联的故事，这些故事里的故事同样精彩。

我在海边的沙滩上散步，看见一个小女孩蹲在一个小水坑边。"妈妈，快看一条小鱼，我要把它放到大海里。"于是，在我的脑海里就有了《一条穿花布尾巴的小鱼》。

我和朋友去乡下看荷花，遇到一个偷捕青蛙的人。看到那些在网兜里的青蛙，感觉很伤心。最后在我们的抗争下，这些青蛙终于被重新放到了池塘里。于是，《阿明变成青蛙了》这个故事在我心里发芽。

我看见一只山羊仔，很瘦弱的样子，眼睛却大大的，充满着希望。于是，《自来卷的小山羊》从我的笔尖下跳了出来。

我去参加樱桃节，一个妈妈带着一个孩子在树边摘樱桃。妈妈："告诉妈妈，樱桃是什么颜色的?"孩子故意撒娇地说："蓝色的。"于是就有了书里《蓝色的樱桃树》的故事。

是的，这是一本很特别的书。

书里的每一个故事和每一幅图画都是特别的。

走进这本书，你会为拖鞋离家出走后的很多窘事，或大笑，或沉思；你会和变成青蛙后的阿明一起喜怒哀乐；为小山羊亮点的行为感动并重新认识自己，找到自己的亮点。

走进这本书，你会突然有种感觉，这本书就是为你写的，你就是小龙，或者阿明，或者拱拱咚咚。你就是亮点，或者泡泡，或者雪精灵。是你捡到了一枚有魔法的银杏果；是你把那些蓝色的银杏果送给了那些需要帮助的人们；是你长出了翅膀在天空中飞翔。

你将因为这些故事发生一些改变，比如更加快乐和幸福，更加富有爱心和智慧，更加勇敢和独立。

光明日报出版社 2013 年 6 月出版

白色狮子王

林华玉

《白色狮子王》是一本儿童文学集，一共由69篇作品构成，都是一些童话味道十足的寓言故事，通过讲述一个个故事，揭示一个个做人的道理。

例如其中的《一只行军蚁》：亚马逊雨林中的行军蚁每次出行都会倾巢而动，每次一二百万只聚集在一起，浩浩荡荡，所到之处，无论是大青虫、毒蜘蛛，还是蜥蜴、蝮蛇，甚至是体型硕大的豹子、野猪，都会成为它们的食物，所以有人说，行军蚁才是亚马逊雨林的丛林之王。

有一只行军蚁个头特别巨大，身材特别结实，行军时，它总是在最前面，但是分食物时，它和大伙分到的却是一样多，为此这只蚂蚁极不服气，但是它不敢公开提出抗议，因为怕被凶狠的同类群起而攻之。

这只大蚂蚁决定离开这个群体，开拓自己的一片天地。

这只蚂蚁不知走出了多远，肚子开始咕咕叫了，它看见前边有一只螳螂，这种昆虫也在行军蚁的食谱中，所以这只行军蚁想都没想，逮住螳螂的一只脚就啃。

螳螂感觉到了疼，低头一看，竟是一只蚂蚁，螳螂叫道："你是谁？你不想活了？敢咬我！"行军蚁说："你不认识我吗？我是战无不胜，攻无不克的行军蚁，还不快点乖乖受死！"螳螂气不打一处来，一脚就把它踩死了。

我要告诉小朋友的是：行军蚁成为丛林之王的秘诀是依靠群体的力量，一只行军蚁就是再大，在别人眼中，也只是一只小小的蚂蚁而已。

再如《白色狮子王》：小狮子森克刚出生就和他的兄弟姐妹不同，那些小狮子都是暗黄色的毛发，而森克的皮毛像雪花一样洁白——他是一头基因变异的白化狮子。

森克的妈妈看着森克，眼中全是怜悯，因为狮子在捕猎时，身上的黄毛能和周围的环境融为一体，即便是在距离猎物很近时，猎物也难以发现，这样一来，捕获猎物的几率就会很大。而森克一身白毛，在草丛中，就像棉花放于黑炭中那么扎眼，猎物一定会望风而逃的。

森克的妈妈尽心尽力地照顾着森克，森克长成了一头高大健壮的雄狮。可是就在森克长大后不久，他的妈妈去世了，随之，森克就被其他的狮子逐出了狮群。

森克成了孤独的狮子，到处游荡，每天只能捕获一些很小的动物，肚子每天都咕咕叫。这天，森克遇到了一头跛脚的老狮子，他和他同病相怜，就跟他说起了自己的苦恼，老狮子听完，说："孩子，你要记住，上帝从来不生产废物，每一样东西都有自己的作用，你也是！"

在老狮子的鼓励之下，森克决定自己捕猎。这天，他看到一群斑马正在吃草，就俯下身子悄悄靠近斑马群，他屏住呼吸，一点一点地往前挪动。

这时，一阵风刮来，他听到了几只斑马的对话，一只负责警戒的斑马说："大家注意，草丛中有一个白色的不明物体正在接近我们，看起来像一头狮子！"其他的斑马都哂笑道："白色的狮子？你怎么不说发现了一头红色的猎豹或蓝色的鬣狗！"他们不理会负责警戒的斑马，继续吃草。森克捉住机会，猛地窜了出去，斑马群慌了阵脚，四处逃窜，森克瞅准了最近的一只，一下子就咬住了他的脖子，那只可怜的斑马最终成了森克与老狮子的食物。

此后，森克有了信心，捕猎的技术日臻成熟，最终，成了大草原的狮子王。

通过这个故事，小朋友就会知道一个哲理：世界上没有废物，只有放错位置的资源。

书里边的故事都是如此。如果读者能通过阅读这些故事，明白一个做人道理，而这个道理会对您的人生之路有所帮助，这正是作者所期待的。

河北人民出版社2013年6月出版

捡到的日记本

郝月梅

故事从作家进校园开始。

一位女作家来到王闹所在的学校，引起了文学爱好者毛令等学生追星。作家在谈到读书写作时，建议学生们能坚持记日记，为练汉字，日记最好手写而不是用电脑。此建议深得老师和家长的赞同，班主任张老师当即布置学生每人准备一个日记本，定期检查学生日记。

王闹的日记本是同学赵小飞给的。赵老爸是警察，儿子便把公安发给老爸的本子送了一本给王闹。用上警用日记本，王闹也用警察的眼光来观察周围。他发现同学“冬瓜”用的日记本很特别，厚厚的，纸张泛黄，式样老旧，前半部分还是用胶带粘住的。“冬瓜”大名刘宏伟，来自乡下，家境贫寒，父亲在城里开了一家小餐馆，他每天放学后都急匆匆赶回家帮父料理餐馆，完全没有留意精力过剩，一心一意要当警察的王闹会关注到他的日记本，还把这写进观察日记中。

老师在批阅学生日记时，王闹写的日记引起了她的好奇。她找来“冬瓜”了解情况，方知这本子是冬瓜从废品收购站捡的，因本子还有一半没用，就拿来做了自己的日记本，并用胶带把前面写过字的部分粘住。在征得“冬瓜”同意后，老师打开了日记封住的部分，读完繁体字写的内容，知道里面记录了一段凄美的爱情故事。五十多年前，日记本的主人是一位大学生，被打成右派下放到一座煤矿挖煤，与当地一女孩相爱，后遭遇地震，大学生幸免于难，但女孩却和这座小城的许多人一起，在半夜突袭的地震中失踪了……

毛令是学习委员，去老师处拿作业本，碰巧看到了老日记的内容，她觉得这个故事作家应该感兴趣，便用一本新日记本，跟冬瓜换取了这本老日记，然后把老日记寄给了她崇拜的那位女作家。女作家看了果然很感兴趣，来信希望毛令帮她找到日记本的主人，想采访他。这真如大海捞针！王闹却对寻人的事超级热情，这和警察破案没什么两样！他率领同学赵小飞、毛令、冬瓜和妮妮，想办法拼智慧，多方打听四处找寻，有一丝线索就决不放弃，在几乎无望的情况下，终于找到了老日记本的主人。

这是一位八十多岁的老人，已经瘫痪在床，几乎双目失明。原来，“文革”结束后老人被安排到省建筑设计院，成了一位著名建筑设计师。他一直没有结婚，拼命工作，只把对失踪女友深深的思念记到日记里。晚年因身边无亲属，单位安排了一位老阿姨照顾他，一次打扫卫生时，不识字的老阿姨以为橱子里的旧本子没用，便和废书报一起当垃圾处理掉了……知道老建筑师的故事后，王闹他们非常敬重他，并主动上门照顾老人。他们千方百计与老人沟通，逗老人开心，用轮椅推老人上街，这让老人很高兴，因为他瘫痪后，已经多年没有出家门了。

不久，以老日记本中记载的故事为原型创作的小说出版，成了超级畅销书。女作家来这座城市签售，王闹和同学们特别兴奋，原来文学是这样奇妙啊！王闹把这些天发生的故事，一股脑写进日记本里。

河北少年儿童出版社 2013 年 6 月出版

李奔奔的奇妙暑假

李岫青

这是一部充满奇异幻想且不乏幽默感的少年成长小说。

暑假里，李奔奔从省城来到大山里看望爷爷，爷爷的古怪和冷漠让李奔奔心中闷闷不乐。然而，他却在一个诡异的月光之夜，邂逅了从云彩里来的精灵——瓦迪。

瓦迪因为任性和粗心，导致不能回到云彩里去。山神告诉瓦迪，如果他能得到一百个动物的祝福，就可以重新回去。可是因为人类的狩猎行为和对大自然毫无节制的开采破坏，尽管小动物们都愿意给精灵一个祝福，山中却凑不齐一百种动物了。

瓦迪为了山中的动物朋友，求李奔奔说服爷爷停止打猎，可是李奔奔怎么才能说服以打猎为傲的爷爷呢？何况山下还有更多偷猎者，仅凭一个人停止打猎也改变不了动物的命运。

瓦迪忧伤的叹息和不幸的遭遇，虽然引起李奔奔的强烈同情，但却是爱莫能助。一天，山下突然闯来了一群偷苹果的孩子，爷爷带着大黑（爷爷的爱犬）去追赶，却还是让坏小子们逃跑了。孩子们在一个山头上一边欢呼雀跃，一边唱着歌谣数落爷爷：“倔老头，怪老头，看山人是怪老头！怪老头，脾气倔，又倔又硬像石头……”

李奔奔虽然不喜欢爷爷，但却为他愤愤不平。一天，当那群坏小子又来偷苹果的时候，爷爷终于在大黑的帮助下，把孩子们一一抓住，并惩罚他们吃掉那些被偷的还很青涩的果子，孩子们一个个叫苦不迭，连连求饶，爷爷却仍是不放过他们。李奔奔趁爷爷去山中放羊，决定帮孩子们逃走，却意外得知了孩子们和爷爷的友谊。

原来孩子们来山上偷苹果是为了挑逗爷爷和他们玩你追我赶的游戏，而数落爷爷也仅仅是为了好玩。山里的孩子们这令人啼笑皆非的独特娱乐方式，让李奔奔有了一个宏伟计划：“我何不让孩子们去偷偷猎者的猎枪呢？那不比来山上偷苹果更刺激更有意义吗?”

李奔奔的想法得到了山里的孩子王大民、东子等的支持，于是，计划周密又惊险有趣的偷猎枪行动开始了。只是，这个行动却没有得到瓦迪和动物们的认可。因为仅靠偷猎枪，根本解决不了偷猎行为，瓦迪相信李奔奔一定能想出一个更能解决根本问题的好办法。

在小伙伴们的倡议支持下，李奔奔决定去大山中的小学演讲，动员所有的孩子一起行动起来，宣传保护自然生态环境的意义，不料他却在茫茫大山之中迷路了。绝望之中，爸爸打来电话说“男子汉遇到困难要勇敢面对，流泪解决不了任何问题”。

在这个离奇有趣、流泪也充满欢笑的故事里，李奔奔也渐渐理解了性格古怪的爷爷，由讨厌爷爷变成喜欢并崇拜爷爷，在即将离别之时，爷孙之间那种依依不舍的浓浓亲情再一次让读者流下开心和感动的泪水。

山东文艺出版社2013年9月出版

小石头

鲁冰

这部童话写的是小男孩小石头与自然界中的动物、植物以及众多精灵的故事。

当一首摇篮曲在鲁冰花园中响起时，小石头跑进鲁冰花园，从鲁冰花精那里得到了十颗鲁冰花种子并传播到四方。小石头接到蝴蝶的请柬，于是骑着小毛驴来到蝴蝶泉边；一天夜里，九十九个蚌精来到小石头的枕边，用九十九颗珍珠悄悄地换走了小石头的中国结；小石头披上银杏叶，把自已装扮成一只金色小鹿，来到山中与小鹿一起玩耍；小石头与小狐狸、小山猫、小狗獾一起踢毽子："一个毽，踢两半儿。打花鼓，绕花线儿。里踢，外拐，八仙，过海，九十九，一百。"

花朝节这天，小石头家中的十二只小酒杯被风吹到了风神庙，十二位花精帮助小石头从封十八姨那里找到了小酒杯；在夏天的楝树林中，小石头与楝枣小人一起打尜尜、拾子、打线蛋；小石头像一块真正的小石头那样，堵住了河堤上的洞口；小石头得到山精姑娘配制的眼药——拨云散，并将它送给了失明的豆婆婆；山精姑娘就要出嫁了，小石头为她送去了花针、镜子、手巾和木梳；采莲湖中的莲花精向小石头借了一头小毛驴，来到大明湖中看望妈妈，莲花精返回采莲湖时，为小石头带回了小石头的爸爸丢失的一百颗莲子；小石头与莲花精姐妹来到姜湖上参加莲花宴，莲花精姐妹用"莲房散"治好了小石头的"风草疥"；在秋天的胡桃林中，小石头捡到五把斧头并还给五百个胡桃小人，胡桃小人划着五只小船来到骆马湖畔参加山歌会；老头儿、黄妈妈与皱皱娃娃也想弹玻璃球，于是他们敲开了小石头的家门；节气到了白露，七个小人儿骑着七头小毛驴出现了，鹭鸶飞过来，小毛驴慌忙带着小人儿逃走了，原来它们是七朵蘑菇和七只青蛙变的。

仲秋节这天，月桂峰上的桂花精为小石头送来一篮篮桂花；重阳节前，菊花精来到小石头家借了三本书——《屈原集》《陶渊明集》和《李清照集》，小石头虽然没能参加重阳节的诗会，却得到了一个枕头——那里面装的，是重阳节的诗会上，九百九十九个菊花精送给他的九百九十九片菊花瓣；八只萤火虫挑着灯笼，飞进了小石头的菜园，于是，一首首歌谣在菜园中唱起；小石头将自己的木旋玩具送给猴王作为猴王孩子的新年礼物，

新年这一天，小石头得到一本厚厚的书——那是猴王送给他的《西游记》；冬至这天，小石头唱起了《九九消寒歌》，还用梅花精姐妹送给他的胭脂涂染《九九消寒图》上的一枝素梅，当梅花落尽时，小石头送给梅花精姐妹一幅画——那是在刚刚过去的八十一天里，小石头涂染的《九九消寒图》……

人民文学出版社 2013 年 10 月出版

兔子国

米吉卡

兔子国里住着五花八门的兔子，小岛兔、做梦兔、饼干兔、公主兔、发条兔、妖怪兔、辫子兔、女巫兔、飞行兔、瞎眼兔、魔术兔、小丑兔、强盗兔、外星兔、多嘴兔、小小兔……

小岛兔生活在海水里，他是一只脾气暴躁的兔子。在海上旅行的象爬上小岛兔的头顶，小岛兔彻底被激怒了，小岛兔最讨厌别人把他当成一座小岛并在他的头顶瞎溜达了，可是，让小岛兔更愤怒的是，象的橡皮艇被他扔进了海里，他不得不让这个可恶的不速之客暂时留在头顶，海面的太阳来来回回地升上去又落下来，小岛兔坏脾气之下那颗善良的心，被象一点一点挖掘出来，可是，我们的小岛兔还是依然虚张声势地乱发着脾气，直到象离开。

做梦兔最要紧的事情就是做梦。他还记得第一次做梦，他梦见了一家面包店，在那家面包店里，做梦兔吃了猫太太烤的魔法面包，不可思议地变成了一本书，就在他无可奈何的时候，面包店里又来了一位新客人，一只刺猬，做梦兔想要提醒刺猬千万不要吃猫太太的面包，可是，他醒了。从那以后，做梦兔开始不停地做梦，他希望回到梦里救出刺猬，可是，他后来的梦总回不到那家面包店，他总是在梦里去到别的地方，遇到更多的问题，噢，这真是太麻烦了……

对于一只兔子来说，会飞绝对是一件值得骄傲跟开心的事情，可是，飞行兔可不这么认为，就是因为会飞，他的生活才会一团糟的。每天早上，飞行兔都会飞行去茶叶店上班，因为会飞，他在路上多做了不少事情，这直接导致他上班迟到。在第三十六次迟到时，他终于被解雇了。飞行兔心情沮丧，决定不再飞行。本以为不再飞行生活会好起来，但事与愿违，简直糟透了。那些曾被飞行兔帮助过的人们，他们最终让飞行兔从灰心失望中看到希望，也重新理解了飞行的意义。

兔国里的兔子们有的因为害怕失去不想长大，有的认为想念的时候不管离得有多远都要跑去看朋友一眼，有的带着渴望孤独地生活在地下迷宫，有的发现做强盗最难的是别人根本不把你当成强盗，有的每天为了辫子烦心，有的是淘气的迷路公主，有的一心要抓住一个小孩儿，有的最大的愿望是看到美丽的月亮，有的为了给别人带来快乐需要永远保守着一个秘密……

或许，人们从没见过兔子国里那些奇怪的兔子，或许，连听都没听说过，不过没关系，兔子们不介意，他们都在专心地忙着自己的事情。

北京教育出版社 2013 年 11 月出版

编辑说明

编辑出版《山东作家作品年选》，是山东省作家协会按照省委、省政府关于加快建设经济文化强省的部署要求，为繁荣发展山东文学事业设立的一项系统工程，旨在展示全省作家和评论家年度创作成果，促进文学精品创作，为广大读者和文学评论工作者研究齐鲁文学和山东作家作品提供系统的翔实的资料。《年选》每年度选编一套，包括当年度发表的优秀的短篇小说、中篇小说、诗歌、散文、报告文学、儿童文学、文学评论以及各类长篇文学作品的选目等。

省委及省委宣传部领导对《山东作家作品年选》的编辑出版工作非常重视和支持，省委常委、宣传部长孙守刚亲自担任编委会主任，多次听取汇报，对编选出版工作作出重要指示，要求注意《年选》的导向、版权、入选标准及编辑程序等问题，把好事办好。省委宣传部副部长王红勇对《年选》编选工作多次提出指导性意见，积极协调各方，并为《山东作家作品年选（2013）》作序。

为确保《山东作家作品年选》编选工作的权威性，专门成立了由省委宣传部、省作协有关领导和专家等组成的编辑委员会。编委会对《年选》作品的入选原则、入选条件、体裁布局、风格形式等，进行了认真研究，制定了《山东作家作品年选》编辑出版办法，确定了编选方案。

在编委会的指导下，省作家协会组织进行了《山东作家作品年选（2013）》的编选工作。各市、大企业文联作协积极响应，踊跃推荐作品。为了更全面地展示2013年度山东作家的创作成果，省作家协会通过多种渠道进一步征集作品，并请省作协各专业委员会进行研究推荐。在广泛征集作品的基础上，组织专家评审委员会，对推荐作品进行了认真审议论证，最终确定入选作品159篇，长篇选目28部。入选作品既有在重要文学评奖中获奖的精品，也有在重要文学选刊上转载的佳作，既有在重要文学报刊发表的优秀作品，也有在重要理论期刊发表的评论力作。很多作品和评论发表后，产生了良好的社会反响，受到文学界的广泛关注，比较全面地代表了全省作家2013年的创作成果。

省作协领导班子成员和有关方面的专家参与了《山东作家作品年选（2013）》的编选出版工作。省作协主席张炜对《年选》的编选提出了具体指导性意见。省作协党组书记、副主席杨学锋主持了《年选》的策划、评审与编辑出版工作。省作协党组成员、副主席刘海栖，党组成员、纪检组长李军，副巡视员杨发运、张丽娜参与了《年选》的策划、评审等工作。省作协副主席赵德发、苗长水、谭好哲、许晨、李掖平等对《年选》的编选提出了建设性意见和建议。谭好哲、李掖平、陈文东、王耕夫、刘强、朱建信、李纪钊、贺仲明、刘玉栋、孙书文、张艳梅、张丽军、赵月斌、丛新强、马兵、房伟、王夫刚等参与了《年选》作品的评审工作。省委宣传部文艺处对《年选》的编选工作给予了具体指导，省作协文学研究所的全体同志承担了《年选》的统稿和通联工作，省作协办公室的同志承担了编委会的会务工作。作家出版社社长葛笑政、副社长扈文建、责任编辑雷容对本书的出版给予了大力支持。在此，对所有为《山东作家作品年选（2013）》编辑出版工作给予大力支持和付出辛勤努力的单位和个人，表示诚挚的谢忱。

《山东作家作品年选（2013）》分为小说卷（上、下）、综合卷（诗歌、散文、报告文学、儿童文学）和评论卷。入选作品按发表、转载和获奖的时间顺序排列，时间相同者，按作者的姓名笔划排列。

《山东作家作品年选（2013）》是山东省作家协会编辑出版的第一本优秀作家作品年度选本，各种疏漏在所难免。我们愿意与全省广大作家、评论家一起，认真汇集全省的优秀文学作品，不断提高《年选》的编选质量和水平，努力把《年选》打造成引人注目的文学品牌，为振兴齐鲁文学，再创“文学鲁军”辉煌做出新的贡献。

《山东作家作品年选（2013）》编辑委员会办公室

2014 年 8 月 15 日

图书在版编目（CIP）数据

山东作家作品年选. 2013. 综合卷 / 山东作协 编.
-- 北京 : 作家出版社，2014. 9
ISBN 978-7-5063-7568-9

Ⅰ. ①山… Ⅱ. ①山… Ⅲ. ①中国文学 - 当代文学 - 作品综合集 - 山东省 Ⅳ. ① I218.52

中国版本图书馆CIP数据核字（2014）第211548号

山东作家作品年选. 2013. 综合卷

编　　者：山东省作家协会
责任编辑：雷　容
装帧设计：曹全弘
出版发行：作家出版社
社　　址：北京农展馆南里10号　　邮　　编：100125
电话传真：86-10-65930756（出版发行部）
86-10-65004079（总编室）
86-10-65015116（邮购部）
E-mail:zuojia@zuojia.net.cn
http://www.haozuojia.com（作家在线）
印　　刷：山东临沂新华印刷物流集团有限公司
成品尺寸：152×230
字　　数：580千
印　　张：38
版　　次：2014年9月第1版
印　　次：2014年9月第1次印刷
ISBN 978-7-5063-7568-9
定　　价：68.00元